黒死館殺人事件・完全犯罪

角川文庫
23503

目次

完全犯罪

一、経文の断片

苗族共産軍――この、支那全土の唯一の規律ある兵団は、正確に云うと中華ソヴェート共和国西域正規軍となるが、筆者は便宜上苗族共産軍の名で呼ぶ事にする。

勿論、軍の主体が西域の夷蛮苗族である事は云う迄もないが、この異彩ある赤軍組織は起因を先年の雲南奥地大地震に発している。その時一番被害の甚しかった潞江上流苗族の一部が、耕地を失って大俘浪団と化し、遥々印度支那国境に近い麻栗の辺まで流れて来た……その時、ソヴェートの触手が伸びたのであった。所が、この苗族軍は、まず各処の遊撃戦的小兵団を併せて、雲南に於ける十数度の戦闘に勝利を占め、堂々四川の省境を越えた。そうして、楊子江の南岸を塗り潰してしまった頃には、既に押しも押されもせぬ、革命政府の実質が具わっていたのであった。

ワシリー・ザロフ――此の若い指揮官の名を除いては、苗族軍の何事も論ずる事は出来ない。全く劣質の兵を率いて奇蹟に近い勝利を続けているのが、彼である。しかし、本篇の彼は拡大鏡を手にしているのだけれども、それが決して偶然でないと云うのは、次に記す彼の略歴に依って明かであると思う。

ウズベク猶太の雑種である彼の戦闘経歴は、クバン平原の戦闘に参加した十七の年から始まっている。けれども、彼が本領を発揮したのは、寧ろ社会主義聯邦完成以後の事であって、モスクワ大学の理科を終え畑違いの非常委員会に投じたのが、抑である。クルナコフの化学に培われた彼はスクスク鋭鋒を現わして、瞬く間に非常委員会の後身である「GPU」の脳髄と云われる迄になった。彼が扱ったのは主に政治警察附帯の殺人事件であって、……「プラウダ」誌の幹部八人を毒害した前社会革命党の残党ミハイロフ事件、モスクワ雀ケ丘に於ける反幹部派三巨頭会合を暴露したウハノフ射殺事件、仏人シニョレの女秘書毒殺から発覚した有名な産業同盟大検挙……などが、彼を燦然たらしめたところの大事件であった。その他、検事総長クルイレンコの懇請に依って、一般の殺人事件を解決した数も、恐らく彼の年齢以上、四十に近かったであろう。しかし、最近になって漸く彼は、陰惨な秘密警察生活に倦怠を感じ始め、曾てコロニコフと戦った、南部コーカサスの澄明な碧空を憧れるようになった。今に腐ってしまうぞ——そう云う生活の転向を求める心が、遂に彼をリビヤンカ広場から駆り出して、南支那に走らせた。そして、東洋語に専念した平和な三年を、上海で送ったのであったが、今年に入ると突然苗族赤軍指揮の指令が下って、彼は再び、第三インターナショナルの拡大計画に参加しなければならなかったのである。

さて、一九三×年五月十一日、銃一万二千、砲二百、航空機五台を備えた黄色い歯の悪魔が、愈省境を冒して、湖南の西端に当る八仙寨に侵入した……と云うのが、抑本篇の開幕である。そうして筆者は、八仙寨の神秘と云われる異人館に起った、世にも不思議な殺人事件の事を綴ろうとする……。

× × ×

八仙寨の街路は、祭礼日のように喧噪を極めていた。号令、靴鋲の行進、砲車の轢音、装甲自動車の爆音……とそれに、やっと培萍軍の劣悪な兵質から解放された、土民達の歓喜の合唱だ。が、街道から一粁程離れて、森閑とした静寂の中を、コトンコトンとローレル夫人の松葉杖が単調な音を立てる背後で、指揮官ザロフの拍車が軽やかに鳴った。ザロフは夫人の案内で室々を見歩くうちに豪奢な浴槽や趣味豊かな書斎が、こんな南支那の奥地にあるのを知った。それ以上彼に眼を瞠らせたのは、先年一人娘の夫人を残して八仙寨の土と化した、牛津の人類学者ヒュー・ローレル教授の研究設備である。なかにも解剖学研究室は、一流大学のそれに匹敵する程の本格的なものであった。

「全く神話ですな。こんな僻地に文明の精髄が埋没しているなんて」と思わず発したザロフの嘆声に、夫人は廻転の鈍い機械のような調子で答えた。

「父は周狄峡の原人骨発掘に、余生の全部を捧げる決心で居りました。それで、リーズの研究所をその儘移したので御座います」

司令部に選ばれた八仙寨の異人屋敷——葛と鎧扉で囲まれ塗料が剝げ落ちていて、外観は古めかしい英国風の破風造りであるが、内部には、地下室と自家用の小発電所を除けても、二十に余る室があり、雨洩りの汚染一つない天井には、太い樫の角材が大爬虫のような骨格を張っていた。室々の扉には、各々の様々な花が浮き彫りになっていて、それは、現今でも教授の生地であるアバージン地方に残っている、典雅な貴族趣味の一つだった。

　ザロフは予々から此の八仙寨の事を耳にしていた……。桂湖山塊と湘江の支流に挟まれて、十幾つかの浅い泥沼を背にした貧しい部落の事を。曇天の西風の日には、ぬるっとした湿気を含んで、腥いような生暖かさで、嘔気を催させるような濃霧が、沼の方から襲って来て、それが部落の人々を、鴉の肉でも煮るかのような悪臭で包んでしまうのだが、さて風が東に変ると、今度は武陵桃源宛らの仙境に化してしまうのを。それから、教授が死に、発掘隊が解散した後も、十年の青春を八仙寨に埋めて不思議な孤独生活を送っている、洋医エリザベス・ローレルの事も。……それ等がみな、彼から到底離れ難い執拗な記憶だったのだ。それに極く最近になってから、夫人と呼ばれている彼女が、その実未だに処女を失っていない老嬢であると云う事や、輝ける学徒の一人として、緑汗熱の病原菌を発見した功績などを……彼は知ったのであった。

　所が、ローレル夫人の実物は、ザロフが曾つて耳にした風聞以上に、陰惨な存在だった。三十四、五と云えば、皮膚から熟れ過ぎた果物のような芳香を放つ年齢頃だが、肝腎な肉に塊量と云った感じのない、古い象牙のような硬さである。額が抜け上って輪廓の小さい、灰黄色の屍色をした顔には、底に眼球のある黒い孔だけが見えて、ノッペラと何処にも突起らしいものがない所は、恰度水族館で、暗い奥の方からヌウッと出て来て、硝子窓に鳥渡鼻先を触れる、魚の顔のあれだ。その一見して四十を越えて見える凋んだ小柄の肉塊が、レースのついた旧式な黒いドレスを纏い、不自由な右足を松葉杖で支えていた。

一渉り巡視を終えると、ザロフは軍の主脳を夫人に紹介した。冒頭に引き合わされた四十がらみの雲南人は、政治部長の鵬輝林、鵬の革命経歴は、安南大学鉱山科在学中に発していて、一九二七年海防の暴動では追放をうけ、今度も苗族俘浪団の赤軍改編を実現させた偉勲者であるが、その風貌は頗る大陸的で、まず古廟の武人像と思えば間違いはない。その次が、縁の厚い眼鏡をかけて情熱的な瞳を持った、エルスク生れの軍医ピョートル・ヤンシン。それから日本士官学校出の若い南京政府叛逆将校が二人、一人の如何にも精悍らしい、恰度蟷螂のような容貌をした男は、汪済沢と云う航空司令、もう一人の短軀で滑稽な髭をつけた方は、砲兵司令の葉稚博だった。孰れも服装の統一に困難だと見えて、なかでも汪と葉は、奇抜な蹴球服としか見えぬ、達頼喇嘛の近衛儀仗服を着ていた。

四人の中でも、夫人の厭人癖を伝え聞いているものは、単に掌を触れ合わせるだけの所作をしたに過ぎなかった。ただヤンシンだけが、瞬間に衝撃をうけたような眼付になって、異様な顫動を全身に現わした。が、あとで訊いてみると、彼はいきなり真剣になって、

「君は、死後体温が微かに残っている屍体に触った事があるかね？　あの手が、生きて

いて恰度そうなんだよ」と答えた。それ程、夫人の掌は生理的にも無感動だったのである。

こう云う夫人の不気味な傾向には、後で茶に招いた時、ザロフもまた悩まされた。対座した正面に、凍った仮面のような顔が何時迄も静止しているのを見ると、困難な動物を手がけねばならない訓練師になったような気がするのだが、しかし、世才に長けた彼は、懸命に話の端緒を見出しては巧みに弾ませるので、それに釣られて、夫人の唇が漸く動いて来た。そのうち、頃加減な潮時を見計って、

「時に、無躾なお訊ねのようですが」とザロフは突然改まって切り出した。

「ねえ夫人、貴女の青春を葬った墳墓を、僕に発かせて頂けるでしょうね。こんな不可解極まる隠遁生活って!?　まるで罪業妄想患者の苦行としか思われないじゃありませんか!?」

「勿論、これには仔細が御座いますわ」夫人は沈痛な面持で頷いた。「しかし、それを恋愛犯罪信仰等と云う見当で解釈したら、それこそ大変な間違いですわ。実を申しますと、その原因が私個人の事情に依るものでないと云う事だけは判っているのですが。さて、何故そうしなくてはならぬかと訊かれる段になると、私には、父からお聴き下さい——と云うより、お答えの仕様が御座いませんの。と云うのは、父の意志が私を固く此の土地に縛り付けてしまったからです。そして、父はその秘密をとうとう墓の中へ持って行ってしまいました。……それをもっと詳しくお話し致しましょう。恰度私が二十四

の夏で、ストックホルムのカロリンカス医大を出た年の事で御座いました」

「御専攻は？」ザロフが鳥渡口を挟んだ。

「細菌学でしたが、でも、父に叱られさえしなければ、恐らくは女だてらにない法医学に走っていたでしょう。ですから、暇さえあるとエックマン先生を聴講に参りましたし、フローリン教授が夫人に毒殺されて、一時嫌疑が論敵のマンネル教授に掛った時なども、私の鳥渡した助言が、意外な役に立った事が御座いました」この一言が、後段に現われる殺人事件に於いて、ザロフに論争者を意識させ、彼をひどく心理的に圧迫している。火華のような推論と冷やかな批判的態度——此の対立が殆んど終局間際まで続いたのだったけれども、ザロフは、彼一流の華やかな饒舌が終った後には、極って夫人の唇を、寧ろ怯懦に近い感情で盗み視るのであった。

　それから、夫人は前の続きに戻って、

「その時、父に招かれて、私は初めて八仙寨を踏んだのでしたが、恐らくそれが宿命だったのでしょう。着いた三日目に起った父の急死が因で、私の涯しない墜落が始まりました」

「すると、ローレル教授の死因は、傭兵共の反乱ですか？　それとも、土匪ですか？」

「いいえ」と首を振って、「尤も、此の家の外廓にある無数の弾痕を見ればお判りでしょうが、父は同化策を採らなかったので、傭兵共には非常に悪い感情を持たれていました。所が、私の代になると、私が彼等にとって換け代えのない医者である所以か、今度は却って向うの方から、掠奪品の献納に来るんですのよ」と軽く笑ったが、不意に視線を落して、「実は、毒蛇に嚙まれたのです。そして、その時から、私は不可解な無抵抗を強られて、残酷な運命の截断に任せなければならなくなりました。生体の埋葬——をですわ」

「では、遺言か何かですね？」

「そうです。臨終の間際に父が頻りと右手を動かしますので、私は試みに紙と鉛筆を当てがってみました。すると、将に消え往こうとする父の意志が、絶え絶えな文字を、それは見るも痛ましい努力で連ねて行くのです」

「と云いますと？」

「こう云うのです……。八仙寨から一歩も踏み出してはならん——故国は愚か支那のどんな都会でも、仮りにも教会が存在する土地では、お前には一塊の土も与えてはくれんぞ——フックスが俺から離れた——もう絶望だ。……と書いて少し経つと、乳脂色の封筒と書き掛けましたが、その時父の心臓が停止したのでした」そう云って、夫人はスウッと頰を凋めた。広い額と鼻の尖りの外は、一斉に暗い陰影の中へ沈んで行く。「とにかく、私に与えた父の戒律がこれだったのです。内容は少しも判りませんでしたけど、私にとって愛と信頼の全部だった父の言葉は、寸毫も疑う気にはなれませんでした。それで、隊員が四散した後の十年を、マア何とか狂人にもならず、墓穴のような暗い生活を続けて参りました。でも、そう云う悲しい断念を獲る迄に、私はどれ程の苦痛と闘った事でしょう!?」

「すると、今仰言ったフックスと云う人が、遺言の秘密を知っていると云う訳ですな」

「多分そうらしいのです。バワリヤ生れの父の助手で、私とは幼な馴染でしたが、私が此処へ来る途中上海の埠頭で遇った時には、妙な冷笑を浴びせただけで、不意と外方を向いてしまいました。父との間に何か争いがあったのですわ。所が、帰国して間もなくあの人は死んでしまったのです。原因不明の熱病と云いますから、多分緑汗熱だったのでしょう。あの風土病は潜伏期が三月もありますからねえ」

「それから、乳脂色の封筒と云うのは？」

「それを、最初のうちは解せなかったのでしたが、漸っとそれに当るものを、父の所持品の中から見付け出しました。封筒の中には一枚の経文が入っているのです。唯今お目に掛けましょう」夫人は胸衣袋からそれを取り出した。

経文の断片と云うのは、相当年代を経たものと見え、黄色い地が殆んど文字の色と同じ程度に変色している。それに現われた木版字が、次の様な観無量寿経の一節だった。

仏手一。浄指端。一一指端有梵八万四千情画。如印珞。一一画有八万四千色。

それを瞶めているザロフの顔面には、見る見る真剣な神経が泛び上って来た。

「私、何となくこれが暗号のように思われてなりませんの」ザロフの表情の変化と符合したように、夫人が云った。「ですけど、私には生憎と文字力が御座いませんので」

ザロフが重た気に頷くと、その時、牛車らしい轍の軋りが窓外から聴えて来た。と、得体の判らない多人数の喚声が、それは、未開人が往々感情の激騰に際して発する所の、あの間の抜けた歌謡的な歓声が、軍兵共の屯している方面から、ドット一斉に上る。

「行って見ましょう」ザロフは夫人を促した。

玄関に出て見ると、夫人は両眼を瞠った儘思わず棒立ちになった。戦陣であると云うのに、何と有り得べからざる光景であろう！　水牛の牽く三台の幌車には、妙齢な中国婦人がギッシリ鮓詰めになっている。車が停って、癇高い嬌声と共にゾロゾロ降り立ってくると、周囲を囲んだ兵士達の疲労した眼が、俄かに粘液的な霑いを帯び、肩に、水牛の呼吸のような波動が高く低く弾んで行く。

「あれを見れば、吾が軍規の厳正な理由に合点が行ったでしょう」ザロフはニッと笑った。

「と申しますと」

「判りませんか。あれは僕等にとると一種の糧食庫なのです。官能が空腹を感じた時に与える食糧を、尊敬すべき女性達の同志が生産してくれるんですよ。しかし、旧い道徳から云えば、淫らな家畜かも知れませんがね」

とその時、夫人の驚愕がもう一つ加えられた。二人が会話しているうちに何時の間に現われたのか、一人の白人婦人が、ニタニタ臆面のない笑を投げながら近附いて来る。その婦人は荒目な半毛服を着て、年の頃二十六、七であるが、厚い臙脂色の唇と真黒な瞳、それから、黄ばんだ鞏膜、稍々膨み過ぎる鼻翼と揃った所は、髪が亜麻色でさえなければ、紛れもないジプシイである。しかし、肩幅が不均衡に広く、骨太で、太い胴体がズンドウで、全体に曲線が乏しい所を見ると、或はウクライナ辺の百姓女かな、とも思われるのであった。

「この人は、私達士官だけの友達です。ヘッダさん、サア御挨拶したら」

ザロフは、挨拶もせずにポカーンと突っ立っている女を、険し気に促がした。そして、二人の婦人の間に興味ある対比を感じた。思索の深い如何にも学究的な容貌であるが、夫人は女性の美と情緒を全く欠いている。それに反してヘッダは、一見して判る精神低格者だけれども、何と毒々しい迄に、女である実感が滲み出ている事か。

「ヘッダさんですのね」夫人が先に云った。

「ヘッダ・ミュヘレッツェですわ」薄髭が生えたヘッダの唇から、棒のような言葉が出ると、突然夫人は強い好奇心を眼に泛べて、この珍らしい姓を、殆んど衝動的に口ずさんだ。

「奥様は私共の事を御存知ですか？　波蘭では鑑札のある犬の方が、ミュヘレッツェより余程人間様なんだそうです」そう云ってから、ヘッダは自分の姓を口汚く罵るのだった。

「いいえ、貴女の事は存じません」夫人はさり気ない態で、「ただ独逸風の名前なので、上部シレジアの方かと思いましたわ」

「それが、ルブリンの在です。両親は其処で生れたのですが、国中を流れ歩いて、挙句に惨めな死に方をしてしまいました。お袋の話では、ミュヘレッツェを名乗るのが、とうとう私一人になってしまったそうですが、この名は余程神様がお嫌いと見えますのね。その証拠には、生れ落ちた百姓の納屋から先頃の曲馬団（サーカス）迄の間に、ついぞ自分を人間だと思わせた生活がありませんでした。でも奥さま、幾ら愚鈍な私だっても、一生に一度位は自分の室（へや）と云うのを持ちたいと思いますわ」と、妙な抑揚で、光の鈍い眼で……、自分の悲惨な過去を問われもしないのに訴える――それが、ヘッダには殆んど本能になっているらしかった。

　夫人はヘッダの凡てを観察して、これが、退化した人類の通型であると思った。が、その童心的な単純さには、全く強い憐憫を感ぜずにいられなかった。

「マア、お可哀そうに」夫人は真実を面（かお）に現わして、「では、此処にいる間だけでも、私の室をお使いになったら……。私は書斎へ参りましょうから」

「有難う」夫人の言葉がヘッダを有頂天にさせた。「そうすると、私生れて始めて、寝台（ベッド）らしい寝台（ベッド）に臥（ね）られるんですのねえ」

　と熱っぽく夫人の手を握り締めた途端、ヘッダの口からプーンと酒臭い呼息（いき）が洩れた。

「御覧の通りの曲馬団脱走者（サーカスくだり）で」ザロフが小声で夫人に囁いた。「本能で生きる事しか知らない女なんです。それに、此奴（こいつ）の酒癖にも弱りましたが、何より汪（おう）と葉（よう）との仲が、此の女を挟んでどうも面白くありません。行末ヘッダの存在が兵団の癌（がん）になりはしないかと思って、実はそれを秘かに懼（おそ）れている所なんですよ」

二、袋部屋の侵入者

それから十日目、阿廊の集落を中心に、培萍軍との主力戦が開始されたが、三日後には湘江の右岸に敵影を見なくなった。しかし、共産軍は戦術上進出を見合わせて、先頭に調子外れな軍楽をつけた隊列が、再び蜒々八仙寨に戻って来た。戦勝の夜は、何よりまず情慾の飢餓が充されねばならない。

　司令部に当てられたローレル家でも、三日間殆んど不眠不休だったザロフと鵬とヤンシンの三人は、夕食も採らずに宵の口から寝台に潜り込んでしまった。が、それ以外の五人は、その中の一人を今宵ヘッダの主に定めねばならない。籤——それを引く前に、昼間細心なザロフが、戦勝の弛みに乗じようとする間牒の警戒を命じて置いたので、建物の隅々迄も厳密な検査が行われた。それが済むと、悪鬼の入れ札が始まる。札が開かれて、貪婪な光に燃える四つの眼が閉されるのだ。息を引いた瞬間——汪が当った。そして、空を飛ぶ花婿は、いそいそと極楽の扉を押したのであった。

　その夜は新月が現われた。八仙寨の初夏は甘美な羹のように爛れ熟れて、物の面と影が淫らがましい抱擁に揺れている。残された四人は、ヘッダの隣室で麻雀を囲み始めた。ヘッダの室の窓外は、東京李桃、春木犀、杏などの花盛りで、その甘酸っぱいような強烈な芳香は、汪の歓楽に濾される所以か、牌を打つ四人の嗅覚には、悩まし気な情の残

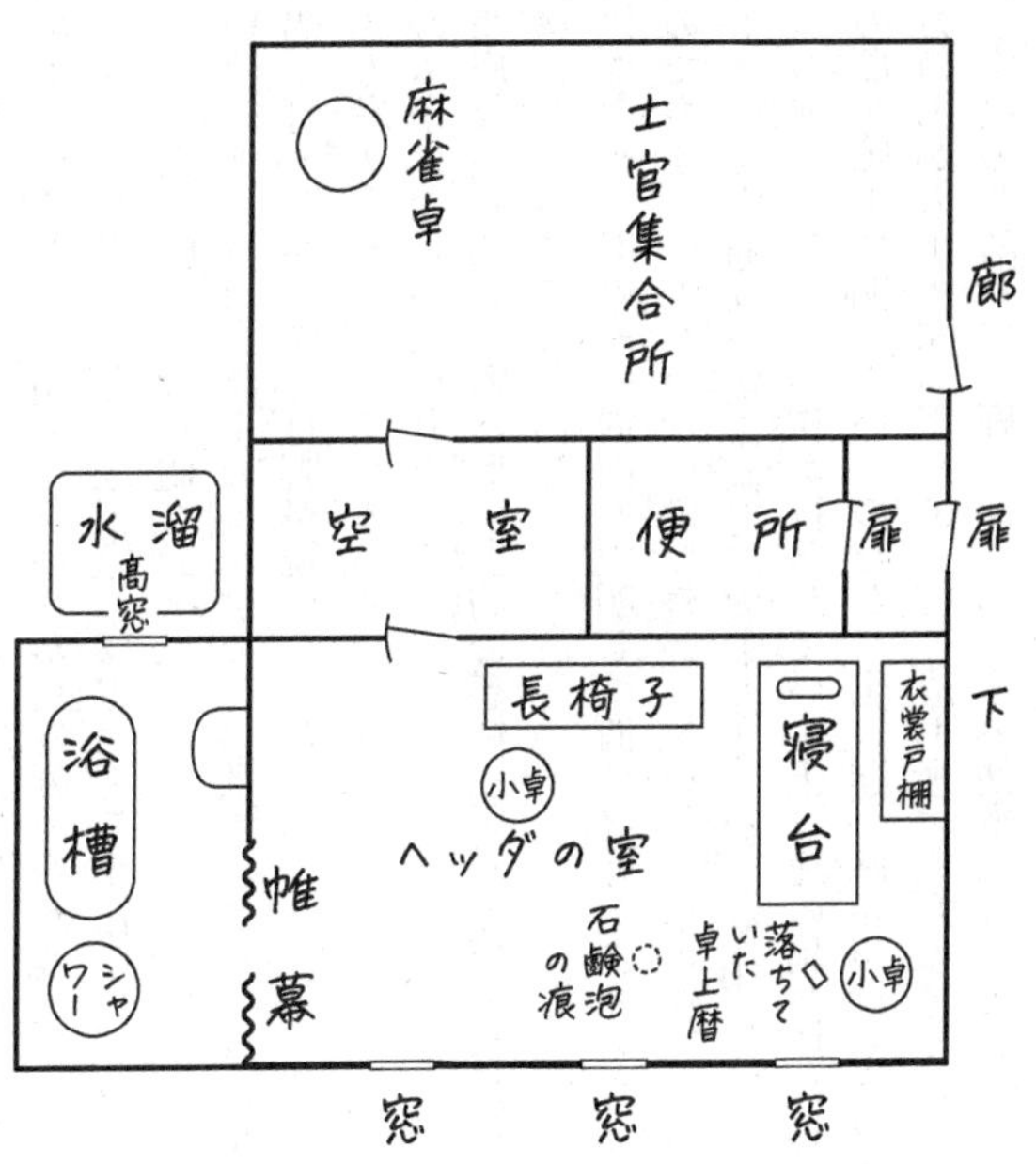
麻雀卓
士官集合所
廊下
水溜
高窓
空室
便所
扉
扉
浴槽
シャワー
長椅子
小卓
寝台
衣裳戸棚
ヘッダの室
帷幕
石鹸の泡の痕
落ちていた卓上暦
小卓
窓
窓
窓

庭　　　　園

牽となって訪れて来る。すると、それから一時間程過ぎた頃になって、死んだように寂れた夜気の中を、彷徨うが如く、忍びやかな風琴の音が聴え始めた。

「ハハア、ローレル夫人だな。地下室の釜場にある小汚ない風琴で、一体何を弾いているんだろう」一人が牌を上げた儘で云った。

「あれかい!? あれはマーラーの『子供の死の歌』ってやつさ」小心な感傷家である葉は恍惚合槌を打ったが、すぐ打牌が続けられた。

——こんな荒天た日には、こんな嵐には、

戸外で遊ぶ子はないのだけれど——

この、悲痛な然し渋い、寧ろ形而上的な感情に訴える巨人の最後の作品は何とローレル夫人に適わしい事であろうか!?

扨、此処で、ヘッダの室の周囲を説明して置く必要があると思う。ヘッダの室は所謂袋部屋なのである。一つしかない扉の外が、狭い長方形の空室になっていて（其処は調度も装飾もない文字通りの空ん洞で、窓もなく、宛然密閉された木箱である）、それからまた一つの扉で、今しも麻雀が行われている士官連の集合所に通じている。その室も一つきりの扉が廊下に開いているのだが、士官達の麻雀卓はその反対側の向う隅にあるので、双方の扉から出入する者があれば、立ち所に判らなくてはならないのだ。それから、中央の空室の左隣りは、廊下から出入する便所になっている。つまり、二つの室に挟まれた短冊形の空間が、中央から二つに割られて、一つは空室に、一つは便所に区分されているのだ。そして、どの室の周囲にも、部厚な鼠色のアッシュ材が豪華な色沢を誇っているし、各々の室の扉には、――便所には燕子花、士官集合所には花蘭、空室には常春藤、ヘッダの室には蔓陀羅華の花が、――浮彫りになっていた。（詳しくは別図を参照されたい）

十時三十分――。風琴の音は依然同じ調べを繰り返しているが、今度は誰が弾いているのか、マーラーの「子供の死の歌」が無闇と煩わしい騒音に過ぎない。そのうち、廊下の扉が開いて、夫人の下婢が入って来た。

「オイ、今弾いているのは誰だい？」葉が待ち兼ねたように訊いた。

「やはり奥様ですが、手を取って教えているんです。非番の女連が七、八人も押しかけて来て、そりゃ五月蠅いってありゃしない。私はヘッダさんの御用を伺いに参りました」

「今はいかん」一人が猥褻な手附をして云った。

が、その時意外にも空室の扉が開いて、今宵一夜をヘッダと褥を共にすべき筈の、汪の姿が現われたのである。

「オヤッ」一同の視線は半ば驚きを罩めて、一斉に汪の顔に注がれた。

「何時迄も、酔いどれの介抱なんかして居られんよ」汪は不機嫌にムッっと閉じてなかなかに開こうとしなかった唇を、やっと苦笑で綻ばした。「先刻俺が入って行くと、あの女は浴槽の中で石鹸の泡と喧嘩しているんだ」

「フム、それからどうしたね？」

「それで、後は看護兵って訳なんだよ」ベッと唾を吐いて、汪はその儘廊下へ出てしまった。

所が、汪と下婢が去ると間もなく、ヘッダの室に、彼女の異様な哄笑が起ったのである。それが殆んど狂気染みた調子で、硬い金属を衝(か)ち合わせるような高音で、今に止むか止むかと思っていても、依然衰えもせず、二呼吸程の間を置いては続けられる。それが士官達を不安にした事は云う迄もない。一人が間の空室に入って行ったが、すぐ打ちのめされたような顔になって戻って来た。

「オイッ、ヘッダの室に男がいるぞ!!」

一同は半信半疑ながらも、そっとヘッダの室の扉口(とぐち)迄行くと、成程その男の云う通り、ヘッダの狂笑に交って、ウッフフフフと太い低音(バス)で忍び笑いするのが聴える。鍵孔からは何も見えないが、流石(さすが)に把手(ノッブ)を廻す事だけは躊躇された。一同はもとの室に戻ってからも、ただ顔を見合せただけで声が出なかった。しかし其処へ来てしまうと、ヘッダの声だけは依然として耳に入るけれども、男のは聴えなかった。

「確かにいる!!」一人が唸るように云った。「だが、一体其奴は何処から入ったのだろう?」

と云う迄の所では、恐怖と云うよりも、半分は珍奇な妖異(あやかし)でも見るような気持で、不思議な現象に陶酔する感じの方が強かったのであったが、次の瞬間事態が急転して、一同は氷のような戦慄に襲われた。ヘッダの笑い声が不意に止んだのである。それもジワジワ衰えて行って消え去るように止ったのではなく、頂点に達した時にブスッと杜絶（とぎ）れ、その後は擦（かす）り音一つしない。恰度、一杯に張った錨鎖（くさり）が船体の縦転（ピッチング）でブーンと切れたかのように。その余りにも愴惶（あわただ）しい消失からは、何かしら自然でない恐怖的なものが思われて来るのだ。こうして一方依然と鳴り続ける風琴（オルガン）の音を聴きながら、一同の不安は刻々と高まって行く。

「とにかく、誰か行って見る事にしよう」葉が耐り兼ねて云った。が、此の発言には誰一人応ずる者がない。その時廊下の扉（ドア）が開いて、汪の長身が現われた。

「オイ、皆で団（かた）まって何をしてるね？」

「それより」葉が問い返した。「君は今迄何処へ行ってたね？」

「何処って……、夜風に当って来たんだ」

「すると、君が出てからも、ヘッダの室にもう一人男がいた訳になるんだが」

「馬鹿云え。それでは、君の妙な夢を醒ましてやろうか。第一、窓の掛金は全部僕が掛けたんだ！　ヘッダに灌水浴（シャワー）を浴せて身体を拭いてから、衣裳戸棚から夫人の襦袢（シミーズ）を出して着せてやったり、コニャックを探すので、室の隅々から寝台（ベッド）の下に迄潜り込んだと云う訳なんだ。そうすると、その男って奴は、一体何処に隠れていた事になるね」

「では、窓の外にいる歩哨を訊ねる事にしよう」葉は白眼をジロッと汪に浴せて、「とにかく、此の室にいた四人以外の者が、窓から入ったに決っているんだから……」

　しかし、すぐ葉は浮かぬ顔で戻って来て、

「愈(いよいよ)判らんぞ。歩哨は先刻から窓の向うの楊柳(やなぎ)の下に立っていたそうだが、窓から忍び込むどころか、人間一匹通らんと云うんだぜ。そうなると、もう現場を確める以外に策はないだろう。よし、僕が行って見よう。或はその結果で、僕の考えている事が、大変な思い違いに終るかも知れないのだから」と拳銃(ピストル)の安全装置を外して、ヘッダの室の扉を開いた。

しかし、そこからは物音一つ聴えなかった。そして、不気味な静寂が十五分余りも続いて、人々がそろそろ葉の身辺に不安を感じ出した頃になって、やっと葉は姿を現わした。が、彼の顔色は僅かな間に死人色(しびといろ)と変り、高熱にうれた様な両眼から唇にかけて、異様な痙攣が起っていた。

「誰もいないんだ!!　実に不可解極まるよ」葉は一つ二つ故意(わざ)とらしい咳をして、「ヘッダは寝台(ベッド)に蚊帳(かや)を吊ってスヤスヤ眠っているし、浴室の小窓迄も全部掛金が下りている」

「妙だな」汪は子供のような云い方で小首を傾げた。「僕が出る時、あの女は床(とこ)の上にふんぞり返っていたんだぜ。てんで正体がなかったのだから、足腰が利いたとすれば、それこそ奇蹟ものだよ。でどんな服装(なり)だったね？」

「襦袢(シミーズ)一枚さ——。それだけが君の云った通りだよ」と葉は無雑作に云い放ったが、その手で卓上のウイスキー盃(カップ)を取り上げ、グイッと神経的な手附であおるのであった。

それから夜を徹した打牌(だパイ)の音が、何故か棺を打つ釘音のように湿っぽかった。果せる哉(かな)、不思議な侵入者のあった翌朝、ヘッダ・ミュヘレッツェは屍体となって発見されたのである。

三、ザロフの懐疑

下婢の急報に依って、ザロフは洗面もそこそこに現場にやって来たが、その時迄格別気を入れて見もしなかった此の室を、今度こそは仔細に吟味せねばならなかった。

日本風に云うと六坪ばかりの室には、庭に面した側に、鎧扉のついた硝子(ガラス)窓が三つあり、その下には、やはりこれも鎧扉のついた、短冊形の掃出窓(はきだしまど)が明いていた。左隅に寝台と衣裳戸棚、扉(ドア)の前辺(あたり)は、小卓と長椅子だけで空(がら)んとしていた。左側は帷幕(カーテン)を隔てて浴室に続き、室の中央から見ると開け放した帷幕(カーテン)の間から、灌水浴(シャワー)と浴槽の半分だけが見える。浴室には、庭に面した側にはないが、その反対側に小さな高窓が一つ明いていた。その外側は、汚水の溜りになっていて、周囲は終日陽の目を見ない湿地だった。

屍体は、寝台(ベッド)の上に仰臥の位置で横(よこた)わり、両脚を稍々(やや)はだけ気味にして、右手を胸に載せ、左手は寝台(ベッド)の端から垂れているが、顔は紫地の枕覆いの上に行儀よく載せている。昨夜葉が云った通り、襦袢(シミーズ)が臍(へそ)の辺まで捲れ上って、恐ろしく好色的(エロチック)な肢体だった。

ザロフに続いて邸中の者が集った。夫人とヤンシンはザロフが来た時には既に此の室にいて、屍体の口腔を調べていた。二人共医者だけあって、極めて事務的に処理しているが、流石に夫人はヘッダの腰部を布片（きれ）で覆うたりなどして、如何にも女性らしい細心な心使いを示していた。室中の窓には、鎧扉と硝子扉（ガラスど）と双方に掛金が下りていて、鎧扉の桟は全部垂直になっていた。その内外には足跡は愚か服の繊維一本も落ちていない。浴室の高窓は暫く開かないと見え、煤と蜘蛛の巣が氷柱（つらら）の様に下っている。昨夜の出来事に刺戟された連中が、指紋を消さぬ様に注意して家具を除（ど）かしたり、床や壁を叩いて反響を確めたけれども、結局隠扉（かくしど）らしい所もないのだ。また、変死を立証するものは何一つ発見されない。

ザロフは、昨夜此の室に不思議な侵入者があった事実を聴き取ってから、鵬を片隅に引張って行って囁いた。

「実に弱った事が出来たね。鵬君」

「ウン」鵬も苦り切った表情で、「君も知っての通り、最近長沙（ちょうさ）の波蘭（ポーランド）領事分館を通じて、曲芸団（サーカス）の持主がこの女の引渡を僕等に要求している——そんな矢先だからね。多寡（たか）が一淫売婦の死だけれども、余程扱いを慎重にせんと、却って政治的に逆用される虞（おそれ）があるよ。清朝時代には、外人の変死が此の国の海岸線を癩癩みたいにしてしまったんだぜ。それでなくても、相手がソビエスキーの波蘭（ポーランド）だからね。この事件が反ソヴェートの有力な宣伝材料になる事は、云わずと明らかなこったよ。そうするとザロフ君、僕等は今のうちに、この対策を決定して置かなければならんのだ」

「ウム」ザロフは暫らく沈思に耽っていたが、不意（いきなり）ニッと笑って、「やはりこの一つだろう――つまり、英国人であるローレル夫人を死因発表者に利用する事だよ。だから、他殺にした所で、決して赤裸々な真実を恐れるには及ばんと思うね。何しろ対照がヘッダと来てるんだから、個人の感情生活以外に、動機があろうとは思われんじゃないか」

「成程」鵬はホッと生色を泛べて、「それなら、到底臆説（デマ）の発生する余地がない。至極名案だ!!」

こうして、端なくもザロフは、四年以前モスクワに於ける彼に立ち帰ったのである。しかし、夫人は後で同意を求められた時に、如何にも彼女らしい冷やかさで、あなたの推論に誤謬（ごびゅう）さえなければ――と答えた。

それから、ザロフは旧（もと）の位置に戻って、

「君が発見したそうだが、その時と別に変ってはいまいね」

「ハイ、唯、白麻（しろあさ）の蚊帳だけが」

「それは、僕が取り外したんです」ヤンシンが屍体から離れて云った。「では、ローレル夫人に検案の結果を発表して頂きましょうか」

「サア」夫人は眼色で拒んだ。「私だと、余計な主観が混るだけでも、却って危険ですわ。それより貴方の方が、平凡でも雑色（ぞうしき）のない報告が出来るでしょう」

「それでは」とヤンシンは態（かたち）を改めて、「でも、今の所では、此の屍体が死後十二時間以上を経過していない――としか云えませんな。解剖して胃中食物の消化状態が判れば、もっと正確な時間を指摘出来るでしょう。それから、死因は心臓麻痺です。咽喉に数ヶ

所の軽微な擦過傷がありますが、右手の爪の間には、それに相応する表皮が残っています。他には、皮下出血の跡はないし、排泄物も一向にないのですから、外力を加えた形跡は絶対にありません。それに、外容からだけの話ですが、毒死を立証するような徴候も現われては居らんのです」

「所が、君も今聴いての通り、一つだけだが、歴然（れっき）とした他殺の情況証拠が挙ってるよ」ザロフは遮るように云った。「それから、或る種の毒物を極めて技巧的に使った場合や、衝撃（ショック）死などには、医学的には自然死であっても、その実外力が加わっているんだぜ。だが、そう云う場合は大抵、屍体の表情で見当が附くがね——顔面だけではなく、全身に表出しているものがある」

「すると、これがそうでしょう。下顎（したあご）をグッと引き気味にして口を角笛（ホルン）形にあけています。その過大な間隔と瞳が極度に釣り上っているのが、確か衝撃（ショック）の跡と云えますね。しかし、顔面以外は殆んど常態じゃありませんか」

「いや、消えちまったんだ。と云うと、不可解なようだが、事実は極くつまらん事なんだよ」何事かを仄めかしてザロフは自信あり気に云ったが、夫人へ向けた顔には苦笑が泛んでいた。「どうも観念が纏（まと）まりませんでな。大体衝撃（ショック）の表出と云うやつは、薬物の作用ばかりでなく、幻覚や絶命時の夢中心理でも現われる事がありますからね。それに、作用の瞬間的な毒物で説明したくも、生憎ヘッダには呼吸（いき）がないのですから、もう静脈血が物を云えませんよ。……また、それだけで死因に定義を附けようとすると、今度は、

『完全な密室の殺人』が全然解決不可能になってしまうのです」

一同にはザロフの云った意味が判らなかったけれども、夫人だけは批判的な眼を向けて頷いた。

それから、解剖の準備をするために、執刀者のヤンシンと夫人が出て行ってしまうと、ザロフは寝台の裾に近い床の上から、落ちていた卓上暦を拾い上げた。それは、様々な色のセルロイド板が一月の枚数だけに揃っていて、表面には日附の大文字だけが印刷され、備忘録を兼ねるものだった。彼はそれを繰りながら、

「ねえ鵬君、これは以前彼処の卓上の上に載っていたんだが、あんな所迄運ばれた所を見ると、相当激しい動作が行われたらしいね」

「だが、これと云う物音はしなかったと云うぜ」鵬は一向無関心の態だったが、ザロフもそれきりで此の問題には触れず、丁寧に卓上暦を旧の位置に置いてから、下婢に訊ねた。

「君は今朝、蚊帳の中でヘッダの死を発見したそうだが、その時沼蚊はいなかったかね」

「たしか蚊は一匹も居りませんでした」下婢は要領よく答えた。「居りますれば、沼蚊みたいな虻程もある大きなものは、すぐ眼に付きますし、それにこの蚊帳は、裾を布団の下で留める仕掛になっているのですから、いても判らないと云う程の広さでは御座いません」

「すると鵬君」ザロフは鵬を屍体の側に招き、用意した拡大鏡を下腹部に当てて、

「君、何か見えやしないか？」

「アッ、注射の痕が!!」平素は悠々迫らぬ鵬も流石に度を失った。胃と下腹部を区切る臍上の皺に、ポッと突いた針先程の傷があった。

「所が、こんな菱形の注射針なんてあるもんじゃない。これは黄斑沼蚊の刺痕なんだぜ。よく見給え。周囲に四ところ、あの蚊特有の肢鉤をかけた痕が残っているよ。所で、これからが非常に大切な所なんだが……」とザロフは俄然厳粛な調子になった。

「と云うのは、此の刺痕に腫脹が残っていないと云う事だよ。つまりそれは、心臓が動いているうちの刺傷でない——と云う証拠になる。しかし、また一方では、蚊と云う奴は屍冷を嫌うし、血球の破壊した血液は決して吸わん。そればかりでなく、人間には感じなくても、屍体の臭気には恐ろしい敏感な奴なんだ」

「フム、それで」

「そうすると、こう云う結論になる。この刺傷は、心臓が停止する以前であってもならんし、また停止後僅かでも時間が経ってはいかん。つまり、心臓の停止と同時か或はその瞬後でなければ——と云う、微妙な制限が置かれている事なんだ。だから、其処へ今の下婢の証言を持って来ると、ヘッダが最後の息を引いた時の状況が明かになって来る。その時はまだ、蚊帳が吊られていなかったのだよ」

「無論、吊ったのは例の笑い男ですよ」葉が待ち兼ねたように云った。「僕が云った時には、ヘッダは蚊帳の中にいたのですから。尤もその時既に死んでいたのかも知れませんがね」

「所が葉君、てんで僕は、そんな男がいたとは思わんがね」そう云ってザロフは、自分が投げた石の波紋を、面白そうに眺め始めた。

「莫迦な!!」鵬は魂消(たまげ)て叫んだ。「君だって、この事件に男の笑い声がなかった日には、犯人を探すなんて気は、よもや出なかったろう。葉君は実に正確な想像を云っているんだぜ」

「それでは、僕の理論を聴く事だ」ザロフは不思議な確信を仄めかせて、云い出した。「まず、君達の狂信を醒ますために、完全な密室に於ける殺人と云う構想が、探偵小説家の理想郷(ユートピア)だって事を云って置こう。小説でさえも、完全な条件では絶対に書けるものじゃない。第一、扉のない鋼鉄函みたいな場所へ、どうしたら、妖魔みたいな変幻出没が出来るだろうね？　恐らく百万年後でも、それには不思議現象以外の説明は附くまいと思うよ。つまり、空想でさえ構想の不可能なものが、現実どうして実行出来るか——それを考えて貰いたいんだ。所が昨夜は、この室が完全な密室だったのだよ。それは、凡(あら)ゆる状況が余す所なく証明している事だ！　万一を繋いだ秘密の通路も、先刻(さっき)の調査で全然望を絶たれてしまったのだ。だから、もしそんな神話的人物が事実いたとすれば、僕はアッサリ事件を投げ出してしまうよ。ねえ諸君、そうなれば、解決は天国にあり——

——じゃないか」

と彼の舌が漸く熱して来た時、解剖の用意が整ったと云う通知があった。それで、ザロフの話は一先ず中断されねばならなかった。その間彼は、浴室から自分の足下にかけて視線を数回往復させていたが、いきなり片膝をついて、寝台寄りの床に白墨で印をつけ、

「石鹸の泡が二所落ちているんだ。それも、ここから浴室迄の絨緞にはなくて、ここへ来て始めて現われている。まだ何を暗示しているのだか判らんが、何れにしても、この発見は注目していいと思うね」

「指紋を」鵬が突然云った。「無論大した事はあるまいが、君の想像が思い違いに終った場合に、或は役に立たんとも限らんからね」

此の事件が指紋に依って解決するような単純なものではないと云え、型だけでも冒頭に行うべきものに見向きもしないでいるのは、ザロフの驚くべき確信と、それから、彼の狂気染みた神経が、最初から或る一点に向って、ひたむきに注がれている証拠ではないか⁉　拡大鏡とアルミニウム粉とで、鵬の巨軀が窮屈そうな屈伸を続けていたが、やがて採集が終り屍体も運び出されたので、ザロフは、

「では先刻の続きだが、もう少し序論を云わせて貰おう」と再び円陣の中心になった。「所で今度は、諸君の信仰を仮りに事実であるとして、まず侵入者自身を吟味して見よう。すると真先に気が付くのは、その男の如何にも犯罪者らしくない露出行為なんだ――君達が隣室にいるのが判っていて、何故あんな笑い声を立てたのだろうか？　尤もこの点は、他人の秘事を発きたくないと云う心理を逆用して、君達の闖入を防いだとも云

えるだろうが……、それはマアいいにしても、全く真理ってやつは、いつも平凡な形で足下に転がっているものだね、その男の姿に目撃者がいない——と云う点を、僕は危なく見逃す所だったよ。つまり、耳で見た音響が、侵入者と云う概念像を作ったのであって、それを君達は、単純に聴覚だけで認めているんだ。すると、その一事で僕は、この事件の癌を摘出する、かけ代えのない方法を暗示されたような気がしたよ。その男の存在が聴覚現象以外のものでないのだから、そこにまだ再吟味の余地があると思われたのだ。そうして、推敲検討を繰返した末に、とうとう仮面を引ん剝いた、笑声の方程式を作り上げたのだがね。所がどうだろう……意外な事には、それがヘッダ個人の内部から発生している。実に、その母胎と云うのが、ヘッダの狂人笑いなんだよ」

最後の一句で、五人の聴き手は失神したように茫然となった。ザロフは鵬を見て云った。

「君は先刻、男の含み笑いだけで他殺の情況証拠は充分だと云ったが、僕は、それがヘッダの哄笑いだと云いたいのだ。それを分析すると、男の笑いが理論的に消滅してしまうのだ！　蔭でヘッダを操っている素晴らしい毒殺者の姿が、僕の網膜に映って来るのだよ。だから、たといヤンシンが自然死の報告をしても、僕は飽く迄それに固執いている積りだぜ」そう云って紙巻を取り出したのを見て、

「それが君の説の前提かね」と鵬が訊いた。

「ウン、所で僕の解釈を云う前に、恰度恰好な引例をお目に掛けよう。それは、僕が十

八の時に、白軍の捕虜から聴いた話なんだが」

と、ザロフはボツリボツリと語り出した。

「その男は、墺太利の男爵でヨーゼフ・ザイフリードと云う、可成り年配の医者なんだが、当時クラーゲンフルトの寄席で興行していた、カミーラと云う女腹話術師に恋をしたのだ。舞台のカミーラは、もう一人の対手とシーソーに乗りながら、腹話術を応用した掛合噺で人気を博していたが、ザイフリードは遂々数多ある恋敵に打ち克って、カミーラを自分の妻にする事が出来た。しかし、カミーラはザイフリードの金力には従ったものの、内心ではオスカール・シュレーゲルと云う若い銀行員を諦める事が出来なかったのだが、それが、抑悲劇の始まりだったのだよ。無論二人の儚ない逢瀬は、何時か判らずにはいない。けれども、それと知っても流石に維納貴族である彼は、表面荒立った真似をせず、カミーラを南チロルの猟小屋に連れて行ってしまった。すると、或る雷雨の夜、カミーラが激烈な胃痙攣を起したのだが、そのうち不思議な事には、ザイフリードが注射したモルフィネに依って既に安眠している筈の彼女の室から、恰度君達がヘッダのを聴いたような、物凄い笑い声が響いて来る。不審に思ったザイフリードが隣室迄行くと、女の笑いの外に、一度だけだが、男のを聴いてしまった。シュレーゲル……突嗟にこう信じた彼に、端なく殺意が起ったのも、決して無理ではあるまい。そこで彼は、側にあった砂糖壺の中から、角砂糖を全部取り出して、四つだけを残して置き、その中を丹念に刳り抜いて、其処へ自分の喘息に使うジアセチール・モルフィネを詰めて置いたのだ。所が、翌朝行って見ると、珈琲盃一つと、角砂糖二つしか失なっていない。ザイフリードは思わず愕然としたが、果してカミーラの室には、彼女一人の屍体しか横わっていないのだ。おまけに皮肉な事には、その翌朝配達された新聞に依って、シュレーゲルが一週間も前に、グラッで自殺を遂げていた事を知ったのだったよ。……そうなってみると、その夜カミーラと室を共にした男は誰か？――と云う疑念が当然起って来るのだが、流石ザイフリードはすぐにこの謎を解いた。――実は、カミーラの室には彼女の外誰もいなかったのだ。カミーラの笑いはモルフィネに依る愉快な幻夢を見たからで、それだけは間違いのない事実なんだけれども、男の笑い声の方は、別に一人の男性が存在していたからではなく、やはり、それもカミーラが発したのだったよ。では、どうしてそうなったかと云うと、クロダインを過量に嚥むと経験する事だが、寝台に接触する部分の皮膚がモルフィネに依って知覚を失い、それから落下の感覚が起るからなんだ。それで、カミーラの場合も、爽快な夢を見ているうちに、そう云う下降感が起った事は云う迄もない。けれども、その時どうして腹話術に依る男の笑い声が出たかと云うに、それは……恰度その下降感が、寄席の舞台でシーソーが下る時の感じと符合するからなんだ。つまり、彼女の永い間の習性がそうさせた訳だが、同時にそれが、ザイフリードに恐るべき錯誤を冒させてしまったのだよ。だから、あの男も自暴自棄の末、自殺する目的で白軍に投ずるようになったので、僕にそれを聴く機会が出来たと云う訳さ。しかし君達は、此の話を聴いて、ヘッダの室に起った男の笑い声を、なんと解釈するかね？」

「だが、腹話術なんてそんな器用なものは、ヘッダには思いも依らぬ話だぜ。元来あの女は歯力芸人なんだ」鵬は半分嘲笑っていた。

「では、卒直に云おう」ザロフは真剣に坐り直した。「二種以上の毒物を併用すると、偶それが競合して、異様な二重意識を起す事がある。僕はそれを、ヘッダの場合に主張したいのだ。それで、もう一つ例を挙げるが、僕は以前に戦地病院で、微量だけれども猛毒の峻下剤であるコロシット果粉末が、誤って抱水クロラールの中へ混じってしまった結果を見た事がある。その時は、全身麻酔に陥る筈の患者が、俄かに激烈な腹痛を訴え始めたのだ。だが、そのうち抱水クロラール特有の灼け付くような麻痺感が、胃中一杯に拡がってしまうと、患者は半仮睡の状態になって、苦悶が間歇的になって来る。いま考えると、そのグッグッと云う声に、君達が男の含み笑いと聴いたものが、何となく似てやしないかと思うのだがねえ。しかし、間もなくその患者は、猛烈な下痢が固で虚脱してしまったのだよ。それで、適量の抱水クロラールにも小動脈壁が抵抗出来なくなって、遂々心臓麻痺を起してしまったのだが、此れもヘッダの場合を考えると、貴重な一例だと思うのだがどうだろうか!!　つまり、こう云う薬物の競合現象があるのを、君達に知って貰いたいんだよ。……所で、犯人が何か技巧的な方法で、ヘッダに二種類の毒物を試みたと仮定しよう。すると、最初に作用の迅速な方の毒物のために——少量なら腐蝕毒でも差支ないが——ヘッダは先ず苦悶を始める。しかし、すぐにもう一つの

――それは神経毒である事を絶対に必要とするが――その毒物の作用が末梢神経に現われるので、今度は苦痛が幾分緩和されて、それに痙攣と間歇性が伴って来る。そしてその亢進時と鎮静時とが頗（すこぶ）る不規律に交錯（いれちが）うのだが、それに就いて、君達の記憶を喚び起す事にしよう。つい先頃、アスピリンと誤って昇汞錠（しょうこうじょう）を嚥下した兵士があったね。その時、ヤンシンが卵白で胃洗滌（いせんじょう）をした時に、君達はそれとそっくりな現象を見た筈だよ。で、そうすると、亢進時には呼吸が強く圧迫されるから、苦悶の声がグッグッと云う低い断続音になって現われるじゃないか⁉　勿論、その声だけを単独に聴いたのだったら、鳥渡（ちょっと）のうちは音符（おたまじゃくし）以上のものが悟れなかったかも知れないのだが、あの時は、その声と電光形（ジグザグ）に喰い違って、ヘッダの哄笑（たかわらい）を聴いたのだからね。それで、男の含み笑いと云う聯想が、早速にピインと響いて来たって訳さ。だから、こう云う聯想に依る錯覚と云うものは、異（ちが）った場合もやはり同じ事なので……、もしあの時ヘッダが泣いていたとすれば、恐らく君達は、あの声を悲哀憤怒と云うような、全然反対の情緒で解釈したに相違ないと思うね。所で、そう判ると、鎮静時に起ったのが、例の哄笑である事は云う迄もないが、それが死の直前に現われているだけあって、何となく怪奇（グロテスク）な気がするだろう。けれども、元来（もともと）或る種の神経毒には決して稀らしくない現象なんだ。つまり、その毒物が肝臓に変調を起すからで、その結果症状とは似てもつかぬ愉快な幻覚が、往々に現われる事があるからだよ」

それから、ザロフは最後の結論に入った。

「で、こう云う具合に、苦痛の亢進時と鎮静時とで、交互に、二つの異った性質の声を聴かされるし、また、その出没が非常に不規則なので、聴いた者はそれが因で、途方もない倒錯に陥ってしまうのだよ。君達は集会所に来てしまうと、男の笑声は全然聴こえなくなったと云ったね。だから、ヘッダの最初の苦悶は耳に入らなかったのだ。哄笑が始まったので、それに導かれて始めて、音声の妖術を聴くようになったのだよ。さて、これで笑声の分析は終ったのだが、僕の説がまだ仮説から一歩も出ていない事は云う迄もあるまい。けれども、あの不合理極まる存在を非存在とするためには、それ以外には絶対に理論がないと云う事を、是非承知して欲しいと思うね。それから、僕が笑声の原因として想像する神経毒が、直接ヘッダを殺したのではないと云う事を、断って置きたいのだ。そう云う性能を持っているものには、即死に近い峻烈な作用を現わすものが、絶対にないのだからね——何より発作の開始から絶命迄の時間が、確実に証明している事だよ。ねえ諸君、この事件には中世の毒殺万能時代にもないような、三つの毒物の素晴らしい芸術が見られるだろう。けれども、以上の事が判ると、この事件の恐怖的な謎は残らず解けてしまうぜ。今迄のような密室の束縛から脱れて、僕等は全く自由になる事が出来る。つまり、単一な毒殺事件に纏まったからだよ。笑声の部分は、技巧さえ許されれば時間空間が問題にはならんし、第三の毒物が使われた時には、多分此の室が密室ではなかったのだろう。だが、僕は今暫らく凡ゆる行動を控えようと思う。どのみち犯人は逃げっこないのだからね。ヤンシンの鑑定が僕の仮説を証明してからでも、決して遅くはないよ。また、僕が故意と毒物の名を云わなかったのは、何れヤンシンが指摘せずには置かないと信じてるからさ」

如何にもザロフらしい空想の火華だった。語り終った彼の前には、五つの放心した顔が並んでいた。しかし、どれもこれも最初のうちは、詭弁だ!!　と、心の中で警戒を弛めなかったのであったが……。

四、淡藍色の寝衣を着た男

「所が汪君、君から始めて、昨夜の行動を聴かせてくれ給え」一息吐くと、ザロフは顔の紅潮を収めて、事務的な口調で云った。が、汪の陳述は、昨夜と寸分も異ならなかった。

「だが、君はどうして、ヘッダの室を出るとすぐ戸外へ出掛けたんだね。そして、その間は？」と鵬が口を挟んだ。

「沼向うに、蜀楽院とか云う日本寺がありますね。裏口から出て、昼間だとあの屋根が見える、丘の間を往復しました。戸外へ出たのは、頭が痛かったからです。それに、亢奮を冷まさにゃなりませんよ」それから、汪は露骨に昨夜の感情を曝け出した。「一週間も人殺し作業を続けてやっと帰って来ると、折角当った女が、ずぶ六で役に立たぬと来てるんです。浴槽の中で石鹸だらけになっているのを引っ張り出して、それからやっと襯衣だけを着せて寝台の側まで引き摺って来ると、今度は其処の床にふんぞり返って、もう挺子でも動かんのです。何しろ、馬鹿力があって足腰の利かない、あんな重い奴を扱ったのですから、僅か五、六米の距離に、ザッと一時間足らず掛かってしまったのですよ。……そうなりゃ鵬さん、誰だって頭も痛くなるでしょうに⁉」

「無論、戸外では誰かに遇ったろうね？」

「人っ子一人いやしません。大体昨夜みたいな晩に、誰がノコノコ出歩くもんですか」

「そうすると、君が戸外にいたのが立証出来なくなるぜ」と鵬が鳥渡気色ばんだが、それが、直情的な汪に不快な刺戟を与えた。

「オヤ、それでは貴方は、私を見掛けた煙草屋の主婦なんてものが、こんな土地にあると思ってるんですか」ジリジリ彼の表情が硬くなって行く。「とにかく、事件が起った土地の状況をよく頭に入れてから、質問して下さい。大体不在証明なんてものが、一種運命論的な代物なんです。あれは八分通りまで、捜査官が犯人製造の必要上要求するんですよ。大都市の居住者でも、日常生活の中に求められたら、まず大概は犯人になってしまうでしょう。もし十人のうち三人もあれば、私は戦闘機に空気銃を載せますぜ。だが、それよりかも私が知りたいのは、昨夜お二人始めヤンシン君に、果して完全な不在証明があったかどうか――ですがね」

「止め給え」鵬を救うように、ザロフが汪を叱った後で、「所で、君に特別念を押して置きたいのは、君が室を出る時に、ヘッダがどんな状態であったか、と云う事だが」

寝台(ベッド)の裾の左脚の所で、手足を枕木みたいに抛り出して、仰向けに臥転(ねころ)んでしまったのです。横腹を金棒に当てて、上体を寝台(ベッド)の底辺と窓の間へ斜に突き出していました」

「成程」ザロフは軽く頷いて、汪に対する質問を打ち切った。「それから、葉君以外の者には用がないから」

　すると、残された葉は、元気な声でザロフの質問を俟(ま)たずに、云い出した。

「ねえ指揮官、とうとう私が第一の容疑者にされてしまいましたね。これから貴方は、私が蚊帳を吊ったかどうか――お訊きになりたいのでしょう。とにかく、笑い男が論理的(ロジカル)な消滅を遂げてしまったのですから、そうなれば、蚊帳が独りで動ける訳ではないし、結局此の室へ最初に入った私に、疑いが掛かるのも無理ではありません。実際、そうなるのが厘毛誤りのない計算なんですよ。その上、この室で私は二十分近くも費しています――尤も、それは念の行く迄調べた所以(せい)なんですがね。しかし、あの時私が夢中遊行をしているのでもなければ、事実をその儘信ずるより外にないですよ。で、もう一度云いましょう。あの時、笑い声が止む――汪が現われる、と云う奇体な暗合が現われたので、入る決心をしたのですが、私の眼に映ったヘッダは、蚊帳を吊った寝台(ベッド)の中でスヤスヤ眠っていた様に思われたのです。或は既に死んでいたのかも知れませんが、その時は別に不審な気は起りませんでした」

「フム」ザロフは顎だけで頷いたが、鵬は、「それは僕も認めている」と真剣に合槌を打った。そして、

「とにかく、ヘッダの屍体を床から寝台に移して、それに蚊帳を吊った人物がいる。また、其奴が犯人である事も確かだよ。衝動の跡が、屍体の顔面以外の部分から消えているのだけでも、充分云えると思うね。だが、今度こそ、その人物に何とか説明が付きそうなんだ。まだ見当が、昨夜麻雀をやった四人以外の——と云う程度だけどねえ」と自信を仄めかすと、

「すると、多分こうでしょう」と葉の眼から神経的なものが消えた。「昨夜私達四人が、男の笑声を確めに間の空室に入った事がありました。その時、背後からこっそり忍び込んで来て、隅の闇の中に隠れた者があったのです。其奴は、間もなく吾々が集会所に戻った隙に、この室へ入って目的を果したのですが、終るとすぐにまた、旧の位置に戻っていたのです。で、多分私が独りでこの室に入るのと、入れ違いだったのでしょうが、それからその人物は、私が出たのを見定めて、再び此の室に入って、今度はヘッダの屍体と一所に、脱出の機会を狙って朝方迄暮したのでしょう。つまり、其奴の目的は、情況証拠の湮滅をして、自然死らしい外観を作ろうとしたのですよ」

「明察だ。その時以外に時機のない事は明かだよ」ザロフは澄んだ瞳を葉に向けて、「だが、君の推定は時間的に証明されなきゃあならんがね。それに就いて訊きたいのは、君達四人が空室を出てから君が独りでこの室に入る間迄に、一体何分位費やされているね？」

「全部で十二、三分位でしょう。空室を出てから笑い声が杜絶える迄が、さよう二分位、

それから、汪が来てから私が歩哨を訊したりして、結局此処へ入る迄が、十分も掛かったでしょうか」

「成程、十二、三分……。では、その数字で君の推定を割ってみる事にするが、それには、三通りの解答が予期されているんだ。無論、君の説が証明されるかどうかで、正否の二つがあるのは云う迄もないが、万一天秤が水平になるとだね……」と云って、ザロフは不思議な亢奮を現わした。「そうなると、あの見るからに単純な汪が、実に素晴らしい性能を隠している、と信じなけりゃならんよ」

聴いた瞬間、二人に電撃のような衝動が現われたが、ザロフは眼もくれず続けた。

「所で、僕の計算の基礎と云うのは、絶命時刻と屍体の顔面表情なんだが、絶命時刻は最大限に見積って、ヘッダの笑い声が絶えた時としよう。けれども、屍体の顔面表情になると、それに少し説明を加える必要があると思うね。……大体、四肢の筋肉には強直が始まる際に緊縮を起して、往々それが不気味な運動をする事があるんだが、顔面筋肉には、破傷風患者の強直が弛む際以外には恐らく変貌がないと云って差支ないのだ。また、人工的に表情を変えると云う事は、改悪に終るのが眼に見えた話だよ」

「すると」葉が鳥渡神経的な訊き方をした。

「その時見た顔面表情と現在のとが、同一であるかどうか――それを君に証明して貰いたいんだよ。つまり、その変貌如何で斯う云う結論になるんだがねえ」と、ザロフの口から、平淡な調子で、驚くべき峻烈な内容が吐かれて往った。「まず、その時と現在とが同じものだとするね。そうすると、絶命は君が此の室に入る以前である事は云う迄もない話だ。しかし、ヘッダは蚊帳のない所で死んだに相違ないのだから、もし変貌がないとすれば、君の云う十五分足らずの間から、まず蚊の吸血に適した静かな時間を差し引かねばならんよ。そうなると、その余剰の時間で、屍体を寝台の上に運んで蚊帳を吊ったり、手足に現われている衝動の跡を一々常態に戻したりするなんて事は、到底人間業では不可能な話だよ。いいかい葉君、君の説には世界中の時計が不賛成なんだぜ。所が、その反対の場合、つまり変貌が事実あったとすると、今度は、それが君に対して相当不幸な暗合になってしまうのだがねえ」

「しかし、あの女は俯伏せになっていたんです」葉は聡明にも一つしかない逃路を覚って、平然と答えたが、其処に陥穽があった。

「いや、それでもまだ見たものがある筈だよ」

「と云っても、亜麻色の髪毛だけですが」

「亜麻色⁉　君が見たのは？」ザロフが突然棘々しく反問すると、

「亜麻色と云う以外に、あの色をどう表現したらいいんです？」と葉は冷かに嘲った。

「そうすると」ザロフは峻厳な態で断定を下した。「君だね。ヘッダの屍体を寝台に運んだのは。そして、蚊帳を吊ったのは」

「馬鹿らしい。途方もない冤罪です‼」

「と云って、優秀な砲兵士官である君の視力を疑う訳じゃないがね。しかし、君が見たのが事実だとすると、光覚上の法則が根本から覆えされてしまうぜ。君はヘッダが俯伏せになっていたと云うね。そして、髪毛を亜麻色に見たと云うね。だが、そうなると、白麻の蚊帳に覆われて、ヘッダの頭は紫地の枕覆いの上にあったのだから、君は当然亜麻色以外の色を見なければならんのだ。ねえ葉君、白い紗を透して紫地の中に置かれた灰色を見ると、それが鮮かな緑色を呈して来るのだよ。そう云う対比現象が必ず現われるものなのさ」

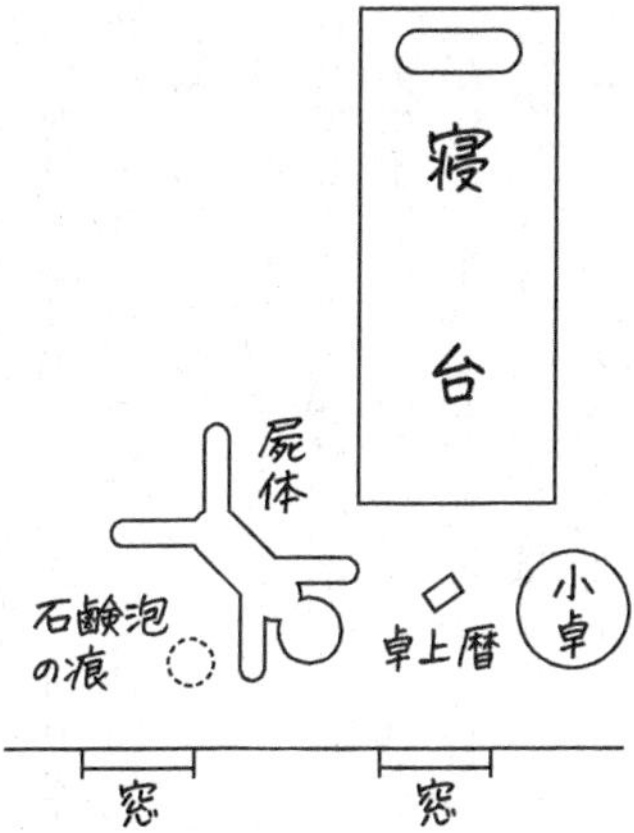

葉は思わず顔を伏せた。が、やがて、血の気のない唇から微かな嗄れた声を絞り出して、

「実は、殆んど汪が云う通りの位置で、ヘッダは床の上に俯伏せになっていたのです。あの時、最初に部屋を一巡りしてから、体温はあるし顔が見えなかったので、うっかり眠っていると信じて私は愛する女を寝台に運んで蚊帳を吊ってやったのですが、蚊帳の中で意外な絶命に気が付いたのです。そうなると、それ迄費やした時間が因で、

必ず自分に疑いが掛かると思われたので、とうとうあんな小細工をしてしまいました。四肢の彎曲や指先の不気味な反りを自然の状態に直して、蚊帳の裾をキチンと留めてから後を見ず逃げ出したのです。けれども指揮官、私は断じてヘッダの下手人ではありません。それから、あの室には、花粉の匂いが立ち罩めていただけで、人間は愚か、音も臭気もありませんでした」

　ザロフはそれ以上追及しなかった。そして、昨夜の歩哨を呼ばせる事にして、葉を去らせてしまうと、鵬は眼を円くして、

「実に驚いた。今のがGPUの本体だろうね」

「だけど、葉は最初、僕に先手を打って来たんだぜ」ザロフは鳥渡白い歯を見せて、

「だから、こりゃ一筋縄では往かんと思ったので、1—0=1と云う平凡な真理を証明するのに、大袈裟な天文学数字を使ったと云う訳さ。漸っと此れで、此の事件の謎が全部片付いて、僕は爽々しい気分になったよ」

　それから、彼は浴室に入って行った。浴槽には、殆んど石鹸水に等しい昨夜の残り湯が、腐敗した牛乳の様なドス黒い混濁を見せていた。ザロフは送湯の捻栓を捻って見て、

「オヤ、捻栓が壊れてるな。それから鵬君、君は此の蛇口が少し下過ぎるとは思わんかね」と水面から少し潜っている蛇口を指差す。

「成程……。尤も、此の湯栓は風琴のある釜場に続いているのだが、昨夜の風琴の音がこの事件にどんな関係があるんだね」

「冗談じゃない。両方の栓が開いていたって、ここへは廊下で聴く程に聴こえやしないぜ。何も僕は不可能な事を無理矢理信じようとして、そんな小説染みた空想を組立ててるんじゃない。唯、あの石鹸泡の痕と浴槽とを結び付けるものを、探してるだけなんだよ」

その時、小柄で猿みたいな顔をした男が現われた。昨夜窓外に立った歩哨の鄭大釣である。所がこの海南島産の洋僕上りは、実に意外とも云う事実を陳述したのだった。

「昨夜は誠に申訳ない事を。実はこの室を覗き見しましたんで。恰度十時半の点鐘が鳴る少し前の事で、この頃からヘッダさんが大きな声で笑い出しまして、それに、ウフフフと云う可笑しさを耐えているような、男の声が交り始めたのです。こりゃてっきり、法外な巫山戯方をしているんだなと思うと、鳥渡妙な気持になりましてな。それで、悪い事とは知りつつ、銃剣の先で掃出窓の鎧扉の桟をこづいて、遂々其処から硝子越しに覗いてしまったのです。すると右足に、白い襯衣が捲れ上って、腰から下を露き出しにしたヘッダさんの後姿だけが眼に映りました。両足をバタバタさせている所は、悪巫山戯を嫌がるような態でしたが、多分私から見えない所にいた男が……」と云い掛けた時、ザロフは思わず、

「なに⁉」と鸚鵡返しに叫んで息を窒めた。

「はい、男が居りまして、其奴は……、続いてウームと力を入れるような太い唸り声がすると同時に、クルッと男女が入れ変ったと見えて、今度は男が肩から背筋にかけて現

れたのです。その男は、無地の薄い藍色の西洋寝衣（パジャマ）を着て居りました。しかし、それも眼に映ったと思う瞬間に消えてしまって、同時に寝台（ベッド）の脚に身体を打衝（うちつ）けるような音がしたのでしたが、それきりで、私は窺覗（のぞきみ）を止めなければならなくなりました」

「どうしてだね」鵬が光りのない眼を向けると、

「やはり」とザロフは深い嘆息をした。

「その時私の脚に打衝（ぶつか）ったものがあったからで、一時はハッと飛び退きましたが、すぐにそれが、首環を付けた白犬である事が判りました。暗い紺色の首環でしたから、閣下のイゴールだったのですよ。いや、それでなくても、二度と覗く勇気が私には出なくなりましたので。と云いますのは、ヘッダさんの笑い声が続きながらも、絶えず力を罩（こ）めて、ものを締めるような、低い男の唸り声が交りますし、それに、二人の動作を考えますと、何となく唯事ならない事態（ありさま）のように思われて……、急に慄然（ぞっ）となると、もう意気地なく私はその場に竦（すく）んでしまいました。そんな事で、遂々（とうとう）窺覗（のぞきみ）を断念したのですが、間もなく男女の笑い声が不意に止んだので、変に思って今度は、上の鎧扉に耳を付けました。すると、ヘッダさんが懶（ものう）そうに呟やくのが聴こえたのです」

「フム」

「たしかそれは、ネ――メ――ル――リ――ケ――ツ――クと云ったように覚えて居りますが……、それなり室内からの物音は一切絶えてしまいました。で、葉砲兵司令がお出（いで）になったのは、それから直（すぐ）の事でしたが、しかし、その後の事は多分御存知でいらっしゃいましょう。兎に角、こう云った所が、昨夜私が経験した全部なので御座います。それ以外には、二時の交代前に気が付いて、掃出窓の鎧扉を旧通り(もとどおり)に締めた位の事でして……」

「では、君が戸外で見たのは葉だけかね」

「ハイ」

「交代後は真直に宿舎へ帰ったのか？」

「いえ、ヤンシン軍医殿のお云い付けで磨きました靴を、地下室に降りる階段の口へ置いて、それから屯舎へ戻りましたのです。彼処が恰度あの方の室の直ぐ前ですから」

　鄭の陳述を聴き、彼と問答を重ねているうちに、ザロフは両掌を固く握り締めて、非度(ひど)く不規則な呼吸を続けていたが、愈彼が最後の質問に入った事は、その顔色で窺われた。

「所で、君がその男の服装(なり)を、薄い藍色と見たのは間違いないだろうね」

「間違える所か、とても鮮かな色でして」

「その男の姿を見たのは？　時間にすると？」

「それこそ、ホンの一瞬間で、土塁(どるい)の銃眼孔から、走る馬の脚を見るようなものでした」

「では、君が掃出窓から眼を離して、それから僕のイゴールが見える迄の時間は？」

「身体を一廻転(ひとまわり)廻(まわ)しただけですが、暗い中でも白い色と首輪だけは、明瞭(はっきり)眼に映りましたんで、尤も、犬はすぐいなくなりましたが」

「兎に角」鵬が云った。「性質は判然とせんが、二人の争いは相当激しかったと見えるね」

「ウン、周囲にぶつかる家具はないし、絨緞では物音が立たんよ」ザロフは鵬の説に頷いてから、鄭に口止を誓わせて立ち去らせた。

「とうとう、君のバベルの塔も崩れてしまったね。しかし、犯人の定義が決っただけでも、却って楽になったよ」と鵬がほくそ笑むのを、

「そりゃ云う迄もない事さ――戦争ルムペンの吾々に、下着のかけ代えが至って乏しいと云う事はね。だが、淡藍色(ライト・ブルー)の寝衣(パジャマ)と云う段になると、さしずめヤンシンを除いた四人が容疑者の筆頭になってしまうぜ。君は厭がって着ないので、忘れたかも知らんが、巫(ふ)嶺関(れいかん)の戦闘で、独逸(ドイツ)人顧問の所持品を分配したのを覚えているだろう。あの時お裾分に預かった連中は、とにかく運命なんだよ」とザロフは皮肉に云って、長椅子へゴロリと横になった。そして、

「だけど鵬君、とうとう僕が一番怖れていたものがやって来たんだ。この事件がいよいよ密室の殺人と云う事になると、風琴(オルガン)の挽歌と甘酸っぱい花粉の香(かおり)に浸って、笑いながら死んで行ったヘッダよりかも、僕等の方が遥かに恐怖を覚えるじゃないか」と半ば絶望的に呟くのだった。

　その日の午の食卓には、ザロフ、鵬の二人とローレル夫人が参加したのみだった。ザロフが午前中の経過を縷々(るる)夫人に話すと、

「では、これは如何？」と云って、夫人は乾酪(チーズ)で白布の上に、次の様な公式を書いた。

　袋部屋÷（情況証拠－医学的死因（勿論自然死））＝石鹸泡の痕＋X

「Xが淡藍色(ライト・ブルー)の寝衣(パジャマ)ですね」鵬は苦笑した。

ザロフは暫時(しばし)黙考を凝(こら)していたが、突然(いきなり)、

「成程」と叫んで莞爾(にっこ)としたが、それと同時に彼は、まだ一度も経験した事のない不思議な戦慄に襲われた――怖るべき論争者!!

五、石鹸泡(シャボン)の膜

その夜、夫人の書斎にザロフと鵬が加わって、ヤンシンは三人に解剖の結果を報告した。

「蒐(あつ)集めた指紋からも結局得る所がなかったそうですが、私の鑑定もそれと同じ事で、やはり自然死以外のものを、医学的に証明する事は出来ませんでした。死因は確実に心臓麻痺です。唯、血管に腫脹(しゅちょう)が見られますが、多量の酒精分(アルコール)を摂取しておる屍体には、結局大した価値があるものではありません。また、全体の粘膜部にも毒物を使用した痕跡は見当りませんし、概して毒死を証明する反応が、明確に現われては来んのです。そ

れから、声帯附近に粘膜が剝離した部分があって、そこに少量の出血があるのですが、そう云う現象は、過度の発声が連続した場合に屢々起る事で、さのみ注目するには当らんだろうと思います。内臓にも、過去の病歴を証明するものがありません。殊に心臓に就いては、空気栓塞までも調べましたが、この臓器が絶命瞬前まで躍如たる活動を続けていたと云う事は、全然疑う余地がないのです。要するに、不可解な死であると云う一言で、云い尽せましょう。自然死を目的にした他殺——とでも云える変則な場合が、もし有り得るのでしたら、私はそれでヘッダの死を解釈したいのです。しかし、それ以上の想像は、医師の領域ではありません。私は自分が見た真実以外の事には、一切口を噤みたいのです。所で、最後に絶命推定時刻を申上げますが、胃中残留物の消化状態から推して、食後即ち午後六時から約五時間後、つまり昨夜の十一時前後がそれに当るのです。これだけが、本日の解剖から得た、唯一の収穫であると云えましょう」と講義めいたヤンシンの報告が終ると、

「有難う。所でヤンシン君」とザロフが云った。「君は屍体の脾臓を調べたかね？」

「内臓には特別注意を払いましたが、どうして、あんな特殊な臓器をお訊ねになるのです？」

「実は、途方図もない空想を描いてるんだよ。遼代の古書に擽殺と云う刑罰の事が記してなくても、過度の笑いは稀に脾臓を破裂させると云うじゃないか」

「ワッハハハ」鵬が突然無遠慮に笑い出した。「君らしくもないぜ。大体、今時そんな

悠長な殺人をやる奴が、何処にあるもんか!?」

「所が鵬さん」ヤンシンは半分出掛けた笑いを急に引っ込めて、「それはあながち空疎な説とは云われませんぜ。植物神経系に超過的な刺戟を与えると、それが脾臓出血の原因になる事があるんです。また笑いとか欠伸(あくび)とかに稀れに心臓麻痺を伴う事がありますからね。だけど、指揮官の云う脾臓の破裂と云うようなものになると、まず、そんな超意識的な笑いを起させるような方法を、吾々の経験中では判断出来ませんな。また、それを緩漫な方法で進めて行くとするには、何より永い間の禁獄などで、肉体を衰弱させる事が条件ですよ。所がヘッダは健康な野獣みたいな女なんです」

「しかし」ザロフは力のない咳をして、「無論それは鄭が目撃したと云う男女の姿態から判断する事だが、擽(くすぐ)ると云う以外に、あの笑声の見当が附かんよ。とにかく、他人の闖入を防ぐのが目的だろうが、咽喉の掻き傷だって、犯人が擽っているのを止めさせようとして、その時誤って付けたのかも知れんしね。勿論、薬物的に考えられぬでもない。けれども、それには一定の設備が必要であって、その容積がああ云う秘密の侵入を許さんしね。それから、最後の――心理的に笑いの幻覚を起させる方法となると、もう完全に正確科学の領域を離れてしまうんだ。つまり巫妖術(ウイッチクラフト)だよ。そうすると、ヤンシン君、大体ストリンドベルクみたいな天才でさえも、それを考え詰めた挙句は、とうとう狂人になってしまったんだぜ」

ストリンドベルク――。夫人はこの名を恍惚(うっとり)と呟いたが、再び重大な暗示を投げた。

「ですけどザロフさん、この事件を陰微科学に捧げてしまうのは、まだまだ時期が早過ぎますわ。密室と笑声と侵入者――とこの三つの疑問は、一つの謎が、三様の異った形体で現われているように思われるんですの」

「或はそうかも知れません」ザロフは明かに動揺した。「それに、汪が出ると直ぐ笑いが始まったのですから、犯人がどうして汪が出たのを知ったか――それが疑問の一つですがね」

「だが、動機だけで充分だ‼」鵬は結論を云うように、卓子をコツンと一つ叩いた。「見給え、汪と葉と……、ヘッダを繞って三角関係がある。それから、ヘッダの事を兵団の癌だと公言した人物が、確か一人いる筈だよ」

鄭が淡藍色の寝衣を証言して以来、それを持っている四人は、互いに相手を疑惑の眼で見るようになった。が、遂に鵬が、それをズケリと云ってしまった。

「成程」ザロフは皮肉な微笑を泛べて、「けれども鵬君、僕は先刻君のいる前で、葉を罠にかけて口を割らせたっけね。あれを見ても、自白に依って犯人を立証すると云う事が、どんなに困難な業か、判らん筈はないと思うのだがねえ。動機と殺人方法の概念だけで片付くような、この事件はそんな単純なものじゃない」

「全くそうですわ」夫人もザロフに同意した。「犯人が唱った音楽を、正確に音符で再現するのです。それ以外に、解決の方法はありません」

鵬はひどくテレ気味だったが、

「時に、ネメルリケックと云う言葉を御存知ですか？」と夫人に訊ねた。

「ネメルリケックですって⁉」夫人は暫く視線を宙に揺っていたが、「多分ケネムリックの事でしょう。波蘭の伝説にある、樅の樹の梢に住むと云う妖婆の事です。鼻の大きな、額が狭くて尖っている。そして頬が鞠みたいに膨れていて……、聖ヨハネ祭の前夜に、夜鴉を啼かせて凶い兆を伝えると云うのですよ」

「すると、実に重大な発見です。その人相に当る者の中に、犯人がいると云う訳ですからな」そう云って鵬は、指で卓子に二つの人型を書き、その一つを消した。

ヤンシンは少し驚いて鵬を見た。

「貴方は、私を犯人にするんですか⁉　しかし、ヘッダは日頃私の事を、ピョートルとかペーチャとか呼んでいるのですから、もし私があの女を殺そうとしたのでしたら、何も、そんな迂遠な言葉で云う気遣いはないでしょう」

「成程、ヤンシン君の云うのは正しい。所で！……」とザロフは突然素晴らしい話題を持ち出した。「昼間夫人に暗示された事から、僕はヘッダを殺害した方法を発見したのだよ」

それから、一同の緊張した視線を浴びて、ザロフは語り出した。

「その出発点は、あの石鹸泡の痕なんだがね。それと同じものが、浴室との境から彼処迄の間にないと云う事が、僕にこんな想像を起させたんだ。一つ前置を抜きにして並べて見よう……。最初ヘッダが渇を訴えたのだ。笑いを猛烈に強いられた後だから、それは当然だと云って差支えあるまい。すると、犯人は水を取りに浴室へ立って行って、そこで簡単な装置で発生する或る有毒瓦斯(ガス)をカップの中に充(みた)し、その上に石鹸(シャボン)の泡で蓋をしたのだ。それをもっと詳しく云うと、最初はカップを倒(さか)さにして、その中へ騰(のぼ)って来る瓦斯(ガス)を入れ、それから石鹸の泡で下から蓋をしてから、カップを通常の位置に戻したのだよ」

「空気より軽いって云うと、それは青化水素ですね」ヤンシンが口を挟んだ。

「そうだ。青化水素だよ。あれは空気より少し軽いばかりでなく、発生させるのに大した設備は要らないし、無論携帯する事も出来るんだ。で、そうすると、ヘッダは石鹸(シャボン)泡の膜を水面と錯覚して、飲もうと顔を近附けたのだが、その途端に呼息(いき)が膜を破ってしまったのだ。そして、衝撃(ショック)をうけた瞬間、ケネムリックと叫んでその場に昏倒し、カップは手から落ちて、内部(なか)の泡が絨緞の上にあんな痕を残した――と云うのがヘッダの死の謎を解く方程式ではないだろうかね。それに、極微量の青酸中毒は、その症状が心臓麻痺と殆んど異(ちが)わないし、また、窓外にある種々(いろいろ)な花粉の匂いが、此の場合恰好な偽装迷彩(カムフラージュ)だったのだ。でなければ、あの特異な臭気が、一間を隔てた集合所で判らぬと云う筈はないと思うよ」

「成程、実は私もシアン化物を想像していたんですが」ヤンシンが沈痛な顔で頷いた。

ザロフの顔は再び憂鬱に弛(たる)んで来た。

「だが、それだけ判った所で、どうなるもんじゃない」と呟いた。

「つまり、事件の一部が、非常に変則な露われ方をしたからですわ」夫人が云った。

「一番底にあって、この事件の謎と直接脈絡(かかわり)のない、純粋の殺人理論だけが、最初に判ってしまったのですよ。勿論それだけでは、もう此の上想像を発展させる余地はありますまい」

「全くそうです。あの石鹸(シャボン)の泡は、犯人が僕等の視覚の中へ残して行った、唯一のものなんです。ですから夫人(おくさん)、これからの戦闘力は、とうとう空想だけになってしまいましたよ」とザロフは力のない微笑を泛べたが、立ち上って、夫人に現場の鍵を要求した。

「事件が落着する迄、あの室を当時の儘で保全して置きたいのです。それに、まだ調査を完了して居りませんから」

「でも、どうしてヘッダは、断末魔にケネムリックと叫んだのでしょう」ヤンシンは鍵を取り継ぎながら、ザロフに云った。

「鳥渡(ちょっと)防毒仮面(マスク)がケネムリックに似ているとは思わんかね」と云って、ザロフは奥歯をギシリと鳴らした。「所が、それを冠った奴は、今でも僕の前を平気な顔をして歩いているんだ」

その翌日から、夫人は終日読書に耽っていて、松葉杖の音が殆んど聴かれなかった。ザロフは全然ヘッダの室から出なかった。時たま食事を運ぶ下婢が扉(ドア)を開けると、濛々(もうもう)たる莨(たばこ)の煙の中に、見るからに憔悴(やつ)れ果てたザロフが、まるで影のようになって長椅子の上に横わっていた。所が、それから三日目の夜、彼は飄然と夫人の室に現われた。

「時に夫人、蜀楽院に就いて御存知ですか」

「よくは存じませんけど」それでも夫人はザロフに説明した。「寺と云っても仏像が三体あるだけですが、とにかく、沼向うへ三哩ばかり行った所にある、日本寺なんですの。何でも、大戦の一年程前に、四川の奥へ金鉱を視察に行った、大戸倉とか云う日本の百万長者が、帰り途に彼処で、土匪のために殺されたんです。それでその跡へ遺族の者が、追善に建てたとか云われていますわ」

そして、詳しく道程を教えると、ザロフはピョコンと子供らしいお辞儀を一つして、その儘何も云わずに行ってしまった。

所で、その翌日である。鵬とヤンシンが昼食後の雑談を広間で交していると、何時の間にか背後の椅子へザロフが坐り込んでいて、それが、まるで魂の脱殻のように、二人の背中をキョトンと瞶めている。二人が訝かって訊ねると、それで漸っと意識が戻ったらしく、彼は濁った光のない眼を挙げて、苦笑した。

「実はいま、あの晩とそっくりな出来事が起ったんだ。あの室が再た、不思議な侵入者にやられたのだよ」

「何だって⁉」鵬は驚いて飛び上った。「ヘッダの室に衛兵をつけたって事は、つい昨日君から聴いたばかりだぜ」

「そうなんだ。それにも拘らず、十時半頃から今方迄の間に、僕が外出した隙をやられてしまったのさ。扉へ付けた兵も窓の外で張番させたのも、二人共知らんと云うしね」

「すると、誰だね？　今度の被害者は」

「屍体はないんだ。その代り紛失ったものがある。君等は寝台の裾の方の床に、備忘録を兼ねたセルロイドの卓上暦が、落ちていたのを覚えているだろう。あれが見えないのだ。所が、浴槽の中にそれが焼き捨てられている。日附数字の個所を上から突き砕いてあるが、丹念に剝がしながら数を調べてみると、三十一枚ある筈なのが三十枚しかない。夫人に訊くと、全部揃っていたと云うのだがね」

「残りの一枚が、犯人に必要だったって訳ですな」ヤンシンは静かに唇を嚙んだ。

「それも屹度、あの時表面に出ていた一枚に相違ないよ。日附の字は忘れたけど、確か、あれは黄色だと思ったがね」ザロフは忌々しそうに、キリキリ音を立てて歯嚙みした。

そうなると彼等は、真昼間幽霊を背後に感じているような、一種異様な恐怖に襲われた。と同時にそれが、云いようのない侮辱であると思われた。――まるで風のように出没して鼻を空かした犯人が、何処かの隅で無気味な横手を指して、イヒヒヒと嘲笑しているような姿が、まざまざと脳裡に泛んで来るのだ。

「僕は、犯人が多分それを離すまいと思うよ」鵬が頗る興味のある推定を云った。「と云うのは、苗族にこう云う迷信がある。犯行後現場に再び忍び込んで、其処にある品物を何でも一つだけ持ち去ると、犯罪は永久に発覚しない――と信じられてるんだよ。それから、黄色が彼奴等の縁起色なんだがね」

「フム」ザロフは暫く考えた後で、「では、女達に含ませて、兵士の着衣を一々秘密に探らせて見よう。屈辱だが、もう止むを得んよ」

「すると、女共を集めて云うのかい？」

「いや、吾々五人が各自一人一人に当って、座談的に伝えるのさ。それで報酬を条件にしたら、恐らく秘密の漏洩はないと思うね」

こうして、不思議な犯人の捜査区域が、俄然館の内部から離れてしまった。と云うのは、ザロフが示した時間に依って、今迄の関係者五人全部に、各々完全な不在証明が成立してしまったからである。

所がその翌日の午後、更に驚くべき出来事が突発した。鄭が犯人を指摘したのであった。

正三時の歩哨交代が済むと、鄭はザロフの室に呼ばれて行ったが、その時ザロフは頗る不可解な態度をとった。元来、少しも尊大癖のない彼であるが、態々鄭を呼んだにも拘らず、何時になっても用件を切り出そうとしない。そして、室の隅に悄然突っ立っている鄭を忘れてしまったかのように、悠々地図の上でコムパスを捻り廻している。また、一方の鄭は、これと云う落度を演じた憶えがないので、こう妙に落着かない存在になってしまったけれども、別にそれを気に掛けるでもなく、ただ手持無沙汰の余り、茫然窓外を眺めていた。その時刻頃は、昨夜洞迷を夜襲した部隊の、恰度午睡時に当っていたので、戦陣の日中には珍らしく、物音の死に尽したような静けさだった。ジイッと幽かな耳鳴がする。それを、聴き取れる程に、鄭は静寂の中へ沈んで行った。

さてこうしているうちに、毎日汪の偵察機が帰着する三時半になると、その日も時刻を違(たが)えず、熊蜂の唸り声みたいな鈍い爆音が聴えて来た。と、いきなり、鄭が血相を変えて喚き出したのである。

「指揮官！　あの男です!!　薄い藍色の寝衣(パジャマ)を着て、ヘッダさんの室にいた……」

と、ザロフの右肱を固く握って、狂気のようになった鄭は、慌てた啞みたいにグググと妙な吃音を立てながら、窓外を指差すのだ。所が、その時偶然であろうか、ノッソリ窓から首を突き出したのが、白い支那服を着た鵬であった。が、ザロフはこんな切迫した事態にも拘らず、微笑を含んで鵬に云った。

「ねえ鵬君、今この窓の外を、右手から通った者があるそうなんだが、君は見たかね？」

「だが、一体それは何者だい？」鵬は鸚鵡返しに問い返した。「僕は今、妙にかんばしった声を聴いたので、それで引き返して来たのだが」

「それが、淡藍色(ライト・ブルー)の寝衣(パジャマ)を着た男だと、この鄭が云うのさ。つまりヘッダの下手人だよ」

「痴呆(たわけ)!!」鵬は真赤になって、鄭を睨み据えた。「いま此処を右から左へ通ったと云えば、俺より外にないぞ。その何処が藍色だ」

　何故だろう？　現実此の眼に、薄い藍色の服が、ああも鮮かな色で映ったのに……。早変り――そんな気がチラとしただけで、鄭は昏迷から脱け出す事が出来なくなってしまった。そして、何時迄も放心した態で立ち竦んでいた。

六、暗号と心理試験

「実は、今迄も今日みたいな条件を狙っていたのだがねえ。偵察機が帰着する三時半前後が、大部隊の午睡で森閑としてるなんて、全く願ってもない機会なんだ。それで、予々気になっていた実験を、罪な話だけど、やってみる気になったのだよ」ザロフは、鵬の亢奮が鎮まるのを待って口を切った。

「罪な実験って!? それでは、君が鄭にあんな事を云わせたのか？」

「そうじゃないよ。マア終り迄聴き給え。と云うのは、多分君は気付かなかったろうが、鄭のあの日の陳述の中に、一個所致命的な矛盾があったのだ。君も知っての通り、鄭は、自分の網膜に淡藍色が映ったのは、殆んど瞬間に近い時間だと云ったね。それを分析したからこそ、僕に実験の必要が起ったのだよ。で、鄭の眼に映った時間を測定してみると、通例十一秒以内で走る百米走者の一米の差は、約十分の一秒なんだから、極く充分に見積って、仮りに五分の一秒としよう。所が、藍のような色彩光覚は、五分の一秒では人間の網膜に飽和した色覚を残さないんだよ。つまり、鄭の所謂鮮かな色と云うのを、見る事が不可能なんだ。また、それから鄭は、淡藍色を明るい場所で見てから間もなく、僕のイゴールの混り気なしの白を、明瞭知覚しているのだから、光度の強い色彩から起る残像がないと云うのも、此れも亦、頗る不可解な話じゃないか。けれども鵬君、あの善良な海南島の男は、決して嘘を云っちゃいない。実際、見た通りの真実を僕等に話したんだぜ。すると、その時間では全然飽和の不可能な色を、鄭はどうして見たか？——と云う事になるがね」

「まず、その訂正は不可能だろうと思うが」

「所が、その解決が或る一つの法則に繋がっている。で、それを鄭が証明するか否か——が問題なんだよ。全く人間の世界では、之れ以外には絶対にないのだが……、万一成功すれば、残像の疑問も同時に解消してしまうのだ。けれども、それが千万に一つ、いやそれ以上稀薄な存在を狙わなけりゃならんのでね。だから、幸いこうして、鄭が証明して呉れたからいいようなものの、僕は実験の結果を見る迄は、てんで毛筋程の期待さえ持っていなかったよ。所で、それは、フェッヒナー等の所謂幻覚的聴覚色感なんだ」

「たしか」鵬はすかさず云った。「音を聴いて色感を催すと云う、変態心理現象があったね」

「ウンそうなんだ。脳髄の中の一つの中枢にうけた刺戟が、他の中枢に滲み込んで行くからだよ」とザロフは軽く頷いたが、「けれども極く稀れに、そう云う共感現象で色感の幽霊を躍らす人物が出て来るんだ。それには、物音のない静かな環境と音響が単音の場合——とこう二つの条件が、僕の今云った不思議な脳髄に揃わなければならんのだが……、そうすると、無形の情緒だけだった色感が、明瞭（はっきり）と外形化される。そして、その幻像が不規則な塊（かたまり）や幾何学的な輪廓で、網膜に映って来るのだ。所が鵬君、僕の実験で、そう云う心の暹羅（シャム）兄弟が（二人一体の畸形双生児）、鄭の脳髄から見事摘出されたんだよ」

「フム、それで」

「すると、鄭の視覚に起った矛盾は云う迄もない。勿論、唸声（うなりごえ）――色感の幻像となった時に、寝衣（パジャマ）の背が眼に映ったからだが……、その時偶然にも、重なり合った二つの輪廓が殆んど符合したと云う事は、結果から見ても明らかじゃないか。それから、色感に現われる色は、主に幼ない時からの情緒聯想が多い。だから、潮鳴りに似た音響で淡藍（ライト・ブルー）色が現われたのは、鄭の海南島時代に原因があると思うね」

「しかし、残像の疑問は？」

「所が、聴覚色感の幻像は、残像にも対比にも……ありと凡（あら）ゆる光覚上の約束に束縛されないんだぜ。だから、あの時も残像に妨げられず、犬を見分ける事が出来たのだよ」

「成程、それで今度は、その音響が偵察機の爆音だったって訳だね」鵬は卒直に頷いたが、「すると、鄭の見た色が幻覚だとなると、真実（ほんと）の色は一体何だったのだろうか？」

「それは絶対に判らん」ザロフは無雑作に頸を振ったが、「ただ、それが白か、或は殆んど白に近い淡彩のものだと云う事だけは、断言してもいいと思うね。と云うのが、イゴールの首輪なんだよ。実を云うと、後で調べた事だが、あの晩イゴールは終夜（よっぴて）繋がれていたんだ。つまり、鄭が見たのは恰好がよく似た白い野良犬だったのだ。首輪をつけた犬と云えばこんな辺鄙な所では、恐らくイゴールの外にはあるまいよ。にも拘らず、どうして鄭は有りもしない首輪を見たのだろうか？――そこに、寝衣（パジャマ）の色を幾分判らせた理由が潜んでいるんだ。……で、それと云うのは、寝衣(パジャマ)の何処かに幻像と符合しない部分が、細い帯状で残っていたからで、その残像が偶然白い犬の頸に落ちたからなんだよ。恐らく、その部分に鄭の注意が及ばなかったのだろうが、残像だけは絶対に正直なんだぜ。それに、元来残像と云うものは、最初は原色と同じだけど、間もなくその補色に変る性質を持っている。つまり『紫と緑』『青と橙』と云う具合に、混ぜると灰色になる正反対の色に変ってしまうんだ。だから、鄭が犬を見る迄には、充分補色に変っていたのだから、寝衣(パジャマ)の真実の色は、それを裏返しにすればいい訳だろう。それで、白か淡黄と云う解答が出て来るんだよ」

「成程、素晴らしい明察だが」と云って、鵬は眩惑を退(の)ける様な強い表情をした。「しかし、事件の展開にはもう何の役にも立たんよ。現在(いま)になって、古証文の計算違いを正した所で、肝腎の淡藍色(ライト・ブルー)に関係のある僕等は、昨日で容疑者の圏内から離れてしまったんだぜ」

その時、ザロフの唇が綻(ほころ)んで傍若無人な笑いが奔(はし)り出した。彼は顔を顰めながら、

「君、あれを本気にしているのかい!?」

「なに」瞬間に嘲弄されたのを覚って、鵬は半分怒りを交ぜた表情で相手を見た。

「何(いず)れ、犯人でなかった人達には謝罪する積りだが、実は、あれが僕の仕掛(トリック)だったのだ。実際云うと、卓上暦は一枚も盗まれてやしないし、浴槽の中で焼き捨てたのも、僕の仕業なんだよ」ザロフはすぐケロリとなって云った。「所で、僕があんな真似をした理由

を云うと、それは、犯人の推定を全然反対の角度から確めようとしたのだ。つまり窮余の一策だよ――。たとえば、鄭に行った実験が成功した所で、それだけでは、ただ歪みを矯めて白紙に還元しただけの話だろう。到底あの神変不思議な犯人を、影の匂いさえ抑える事が出来やしない。だから、僕は思い切って危道を選んだ!! 僕自身は故意と忘れたと云ったけれども君達四人はあの卓上暦を何度か見ているのだから、開かれていた一枚の日附数字を記憶しているだろう。しかし、その中には忘却もあるだろうし、無論正確さは保証の限りではない。いや、人間の記憶なんて一致しないのが当然なんだよ。で、そこを狙って僕が試みたと云うのは、君達四人が各自女達に云った日附数字の中から、犯人でなければ見る事の出来ない、数字の横顔を発見しようとしたのだ」

「平面な数字に横顔は少し変じゃないか」

「いや、僕が蒐めたものを見れば判るよ。君と夫人は唯黄色いセルロイド紙と云っただけだが、汪は11、葉は24と云う数字を口にした。所が、8と云ったのがヤンシンなんだ。これなんだよ鵬君、数字の横顔と云うやつは!!」

「……」鵬は吃驚して莨を取り落した。

「それはこう云う訳なんだ」ザロフは息も吐かず続けた。「君も知っての通り、あの卓上暦は寝台の裾の方の床に落ちていたのだから、誰でもそれを俯瞰した姿勢で見たに相違ない。そうすれば、この正確な記憶は飽く迄3でなければならない。しかし、そんな超人的な記憶は到底望まれない話なんだから、今度は、それに想像や聯想が働いた場合を考える。すると、夫人が室をヘッダに渡したのが11日だし、ヘッダが死んだ夜が24日だから、汪と葉の場合はそれに該当するものと見て差支えあるまい。所が、ヤンシンが8と云ったに就いては、頗る(すこぶ)疑念を挟む余地がある……。ねえ鵬君、鄭の目撃談で、男女とも寝台(ベッド)と斜(はす)かいに横臥(よこたわ)って窓の方を頭にしていた事が判った筈だ。すると、その位置から落ちていた卓上暦を眺めたとしたら、3の字の左側の切れた個所(ところ)が視野から外れて、恐らく8に見えやしないかと思うのだがねえ。いや、そう見えるのが、最も自然だと僕は信じてるよ。それも、たとい犯罪行為であるにしろ、擽(くすぐ)ると云うような、至極ユーモラスな動作を行っていた時の事だから、卓上暦に眼を止める位な余裕(ゆとり)は充分あったに相違ない。また、場合が場合だけ、その数字の記憶は、焼印を押されたも同様だったろうと思うね。それで、まず虚偽の不在証明(アリバイ)を僕の方から作って置いて、一先ず君等を安心させて置き、その虚を衝(つ)いて、こう云った心理試験を行ったのだよ」

「成程……、だが、此処に重大な反証がある!!」鵬は椅子をグイと進めて、「ヤンシンの寝衣(パジャマ)は、細太で荒目の白い縞物なんだぜ」

「それなら問題はない。第一、眩輝(ハレーション)が考えられるね。また、黴臭(かびくさ)い探偵小説の技巧(テクニック)だけれども、鎧扉の水平になった桟が、太い縞と一致するような場合もあるだろう。そうしたら鵬君、一体何が見えるかね」とザロフが凱歌を挙げた時、扉の外に、慌だしく去って行く跫音が起った。鵬が矢庭(やにわ)に立って扉を開いたが、廊下には人影もない。が、それから僅かな分秒が過ぎると、何処かでパーンと銃声が響いた。と、汪が飛行服(コンビネーション)の儘で飛び込んで来た。

「ヤンシンが自殺を……、夫人の室でです」

現場には顔色を土器色に変じた夫人が、それでも冷然と突っ立っている側らに、左の顳顬に無残な弾痕を現わしたヤンシンが、椅子の中へクタクタに崩れ落ち、顔面には臨終の痙攣が起っている。夫人は鋭い語気で云った。

「ザロフさん、あなた何か、ヤンシンを陥穽にかけましたね。今も突然飛び込んで来て、自分が犯人でない事を貴方に告げて呉れ――と云うが早いか、この体たらくです」

「何もかも晩になってから、申し上げましょう」ザロフは明るい顔で云った。「その時、一切の解決が付くのです」

その夜は、日没頃から風向きが変って気温が下り、沼の方から濛々たる濃霧が襲って来た。それは、夫人の室の扉を開いたザロフの姿が暫く見えなかった程に、猛烈を極めていた。しかし、その夜のザロフは平素と異って、全身に凄愴な気力が漲っていた。彼は挨拶もそこそこに切り出して、まず、自分が試みた心理試験の結果を話し、さてそれから、

「……無論確証と云う訳でもなく、また、ヤンシンの記憶上の錯誤と僕の想像とが、偶然一致したのかも知れませんが、仮りにもヤンシンに不幸な暗合が現われたからには、それを飽く迄追及しなければなりません。で、ヤンシンが自殺したので、貴女にお訊ねするより外に、方法がなくなったのですが、あの室には確か、秘密の通路がある筈です

ね」

「秘密の通路!?」夫人は驚いて叫んだ。「そんなものを、マアどうして……私が」

「その第一が、あの室の扉(ドア)にある曼陀羅華(マンドラゴーラ)の浮き彫りです」ザロフの態度は、宛然(まるで)仮髪(かつら)をつけた法官のように厳粛を極めていた。「何故あんな不吉な花をつけたのでしょうか。御存知の通りあの植物はアトロピン類似の毒草で、この国では狼毒(ろうどく)と云われてますし、また独逸(ドイツ)では、絞首台に吊された罪人が漏らす尿や精液から、生え出すと云われてるんです。で、それが取りも直さず、あの室にある何物かを暗示してるんじゃないか――私にはそう思われるんですが……。それから、こんな僻地に住む外国人なら、何より土匪の危険を考える筈ですがね……。それで夫人(おくさん)、この二つが私に妙な使嗾(しそう)を起して来るのですよ。でなくても、根本の理由と云うのが、この事件の発生形式です。あの不思議な侵入は、奇蹟でさえなければ、結局隠扉(かくしど)で解決するより外にありません。尤も、周囲(ぐるり)の反響は調べましたが、それだけでは到底腑に落ちないのです」

「すると、御自分の敗北がお判りになったのですね」夫人は皮肉な微笑を泛べた。「苦しくなると、よくそんな妄想が出るものですわ」

「では、あなたがどうしても知っていなくてはならぬと云う、証拠を御覧に入れましょう」ザロフは狡猾(ずる)そうに笑って、衣袋(ポケット)から一葉の写真を取り出した。それには、三十恰好で人品の余り良くないエストニア辺(あた)りの農婦らしい服装(なり)の女が、一人の幼女を膝に抱いて映っていた。その裏には、イルマ・オルンドラーケ・キヴィ（Irma Orndrache

Chivy）と認められてある。多分此の婦人の名であろう。

「何ですの!?」夫人は何気なく云ったが、妙に引き歪んだ笑いが片頬に泛び上って来た。

「貴女から拝借した経文の断片が、こんな畸形児を生んだのです。あれは、案に相違せず暗号でしたよ。そして、この写真にもまた、秘密な解釈が含まれているのです」

「誰ですか？　こんな女の方は私知りません」夫人の声には、嘲弄するような響きが罩もっていたが、「けれども、どうしてこれを御手に……」

「それには、暗号の解読から始めねばなりませんが」ザロフは例の経文を取り出して卓上に載せ、掌でゴシゴシ皺を延ばしながら、

「これは、仏説観無量寿経の一句なのですが、原文とは少々異なって、二、三加筆した個所があります。しかし大体に於て、逝なった教授は、この文章が自然の儘の暗号であるのに、気付かれたのでしょう。つまり、作った暗号と云うよりも、本質的に発見した暗号だと云えるのです。所で管々しい苦心談は抜きにして、早速解読してみますと、こう云う具合に解けて行くのですよ」そして、ザロフは一字一字を次のように朱線で消して行った。

仏手一。浄指端。一一指端有梵八万四千情画。如印珞。一一画有八万四千色。

「まず見た所では、同じような数字が二様にあるので、それにどうしても惑わされ勝ちですが、こうして同字を全部消してしまうと、後は音読に鳥渡した苦心が要るだけです。それで、残った文字は、

仏手一浄梵情如印珞色。

となりますが、それを音読の同じ文字に置き換え、それから、「手一」と云う二字を一つに合わせて「生」に造り上げてしまうと、結局次の様になるのです。

仏生上品上　如　院楽蜀

すると、それを逆さに読めば、その上に、「蜀楽院」と「上品上生仏」と云う二つの固有名詞が発見されましょう。つまり、この写真は、蜀楽院にある三体の仏像のうちで、上品上生と云う篆額が掛かっている一つ……、それから仏手一とある通りで、その開いた方の掌の中に隠されていたのです」と暗号の解読が終ったにも拘らず、ザロフは間を置かずに云い続けた。

「そこで私は、このキヴィと署名のある写真を見た瞬間に、これは二重暗号ではないかと考えたのです。所謂子持ち暗号と云うやつで、暗号の中からまた一つの暗号が飛び出す、と云う仕組なんですよ。何故なら、Irma Orndrache Chivy と云うバルト的な名から、私は奇妙な発見をしました。と云うのは、それが、四つの花の名から成立しているからです。即ち、ヘッダの室とその周囲にある四つの室の扉に彫られてある――、便所の Iris（燕子花）、集合所の Orchid（蘭）、空室の Ivy（常春藤）、ヘッダの室の Mandrake（曼陀羅華）――と以上の四つなんです。それで、此れを解剖して見れば、私が眼を瞠った理由がお判りになりましょう。実に、こうなってしまうのです。

Ir ma Orndrache Chivy

燕子花　曼陀羅華　蘭　常春藤

　けれども、私は折角其処迄辿り付いて、行き詰まらねばなりませんでした。単純に考えただけでも、文字が半分しかないのや、二つに分割されているのや、また、その上後尾を欠いているの等が、一体何を意味しているのだか——薩張り見当が附かなくなりました。まして、それを図面的に配置して見た所で、四つの室の間に帰結点が見付かろう道理がないので、とうとう匙を投げてしまいましたよ。しかし、それが暗号であると云う事だけは、既に毛頭も疑う気にはなれません。……それで夫人！　僕にこう云う無躾な想像が起って来たのです——たといあなたが暗号の事は知らなくとも、その解答だけはとうに御存知の筈だ——と」

「マア、滑稽なお伽噺ですこと。その名は三つとも、芬蘭やエストニア辺には有る事ですわ」夫人は可笑しさを耐えるように、顔を顰めて云ったが、「でも、そう迄仰言るのは、満更単純な想像だけでは御座いますまいね」

「勿論です。それに就いてお訊ねしますが、先夜貴女は、地下室の釜場にある風琴で、マーラーの『子供の死の歌』を弾いてお出ででしたね。その時二、三回目辺りから、何故符表（してふひょう）を無視した弾き方をなさったのです？」

「一人の手を取って、教えながら弾いたからですわ。他人の手を握ってやる事ですから、自分の思うようには参りません。ですけど、何故そんな事をお訊ねになるんです？」

「思い切って露骨（あけすけ）に云いましょう」ザロフは乾いた唇をペロリと嘗（な）めて、指先を神経的に慄わせた。「無論お怒りになられても止むを得ませんが、貴女が速度記号（テムポ）を全然度外視したと云うのは、それが一種の音響通信だからです!!　つまり、ヤンシンと貴女との間に、ヘッダの殺害に就いて予め（あらかじめ）打ち合わせが済んでいたのです。それでヤンシンは室の位置が一番近いのを利用して、貴女から送られる音響信号を聴き取り、そうして、ヘッダの室から汪が出たのを知ったのでしょう」

「マア、何と云う!?」夫人は呆れたような深い溜息を吐いたが、冷かに相手の顔を見た。「全くあなたは、今夜頭の調子がどうかしていらっしゃいますわ。始めて、八仙寨の濃霧（ガス）に逢ったと云うお話でしたが、あれは、そんな有毒なものでは御座いません。たしか、負担が余り重過ぎるので、それから起った自家中毒の所以（せい）でしょう。とにかく、冷静に私の云うのをお聴き下さいまし。で、何より最初に申し上げたいのは、ヘッダもヤンシンもつい十日許り（ばかり）前には、全然路傍の人だったと云う事です。そしてあの二人と私とは、何れ何日かの後には、また旧（もと）の関係に戻らねばならない運命にあるのです。そう云う風の気紛れで、偶然一所に集った様な人間同志の間に、どうして殺人の動機が生れましょう!?　それからザロフさん、貴方はありもしない秘密の通路を持ち出して、とうとう密室に卑怯な眼隠しをなさってしまったのね。一体あの笑い声の謎は、どうお解けになりまして。その二つをもっともっと苦しんで解決なさろうとせずに、安易（イージー）な危道を選んだ——それがいけなかったのです。ヤンシンを破滅させて。部分的には成功したでしょうが、今夜の事は、余りに童話染みた独断です。つまり、其処迄が貴方の極限（マキシマム）なんでしょう。けども最初のうち貴方が衒学的（ペダンティック）な推論を振り廻していた頃には、もしやと云う期待がしないでもなかったのです。それで、二、三御注意した事もありましたが、ヤンシンを犯人に陥れた事が判ると、私は失望の余り、力が抜け果てたような気が致しました。ねえザロフさん、あんな野蛮な判断とひどい奸計（トリック）が効果のあったのは、そりゃ、宗教裁判前期の事ですわ。尤も責任上解決の形式だけは纏めなければならない貴方の立場は、私にもよく判って居りますの。けれどもそう云う気持よりかも、犯人に征服された間（ま）の悪さを隠そうとして、何とか恰好な遁辞（いいのがれ）を作ろうと云う方が、現在の貴方には多いのでは御座いませんか。ねえ、たしか当ったでしょう⁉」

　遂に攻守顚倒した。ザロフは真蒼になって、顫（ふる）える唇を嚙みしめていたが、夫人は弄んでいたペン軸をポンと抛り出して、

「つまり、程を越えた火遊びをなさったからですわ。ヘッダを自然死の儘でそっとして置けば、万が一にもお負傷（けが）はなかったでしょうがね。無論、これから先は私の領域に違いありませんけど、こう云う時機の来るのが、私にはとうから判っていたのですわ。そこで、昼間貴方が仰言った言葉を、もう一度私の口から繰り返しましょう。今度は何も

かも明日——になりましたわ」と云い放ってから、指頭を扉に向けて、

「もうお寝みになったら、ザロフさん」

そうして、遂に最終の解決が到来した。

七、種の悲劇

翌日の正午頃、占領した洞迷の屯舎にザロフが着くと、鄭は彼処で渡して呉れと夫人から頼まれた——と云って、ザロフに一通の封書を手渡した。封を切った瞬間彼はクラクラと蹌踉いた。実にその紙片からは、完全犯罪を宣言する妖鬼の哄笑が響いて来たのである。彼にとって、生れて最初の敗北だった。

ザロフ様

昨夜は女だてらにない思い切った事を申し上げて、さぞかし御怒りで御座いましたでしょう。けれども、私の吐いた大言壮語には、穴勝根拠がない訳でもないのです。私が必ず解決して見せると豪語したのは、どんな阿呆でも自分のした事に解らぬ事がないと云う通りで、実はヘッダの下手人がこの私だったからです。しかし、余り判り切った理窟と云うのは、却って見付からないものです。また、たとい気付かれたにしても、私には何の恐れる必要もありません。何故なら、私のなし遂げた犯罪は、貴方には夢想さえ

も出来ない、殺人史上空前の形式だからです。では筆を追うて、私の犯罪が如何にして行われたか、また、それが如何なる動機に依るか、——簡単に書き記す事に致しましょう。

実を申しますと、私が地下室の調子の狂った風琴（オルガン）で弾いた、マーラーの『子供の死の歌』は、ヘッダに餞（はな）むけた悲痛な挽歌であったと同時に、恐怖すべき殺人具だったのです。と云ったのみでは、到底お判りになりますまい。或は、音が人を殺すとでも考えて、殺人音波の類（たぐい）を御想像でしょうが、事実は、極（ごく）簡単な装置で風琴（オルガン）から飛び出した道化師が、ヘッダを殺したのです。また、笑わせもしました。

まず、風琴（オルガン）の最低音に当る二つの管（パイプ）に、芝生で使う四つ股の護謨布管（ゴムホース）を取付けて、之れを、浴室に通ずる送湯管と連絡させました。それから、残った二つの支管は、風琴（オルガン）の内部に隠して置いた、或る二つの装置に連なっていたのです。その一つは第一酸化窒素即ち催笑瓦斯（ラフィングガス）、もう一つは青化水素の発生装置でした。大体、この二つの瓦斯（ガス）は頗（すこぶ）る簡単な装置で発生するものでして、青化水素は御承知の通り、催笑瓦斯（ラフィングガス）は硫酸アンモニウムと智利（チリー）硝石の混合物に、熱を加えればよいのです。そして、これ等の仕掛のうちで外側へ露出している部分には、布類や雑家具等を使って、全部巧妙に陰蔽して置きました。

所で、私はそれをどう扱ったかと云うと、まず毎夜の例に托（かこつ）けて下婢を遣（や）り、あの室の様子をそれとなく探らせましたが、果してヘッダは泥酔しているし、汪さんが恰度いま室を出たと云うので、愈（いよいよ）犯行の第一階梯を踏む事になりました。それで手始めが、催笑瓦斯の発生装置に、予め点火して置いた酒精洋燈を近付ける事でしたが、それは前以て距離を定めて置いた糸を、足で引いて難なく成功しました。そして、一人の女の手を持って、譜表の符号を押しながら、秘かに片方の手で、催笑瓦斯に当る鍵を押して、笑わせる気体を押し出したのです。つまり、蹈板と鍵がポンプの役を勤めたと云う訳ですが、ここで是非見逃してはならぬ事は、風琴の弁から金属管、それから布管から浴槽迄の長い道程が、一本の長い管に化してしまったと云う事です。即ち弁に依って発生した音響は、遥々浴槽迄行って其処の壊れた捻栓を通り、可成り低い位置につけられた蛇口の端に至って、そこで始めて、催笑瓦斯を放出すると共に、その鍵に定められた音響を発したのです。従って、私が余計に一つ押している鍵の音は、周囲の女達には絶対に聴こえません。と、そこ迄云えば、成程と合点が往ったでしょう。ヘッダの狂笑の原因も……。それから、ウフフと聴こえた男の含み笑いも――それが実に、速く小刻みに押している低音鍵の風琴の音である事が。

　さてこうして、浴槽の水面より低い蛇口から、断続的に這い出して来る催笑瓦斯は、空気よりも重いので、忽ち水面へブクブク浮んで来て、そこに溜ってしまう。それが後から後からと起る送気のために、床上に吹き落されて拡散を始め、遂にあの狂笑を起させたのですが、それはいわば犯行の予備行為であって、愈最後の止めを刺さねばなりません。

　私はまず、風琴の調子を直すと云って、内部に上半身を差入れて、用意のマスクを嵌め、密閉した装置の中で青化水素を発生させました。あの空気よりも軽い気体は、見る見る管の中へ騰って行きます。そこで今度は、それに当る鍵を極緩やかに長く、次に、不用になった催笑瓦斯の鍵をそれより幾分短か目に強く押して——それが例の唸り声に当るのですが、音と瓦斯とをかわるがわるに送りました。所で、今度は何故緩長音を用いたかと云うに、それは、浴槽に残った石鹸水から、青化水素に依って石鹸玉を作りたかったからです。と云うのは、無益なしかも場合に依れば、事前発覚の懼れがある散逸を防ぐのと……、僅少な量で一擲粉砕の効果を挙げるために、ヘッダの鼻粘膜に触れる迄は外気から遮断して置きたいのと……、もう一つ、自由な浮動性を与えたいからでした。また男の含み笑いと唸り声の擬音を起したので、もう効果は充分とも思われましたが、尚念のために侵入者の存在を、ヘッダの声で確実にしたかったからです。何故なら、管の切断面積に比例して相当大きな石鹸玉が出来る筈ですから、その一つが唸り声の風に煽られて、ヘッダの眼前に転がって行った時、ヘッダの酔眼は球面に映った自分の顔を見て、必ずや錯覚を起すに違いありません。そして、何事か叫ばずにはいられないでしょう。案の状それが、ケネムリックと云う、球形の顔をした妖婆の名で現われたのです。

　で、万事筋書通に運ばれました。果して青化水素の石鹸玉は、ヘッダが驚いた機みの強い呼息で膜を破られて、屍体とあの石鹸泡の跡を床に残したのでした。無論それには、絨緞の繊毛とヘッダの石鹸浪費癖とが、与って力あったのですが、松樹脂を釜の中に投入した事も、構成要素の一つだったのです。

完全犯罪——それは云う迄もありません。が、一面観賞的に見ても、充分芸術としての最高の殺人と云えるでしょう。人を殺す歌謡曲(リード)……何と女性らしい、切々たる余韻をお聴き取り下さい。しかも、それと同時に、完全無欠な不在証明(アリバイ)を作ったばかりでなく、超自然的な侵入者の存在を確認させて、事件を迷路に導いたのでした。所でこう判ると、鄭が目撃した侵入者の本体が自ずと明かになります。無論ヘッダの一人二役に相違ないのですが、原因も恰度写絵の一捻りと同じ事で、その結果、男女入れ代りと云う錯覚が現われたに過ぎません。つまり、表面に出ていた、まだ色感の合像が現われない間のヘッダが、突然動いて裏返しになると、今度の異(ちが)った輪廓に、幻像が偶然符合してしまったからです。それでも貴方が、聴覚色感幻像から一歩も踏み出す事が出来なかったのは、ケネムリックと云う擬人的な言葉と男声の擬音とが、やはり、越ゆべからざる障壁だったのでしたね。

扨(さ)て、続いて犯罪動機に移りますが……。動機に於いても此の事件は、恐らく犯罪史上に類例を見出す事は出来ないでしょう。或は、十年後の社会では、犯罪でなくなるかも知れません。と云うのは、一つの神聖な理想が法の埒(らち)を越えて実現されたからで、それは、人種改良学(ユーゼニックス)なのです。永遠に救う事の出来ない種は絶滅させねばならぬ——斯う云う信仰が、私のみならず良心的な医学者の胸には、一様に火の如く燃えているのです。例えば、合衆国のジューク一族、イシュマエル一族、シチリアのツイオマラーノ一族の如き、犯罪、乱酒、怠惰、乱淫、自瀆的貧困、悪性神経病等の悪徳を代々伝える血統には、是非にも外科手術に依る去勢を叫ばずにはいられません。

するとザロフさん。

波蘭のジュークであるミュヘレッツェ一族の最後の一人が、偶然私の前に現われたのです――云う迄もなくヘッダでした。しかし、最初のうちは毫も積極的な意志はなかったのでしたが、不図あの女を診察する機会があって、その時私は忌むべき妊孕力を見ました。売笑生活にも拘らず、性交が頻繁でないのと防毒が完全なために、健全な人妻と異ならない旺盛な細胞が、生きた小魚のようにピチピチ跳ね返っているのです。ですから、一応はそれと云わずに、ヘッダを去勢手術に誘って見ましたが、彼女の無智な恐怖のため、見事失敗りました。そこで、私は神聖な啓示をうけたのです。次代の社会のために、或る重大な決意を致さねばなりませんでした。

所が、ザロフさん。

運命と云うものは、何と皮肉な悪戯をするものでしょう。一つの悪系を絶滅せしめた私は、続いてもう一つが現われたために、今度は自分の心臓に刃を立てねばならなくなりました。父が残した暗号と云い、私をこの土地に封鎖した事と云い、みな、私の体内を流れる血のためなのです。貴方が経文の暗号から発見した写真にある幼女と云うのは、何を隠そうこの私なのです。そうして、イルマと云う婦人が、飽く迄父が秘し隠していた私の生母であろうとは……。実に呪うべき血系――波蘭のミュヘレッツェと併称される、リトワニアのキヴィ!!

こうして出現した第二の悪系にも、私はヘッダに対すると同様の処置を採らねばなりませんでした。しかし、そうなっても、不思議な位感傷が湧いて来ないのです。生の執着は愚……、ヘッダの殺害に悪徳を負う必要がない以上、勿論悔もなければ良心の悩みもありません。凡てが、学究として最善の結論に過ぎないと信じているのです。ですから、この一書も在来の告白書等とは異って、一片の完全犯罪報告書である事を御記憶下さい。

それから、最後に申し上げて置きたいのは、ヤンシンの自殺なのですが……、成程、あの場合貴方の推理拷問が、たしかに一つの刺戟には相違なかったでしょうが、真因は此の事件とは何等関係のない事です。実を云いますと、ヤンシンは私がカロリンカス医大在学当時の婚約者でして、七年も音信を絶って私を探し求めるために、貴方の軍に加わってまで遥々南支那の奥地にやって来たのです。しかし、私はヤンシンの申し出でを拒絶しました。父が残した意志は、私にとって何物よりも強く、殆んどそれには宿命的な信頼が置かれてあったのですから……。果して、ヤンシンは絶望の余り自殺を遂げました。けれども私は、それが眼前で行われたにも拘らず、あの蒼っ白い旧世紀の幽霊が滅んで行くのには、睫毛一本動かす気になれませんでした。扨て、私の報告はこれで終ります。永い旅路を終えて、私の肉体は何より快い仮睡を欲しているのですが、それも出来ません。と云うのは、三十四年の生涯を通じて唯の一度も経験しなかった、いやその機会を与えられなかったものを、最後の一つしかない機会に、此れから卿の臥床（ふしど）で味わうとするからです。処女の祭壇に捧げられた聖燭を、今宵限りで吹き消しましょう。そして、明日は心臓の火を……。

では、幼稚に聡明な指揮官殿よ！　さようなら……。

エリザベス・ローレル

ザロフは読み終ってもなお暫らくのうちは、恍惚（うっとり）として墜落感から脱れる事が出来なかった。其処へ夫人の急死が伝えられた。

「では、風琴（オルガン）を弾いているうちにだね」彼は使者を見て静かにそう云ってから、ペンを取り上げた。そして、

「ヘッダ・ミュヘレッツェ毒殺事件顛末」と、大きく標題（みだし）を書いた。

黒死館殺人事件

序篇　降矢木一族釈義

聖(セント)アレキセイ寺院の殺人事件に法水(のりみず)が解決を公表しなかったので、そろそろ迷宮入りの噂が立ち始めた十日目のこと、その日から捜査関係の主脳部は、ラザレフ殺害者の追求を放棄しなければならなくなった。と云うのは、四百年の昔から纏綿(てんめん)としていて、臼(うす)杵(き)耶蘇会神学林(ジェスイットセミナリオ)以来の神聖家族と云われる降矢木(ふりやぎ)の館に、突如真黒い風みたいな毒殺者の彷徨が始まったからであった。その、通称黒死館と呼ばれる降矢木の館には、何時(いつ)か必ずこういう不思議な恐怖が起らずにはいまいと噂されていた。勿論そういう臆測を生むに就いては、ボスフォラス以東に唯一つしかないと云われる降矢木家の建物が、明らかに重大な理由の一つとなっているのだった。その豪壮を極めたケルト・ルネサンス式の城館(シャトウ)を見慣れた今日でさえも、尖塔や櫓楼(ろうろう)の量線から来る奇異(ふしぎ)な感覚——まるでマッケイの古めかしい地理本の挿画でも見るような感じは、何日(いつ)になっても変らないのである。けれども、明治十八年建設当初に、河鍋暁斎(かわなべきょうさい)や落合芳幾(おちあいよしいく)をしてこの館の点睛に竜宮の乙姫を描かせた程の綺(きら)びやかな眩惑は、その後星の移ると共に薄らいでしまった。今日では、建物も人も、そういう幼稚な空想の断片ではなくなっているのだ。恰度天然の変色が、荒れ寂びれた斑を作りながら石面を蝕んで行くように、何時とはなく、この館を包み始めた狭霧のようなものがあった。そうして、やがては館全体を朧気な秘密の塊りとしか見せなくなったのであるが、その妖気のようなものと云うのは、実を云うと、館の内部に積り重なって行った謎の数々にあったので、勿論あのプロヴァンヌ城壁を模したと云われる、周囲の壁廓ではなかったのだ。事実、建設以来三度に渉って、怪奇な死の連鎖を思わせる動機不明の変死事件があり、それに加えて、当主旗太郎以外の家族の中に、門外不出の絃楽四重奏団を形成している四人の異国人がいて、その人達が、揺籃の頃から四十年もの永い間、館から外へは一歩も出ずにいると云ったら……、そういう伝え聞きの尾に鰭が附いて、それが黒死館の本体の前で、鉛色をした蒸気の壁のように立ちはだかってしまうのだった。全く、人も建物も腐朽し切っていて、それが大きな癌のような形で覗かれたのかも知れない。それであるからして、そういった史学上珍重すべき家系を、遺伝学の見地から見たとすれば、或は奇妙な形をした蕈のように見えもするだろうし、たま、故人降矢木算哲博士の神秘的な性格から推して、現在の異様な家族関係を考えると、今度は不気味な廃寺のようにも思われて来るのだった。勿論それ等のどの一つも、臆測が生んだ幻視に過ぎないのであろうが、その中に唯一つだけ、今にも秘密の調和を破るものがありそうな、妙に不安定な空気のある事だけは確かだった。その悪疫のような空気は、明治三十五年に第二の変死事件が起った折から萠し始めたもので、それが、十月程前に算哲博士が奇怪な自殺を遂げてからと云うものは——後継者旗太郎が十七の年少なのと、また一つには支柱を失ったと云う観念も手伝ったのであろう——一層大きな亀裂になったかのように思われて来た。そして、もし人間の心の中に悪魔が住んでいるものだとしたら、その亀裂の中から、残った人達を犯罪の底に引き摺り込んででも行きそうな——思いもつかぬ自壊作用が起りそうな怖を、世の人達は次第に濃く感じ始めて来た。けれども、予期に反して、降矢木一族の表面には沼気程の泡一つ立たなかったのだが、恐らくそれと云うのも、その瘴気のような空気が、未だ飽和点に達しなかったからであろうか。否、その時既に水底では、静穏な水面とは反対に、暗黒の地下流に注ぐ大きな瀑布が始まっていたのだ。そして、その間に鬱積して行ったものが、突如凄じく吹きしく嵐と化して、聖家族の一人一人に血行を停めて行こうとした。しかも、その事件には驚くべき深さと神秘とがあって、法水麟太郎はそれがために、狡智極まる犯人以外にも、既に生存の世界から去っている人々とも闘わねばならなかったのである。所で、事件の開幕に当って、筆者は法水の手許に集められている、黒死館に就いての驚くべき調査資料の事を記さねばならない。それは、中世楽器や福音書写本、それに古代時計に関する彼の偏奇な趣味が端緒となったものであるが、その——恐らく外部からは手を尽し得る限りと思われる集成には、検事が思わず嘆声を発し、唖然となったのも無理ではなかった。しかも、その痩身的な努力を見ても、既に法水自身が、水底の轟に耳を傾けていた一人だった事は、明かであると思う。

その日——一月二十八日の朝。生来余り健康でない法水は、あの霙の払暁に起った事件の疲労から、全然恢復するまでになっていなかった。それなので、訪れた支倉(はぜくら)検事から殺人と云う話を聴くと、ああまたか――と云う風な厭な顔をしたが、

「所が法水君、それが降矢木家なんだよ。しかも、第一提琴(ヴィオリン)奏者のグレーテ・ダンネベルグ夫人が毒殺されたのだ」と云った後の、検事の瞳に映った法水の顔には、俄(にわ)かに満更(まんざら)でもなさそうな輝きが現われていた。然し、法水はそう聴くと不意に立って書斎に入ったが、間もなく一抱えの書物を運んで来て、どかっと尻を据えた。

「悠(ゆ)っくりしようよ支倉君、あの日本で一番不思議な一族に殺人事件が起ったのだとしたら、どうせ一、二時間は、予備智識に費(かか)るものと思わなけりゃならんよ。大体、いつぞやのケンネル殺人事件――あれでは、支那古代陶器が単なる装飾物に過ぎなかった。所が今度は、算哲博士が死蔵している、カロリング朝以来の工芸品だ。その中に、或はボルジアの壺がないとは云われまい。然し、福音書の写本などは一見して判るものじゃないから……」と云って、「一四一四年聖(サン)ガル寺発掘記」の他二冊を脇に取り除け、綸子(りんず)と尚武革(しょうぶがわ)を斜めに貼り混ぜた美々(びび)しい装幀の一冊を突き出すと、

「紋章学!?」と検事は呆れたように叫んだ。

「ウン、寺門義道(てらかどよしみち)の『紋章学秘録』さ。もう稀覯本になっているんだがね。所で君は、こういう奇妙な紋章を今まで見た事があるだろうか」と法水が指先で突いたのは、DFCOの四字を、二十八葉橄欖冠(ようかんらんかん)で包んである不思議な図案だった。

「これが、天正遣欧使の一人――千々石清左衛門直員(ちぢわせいざえもんなおかず)から始まっている、降矢木家の紋

章なんだよ。何故、豊後王普蘭師可怙・休庵（大友宗麟）の花押を中にして、それを、フィレンツェ大公国の市表章旗の一部が包んでいるのだろう。とにかく下の註釈を読んで見給え」

——「クラウジオ・アクワビバ（耶蘇会々長）回想録」中の、ドン・ミカエル（千々石の事）よりジェンナロ・コルバルタ（ヴェニスの玻璃工）に送れる文。（前略）その日バタリア僧院の神父ヴェレリオは余を聖餐式に招きたれど、姿を現わさざれば不審に思いいたる折柄、扉を排して丈高き騎士現われたり、見るに、バロッサ寺領騎士の印章を佩け、雷の如き眼を瞬りて云う。フランチェスコ大公妃カペルロ・ビアンカ殿は、ピサ・メディチ家に於て貴下の胤を秘かに生めり。その女児に黒奴の乳母をつけ、刈込垣の外に待たせ置きたれば受け取られよ——と。余は、駭けるも心中覚えある事なれば、その旨を承じて騎士を去らしむ。それより悔改をなし、贖罪符をうけて僧院を去れるも、帰途船中黒奴はゴアにて死し、嬰児はすぐせと名付けて降矢木の家を創しぬ。されど帰国後吾が心には妄想散乱し、天主、吾れを責むる誘惑の障碍を滅し給えりとも覚えず。（以下略）

「つまり、降矢木の血系が、カテリナ・ディ・メディチの隠し子と云われるカペルロ・ビアンカから始まっていると云う事なんだが、その母子が揃って、怖ろしい惨虐性犯罪者と来ている。カテリナは有名な近親殺害者で、おまけに聖バーセルミュウ斎日の虐殺を指導した発頭人なんだし、また娘の方は、毒のルクレチア・ボルジアから百年後に出現し、これは長剣の暗殺者と謳われたものだ。所が、その十三世目になると、算哲という異様な人物が現われたのだよ」と法水は、更にその本の末尾に挟んである、一葉の写真と外紙の切抜を取り出したが、検事は何度も時計を出し入れしながら、

「お蔭で、天正遣欧使の事は大分明るくなったがね。然し、四百年後に起った殺人事件と祖先の血との間に、一体どういう関係があるのだね。成程不道徳という点では、史学も、法医学や遺伝学と共通してはいるが……」

「成程、とかく法律家は、詩に箇条を附けたがるからね」と法水は検事の皮肉に苦笑したが、「だが、例証がない事もないさ。シャルコーの随想の中には、ケルンで、兄が弟に祖先は悪竜を退治した聖ゲオルグだと戯談を云ったばかりに、尼僧の蔭口をきいた下女をその弟が殺してしまった――と云う記録が載っている。また、フィリップ三世が巴里中の癩患者を焚殺したと云う事蹟を聞いて、六代後の落魄したベルトランが、今度は花柳病者に同じ事をやろうとしたそうだ。それを、血系意識から起る帝王性妄想と、シャルコーが定義を附けているんだよ」と云って、眼で眼前のものを見よとばかりに、検事を促した。

写真は、自殺記事に挿入されたものらしい算哲博士で、胸衣の一番下の釦を隠す程に長い白髯を垂れ、魂の苦患が心の底で燃え燻っているかのような、憂鬱そうな顔付の老

人であるが、検事の視線は、最初からもう一枚の外紙の方に奪われていた。それは、一八五二年六月四日発行の「マンチェスター郵報(クウリア)」紙で、日本医学生聖(セント)リューク療養所より追放さる——という標題の下に、ヨーク駐在員発の小記事に過ぎなかった。が、内容には、思わず眼を瞠(みは)らしむるものがあった。

——ブラウンシュワイク普通医学校より受託の日本医学生降矢木鯉吉(こいきち)（算哲の前名）は、予(かね)てよりリチャード・バートン輩と交わりて注目を惹ける折柄、エクスター教区監督を誹謗(ひぼう)し、目下狂否の論争中なる、法術士ロナルド・クインシイと懇(ねんご)ろにせしため、本日原籍校に差し戻されたり。然るに、クインシイは不審にも巨額の金貨を所持し、それを追及されたる結果、彼の秘蔵に係わる、ブーレ手写(しゅしゃ)のウイチグス呪法典、ヴルデマール一世触療呪文集、希伯来(ヘブライ)語手写本猶太秘釈義法(ユダヤカバラ)（神秘数理術(ゲマトリア)としてノタリク、テムツの諸法を含む）、ヘンリー・クラムメルの神霊手書法(ニューマトグラフィー)、編者不明の拉典(ラテン)語手写本加勒底亜(カルデア)五芒星招妖術、並びに栄光の手(ハンド・オヴ・グローリー)（絞首人の掌(てのひら)を酢漬けにして乾燥したもの）を、降矢木に譲渡したる旨を告白せり。

読み終った検事に、法水は亢奮した口調を投げた。

「すると、僕だけという事になるね。これを手に入れたばかりに、算哲博士と古代呪法との因縁を知っているのは。いや、真実怖ろしい事なんだよ。もし、ウイチグス呪法書が黒死館の何処かに残されているとしたら、犯人の外に、もう一人僕等の敵が殖えてしまうのだからね」

「そりゃまた何故だい。魔法本と降矢木に一体何が？」

「ウイチグス呪法典は所謂技巧呪術で、今日の正確科学を、呪咀と邪悪の衣で包んだものと云われているからだよ。元来ウイチグスという人は、亜剌比亜・希臘の科学を呼称したシルヴェスター二世十三使徒の一人なんだ。所が、無謀にもその一派は羅馬教会に大啓蒙運動を起した。で、結局十二人は異端焚殺に逢ってしまったのだが、ウイチグスのみは秘かに遁れ、この大技巧呪術書を完成したと伝えられている。それが後年になって、ボッカネグロの築城術やヴォーバンの攻城法、また、デイやクロウサアの魔鏡術やカリオストロの煉金術、それに、ボッチゲルの磁器製造法からホーヘンハイムやグラハムの治療医学にまで素因をなしていると云われるのだから、驚くべきじゃないか。また、猶太秘釈義法からは、四百二十の暗号がつくれると云うけれども、それ以外のものは所謂純正呪術であって、荒唐無稽も極まった代物ばかりなんだ。だから支倉君、僕等が真実怖れていいのは、ウイチグス呪法典一つのみと云っていいのさ」

果して、この予測は後段に事実となって現われたけれども、その時はまだ、検事の神経に深く触れたものはなく、法水が着換えに隣室へ立ったあいだ次の一冊を取り上げ、折った個所のある頁を開いた。それは、明治十九年二月九日発行の東京新誌第四一三号で、「当世零保久礼博士」と題した田島象二（酔多道士――「花柳事情」などの著者）の戯文だった。

——扨も此度転沛逆手行、聞いてもくんねえ（と定句十数列の後に、次の漢文が挿入されている）近来大山街道に見物客糸を引くは、神奈川県高座郡葭刈の在に、竜宮の如き西洋城廓出現せるがためなり、そは長崎の大分限降矢木鯉吉の建造に係るものにして、いざその由来を説かん。先に鯉吉は、小島郷療養所に於いて和蘭軍医メールデルフォルトの指導をうけ、明治三年一家東京に移るや、渡独して、まずブラウンシュワイク普通医学校に学べり。その後伯林大学に転じて、研鑽八ヶ年の後二つの学位をうけ、本年初頭帰朝の予定となりしも、それに先き立ち、二年前英人技師クロード・ディグスビイを派遣して、既記の地に本邦未曾有とも云う大西洋建築を起工せり。と云うは一つに、彼地にて娶りし仏蘭西ブザンソンの人、テレーズ・シニョレに餞ける引手箱なりと云う。即ち、地域はサヴルーズ谷を模し、本館はテレーズの生家トレヴィーユ荘の城館を写し、以て懐郷の念を絶たんがためなりとぞ。さるにしても、此程帰国の船中蘭貢に於いて、テレーズが再帰熱にて死去したるは哀れとも云うべく、また、皮肉家大鳥文学博士がこの館を指し、中世堡楼の屋根までも剝いで黒死病死者を詰め込みしと伝えらるる、プロヴィンシア繞壁模倣を種に、黒死館と嘲りしこそ可笑しと云うべし——。

検事が読み終った時、法水は外出着に着換えて再び現われた。が、またも椅子深く腰を埋めて折から執拗に鳴り続ける、電話の鈴に眉を顰めた。

「あれは多分熊城の督促だろうがね。死体は逃げっこないのだから、まず悠くりするとしてだ。そこで、その後に起った三つの変死事件と、未だに解し難い謎とされている算哲博士の行状を、君に話すとしよう。帰国後の算哲博士は、日本の大学からも神経病学と薬理学とで二つの学位をうけたのだが、教授生活には入らず、黙々として隠遁的な独身生活を初めたものだ。此処で、僕等が何より注目しなければならないのは、博士が唯の一日も黒死館に住まなかったと云うばかりか、明治二十三年には、僅か五年しか経たない館の内部に大改修を施したと云う事で、つまり、ディグスビイの設計を根本から修正してしまったのだ。そうして、自分は寛永寺裏に邸宅を構えて、黒死館には弟の伝次郎夫妻を住わせたのだが、その後の博士は、自殺するまでの四十余年を殆ど無風のうちに過したと云ってよかった。著述ですらが、『テュードル家黴毒並びに犯罪に関する考察』一篇のみで、学界に於ける存在と云ったら、まずその全部が、あの有名な八木沢医学博士との論争に尽きると云っても過言ではないだろう。それはこうなのだ。明治二十一年に頭蓋鱗様部及顳顬窩畸形者の犯罪素質遺伝説を八木沢博士が唱えると、それに算哲博士が駁説を挙げて、その後一年に渉る大論争を惹き起したのだが、結局人間を栽培する実験遺伝学という極端な結論に行き着いてしまって、その成行に片唾を嚥ませた矢先だった。不思議な事には、二人の間にまるで黙契でも成り立ったかのように、その対立が突如不自然極まる消失を遂げてしまったのだよ。所が、この論争とは聯関のない事だが、算哲博士のいない黒死館には、相次いで奇怪な変死事件が起ったのだ。最初は明治二十九年の事で、正妻の入院中愛妾の神鳥みさほを引き入れた最初の夜に、伝次郎はみさほのために紙切刀で頸動脈を切断され、みさほもその現場で自殺を遂げてしまったのだ。それから、次は六年後の明治三十五年で、未亡人になった博士とは従妹に当る筆子夫人が、寵愛の嵐鯛十郎という上方役者のためにやはり絞殺されて、鯛十郎もその場去らずに縊死を遂げてしまった。そして、この二つの他殺事件には一向に動機と目されるものがなく、いや却って反対の見解のみが集まるという始末なので、止むなく、衝動性の犯罪として有耶無耶のうちに葬られてしまったのだよ。所で、主人を失った黒死館では、一時算哲とは異母姪に当る津多子——君も知っての通り、現在では東京神恵病院長押鐘博士の夫人になってはいるが、曾ては大正末期の新劇大女優さ——当時三歳に過ぎなかったその人を主としているうちに、大正四年になると、思いがけなかった男の子が、算哲の愛妾岩間富枝に胎もったのだ。それが即ち、現在の当主旗太郎なんだよ。そうして、無風のうちに三十何年か過ぎた去年の三月に、三度動機不明の変死事件が起った。今度は算哲博士が自殺を遂げてしまったのだ」と云って、側の書類綴りを手繰り寄せ、著名な事件毎に当局から送って来る、検屍調書類の中から、博士の自殺に関する記録を探し出した。

「いいかね——」

——創は左第五第六肋骨間を貫き左心室に突入せる、正規の創形を有する短剣刺傷にして、算哲は室の中央にてその束を固く握り締め、扉を足に頭を奥の帷幕に向けて、仰臥の姿勢にて横われり。相貌には、稍々悲痛味を帯ぶと思われる痴呆状の弛緩を呈し、現場は鎧扉を閉ざせる薄明の室にして、家人は物音を聴かずと云い、事実にも取り乱されたる形跡なし、尚、上述のもの以外には外傷はなく、しかも、同人が西洋婦人人形を抱きてその室に入りてより、僅々十分足らずのうちに起れる事実なりと云う。その人形と云うは、路易朝末期の格幃襞服をつけたる等身人形にして、帷幕の蔭にある寝台上にあり、用いたる自殺用短剣は、その護符刀ならんと推定さる。のみならず、算哲の身辺事情中には、全然動機の所在不明にして、天寿の終りに近き篤学者が、如何にしてかかる愚挙を演じたるものや、その点頗る判断に苦しむ所と云うべし——。

「どうだね支倉君、第二回の変死事件から三十余年を隔てていても、死因の推定が明瞭であっても動因がない——という点は、明白に共通しているのだ。だから、そこに潜んでいる眼に見えないものが、今度ダンネベルグ夫人に現われたとは思えないかね」

「それは、ちと空論だろう」と検事はやり込めるような語気で、「二回目の事件で、前後の聯関が完全に中断されている。何とかいう上方役者は、降矢木以外の人間じゃないか」

「そうなるかね。何処まで君には手数が掛るんだろう」と法水は眼で大袈裟な表情をしたが、「所で支倉君、最近現われた探偵小説家に、小城魚太郎という変り種がいるんだが、その人の近著に『近世迷宮事件考察』と云うのがあって、その中で有名なキューダビイ壊崩録を論じている。ヴィクトリア朝末期に栄えたキューダビイの家も、恰度降矢木の三事件と同じ形で絶滅されてしまったのだ。その最初のものは、宮廷詩文正朗読師の主キューダビイが、出仕しようとした朝だった。当時不貞の噂が高かった妻のアンが、送り出しの接吻をしようとして腕を相手の肩に繞らすと、矢庭に主は短剣を引き抜いて、背後の帷幕に突き立てたのだ。所が、紅に染んで斃れたのは、長子のウォルターだったので、驚駭した主は、返す一撃で自分の心臓を貫いてしまった。次はそれから七年後で、次男ケントの自殺だった。友人から右頬に盃を投げられて決闘を挑まれたにも拘らず、不関気な顔をしたと云うので、それが嘲笑の的となり、世評を恥じた結果だと云われている。然し、同じ運命はその二年後にも、一人取り残された娘のジョージアにも廻って来た。許婚者との初夜にどうした事か、相手を罵ったので、逆上されて新床の上で絞殺されてしまったのだ。それが、キューダビイの最期だったのだよ。所が小城魚太郎は、到底運命説しか通用されまいと思われるその三事件に、科学的な系統を発見した。そして、こういう断定を下している。結論は、閃光的に顔面右半側に起る、グブラー痲痺の遺伝に過ぎないという。即ち主の長子刺殺は、妻の手が右頬に触れても感覚がないので、その手が背後の帷幕の蔭にいる密夫に伸べられたのでないかと誤信した結果であって、そうなると、次男の自殺は論ずる迄もなく、娘もやはりグブラー痲痺のために、愛撫の不満を訴えたためではないかと推断しているのだ。勿論探偵作家に有り勝ちな、得手勝手極まる空想には違いない。けれども降矢木の三事件には、少なくとも聯鎖を暗示している。それに、小さな窓を切り拓いてくれた事だけは確かなんだよ。然し遺伝学というのみの狭い領域だけじゃない。あの磅礴（ほうはく）としたものの中には、必ず想像も附かぬ怖ろしいものがあるに違いないのだ」

「フム、相続者が殺されたというのなら、話になるがね。然し、ダンネベルグじゃ……」と一旦検事は小首を傾げたけれども、「所で、今の調書にある人形と云うのは」と問い返した。

「それが、テレーズ夫人の記憶像（メモリー）さ。博士がコペッキイ一家（ボヘミアの名操人形（マリオネット）工）に作らせたとかいう等身の自働人形だそうだ。然し、何より不可解なのは、四重奏団（カルテット）の四人なんだよ。算哲博士が乳呑児（ちのみご）のうちに海外から連れて来て、四十余年の間館から外の空気を、一度も吸わせた事がないと云うのだからね」

「ウン、少数の批評家だけが、年一回の演奏会で顔を見ると云うじゃないか」

「そうなんだ。屹度（きっと）薄気味悪い蠟色の皮膚をしているだろう」と法水も眼を据えて、「然し、何故（なにゆえ）に博士が、あの四人に奇怪な生活を送らせたのだろうか、また、四人がどうしてそれに黙従していたのだろう。所がね、日本の内地では唯それを不思議がるのみの事で、一向突込んだ調査をした者がなかったのだが、偶然四人の出生地から身分まで調べ上げた好事家を、僕は合衆国で発見したのだ。恐らくこれが、あの四人に関する唯一の資料と云ってもいいだろうと思うよ」そして取り上げたのは、一九〇一年二月号の「ハートフォード福音伝導者(エヴァンジェリスト)」誌で、それが卓上に残った最後だった。「読んでみよう。著者はファロウという人で、教会音楽の部にある記述なんだが」

――所もあろうに日本に於て、純中世風の神秘楽人が現存しつつあると云う事は、恐らく稀中の奇とも云うべきであろう。音楽史を辿ってさえも、その昔シュッツウツィンゲンの城苑に於て、マンハイム選挙侯カアル・テオドルが、仮面をつけた六人の楽師を養成したと云う一事に尽きている。此処に於いて予は、その興味ある風説に心惹かれ、種々策を廻(めぐ)らして調査を試みた結果、漸く四人の身分のみを知る事が出来た。即ち、第一提琴(ヴァイオリン)奏者のグレーテ・ダンネベルグは、墺太利(オーストリー)チロル県マリエンベルグ村狩猟区監長ウルリッヒの三女。第二提琴(ヴァイオリン)奏者ガリバルダ・セレナは伊太利(イタリー)ブリンデッシ市鋳金家ガリカリニの六女。ヴィオラ奏者オリガ・クリヴォフは露西亜(ロシア)コーカサス州タガンツシースク村地主ムルゴチの四女。チェロ奏者オットカール・レヴェズは洪牙利(ハンガリー)コンタルツァ町医師ハドナックの二男。何(いず)れも各地名門の出である。然し、その楽団の所有者降矢木算哲博士が、果してカアル・テオドルの、豪奢なロココ趣味を学んだものであるかどうか、その点は全然不明であると云わねばならない。

　法水の降矢木家に関する資料は、これで尽きているのだが、その複雑極まる内容は、却って検事の頭脳を混乱せしむるのみの事であった。然し、彼が恐怖の色を泛(うか)べ口誦(くちずさ)んだところの、ウイチグス呪法典という一語のみは、さながら夢の中で見る白い花のように、何時までもジインと網膜の上にとどまっていた。また一方法水にも、彼の行手に当って、殺人史上空前ともいう異様な死体が横わっていようとは、その時どうして予知する事が出来たであろうか。

第一篇　死体と二つの扉を繞(めぐ)って

一、栄光の奇蹟

私鉄T線も終点になると、其処はもう神奈川県になっている。そして、黒死館を展望する丘陵までの間は、樫の防風林や竹林が続いていて、とにかく其処までは、他奇(たき)のない北相模(さがみ)の風物であるけれども、一旦丘の上に来てしまうと、俯瞰(ふかん)した風景が全然風趣を異にしてしまうのだ。恰度それは、マクベスの所領クォーダーのあった――北部蘇古蘭(スコットランド)そっくりだと云えよう。そこには木も草もなく、そこまで来るうちには、海の潮風にも水分が尽きてしまって、湿り気のない土の表面が灰色に風化していて、それが岩塩のように見え、凸凹(でこぼこ)した緩斜(かんしゃ)の底に真黒な湖水(みずうみ)があろうと云う――それにさも似た荒涼たる風物が、擂鉢(すりばち)の底にある墻壁(しょうへき)まで続いている。その赭土褐砂(しゃくどかっさ)の因(もと)をなしたと云うのは、建設当時移植したと云われる高緯度の植物が、瞬(また)く間に死滅してしまったからであった。けれども、正門までは手入れの行届いた自動車路が作られていて、破墻挺(はしょうてい)崩しと云われる切り取り壁が出張った主楼の下には、薊と葡萄の葉文が鉄扉を作っていた。その日は前夜の凍雨の後をうけて、厚い層をなした雲が低く垂れ下り、それに、気圧の変調からでもあろうか、妙に人肌めいた生暖かさで、時折微かに電光が瞬き、口小言のような雷鳴が鈍く懶気に轟いて来る。そういう暗憺たる空模様の中で、黒死館の巨大な二層楼は――わけても中央にある礼拝堂の尖塔や左右の塔櫓が、一刷毛刷いた薄墨色の中に塗抹されていて、全体が樹脂っぽい単色画を作っていた。

法水は正門際で車を停めて、そこから前庭の中を歩き始めた。壁廓の背後には、薔薇を絡ませた低い赤格子の塀があって、その後が幾何学的な構図で配置された、ル・ノートル式の花苑になっていた。花苑を縦横に貫いている散歩路の所々には、列柱式の小亭や水神やサイキ或は滑稽な動物の像が置かれてあって、赤煉瓦を斜かいに並べた中央の大路を、碧色の釉瓦で縁取りしている所は、所謂矢筈敷と云うのであろう。そして、本館は水松の刈込垣で繞らされ、壁廓の四周には、様々の動物の形や頭文字を籬状に刈り込んだ、栂や糸杉の象徴樹が並んでいた。尚、刈込垣の前方には、パルナス群像の噴泉があって、法水が近附くと、突如奇妙な音響を発して水煙を上げ始めた。

「支倉君、これが驚駭噴泉と云うのだよ。あの音も、また弾丸のように水を浴びせるのも、みんな水圧を利用しているのだ」と法水は飛沫を避けながら、何気なしに云ったけれども、検事はこのバロック風の弄技物から、何となく薄気味悪い予感を覚えずにいられなかった。

それから法水は、刈込垣の前に立って本館を眺め始めた。長い矩形に作られている本館の中央は、半円形に突出していて、左右に二条（すじ）の張出間（アブス）があり、その部分の外壁だけは、薔薇色の小さな切石を泥膠（モルタル）で固め、九世紀風の粗朴な前羅馬様式（プレ・ロマネスク・スタイル）をなしていた。勿論その部分は礼拝堂に違いなかった。けれども、張出間（アブス）の窓には、薔薇形窓がアーチ形の格子の中に嵌（はま）っているのだし、中央の壁面にも、十二宮を描いた彩色硝子（ステインド・グラス）の円華窓（えんかまど）のある所を見ると、これ等様式の矛盾が、恐らく法水の興味を惹いた事と思われた。然し、それ以外の部分は、玄武岩の切石積で、窓は高さ十尺もあろうという二段鎧扉になっていた。玄関は礼拝堂の左手にあって、もしその打戸環（うちどかん）のついた大扉（おおと）の際（そば）に私服さえ見なかったならば、恐らく法水の夢のような考証癖は、何時までも醒めなかったに違いない。けれども、その間でも、検事が絶えず法水の神経をピリピリ感じていたと云うのは、鐘楼らしい中央の高塔から始めて、奇妙な形の屋窓（おくそう）や煙突が林立している辺（あた）りから、左右の塔櫓にかけて、急峻な屋根を一渉（わた）り観察した後に、その視線を下げて、今度は壁面に向けた顔を何度となく顎を上下させ、そういう態度を数回に渉って繰り返したからであって、その様子が何となく、算数的に比較検討しているもののように思われたからだった。果せる哉（かな）、この予測は的中した。最初から死体を見ぬにも拘（かかわ）らず、はや法水は、この館の雰囲気を摸索（まさぐ）って、その中から結晶のようなものを摘出して行ったのであった。

玄関の突当りが広間になっていて、其処に控えていた老人の召使（バトラー）が先に立ち、右手の大階段室に導いた。そこの床には、リラと暗紅色の七宝模様（モザイク）が切嵌を作っていて、それと、天井に近い円廊を廻っている壁画との対照が、中間に無装飾の壁があるだけ一層引き立って、まさに形容を絶した色彩を作っていた。馬蹄形に両肢を張った階段を上り切ると、そこは所謂階段廊になっていて、そこから今来た上空に、もう一つ短い階段が伸び、階上に達している。階段廊の三方の壁には、壁面の遙か上方に、中央のカブリエル・マックス作「腑分図(ふわけず)」を挟んで、左手の壁にジェラール・ダビッドの「シサムネス皮剝(かわはぎ)死刑の図」、右手の壁面には、ド・トリーの「一七二〇年マルセーユの黒死病(ペスト)」が、掲げられてあった。何れ(いず)も、縦七尺幅十尺以上に拡大摸写した複製画であって、何故(なにゆえ)斯かる陰惨なもののみを選んだのか、その意図が頗る(すこぶる)疑問に思われるのだった。然し、そこで法水の眼が素早く飛びついたと云うのは「腑分図」の前方に正面を張って並んでいる、二基の中世甲冑武者だった。何れも手に旌旗(せいき)の旆棒(はたぼう)を握っていて、尖頭から垂れている二様の綴織(ツルネー)が、画面の上方で密着していた。その右手のものは、クエーカー宗徒の服装をした英蘭土(イングランド)地主が所領地図を拡げ、手に図面用の英町尺(エーカーざし)を持っている構図であって、左手のものには、羅馬(ローマ)教会の弥撒(ミサ)が描かれてあった。その二つとも、上流家庭にはありきたりな、富貴と信仰の表徴(シムボル)に過ぎないのであるから、恐らく法水は看過すると思いの外、却って召使(バトラー)を招き寄せて訊ねた。

「この甲冑武者は、いつも此処にあるのかね」

「どう致しまして、昨夜からでございます。七時前には階段の両裾に置いてありましたものが、八時過ぎには此処まで飛び上って居りました。一体、誰が致しましたものか？」

「そうだろう。モンテパン侯爵夫人のクラーニィ荘を見れば判る。階段の両裾に置くのが定法だからね」と法水はアッサリ頷いて、それから検事に、「支倉君、試しに持ち上げて見給え。どうだね、割合軽いだろう。勿論実用になるものじゃないさ。甲冑も、十六世紀以来のものは全然装飾物なんだよ、それも、路易朝に入ると肉彫の技巧が繊細になって、厚みが要求され、終いには、着ては歩けない程の重さになってしまったものだ。だから、重量から考えると、無論ドナテルロ以前、さあ、マッサグリアかサンソヴィノ辺りの作品かな」

「オヤオヤ、君は何時ファイロ・ヴンスになったのだね。一口で云えるだろう――抱えて上れぬ程の重量ではないって」と検事は痛烈な皮肉を浴せてから、「然し、この甲冑武者が、階下にあってはならなかったのか。それとも、階上に必要だったのだろうか?」

「無論、此処に必要だったのさ。とにかく、三つの画を見給え。疫病・刑罰・解剖だろう。それに、犯人がもう一つ加えたものがある――それが、殺人なんだよ」

「冗談じゃない」検事が思わず眼を瞠ると、法水もやや亢奮を交えた声で云った。

「取りも直さず、これが今度の降矢木事件の象徴という訳さ。犯人はこの大旆を掲げて、陰微のうちに殺戮を宣言している。或は、僕等に対する、挑戦の意志かも知れないよ。大体支倉君、二つの甲冑武者が、右のは右手に、左のは左手に旌旗の柄を握っているだろう。然し、階段の裾にある時を考えると、右の方は左手に、左の方は右手に持って、構図から均斉を失わないのが定法じゃないか。そうすると、現在の形は、左右を入れ違えて置いた事になるだろう。つまり、左の方から云って、富貴の英町旗――信仰の弥撒旗となっていたのが、逆になったのだから……そこに怖しい犯人の意志が現われて来るんだ」

「何が？」

「Mass（弥撒）とacre（英町）だよ。続けて読んで見給え。信仰と富貴が、Massacre――虐殺に化けてしまうぜ」と法水は検事が啞然としたのを見て、「だが、恐らくそれだけの意味じゃあるまい。いずれこの甲冑武者の位置から、僕はもっと形に現われたものを発見け出す積りだよ」と云ってから、今度は召使に、「所で、昨夜七時から八時までの間に、この甲冑武者に就いて目撃したものはなかったかね」

「ございません。生憎とその一時間が、私共の食事に当って居りますので」

それから法水は、甲冑武者を一基一基解体して、その周囲は、画図と画図との間にある龕形の壁灯から、旌旗の蔭になっている、「腑分図」の上方までも調べたけれど、一向に得る所はなかった。画面のその部分も背景の外れ近くで、様々な色の縞が雑然と配列しているに過ぎなかった。それから、階段廊を離れて、上層の階段を上って行ったが、その時何を思いついたのか、法水は突然奇異な動作を始めた。彼は中途まで来たのを再び引き返して、もと来た大階段の頂辺に立った。そして、衣嚢から格子紙の手帳を取り出して、階段の階数をかぞえ、それに何やら電光形めいた線を書き入れたらしい。流石これには、検事も引き返さずにはいられなかった。

「なあに、一寸した心理考察をやったまでの話さ」と階上の召使を憚りながら、法水は小声で検事の問いに答えた。「いずれ、僕に確信がついたら話す事にするが、とにかく現在の所では、それで解釈する材料が何一つないのだからね。単にこれだけの事しか云えないと思うよ。先刻階段を上って来る時に、警察自動車らしいエンジンの爆音が玄関の方でしたじゃないか。するとその時、あの召使は、そのけたたましい音響に当然消されねばならない、或る微かな音を聴く事が出来たのだ。いいかね、支倉君、普通の状態では到底聴くことの出来ない音をだよ」

そういう甚しく矛盾した現象を、法水は如何にして知る事が出来たのだろうか？ 然し、彼はそれに附け加えて、そうは云うものの、あの召使には毫末の嫌疑もない――といって、その姓名さえも聞こうとはしないのだから、当然結論の見当が茫漠となってしまって、この一事は、彼が提出した謎となって残されてしまった。

階段を上り切った正面には、廊下を置いて、巌畳な防塞を施した一つの室があった。鉄柵扉の後方に数層の石段があって、その奥には、金庫扉らしい黒漆がキラキラ光っている。然し、その室が古代時計室だという事を知ると、収蔵品の驚くべき価値を知る法水には、一見莫迦気て見える蒐集家の神経を頷く事が出来た。廊下はそこを基点に左右へ伸びていた。一劃毎に扉が附いているので、その間は隧道のような暗さで、昼間でも龕の電灯が点っている。左右の壁面には、泥焼の朱線が彩っているのみで、それが唯一の装飾だった。やがて、右手にとった突当りを左折し、それから、今来た廊下の向う側に出ると、法水の横手には短い拱廊が現われ、その列柱の蔭に並んでいるのが、和式の具足類だった。拱廊の入口は、大階段室の円天井の下にある円廊に開かれていて、その突き当りには、新しい廊下が見えた。入口の左右にある六弁形の壁燈を見やりながら、法水が拱廊の中に入ろうとした時、何を見たのか愕然としたように立ち止った。

「此処にもある」と云って、左側の据具足（鎧櫃の上に据えたもの）の一列のうちで、一番手前にあるのを指差した。その黒毛三枚鹿角立の兜を頂いた緋縅錣の鎧に、何の奇異があるのであろうか。検事は半ば呆れ顔に反問した。

「兜が取り換えられているんだ」と法水は事務的な口調で、「向う側にあるのは全部吊具足（宙吊りにしたもの）だが、二番目の滑革胴の安鎧に載っているのは、錣を見れば判るだろう。あれは、位置の高い若武者が冠る獅子嚙台星前立脇細鍬という兜なんだ。また、此方の方は、黒毛の鹿角立と云う猛悪なものが、優雅な緋縅の上に載っている。ねえ支倉君、すべて不調和なものには、邪まな意志が潜んでいるとか云うぜ」と云ってから召使にこの事を確めると、流石に驚嘆の色を泛べて、

「ハイ、左様でございます。昨夕までは仰言った通りでございましたが」と躊躇せずに答えた。

　それから、左右に幾つとなく並んでいる具足の間を通り抜けて、向うの廊下に出ると、そこは袋廊下の行き詰りになっていて、左は、本館の横手にある旋廻階段のテラスに出る扉。右へ数えて五つ目が現場の室だった。部厚な扉の両面には、古拙な野生的な構図

で、耶蘇が佝僂を癒やしている聖画が浮彫になっていた。その一重の奥に、グレーテ・ダンネベルグが死体となって横わっているのだった。

扉が開くと、後向きになった二十三、四がらみの婦人を前に、捜査局長の熊城が苦り切って鉛筆の護謨を嚙んでいた。二人の顔を見ると、遅着を咎めるように、眦を尖らせたが、

「法水君、仏様ならあの帷幕の蔭だよ」と如何にも無愛想に云い放って、その婦人に対する訊問も止めてしまった。然し、法水の到着と同時に、早くも熊城が、自分の仕事を放棄してしまったのと云い、時折彼の表情の中に往来する、放心とでも云うような鈍い弛緩の影があるのを見ても、帷幕の蔭にある死体が、彼にどれ程の衝撃を与えたものか——さして想像に困難ではなかったのである。

法水は、まず其処にいる婦人に注目を向けた。愛くるしい二重顎のついた丸顔で、大して美人と云う程ではないが、円らな瞳と青磁に透いて見える眼隈と、それから張ち切れそうな小麦色の地肌とが、素晴らしく魅力的だった。葡萄色のアフタヌーンを着て、自分の方から故算哲博士の秘書紙谷伸子と名乗って挨拶したが、その美しい声音に引きかえ、顔は恐怖に充ち土器色に変っていた。彼女が出て行ってしまうと、法水は黙々と室内を歩き始めた。その室は広々とした割合に薄暗く、おまけに調度が少いので、ガランとして淋しかった。床の中央には、大魚の腹中にある約拿を図案化したコプト織の敷物が敷かれ、その部分の床は、色大理石と櫨の木片を交互に組んだ車輪模様の切嵌。其

処を挟んで、両辺の床から壁にかけ胡桃と檞の切組みになっていて、その所々に象眼を鏤められ、渋い中世風の色沢が放たれていた。そして、高い天井からは、木質も判らぬ程に時代の汚斑が黒く滲み出ていて、その辺から鬼気とでも云いたい陰惨な空気が、静かに澱み下って来るのだった。扉口は今入ったのが一つしかなく、左手には、横庭に開いた二段鎧窓が二つ、右手の壁には、降矢木家の紋章を中央に刻み込んである大きな壁炉が、数十個の石材で畳み上げられてあった。正面には、黒い天鵞絨の帷幕が鉛のように重く垂れ、なお扉から煖炉に寄った方の壁側には、三尺程の台上に、裸体の佝僂と有名な立法者（埃及彫像）の跏像とが背中合せをしていて、窓際寄りの一劃は高い衝立で仕切られ、その内側に、長椅子と二、三脚の椅子卓子が置かれてあった。隅の方へ行って人群から遠ざかると、古くさい黴の匂がプーンと鼻孔を衝いて来る。煖炉棚の上には埃が五分ほども積っていて、帷幕に触れると、咽っぽい微粉が天鵞絨の織り目から飛び出して来て、それが銀色に輝き、飛沫のように降り下って来るのだった。一見して、この室が永年の間使われていない事が判った。やがて、法水は帷幕を掻分けて内部を覗き込んだが、その瞬間凡ゆる表情が静止してしまって、これも背後から、反射的に彼の肩を掴んだ検事の手があったのも知らず、またそれから波打つような顫動が伝わって来るのも感ぜずに、ひたすら耳が鳴り顔が火の様に熾って、彼の眼前にある驚くべきもの以外の世界が、すうっと何処かへ飛び去って行くかのように思われた。

見よ！　そこに横わっているダンネベルグ夫人の死体からは、聖らかな栄光が燦然と放たれているのだ。恰度光の霧に包まれたように、表面から一寸ばかりの空間に、澄んだ青白い光が流れ、それが全身をしっくりと包んで、陰闇の中から朦朧と浮き出させている。その光には、冷たい清冽な敬虔な気品があって、また、それに暈とした乳白色の濁りがある所は、奥底知れない神性の啓示でもあろうか。醜い死面の陰影は、それがために端正な相に軟げられ、実に何とも云えない静穏なムードが、全身を覆うているのだ。その夢幻的な、荘厳なものの中からは、天使の吹く喇叭の音が聴えて来るかも知れない。今にも、聖鐘の殷々たる響が轟き始め、その神々しい光が、今度は金線と化して放射されるのではないかと思われて来ると、――ああ、ダンネベルグ夫人はその童貞を讃えられ、最後の恍惚境に於いて、聖女として迎えられたのであろうか――と、知らず知らずに泄れ出て来る嘆声を、果てはどうする事も出来なくなってしまうのだった。然し、同時にその光は、其処に立ち列んでいる、阿呆のような三つの顔も照していた。法水も漸く吾にかえって調査を始めたが、鎧窓を開くと、その光は薄らいで殆んど見えなかった。死体の全身はコチコチに硬直していて、既に死後十時間は十分経過しているものと思われたが、流石法水は動ぜずに、飽く迄科学的批判を忘れなかった。彼は口腔内にも光があるのを確めてから、死体を俯向けて、背に現われている鮮紅色の屍斑を目がけ、グサリと小刀の刃を入れた。そして、死体をやや斜にすると、ドロリと重たげに流れ出した血液で、忽ち屍光に暈と赤らんだ壁が作られ、それがまるで、割れた霧のように二つに隔てられて行き、その隙間に、ノタリノタリと血が蜿くって行く影が印されて行った。

検事も熊城も、到底この凄惨な光景を直視する事は出来なかった。

「血液には光はない」と法水は死体から手を離すと、憮然として呟いた。「今の所では、何と云っても奇蹟と云うより外にないだろうね。外部から放たれているものでない事は、とうに明らかなんだし、燐の臭気はないし、ラジウム化合物なら皮膚に壊疽が出来るし、着衣にもそんな跡はない。正しく皮膚から放たれているんだ。そして、この光には熱も匂もない。所謂冷光なんだよ」

「すると、これでも毒殺と云えるのか？」と検事が法水に云うのを、熊城が受けて、

「ウン、血の色や屍斑を見れば判るぜ。明白な青酸中毒なんだ。だが法水君、この奇妙な文身の様な創紋はどうして作られたのだろうか？　これこそ、奇を嗜み変異に耽溺する、君の領域じゃないか」と剛愎な彼に似げない自嘲めいた笑を洩らすのだった。

実に、怪奇な栄光に続いて、法水を瞠目せしめた死体現象がもう一つあったのだ。ダンネベルグ夫人が横わっている寝台は、帷幕のすぐ内側にあって、それは、松毬形の頂花を頭飾にし、その柱の上に、レースの天蓋をつけた路易朝風の桃花木作りだった。死体は、その殆んど右外れに俯臥の姿勢で横わり、右手は、背の方へ捻じ曲げたように甲を臀の上に置き、左手は寝台から垂れ下っていた。銀色の髪毛を無雑作に束ねて、黒い綾織の一重服を纏い、鼻先が上唇まで垂れ下って猶太式の人相をしているこの婦人は、顔をSの字なりに引ん歪め、実に滑稽な顔をして死んでいた。然し不思議と云うのは、両側の顳顬に現われている、紋様状の切り創だった。それが、恰度文身の型取りみたい

に、細い尖鋭な針先でスウッと引いたような——表皮だけを巧妙にそいだ擦切創とでも云う浅い傷であって、両側ともほぼ直径一寸程の円形を作っていて、その円の周囲には、短い線条が百足の足のような形で群生している。創口には、黄ばんだ血清が滲み出ているのみであるが、そういう更年期婦人の荒れ果てた皮膚に這いずっているものは、凄美なとと云う感じよりかも、寧ろ、乾燥びた蟯虫の死体のようでもあり、また、不気味な鞭毛虫が排泄する、長い糞便のようにも思われるのだった。そして、その生因が、果して内部にあるのか外部にあるのか——その推定すら困難な程に、難解を極めたものだった。然し、その凄惨な顕微鏡模様から離れた法水の眼は、期せずして検事の視線と合した。そして、暗黙のうちに、或る慄然としたものを語り合わねばならなかった。何となれば、その創の形が、まさしく降矢木家の紋章の一部をつくっている、フィレンツェ市章の二十八葉橄欖冠に外ならないからであった。

二、テレーズ吾を殺せり

「どう見ても、僕にはそうとしか思えない」と検事は何度も吃りながら、熊城に降矢木家の紋章を説明した後で、「何故犯人は、息の根を止めただけでは足らなかったのだろうね。どうしてこんな、得体の判らぬ所作までもしなければならなかったのだろう？」

「所がねえ支倉君」と法水は始めて莨を口に銜えた。「それよりも僕は、いま自分の発見に愕然としてしまった所さ。この死体は、彫り上げた数秒後に絶命しているのだよ。つまり、死後でもなく、また、服毒以前でもないのだがね」

「冗談じゃないぜ」と熊城は思わず呆れ顔になって、「これが即死でないのなら、一つ君の説明を承わろうじゃないか」といきり立つのを、法水は駄々児を諭すような調子で、

「ウン、この事件の犯人たるや、如何にも神速隠険で、兇悪極りない。然し、僕の云う理由は頗る簡単なんだ。大体君が、強度の青酸中毒と云うものを余り誇張して考えているからだよ。呼吸筋は恐らく瞬間に痲痺してしまうだろうが、心臓が全く停止してしまう迄には、少なくとも、それから二分足らずの時間はあると見て差支えない。所が、皮膚の表面に現われる死体現象と云うのは、心臓の機能が衰えると同時に現われるものなんだがね」そこで一寸言葉を切って、まじまじと相手を瞶めていたが、「それが判れば、僕の説に恐らく異議はないと思うね。所で、この創は巧妙に表皮のみを切り割っている。それは、血清だけが滲み出ているのを見ても、明白な事実なんだが、通例生体にされた場合だと、皮下に溢血が起って創の両側が腫起して来なければならない――如何にも、この創口にはその歴然としたものがあるのだ。所が、剝がれた割れ口を見ると、それに痂皮が出来ていない。まるで透明な雁皮としか思われないだろう。が、この方は明かな

死体現象なんだよ。然しそうなると、その二つの現象が大変な矛盾を惹き起してしまって、創がつけられた時の生理状態に、てんで説明がつかなくなってしまうだろう。だから、その結論の持って行き場は、爪や表皮がどういう時期に死んでしまうものか、考えればいい訳じゃないか」

法水の精密な観察が、却って創紋の謎を深めた感があったので、その新しい戦慄のために、検事の声は全く均衡を失っていた。

「万事剖見(ぼうけん)を待つとしてだ。それにしても、屍光のような超自然現象を起しただけで飽き足らずに、その上降矢木の烙印(やきいん)を押すなんて……。僕には、この清浄な光がひどく淫虐的(サディスティック)に思えて来たよ」

「いや、犯人は決して、見物人を欲しがっちゃいないさ。君がいま感じたような、心理的な障害を要求しているんだ。どうして彼奴(あいつ)が、そんな病理的な個性なもんか。それに、全く以て創造的だよ。だがそれをハイルブロンネルに云わせると、一番淫虐的(サディスティック)で独創的なものを、小児(こども)だと云うがね」と法水は暗く微笑んだが、「所で熊城君、死体の発光は何時頃からだね」と事務的な質問を発した。

「最初は、卓子灯(スタンド)が点いていたので判らなくなったのだ。所が、十時頃だったが、一通り死体の検案からこの一劃の調査が終ったので、鎧扉を閉じて卓子灯(スタンド)を消すと……」と熊城はグビッと唾を嚥み込んで、「だから、家人は勿論の事だが、係官の中にも知らないものがあると云う始末だよ。所で、今まで聴取して置いた事実を、君の耳に入れて置こう」と概略の顛末を語り始めた。

「昨夜家内中である集会を催して、その席上でダンネベルグ夫人が卒倒した――それが恰度九時だったのだ。それからこの室で介抱（かいほう）する事になって、図書掛りの久我鎮子（くがしずこ）と給仕長の川那部易介（かわなべえきすけ）が徹宵（てつしょう）附添っていたのだが、十二時頃被害者が食べた洋橙（オレンジ）の中に、青酸加里が仕込まれてあったのだよ。現に、口腔（くち）の中に残っている果肉の嚙滓（かみかす）からも、多量の物が発見されているし、何より不思議な事には、それが、最初口に入れた一房にあったのだ。だから、犯人は偶然最初の一発で、的の黒星を射当てたと見るより外になかろうと思うね。他の果房（ふさ）はこの通り残っていても、それには、薬物の痕跡がないのだよ」

「そうか、洋橙（オレンジ）に!?」と法水は、天蓋の柱を微かに揺ぶって呟いた。「そうすると、もう一つ謎が殖えた訳だよ。犯人には、毒物の知識が皆無だと云う事になるぜ」

「所が、使用人のうちには、これと云う不審な者はいない。久我鎮子も易介も、ダンネベルグ夫人が自分で果物皿の中から撰んだと云っている。それに、この室は十一時半頃に鍵を下してしまったのだし、硝子（ガラス）窓も鎧扉も菌（きのこ）のように錆（さび）がこびり付いていて、外部から侵入した形跡は勿論ないのだよ。然し妙な事には、同じ皿の上にあった梨の方が、夫人にとると、遙かより以上の嗜好物だそうなんだ」

「なに、鍵が?」と検事は、それと創紋との間に起った矛盾に、愕然とした様子だったけれども、法水は依然熊城から眼を離さず、突慳貪（つっけんどん）に云い放った。

「僕は決して、そんな意味で云っていやしない。青酸に洋橙（オレンジ）という痴面（どうけめん）を被せているだけに、それだけ、犯人の素晴らしい素質が怖ろしくなって来るのだ。考えても見給え。あれ程際立った異臭や特異な苦味のある毒物を、驚くじゃないか、致死量の十何倍も用いている。しかも、その仮装迷彩（カムフラージュ）に使っているのが、そういう性能の極めて乏しい洋橙（オレンジ）と来ているんだ。ねえ熊城君、それ程稚拙も甚（はなはだ）しい手段が、どうしてこんな魔法のような効果を収めたのだろうか。何故ダンネベルグ夫人は、その洋橙（オレンジ）のみに手を伸ばしたのだろうか。つまり、その驚くべき撞着たるやが、毒殺者の誇りなんだ。まさに彼等にとれば、ロムバルジア巫女（ストリゲス）の出現以来、永生不滅の崇拝物（トーテム）なんだよ」

　熊城は呆気にとられたが、法水は思い返したように訊ねた。

「それから、絶命時刻は？」

「今朝八時の検屍で死後八時間と云うのだから、絶命時刻も、洋橙（オレンジ）を食べた刻限とピッタリ符合している。発見は暁方（あけがた）の五時半で、それまで附添は二人共に、変事を知らなかったのだし、また、十一時以後は誰もこの室に入った者がなかったと云うのだし、家族の動静も一切不明だ。で、その洋橙（オレンジ）が載っていた、果物皿と云うのがこれなんだがね」

　そう云って熊城は、寝台の下から銀製の大皿を取り出した。直径が二尺に近い盞形（さかずきがた）をしたもので、外側には露西亜（ルッソ）ビザンチン特有の生硬な線で、アイヴソウフスキーの匈奴（フン）族馴鹿（トナカイ）狩の浮彫が施されていた。皿の底には、空想化された一匹の爬虫類が逆立していて、頭部と前肢が台になり、刺の生えた胴体がくの字なりに彎曲して、後肢と尾とで皿を支えている。そして、そのくの字の反対側には、半円形の把手（にぎり）が附いていた。その上にある梨と洋橙(オレンジ)は全部二つに截(た)ち割られていて、鑑識検査の跡が残されているが、無論毒物は、それ等の中にはなかったものらしい。然し、ダンネベルグ夫人を斃した一つには、際立った特徴が現われていた。それが、他にある洋橙(オレンジ)とは異り、所謂 橙(だいだい)色ではなくて、寧ろ熔岩(ラヴァ)色とでもいいたい程に赤味の強い、大粒のブラット種だった。しかも、その赭黒(あかぐろ)く熟(う)れ過ぎているところを見ると、まるでそれが、凝固しかかった血糊のように薄気味悪く思われるのであるが、その色は妙に神経を唆(そそ)るのみの事で、勿論推定の端緒(いとぐち)を引き出すものではなかった。そして、蔕(へた)のない所から推して、そこから泥状(でいじょう)の青酸加里が注入されたものと推断された。

法水は果物皿から眼を離して、室内を歩き始めた。帷幕で区切られているその一劃は、前方の室と著しく趣を異にしていて、壁は一体に灰色の膠泥(モルタル)で塗られ、床には同じ色で、無地の絨毯が敷かれてあって、窓は前室のよりもやや小さく、幾分上方に切られてあるので、内部は遙かに薄暗かった。灰色の壁と床、それに黒い帷幕——と云えば、その昔ゴーズン・クレイグ時代の舞台装置を想い出すけれども、そういう外見生動に乏しい基調色が、尚一層この室を沈鬱なものにしていた。此処もやはり、前室と同様荒れるに任せていたらしく、歩くにつれて、壁の上方から層をなした埃が摺(す)り落ちて来る。室内の調度は、寝台の側(そば)に大酒甕形(おおさかがめがた)の立卓笥(キャビネット)があるのみで、その上には、芯の折れた鉛筆をつけたメモと、被害者が臥(ね)る時に取り外したらしい近視二十四度の鼈甲(べっこう)眼鏡、それに、描き絵の絹覆(シェード)をつけた卓子灯(スタンド)とが載っていた。近視鏡もその程度では、ただ輪廓が暈(ぼっ)

とするのみのことで、事物の識別は殆んど明瞭に附く筈であるから、それには一顧する価値もなかった。法水は、画廊の両壁を観賞して行くような足取りで、悠り歩を運んでいたが、その背後から検事が声をかけた。

「やはり法水君、奇蹟は自然の凡ゆる理法の彼方にあり——かね」

「ウン、判ったのはこれだけだよ」と法水は味のない声を出した。「まるで犯人はテルみたいに、たった一矢で、露き出しよりも酷い青酸を、相手の腹の中へ打ち込んでいるだろう。つまり、その最終の結論に達するまでに、光と創紋を現わすものが必要だったと云う事だ。云わばあの二つと云うのは、犯行を完成させるための補強作用であって、その道程に欠いてはならぬ、深遠な学理だと見て差支えない」

「冗談じゃない。余り空論も度が過ぎるぜ」と熊城は呆れ返って横槍を入れたが、法水は平然と奇説を続けた。

「だって、鍵を下した室内に侵入して来て、一、二分のうちに彫らねばならない。そうなると、クライルじゃないがね。無理でも不思議な生理を目指すより仕方があるまい。それに、疑問はまだ、後へ捻れたような右手の形にも、それから、右肩にある小さな鉤裂きにもあるのだ」

「いや、そんなことはどうでもいいんだ」熊城は吐きだすように、「腹ん這いで洋橙を噛み込んで、瞬間無抵抗になる——たった、それだけの話なんだよ」

「ところがねえ熊城君、アドルフ・ヘンケの古い法医学書を見ると、一人の淫売婦が、腕を身体の下にかって横向きになった姿勢のままで毒を仰いだのだが、瞬間の衝撃(ショック)を喰(くら)うと、却って痺(しび)れた方の腕が動いて、瓶を窓から河の中へ投げ捨てたと云う面白い例が載っているぜ。だから一応は、最初の姿体を再現してみる必要があると思うね。それから死体の光は、アヴリノの『聖僧奇蹟集』などに……」

「成程、坊主なら、人殺しに関係あるだろう」と熊城は露骨に無関心を装ったが、急に神経的な手附になって、衣嚢(かくし)から何やら取り出そうとした。法水は振り向きもせず、背後に声を投げて、

「ところで熊城君、指紋は？」

「説明のつくものなら無数にある。それに、昨夜この空室に被害者を入れた時だが、その時寝台の掃除と、床だけに真空掃除器を使ったというからね。生憎足跡といっては何もない始末だ」

「フム、そうか」そういって法水が立ち止ったのは、突当りの壁前だった。そこには、さしずめ常人ならば、顔あたりに相当する高さで、最近何か、額様のものを取り外したらしい跡が残ってい、それが極めて生々しく印されてあった。ところが、そこから折り返して旧(もと)の位置に戻ると、法水は卓子灯(スタンド)の中に何を認めたものか、不意(いきなり)検事を振向いて、

「支倉君、窓を閉めてくれ給え」と云った。

　検事はキョトンとしたが、それでも、彼のいう通りにすると、法水は再び死体の妖光を浴びながら、卓子灯(スタンド)に点火した。そうなって始めて検事に判ったのは、その電球が、

昨今は殆んど見られない炭素球（カーボン）だと云う事で、恐らく急場に間に合わせた調度類が、永らく蔵（しま）われていたものであろうと想像された。法水の眼はその赭（あか）っ茶けた光の中で、覆（シエード）の描く半円を暫く追うていたが、いま額の跡を見付けたばかりの壁から一尺程手前の床に、何やら印をつけると、室は再び旧（もと）に戻って、窓から乳色の外光が入って来た。検事は窓の方へ溜めていた息をフウッと吐き出して、

「一体、何を思い付いたんだ？」

「なにね、僕の説だってその実グラグラなんだから、試しに、眼で見えなかった人間を作り上げようとしたところさ」と法水は気紛（きまぐ）れめいた調子で云ったが、その語尾を掬（すく）い上げるような語気と共に、熊城は一枚の紙片を突き出した。

「これで、君の謬説（びゅうせつ）が粉砕されてしまうんだ。何も苦しんでまで、そんな架空なものを作り上げる必要はないさ。見給え。昨夜（ゆうべ）この室には、事実想像もつかない人物が忍んでいたのだ。それを洋橙（オレンジ）を口に含んだ瞬間に知って、ダンネベルグ夫人が僕等に報（し）らそうとしたのだよ」

その紙片の上に書かれてある文字を見て、法水はギュッと心臓を掴まれたような気がした。検事は、寧（むし）ろ呆れたように叫んだ。

「テレーズ！　これは自働人形じゃないか」

「そうなんだよ。これにあの創紋を結びつけたなら、よもや幻覚とは云われんだろう」と熊城も低く声を慄わせた。「実は、寝台の下に落ちていたんだが、それをこのメモと

引合わせてみて、僕は全身が慄毛(そうけ)立った気がした。犯人は正しく人形を使ったに違いないのだ」

法水は相変らず衝動的な冷笑主義(シニシズム)を発揮して、

「成程、土偶人形に悪魔学(デモノロジイ)か——犯人は、人類の潜在批判を狙っているんだ。だが、珍らしく古風な書体だな。まるで、半大字形(アイリッシュ)か波斯文字(ネスキー)みたいだ。でも君は、これが被害者の自署だという証明を得ているのかい？」

「無論だとも」熊城は肩を揺(ゆすぶ)って、「実は、君達が来た時にいたあの紙谷伸子という婦人が、僕にとると最後の鑑定者だったのだ。で、ダンネベルグ夫人の癖と云うのはこうなんだ。鉛筆の中程を、小指と薬指との間に摘んで、それを斜(ななめ)にしたのを、拇指と人差指とで摘んで書くそうだがね。そう云った訳で、夫人の筆蹟は一寸真似られんそうだよ。それに、この擦(かす)れ具合が、鉛筆の折れた尖(さき)とピッタリ符合している」

検事はブルッと胴慄(どうぶる)いして、

「怖ろしい死者の暴露じゃないか。それでも法水君、君は？」

「ウム、どうしても人形と創紋を不可分に考えなけりゃならんのかな」と法水も浮かぬ顔で呟いた。「この室がどうやら密室臭いので、出来る事なら幻覚と云いたいところさ。けれども、現実の前には、段々とその方へ引かれて行ってしまうよ。いや却って人形を調べてみたら、創紋の謎を解くものが、その機械装置からでも摑めるかも知れない。何にしても、こう立て続けに、真暗な中で異妖な鬼火ばかり見せられているのだからね。

光なら、どんな微かなものでも欲しい矢先じゃないか。とにかく、家族の訊問は後にして、取り敢えず人形を調べる事にしよう」

それから人形のある室へ行く事になって、私服に鍵を取りにやると、間もなくその刑事は昂奮して戻って来た。

「鍵が紛失しているそうです、それに薬物室のも」

「止むを得なけりゃ叩き破るまでの事だ」と法水は決心の色を泛べて、「だが、そうなると、調べる室が二つ出来てしまった事になる」

「薬物室もか」今度は検事が驚いたように云った。「大体青酸加里なんて、小学生の昆虫採集箱の中にもあるものだぜ」

法水は関わず立ち上って扉の方へ歩みながら、

「それがね、犯人の智能検査なんだよ。つまり、その計画の深さを計るものが、鍵の紛失した薬物室に残されているように思われるんだ」

テレーズ人形のある室は、大階段の後方に当る位置で、間に廊下を一つ置き、恰度「腑分図」の真後にあたる、袋廊下の突き当りだった。扉の前に来ると、法水は不審な顔をして、眼前の浮彫を瞶め出した。

「この扉のは、ヘロデ王ベテレヘム嬰児虐殺之図と云うのだがね。これと、死体のある室の、傴僂治療之図の二枚は、有名なオットー三世福音書の中にある挿画なんだよ。そうなると、そこに何か脈絡でもあるのかな」と小首を傾げながら、試みに扉を押したが、それは微動さえもしなかった。

「尻込みする事はない。こうなれば、叩き破る迄の事さ」熊城が野生的な声を出すと、法水は急に遮り止めて、

「浮彫を見たので、急に勿体なくなったよ。それに、響で跡を消すといかんから、下の方の板をそっと切り破ろうじゃないか」

やがて、扉の下方に空けられた四角の穴から潜り込むと、法水は懐中電灯を点じた。円い光に映るものは壁面と床だけで、何一つ家具らしいものさえ、なかなかに現われ出ては来ない。が、そのうち右辺からかけて室を一周し終ろうとする際に、思いがけなくも、法水のすぐ横手――扉から右寄りの壁に闇が破れた。そして、そこからフウッと吹き出した鬼気と共に、テレーズ・シニョレの横顔が現われたのであった。面の恐怖と云えば誰しも経験する事だが、たとえば、白昼でも古い社の額堂を訪れて、破風の格子扉に掲げている能面を眺めていると、まるで、全身を逆さに撫で上げられるような不気味な感覚に襲われるものだ。まして、この事件に妖異な雰囲気を醸し出した当のテレーズが、荒れ煤けた室の暗闇の中から、暈っと浮き出たのであるから、その瞬間、三人がハッとして息を窒めたのも無理ではなかった。窓に微かな閃光が燦めいて、鎧扉の輪廓が明瞭に浮び上ると、遠く地動のような雷鳴が、おどろと這い寄って来る。そうした凄愴な空気の中で、法水は凝然と眼を見据え、眼前の妖しい人型を瞶め始めた――ああ、この死物の人形が森閑とした夜半の廊下を。

開閉器の所在が判って、室内が明るくなった。テレーズの人形は身長五尺五、六寸ばかりの蠟着せ人形で、格檣型の層襞を附けた青藍色のスカートに、これも同じ色の上衣を附けていた。像面からうける感じは、愛くるしいと云うよりも、寧ろ異端的な美しさだった。半月形をしたルーベンス眉や、唇の両端が釣り上った所謂覆舟口などと云うのは、元来淫な形とされている。けれども、妙にこの像面では鼻の円みと調和していて、それが、蕩け去るような処女の憧憬を現わしていた。そして、精緻な輪廓に包まれ、捲毛の金髪を垂れているのが、トレヴィーユ荘の佳人テレーズ・シニョレの精確な複製だったのである。光をうけた方の面は、今にも血管が透き通ってでも見えそうな、如何にも生々しい輝きであったが、巨人のような体軀との不調和はどうであろうか。安定を保つために、肩から下が恐ろしく大きく作られていて、足蹠の如きは、普通人の約三倍もあろうと思われる広さだった。法水は考証気味な視線を休めずに、

「まるで騎士埴輪か鉄の処女としか思われんね、これがコペッキーの作品だと云うそうだが、さあプラーグと云うよりも、体軀の線は、バーデンバーデンのハンスヴルスト（独逸の操人形）に近いね。この簡素な線には、他の人形には求められない無量の神秘がある。算哲博士が本格的な人形師に頼まないで、これを大きな操人形に作ったのは、如何にもあの人らしい趣味だと思うよ」

「人形の観賞は、何れ悠くりやって貰う事にしてだ」と熊城は苦々し気に顔を顰めたが、

「それより法水君、鍵が内側から掛っているんだぜ」

「ウン驚くべきじゃないか。然し、真逆に犯人の意志で、この人形が遠感的に動いたと云う訳じゃあるまい」鍵穴に突込まれている飾付の鍵を見て、検事は慄然としたらしかったが、足許から始めて、床の足型を追い始めた。跡方もなく入り乱れている、扉口から正面の窓際にかけての床には、大きな扁平な足型で、二回往復した四条の跡が印されていて、それ以外には、扉口から現在人形のいる場所に続いている一条のみだった。然し、何より驚かされたのは、肝腎の人間のものがないと云うことだった。検事が頓狂な声を揚げると、それを、法水は皮肉に嗤い返して、

「どうも頼りないね。最初犯人が人形の歩幅通りに歩いて、その上を後で人形に踏ませる。そうしたら、自分の足跡を消してしまう事が出来るじゃないか。そして、それから以後の出入は、その足型の上を踏んで歩くのだ。然し、昨夜この人形のいた最初の位置が、もし扉口でなかったとしたら、昨夜はこの室から、一歩も外へ出なかったと云う事が出来るのだよ」

「そんな莫迦気た証跡が」熊城は癇癪を抑えるような声を出して、「一体何処で足跡の前後が証明されるね？」

「それが、洪積期の減算なんだよ」と法水もやり返して、「と云うのは、最初の位置が扉口でないとすると、四条の足跡に、一貫した説明が附かなくなってしまうからだ。つまり、扉口から窓際に向っている二条のうちの一つが、一番最後に剰ってしまうのだよ。で仮りに、最初、人形が窓際にあったとして、まず犯人の足跡を踏みながら室を出て行

き、そして再び、旧（もと）の位置まで戻ったと仮定しよう。そうすると、続いてもう一度、今度は扉（ドア）に、鍵を下すために歩かなければならない。ところが見た通り、それが扉（ドア）の前で、現在ある位置の方へ曲っているのだから、残った一条が全然余計なものになってしまう。だから、往復の一回を、犯人の足跡を消すためだとすると、其処からどうして、窓の方へもう一度戻さなければならなかったのだろうか。窓際に置かなければ、何故人形に鍵を下させる事が出来なかったのだろう」

「人形が鍵をかける⁉」検事は呆れて叫んだ。

「それ以外に誰がするもんか」と知らぬ間に、法水は熱を帯びた口調になっていて、「然し、その方法となると、相変らず新しい趣向（アイデア）ではない。十年一日の如くに、犯人は糸を使っているんだよ。ところで、僕の考えている事を実験して見るかな」

そして、鍵がまず扉（ドア）の内側に突っ込まれた。けれども、彼が一旬日（じゅんじつ）程以前、聖（セント）アレキセイ寺院のジナイーダの室に於いて贏（か）ち得たところの成功が、果して今回も、繰り返されるであろうかどうか――それが頗（すこぶ）る危ぶまれた。と云うのは、その古風な柄の長い鍵は、把手（ノッブ）から遙かに突出していて、前回の技巧を再現する事が殆んど望まれないからであった。二人が見戍（みまも）っているうちに、法水は長い糸を用意させて、それを外側から鍵孔を潜らせ、最初鍵の輪形の左側を巻いてから、続いて下から掬って右側を絡め、今度は上の方から輪形の左の根元に引っ掛けて、余りを検事の胴に繞らし、その先を再び鍵穴を通して廊下側に垂らした。そうしてから、

「まず支倉君を人形に仮定して、それが窓際から歩いて来たものとしよう。然し、それ以前に犯人は、最初人形を置く位置に就いて、正確な測定を遂げねばならなかった。何にしても、扉の閾の際で、左足が停まるように定める必要があったのだ。何故なら、左足がその位置で停まると、続いて右足が動き出しても、それが中途で閾に逼えてしまうだろう。だから、後半分の余力が、その足を軸に廻転を起して、人形の左足が次第に後退りして行く。そして、完全に横向きになると、今度は扉と平行に進んで行くからだよ」

それから、熊城には扉の外で二本の糸を引かせ、検事を壁の人形に向けて歩かせた。そうしているうちに、扉の前を過ぎて鍵が後方になると、法水はその方の糸をグイと熊城に引かせた。すると、検事の身体が張り切った糸を押して行くので、輪形の右側が引かれて、見る見る鍵が廻転して行く。そして、掛金が下りてしまうと同時に、糸は鍵の側でブッリと切れてしまったのだ。やがて、熊城は二本の糸を手にして現われたが、彼は切なそうな溜息を吐いて、

「法水君、君は何と云う不思議な男だろう」

「けれども、果して人形がこの室から出たかどうか、それを明白に証明するものはない。あの一回余計の足跡だっても、まだまだ僕の考察だけでは足りないと思うよ」と法水は、最後の駄目を押して、それから、衣裳の背後にあるホックを外して観音開きを開き、体内の機械装置を覗き込んだ。それは、数十個の時計を集めた程に精巧を極めたものだった。幾つとなく大小様々な歯車が並び重なっている間に、数段にも自働的に作用する複

雑な方舵機があり、色々な関節を動かす細い真鍮棒が後光のような放射線を作っていて、その間に、螺旋を巻く突起と制動機とが見えた。続いて熊城は、人形の全身を嗅ぎ廻ったり、拡大鏡で指紋や指型を探し始めたが、何一つ彼の神経に触れたものはなかったらしい。法水はそれが済むのを待って、

「とにかく、人形の性能は多寡の知れたものだよ。歩き、停り、手を振り、物を握って離す――それだけの事だ。仮令この室から出たにしても、あの創紋を彫るなどとは飛んでもない妄想さ。そろそろダンネベルグ夫人の筆跡も幻覚に近くなったかな」と思う壺らしい結論を云ったけれども、然し彼の心中には、薄れ行った人形の影に代って、到底拭い去る事の出来ない疑問が残されてしまった。法水は続いて、

「だが熊城君、犯人は何故、人形が鍵を下したように見せなければならなかったのだろうね。尤も、事件にグイグイ神秘を重ねて行こうとしたのか、それとも、自分の優越を誇りたいためでもあったかも知れない。然し、人形の神秘を強調するのだとしたら、却ってそんな小細工をやるよりも、いっそ扉を開け放しにして、人形の指に洋橙の汁でも附けて置いた方が効果的じゃないか。ああ、犯人はどうして僕に、糸と人形の技巧を土産に置いて行ったのだろう?」と暫く懐疑に悶えるような表情をしていたが、「とにかく、人形を動かして見る事にしよう」と云って眼の光を消した。

やがて、人形は非常に緩慢な速度で、特有の機械的な無器用な恰好で歩き出した。ところが、そのコトリと踏む一歩毎に、リリリーン、リリリーンと、囁くような美しい顫

音が響いて来たのである。それは正しく金属線の震動音で、人形の何処かにそう云う装置があって、それが体腔の空洞で共鳴されたものに違いなかった。こうして、法水の推理に依って、人形を裁断する機微が紙一枚の際どさに残されたけれども、今聴いた音響こそは、正しくそれを左右する鍵のように思われた。この重大な発見を最後に、三人は人形の室を出て行ったのであった。

最初は、続いて階下の薬物室を調べるような法水の口吻だったが、彼は俄かに予定を変えて、古式具足の列んでいる拱廊の中に入って行った。そして、円廊に開かれている扉際に立ち、じっと前方に瞳を凝らし始めた。円廊の対岸には、二つの驚くほど瀆神的な石灰画が壁面を占めていた。右側のは処女受胎の図で、如何にも貧血的な相をした聖母が左端に立ち、右方には旧約聖書の聖人達が集っていて、それがみな掌で両眼を覆い、その間に立ったエホバが、性慾的な眼でじいっと聖母を瞶めている。左側の「カルバリ山の翌朝」とでも云いたい画因のものには、右端に死後強直を克明な線で現わした十字架の耶蘇があり、それに向って、怯懦な卑屈な恰好をした使徒達が、怖る怖る近寄って行く光景が描かれていた。法水は取り出した莨を、思い直したように函の中に戻して、途方もない質問を発した。

「支倉君、君はボードの法則を知っているかい――海王星以外の惑星の距離を、簡単な倍数公式で現わして行くのを。もし知っているのなら、それを、この拱廊でどう云う具合に使うね」

「ボードの法則⁉」検事は奇問に驚いて問い返したが、重なる法水の不可解な言動に、熊城と苦々しい視線を合わせて、「それでは、あの二つの画に君の空論を批判して貰うんだね。どうだい、あの辛辣な聖書観は。多分、あんな絵が好きらしいフォイエルバッハという男は、君みたいな飾弁家じゃなかろうと思うんだ」

然し、法水は却って検事の言に微笑を洩らして、それから拱廊（そでろうか）を出て死体のある室に戻ると、そこには驚くべき報告が待ち構えていた。給仕長川那部易介が何時の間にか姿を消していると云う事だった。昨夜図書掛りの久我鎮子と共にダンネベルグ夫人に附添っていて、熊城の疑惑が一番深かったのであるが、それだけに、易介の失踪を知ると、彼はさも満足気に両手を揉みながら、

「すると、十時半に僕の訊問が終ったのだから、それから鑑識課員が掌紋を採りに行ったと云う――現在一時までの間だな、そうそう法水君、これが易介を模本（モデル）にしたと云うそうだが」と、扉の脇にある二人像を指差して、「この事は、僕には既（とう）から判っていたのだよ。あの侏儒（こびと）の傴僂が、この事件でどう云う役を勤めていたか――だ。だが、なんという莫迦な奴だろう。彼奴（あいつ）は、自分の見世物的な特徴に気が附かないのだ」

法水はその間、軽蔑したように相手を見ていたが、

「そうなるかねえ」と一言反対の見解を仄めかしただけで、像の方に歩いて行った。そして、立役者（スクライブ）の跏像（かぞう）と背中を合せている傴僂の前に立つと、

「オヤオヤ、この傴僂は療（なお）っているんだぜ。不思議な暗合じゃないか。扉の浮彫では耶

蘇に治療をうけているのが、内部に入ると、すっかり全快している。そしてあの男は、もう多分唖にちがいないのだ」と最後の一言を極めて強い語気で云ったが、俄かに悪寒を覚えたような顔付になって、物腰に神経的なものが現われて来た。

然し、その像には依然として変りはなく、扁平な大きな頭を持った傴僂が、細く下った眼尻に狡そうな笑を湛えているに過ぎなかった。その間、何やら認めていた検事は、法水を指招いて、卓上の紙片を示した。それには次のような箇条書で、検事の質問が記されてあった。

一、法水は大階段の上で、常態では到底聞えぬ音響を召使が聴いたのを知ったと云う——その結論は？

二、法水は拱廊で何を見たのであるか？

三、法水が卓子灯を点けて、床を計ったのは？

四、法水はテレーズ人形の室の鍵に、何故逆説的な解釈をしようと、苦しんでいるのであるか？

五、法水は何故に家族の訊問を急がないのか？

読み終ると、法水は莞爾として、一・二・五の下に——を引いて解答と書き、もし万に一つの幸い吾にあらば、犯人を指摘するやも知れず（第二或は第三の事件）——と続いて認(したた)めた。検事が吃驚(びっくり)して顔を上げると、法水は更に第六の質問と標題を打って、次の一行を書き加えた。——甲冑武者は如何なる目的の下に、階段の裾を離れねばならなかったのだろう？

「それは、君がもう」と検事は眼を瞠って反問したが、その時扉(ドア)が静かに開いて、最初呼ばれた図書掛りの久我鎮子が入って来た。

三、屍光(しこう)故(ゆえ)なくしては

　久我鎮子の年齢は、五十を過ぎて二つ三つと思われたが、嘗(か)つて見た事のない典雅な風貌を具(そな)えた婦人だった。まるで鑿(のみ)ででも仕上げたように、繊細を極めた顔面の諸線は、容易に求められない儀容と云うの外はなかった。それが時折引き締ると、そこから、この老婦人の、動じない鉄のような意志が現われて、隠遁(いんとん)的な静かな影の中から、焔のようなものがメラメラと立ち上るような思いがするのだった。法水は何より先に、この婦人の精神的な深さと、総身から滲み出てくる、物々しいまでの圧力に打たれざるを得なかった。

「貴方(あなた)は、この室にどうして調度が少ないのか、お訊きになりたいのでしょう」鎮子が最初発した言葉が、こうであった。

「今まで、空室だったのでは」と検事が口を挟むと、

「そう申すよりも、明けずの間と呼びました方が」と鎮子は無遠慮な訂正をして、帯の間から取り出した細巻に火を点じた。「実は、お聴き及びでも御座いましょうが、あの変死事件――それが三度とも続けてこの室に起ったからでございます。ですから、算哲様の自殺を最後として、この室を永久に閉じてしまう事になりました。この彫像と寝台だけは、それ以前からある調度だと申されて居りますが」

「明けずの間に」法水は複雑な表情を並べて、「その明けずの間が、昨夜は、どうして開かれたのです？」

「ダンネベルグ夫人のお命令でした。あの方の怯え切ったお心は、昨夜最後の避難所を此処へ求めずにはいられなかったのです」と凄気の罩もった言葉を冒頭にして、鎮子はまず、館の中へ磅礴と漲って来た異様な雰囲気を語り始めた。

「算哲様がお歿くなりになってから、御家族の誰もかもが、落着を失って参りました。それまでは口争い一つした事のない四人の外人の方も、次第に言葉数が少なくなって、お互いに警戒するような素振りが日増しに募って行きました。そして、今月に入ると、誰方も滅多にお室から出ないようになり、殊にダンネベルグ様の御様子は、殆ど狂的としか思われません。御信頼なさっている私か易介の外には、誰にも食事さえ運ばせなくなりました」

「その恐怖の原因に、貴女は何か解釈がお附きですかな。個人的な暗闘ならば兎も角、あの四人の方々には、遺産と云う問題はない筈です」

「原因は判らなくても、あの方々が、御自身の生命に危険を感じておられた事だけは確かで御座いましょう」

「その空気が、今月に入って酷（ひど）くなったと云うのは」

「マア、私がスウェーデンボルクかジョン・ウェスレイ（メソヂスト教会の創立者）でもあるのでしたら」と鎮子は皮肉に云って、「ダンネベルグ様は、そう云う悪気のようなものから、何とかして遁（のが）れたいと、どれほど心をお砕（くだ）きになったか判りません。そして、その結果があの方の御指導で、昨夜の神意審問の会となって現われたので御座います」

「神意審問とは？」検事には鎮子の黒ずくめの和装が、ぐいと迫ったように感ぜられた。

「算哲様は、異様なものを残して置きました。マックレンブルグ魔法の一つとかで、絞死体の手首を酢漬けにしたものを乾燥した――栄光の手（ハンド・オヴ・グローリー）の一本一本の指の上に、これも絞死罪人の脂肪から作った、死体蠟燭を立てるのです。そして、それに火を点じますと、邪心のある者は身体が竦（すく）んで心気を失ってしまうとか申すそうで御座います。で、その会が始まったのは、昨夜の正九時。列席者は当主旗太郎様の外に四人の方々と、それに、私と紙谷伸子さんとで御座いました。尤も、押鐘の奥様（津多子）が暫く御逗留でしたけども、昨日は早朝お帰りになりましたので」

「そして、その光は誰を射抜きましたか」

「それが、当の御自身ダンネベルグ様でございました」と鎮子は、低く声を落して慄わせた。「あのまたとない光は、昼の光でもなければ夜の光でも御座いません。ジイジイっと喘鳴(ぜんめい)のようなかすれた音を立てて、燃え始めると、拡がって行く焔の中で、薄気味悪い蒼鉛色(そうえんしょく)をしたものがメラメラと蠢(うごめ)き始めるのです。それが、一つ二つと点されて行くうちに、私達は全く周囲の識別を失ってしまい、スウッと宙へ浮き上って行くような気持になりました。ところが、全部を点し終った時に——あの窒息せんばかりの息苦しい瞬間でした。その時ダンネベルグ様は物凄い形相で前方を睨んで、何と云う怖ろしい言葉を叫んだ事でしょう。あの方の眼に疑いもなく映ったものが御座いました」

「何がです？」

「ああ算哲——と叫んだのです。と思うと、バタリとその場へ」

「なに、算哲ですって⁉」と法水は、一度は蒼くなったけれども、「だが、その諷刺(ザチーレ)は余りに劇的(ドラマティック)ですね。他の六人の中から邪悪の存在を発見しようとして、却って自分自身が倒されるなんて。とにかく栄光の手(ハンド・オヴ・グローリー)を、私の手でもう一度点してみましょう。そうしたら、何が算哲博士を……」と彼の本領に返って冷たく云い放った。

「そうすれば、その六人の者が、犬の如く己れの吐きたるものに帰り来る——とでもお考えなのですか」と鎮子はペテロの言を藉(か)りて、痛烈に酬い返した。そして、

「でも、私が徒(いたず)らな神霊陶酔者でないと云う事は、今に段々とお判りになりましょう。ところで、あの方は程なく意識を回復なさいましたけれども、血の気の失せた顔に滝のような汗を流して——とうとうやって来た。ああ、今夜こそは——と絶望的に身悶えし

ながら、声を慄わせて申されるのです。そして、私と易介を附添いにしてこの室に運んでくれと仰言いました。誰も勝手を知らない室でなければ——と云う、目前に迫った怖ろしいものを何とかして避けたい御心持が、私にはようく読み取る事が出来たのです。それが、彼此（かれこれ）十時近くでしたろうが、果してその夜のうちに、あの方の恐怖が実現されたのでございます」

「然し、何が算哲と叫ばせたものでしょうな」と法水は再び疑念を繰返してから、「実は、夫人が断末魔にテレーズと書いたメモが、寝台の下に落ちていたのですよ。ですから、幻覚を起すような生理か、何か精神に異常らしいところでも……。時に、貴女はヴルフェンをお読みになった事がありますか」

　その時、鎮子の眼に不思議な輝きが現われて、

「左様、五十歳変質説もこの際確かに一説でしょう。それに、外見では判らない癲癇（てんかん）発作がありますからね。けれども、あの時は冴え切った程に正確でございました」とキッパリ云い切ってから、「それから、あの方は十一時頃までお寝みになりましたが、お目（め）醒（ざ）めになると咽喉が乾くと仰言ったので、そのときあの果物皿を、易介が広間（サロン）から持って参ったのです」と云って熊城（スコラ）の眼が急性（せわ）しく動いたのを悟ると、

「ああ、貴方は相変らずの煩瑣派なんですわね。その時あの洋橙（オレンジ）があったかどうか、お訊ねになりたいのでしょう。けれども、人間の記憶なんて、そうそう貴方がたに便利なものではございませんわ。第一、昨夜は眠らなかったとは思っていますけれども、その

側から、仮睡位はしたぞと囁いているものがあるのです」

「成程、これも同じ事ですよ。館中の人達が揃いも揃って、昨夜は珍しく熟睡したと云っているそうですからね」と流石に法水も苦笑して、「ところで十一時というと、その時誰か来たそうですが」

「ハア、旗太郎様と伸子さんとが、御様子を見にお出でになりました。ところが、ダンネベルグ様は、果物は後にして何か飲物が欲しいと仰言るので、易介がレモナーデを持って参りました。すると、あの方は御要心深くも、それに毒味をお命じになったのです」

「ハハア、恐ろしい神経ですね。では、誰が？」

「伸子さんでした。ダンネベルグ様もそれを見て御安心になったらしく、三度も盃をお換えになった程で御座います。それから、御寝になったらしいので、旗太郎様が寝室の壁にあるテレーズの額を外して、伸子さんと二人でお持ち帰りになりました。いいえ、テレーズはこの館では不吉な悪霊のように思われていて、殊にダンネベルグ様が大のお嫌いなので御座いますから、旗太郎様がそれに気付かれたと云うのは、非常に賢い思い遣りと申して宜しいのです」

「だが、寝室には何処ぞと云って隠れ場所はないのですから、その額に人形との関係はないでしょう」と検事が横合から口を挟んで、「それよりも、その飲み残りは？」

「既に洗ってしまったでしょう。ですが、そう云う御質問をなさると、ヘルマン（十九世紀の毒物学者）が嗤いますわ」鎮子は露骨に嘲弄の色を泛べた。

「もし、それでいけなければ、青酸を零(ゼロ)にしてしまう中和剤の名を伺いましょうか。砂糖や漆喰では、単寧(タンニン)で沈降する塩基物(アルカロイド)を、茶と一緒に飲むような訳には参りませんわ。それから十二時になると、ダンネベルグ様は、扉(ドア)に鍵をかけさせて、その鍵を枕の下に入れてから、果物をお命じになり、あの洋橙(オレンジ)をお取りになりました。洋橙(オレンジ)を取る時も何とも仰言いませず、その後は音も聞えず御熟睡のようなので、私達は衝立(ついたて)の蔭に長椅子を置いて、その上で横になって居りました」

「では、その前後に微かな鈴のような音が」と訊ねて、鎮子の否定に遇うと、検事は莨(たばこ)を抛り出して呟いた。

「すると、額はないのだし、やはり夫人はテレーズの幻覚を見たのかな。そうして完全な密室になってしまうと、創紋との間に大変な矛盾が起ってしまうぜ」

「そうだ、支倉君」と法水は静かに云った。「僕はより以上微妙な矛盾を発見しているよ。先刻(さっき)人形の室で組み立てたものが、この室に戻って来ると、突然(いきなり)逆転してしまったのだ。この室は明けずの間だったと云うけれども、その実、永い間絶えず出入りしていたものがあったのだよ。その歴然とした形跡が残っているのだ」

「冗談じゃない」熊城は吃驚(びっくり)して叫んだ。「鍵穴には永年の錆がこびり付いていて、最初開く時に、鍵の孔が刺さらなかったとか云うぜ。それに、人形の室と違って、巌丈な螺旋で作用する落し金なんだから、どう考えても、糸で操(あやつ)れそうもないし、無論床口にも壁にも陰扉(かくしど)のないと云う事は、既(とう)に反響測定器で確めているんだ」

「それだから君は、僕が先刻傴僂が療っていると云ったら、嗤ったのだよ。自然がどうして、人間の眼に止まる所になんぞ、跡を残して置くもんか」と一同を像の前に連れて行き、「大体幼年期からの傴僂には、上部の肋骨が凸凹になっていて珠数玉の形をしているものだが、それがこの像の何処に見られるだろう。だが、試しに、この厚い埃を払って見給え」

そして、埃の層が雪崩のように摺り落ちた時だった。噎っとなって鼻口を覆いながらも瞠いた一同の眼が、明かにそれを、像の第一肋骨の上で認めたのであった。

「そうすると珠数玉の上の出張った埃を、平に均したものがなければならない。けれども、どんなに精巧な器械を使った所で、人間の手ではどうして出来るものじゃない。自然の細刻だよ。風や水が何万年か経って岩石に巨人像を刻み込むように、この像にも鎖されていた三年のうちに、傴僂を療してしまったものがあったのだ。この室に絶えず忍び入っていた人物は、何時もこの前の台の上に手燭を置いていたのだよ。然し、その跡なんぞは、どうにか誤魔かせてしまうにしても、その時から、一つの物云う象徴が作られて行った。焰の揺ぎから起る微妙な気動が、一番不安定な位置にある珠数玉の埃を、ほんの微かずつ落して行ったのだよ。ねえ支倉君、じいっと耳を澄ましていると、何だか茶立虫のような、美しい鏨の音が聞えて来るようじゃないか。ときに、こういうヴェルレーヌの詩が……」

「成程」と検事は慌てて遮って、「けれども、その二年の歳月が、昨夜一夜を証明するものとは云われまい」

と早速に法水は、熊城を振り向いて、「多分君は、コプト織の下を調べなかったろう」

「大体、何がそんな下に？」熊城は眼を円くして叫んだ。

「ところが、死点と云えるものは、決して網膜の上や、音響学ばかりにじゃないからね。フリーマンは織目の隙から、特殊な貝殻粉を潜り込ましている」と法水が静かに敷物を巻いて行くと、そこの床には垂直からは見えないけれども、切嵌の車輪模様の数が殖えるにつれて、微かに異様な跡が現われて来た。その色大理石と櫨木の縞目の上に残されているものは、正しく水で印した跡だった。全体が長さ二尺ばかりの小判形で、暈とした塊状であるが、仔細に見ると、周囲は無数の点で囲まれていて、その中に、様々な形をした線や点が群集していた。そして、それが、足跡のような形で、交互に帷幕の方へ向い、先になるに従い薄らいで行く。

「どうも原型を回復する事は困難らしいね。テレーズの足だってこんなに大きなものじゃない」と熊城はすっかり眩惑されてしまったが、

「要するに、陰画を見ればいいのさ」と法水はアッサリ云い切った。「コプト織は床に密着しているものではないし、それに櫨木には、パルチミン酸を多量に含んでいるので、弾水性があるからだよ。表面から裏側に滲み込んだ水が、繊毛から滴り落ちて、その下が櫨木だと、水が水滴になって跳ね飛んでしまう。そして、その反動で、繊毛が順次に位置を変えて行くのだから、何度か滴り落ちるうちには、終いに櫨木から大理石の方へ

移ってしまうだろう。だから、大理石の上にある中心から一番遠い線を、逆に辿って行って、それが櫨木にかかった点を連ねたものが、略々(ほぼ)原型の線に等しいと云う訳さ。つまり、水滴を洋琴(ピアノ)の鍵(キイ)にして、毛が輪旋曲(ロンド)を踊ったのだよ」

「成程」と検事は頷いたが、「だが、この水は一体何だろうか？」

「それが、昨夜は一滴も」と鎮子が云うと、それを、法水は面白そうに笑って、

「いや、それが紀長谷雄(きのはせお)卿の故事なのさ。鬼の娘が水になって消えてしまったって」

　ところが、法水の諧謔は、決してその場限りの戯言(ざげん)ではなかった。そうして作られた原型を、熊城がテレーズ人形の足型と、歩幅とに対照してみると、そこに驚くべき一致が現われていたのである。幾度か推定の中で、奇体な明滅を繰り返しながらも、得態の知れない水を踏んで現われた人形の存在は、斯(こ)うなると厳然たる事実と云うの外にない。そして、鉄壁のような扉(ドア)とあの美しい顫動音(せんどうおん)との間に、より大きな矛盾が横えられてしまったのであった。こうして、濛々(もうもう)たる莨の煙と謎の続出とで、それでなくても、この緊迫し切った空気に検事は宜(い)い加減上気してしまったらしく、窓を明け放って戻って来ると、法水は流れ出る白い煙を眺めながら、再び座に付いた。

「ところで久我さん、過去の三事件にはこの際論及しないにしてもです。一体どうしてこの室が、かような寓意的なもので充ちているのでしょう。あの立法者(スクライブ)の像なども、明白に迷宮の暗示ではありませんか。あれは、たしかマリエットが、鰐府(クロコディロポリス)にある迷宮(ラビリンス)の入口で発見したのですからね」

「その迷宮は、多分これから起る事件の暗示ですわ」と鎮子は静かに云った。「恐らく、最後の一人までも殺されてしまうでしょう」

法水は驚いて、暫く相手の顔を瞶(みつ)めていたが、

「いや、少なくとも三つの事件までは……」と鎮子の言(ことば)を譫妄(うわごと)のような調子で云い直してから、「そうすると久我さん、貴女はまだ、昨夜の神意審問の記憶に酔っているのですね」

「あれは一つの証詞(あかし)に過ぎません。私には既(とう)から、この事件の起る事が予知されていたのです。云い当ててみましょうか。死体は多分浄(きよ)らかな栄光に包まれている筈ですわ」

二人の奇問奇答に茫然としていた矢先だったので、検事と熊城にとると、それが正に青天の霹靂(へきれき)だった。誰一人知る筈のないあの奇蹟を、この老婦人のみはどうして知っているのであろう。鎮子は続いて云った。が、それは、法水に対する剣のような試問だった。

「ところで、死体から栄光を放った例を御存じでしょうか」

「僧正ウォーターとアレツオ、弁証派(アポロジスト)のマキシムス、アラゴニアの聖(セント)ラケル……もう四人程あったと思います。然し、それ等は要するに奇蹟売買人の悪業に過ぎない事でしょう」と法水も冷たく云い返した。

「それでは、闡明(せんめい)になさる程の御解釈はないのですね。それから、一八七二年十二月蘇古蘭(スコツトランド)インヴァネスの牧師屍光事件は？」

（註）（西区アシリアム医事新誌）。ウォルカット牧師は妻アビゲイルと友人スティヴンを伴い、スティヴン所有煉瓦工場の附近なる氷蝕湖カトリンに遊ぶ。然るに、スティヴンはその三日目に姿を消し、翌年一月十一日夜月明に乗じて湖上に赴きし牧師夫妻は、遂にその夜は帰らず、夜半四、五名の村民が、雨中月没後の湖上遙か栄光に輝ける牧師の死体を発見せるも、畏怖して薄明を待てり。牧師は他殺にて、致命傷は左側より頭蓋腔中に入れる銃創なるも、銃器は発見されず、死体は氷面の窪みの中にありて、その後は栄光の事なかりしも、妻はその夜限り失踪して、遂にスティヴンと共に踪跡を失いたり。

法水は鎮子の嘲侮（ちょうぶ）に、稍々（やや）語気を荒らげて答えた。

「あれは斯う解釈（かいしゃく）して居ります――牧師は自殺で他の二人は牧師に殺されたのだと。で、それを順序通り述べますと、最初牧師はスティヴンを殺して、その屍骸を温度の高い休業中の煉瓦炉の中に入れて腐敗を促進させたのです。そして、その間に細孔を無数に穿（うが）った軽量の船形棺を作って、その中に十分腐敗を見定めてから死体を収め、それに長い紐で錘（おもり）を附けて湖底に沈めました。無論数日ならずして腹中に腐敗瓦斯（ガス）が膨満（ぼうまん）すると共に、その船形棺は浮き上るものと見なければなりません。そこで牧師は、あの夜、錘の位置から場所を計って氷を砕（くだ）き、水面に浮んでいる棺の細孔から死体の腹部を刺して瓦斯（ガス）を発散させ、それに火を点じました。御承知の通り、腐敗瓦斯（ガス）には沼気（メタン）のような熱の稀薄な可燃性のものが多量にあるのですから、その燐光が、月光で穴の縁に作られている陰影を消し、滑走中の妻を墜とし込んだのです。恐らく水中では、頭上の船形棺をとり退けようと踠き苦しんだでしょうが、遂に力尽きて妻は湖底深く沈んで行きました。そうして牧師は、自分の顳顬を射った拳銃を棺の上に落して、その上に自分も倒れたのですから、その燐光に包まれた死体を、村民達が栄光と誤信したのも無理ではありません。そのうち、瓦斯の減量につれて浮揚性を失った船形棺は、拳銃を載せたまま湖底に横わっている妻アビゲイルの死体の上に沈んで行ったのですが、一方牧師の身体は、四肢が氷壁に支えられてその儘氷上に残ってしまい、やがて雨中の水面には氷が張り詰められて行きました。恐らく動機は妻とスティヴンとの密通でしょうが、愛人の死体で穴に蓋をしてしまうなんて、何と云う悪魔的な復讐でしょう。然しダンネベルグ夫人のは、そう云った蕪雑な目撃現象ではありません」

聴き終ると、鎮子は微かな驚異の色を泛べたが、別に顔色も変えず、懐中から二枚に折った巻紙形の上質紙を取り出した。

「御覧下さいまし。算哲博士のお描きになったこれが、黒死館の邪霊なので御座います。栄光は故なくして放たれたのではございません」

それには、折った右側の方に、一艘の埃及船が描かれ、左側には、六つの劃のどのなかにも、四角の光背をつけた博士自身が立っていて、側にある異様な死体を眺めている。そして、その下にグレーテ・ダンネベルグ夫人から易介までの六人の名が記されていて、

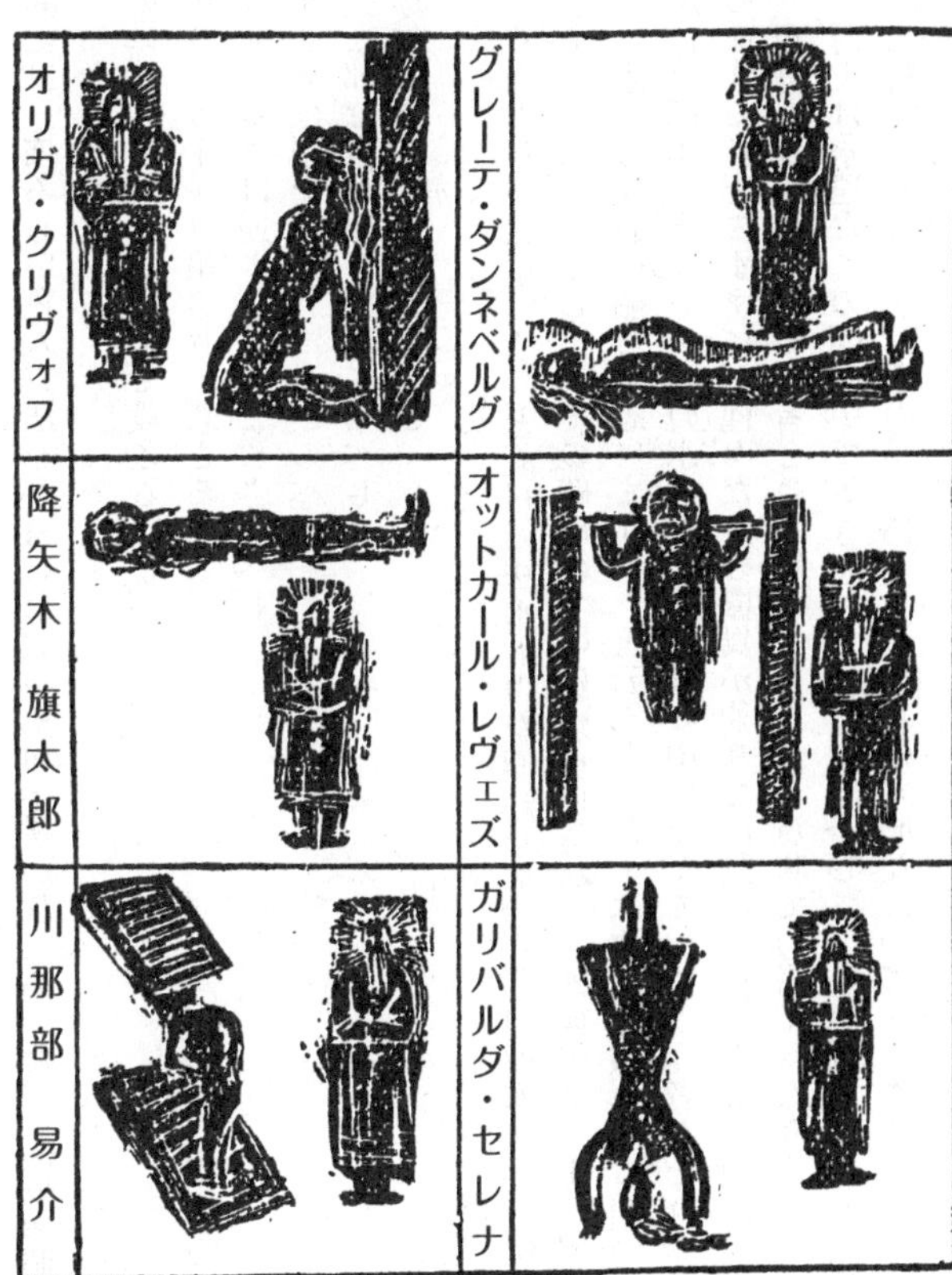

グレーテ・ダンネベルグ
オリガ・クリヴォフ
オットカール・レヴェズ
降矢木　旗太郎
ガリバルダ・セレナ
川那部　易介

裏面には、怖ろしい殺人方法を予言した次の章句が書かれてあった。（図表参照）

グレーテは栄光に輝きて殺さるべし。
オットカールは吊されて殺さるべし。
ガリバルダは逆さになりて殺さるべし。
オリガは眼を覆われて殺さるべし。
旗太郎は宙に浮びて殺さるべし。
易介は挟まれて殺さるべし。

「全く怖ろしい黙示です」と流石の法水も声を慄わせて、「四角の光背は、確か生存者の象徴(シムボル)でしたね。そして、その船形のものは、古代埃及(エジプト)人が死後生活の中で夢想している、不思議な死者の船だと思いますが」と云うと、鎮子は沈痛な顔をして頷いた。

「左様で御座います。一人の水夫(かこ)もなく蓮湖(れんこ)の中に浮んでいて、死者がそれに乗ると、その命ずる意志のままに、種々(いろいろ)な舟の機具が独りでに動いて行くと云うのです。そうして、四角の光背と目前の死者との関係を、どう云う意味でお考えになりますか？　つまり、博士は永遠にこの館の中で生きているのです。そして、その意志に依って独りでに動いて行く死者の船と云うのが、あのテレーズの人形なのでございます」

第二篇　ファウストの呪文

一、Undinus sich winden（ウンディヌス ジッヒ ヴィンデン）（水精（ウンディヌス）よ蜿（うね）くれ）

久我鎮子が提示した六齣（こま）の黙示図は、凄惨冷酷な内容を蔵しながらも、外観は極めて古拙（こせつ）な線で、至極飄逸（ユーモラス）な形に描かれていた。が、確かにこの事件に於いて、それが凡（あら）ゆる要素の根柢をなすものに相違なかった。おそらくこの時機に剔抉（てっけつ）を誤ったなら、この厚い壁は、数千度の訊問検討の後にも現われるであろう。そして、その場で進行を阻（はば）んでしまうことは明かだった。それなので、鎮子が驚くべき解釈をくわえているうちにも、法水は顎を胸につけ、眠ったような形で黙考を凝らしていたが、おそらく内心の苦吟（くぎん）は、彼の経験を超絶したものだったろうとおもわれた。事実全く犯人のいない殺人事件――埃及（エジプト）斛と屍様図を相関させたところの図読法は、到底否定し得べくもなかったのである。ところが意外なことに、やがて正視に復した彼の顔には、見る見る生気が漲（みなぎ）り行き酷烈（こくれつ）な表情が泛び上った。

「判りましたが……然し久我さん、この図の原理には、決してそんなスウェーデンボルグ神学（「黙示録解釈」及「アルカナ・コイレスチア」に於いて、スウェーデンボルグは出埃及記及ヨハネ黙示録の字義解釈に、牽強附会も甚だしい数読法を用いて、その二つの経典が、後世に於ける歴史的大事変の数々を予言せるものとなせり）はないのですよ。狂ったような処が、寧ろ整然たる論理形式なんです。また、凡ゆる現象に通ずると云う空間構造の幾何学理論が、やはりこの中でも、絶対不変の単位となっているのです。ですから、この図を宇宙自然界の法則と対照する事が出来るとすれば、当然、そこに抽象されるものがなけりゃならん訳でしょう」と法水が、突如前人未踏とでも云いたいところの、超経験的な推理領域に踏み込んでしまったのには、流石の検事も唖然となってしまった。数学的論理は凡ゆる法則の指導原理であると云うけれども、かの「僧正殺人事件」に於いてさえ、リーマン・クリストフェルのテンソルは、単なる犯罪概念を表わすものに過ぎなかったではないか。それだのに法水は、それを犯罪分析の実際に応用して、空漠たる思惟抽象の世界に踏み入って行こうとする……。

「ああ私は……」と鎮子は露き出して嘲った。「それで、ロレンツ収縮の講義を聴いて直線を歪めて書いたと云う、莫迦な理学生の話を憶い出しましたわ。それでは、ミンコフスキーの四次元世界に第四容積（立体積の中で、霊質のみが滲透的に存在し得ると云う空隙）を加えたものを、一つ解析的に表わして頂きましょうか」

その嗤いを法水は眦で弾き、まず鎮子を嗜めてから、「ところで、宇宙構造推論史の中で一番華やかな頁と云えば、さしずめあの仮説決闘――空間曲率に関して、アインシュタインとヴン・ジッターとの間に交された論争でしょうかな。その時ジッターは、空間固有の幾何学的性質に依ると主張したのでしたが、同時に、アインシュタインの反太陽説も反駁しているのです。ところが久我さん、その二つを対比してみると、そこへ、黙示図の本流が現われて来るのですよ」と宛がら狂ったのではないかと思われるような言葉を吐きながら、次図を描いて説明を始めた。

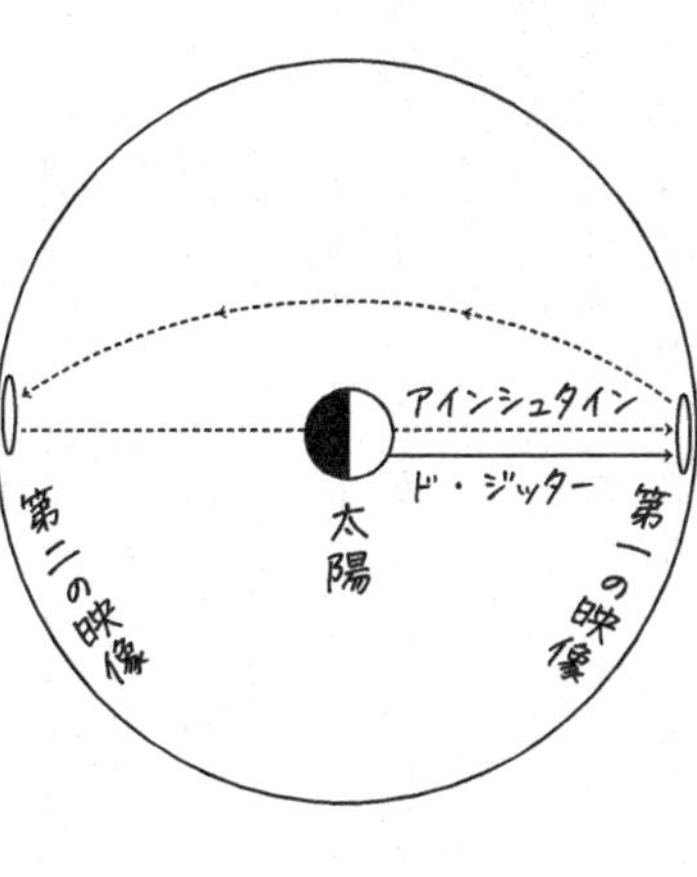

「では、最初反太陽説の方から云うと、アインシュタインは、太陽から出た光線が球形宇宙の縁を廻って、再び旧の点に帰って来ると云うのです。そして、そのために、最初宇宙の極限に達した時、そこで第一の像を作り、それから、数百万年の旅を続けて球の外圏を廻ってから、今度は背後に当る対向点まで来ると、そこで第二の像を作ると云うのです。然しその時には、既に太陽は死滅していて一個の暗黒星に過ぎないでしょう。つまり、その映像と対称する実体が、天体としての生存の世界にはないの

です。どうでしょう久我さん、実体は死滅しているにも拘らず過去の映像が現われる——その因果関係が、恰度この場合算哲博士と六人の死者との関係に相似してやしませんか。成程、一方はÅ《エングストレーム》（一粍の千万分の一）であり、片方は一億兆哩《トリ・オン》でしょうが、然しその対照も、世界空間に於いては、たかが一微小線分の問題に過ぎないのです。それからジッターは、その説をこう訂正しているのですよ。遠くなるほど、螺旋状星雲のスペクトル線が赤の方へ移動して行くので、それにつれて、光線の振動周期が遅くなると推断しています。それがために、宇宙の極限の達する頃には光速が零《ゼロ》となり、そこで進行がピタリと止まってしまうというのですよ。ですから、宇宙の縁《へり》に映る像は唯一つで、恐らく実体とは異らない筈です。そこで僕等は、その二つの理論の中から、黙示図の原理を択《えら》ばなければならなくなりました」

「ああ、まるで狂人《きちがい》になるような話じゃないか」熊城はボリボリふけを落しながら呟いた。「サア、そろそろ、天国の蓮台《れんだい》から降りて貰おうか」

　法水は熊城の好謔《こうぎゃく》に堪らなく苦笑したが、続いて結論を云った。

「勿論太陽の心霊学から離れて、ジッターの説を人体生理の上に移してみるのです。すると、宇宙の半径を横切って長年月を経過していても、実体と映像が異らない——その理法が、人間生理のうちで何事を意味しているでしょうか。例えば、ここに病理的な潜在物があって、それが、発生から生命の終焉に至るまで、生育もしなければ減衰もせず、常に不変な形を保っているものと云えば……」

「と云うと」

「それが特異体質なんです」と法水は昂然と云い放った。「恐らくその中には、心筋質肥大のようなものや、或は、硬脳膜矢状縫合癒合がないとも限りません。けれども、それが対称的に抽象出来るというのは、つまり人体生理の中にも、自然界の法則か循環しているからなんです。現に体質液学派は、生理現象を熱力学の範囲に導入しようとしています。ですから、無機物に過ぎない算哲博士に不思議な力を与えたり、人形に遠感的な性能を想像させるようなものは、つまるところ、犯人の狡猾な擾乱策に過ぎんのですよ。多分この図の死者の船などにも、時間の進行と云う以外の意味はないでしょう」

特異体質——。論争の綺びやかな火華にばかり魅せられていて、その蔭に、こうした陰惨な色の燧石があろうなどとは、事実夢にも思い及ばぬ事だった。熊城は神経的に掌の汗を拭きながら、

「成程、それなればこそだ——。家族以外にも易介を加えているのは」

「そうなんだ熊城君」と法水は満足気に頷いて、「だから、謎は図形の本質にはなくて、寧ろ、作画者の意志の方にある。然し、どう見てもこの医学の幻想は、片々たる良心的な警告文じゃあるまい」

「だが、頗る飄逸な形じゃないか」と検事は異議を唱えて、「それで露骨な暗示もすっかりおどけてしまってるぜ。犯罪を醸成するような空気は、微塵もないと思うよ」と抗弁したが、法水は几帳面に自分の説を述べた。

「成程、飄逸（ユーモア）や戯喩（ジョーク）は、一種の生理的洗滌（せんじょう）には違いないがね。然し、感情の捌（は）け口のない人間にとると、それが又となない危険なものになってしまうんだ。大体、一つの世界一つの観念――しかない人間と云うものは、興味を与えられると、それに向って偏執的に傾倒してしまって、ひたすら逆の形で感応を求めようとする。その倒錯心理（とうさくしんり）にだが――それにもしこの図の本質が映ったとしたら、それが最後となって、観察は立ち所に捻（ねじ）れてしまう。そして、様式から個人の経験の方に移ってしまうんだ。つまり、喜劇から悲劇へなんだよ。で、それからは、気違いみたいに自然淘汰の跡を追い始めて、冷血的な怖ろしい狩猟の心理しかなくなってしまうのだ。だから支倉君、僕はソーンダイクじゃないがね。マラリヤや黄熱病よりも、雷鳴や闇夜の方が怖ろしいと思うよ」

「マア、犯罪徴候学……」鎮子は相変らずの冷笑主義（シニシズム）を発揮して、

「大体そんなものは、ただ瞬間の直感にだけ必要なものとばかり思っていましたわ。所で易介と云う話ですが、あれは殆ど家族の一員に等しいのですよ。まだ七年にしかならない私などとは違って、傭人（やといにん）とは云い条（じょう）、幼い頃から四十四の今日（こんにち）まで、ずうっと算哲様の手許で育てられて参ったのですから。それに、この図は勿論索引には載って居りませず、絶対に人目に触れなかった事は断言致します。算哲様の歿後誰一人触れた事のない、埃だらけな未整理図書の底に埋もれていて、この私でさえも、昨年の暮までは一向に知らなかった程で御座いますものね。そうして、貴方の御説通りに、犯人の計画がこの黙示図から出発しているものとしましたなら、犯人の算出は――いいえこの減算（ひきざん）は、

大変簡単では御座いませんこと」

　この不思議な老婦人は、突然解し難い露出的態度に出た。法水も一寸面喰ったらしかったが、すぐに洒脱な調子に戻って、

「すると、その計算には、幾つ無限記号を附けたらよいのでしょうかな」と云った後で、驚くべき言葉を吐いた。「然し、恐らく犯人でさえ、この図のみを必要とはしなかったろうと思うのです。貴女は、もう半分の方は御存じないのですか」

「もう半分とは……誰がそんな妄想を信ずるもんですか!!」と鎮子が思わずヒステリックな声で叫ぶと、始めて法水は彼の過敏な神経を明かにした。法水の直観的な思惟(しい)の皺から放出されて行くものは、黙示図の図読といいこれといい、既に人間の感覚的限界を越えていた。

「では、御存じなければ申し上げましょう。多分、奇抜な想像としかお考えにならないでしょうが、実はこの図と云うのが、二つに割った半葉(はんよう)に過ぎないんですよ。六つの図形の表現を超絶したところに、それは深遠な内意があるのです」

　熊城は驚いてしまって、種々(いろいろ)と図の四縁(えん)を折り曲げて合せていたが、「法水君、洒落(しゃれ)は止しにし給え。幅広い刃形(やいばがた)はしているが、非常に正確な線だよ。一体何処に、後から截(き)った跡があるのだ？」

「いや、そんなものはないさ」法水は無雑作に云い放って、全体が日の形をしている黙示図を指し示した。「この形が、一種の記号語(パジグラフィ)なんだよ。元来死者の秘顕(ひけん)なんて陰険

極まるものなんだから、方法までも実に捻れ切っている。で、この図も見た通りだが、全体が刀子（石器時代の滑石武器）の刃形みたいな形をしているだろう。ところが、その右肩を斜に截った所が、実に深遠な意味を含んでいるんだよ。無論算哲博士に、考古学の造詣がなけりゃ問題にはしないけれども、この形と符合するものが、ナルマー・メネス王朝辺りの金字塔前象形文字の中にある。第一、こんな窮窟な不自然極まる形の中に、博士が何故描かねばならなかったものか、考えてみ給え」

そうして、黙示図の余白に、鉛筆で⊓の形を書いてから、

「熊城君、これが1/2を表わす上古埃及の分数数字だとしたら、僕の想像も満更妄覚ばかりじゃあるまいね」と簡勁に結んで、それから鎮子に云った。「勿論、死語に現われた寓意的な形などと云うものは、何日か訂正される機会がないとも限りません。けれども、ともかくそれ迄は、この図から犯人を算出する事だけは、避けたいと思うのです」

その間、鎮子は懶気に宙を瞶めていたが、彼女の眼には、真理を追求しようとする激しい熱情が燃えさかっていた。そして、法水の澄み切った美しい思惟の世界とは異って、物々しい陰影に富んだ質量的なものをぐいぐい積み重ねて行き、実証的に深奥のものを闡明しようとした。

「成程独創は平凡じゃございませんわね」と独言のように呟いてから、再び旧通り冷酷な表情に返って、法水を見た。「ですから、実体が仮象よりも華やかでないのは道理ですわ。然し、そんなハム族の葬儀用記念物よりかも、もしその四角の光背と死者の船を、

事実目撃した者があったとしたらどうなさいます？」

「それが貴女なら、僕は支倉に云って、起訴させましょう」と法水は動じなかった。

「いいえ、易介なんです」鎮子は静かに云い返した。「ダンネベルグ様が洋橙(オレンジ)を召上る十五分程前でしたが、易介はその前後に十分許(ばか)り室を空けました。それが、後で訊くとこうなのです。恰度神意審問の会が始まっている最中(さなか)だったそうですが、その時易介が裏玄関の石畳の上に立っていると、不図(ふと)二階の中央で彼の眼に映ったものがありました。それが、会が行われている室の右隣りの張出窓で、そこに誰やら居るらしい様子で、真黒な人影が薄気味悪く動いていたと云うのです。そして、その時地上に何やら落したらしい微かな音がしたそうですが、それが気になって堪らず、どうしても見に行かずにはいられなかったと申すのでした。ところが、易介が発見したものは、辺り一面に散在している硝子(ガラス)の破片に過ぎなかったのです」

「では、易介がその場所へ達する迄の経路をお訊きでしたか」

「いいえ」と鎮子は頸(くび)を振って、「それに伸子さんは、ダンネベルグ様が卒倒なさるとすぐ、隣室から水を持って参ったと云う程ですし、ほかにも誰一人として、座を動いた方はございませんでした。これだけ申せば、私がこの黙示図に莫迦らしい執着を持っている理由がお判りでございましょう。勿論その人影と云うのは、吾々六人のうちにはないのです。と云って、傭人は犯人の圏内にはございません。ですから、この事件に何一つ残されてないと云うのも、至極道理なんでございますわ」

鎮子の陳述は再び凄風を招き寄せた。法水は暫く莨の赤い尖端を瞶めていたが、やがて意地悪気な微笑を泛べて、

「成程、然し、ニコル教授のような間違いだらけな先生でも、これだけは巧いことを云いましたな。結核患者の血液の中には、脳に譫妄を起すものを含めり――って」

「ああ、何時までも貴方は……」と一旦鎮子は呆れて叫んだが、すぐに毅然となって、

「それでは、これを……。この紙片が硝子の上に落ちていたとしましたなら、易介の言には形が御座いましょう」と云って、懐中から取り出したものがあった。それは、雨水と泥で汚れた用箋の切端だったが、それには黒インクで、次のような独逸文が認められてあった。

Undinus sich winden

「これじゃ到底筆蹟を窺えようもない。まるで蟹みたいなゴソニック文字だ」と一旦法水は失望したように呟いたが、その口の下から、両眼を輝かせて、「オヤ妙な転換があるぞ。元来この一句は、水精よ蜿くれ――なんですが、これには、女性のUndineにusをつけて、男性に変えてあるのです。然し、これが何から引いたものであるか、御存じですか。それから、この館の蔵書の中に、グリムの『古代独逸詩歌傑作に就いて』かファイストの『独逸語史料集』でも」

「遺憾ながら、それは存じません。言語学の方は、後程お報らせする事に致します」と鎮子は案外率直に答えて、その章句の解釈が法水の口から出るのを待った。然し、彼は

紙片に眼を伏せたままで、容易に口を開こうとはしなかった。その沈黙の間を狙って熊城が云った。

「とにかく、易介がその場所へ行ったに就いては、もっと重大な意味がありますよ。サア何もかも包まずに話して下さい。あの男は既に馬脚を露わしているんですから」

「サア、それ以外の事実と云えば、多分これだけでしょう」と鎮子は相変らず皮肉な調子で、「その間私が、この室に一人ぼっちだったというだけの事ですわ。然し、どうせ疑われるのなら、最初にされた方が……いいえ、大抵の場合が、後で何でもない事になりますからね。それに、伸子さんとダンネベルグ様が、神意審問会の始まる二時間程前に争論をなさいましたけれども、それやこれやの事柄は、事件の本質とは何の関係もないのです。第一、易介が姿を消した事だって、先刻のロレンツ収縮の話と同じ事ですわ。その理学生に似た倒錯心理を、貴方の恫喝訊問が作り出したのです」

「そうなりますかね」と懶気に呟いて、法水は顔を上げたが、何処か、ある出来事の可能性を暗受しているような、陰鬱な影を漂わせていた。が、鎮子には、慇懃な口調で云った。

「とにかく、種々と材料を揃えて頂いた事は感謝しますが、然し結論となると、甚だ遺憾千万です。貴女の見事な類推論法でも、結局私には、所謂、如き観を呈するものとしか見られんのですからね。ですから、仮令ば人形が眼前へ現われて来たにしたところで、私は、それを幻覚としか見ないでしょう。第一そう云う、非生物学的な、力の所在と云うのが判らないのです」

「それは段々とお判りになりますわ」と鎮子は最後の駄目を押すような語気で云った。「実は、算哲様の日課書の中に――それが自殺なされた前月、昨年の三月十日の欄でしたが――そこに斯う云う記述があるのです。**吾、隠されねばならぬ隠密の力を求めてそれを得たれば、この日魔法書を焚けり**――と。と申して、既に無機物と化したあの方の遺骸には、一顧の価値もございませんけれど、何となく私には、無機物を有機的に動かす、不思議な生体組織とでも云えるものが、この建物の中に隠されているような気がしてならないのです」

「それが、魔法書を焚いた理由ですよ」と法水は何事かを仄めかしたが、「然し、失われたものは再現するのみの事です。そうしてから改めて、貴女の数理哲学を伺う事にしましょう。それから、現在の財産関係と算哲博士が自殺した当時の状況ですが」と漸く黙示図の問題から離れて、次の質問に移ったが、その時鎮子は、法水を瞶めたまま、腰を上げた。

「いいえ、それは執事の田郷さんの方が適任で御座いましょう。あの方はその際の発見者ですし、何より、この館ではリシュリュー（ルイ十三世朝の僧正宰相）と申して宜しいのですから」そうして、扉の方へ二、三歩歩んだ所で立ち止り、屹然と法水を振り向いて云った。

「法水さん、与えられたものをとる事にも、高尚な精神が必要ですわ。ですから、それを忘れた者には、後日必ず悔ゆる時機が参りましょう」

鎮子の姿が扉の向うに消えてしまうと、論争一過後の室は、恰度放電後の、真空と云った空虚な感じで、再び黴臭い沈黙が漂い始め、樹林で啼く鴉の声や、氷柱が落ちる微かな音までも、聴き取れるほどの静けさだった。やがて、検事は頸の根を叩きながら、

「久我鎮子は実象のみを追い、君は抽象の世界に溺れている。だが然しだ。前者は自然の理法を否定せんとし、後者はそれを法則的に、経験科学の範疇で律しようとしている――。法水君、この結論には、一体どういう論法が必要なんだね。僕は鬼神学だろうと思うんだが……」

「所が支倉君、それが僕の夢想の華さ――あの黙示図に続いていて、未だ誰一人として見た事のない半葉がある――それなんだよ」と夢見るような言葉を、法水は殆んど無感動のうちに云った。「その内容が恐らく算哲の焚書を始めとして、この事件の凡ゆる疑問に通じているだろうと思うのだ」

「なに、易介が見たと云う人影にもか」検事は驚いて叫んだ。

と熊城も真剣に頷いて、「ウン、あの女は決して、嘘は吐かんよ。但し問題は、その真相をどの程度の真実で、易介が伝えたかにあるんだ。だが、何と云う不思議な女だろう」と露わに驚嘆の色を泛べて、「自分から好んで犯人の領域に近附きたがっているんだ」

「いや、被作虐者かも知れんよ」と法水は半身になって、暢気そうに廻転椅子をギシギシ鳴らせていたが、「大体、苛責と云うものには、得も云われぬ魅力があるそうじゃな

いか。その証拠にはセヴィゴラのナッケと云う尼僧だが、その女は宗教裁判の苛酷な審問の後で、転宗よりも、還俗を望んだと云うのだからね」と云って、クルリと向きを変え、再び正視の姿勢に戻って云った。

「勿論久我鎮子は博識無比さ。然し、あれは索引(インデックス)みたいな女なんだ。記憶の凝(かたま)りが将棋盤の格みたいに、正確な配列をしているに過ぎない。そうだ、まさに正確無類だよ。だから、独創も発展性も糞もない。第一、ああ云う文学に感覚を持てない女に、どうして、非凡な犯罪を計画するような空想力が生れよう」

「一体、文学がこの殺人事件とどんな関係があるかね？」と検事が聴き咎めた。

「それが、あの水精よ蜿くれ(ウンディヌス・ジッヒ・ヴィンデン)——さ」と法水は、始めて問題の一句を闡明(せんめい)する態度に出た。「あの一句は、ゲーテの『ファウスト』の中で、尨犬(むくいぬ)に化けたメフィストの魔力を破ろうと、あの全能博士が唱える呪文の中にある、勿論その時代を風靡(ふうび)した加勒(カル)底亜(デア)五芒星術の一文で、火精(サラマンダー)・水精(ウンディーネ)・風精(ジルフェ)・地精(コボルト)の四妖に呼び掛けているんだ。ところで、それを鎮子が分らないのを不審に思わないかい。大体こう云った古風な家で、書架に必ず姿を現わすものと云えば、まず思弁学でヴォルテール、文学ではゲーテだ。ところが、そう云った古典文学が、あの女には些細な感興も起さないんだ。それからもう一つ、あの一句には薄気味悪い意思表示が含まれているのだよ」

「それは……」

「第一に、連続殺人の暗示なんだ。犯人は、既に甲冑武者の位置を変えて、それで殺人を宣言しているが、この方はもっと具体的だ。殺される人間の数とその方法とが明かに語られている。ところで、ファウストの呪文に現われる妖精の数が判ると、それがグイと胸を衝(つ)き上げてくるだろう。何故なら、旗太郎を始め四人の外人の中で、その一人が犯人だとしたら、殺す数の最大限は、当然四人でなければなるまい。それから、これが殺人方法と関聯していると云うのは、最初に水精(ウンディーネ)を提示しているからだよ。よもや君は、人形の足型を作って敷物の下から現われた、あの異様な水の跡を忘れやしまいね」

「だが、犯人が独逸(ドイツ)語を知っている圏内にあるのは、確かだろう。それにこの一句は大して文献学的(フィロロジック)なものじゃない」と検事が云うのを、

「冗談じゃない。音楽は独逸(ドイツ)の美術なり——と云うぜ。この館では、あの伸子と云う女さえ、竪琴(ハープ)を弾くそうなんだ」と法水は、さも驚いたような表情をして、「それに、不可解極まる性別の転換もあるのだから、結局言語学の蔵書以外には、あの呪文を裁断するものはないと思うのだよ」

熊城は組んだ腕をダラリと解いて、彼に似げない嘆声を発した。

「ああ、何から何まで嘲笑的じゃないか」

「そうだ。如何にも犯人は僕等の想像を超絶している。正にツァラツストラ的な超人なんだ。この不思議な事件を、従来(これまで)のようなヒルベルト以前の論理学で説けるものじゃない。その一例があの水の跡なんだが、それを陳腐な残余法で解釈すると、水が人形の体内にある発音装置を無効にした——と云う結論になる。けれども、事実は決してそうじ

ゃないんだ。まして、全体が頗る多元的に構成されている——。何も手掛りはない。曖昧朦朧とした中に薄気味悪い謎がウジャウジャと充満している。それに、死人が埋もれている地底の世界からも、絶えず紙礫のようなものが、ヒューヒューと打衝って来るんだ。然し、その中に、四つの要素が含まれている事だけは判るんだ。一つは、黙示図に現われている自然界の薄気味悪い姿で、その次は、未だに知られていない半葉を中心とする、死者の世界なんだ。それから三つ目が、既往の三度に渉る変死事件。そして最後が、ファウストの呪文を軸に発展しようとする、犯人の現実行動なんだよ」と、そこで暫く言を切っていたが、やがて法水の暗い調子に明るい色が差して、

「そうだ支倉君、君にこの事件の覚書を作って貰いたいのだが。大体グリーン殺人事件がそうじゃないか。終り頃になってヴァンスが覚書を作ると、さしもの難事件が、それと同時に奇蹟的な解決を遂げてしまっている。然し、あれは決して、作者の窮策じゃない。ヴァンダインは、如何に因数を決定する事が、切実な問題であるか教えているんだ。だからさ。何より差し当っての急務と云うのが、それだ。因数だ——さしずめその幾つかを、このモヤモヤした疑問の中から摘出するにあるんだよ」

それから検事が覚書を作っている間に、法水は十五分ばかり室を出ていたが、間もなく、一人の私服と前後して戻って来た。その刑事は、館内の隅々までも捜索したに拘らず、易介の発見が遂に徒労に帰したと云う旨を報告した。法水は眉の辺りをビリビリ動かしながら、

「では、古代時計室と拱廊を調べたかね」

「ところが、彼処は」と私服は頸を振って、「昨夜の八時に、執事が鍵を下した儘なんですから。然し、その鍵は紛失して居りません。それから拱廊では、円廊の方の扉が、左側一枚開いているだけの事でした」

「フムそうか」と一旦法水は頷いたが、「ではもう打ち切って貰おう。決してこの建物から外へは出てやしないのだから」と異様に矛盾した、二様の観察をしているかのような、口吻を洩らすと、熊城は驚いて、

「冗談じゃない。君はこの事件にけばけばしい装幀をしたいんだろうが、何といっても、易介の口以外に解答があるもんか」と今にも館外から齎せられるらしい、侏儒の傴僂の発見を期待するのだった。こうして、遂に易介の失踪は、熊城の思う壺通りに確定されてしまったが、続いて法水は、問題の硝子の破片があると云う附辺の調査と、更に次の喚問者として、執事の田郷真斎を呼ぶように命じた。

「法水君、君はまた拱廊へ行ったのかね」私服が去ると、熊城は半ば揶揄気味に訊ねた。

「いや、この事件の幾何学量を確めたんだよ。算哲博士が黙示図を描いたり、その知られてない半葉を暗示したに就いては、そこに何か、方向がなけりゃならん訳だろう」と法水はムスッとして答えたが、続いて驚くべき事実が彼の口を突いて出た。「それで、ダンネベルグ夫人を狂人みたいにさせた、怖ろしい暗流が判ったのだ。実は、電話でこの村の役場を調べたんだが、驚くじゃないか、あの四人の外人は去年の三月四日に帰化

していて、降矢木の籍に、算哲の養子養女となって入籍しているんだ。それにまだ遺産相続の手続がされていない。つまり、この館は未だ以て、正統の継承者旗太郎の手中には落ちていないのだよ」

「こりゃ驚いた」検事はペンを抛り出して唖然となってしまったが、すぐに指を繰ってみて、「多分手続が遅れているのは、算哲の遺言書でもあるからだろうが、剰すところもう、法定期限は二ケ月しかない。それが切れると、遺産は国庫の中に落ちてしまうんだ」

「そうなんだ。だから、そこにもし殺人動機があるのだとすれば、ファウスト博士の隠れ蓑——あの五芒星の円が判るよ。然し、どのみち一つの角度には相違ないけれども、何しろ四人の帰化入籍と云うような、思いもつかぬものがある程だからね。その深さは並大抵のものじゃあるまい。いや、却って僕は、それを迂闊に首肯してはならないものを握っているんだ」

「一体何を？」

「先刻君が質問した中の、(一)・(二)・(五) の箇条なんだよ。甲冑武者が階段廊の上に飛び上っていて——、召使は聞えない音を聴いているし——、それから拱廊では、ボードの法則が相変らず、海王星のみを証明出来ないのだがね」

そう云う驚くべき独断を吐き捨てて、法水は検事が書き終った覚書を取り上げた。それには、私見を交えない事象の配列のみが、正確に記述されてあった。

一、死体現象に関する疑問（略）
二、テレーズ人形が現場に残せる証跡に就いて（略）
三、当日事件発生前の動静

一、早朝押鐘津多子の離館。
二、午後七時より八時――。甲冑武者の位置が階段廊上に変り、和式具足の二つの兜が取り換えられている。
三、午後七時頃、故算哲の秘書紙谷伸子が、ダンネベルグ夫人と争論せしと云う。
四、午後九時――。神意審問会中にダンネベルグは卒倒し、その時刻と符合せし頃、易介はその隣室の張出縁に異様な人影を目撃せりと云う。
五、午後十一時――。伸子と旗太郎がダンネベルグを見舞う。その折、旗太郎は壁のテレーズの額を取り去り、伸子はレモナーデを毒味せり。尚、青酸を注入せる洋橙を載せたものと推察さるる果物皿を、易介が持参せるはその時なれども、肝腎の洋橙に就いては、遂に証明されるものなし。
六、午後十一時四十五分頃。易介は最前の人影が落せしものを見て、裏庭の窓際に行き、硝子の破片並びにファウスト中の一章を記せる紙片を拾う。その間室内には被害者と鎮子のみなり。
七、同零時頃。被害者洋橙を喰す。

尚、鎮子、易介、伸子以外の四人の家族には、記述すべき動静なし。

四、黒死館既往変死事件に就いて（略）

五、既往一年以来の動向

一、　昨年三月四日　四人の異国人の帰化入籍。

一、同　　十日　算哲は日課書に不可解なる記述を残し、その日魔法書を焚くと云う。

一、同　四月二十六日　算哲の自殺。

以来館内の家族は不安に怯え、遂に被害者は神意審問法に依り、その根元を為す者を究めんとす。

六、黙示図の考察（略）

七、動機の所在（略）

読み終ると法水は云った。

「この箇条書のうちで、第一の死体現象に関する疑問は、第三条の中に尽されていると思う。外見は、一向何でもなさそうな時刻の羅列に過ぎないよ。然し、洋橙（オレンジ）が被害者の口の中に飛び込んだ径路だけにでも、屹度（きっと）フィンスレル幾何の公式程のものが、ギュウギュウと詰っているに違いないんだ。それから、算哲の自殺が、四人の帰化入国と焚書の直後に起っているのにも、注目する価値があると思う」

「いや、君の深奥な解析などはどうでもいいんだ」と熊城は吐き出すような語気で、

「そんな事より、動機と人物の行動との間に、大変な矛盾があるぜ。伸子はダンネベルグ夫人と争論をしているし、易介は知っての通りだ。それにまた鎮子だっても、易介が室を出ていた間に、何をしたか判ったものじゃない。ところが、君の云うファウスト博士の円は、まさに残った四人を指摘しているんだ」

「すると、儂(わし)だけは安全圏内ですかな」

その時背後で、異様な嗄(しゃが)れ声が起った。三人が吃驚(びっくり)して後(うしろ)を振り向くと、そこには、執事の田郷真斎が何時(いつ)の間にか入り込んでいて、大風(おおふう)な微笑を湛(たた)えて見下している。然し、真斎が宛(あたか)も風の如くに、音もなく三人の背後に現われ得たのも、道理であろう。下半身不随のこの老史学者は、恰度傷病兵でも使うような、護謨(ゴム)輪で滑(なめら)かに走る手働四輪車の上に載っているからだった。真斎は相当著名な中世史家で、この館の執事を勤める傍(かたわら)に、数種の著述を発表しているので知られているが、最早七十に垂(なんな)んとする老人だった。無髯(むぜん)で赭丹色(しゃたんしょく)をした顔には、顴骨突起(かんこつとっき)と下顎骨が異常に発達している代りに、鼻翼(びよく)の周囲が陥ち窪み、その相は如何にも醜怪で——と云うよりも寧ろ脱俗的な、所謂胡面梵相(こめんぼんそう)とでも云いたい、まるで道釈画(どうしゃくが)か十二神将(しんしょう)の中にでもあるような、実に異風な顔貌だった。そして、頭に印度帽(テュルバン)を載せた所と云い——その凡(すべ)てが、一語で魁異(グロテスケリ)と云えよう。然し、何処か妥協を許さない頑迷固陋(ころう)と云った感じで、全体の印象からは、甲羅のような外観(みかけ)がするけれども、そこには、鎮子のような深い思索や、複雑な性格の匂いは

見出されなかった。尚、その手働四輪車は、前部の車輪は小さく、後部のものは自転車の原始時代に見るような素晴らしく大きなもので、それを、起動機と制動機とで操作するようになっていた。

「ところで、遺産の配分ですが」と熊城が、真斎の挨拶にも会釈を返さず、性急に口切り出すと、真斎は不遜な態度で嘯いた。

「ホウ、四人の入籍を御存じですかな。如何にも事実じゃが、それは個人個人にお訊ねした方が宜しかろう。儂には、とんとそう云う点は……」

「然し、既くに開封されているじゃありませんか。遺言書の内容だけは、話してしまった方がいいでしょう」熊城は流石に老練な口穽を掛けたけれども、真斎は一向に動ずる気色もなく、

「なに、遺言状……ホホウ、これは初耳じゃ」と軽く受け流して、早くも冒頭から、熊城との間に殺気立った黙闘が開始された。法水は最初真斎を一瞥すると同時に、何やら黙想に耽るかの様子だったが、やがて収斂味の勝った瞳を投げて、

「ハハア、貴方は下半身不随ですね。成程、黒死館の凡てが内科的じゃない。ところで、貴方が算哲博士の死を発見されたそうですが、多分その下手人が、誰であるかも御存じの筈ですがね」

これには、真斎のみならず、検事も熊城も一斉に啞然となってしまった。真斎は蟇みたいに両肱を立てて半身を乗り出し、哮けるような声を出した。

「莫迦な、自殺と決定されたものを……。貴方は検屍調書を御覧になられたかな」

「だからこそです」と法水は追求した。「貴方は、その殺害方法までも多分御承知の筈だ。大体、太陽系の内惑星軌道半径が、どうしてあの老医学者を殺したのでしょう？」

二、鐘鳴器（カリルロン）の讃詠歌（アンセム）で……

「内惑星軌道半径!?」この余りに突飛な一言に眩惑されて、真斎は咄嗟（とっさ）に答える術（すべ）を失ってしまった。法水は厳粛な調子で続けた。

「そうです。無論史家である貴方は、中世ウェールスを風靡（ふうび）したバルダス信経を御存じでしょう。あのドルイデ（九世紀レゲンスブルグの僧正魔法師）の流れを汲（く）んだ、呪法経典の信条は何でしたろうか（宇宙には凡ゆる象徴瀰漫す。而して、その神秘的な法則と配列の妙義は、隠れたる事象を人に告げ、或は予め告げ知らしむ）」

「然し、それが」

「つまり、その分析綜合の理を云うのです。私はある憎むべき人物が、博士を殺した微妙な方法を知ると同時に、初めて、占星術（アストロジイ）や錬金術（アルケミイ）の妙味を知る事が出来ました。確か博士は、室の中央で足を扉の方に向け、心臓に突き立てた短剣の束を固く握り締めて倒れていたのでしたね。然し、入口の扉を中心にして、水星と金星の軌道半径を描くと、その中では、他殺の凡ゆる証跡が消えてしまうのです」と法水は室の見取図に、別図の

ような二重の半円を描いてから、
「ところで、その前に是非知って置かねばならないのは、惑星の記号が或る化学記号に相当すると云う事なんです。Venus(ヴィナス)が金星である事は御承知でしょうが、その傍(かたわ)ら銅を表わしています。また、Mercury(マーキュリー)は、水星であると同時に、水銀の名にもなっているのです。然し、古代の鏡は、青銅(ヴィナス)の薄膜の裏に水銀(マーキュリー)を塗って作られていたのですよ。そうすると、その鏡面に——つまり、この図では金星の後方に当るのですが、それには当然、帷幕の後方から進んで来る犯人の顔が映る事になりましょう。何故なら、金星の半径を水星の位置にまで縮めると云う事は、素晴らしい殺人技巧であったと同時に、犯行が行われて行く方向も、また博士と犯人の動きさえも同時に表わしているからなんです。そして、次第に犯人は、それを中央の太陽の位置にまで縮めて行きました。太陽は、当時算哲博士が終焉を遂げた位置だったのです。然し、背面の水銀(マーキュリー)が太陽と交った際に一体何が起ったと思いますか？」

ああ、内惑星軌道半径縮小を比喩にして、法水は何を語ろうとするのであろうか。検事も熊城も、近代科学の精を尽した法水の推理の中へ、まさかに錬金道士の蒼暗(そうあん)たる世界が、前期化学(スパルジリー)特有の類似律の原理と共に、現われ出ようとは思わなかった。

「ところで田郷さん、S一字でどう云うものが表わされているでしょうか」と法水は、調子を弛(ゆる)めずに続けた。「第一に太陽、それから硫黄(いおう)ですよ。ところが、水銀と硫黄との化合物は、朱ではありませんか。朱は太陽であり、また血の色です。つまり、扉の際

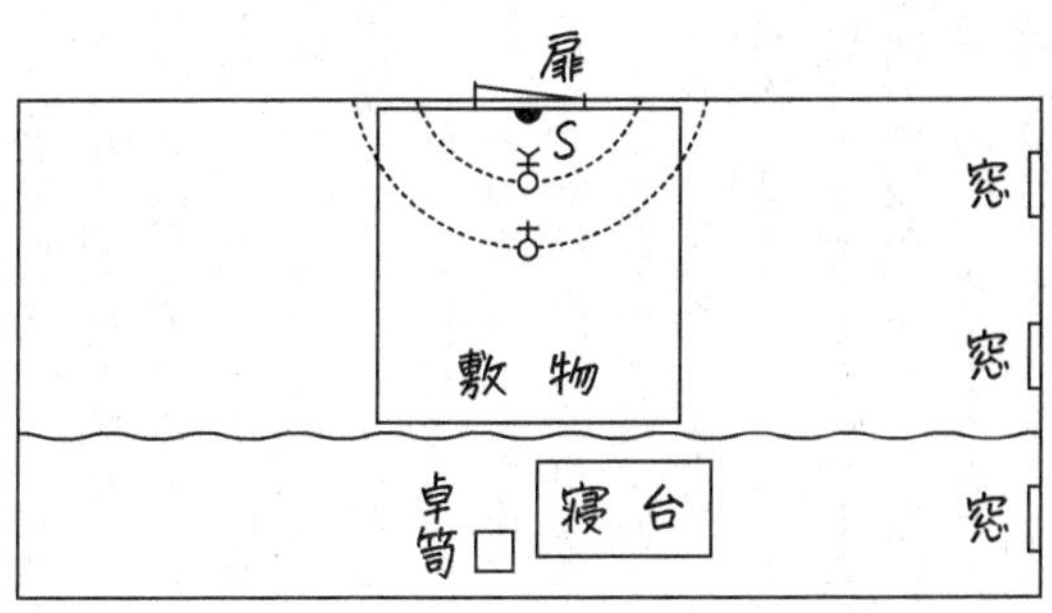

で算哲の心臓が綻(ほころ)びたのです」

「なに、扉の際で……。これは滑稽な放言じゃ」

と真斎は狂ったように、肱掛を叩き立てて、

「貴方(あんた)は夢を見て居る。正に実状を顚倒した話じゃ。あの時血は、博士が倒れている周囲にしか流れて居らなかったのです」

「それは、一旦縮めた半径を、犯人がすぐ旧通(もとどお)りの位置に戻したからですよ。それから、もう一度Sの字を見るのです。まだあるでしょう。悪魔会議日(サバスディ)、立法者(スクライブ)……。そうです、まさしく立法者なんです。犯人はあの像のように……」と法水は、そこで一旦唇を閉じ、じいっと真斎を瞶(みつ)めながら、次に吐く言葉との間の時間を、胸の中で秘かに計測しているかの様子だった。ところが、突然(いきなり)頃合を計って、「あのように、立って歩く事の出来ない人間——それが犯人なんです」と鋭い声で云うと、不思議な事には、それと共に——解し難い異状が、真斎に起った。

それが、始め上体に衝動が起ったと見る間に、両眼を瞠き口を喇叭形に開いて、恰度ムンクの老婆に見るような無残な形となった。そして、絶えず唾を嚥み下そうとするもののような苦悶の状を続けていたが、そのうち漸く、

「おお、儂の身体を見るがいい。こんな不具者がどうして……」と辛くも嗄れ声を絞り出した。が、真斎には確か咽喉部に何か異常が起ったと見えて、その後も引き続き呼吸の困難に悩み、異様な吃音と共に激しい苦悶が現われるのだった。その有様を、法水は異常な冷やかさで見やりながら云い続けたが、その態度には、相変らず計測的なものが現われていて、彼は自分の言の速度に、周到な注意を払っているらしい。

「いや、その不具な部分を俟ってこそ、殺人を犯す事が出来たのですよ。僕は貴方の肉体でなく、その手働四輪車と敷物だけを見ているのです。多分ヴェンヴェヌート・チェリニ（文芸復興期の大金工で驚くべき殺人者）が、カルドナツォ家のパルミエリ（ロムバルジャ第一の大剣客）を斃したと云う事蹟を御存知でしょうが、腕で劣ったチェリニは、最初敷物を弛ませて置いて、中途でそれをピインと張らせ、パルミエリが足許を奪われて蹌踉く所を刺殺したのでした。然し、算哲を斃すためには、その敷物を応用した文芸復興期の剣技が、決して一場の伝奇ではなかったのです。つまり、内惑星軌道半径の縮伸と云うのは、要するに貴方が行った、敷物のそれに過ぎなかったのですよ。扨、犯行の実際を説明しますかな」と云ってから、法水は検事と熊城に詰責気味な視線を向けた。

「大体何故扉の浮彫を見ても、君達は、傴僂の眼が窪んでいるのに気が附かなかったの

だね」

「成程、楕円形に凹んでいる」熊城はすぐ立って行って扉を調べたが、果して法水の云う通りだった。法水はそれを聴くと、会心の笑を真斎に向けて、

「ねえ田郷さん、その窪んでいる位置が、恰度博士の心臓の辺に当りはしませんか。それが、楕円形をしているのですから、護符刀の柄頭である事は一目瞭然たるものです。そうなると、当然天寿を楽むより外に自殺の動機など何一つなく、おまけにその日は、愛人の人形を抱いて若かった日の憶い出に耽ろうとした程の博士が、何故扉際に押し付けられて、心臓を貫いていたのでしょう」

真斎は声を発する事は愚か、依然たる症状を続けて、気力が正に尽きなんとしていた。蠟白色に変った顔面からは膏のような汗が滴り落ち、到底正視に耐えぬ惨めさだった。ところが、それにも拘らず法水は、この残忍な追求をいっかな止めようとはしなかった。

「ところで、此処に奇妙な逆説があるのです。その殺人が、却って五体の完全な人間には不可能なんですよ。何故なら、殆んど音の立たない、手働四輪車の機械力が必要だったからで、それがまず、敷物に波を作って縮め重ねて行き、終いには、博士を扉に激突させたからでした。何分にも、当時室は闇に近い薄明りで、右側の帷幕の蔭に貴方が隠れていたのも知らずに、博士は帷幕の左側を排して、召使が運び入れて置いた人形を寝台の上で見、それから、鍵を下しに扉の方へ向ったのでしょう。ところが、それを追うて、貴方の犯行が始まったのでしたね。まずそれ以前に、敷物の向う端を鋲で止め、人

形の着衣から護符刀(タリズマン)を抜いて置く——そして愈々(いよいよ)博士が背後を見せると、敷物(カーペット)の端をもたげて、縦にした部分を足台で押して速力を加えたので、敷物(カーペット)には皺が作られ、勿論その波は次第に高さを加えたのです。そして、背後から足台を、博士の膝膕窩(ひかがみ)に衝突させる。と、波が横から潰(つぶ)されて、殆んど腋下(わきした)に及ぶ程の高さになってしまう。と同時に、所謂イエンドラシック反射が起って、その部分に加えられた衝撃が、上膊筋(じょうはくきん)に伝導して反射運動を起すのですから、当然博士は、無意識裡(むいしきり)に両腕を水平に上げる。その両脇から博士を後様(うしろざま)に抱えて、右手に持った護符刀(タリズマン)を心臓の上に軽く突き立て、すぐにその手を離してしまう。と、博士は思わず反射的に短剣を握ろうとするので、間髪の間に二つの手が入れ代って、今度は博士が束を握ってしまう。そして、その瞬後扉に衝突して、自分が束を握った刃(やいば)が心臓を貫く。つまり、高齢で歩行の遅い博士に、敷物(カーペット)に波を作りながら音響を立てずして追い付ける速力と、その機械的な圧進力——。それから、束を握らせるために、両腕を自由にして置かねばならないので、何よりまず膝膕窩(ひかがみ)を刺戟して、イエンドラシック反射を起さねばならない——。そう云う凡(すべ)ての要素を具備しているのが、この手働四輪車でして、その犯行は寸秒の間に、声を立てる間がなかったほど恐ろしい速度で行われたのでした。ですから、貴方の不具な部分を以ってせずには、誰一人博士に、自殺の証跡を残して、息の根を止める事は不可能だったのですよ」

「すると、敷物(カーペット)の波は何のためだい」熊城が横合から訊ねた。

「それが、内惑星軌道半径の縮伸じゃないか。一旦点(ピリオド)にまで縮んだものを、今度は波の頂点に博士の頸を合わせて、敷物を旧通りに伸ばして行ったのだ。だから、束を握り締めたままで、博士の死体は室の中央に来てしまったのだよ。勿論、空室でも、鎖されていたのではないから、殆んど跡は残らぬし、死後は決して固く握れるものじゃない。けれども、大体検屍官なんてものが、秘密の不思議な魅力に、感受性を欠いているからなんだよ」

その時、この殺気に充ちた陰気な室の空気を揺ぶって、古風な経文歌を奏でる、侘しい鐘鳴器（鍵盤を押して音調の異なる鐘を叩きピアノ様の作用をするもの）の音が響いて来た。法水は先刻尖塔の中に錘舌鐘（錘舌のある振り鐘）は見たけれども、鐘鳴器の所在には気が附かなかった。然し、その異様な対照に気を奪われている矢先だった。それまで肱掛に俯伏していた真斎が必死の努力で、殆んど杜絶れ勝ちながらも、微かな声を絞り出した。

「嘘だ……算哲様はやはり室の中央で死んでいたのだ……。然し、この光栄ある一族のために……儂は世間の耳目を怖れて、その現場から取り除いたものがあった……」

「何をです？」

「それが黒死館の悪霊、テレーズの人形でした……背後から負さったような形で死体の下になり、短剣を握った算哲様の右手の上に両掌を重ねていたので……それで、衣服を通した出血が少かった事から……儂は易介に命じて」

検事も熊城も、もう竦み上るような驚愕の色は現わさなかったけれども、既に生存の世界にはない筈の不思議な力の所在が、一事象毎に濃くなって行くのを覚えた。然し、法水は冷然と云い放った。

「これ以上は止むを得ません。僕もこの上進む事は不可能なんですから。博士の死体は既（とう）に泥のような無機物ですし、もう起訴を決定する理由と云えば、貴方の自白以外にないのですからね」

　そう法水が云い終った時だった。その時経文歌（モテット）の音が止んだかと思うと、突然思いも依（よ）らぬ美しい絃（いと）の音が耳膜（じまく）を揺り始めた。遠く幾つかの壁を隔てた彼方で、四つの絃楽器は、或は荘厳な全絃合奏（コーダ）となり、時としては囁く小川のように、第一提琴（ファースト・ヴァイオリン）がサマリアの平和を唱って行くのだった。それを聴くと、熊城は腹立たしそうに云い放った。

「何だあれは、家族の一人が殺されたと云うのに」

「今日は、この館の設計者クロード・ディグスビイの忌斎日（きさいび）でして……」と真斎は苦し気な呼吸の下に答えた。「館の暦表（れきひょう）の中に、帰国の船中羅貢（ラングーン）で身を投げた、ディグスビイの追憶が含まれているのです」

「成程、声のない鎮魂楽（レキエム）ですね」と法水は恍惚となって云った。「何だか、ジョン・ステーナーの作風に似ているような気がする。支倉君、僕はこの事件であの四重奏団（カルテット）の演奏が聴けようとは思わなかったよ。サア、礼拝堂へ行ってみよう」

　そうして、私服に真斎の手当を命じて、この室を去らしめると、

「君は何故、最後の一歩と云うところで追求を弛（ゆる）めたのだ？」と熊城は早速に詰（なじ）り掛っ

たが、意外にも、法水は爆笑を上げて、

「すると、あれを本気にしているのかい」

検事も熊城も、途端に嘲弄された事は覚ったけれども、あれ程整然たる条理に、到底その儘を信ずる事は出来なかった。法水は可笑(おか)しさを耐えるような顔で、続いて云った。

「実を云うと、あれは僕の一番厭な恫喝訊問なんだよ。真斎を見た瞬間に直感したものがあったので、応急に組み上げたのだったけれど、真実の目的と云えば、実は外にあったのだ。ただ真斎よりも、精神的に優越な地位を占めたい――と云うそれだけの事なんだよ。この事件を解決するためには、まずあの頑迷な甲羅を砕く必要があるのだ」

「すると、扉の窪みは」

「二二が五さ。あれは、この扉の陰険な性質を剔抉(てっけつ)している。また、それと同時に水の跡も証明しているんだ」正しく仰天に価いする逆転だった。グワンと脳天をドヤされたかのように茫然となった二人に、法水は早速説明を始めた。「水で扉を開く。つまり、この扉を鍵なくして開くためには、水が欠くべからざるものだったのだ。所で、最初それと類推させたものを話す事にしよう。マームズベリー卿が著わした『ジョン・デイ博士鬼説』と云う古書がある。それには、あの魔法博士デイの奇法の数々が記されているのだが、その中で、マームズベリー卿を驚嘆させた隠顕扉(いんけんとびら)の記録が載っていて、それが僕に、水で扉を開け――と教えて呉れたのだ。勿論一種の信仰療法(クリスチャンサイエンス)なんだが、まずデイは、瘧(おこり)患者を附添いと一緒に一室へ入れ、鍵を附添いに与えて扉を鎖さしめる。そして、約一時間後に扉を開くと、鍵が下りているにも拘らず、扉は化性のものでもあるかのように、スウッと開かれてしまう。そこでディは結論する――憑神（つきがみ）の半羊人（ティフォン）は遁（のが）れたり――と。所が、正しく扉の附近には羊の臭気がするので、それで患者は精神的に治癒されてしまうのだ。ねえ熊城君、その羊の臭気と云うものの中に、ディの詐術（さじゅつ）が含まれているのだよ。所で、君は多分、ランプレヒト湿度計（ハイグロメーター）にもある通りで、毛髪が湿度に依って伸縮するばかりでなく、その度が長さに比例する事実も知っているだろう。そこで、試みに、その伸縮の理論を、落し金の微妙な動きに応用して見給え。知っての通り、螺旋で使用する落し金と云うのは、元来、打附木材（ハーフ・チムバア）住宅（漆喰壁の上に規則的な木配りで荒削りの木材を打ち附ける英国十八世紀初頭の建築様式）特有のものと云われているのだが、大体が平たい真鍮桿の端に遊離しているもので、その桿の上下に依って、支点に近い角体の二辺に沿い起倒する仕掛になっている。そして、支点に近附くほど起倒の内角が小さくなると云う事は、多分簡単な理法だから判っているだろう。そこで、落し金の支点に近い一点を結んで、その紐を、倒れた場合水平となるように張って置き、その線の中心とすれすれに、頭髪の束で結んだ重錘（おもり）を置いたと仮定しよう。そして、鍵穴から湯を注ぎ込む。すると、当然湿度が高くなるから、毛髪が伸長して、重錘が紐の上に加わって行き、勿論紐が弓状（ゆみなり）になってしまう。従って、その力が落し金の最小内角に作用して、倒れたものが起きてしまうのだ。だから、ディの場合は、それが羊の尿（いばり）だったろうと思うのだがね。またこの扉では、傴僂の眼の裏面が、多分その装置に必要な刳穴（こけつ）

だったので、その薄い部分が、頻繁に繰り返される乾湿のために、凹陥を起したに違いないのだよ。つまり、その仕掛を作ったのが算哲で、それを利用して永い間出入りしていた人物と云うのが、犯人に想像されるんだ。どうだね支倉君、これで先刻人形の室で、犯人が何故糸と人形の技巧を遺して置いたのか判るだろう。外側からの技巧ばかりを詮索していた日には、この事件は永遠に扉一つが鎖してしまうのだ。それに、そろそろこの辺から、ウイチグス呪法の雰囲気が濃くなって行くような気がするじゃないか」

「すると、人形はその時の溢れた水を踏んだと云う事になるね」と検事は、引つれたような声を出した。「もう後は、あの鈴のような音だけなんだ。これで犯人を伴った人形の存在は、愈々確定されたと見て差支ない。然し、君の神経が閃めく度毎に、その結果が、君の意向とは反対の形で現われてしまう。それは、一体どうしたって事なんだい」

「ウム、僕にもどうも解せないんだ。まるで、穽の中を歩いているような気がするよ」と法水にも錯乱した様子が見えると、

「僕は、その点が両方に通じてやしないかと思うよ。いまの真斎の混乱はどうだ。あれは決して看過しちゃならん」とこれぞとばかりに、熊城が云った。

「ところがねえ」と法水は苦笑して、「実は、僕の恫喝訊問には、妙な言だが、一種の生理拷問とでも云うものが伴っている。それがあったので、初めてあんな素晴しい効果が生れたのだよ。ところで、二世紀アリウス神学派の豪僧フィリレイウスは、斯う云う談法論を述べている。霊気（呼吸の義）は呼気と共に体外に脱出するものなれば、その

空虚を打て——と。また、比喩には隔絶したるものを択(えら)べ——と。正に至言だよ。だから、僕が内惑星軌道半径をミリミクロン的な殺人事件に結び付けたと云うのも、究極のところは、共通した因数(ファクター)を容易に気附かれたくないからなんだ。そうじゃないか、エディントンの『空間・時・及び引力(スペース・タイム・エンド・グレヴィティション)』でも読んだ日には、その中の数字に、てんで対称的な観念がなくなってしまう。それから、ビネーのような中期の生理的心理学者でさえも、肺臓が満ちた際の精神の均衡と、その質量的な豊かさを述べている。無論あの場合僕は、まさに吸気(いき)を引こうとする際にのみ、激情的な言葉を符合させて行ったのだが、またそれと同時に、もしやと思った生理的な衝撃(ショック)も狙っていたのだ。それは、喉頭後筋(ミュールマン)搐搦(ちくでき)と云う持続的な呼吸障害なんだよ。ミュールマンはそれを『老年の原因』の中で、筋質骨化に伴う衝動心理現象と説いている。勿論間歇性のものには違いないけれども、老齢者が息を吸い込む中途で調節を失うと、現に真斎で見る通りの、無残な症状を発する場合があるのだ。だから、心理的にも器質的にも、僕は滅多に当らない、その二つの目を振り出したと云う訳なんだよ。とにかく、あんな間違いだらけの説なので、一切相手の思考を妨害しようとしたのと、もう一つは去勢術なんだ。あの蠣(かき)の殻を開いて、僕は是非にも聴かねばならないものがあるからだよ。つまり、僕の権謀術策(けんぼうじゅつさく)たるや、或る一つの行為の前提に過ぎないのだがね」

「驚いたマキァベリーだ。然し、そう云うのは？」と検事が勢込んで訊ねると、法水は微かに笑った。

「冗談じゃないよ、君の方でした癖に。先刻僕に訊ねた（一）・（二）・（五）の質問を忘れたのかい。それに、あのリシュリューみたいな実権者は、不浄役人共に黒死館の心臓を窺わせまいとしている。だからさ、あの男が鎮静注射から醒めた時が、事に依るとこの事件の解決かも知れないのだよ」

　法水は相変らず茫漠たるものを仄かしただけで、それから鍵孔に湯を注ぎ込み、実験の準備をしてから、演奏台のある階下の礼拝堂に赴いた。広間を横切ると、楽の音は十字架と循形の浮彫の附いた大扉の彼方に迫っていた。扉の前には一人の召使が立っていて、法水がその扉を細目に開くと、冷やりとした、だが広い空間を佗し気に揺れている、寛闊な空気に触れた。それは、重量的な荘厳なもののみが持つ、不思議な魅力だった。礼拝堂の中には、褐い蒸気の微粒が一杯に立ち罩めていて、その靄のような暗さの中で、弱い平穏な光線が、何処か鈍い夢のような形で漂うている。その光は聖壇の蠟燭から来ているのであって、三稜形をした大燭台の前には乳香が燻かれ、その烟と光とは、火箭のように林立している小円柱を沿上って行って、頭上遙か扇形に集束されている穹窿の辺にまで達していた。楽の音は柱から柱へと反射して行って、異様な和声を湧き起し、今にも、列拱から金色燦然たる聖服をつけた、司教助祭の一群が現われ出るような気がするのであった。が、法水にとってはこの空気が、問罪的な不気味なものとしか考えられなかった。

　聖壇の前には半円形の演奏台が設えてあって、そこに、ドミニク僧団の黒と白の服装をした、四人の楽人が無我恍惚の境に入っていた。右端の、不細工な巨石としか見えないチェリスト、オットカール・レヴェズは、そこに半月形の髷でも欲しそうなフックラ膨んだ頬をしていて、体軀の割合には、小さむ瓢箪形の頭が載っていた。彼は如何にも楽天家らしく、おまけに、チェロがギター程にしか見えない。その次席が、ヴィオラ奏者のオリガ・クリヴォフ夫人であって、眉弓が高く眦が鋭く切れ、細い鉤形の鼻をしている所は、如何にも峻厳な相貌であった。聞くところに依れば、彼女の技量はかの大独奏者、クルチスをも凌駕すると云われているが、それもあろうか演奏中の態度にも、傲岸な気魄と妙に気障な、誇張した所が窺われた。ところが、次のガリバルダ・セレナ夫人は、凡てが前者と対蹠的な観をなしていた。皮膚が蠟色に透き通って見えて、それでなくても、顔の輪廓が小さく、柔和な緩い円ばかりで、小ぢんまりと作られている。そして、黒味勝ちのパッチリした眼にも、凝視するような鋭さがない。総じてこの婦人には、憂鬱な何処かに、謙譲な性格が隠されているように思われた。以上の三人は、年齢四十四、五と推察された。そして、最後に第一提琴を弾いているのが、やっと十七になったばかりの降矢木旗太郎だった。法水は、日本中で一番美しい青年を見たような気がした。が、その美しさも所謂俳優的な、遊惰な媚色であって、どの線どの陰影の中にも、思索的な深みや数学的な正確なものが現われ出てはいない。と云うのも、そう云った叡智の表徴をなすものが欠けているからであって、博士の写真に於いて見る通りの、あの端正な額の威厳がないからであった。

　法水は、到底聴く事は出来ぬと思われた、この神秘楽団の演奏に接する事は出来たけれども、彼は徒（いたず）らに陶酔のみはしていなかった。と云うのは、楽曲の最後の部分になると、二つの提琴が弱音器を附けたのに気が付いた事であって、それがために、低音の絃のみが高く圧したように響き、その感じが、天国の栄光に終る荘厳な終曲（フィナレ）と云うよりも、寧（むし）ろ地獄から響いて来る、恐怖と嘆きの呻きとでも云いたいような、実に異様な感を与えた事である。終止符に達する前に、法水は扉を閉じて側の召使（バトラー）に訊ねた。

「君は、何時も斯うして立番しているのかね」

「いいえ、今日が始めてで御座います」と召使（バトラー）自身も解せぬらしい面持だったが、その原因は何となく判ったような気がした。それから、三人が悠（ゆっ）たりと歩んで行くうち、法水が口を切って、

「まさにあの扉が、地獄の門なんだよ」と呟いた。

「すると、その地獄は、扉の内か外かね」と検事が問い返すと、彼は大きく呼吸をしてから、頗（すこぶ）る芝居がかった身振で云った。

「それが外なのさ。あの四人は、確かに怯え切っているんだ。もしあれが芝居でさえなければ、僕の想像と符合する所がある」

　鎮魂楽（レキエム）の演奏は、階段を上り切った時に終った。そして、暫くの間は何も聞えなかったけれども、それから三人が区劃扉を開いて、現場の室の前を通る、廊下の中に出た時だった。再び鐘鳴器（カリルロン）が鳴り始めて、今度はラッサスの讃詠（アンセム）を奏で始めたのであった（ダ

ビデの詩篇第九十一篇）。

夜はおどろくべきことあり
昼はとびきたる矢あり
幽暗(くらき)にはあゆむ疫癘(えやみ)あり
日午(ひる)にはそこなう激しき疾(やまい)あり
されどなんじ畏(おそ)るることあらじ

法水はそれを小声で口誦(くちずさ)みながら、讃詠(アンセム)と同じ葬列のような速度で歩んでいたが、然し、その音色は繰り返す一節毎に衰えて行き、それと共に、法水の顔にも憂色が加わって行った。そして、三回目の繰り返しの時、幽暗(くらき)には——の一節は殆(ほと)んど聞えなかったが、次の、日午(ひる)には——の一節に来ると、不思議な事には、同じ音色ながらも倍音が発せられた。そうして、最後の節は遂に聴かれなかったのであった。

「成程、君の実験が成功したぜ」と検事は眼を円くしながら、鍵の下りた扉を開いたが、法水のみは正面の壁に背を凭(もた)せたままで、暗然と宙を瞶(みつ)めている。が、やがて呟くような微かな声で云った。

「支倉君、拱廊(そでろうか)へ行かなけりゃならんよ。彼処(あそこ)の吊具足の中で、たしか易介が殺されているんだ」

二人は、それを聴いて思わず飛び上ってしまった。ああ、法水は如何にして、鐘鳴器(カリルロン)の音から死体の所在を知ったのであろうか⁉

三、易介は挟まれて殺さるべし

所が、法水はすぐ鼻先の拱廊へは行かずに、円廊を迂廻して、礼拝堂の円蓋(ドーム)に接している鐘楼階段の下に立った。そして、課員全部をその場所に召集して、まずそこを始めに、屋上から壁廓上の堡楼(ほろう)にまで見張りを立て、尖塔下の鐘楼を注視させた。斯うして恰度二時三十分、鐘鳴器(カリルロン)が鳴り終ってから僅に五分の後には、蟻(あり)も洩らさぬ緊密な包囲形が作られたのであった。その凡てが神速で集中的であり、もう事件がこれで終りを告げるのではないかと思われた程に、結論めいた緊張の下に運ばれて行ったのだった。けれども、勿論法水の脳髄を、截(た)ち割って見ないまでは、果して彼が何事を企図しているのか——予測を許さぬ事は云う迄もないのである。

ところで読者諸君は、法水の言動が意表を超絶している点に気附かれたであろう。それが果して的中しているや否やは別としても、正に人間の限界を越さんばかりの飛躍だった。鐘鳴器(カリルロン)の音を聴いて、易介の死体を拱廊の中に想像したかと思うと、続いて行動に現われたものは、鐘楼を目(もく)している。然し、その晦迷錯綜(かいめいさくそう)としたものを、過去の言動に照し合わせてみると、そこに一縷脈絡するものが発見されるのである。と云うのは、最初検事の箇条質問書に答えた内容であって、その後執事の田郷真斎に残酷な生理拷問を課してまでも、尚且後刻に至って彼の口から吐かしめんとした、あの大きな逆説の事であった。勿論その共変法じみた因果関係は、他の二人にも即座に響いていた。そして、その驚くべき内容が、多分真斎の陳述を俟たずとも、この機会に闡明されるのではないかと思われるのだった。が、指令を終った後の法水の態度は、また意外だった。再び旧の暗い顔色に帰って、懐疑的な錯乱したような影が往来を始めた。それから拱廊の方へ歩んで行くうちに、思い掛けない彼の嘆声が、二人を驚かせてしまった。

「ああ、すっかり判らなくなってしまったよ。易介が殺されて犯人が鐘楼にいるのだとすると、あれ程的確な証明が全然意味をなさなくなる。実を云うと、僕は現在判っている人物以外の一人を想像していたんだが、それが飛んだ場所へ出現してしまった。真逆に別個の殺人ではないだろうがね」

「それじゃ、何のために僕等は引っ張り廻されたんだ？」検事は憤激の色を作して叫んだ。「大体最初に君は、易介が拱廊の中で殺されていると云った。ところが、それにも拘らず、その口の下で見当違いの鐘楼を見張らせる。軌道がない。全然無意味な転換じゃないか」

「さして、驚くには当らないさ」と法水は歪んだ笑を作って云い返した。「それと云うのが、鐘鳴器の讃詠なんだよ。演奏者は誰だか知らないが、次第に音が衰えて来て、最終の一節は遂に演奏されなかったのだ。それに最後に聞えた、日午は――のところが、不思議にも倍音（ド・レ・ミ・ファと最終のドを基音にした、一オクターヴ上の音階）を発している。ねえ、支倉君、これは、蓋し一般的な法則じゃあるまいと思うよ」

「では、取り敢えず君の評価を承わろうかね」と熊城が割って入ると、法水の眼に異常な光輝が現われた。

「それが、まさに悪夢なんだ。怖ろしい神秘じゃないか。どうして、散文的に解る問題なもんか」と一旦は狂熱的な口調だったのが、次第に落着いて来て、「所で、最初易介が、既にこの世の人でないとしてだ――勿論何秒か後には、その厳然たる事実が判るだろうと思うが、扨そうなると、家族全部の数に一つの負数が剰ってしまうのだ。で、最初は四人の家族だが、演奏を終ってすぐ礼拝堂を出たにしても、それから鐘楼へ来るまでの時間に余裕がない。また、真斎は凡ゆる点で除外されていい。すると、残ったのは伸子と久我鎮子になるけれども、一方、鐘鳴器の音がパタリと止んだのではなく、次第に弱くなって行った点を考えると、あの二人が共に鐘楼にいたと云う想像は、全然当らないと思う。勿論その演奏者に、何か異常な出来事が起ったには違いないけれども、その矢先、讃詠の最後に聞えた一節が、微かながら倍音を発したのだ。云うまでもなく、鐘鳴器の理論上倍音は絶対に不可能なんだよ。すると熊城君、この場合鐘楼には、一人の人間の演奏者以外に、もう一人、奇蹟的な演奏を行える化性のものがいなければならない。ああ、あいつはどうして鐘楼へ現われたのだろうか？」

「それなら、何故先に鐘楼を調べないのだね？」と熊城が詰り掛ると、法水は、幽かに

声を慄わせて、

「実は、あの倍音に陥穽があるような気がしたからなんだ。何だか微妙な自己暴露のような気がしたので、あれを僕の神経だけに伝えたのにも、何となく奸計がありそうに思われたからなんだよ。第一犯人が、それほど、犯行を急がねばならぬ理由が判らんじゃないか。それに熊城君、僕等が鐘楼でまごまごしている間、階下の四人は殆んど無防禦なんだぜ。大体こんなダダっ広い邸の中なんてものは、何処も彼処も隙だらけなんだ。どうにも防ぎようがない。だから、既往のものは致し方ないにしても、新しい犠牲者だけは何とかして防ぎ止めたいと思ったからなんだ。つまり、僕を苦しめている二つの観念に、各々対策を講じて置いたと云う訳さ」

「フム、またお化か」と検事は下唇を噛み締めて呟いた。「凡てが度外れて気違い染みている。まるで犯人は風みたいに、僕等の前を通り過ぎては鼻を明かしているんだ。ねえ法水君、この超自然は一体どうなるんだい。ああ徐々に、鎮子の説の方へ纏って行くようじゃないか」

未だ現実に接しないにも拘らず、凡ての事態が、明白に集束して行く方向を指し示している。やがて、開け放たれた拱廊の入口が眼前に現われたが、突き当りの円廊に開いている片方の扉が、何時の間にか鎖じられたと見えて、内部は暗黒に近かった。その冷やりと触れて来る空気の中で、微かに血の臭気が匂って来た。それが、捜査開始後、未だ四時間に過ぎないのである。それにも拘らず、法水等が暗中摸索を続けているうちに、

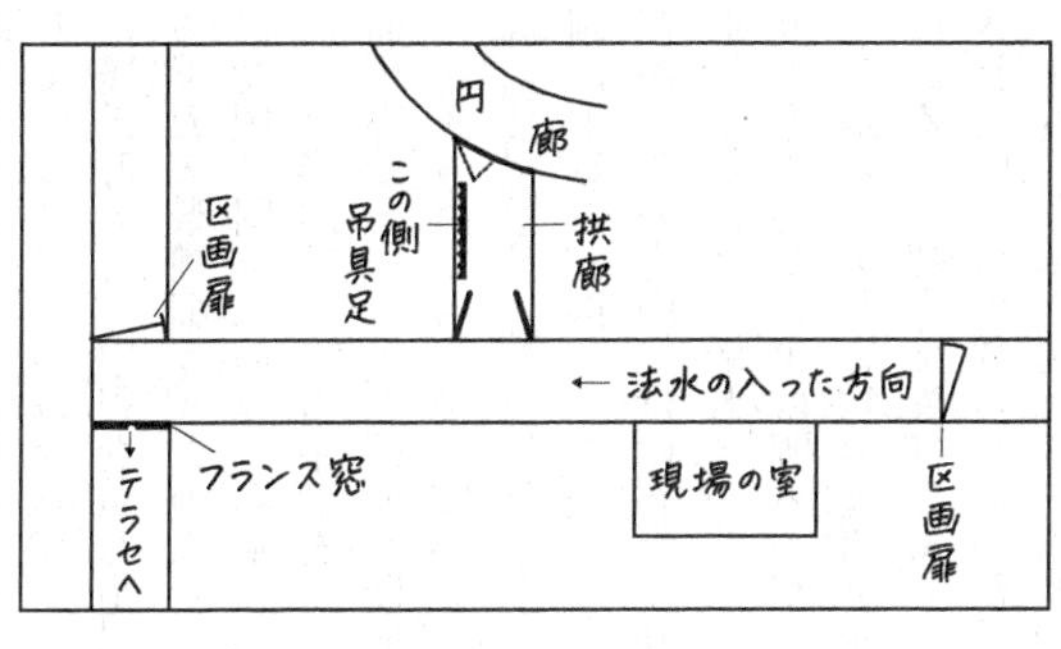

その間犯人は隠密な跳梁(ちょうりょう)を行い、既に第二の事件を敢行しているのだ。

法水は、すぐ円廊の扉を開いて光線を入れてから、左側に立ち並んでいる吊具足の列を見渡し始めた。が、すぐに「これだ」と云って、中央の一つを指差した。その一つは、萌黄匂(もえぎにおい)の鎧で、それに鍬形(くわがた)五枚立の兜を載せた外、毘沙門篠(びしゃもんしの)の両臂罩(りょうこて)、小袴(こばかま)、脛当(すねあて)、鞠沓(まりぐつ)までもつけた本格の武者装束。面部(めんぶ)から咽喉(いんこう)にかけての所は、咽輪(のどわ)と黒漆(くろぬり)の猛悪な相をした面当(めんぼお)で隠されてあった。そして、背には、軍配日月(ぐんばいじつげつ)の中央に南無日輪摩利支天(なむにちりんまりしてん)と認(したた)めた母衣(ほろ)を負い、その脇に竜虎(りゅうこ)の旗差物(はたさしもの)が挟んであった。然し、その一列のうちに注目すべき現象が現われていたと云うのは、その萌黄匂を中心にして、左右の全部が等しく斜めに向いているばかりでなく、その横向きになった方向が、交互(かわるがわる)一つ置きに一致していて、つまり、右、左、右と云う風に、異様な符合が現われている事だった。法水がその面当を外すと、そこに易介の凄惨な死相が現われた。果せる哉(かな)、法水の非凡な透視は適中していたのだ。のみならず、ダンネベルグ夫人の屍光と代り合って、この侏儒(こびと)の傴僂は奇怪千万にも、甲冑を着(ちゃく)し宙吊りになって殺されている。ああ、此処にもまた、犯人の絢爛(けんらん)たる装飾癖が現われているのだった。

　最初眼に附いたのは、咽喉につけられている二条の切創(きりきず)だった。それを詳しく云うと、合わせた形が恰度二の字形をしていて、その位置は、甲状軟骨から胸骨にかけての、所謂前頸部であったが、創形が楔形をしているので、鎧通し様のものと推断された。また、深さを連らねた形状が、凵形をしているのも奇様である。上のものは、最初気管の左を、六糎(センチ)程の深さに刺してから刀(とう)を浮かし、今度は横に浅い切創を入れて迂廻して行き、右側に来ると、再びそこへグイと刺し込んで刀を引き抜いている。下の一つも大体同じ形だが、その方向だけは斜下になっていて、創底は胸腔内に入っていた。然し、何れも大血管や臓器には触れていず、しかも、巧みに気道を避けているので、勿論即死を起す程度のものでない事は明らかだった。

　それから、天井と鎧の綿貫(わたぬき)とを結んでいる二条の麻紐を切り、死体を鎧から取り外しに掛かると、続いて異様なものが現われた。それまでは、不自然な部分が咽輪の垂れで隠されていたので判らなかったのだが、不思議な事に、易介は鎧を横に着ているのだった。即ち、身体を入れる左脇の引合口の方を背後にして、そこからはみ出した背中の瘤(りゅう)起(き)を、幌骨(ほろぼね)の刳形(こがた)の中に入れている。そして、傷口から流れ出たドス黒い血は、小袴から鞠沓（まりぐつ）の中にまで滴り落ちていて、既に体温は去り、硬直は下顎骨に始まっていて、優に死後二時間は経過しているものと思われた。が、死体を引き出してみると、愕然とさせたものがあった。と云うのは、全身に渉（わた）り著明な窒息徴候が現われている事で、無残な痙攣の跡が到る処に行き渉っているばかりでなく、両眼にも、排泄物にも、流血の色にも、まざまざと一目で頷けるものが残されていた。のみならず、その相貌は実に無残を極め、死闘時の激しい苦痛と懊悩とが窺われるのだった。が然し、気管中にも栓塞したらしい物質は発見されず、口腔を閉息した形跡もないばかりか、索痕（さくこん）や扼殺（やくさつ）した痕跡は勿論見出されなかった。

「正にラザレフ（聖アレキセイ寺院の死者）の再現じゃないか」と、法水は呻くような声を出した。「この傷は死後に付けられているんだよ。それが、刀を引き抜いた断面を見ても判るんだ。通例では、刺し込んだ途端に引き抜くと、血管の断面が収縮してしまうもんだが、これはダラリと咨開（しかい）している。それに、これ程顕著な特徴を持った、窒息死体を見たことはないよ。残忍冷酷も極まっている。――恐らく、想像を絶した怖しい方法に違いない。そして、窒息の原因をなしたものが、易介には徐々と迫って行ったのだ」

「それが、どうして判るんだ？」と熊城が不審な顔をすると、法水はその陰惨極まる内容を明らかにした。

「つまり、死闘の時間が徴候の度に比例するからなんだが、まさにこの死体は、法医学に新しい例題を作ると思うね。だって、その点を考えたらどうしたって、易介が次第に息苦しくなって行ったと想像するより外にないじゃないか。多分、その間易介は凄惨(せいさん)な努力をして、何とかして死の鎖を断とうとしたに違いないのだ。然し、身体は鎧の重量のために活力を失っている。最早どうする事も出来ない。そうして、空しく最後の瞬間が来るのを待つうちに、多分幼少期から現在までの記憶が、電光のように閃めいて、それが、次から次へと移り変って行ったに違いないのだよ。ねえ熊城君、人生のうちでこれ程悲惨な時間があるだろうか。また、これほど深刻な苦痛を含んだ、残忍な殺人方法がまたと他にあるだろうか」

流石(さすが)の熊城も、その思わず眼を覆いたいような光景を想起して、ブルッと身慄いしたが、「然し、易介は自分からこの中に入ったのだろうか。それとも犯人が……」

「いや、それが判れば殺害方法の解決も附くよ。第一、悲鳴を揚げなかったことが疑問じゃないか」と法水がアッサリ云い退(の)けると、検事は、兜の重量でペシャンコになっている死体の頭顱(あたま)を指差して、彼の説を持ち出した。

「僕は何だか、兜の重量に何か関係があるような気がするんだ。無論、創(きず)と窒息の順序が顛倒(てんとう)してりゃ、問題はないがね……」

「そうなんだ」と法水は相手の説に頷いたが、「一説には、頭蓋のサントリニ静脈は、外力をうけてから暫く後に、血管が破裂すると云うからね。その時は、脳質が圧迫されるので、窒息に類した徴候が表われるそうだよ。然し、これ程顕著なものじゃない。大体この死体のは、そういった頓死的なものではないのだよ。じわじわと迫って行ったのだ。だから、寧ろ直接死因には、咽輪の方に意味がありそうじゃないか。無論気管を潰すと云う程じゃないが、相当頸部の大血管は圧迫されている。すると、易介が何故悲鳴を上げなかったか――判るような気がするじゃないか」

「フム、と云うと」

「いや、結果は充血でなくて、反対に脳貧血を起すのだよ。おまけに、グリージンゲルと云う人は、それに癲癇様の痙攣を伴うとも云っているんだ」と法水は何気なさそうに答えたけれども、何やら逆説に悩んでいるらしく、苦渋な暗い影が現われていた。熊城は結論を云った。

「とにかく、切創が死因に関係ないとすると、この犯行は、恐らく異常心理の産物だろう」

「いやどうして」と法水は強く頸を振って、「この事件の犯人ほど冷血な人間が、どうして打算以外に、自分の興味だけで動くもんか」

それから、指紋や血滴の調査を始めたが、それには、一向収穫はなかった。わけても甲冑の内部以外には、一滴のものすら発見されなかったのである。調査が終ると、検事は、法水が透視的な想像をした理由を訊ねた。

「君はどうして、易介が此処で殺されているのが判ったのだね」

「無論鐘鳴器の音でだよ」と法水は無雑作に答えた。「つまり、ミルの云う剰余推理さ。

アダムスが海王星を発見したと云うのも、残余の現象は或る未知物の前件である――と云う、この原理以外にはない事なんだ、だって、易介みたいな化物が姿を消しても、発見されない。そこへ持って来て、倍音以外にもう一つ、鐘鳴器(カリルロン)の音に異常なものがあったからだよ。扉で遮断された現場の室とは異って、廊下では、空間が建物の中に通じているのだからね」

「と云うのは……」

「その時残響が少なかったからだよ。大体鐘には、洋琴(ピアノ)みたいに振動を止める装置がないので、これ程残響の著るしいものはない。それに、鐘鳴器(カリルロン)は一つ一つに音色も音階も違うのだから、距離の近い点や同じ建物の中で聴いていると、後から後からと引き続いて起る音に干渉し合って、終いには、不愉快な噪音(そうおん)としか感ぜられなくなってしまうのだ。それを、シャールシュタインは色彩円の廻転に喩(たと)えて、初め赤と緑を同時にうけて、その中央に黄を感じたような感覚が起るが、終いには、一面に灰色のものしか見えなくなってしまう――と。正に至言なんだよ。まして、この館には、所々円天井や曲面の壁や、また気柱を作っているような部分もあるので、僕は混沌としたものを想像していた。所が、先刻はあんな澄んだ音が聞えたのだ。外気の中へ散開すれば、当然残響が稀薄になるのだから、その音は明らかに、テラセと続いている仏蘭西(フランス)窓から入って来る。それを知って、僕は思わず愕(がく)然としたのだ。では何故かと云うと、何処かに、建物の中から拡がって来る、噪音を遮断したものがなけりゃならない。区劃扉は前後とも閉じられているのだから、残っているのは、拱廊の円廊側に開いている扉一つじゃないか。然し、先刻二度目に行った時は、確か左手の吊具足側の一枚を、僕は開け放しにして置いたような記憶がする。それに、彼処(あそこ)は他の意味で僕の心臓に等しいのだから、絶対に手を附けぬように云い附けてあるんだ。無論それが閉じられてしまえば、この一劃には、吸音装置が完成して、まず残響に対しては無響室(デッド・ルーム)に近くなってしまうのだ。だから、僕等に聞えて来るのは、テラセから入る、強い一つの基音より外になくなってしまうのだよ」

「すると、その扉は何が閉じたのだ？」

「易介の死体さ。生から死へ移って行く凄惨な時間のうちに、易介自身ではどうにもならない、この重い鎧を動かしたものがあったのだ。見る通りに、左右が全部斜めになっていて、その向きが、一つ置きに左、右、左となっているだろう。つまり、中央の萌黄(もえぎ)匂(におい)が廻転したので、その肩罩板(そでいた)が隣りの肩罩を横から押して、その具足も廻転させ、順次にその波動が最終のものにまで伝わって行ったのだ。そして、最終の肩罩板が把手(ノッブ)を叩いて、扉を閉めてしまったのだよ」

「すると、この鎧を廻転させたものは？」

「それが、兜と幌骨(ほろぼね)なんだ」と云って、法水は母衣(ほろ)を取り除け、太い鯨筋(げいきん)で作った幌骨を指し示した。「だって、易介がこれを通常の形に着ようとしたら、第一、背中の瘤起(りゅうき)が支えてしまうぜ。だから、最初に僕は、易介が具足の中で、自分の背の瘤起をどう処置するか考えて見た。すると思い当ったのは、鎧の横にある引合口を背にして、幌骨の中へ背瘤を入れさえすれば、――と云う事だったのだ。つまり、この形を思い浮べたと云う訳だが、然し病弱非力の易介には、到底これだけの重量を動かす力はないのだ」

「幌骨と兜？」と熊城は怪訝そうに何度となく繰り返すのだったが、法水は無雑作に結論を云った。

「ところで、僕が兜と幌骨と云った理由を云おう。つまり、易介の体が宙に浮ぶと、具足全体の重心が、その上方へ移ってしまう。のみならず、それが一方に偏在してしまうのだ。大体、静止している物体が自働的に運動を起す場合と云うのは、質量の変化か、重点の移動以外にはない。ところが、その原因と云うのが、事実兜と幌骨にあったのだよ。それを詳しく云うと、易介の姿勢はこうなるだろう。脳天には兜の重圧が加わっていて、脊の瘤起は、幌骨の半円の中にスッポリと嵌り込み、足は宙に浮いている、云うまでもなく、これは非常に苦痛な姿勢に違いないのだ。だから、意識のあるうちは、当然手足を何処かで支えて凌いでいたろうから、その間は重心が下腹部辺りにあると見て差支えない。ところが、意識を喪失してしまうと、支える力がなくなるので、手足が宙に浮いてしまい、今度は重点が幌骨の部分に移ってしまうのだ。つまり、易介自身の力ではなくて、固有の重量と自然の法則が決定した問題なんだよ」

法水の超人的な解析力は、今に始まった事ではないけれども、瞬間それだけのものを組み上げたかと思うと、馴れ切った検事や熊城でさえも、脳天がジインと痲痺れ行くような感じがするのだった。法水は続いて云った。

「ところで、絶命時刻の前後に、誰が何処で何をしていたか判ればいいのだがね。然し、これは鐘楼の調査を終ってからでもいいが……、取敢えず熊城君、傭人（やといにん）の中で、最後に易介を見た者を捜して貰いたいのだ」

　熊城は間もなく、易介と同年輩ぐらいの召使（バトラー）を伴って戻って来た。その男の名は、古賀庄十郎（こがしょうじゅうろう）と云うのだった。

「君が最後に易介を見たのは、何時頃だったね」と早速に法水が切り出すと、

「それどころか、私は、易介さんがこの具足の中にいたのも存じて居りますので。それから、死んでいると云う事も……」と気味悪そうに死体から顔を外（そむ）けながらも、庄十郎は意外な言（ことば）を吐いた。

　検事と熊城は衝動的に眼を睜（みは）ったが、法水は和やかな声で、

「では、最初からの事を云い給え」

「始めは、確か十一時半頃だったろうと思いますが」と庄十郎は、割合悪怯（わるび）れのしない態度で答弁を始めた。「礼拝堂と換衣室との間の廊下で、死人色（しびといろ）をしたあの男に出会いました。その時易介さんは、飛んだ悪運に魅入られて真先に嫌疑者にされてしまった——と、爪の色までも変ってしまったような声で、愚痴たらたらに並べ始めましたが、私は、ひょいと見ると余り充血している眼をして居りますので、熱があるのかと訊ねましたら、熱だって出ずにはいないだろうと云って、私の手を持って自分の額に当がうのです。まず八度位はあったろうと思われました。それから、とぼとぼ広間（サロン）の方へ歩いて行

ったのを覚えて居ります。とにかく、あの男の顔を見たのは、それが最後でございました」

「すると、それから君は、易介が具足の中に入るのを見たのかね」

「いいえ、此処にある全部の吊具足が、グラグラ動いて居りましたので……多分それが、一時を少し廻った頃だったと思いますが、御覧の通り円廊の方の扉が閉っていて、内部は真暗でございました。ところが金具の動く微かな光が、眼に入りましたのです。それで、一つ一つ具足を調べて居りますうちに、偶然この萠黄匂の射籠罩の蔭で、あの男の掌を摑んでしまったのです。咄嗟に私は、ハハアこれは易介だなと悟りました。大体あんな小男でなければ、誰が具足の中へ身体を隠せるものですか。ですからその時、オイ易介さんと声を掛けましたが、返事も致しませんでした。然し、その手は非常に熱ばんで居りまして、四十度は確かにあったろうと思われました」

「ああ、一時過ぎても未だ生きていたのだろうか」と検事が思わず嘆声を揚げると、

「左様でございます。ところが、また妙なんでございます」と庄十郎は何事かを仄めかしつつ続けた。「その次は恰度二時の事で、最初の鐘鳴器が鳴っていた時でございました。たが、田郷さんを寝台に臥かしてから、医者に電話を掛けに行く途中でございました。もう一度この具足の側に来てみますと、その時は易介さんの妙な呼吸使いが聞えたのです。私は何だか薄気味悪くなって来たので、すぐに拱廊を出て、刑事さんに電話の返事を伝えてから、戻りがけにまた、今度は思い切って掌に触れてみました。すると、僅か

十分ほどの間に何とした事でしょう。その手はまるで氷のようになっていて、呼吸（いき）もすっかり絶えて居りました。私は仰天して逃げ出したので御座います」

検事も熊城も、最早言葉を発する気力は失せたらしい。斯うして庄十郎の陳述に依って、さしも法医学の高塔（こうとう）が、無残な崩壊を演じてしまったばかりでない。円廊に開いている扉の閉鎖が、一時少し過ぎだとすると、法水の緩窒息（かんちっそく）説も根柢から覆（くつが）えされねばならなかった。易介の高熱を知った時刻一つでさえ、推定時間に疑惑を生むにも拘らず、一時間という開きは到底致命的だった。のみならず、庄十郎の挙げた実証に依って解釈すると、易介は僅か十分ばかりの間に、或る不可解な方法に依って窒息され、尚その後に咽喉を切られたと見なければならない。その名状し難い混乱の中で、法水のみは鉄のような落着きを見せていた。

「二時と云えば、その時鐘鳴器（カリルロン）で経文歌（モテット）が奏でられていた……。すると、それから讃詠（アンセム）が鳴るまでに三十分ばかりの間があるのだから、前後の聯関には配列的に隙がない。事に依ると鐘楼へ行ったら、多分易介の死因に就いて、何か判って来るかも知れないよ」

と独白染みた調子で呟いてから、「ところで、易介には甲冑の知識があるだろうか」

「ハイ、手入れは全部この男がやって居りまして、時折具足の知識を自慢気に振り廻す事が御座いますので」

庄十郎を去らせると、検事はそれを待っていたように云った。

「ちと奇抜な想像かも知れないがね。易介は自殺で、この創（きず）は犯人が後で附けたのではないだろうか」

「そうなるかねえ」と法水は呆れ顔で、「すると、事に依ったら吊具足は、一人で着られるかも知れないが、大体兜の忍緒を締めたのは誰だね。その証拠には、他のものと比較して見給え。全部正式な結法で、三乳から五乳までの表裏二様——つまり六通りの古式に依っている。ところが、この鍬形五枚立の兜のみは、甲冑に通暁している易介とは思われぬほど作法外れなんだ。僕がいま、この事を庄十郎に訊ねたと云うのも、理由はやはり君と同じところにあったのだよ」

「だが男結びじゃないか」と熊城が気負った声を出すと、

「何だ、セキストン・ブレークみたいな事を云うじゃないか」と法水は軽蔑的な視線を向けて、「たとえ男結びだろうと、男が履いた女の靴跡があろうとどうだろうと……、そんなものが、この底知れない事件で何の役に立つもんか。これはみな、犯人の道程標に過ぎないんだよ」と云ってから懶気な声で、

「易介は挟まれて殺さるべし——」と呟いた。

黙示図に於いて、易介の屍様を予言しているその一句は、誰の脳裡にもある事だったけれども、妙に口にするのを阻むような力を持っていた。続いて、引き摺られたように検事も復誦したのだったが、その声がまた、この沼水のような空気を、いやが上にも陰気なものにしてしまった。

「ああ、そうなんだ支倉君、それが兜と幌骨——なんだよ」と法水は冷静そのもののよ

うに、「だから、一見した所では、法医学の化物みたいでも、この死体に焦点が二つあろうとは思われんじゃないか。寧ろ、本質的な謎と云うのは、易介がこの中へ、自分の意志で入ったものかどうかと云う事と、どうして甲冑を着たか……つまり、この具足の中に入る前後の事情と、それから、犯人が殺害を必要としたところの動機なんだ。無論僕等に対する挑戦の意味もあるだろうが」

「莫迦な」熊城は憤懣の気を罩めて叫んだ。「口を塞ぐよりも針を立てよ――じゃないか。見え透いた犯人の自衛策なんだ。易介が共犯者であると云う事は、もう既に決定的だよ。これがダンネベルグ事件の結論なんだ」

「どうして、ハプスブルグ家の宮廷陰謀じゃあるまいし」と法水は再び、直観的な捜査局長を嘲った。「共犯者を使って毒殺を企てるような犯人なら、既うに今頃、君は調書の口述をしていられるぜ」

それから廊下の方へ歩み出しながら、

「扨、これから鐘楼で、僕の紛当りを見る事にしよう」

そこへ、硝子の破片がある附近の調査を終って、私服の一人が見取図を持って来たが、法水は、その図で何やら包んであるらしい硬い手触りに触れたのみで、すぐ衣嚢に収め鐘楼に赴いた。二段に屈折した階段を上り切ると、そこは略々半円になった鍵形の廊下になっていて、中央と左右に三つの扉があった。熊城も検事も悲壮に緊張していて、罠の奥にうずくまっているかもしれない、異形な超人の姿を想像しては息を窒めた。ところが、やがて右端の扉が開かれると、熊城は何を見たのか、ドドドッと右手に走り寄った。壁際にある鐘鳴器の鍵盤の前では、果せるかな紙谷伸子が倒れていたのだ。それが、演奏椅子に腰から下だけを残して、その儘の姿で仰向けとなり、右手にしっかと鎧通しを握っているのだった。

「ああ、此奴が」と熊城は何もかも夢中になって、伸子の肩口を踏み躙ったが、その時法水が中央の扉を、殆んど放心の態で眺めているのに気が附いた。卵色の塗料の中から、ポッカリ四角な白いものが浮き出ていた。近寄ってみると、検事も熊城も思わず身体が竦んでしまった。その紙片には……

Sylphus Verschwinden（風神よ、消え失せよ）

第三篇　黒死館精神病理学

一、風精（ジルフス）……異名（エーリアス）は？

Sylphus Verschwinden（ジルフス　フェルシュヴィンデン）(風精（ジルフス）よ、消え失せよ)

鐘鳴器室（カリルロン）に三つあるうちの、中央の扉高くに、彼等の凝視を嘲り返すかの如く白々しい色で、再びファウストの五芒星呪文の一句が貼り付けられてあった。のみならず、Sylphe（ジルフェ）の女性をそれにもまた男性化しているばかりでなく、再び古愛蘭（アイリッシュ）のような角張ったゴソニック文字で、それには筆者の性別は愚かなこと毛のような髯線（ぜんせん）一筋にさえ、筆蹟の特徴を窺う事は許されなかったのである。あの緊密な包囲形をどう潜り抜けたものか、また伸子が犯人で、法水の機智から発した包囲を悟り、絶体絶命の措置に出たものであろうか……。何（いず）れにしろ此処で、皮肉な倍音演奏をした悪魔を決定しなければならなかった。

「これは意外だ。失神じゃないか」伸子の全身をスラスラ事務的に調べ終ると、法水は熊城の靴をジロリと見て、「微(かす)かだが心動が聞えるし、呼吸も浅いながら続けている。それに、この通り瞳孔(どうこう)反応もしっかりしてるぜ」

　そう法水に宣告されてしまうと、遂(つい)今しがた此奴(こいつ)とばかりに肩口を踏み躙(にじ)った熊城でさえ、そろそろ自分の軽挙(けいきょ)が悔(くや)まれて来た。と云うのは、勿論鎧通しを握って、此の人(エセ・ホモ)を見よ——とばかりにのけ反りかえっている、紙谷伸子の姿体だったのである。それまでは、幽鬼の不敵な暗躍につれて、おどろと跳(は)ね狂う、無数の波頭(なみがしら)を見るのみであって、事件の表面には人影一つ差して来なかった。そこへ、一条の泡がスウッと立ち上って行ったのだが、それが水面で砕(くだ)けたと思えば、突忽(とっこつ)として現われたのは何あろう、現在眼(ま)の辺(あた)り見る鬼蓮(おにばす)なのである。それであるからして、熊城でさえも一時の亢奮が冷めるにつれて、いろいろと疑心暗鬼的な警戒を始めたのも無理ではなかった。全く、意表を絶したこの体態(ていたらく)を見ては、却って反対の見解が有力になって行くではないか。易介の咽喉を抉(えぐ)ったと目されている短剣を握り締めて、伸子はこれをとばかりに示しているけれども、一方それ以上厳密に、失神するまでの径路が吟味されねばならない。結論はその一つだった。王妃ブズールが唱(うた)えば、雨となって降り下って来る——黒人(ニグロ)のPenisに、とうとうこの事件の倒錯性が狂い着いてしまったのである。

　さて此処で、鐘鳴器(カリルロン)室の概景を説明して置く必要があると思う。前篇にも述べた通り、その室は礼拝堂の円蓋(ドーム)に接していて、振鐘(ビール)のある尖塔の最下部に当っていた。そして、階段を上り切った所は、ほぼ半円をなした鍵形の廊下になっていて、中央——即ち半円の頂点とその左右に三つの扉があり、尚、室内に入ってから気附いた事であったが、当時左端の一つのみが開かれていた。そこ一帯の壁面を室内から見ると、それが、音響学的に設計されているのが判る。一口に云えば巨（おお）きな帆立貝であって、凹状の楕円と云ったら当るかも知れない。多分此処に鐘鳴器（カリルロン）を具えるまでは、四重奏団（カルテット）の演奏室に当てられていたのであろうが、従って中央の扉にも、外観上位置的に不自然であるばかりでなく、後から壁を切って作られたらしい形跡が残っていた。またその一つのみが素晴しく大きなもので、殆んど三米（メートル）を越すかと思われる程の高さだった。そこから、向う側の壁までの間は、空（がら）んとした側柏（てかしわ）の板張りだった。そして、鐘鳴器（カリルロン）の鍵盤は、壁を刳形（くりがた）に切り抜いて、その中に収められてある。三十三個の鐘群は各々（それぞれ）の音階に調律されていて、すぐ直前の天井に吊されているが、それが鍵盤（キイ）と踏板（ペダル）とに依って……その昔カルヴィンが好んで耳を傾け、またネーデルランドの運河の水に乗ると、風車が独りでに動くとか伝えられる、あの物寂びた僧院的な音を発する仕掛になっていた。然し、音響学的な構造は天井にも及んでいて、楕円形の壁面から鍵盤（キイ）にかけて緩斜（かんしゃ）をなしている。しかもそれが恰度響板のように、中央に丸孔（まるあな）が空き、その上が、長い角柱形の空間になっていた。そして、その両端が、先刻（さっき）前庭から見た、十二宮の円華窓（えんげまど）だった。おまけに、黄道上の星宿（せいしゅく）が描かれている、絵齣（えごま）の一つ一つが、本板（ほんばん）から巧妙な構造で遊離しているので、その周囲には、一辺を除いて細い空隙が作られ、しかも、空気の波動につれて微かに振動する。それが何となく楽玻璃（グラス・ハーモニカ）のようでもあるが、とにかく、その狭間（はざま）を通過する音は、恐らく弱音器でもかけられたように柔げられるであろうから、鐘鳴器特有の残響や、また、協和絃をなしている音ならば、どんなに早い速度で奏したにしても、或る程度までは混乱を防ぎ得るのである。この装置は三十三個の鐘群も同様で、ベルリンのパロヒアル寺院を模本としたものであるが、パロヒアル寺院では、反対にそれが、礼拝堂の内部に向けて作られてある。斯うして、法水の調査は円華窓附近にも及んだけれど、僅かに知ったのは、その外側を、尖塔に上る鉄梯子が過ぎっていると云う一事のみであった。

やがて、法水は私服に命じて戸外に立たしめ、自分は種々と工夫を凝らして鍵盤を押し、何より根本の疑義であるところの倍音を証明しようとしたが、その実験は遂に空しく終ってしまった。結局、鐘鳴器で奏し得る音階が、二オクターヴに過ぎないと云う事と、それに、先刻聴いた倍音と云うのが、その上の音階であると云う——二つが明かにされたのみであった。曾て聖アレキセイ寺院の鐘声にも、これとよく似た妖怪的な現象が現われた事があった。けれども、それは単なる機械学的な問題で、つまり振り鐘の順序に過ぎなかったのである。所が、今度はそれと異って、第一に三十余りの音階を決定している——換言すれば、物質構成の大法則であるところの鐘の質量に、抑々根本の疑惑がこもっているのだ。それ故、詮じ詰めて行くと、結局鐘の鋳造成分を否定するか、それとも、楽音を虚空から摑み上げた、精霊的な存在があったのではないか——と云うような、極端な結論に行き着いてしまうのも、止むを得ないのであった。こうして、倍音の神秘が愈々確定されてしまうと、法水には痛々しい疲労の色が現われ、最早口をきく気力さえ尽き果てたように思われた。然し、考えように依っては、より以上の化体と思われる伸子の失神に、もう一度神経を酷使せねばならぬ義務が残っていた。その頃はもう日没が迫っていて、壮大な結構は幽暗の中に没し去り、僅かに円華窓から入って来る微かな光のみが、冷たい空気の中で陰々と揺めいていた。その中で、時折翼のような影が過って行くけれども、多分大鴉の群が、円華窓の外を掠めて、尖塔の振鐘の上に戻って行くからであろう。

ところで伸子の状態に就ても、細叙の必要があると思う。伸子は丸形の廻転椅子に腰だけを残して、そこから下は稍々左向になり、上半身はそれと反対に、幾分右方に傾いていて、ガクリと背後にのけ反っている。その倒辺三角形に似た形を見ても、彼女は演奏中に、その姿の儘で後方へ倒れたものである事は明らかだった。然し、不思議な事には、全身に渉って鵜の毛程の傷もなく、ただ床へ打ち当てた際に、出来たらしい皮下出血の跡が、僅か後頭部に残されているのみだった。また中毒と思しい徴候も現われていない。両眼も睜いているが、活気なく懶さそうに濁っていて、表情にも緊張がなく、それに、下顎だけが開いているところと云い、何処となく悪心とでも云ったら当るかも知れない、不快気な表情が残っているように思われた。全身にも、単純失神特有の徴候が現われていて、痙攣の跡もなく、綿のように弛緩しているけれども、不審な事には、仄のり脂が浮いている鎧通しだけは、可成り固く握り締めていて、腕を上げて振ってみても、一向に掌から外れようとはしない。総体として失神の原因は、伸子の体内に伏在しているものと、思うより外にないのであった。法水は心中決する所があったと見えて、伸子を抱き上げた私服に云った。

「本庁の鑑識医にそう云ってくれ給え。——第一、胃洗滌(いせんじょう)をやるように。それから、胃中の残留物と尿の検査する事と、婦人科的な観察だ。またもう一つは、全身の圧痛部と筋反射を調べる事なんだ」

そうして、伸子が階下に運ばれてしまうと、法水は一息莨(たばこ)の烟(けむり)をグイと喫い込んでから、

「ああ、この局面(シチユエーション)は、僕に到底集束出来そうもないよ」と弱々しい声で呟くのだった。

「だが、伸子の身体に現われているものだけは簡単じゃないか。なあに、正気に戻れば何もかも判るよ」検事は無雑作に云ったが、法水は満面に懐疑を漲(みなぎ)らせて尚も嘆息を続けた。

「いやどうして、錯雑顚倒している所は相変らずのものさ。却ってダンネベルグ夫人や、易介よりも難解かも知れない。それが、意地悪く徴候的なものじゃないからだよ。一向何もないようでいて、その癖矛盾だらけなんだ。とにかく、専門家の鑑識を求める事にしたよ。僕のような浅い知識だけで、どうしてこんな化物みたいな小脳の判断が出来るもんか。何しろ、筋覚伝導の法則が滅茶滅茶に狂っているんだから」

「然し、こんな単純なものを……」と熊城が、異議を述べ立てようとすると、法水はいきなり遮って、

「だって、内臓にも原因がなく、中毒するような薬物も見つからないとなった日には、それこそ風精天蝎宮《ジルフェスコルピオ》（運動神経を管掌す）へ消え失せたり——になってしまうぜ」

「冗談じゃない、何処に外力的な原因があるもんか。それに痙攣はないし、明白な失神じゃないか」今度は検事がいがみ掛った。「どうも君は、単純なものにも迂余曲折的《うよきょくせってき》な観察をするので困るよ」

「勿論明白なものさ。然し、失神《トランス》——だからこそなんだ。それが精神病理学の領域にあるものなら、古いペッパーの『類症鑑別』一冊だけで、悠に片附いてしまうぜ。無論癲癇《てんかん》でもヒステリー発作でもないよ。また、心神顚倒《エクスタシー》は表情で見当が附くし、類死《カタレプシー》や病的半睡《モウピット・ソムノレンス》や電気睡眠《エレクトリシュ・シユラッシユヒト》でも決してないのだ」と云って、法水は暫く天井を仰向いていたが、やがて変化のない裏声で云った。

「ところが支倉君、失神が下等神経に伝わっても、そう云う連中が各々《めいめい》勝手気儘な方向に動いている——それは一体、どうしたって事なんだい。だから、僕は斯う云う信念も持たされてしまったのだ。例えば、鎧通を握っていた事に、有利な説明が付いたとしてもだよ。そうなっても倍音の神秘が露《あば》かれない限りは、当然失神の原因に、自企的《じきてき》な疑いを挟まねばならない——とね。どうだい？」

「そりゃ神話だ。マア暫く休んだ方がいいよ。君は大変疲れているんだ」と熊城はてんで受付けようとはしなかったが、法水は尚も夢見るような調子で続けた。

「そうだ熊城君、事実それは伝説に違いないのだ。ネゲラインの『北欧伝説学』の中に、その昔漂浪楽人が唱い歩いたとか云う、ゼッキンゲン侯リュデスハイムの話が載っているんだ。時代はフレデリック（第五）十字軍の後だがマア聴いてくれ給え。――歌唱詩人オスワルドは、ヴェニトシン（ヒョスの毛茸ならんと云わる）を入れたる酒を飲むと見る間に、抱琴を抱ける身体波の如くに揺ぎ始め、やがて、妃ゲルトルーデの膝に倒る。リュデスハイムは、予てカルパッス島（クリート島の北方）の妖術師レベドスよりして、ヴェニトシン向気の事を聴きいたれば、直ちに頭を打ち落し、骸と共に焚き捨てたり――と。これは漂流楽人中の詩王イウフェシススの作と云われているが、これを史家ベルフォーレは、十字軍に依って北欧に移入された純亜刺比亜・加勒泥亜呪術の最初の文献だと云い、それが培かって華と結んだのがファウスト博士であって、彼こそは中世魔法精神の権化であると結論しているのだ」

「成程」と検事は皮肉に笑って、「五月になれば、林檎の花が咲き、城内の牛酪小屋からは性慾的な臭が訪れて来る。そうなれば、何しろ亭主が十字軍に行っているのだからね。その留守中に、貞操帯の合鍵を作えて、奥方が抒情詩人と春戯くのも止むを得んだろうよ。だが但しだ。その方向を殺人事件の方に転換して貰おう」

法水は半ば微笑みながら、沈痛な調子で云い返した。

「ずさんだよ支倉君、君は検事の癖に、病理的心理の研鑽を疎かにしている。もしそうでなければ、『古代丁抹伝説集』などの史詩に現われている妖術精神や、その中に、黴毒性癲癇性の人物などが盛んに例証として引かれている――その位の事は、当然憶えてなければならない筈だよ。所でこのリュデスハイム譚は、別に引証されてはいないけれども、メールヒェンの『朦朧状態』を読むと、詩で唱われたオスワルドの喪神状態が、それには科学的に説明されている。その中の単純失神の章に、斯うあるのだよ。失神が起ると、大脳作用が一方的に凝集するために、執意は忽ち消え失せてしまって、全身に浮揚感が起って来る。然し、一方小脳の作用が停止するのは、稍々後であるために、その二つが力学的に作用し合って、無論僅かな間だけれども、全身に横波をうけたような動揺を起す——と云うのだ。所が、伸子の身体は、その際に自然の法則を無視してしまって、却って反対の方向に動いているのだよ」と伸子が腰を下していた廻転椅子を、クルッと仰向けにして、その廻転心棒を指差した。「所で支倉君、僕はいま自然の法則なぞと大袈裟に云ったけれども、たかがこの椅子の廻転に過ぎないのだよ。螺旋の方向は、これで見る通りに、右捻だ。そして、心棒が全く螺旋孔の中に没し去っていて、右へ低くなって行く廻転は、既に極限まで詰っている。然し、一方伸子の肢態を考えると、腰を座深めに引いて、そこから下の下肢の部分は稍々左向きとなり、上半身はそれとは反対に、幾分右へ傾いているのだ。正にその形は、僅かほど左の方へ廻転しながら倒れたものに違いない。これは、明らかに反則的だ。何故なら、左の方へ廻転すれば、当然椅子が浮いて来なければならないからだ」

「曖昧な反語はいかん」熊城が難色を現わすと、法水は凡ゆる観察点を示して、矛盾を明らかにした。

「勿論現在のこの形を、最初からのものとは思っちゃいないさ。然し、例えば螺旋に余裕があったにしてもだ。失神時の横揺ばかりを考えて、それ以外に重量と云う、垂直に働く力があるのを忘れちゃならん。それがあるので、動揺しながらも、次第にその方向が決定されて行く。つまりその振幅が、低下して行く右の方へ大きくなるのが当然じゃないか。更にまた、もう一案引き出して、今度は右へ大きく一廻転してから、現在の位置で螺旋が詰まったものと仮定しよう。けれども、その廻転の間に、当然遠心力が働くだろうからね。従って、ああ云う正座に等しい形が、到底停止した際に求められよう道理はないと思うよ。だから熊城君、椅子の螺旋と伸子の肢態を対照してみると、そこに驚くべき矛盾が現われて来るのだ」

「あ、意志の伴った失神……」と検事は惑乱（わくらん）気味に嘆息した。

「それがもし真実ならば、グリーン家のアダさ。だから……」と法水は両手を後（うしろ）に組んで、こつこつ歩き廻りながら、「僕だって故なしに、胃洗滌や尿の検査なんぞやらせやしないぜ。勿論問題と云うのは、そう云う自企的な材料が、発見されなかった場合にあるのだよ」と鍵盤（キイ）の前で立ち止って、それを掌でグイと押し下げて云った。その行為は、異説の所在を暗示しているのであった。

「この通りだよ。鐘鳴器（カリルロン）の演奏には、女性以上の体力が必要なんだ。簡単な讃詠（アンセム）でも三度も繰り返したら、大抵ヘトヘトになるに極ってるよ。だから、あの当時音色が次第に衰えて行ったけれども、多分その原因が、この辺にありやしないかと思うのだ」

「すると、その疲労に失神の原因が？」と熊城は喘ぎ気味に訊ねた。

「ウン疲労時の証言を信ずるな——とシュテルンが云う程だからね。そこへ何か、予想外の力が働いたとしたら、正しく絶好な状態には違いないのだ。但し何もかも、倍音発生の原因が証明された上でだ。あれは確かに、不在証明中の不在証明じゃないか」

「では、伸子の弾奏術としてでかい」と検事は驚いて問い返した、「僕は到底、あの倍音が鐘だけで証明出来ようとは思わんがね。それより手近な問題は、鎧通しを伸子が握らされたか否か——にあると思うのだ」

「いや、失神してからは、決して固く握れるものじゃない」と法水は再び歩き始めたが、頗る気のない声を出した。「勿論それには異説もあるので、僕は専門家の鑑定を求めたのだよ。それに、易介の死とも時間的に包括されている。召使の庄十郎は、当然絶命後一時間と思われる二時に、易介の呼吸を明らかに聴いた——と陳述しているんだが、その時刻には、伸子が経文歌を奏でていた。そうすると、最後の讃詠を弾くまでの二十分余りの間に、易介の咽喉を切り、そうして失神の原因を作ったと見なけりゃならない。僕は、そこへ反証が挙りやしないかと、そればかり懼れている所なんだよ。大体、包囲形を作って絞り出した結果と云うのが、2—1=1の解答じゃないか。然し、倍音が……倍音が？」

　無論それ以上は混沌の彼方にあった。法水は必死の精気を凝らしてすべてを伸子に集注しようとした。曾ての「コンスタンスケント事件」や「グリーン殺人事件」等の教訓が、この場合、反覆的な観察を使嗾(しそう)して来るからである。けれども、百花千弁の形に分裂している撞着の数々は、法水の分析的な個々の説にも、確固たる信念を築かせない。如何にも、外面は逆説反語を巧(たくみ)に弄(もてあそ)んでいて、壮大な修辞で覆うている。けれども、説き去る傍(かたわ)ら新しい懐疑が起って、彼は呪われた和蘭(オランダ)人のように、困憊彷徨(こんぱいほうこう)を続けているのだ。そして、遂に問題が倍音に衝き当ってしまうと、法水は再び異説のために引き戻されねばならなかった。突然彼は、天来の霊感でも受けたかのように、異様な光輝を双眼に泛(うか)べて立ち止った。

「支倉君、君の一言が大変いい暗示を与えてくれたぜ。君が、倍音はこの鐘のみでは証明出来まい――と云った事は、とどの詰りが、演奏の精霊主義(オクルチスムス)に代る何物かを捜せ――と云う事だ。つまり、何処か他の場所に、響石(きょうせき)か木片楽器めいたものでもあれば、それを音響学的に証明しろ――と云う意味にもなる。それに気が附いたので、僕は往昔(おうせき)マグデンブルグ僧正館の不思議と唱われた、『ゲルベルトの月琴(タムブル)』――の故事を憶い出したよ」

「ゲルベルトの月琴(タムブル)!?」検事は法水の唐突な変説に狼狽してしまった。「一体月琴(タムブル)なんてものが、鐘の化物にどんな関係があるね」

「そのゲルベルトと云うのが、シルヴェスター二世だからさ。あの呪法典を作ったウイチグスの師父に当るんだ」と法水は気魄(きはく)の罩(こ)もった声で叫んだ。そして、床に映った朧(おぼろ)な影法師を瞶(みつ)めながら、夢幻的な韻を作って続ける。

「所でペンクライク（十四世紀英蘭の言語学者）が編纂した『ツルバール史詩集成』の中に、ゲルベルトに関する妖異譚が載っている。勿論当時のサラセン嫌悪の風潮で、ゲルベルトをまるで妖術師扱いにしているのだが、とにかくその一節を抜萃（ぬきだ）してみよう。一種の錬金抒情詩（アルケミー・リリック）なんだよ。

　　ゲルベルト畢宿七星（アルデバラン）を仰ぎ眺めて
　平琴（ダルシメル）を弾（だん）ず
　はじめ低絃（ていげん）を弾（はじ）きてのち黙す
　しかるにその寸後（しばしのち）
　側（かたわら）の月琴（タムブル）は人なきに鳴り
　ものの怪（け）の声の如く、高き絃音にて応う
　　されば
　傍人（かたわらのひと）、耳を覆いて遁（のが）れ去りしとぞ

　所が、キイゼヴェッテルの『古代楽器史』を見ると、月琴（タムブル）は腸線楽器だが、平琴（ダルシメル）の十世紀時代のものになると、腸線の代りに金属線が張られていて、その音（ね）が恰度、現在の鉄琴（グロッケンシュピール）に近いと云うのだがね。そこで、僕はその妖異譚の解剖を試みた事があった。ねえ熊城君、中世非文献的史詩と殺人事件との関係（つながり）を、此処で充分咀嚼（そしゃく）して貰いたいと

思うのだよ」

「フン、まだあるのか」と熊城は、唾(つば)で濡れた莨(たばこ)とともに、吐き出すように云った。

「もう角笛や鎖帷子(くさりかたびら)は、先刻(さっき)の人殺し鍛冶屋(ヴェンヴェヌート・チェリニ)で終りかと思ったがね」

「あるともさ。それが、史家ヴィラーレの綴った、『ニコラス・エ・ジャンヌ』なんだ。奇蹟処女(ジャンヌ・ダルク)を前にすると、顧問判官共がブルブル慄え出して、実に奇怪極まる異常神経を描き出したのだ。その心理を、後世裁判精神病理学の錚々(そうそう)たる連中が何故引用しないのだろうと、僕は頗(すこぶ)る不審に思っている位なんだよ。所で、この場合は、頗る妖術的な共鳴現象を思い附いたのだ。つまり、それを洋琴(ピアノ)で喩(たと)えて云うと、最初[illegible]の鍵(キイ)を音の出ないように軽く押さえて、それから[illegible]の鍵(キイ)を強く打ち、その音が止んだ頃に[illegible]の鍵(キイ)を押さえた指を離すと、それからは妙に声音的な音色で、[illegible]の音が明らかに発せられる。無論共鳴現象だ。つまり、[illegible]の音の中には、その倍音即ち二倍の振動数を持つ[illegible]の音が含まれているからなんだが、然しそう云う共鳴現象を鐘に求めると云う事は、理論上全然不可能であるかも知れない。けれども、それからまた要素的な暗示が引き出せる。と云うのが、擬音なんだよ。熊城君、君は木琴(シロフォーン)を知っているだろう。つまり、乾燥した木片なり、或る種類の石を打つと、それが金属性の音響を発すると云う事なんだ。古代支那には、扁石鼓(ピエンキン)のような響石楽器や、方響器(ファンピアン)のような扁板打楽器(へんばんだがっき)があり、古代インカの乾木鼓(テポナッツトリ)やアマゾン印度人(インディアン)の刃形響石(はがたきょうせき)も知られている。然し、僕が目指しているのは、そう云う単音的なものや音源を露出した形のものじゃないのだ。所で君達は、斯う云う驚くべき事実を聴いたらどう思うね——。孔子は舜(しゅん)の韻学の中に、七種の音を発する木柱のあるのを知って茫然となったと云う。また、秘露(ペルー)トルクシロの遺跡にも、トロヤ第一層都市遺跡（紀元前一五〇〇年時代即ち落城当時）の中にも、同様の記録が残されている……」と該博(がいはく)な引証を挙げた後に、法水はこれら古史文の科学的解釈を、一々殺人事件の現実的な視角に符合させようと試みた。

「とにかく、魔法博士デイの隠顕扉(いんけんドア)がある程だからね。この館にそれ以上、技巧呪術(アート・マジック)の習作が残されていないとは云えまい。屹度(きっと)、最初の英人建築技師ディグスビイの設計を改修した所に、算哲のウイチグス呪法精神が罩(こ)もっているに違いないのだ。つまり、一本の柱、貫木(たるき)にもだよ。それから蛇腹、また廊下の壁面を貫いている素焼(テラコッタ)の朱線にも、注意を払っていいと思う」

「すると、君は、この館の設計図が必要なのかね」と熊城が呆(あき)れ返って叫ぶと、

「ウン、全館のを要求する。そうすれば多分、犯人の飛躍な不在証明(アリバイ)を打破出来やしないかと思うよ」と法水は押し返すように云ったが、続いて二つの軌道を明示した。「とにかく涯(はて)しない旅のようだけども、風精(ジルフェ)を捜す道はこの二つ以外にはない。つまり、結果に於いて、ゲルベルト風の共鳴弾奏術が再現されるとなれば、無論問題なしに、伸子が自企的な失神を計ったと云って差支えあるまい。また、何か擬音的な方法が証明されるようなら、犯人は伸子に、失神を起させるような原因を与えて、然る後に鐘楼から去った——と云う事が出来るのだ。何れにしろ、倍音が発せられた当時、此処には伸子の

外誰もいなかったのだ。それだけは明らかなんだよ」

「いや、倍音は附随的なものさ」と熊城は反対の見解を述べた。「要するに、君の難解嗜好癖（しこうへき）なんだ。たかが、論理形式の問題に過ぎんじゃないか。伸子が失神した原因さえ解れば、何も君みたいに、最初から石の壁の中に頭を突っ込む必要はないと思うよ」

「所が熊城君」と法水は皮肉にやり返して、「多分伸子の答弁だけを当（あて）にしたら、まず斯んな程度に過ぎまいと思うがね。気分が悪くなって、その後の事は一切判りません——て。いや、そればかりじゃない。あの倍音の中には、失神の原因を始めとして、鎧通しを握っていた事から、先刻（さっき）僕が指摘した廻転椅子の矛盾に至るまでの、ありと凡（あら）ゆる疑問が伏さっているに違いないのだ。事に依ると、易介事件の一部まで、関係してやしないかと思われる位だよ」

「ウン、たしかに心霊主義（スピリチュアリズム）だ」と検事が暗然と呟くと、法水は飽くまで自説を強調した。

「いやそれ以上さ。大体、楽器の心霊演奏は必ずしも例に乏しい事じゃない。シュレーダーの『生体磁気説（レーベンス・マグネチズム）』一冊にすら、二十に近い引例が挙げられている。然し、問題は音の変化なのだ。所がさしもの聖オリゲヌスさえ嘆称（たんしょう）を惜しまなかったと云う、千古の大魔術師——亜歴山府（アレキサンドリア）のアンティオウスでさえも、水風琴（ヒドラリウム）の遠隔演奏はしたと云うけれど、その音調に就いては一向に記されていない。また、例のアルベルツス・マグヌス（十三世紀の末、エールブルグのドミニク僧団にいた高僧。錬金魔法師の声名高しと雖も、通性論哲学者であり且又中世著名の物理学者殊に心霊術士としては古今無双ならんと云わる）が、携帯用風琴(レガール)で行(おこな)った時も同じ事なんだ。それから近世になって、伊太利(イタリー)の大霊媒ユーザピア・パラルディノが、金網の中に入れた手風琴(アッコーディオン)を動かしたけれども、肝腎の音色に就いては、狂学者フラマリオンすら語るところがないのだ。つまり、心霊現象でさえ、時間空間には君臨する事が出来ても、物質構造(マッス)だけには何等の力も及ばない事が判るだろう。ところが熊城君、その物質構成の大法則が、小気味よく顚覆を遂げているんだ。ああ、何と云う恐ろしい奴だろう。風精(ジルフェ)――空気と音の妖精――やつは鐘を叩いて逃げてしまったのだ」

　結局倍音に就いての法水の推断は、明確(はっきり)と人間思惟(しい)創造の限界を劃したに止まっていた。然し、犯人は、それすら呆気なく踏み越えて、誰しも夢にも信じられなかった所の、超心霊的な奇蹟をなし遂げているのだ。それであるからして、紛乱(ふんらん)した網を辛(や)っと跳ね退(の)けたかと思うと、眼前の壁は既に雲を貫いている。そうなると、伸子の陳述にも、さした期待が持てなくなった事は云う迄もないが、別して法水が顕示した、不思議な倍音に達する二つの道にも、万が一の僥倖(ぎょうこう)を思わせるのみの事で、早くも忘れ去られようとする程の心細さだった。やがて、鐘鳴器(カリルロン)室を出てダンネベルグ夫人の室に戻ると、夫人の死体は、既(とう)に解剖のため運び去られていて、その陰気な室の中には、先刻(さっき)家族の動静調査を命じて置いた、一人の私服が、ポツネンと待っていた。傭人の口から吐かせた調査の結果は、次の通りだった。

降矢木旗太郎。正午昼食後、他の家族三人と広間（サロン）にて会談し、一時五十分経文歌（モテット）の合図と共に打ち揃って礼拝堂に赴き、鎮魂楽（レキエム）の演奏をなし、二時三十五分、礼拝堂を他の三人とともに出て自室に入る。

オリガ・クリヴォフ（同前）

ガリバルダ・セレナ（同前）

オットカール・レヴェズ（同前）

田郷真斎。一時三十分までは、召使二人と共に過去の葬儀記録中より摘録をなしいたるも、訊問後は自室にて臥床す。

久我鎮子。訊問後は自室にて図書室より出でず、その事実は、図書運びの少女に依って証明さる。

紙谷伸子。正午に昼食を自室に運ばせた時以外は、廊下にて見掛けたる者もなく、自室に引き籠れるものと推察さる。一時半頃鐘楼階段を上り行く姿を目撃したる者あり。

以上の事実の外一切異状なし。

「法水君、ダマスクスへの道は、たったこの一つだよ」と検事は熊城と視線を合せて、さも悦に入ったように揉手（もみで）をしながら「見給え。凡（すべ）てが伸子に集注されて行くじゃないか」

法水はその調査書を衣袋（ポケット）に突き込んだ手で、先刻拱廊で受け取った、硝子（ガラス）の破片とその附近の見取図を取り出した。が、開いてみると、実にこの事件で何度目かの驚愕が、彼等の眼を射った。二条の足跡が印されている、見取図に包まれているのが何であったろうか、意外にもそれが、写真乾板の破片だったのである。

二、死霊集会（シエオール）の所在

沃化銀板――既に感光している乾板を前にして、法水も流石（さすが）二の句が継げなかった。事実この事件とは、異常に隔絶した対照をなしているからであった。それなので、紆余曲折をたどたどしく辿って行って、最初からの経過を吟味（ぎんみ）してみても、大体乾板などと云う感光物質に依って、標章形象化される個所（ところ）は勿論の事だが、それに投射し暗喩するような、連字符一つさえ見出されないのである。それがもし、実際に犯罪行動と関係あるものなら、恐らく神業であるかも知れない。斯うして、暫く死んだような沈黙が続いた。その間召使が炉に松薪（まつまき）を投げ入れ、室内が仄（ぽっ）かり暖まって来ると、法水は焔の舌を見やりながら、微かに嘆息した。

「ああ、まるで恐竜（ドラゴン）の卵じゃないか」

「だが、一体何に必要だったのだろう？」と検事は法水の強喩法（カタクレーズ）を平易に述べた。そして、開閉器（スイッチ）を捻（ひね）ると、

「まさか撮影用じゃあるまいが」と熊城は、不意の明るさに眼を瞬きながら、「いや、死霊は事実かも知れん。第一、易介が目撃したそうだが、昨夜神意審問会の最中に、隣室の張出縁で何者かが動いていて、その人影が地上に何か落したと云うそうじゃないか。しかも、その時七人のうちで室を出たものはなかったのだ。大体階下の窓から落されたものなら、斯んなに細かく割れる気遣はないよ」

「うん、その死霊は恐らく事実だろうよ」と法水はプウと煙の輪を吐いて、「然し、彼奴がその後に死んでいると云う事も、また事実だろう」と意外な奇説を吐いた。「だって、ダンネベルグ事件とそれ以後のものを、二つに区分して見給え。僕の持っているあの逆説が、綺麗さっぱりと消えてしまうじゃないか。つまり、風精は水神のいたのを知って、それを殺したのだ。決して、あの二つの呪文が連続しているのに、眩まされちゃならん。但し、犯人は一人だよ」

「では、易介以外にも」熊城は吃驚して眼を円くしたが、それを検事が抑えて、

「なあに、捨てて置き給え。自分の空想に引っ張り廻されているんだから」と法水を嗜めるように見た。「どうも、君の説は世紀児的だ。自然と平凡を嫌っている。粋人的な技巧には、決して真性も良識もないのだ。現に、先刻も君は夢のような擬音でもって、あの倍音に空想を描いていた。然し、同じような微かな音でも、伸子の弾奏がそれに重なったとしたらどうするね?」

「これは驚いた! 君はもうそんな年齢になったのかね」と道化た顔をしたが、法水は

皮肉に微笑み返して、「大体ヘンゼンでもエーワルトでもそうだが、お互いに聴覚生理の論争はしていても、これだけは、はっきりと認めている。つまり、君の云う場合に当る事だが……たとえば同じような音色で微かな音が二つ重なったにしても、その音階の低い方は、内耳の基礎膜に振動を起さないと云うのだ。ところが、老年変化が来ると、それが反対になってしまうのだよ」と検事を極め付けてから、再び視線を乾板の上に落すと、彼の表情の中に複雑な変化が起って行った。

「だが、この矛盾的産物はどうだ。僕にも薩張り(さっぱり)、この取り合わせの意味が呑み込めんよ。然し、ピインと響いて来るものがある。それが妙な声で、ツァラッストラは斯く語りき——と云うのだ」

「一体ニイチェがどうしたんだ？」今度は検事が驚いてしまった。

「いや、シュトラウスの交響楽詩(シムフォニック・ポエム)でもないのさ。それが、陰陽教(ゾロアスター)（ツァラッストラが創始せる波斯の苦行宗教）の呪法綱領なんだよ。神格よりうけたる光は、その源の神をも斃(たお)す事あらん——と云ってね。勿論その呪文の目的は、接神(せっしん)の法悦を狙っている。つまり、飢餓入神を行う際に、その論法を続けると、苦行僧に幻覚の統一が起って来ると云うのだ」と法水は彼に似げない神秘説を吐いたが、云う迄もなく、奥底知れない理性の蔭に潜んでいるものを、その場去らずに秤量する事は不可能だった。然し、法水の言を、神意審問会の異変と対照してみると、或は、死体蠟燭の燭火をうけた乾板が、ダンネベルグ夫人に算哲の幻像を見せて、意識を奪ったのではないか。——と云うような幽玄極まる暗示が、次第に濃厚となって来るけれども、矢先思いがけなく、それを稍々具体的に仄めかして、法水は立ち上った。

「然し、これで愈々、神意審問会の再現が切実な問題になって来たよ。扨、裏庭へ行って、この見取図に書いてある二条の足跡を調べる事にするかな」

所が、その途中通りすがりに、階下の図書室の前まで来ると、法水は釘付けされたように立ち止ってしまった。熊城は時計を眺めて、

「四時二十分——もうそろそろ、足許が分らなくなってくるぜ。言語学の蔵書なら後でもいいだろう」

「いや、鎮魂楽の原譜を見るのさ」と法水はキッパリ云い切って、他の二人を面喰わせてしまった。然しそれで、先刻の演奏中終止符近くになって、二つの提琴が弱音器をつけた——その如何にも楽想を無視している不可解な点に、法水が強い執着を持っているのが判った。彼は背後で、把手を廻しながら、続いて云った。

「熊城君、算哲と云う人物は、実に偉大な象徴派詩人じゃないか。この尨大な館もあの男にとると、たかが『影と記号で出来た倉』に過ぎないのだ。まるで天体みたいに、多くの標章を打ち撒けて置いて、その類推と綜合とで、或る一つの恐ろしいものを暗示しようとしている。だから、そう云う霧を中に置いて事件を眺めた所で、どうして何が判って来るもんか。あの得体の知れない性格は、飽くまでも究明せんけりゃならんよ」

その最終の到達点と云うのが、黙示図の知られてない半葉を意味していると云う事も

……また、その一点に集注されて行く網流の一つでもと、如何に彼が心中喘(あえ)ぎ苛立って捜し求めているか、十分想像に難くないのであった。然し、扉(ドア)を開くと、そこには人影はなかったけれど、法水は眼の眩(くら)むような感覚に打たれた。四方の壁面は、ゴンダルド風の羽目(パネル)で区切られていて、壁面の上層には囲繞式(いにょうしき)の採光層(クリアストーリー)が作られ、そこに並んでいる、イオニア式の女神柱(カリアテイデ)が、天井の迫持(せりもち)を頭上で支えている。そして、採光層(クリアストーリー)から入る光線は、「ダナエの金雨受胎(きんうじゅたい)」を黙示録の二十四人長老で囲んでいる天井画に、何とも云えぬ神々(こうごう)しい生動を与えているのだった。なお床に、チュイルレー式の組字をつけた書室家具が置かれてある所と云い、また全体の基調色として、乳白大理石と焦褐色(ヴァンダイクブラウン)の対比を択(えら)んだ所と云い、その総(すべ)てが、到底日本に於ては片影(へんえい)すら望む事の出来ない、十八世紀維納風(クムメルスブリユケル)の書室造りだったのである。その空(がら)んとした図書室を横切って、突き当りの明りが差している扉(ドア)を開くと、そこは、好事家(こうずか)に垂涎の思いをさせている、降矢木の書庫になっていた。二十層余りに区切られている、書架の奥に事務机があって、そこには、久我鎮子の皮肉な舌が待ち構えていた。

「オヤ、この室にお出でになるようじゃ、大した事もなかったと見えますね」

「事実その通りなんです。あれ以後人形が出ない代りに、死霊(おばけ)は連続的に出没していますよ」と法水は先(せん)を打たれて、苦笑した。

「そうでしょう。先刻(さっき)はまた妙な倍音が聴えましたわ。でも、真逆(まさか)伸子さんを犯人になさりやしないでしょうね」

「ああ、あの倍音を御存知でしたか」と法水は瞼を微かに戦（おのの）かせたが、却って探るような眼差で相手を見て、

「然し、この事件全体の構成だけは判りましたよ。それが、貴女の云われたミンコフスキーの四次元世界なんです」と一向動じた色も見せず、続いて本題を切り出した。

「ところで、その過去圏を調べに参ったのですが、たしか、鎮魂楽（レキエム）の原譜はあるでしょうな」

「鎮魂楽（レキエム）!?」と鎮子は怪訝な顔をして、「だが、あれを見て、一体どうなさるのです?」

「それでは、まだ御存知ないのですか」法水は一寸驚いた素振を見せたが、厳粛な調子で云った。

「実は、終曲（フィナーレ）近くで、二つの提琴（ヴァイオリン）が弱音器を付けたのですよ。ですから、却って私は、ベルリオの幻想交響楽（シンフォニカ・ファンタジア）でも聴く心持（ここち）がしました。たしかあれには、絞首台に上った罪人が地獄に堕ちる——その時の雷鳴を聴かせると云う所に、雹（ひょう）のような椀太鼓（ティムパニー）の独奏（ソロ）がありましたっけね。そこに私は、算哲博士の声を聴いたような気がしたのです」

「マア、飛んでもない誤算ですわ」と鎮子は憫笑（びんしょう）を湛えて、「あれは、算哲様の御作では御座いません。威人（ウェールス）の建築技師クロード・ディグスビイ自作ものなのです。とにかく、あんなものをお気になさるようじゃ、もう一人死霊（おばけ）が殖えた訳ですわね。ですが、貴方の対位法的推理に是非必要なものなら、何とか捜し出して参りましょう」

法水が暫く自己を失っていたのも、決して無理ではなかった。彼がジオン・ステーナ

ー（今世紀の当初病歿した牛津の音楽科教授）の作と推測し、それに算哲が、何かの意志で筆を加えたものと信じていた鎮魂曲（レキエム）が、人もあろうに、この館の設計者ディグスビイの作だったのだ。帰国の船中蘭貢（ラングーン）で投身したと云われる威人（ウエールス）の建築技師が、この不思議な事件にも何か関係（かかわり）を持っているのではないのだろうか。然し法水が、最初から死者の世界にも、詮索を怠らなかった事は、流石に炯眼であると云えよう。

　鎮子が原譜を探している間、法水は書架に眼を馳せて、降矢木の驚嘆すべき収蔵書を一々記憶に止める事が出来た。それが、黒死館に於いて精神生活の全部を占めるものである事は云う迄もないが、或はこの書庫の何処かに、底知れない神秘的な事件の、根源をなすものが潜んでいないとも限らないのである。法水は背文字を敏速（すばや）く追うて行って、暫くの間、紙と革のいきれるような匂の中で陶酔していた。

　一六七六年（ストラスブルグ）版のプリニウス『万有史（ナチュラリス・ヒストリカ）』の三十冊と、古代百科辞典の対として『ライデン古文書（パピルス）』が、まず法水に嘆声を発せしめた。続いてソラヌスの『使者神指杖（カデュセンス）』を始め、ウルブリッジ、ロスリン、ロンドレイ等の中世医書から、バーコー、アルノウ、アグリッパ等の記号語使用の錬金薬学書、本邦では、永田知足斎（ながたちたりさい）、杉田玄伯（すぎたげんぱく）、南陽原（みなみようげん）等の蘭書釈刻を始め、古代支那では、隋の経籍志（けいせきし）玉房指要（ぎょくぼうしよう）、蝦蟇（がま）図経、仙経等の房術医心方。その他、Susrta（ススルタ）,Charaka Samhita（シャラカサムヒタ）等の婆羅門（ばらもん）医書、アウフレヒトの『愛経（カーマ・ストーラ）』梵語（ぼんご）原本。それから、今世紀二十年代の限定出版として有名な『生体解剖要綱（ヴィヴィセクション）』、ハルトマンの『小脳疾患の徴候学（ディ・シムプトメトロギイ・デル・クラインヒルン・エルクランクンゲン）』等の部類に至るまで、まさに千五百冊に垂々(なんなん)とする医学史的な整列だった。次に、神秘宗教に関する集積も可成(かな)りな数に上っている。倫敦亜細亜協会(ロンドンアジア)の『孔雀王呪経(じゅきょう)』初版、暹羅(シャム)皇帝勅刊の『阿吠曇胝経(アウンナティ)』、ブレームフィールドの『黒夜珠吠陀(クルスナ・ヤジュル・ヴェイダ)』を始め、シュラギントヴィント、チルダース等の梵字(ぼんじ)密教経典の類。それに、猶太(ユダヤ)教の非経聖書(アポクリファ)、黙示録(アポカリプス)、伝道書(コヘレット)類の中で、特に法水の眼を引いたのは、猶太(ユダヤ)教会音楽の珍籍としてフロウベルガーの『フェルディナンド四世の死に対する悲嘆』の原譜と、聖ブラジオ修道院から逸出(いつしゅつ)を伝えられている手写本中の稀書、ヴェザリオの『神人混婚(ベネ・エロヒイム)』が、秘(ひそ)かに海を渡って降矢木の書庫に収まっている事だった。それから、ライツェンシュタインの『密儀宗教(ミステリエン・レリギオネン)』の大著からデ・ルウジェの『葬祭呪文(リチュエル・フュリアレイルル)』。また、抱朴子(ほうぼくし)の『遐覧篇(からんへん)』、費長房(ひちょうぼう)の『歴代三代記』『化胡経(けごきょう)』等の仙術神書に関するものも見受けられた。然し、魔法本では、キイゼヴェターの『スフィンクス』、ウェルナー大僧正の『イングルハイム呪術(マジック)』など七十余りに及ぶけれども、大部分はヒルドの『悪魔の研究(エチュード・スル・レ・デモン)』のような研究書で、本質的なものは算哲の焚書(ふんしょ)に遇ったものと思われた。更(さら)に、心理学に属する部類では、犯罪学、病的心理学、心霊学に関する著述が多く、コルッチの『擬佯の記録(レ・グラフイケ・デラ・シムラツイオネ)』、リーブマンの『精神病者の言語(ディ・スペラヘ・デス・ガイステスクランケン)』、パティニの『蠟質撓拗性(フレシビリタ・チエレア)』等病的心理学の外に、フランシスの『死の百科辞典(エンサイクロペジア・オヴ・デッス)』、シュレンク・ノッチングの『犯罪心理及精神病理的研究(クリミナルサイコロジイ・サイコパソロジック・スタディ)』、グアリノの『ナポレオン的面相(ファチス・ナポレオニカ)』、カリエの『憑着及殺人自殺の衝動の研究(コントリビュション・ア・レチュード・デ・オブセッション・ゼ・デ・ザムプルシヨン・ア・ロミシイド・エ・オウ・スイシイド)』、クラフト・エーヴィングの『裁判精神病学校(レールブッフ・デル・ウリヒトリヒエン・プシ)

教科書(ヒヨパトロギイ)』、ボーデンの『道徳的癡患の心理(デイ・プシヒヨロギイ・デル・モラリッシエ・イディオチエ)』等の犯罪学書。尚、心霊学でも、マイアーズの大著『人格及その後の存在(ヒューマン・パーソナリチー・エンド・サーヴィヴル・オヴ・ボディリー・デッス)』、サヴェジの『遠感術は可能なりや(キャン・テレパシイ・エキスプレン)』、ゲルリングの『催眠的暗示(ハンドブッフ・デル・ヒプノチヒエン・ズゲスチョン)』、シュタルケの奇書『霊魂生殖説(トラデュシアニスムス)』までも含む尨大な集成だった。そして、医学、神秘宗教、心理学の部門を過ぎて、古代文献学の書架の前に立ち、フィンランド古詩『カンテレ』の原本、婆羅門(ばらもん)音理学書『サンギタ・ラスナラカ』、『グルドン詩篇』、グラマチクスの『丁抹史(ヒストリア・ダニカ)』等に眼を移した時だった。鎮子が漸(ようや)く、鎮魂楽(レキエム)の原譜を携(たずさ)えて現われた。その譜本(ふほん)は、焦茶色(こげちゃいろ)に変色していて、却って女王(クイン)アンの透し刷が浮いて見え、歌詞は殆んど判らなかった。法水は手に取ると、早速最終の頁(ページ)に眼を落したが、

「ハハア、古式の声音符記号で書いてあるな」と呟いただけで、無雑作に卓子(テーブル)の上に投げ出した。そして、鎮子に云った。「ところで久我さん、貴女(あなた)は、この部分に何故弱音器符合を付けたものか、御承知ですか？」

「存じませんとも」鎮子は皮肉に笑った。「Con sordino(コン　ソルディノ)には、弱音器を附けよ——以外の意味があるのでしょうか。それとも、Homo Huge(ホモ　フゲ)（人の子よ逃れ去れ）とでも」

法水は、鎮子の辛辣(しんらつ)な嘲侮(ちょうぶ)にもたじろがず、却って声を励ませて云った。

「いや、却って此の人を見よ(エセ・ホモ)——の方でしょうよ。これは、ワグネルの『パルシファル』を見よ——と云っているのですからね」

「パルシファル!?」鎮子は法水の奇言に面喰ったが、彼は再びその問題には触れず、別

の問いを発した。

「それから、もう一つ御無心があるのですが、レッサーの『死後機械的暴力の結果に就いて』がありましたら……」

「多分あったと思いますが」と鎮子は暫く考えた後に云った。「もしお急ぎでしたら、彼方の製本に出す雑書の中を探して頂きましょう」

　鎮子に示された右手の潜り戸を上げると、その内部の書架には、再装を必要とするものが無雑作に突き込まれていて、ただABC順に列んでいるのみだった。法水は、Wの部類を最初から丹念に眼を通して行ったが、やがて、彼の顔に爽かな色が泛んだと思うと、「これだ」と云って、簡素な黒布装幀の一冊を抜き出した。見よ、法水の双眼には、異常な光輝が漲っているではないか。この片々たる一冊が、果して何ものを齎そうとするのだろうか!?　ところが、表紙を開くと、意外な事に、彼の顔をサッと驚愕の色が掠めた。そして、思わずその一冊を床上に取り落してしまったのだった。

「どうしたのだ？」検事は吃驚して、詰め寄った。

「如何にも、表紙だけはレッサーの名著さ」と法水は下唇をギュッと噛み締めたが、声の慄えは治まっていなかった。「ところが、内容はモリエルの『タルチュフ』なんだよ。見給え、ドーミエの口絵で、あの悪党坊主が嗤っているじゃないか」

「あッ、鍵がある！」その時熊城が頓狂な声で叫んだ。彼が床からその一冊を取り上げた時に、恰度内容の中央辺と覚しい辺りから、旆斧のような形をした、金属が覗いているのに気が付いたからだった。取り出してみると、輪形に小札がぶら下っていて、それには薬物室と書かれてあった。

「タルチュフと紛失した薬物室の鍵か……」法水は空洞な声で呟いたが、熊城を顧みて、「この曝し札の意味はどうでも、大体犯人の芝居気たっぷりな所はどうだ？」

熊城は憤懣の遣り場を法水に向けて、毒付いた。

「所が、役者は此方の方だと云いたい位さ、最初から、給金も出ない癖に嗤われ通しじゃないか」

「どうして、あんな淫魔僧正どころの話じゃない」と検事は熊城を嗜めるような軽い警句を吐いたが、却って、それが慄然とするような結論を引き出してしまった。「事実全く、クォーダー侯のマクベス様（四人の妖婆の科白）——とでも云いたい所なんだよ。どうして彼奴が死霊でもなければ、法水君が見当を附けたものを、それ以前に隠す事なんて出来るものじゃない」

「うん、まさに小気味よい敗北さ。実は、僕も忸怩となっている所なんだよ」法水は何故か伏目になって、神経的な云い方をした。「先刻僕は、鍵の紛失した薬物室に犯人を秤るものがあると云った。また、易介の死因に現われた疑問を解こうとして、レッサーの著書に気が附いたのだ。所が、その結果、理智の秤量が反対になってしまって、却って此方の方が、犯人の設えた秤皿の上に載せられてしまったのだよ。然し、こうやって嗤いの面を伏せて置く所を見ると、案外あの著述にも、僕が考えたような本質的な記述はないのかも知れない。とにかく、易介の殺害も、最初から計画表(スケジュール)の中に組まれてあったのだよ。どうして、あの死因に現われた矛盾が、偶然なもんか」

法水は、彼がレッサーの著述を目した理由を明かにしなかったけれども、ともかくそこに至る迄の彼等の進路が、腑甲斐(ふがい)ない事に、犯人の神経繊維の上を歩いていたものである事は確かだった。のみならず、ここで明かに、犯人が手袋を投げたと云う事も、また、想像を絶しているその超人性も、この一つで十分裏書されたと云えよう。やがて、旧(もと)の書庫に戻ると、法水は未整理庫の出来事を明ら様には云わず、鎮子に訊ねた。

「遂々(とうとう)、事件の波動がこの図書室にも及んで来ましたよ。最近この潜(くぐ)り戸を通った人物を御記憶でしょうか」

「マア、そんな事ですか。では、この一週間程のあいだダンネベルグ様ばかりと申し上げたら」と鎮子の答弁は、この場合詐弁(さべん)としか思われなかった程に意外なものだった。

「あの方は何かお知りになりたいものがあったと見えて、この未整理庫の中を頻(しき)りと捜してお出でのようで御座いましたが」

「昨夜はどうなんです?」と熊城は、堪り兼ねたような声で云った。

「それが、生憎とダンネベルグ様のお附添で、図書室に鍵を下すのを迂闊(うっかり)してしまいました」と無雑作に答えて、それから鎮子は、法水に皮肉な微笑を送った。「就きましては貴方(あなた)に、賢者の石(シュタイン・デル・ヴァイセン)をお贈りしたいと思うのですが、クニッパーの『生理的筆蹟学(フィジカル・グラフオロジイ)』では如何(いかが)で御座いましょう?」

「いや、却って欲しいのはマーローの『ファウスト博士の悲史献（トラゲリクゲスヒ・テ・デス・ドクトルファウスト）』なんですよ」と法水が挙げたその一冊の名は、呪文の本質を知らない相手の冷笑を弾（はじ）き返すに十分だったが、尚（なお）それ以外に、ロスコフの『Voeks-Buch の研究（デイ・スツデイ・フオン・フエツクス・ブツフ）』（ファウスト伝説の原本と称されている）、バルトの『ヒステリー性睡眠状態に就いて（ユーベルヒステリツシエ・シユラフツステンデ）』、ウッズの『王家の遺伝（メンタル・エンド・モラル・ヒリデイテイ・イン・ロヤリテイ）』をも借用したい旨を述べて、図書室を出た。そして、鍵が手に入ったのを機（しお）に、続いて薬物室を調べる事になった。

次の薬物室は階上の裏庭側にあって、曾（かつ）ては算哲の実験室に当てられる筈だった、空室を間に挟み、右手に、神意審問会が行われた室と続いていた。然し、そこには薬室特有の滲透的な異臭が漂っているのみで、そこの床には、証明しようのないスリッパの跡が縦横に印され、それ以外には、袖摺（そです）れ一つ残されていなかった。従って、彼等に残された仕事と云うのは、十に余る薬品棚の列と薬筐（やっきょう）とを調べて、薬瓶の動かされた跡と、内部の減量を見究めるに過ぎなかった。けれども、一方五分余りも積み重なっている埃（ほこり）の層が、却って、その調査を容易に進行させてくれた。最初眼に止ったのは、壜栓の外れた青酸加里（シアンニツク・ポツタシウム）であった。

「うんよし、では、その次……」と法水は一々書き止めて行ったが、続けて挙げられた三つの薬名を聴くと、彼は異様に眼を瞬き、懐疑的な色を泛べた。何故なら、硫酸マグネシウムに沃度（ようど）フォルムと抱水（ほうすい）クロラールは、夫々（それぞれ）に、極めて有りふれた普通薬ではないか。検事も怪訝そうに首を傾げて、呟いた。

「下剤（瀉痢塩が精製硫酸マグネシウムなればなり）、殺菌剤、睡眠薬だ。犯人は、この三つで何をしようとするんだろう？」

「いや、すぐに捨ててしまった筈だよ。ところが、嚥まされたのは吾々なんだ」と法水は此処でもまた、彼が好んで悲劇的準備と呼ぶ奇言を弄ぼうとする。

「なに僕等が」と、熊城は魂消て叫んだ。

「そうさ。匿名批評には、毒殺的効果があると云うじゃないか」法水はグィと下唇を噛み締めたが、実に意表外な観察を述べた。「で、最初に硫酸マグネシウムだが、勿論内服すれば、下剤に違いない。しかし、それをモルヒネに混ぜて直腸注射をすると、爽快な朦朧睡眠を起すのだ。また、次の沃度フォルムには、嗜眠性の中毒を起す場合がある。それから、抱水クロラールになると、他の薬物では到底睡れないような異常亢進の場合でも、瞬く間に昏睡させる事が出来るのだよ。だから、新しい犠牲者に必要どころの話じゃない。全然、犯人の嘲笑癖が生んだ産物に過ぎないのだ。つまり、この三つのものには、僕等の困憊状態が諷刺されているのだよ」

　眼に見えない幽鬼は、この室にも這い込んでいて、例により黄色い舌を出し横手を指して、嗤っているのだった。然し、調査はそのまま続けられたが、結局収穫は次の二つに過ぎなかった。その一つは、密陀僧（即ち酸化鉛）の大壜に開栓した形跡があるのと、もう一つは、再度死者の秘密が現われた事だった。と云うのは、危く看過そうとする所だったが、奥まった空瓶の横腹に、算哲博士の筆蹟で次の一文が認められている事だった。

ディグスビイ所在を仄かすも、遂に指示する事なくこの世を去れり――

要するに、算哲が求めていたものと云うのは、何かの薬物であろう。然し、それが何であるかと云う事よりかも、法水の興味は、寧ろこの際、何等の意義もないと思われる空瓶の方に惹かれて行って、それに限りない神秘感を覚えるのだった。それは、荒涼たる時間の詩であろう。この内容のない硝子器が、絶えず何ものかを期待しながらも、空しく数十年を過してしまって、しかも未だ以って充されようとはしないのだ。つまり、算哲とディグスビイとの間に、何となく相闘うようなものがあるかに感ぜられるのだった。また、酸化鉛のような製膏剤に働いて行った犯人の意志も、この場合謎とするより外にないのだった。何れにしても以上の二つからは、事件の隠顕両面に触れる重大な暗示をうけたのであったが、法水等三人は、それを将来に残して、薬物室を去らねばならなかった。

続いて、昨夜神意審問会が行われた室を調べる事になったが、そこは、この館には稀らしい無装飾の室で、確かに最初は、算哲の実験室として設計されたものに相違なかった。広さの割合に窓が少なく、室の周囲は鉛の壁になっていて、床の混凝土の上には、昨夜の集会だけに使ったものと見え、安手の絨毯が敷かれてあった。尚、庭に面した側には窓が一つしかなく、それ以外には、左隅の壁上に、換気筒の丸い孔が、ポツリと一つ空いているに過ぎなかった。そして、周壁を一面に黒幕で張り繞らしてあるので、唯さえ陰気な室が一層薄暗くなってしまって、そこには、到底動かし難い沈鬱な空気が漂っているのだった。涸れ萎びた栄光の手の一本一本の指の上に、死体蠟燭を差して、それが、懶気な音を立てて点りはじめた時の――あの物凄い幻像が、未だに弱い微かな光線となって、この室の何処かに残っているかのように思われた。その室を一巡してから、法水は左隣りの空室に行った。そこは、昨夜易介が神意審問会の最中に人影を見たと云う、張出縁のある室だった。その室は、広さも構造も殆んど前室と同じであったが、ただ窓が四つもあるので、室の中は比較的明るかった。床には粗目のズック様のものが敷いてあって、その上に不用な調度類が、白い埃を冠って堆高く積まれてあった。法水は扉の横手にある水道栓に眼を止めたが、それからは、昨夜のうちに誰か水を出したと見えて、蛇口から蚯蚓のような氷柱が三、四本垂れ下っている。云うまでもなく、それは昨夜ダンネベルグ夫人が失神すると、すぐに水を運んで来たとか云う――紙谷伸子の行動を裏書するものに過ぎなかった。

「とにかく、問題はこの張出縁だ」と熊城は、右外れの窓際に立って憮然と呟いた。その窓の外側には、アカンザスの拳葉で亜剌比亜模様が作られている、古風な鉄柵縁が張り出されてあった。そこからは、裏庭の花卉園や野菜園を隔てて、遠く表徴樹の優雅な刈り籬が見渡される。暗く濁って、塔櫓に押し冠さるほど低く垂れ下った空は、その裾に、僅か蠟色の残光を漂わせるのみで、籬の上方には既に闇が迫っていた。そして、時々合間を隔てて、ヒュウと風の軋る音が虚空でするると、鎧扉が侘(わび)し気に揺れて、雪片が一つ二つ桟の上で潰(ひし)げて行く。

「ところが、死霊(おばけ)は算哲ばかりじゃないさ」と検事が応じた。「もう一人殖えた筈だよ。だがディグスビイと云う男は大したものじゃない。多分彼奴(あいつ)は魑魅魍魎(ポルターガイスト)だろうぜ」

「どうして、やつは大魔霊(デモーネン・ガイスト)さ」と法水は意外な言を吐いた。「あの弱音器記号には、中世迷信の形相凄じい力が籠っているのだよ」

　楽譜の知識のない二人には、法水が闡明(せんめい)するのを待つより外になかった。法水は一息深く煙を吸い込んで云った。

「勿論、Con Sordino(コン・ソルディノ)では意味をなさないのだが、それには、一つだけ例外があるのだ。と云うのは、僕が先刻(さっき)鎮子を面喰わせた、『パルシファル』なんだよ。ワグネルはあの楽劇の中で、フレンチ・ホルンの弱音器記号に┼(よこじゅうじ)と云う符号を使っている。ところが、それは傍(かたわ)ら棺龕(カタファルコ)十字架の表象(シムボル)でもあり、また数論占星学では、三惑星の星座連結を表わしているのだ」と法水は、指で掌(てのひら)に描いたその記号の三隅に、恰度＋となるような位置で、点を三つ打った。

「そうすると、一体その棺龕(カタファルコ)と云うのは、何処にあるのだね？」検事が問い返すと、法水はちょっと凄惨な形相をして、耳を窓外へ傾げるような所作(しぐさ)をした。

「聞えないかい、あれが。風の絶え間になると、錘舌(クラッパー)が鐘に触れる音が、僕には聞えるのだがね」

「ああ成程」そうは云ったものの、熊城は背筋に冷たいものを感じて、自分の理性の力を疑わざるを得なかった。葉摺れの噪音に入り交って、微かに、軽く触れた三角錘のような澄んだ音が聞えるのだけれども、その音は正しく、七葉樹で囲まれていて、そこには何ものもないと思われていた、裏庭の遙か右端の方から響いて来るのだった。然し、それは神経の病的作用でもなく、勿論妖しい瘴気の所業であり得よう道理はない。既に法水は、墓窖の所在を知っていたのである。

「先刻窓越しに、太い椈の柱を二本見たので、それが棺駐門であるのを知ったのだよ。いずれ、ダンネベルグ夫人の柩がその下で停るとき、頭上の鐘が鳴らされるだろう。けれども、それ以前に僕は、他の意味であの墓窖を訪れねばならないのだ。何故なら、あの✝の記号——ディグスビイが楽想を無視してまで、暗示しなければならなかったものが何であるか。それを知るには、あの墓窖と鐘楼の十二宮以外にはないように思われるからなんだよ」

それから裏庭へ出る迄に、雪はやや繁くなって来たので、急いで足跡の調査を終らねばならなかった。まず法水は、左右から歩み寄って来た二条の足跡が合致している点に立って、そこから、左方にかけての一つを追い始めた。其処は恰度、死霊が動いていたと云われる張出縁の真下に当っているのだが、尚その附近に、もう一つ顕著な状況が残っていた。と云うのは、極く最近に、その辺一帯の枯芝を焼いたらしい形跡が残っている事だった。その真黒な焦土（こげつち）が、昨夜来の降雨のために、じとじと泥濘（ぬかる）んでいるので、その上には銀色した鞍のような形で、中央の張出間（アプス）が倒影していた。のみならず、焼け残りの部分が様々な恰好で、焦土の所々に黄色く残っているところは、恰度焼死体の腐爛した皮膚を見るようで、薄気味悪く思われるのだった。

所で、その二条の足跡を詳細に云うと、法水が最初辿り始めた左手のものは、全長が二十糎（センチ）程の男の靴跡で、甚だしく体軀の矮小な人物らしく思われるが、全体が平滑で、いぼも連円形もない印象の模様を見ると、それが特種の使途に当てられる、護謨（ごむ）製の長靴らしく推定された。それを順々に追って行くと、本館の左端と密着して建てられていて、造園倉庫と云う掛札のしてある、シァレー式（瑞西山嶽地方、即ちアルペン風の様式）の洒落（しゃれ）た積木小屋から始まっている。また、もう一つの方は全長二十六、七糎（センチ）ほどで、この方は正に常人型と思われる、男用の套靴（オヴァ・シューズ）の跡だった。本館の右端に近い出入扉（ドア）から始まっていて、張出間（アプス）の外側を弓形に沿い、現場に達しているが、その二つは孰（いず）れも、乾板の破片が落ちている場所との間を往復していた。

法水は衣袋（ポケット）から巻尺を取り出して、一々印象に当て靴跡の計測を始めた。套靴（オヴァ・シューズ）の方は、歩幅にはやや小刻みと云うのみの事で、これぞと云う特徴はなく、極めて整然としている。が、印象には不審なものが現われていた。即ち、爪先と踵と、両端（りょうはじ）だけがグッと窪んでいて、しかも内側へ偏曲した内翻（ないほん）の形を示しているが、更に異様な事には、その両端のものが、中央へ行くに従い浅くなっているのだった。また、護謨製の長靴らし

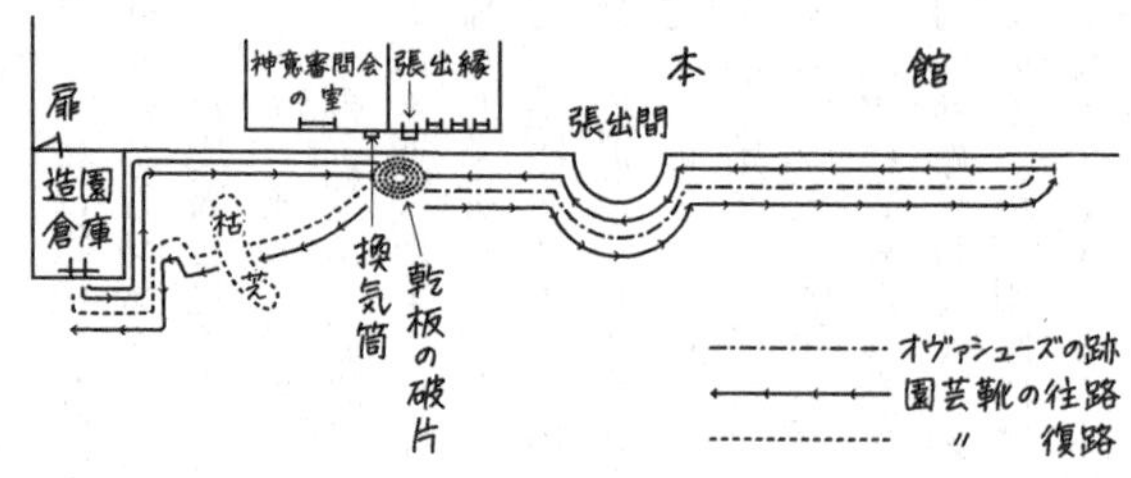

く思われる方は、形状の大きさに比例すると歩幅が狭く、更に著るしく不揃(ふぞろい)であるばかりでなく、後踵部(こうしょうぶ)には重心があったと見え、特に力の加わった跡が残っていた。のみならず、印像全体の横幅も、僅かながら一つ一つ異なっていたのである。その上、爪先の部分を中央部に比較すると、均衡上幾分小さいように思われて、それがやや不自然な観を与える。また、その部分の印像が特に不鮮明で、形状の差異も、その辺が最も甚だしかった。そして、往路の歩線は建物に沿うているが、復路には造園倉庫まで直線に行こうとしたものらしく、七、八歩進んで焼け残りの枯芝(かれしば)の手前まで来ると、幅三尺程に過ぎない帯状のそれを、跨ぎ越えた形跡を残している。所が、それから二歩目になると、まるで建物が大きな磁石ででもあるかのように、突然歩行が電光形に屈折していて、そこから、横飛びに建物と擦々(すれすれ)になり、今度は、往路に印された線の上を辿って、出発点の造園倉庫に戻っていた。尚、復路に掛ろうとする最初の一歩は、右足で身体を廻転させ左足から踏み出して居り、枯芝を越えた靴跡は、左足で踏み切って、右足で跨(また)いでいる。のみならず、二様の靴跡の何れにも、建

物に足を掛けたらしい形跡は残されていなかった。（以上、右上の図参照）

以上述べたところの、総体で五十に近い靴跡には、周囲の細隙から滲み込んだ泥水が、底ひたひたに澱んでいるだけで、印像の角度は依然鮮明に保たれていた。即ち、雨に叩かれた形跡は、些細なものも現われていないのである。してみると、靴跡が印されたのは、昨夜雨が降り止んだ十一時半以後に相違ない。しかも、その二様の靴跡に就いて、前後を証明するものがあった。と云うのは、乾板の破片を中心に、二つの靴跡が合流している附近に、一ヶ所套靴の方が、片方の上を踏んでいる跡が残っていた。従って、套靴を付けた人物の来た時刻が、護謨製の長靴と思われる方と同時か、或はそれより以後である事は明かなのである。続いて、法水の調査が造園倉庫にも及んだのは当然であるが、そのシャレイ風の小屋は床のない積木造りで、内部から扉一つで本館に通じていた。そして、各種の園芸用具や害虫駆除の噴霧器などが、雑然と置かれてあった。法水は、本館に出入する扉の側で、一足の長靴を見付け出した。それは先が喇叭形に開いていて、腿の半分ぐらいまでも埋まってしまう、純護謨製の園芸靴だった。しかも、底に附着している泥の中で、砂金のように輝いているのが、乾板の微粒だったのである。のみならず、後刻になって、その園芸用の長靴は、川那部易介の所有品である事が判明した。

そうなってみると読者諸君は、この二様の靴跡に様々な疑問を覚えられるであろうが、殊に、ある一つの驚くべき矛盾に気付かれた事と思う。また、靴跡相互の時間的関係から推しても、夜半陰々たる刻限に、二人の人物に依って何事が行われたのか――恐らくその片影すら、窺う事は不可能であるに相違ない。云う迄もなく法水でさえも、原型を回復する事は勿論のこと、この紛乱錯綜した謎の華には、疑義を挟む一言半句さえ述べる余地はなかったのである。然し法水は、心中何事か閃めいたものがあったと見えて、鑑識課員に靴跡の造型を命じた後に、次項通りの調査を私服に依頼した。

一、附近の枯芝は何時頃焼いたか？

一、裏庭側全部の鎧扉に附着している氷柱の調査。

一、夜番に就いて、裏庭に於ける昨夜十一時半以後の状況聴取。

それから程なく、闇の中を点のような赭い灯が動いて行ったと云うのは、法水等が網龕灯を借りて、野菜園の後方にある墓地に赴いたからだった。その頃は雪が本降りになっていて、烈風は檣楼を簫のように唸らせ、それが旋風と巻いて吹き下して来ると、一旦地面に叩き付けられた雪片が再び舞い上って来て、唯さえ仄暗い灯の行手を遮るのだった。やがて、凄愴な自然力に戦いている橡の樹林が現われ、その間に、二本の棺駐門の柱が見えた。そこまで来ると、頭上の格の中から、歯ぎしりのような鐘を吊した鐶の軋りが聞え、振動のない鐘を叩く錘舌の音が、狂った鳥のような陰惨な叫声を発している。墓地はそこから始まっていて、小砂利道の突き当りが、ディグスビイの設計した墓窖だった。

墓窖の周囲は、約翰と鷲、路加と有翼犢と云うような、十二使徒の鳥獣を冠彫にした

鉄柵に囲まれ、その中央には、巨大な石棺としか思われない葬龕（カタファルコ）が横わっていた。さて、此処で墓柵（ぼさく）の内部を詳述しなければならない。大体に於いて、聖（サン）ガール寺院（瑞西コンスタンス湖畔に六世紀頃愛蘭土僧の建設したる寺院）や、南ウェールスのペンブローク寺（アベイ）などにも現に残存している、露地式葬龕（カタファルコ）を模したものであったが、それには、著るしい異色が現われていた。と云うのは、墓地樹として、典型的な、なかまど、や枇杷（びわ）の類がなく、無花果（いちじく）・糸杉・胡桃（くるみ）・合歓樹（ねむのき）・桃葉珊瑚（あおき）・巴旦杏（はたんきょう）・水蠟木（いぼたのき）犀の七本が、別図のような位置で配置されていた。またそれ等の樹木に取囲まれた中央の葬龕（カタファルコ）は、ウムブリヤの泣儒（なきおとこ）を浮彫にした薬研石（やげんいし）の台座まではともかくとして、その上に載せられた白大理石の棺蓋になると、始めて異様な構想が現われて来るのだった。伝

統的な儀習としては、その上が、紋章或は人像か単純な十字架が通例だが、それには、音楽を伝統とする降矢木の標章としての三角琴が筋彫にされ、その上に、鍛鉄製の希臘十字架と磔刑耶蘇が載せられてあった。しかも、その耶蘇もまた異形なもので、首をやや左に傾けて、両手の指を逆に反らせて上向きに捻り上げ、揃えた足尖を、さも苦痛を耐えているかのよう、内輪へ極度に反らせているところは……更に、肋骨が透いて見えて、如何にも貧血的な非化体相と云い……その凡てが、窖祭時代のものに酷似してはいる、が却ってそれよりも、ヒステリー患者の弓状硬直でも見るようで——如何にもそう云った、精神病理的な感じに圧倒されるのだった。一通り観察を終えると、法水は熱病患者のような眼をして検事を顧みた。

「ねえ支倉君、キャムベルに云わせると、重症の失語症患者でも、人を呪う言葉は最後まで残っていると云うじゃないか。また、凡て人間が力尽きて、反噬する気力を失ってしまった時には、その激情を緩解するものは、精霊主義以外にはないと云うがね。明かに、これは呪咀だよ。何より、ディグスビイは威人なんだぜ。未だに、悪魔教バルダスの遺風が残っていて、ミュイヤダッチ十字架風の異教趣味に陶酔する者があると云われる——あのウェールス生れなんだ」

「一体君は、何を云いたいんだ」と検事は、薄気味悪くなったように叫んだ。

「実は支倉君、この葬龕は並大抵のものではないのだ。ボズラ（死海の南方）の荒野にあって、昼は鬣狗が守護し、夜になると、魔神降下を喚き出すと伝えられる——死霊集会の標なんだよ」と法水は横なぐりに睫毛の雪を払って、云った。「だが僕は猶太教徒でも利未族（猶太教で祭司となる一族）でもないのだからね。眼前に死霊集会の標を眺めていても、それをモーゼみたいに、壊さねばならぬ義務はないと思うよ」

「そうすると」熊城は衝くように云った。「先刻の弱音器記号の解釈は、どうしたんだ？」

「それなんだ熊城君、やはり、僕の推定が正しかったのだよ」と法水は十の記号が齎した解説を始めた。「僕が予想した三惑星の連結は、正しく暗示されているのだ。最初に、墓地樹の配置を見給え。アルボナウト以後の占星学では、一番手前の糸杉と無花果とが、土星と木星の所管とされているし、向う側の中央にある合歓樹は、火星の表徴になっているのだ。またそれを、曼陀羅華・矢車草・若艾と、草木類でも表わすことが出来るけれども……一体その三外惑星の集合に、どう云う意味があるかと云うと、モールレンヴァイデなどの黒呪術的占星学では、それが変死の表徴になっているのだ。所で君達は、十一世紀独逸のニックス教（ムンメル湖の水精でニクジーと云う、基督教徒を非常に忌み嫌う妖精を礼拝する悪魔教）を知っているかね。あの悪魔教団に属していた毒薬業者の一団は、その三惑星の集合を、纈草・毒人参・蜀羊泉の三草で現わしていて、その三つを軒辺に吊し、秘かに毒薬の所在を暗示していたと伝えられている。それが、後世になって三樹の葉に代えられたと云うのだが、扨そこで、その三本の樹を連ねた、三角形と交わるものが何だろうか？」

註（一）纈　草。敗医科の薬用植物で、癲癇、ヒステリー痙攣等に特効あるため、学者の星と云われる木星の表徴とす。

（二）毒人参。繖形科の毒草にして、コニインを多量に含み、最初運動神経が麻痺するため、妖術師の星と称される土星の象徴とす。

（三）蜀羊泉。茄科の同名毒草にして、その葉には特にソラニン、デュルカマリンを含むものなれば、灼熱感を覚えると同時に中枢神経が立ち所に麻痺するため、火星の象徴とす。

網龕灯の赭黒い灯が、薄く雪の積った聖像の陰影を横に縦に揺り動かして、何とも云えぬ不気味な生動を与える。またその光は、法水の鼻孔や口腔を異様に拡大して見せて、如何にも、中世異教精神を語るに適（ふさ）わしい顔貌（がんぼう）を作るのだった。しかし、熊城は不審を唱えた。

「だが、胡桃・巴旦杏・桃葉珊瑚・水蠟木犀の四本では、結局正方形になってしまうぜ」

「いや、それが魚なんだよ」と法水は突飛な言を吐いた。「埃及（エジプト）の大占星家ネクタネブスは、毎年ニイルの氾濫を告げる双魚座（ピスセス）を、♓でなしに〓という記号で現わしている。と云うのは、いま君の云った正方形が、所謂（いわゆる）天馬星（ペガスス）の大正方形であって、天馬座（ペガスス）の鞍星（マルカブ）

の外二星にアンドロメダ座のアルフェラッツ星を結び付け、そうして出来る正四角形を指しているからなんだ。そして、この三角琴(プサルテリウム)の筋彫が三角座(トリアングルム)とすれば、その中央に挟まれた聖像は、天馬座(ペガスス)と三角座(トリアングルム)の間にある、双魚座(ピスセス)ではないだろうか。ところで、一五二四年にもそれがあって、当時有名な占星数学者ストッフレルが再洪水説を称えたと云う程で、とにかく三つの外惑星が双魚座(ピスセス)と連結するという天体現象は、大凶災の兆とされているのだ。しかし、凶災を人為的に作ろうとするのが、呪咀じゃないか。ともあれ、これを見給え。実は、先刻(さつき)図書室で見たマクドウェルの梵英(ぼんえい)辞典に、見馴れない蔵書印が捺してあった。しかし、いま考えると、それがディグスビイの印らしいので、それから推すと多分この葬龕(カタファルコ)も、あの男の奇異(ふしぎ)な趣味と、病的な性格を語るものに相違ないのだよ」

と法水が、聖像の周囲(ぐるり)にある雪を払い退けると、鍛鉄の十字架から浮び上った痛ましい全身には、見る見る不思議な変化が現われていった。それは、或は彼が魔法を使ったのではないかと疑われたほどに、よもや人間の世界にあろうとは思われぬ奇怪な符号だった。磔身(たくしん)の頭から爪尖までが、白く〓(ラン)形で残されてしまったからだ。しかし、法水は静かに、聖像から変化した不可解な記号の事を説き始めた。

「ねえ支倉君、黒呪術(ブラック・マジック)は異教と基督教(キリスト)を繋(つな)ぐ連字符(れんじふ)である——とボードレールが云うじゃないか。まさしくこれは、調伏呪語(ちょうぶくじゅご)に使う梵語の〓(ラン)の字なんだよ。また、三角琴(プサルテリウム)の〓に似た形は、呪咀調伏(アピシャロキャ)の黒色三角炉に、欠いてはならぬ積柴(せきさい)法形なのだ。チルダースの『呪法僧』の中に、不空羂索神変真言経の解釈が載っているが、それに依ると、ランは、火壇に火天を招く金剛火だ。その字片を▽の形に積んだ柴の下に置いて、それに火を点じ、白夜珠吠咜の呪文オムアギアナウエイソワカを唱えると、千古の大史詩『摩訶婆羅多』の中に現われる毘沙門天の四大鬼将――乾闥婆大力軍将・大竜衆・鳩槃荼大臣大将・北方薬叉鬼将の四鬼神が、秘かに毘沙門天の統率を脱し来り、また、史詩『羅摩衍那』の中に現われる羅刹羅縛拏も、十の頭を振り立て、悪逆火天となって招かれると云うのだ。だから、僕がもし仏教秘密文学の耽溺者だとしたら、毎夜この墓窖では、眼に見えない符号呪術の火が焚かれていて、黒死館の櫓楼の上を彷徨する、黒い陰風がある――と結論しなければならないだろう。然し、到底僕には、それを一片の心理分析としか解釈できない。そして、ディグスビイという神秘的な性格を持つ男が、生前抱いていた意志である――という推断だけに止めて置きたいのだ。何故なら熊城君、既に僕は危険を悟って、心霊学の著述などは、ロッジの『レイモンド』、ボルマンの『蘇格蘭人ホーム』の改訂版以後は読まないのだし、また、『妖異評論』の全冊を焼き捨ててしまった程だからね」

最後に至って、法水は鉄のような唯物主義者の本領を発揮した。けれども、彼の張り切った絃線のような神経に触れるものは、立ち所に、その場去らず類推の花弁となって開いてしまうのだ。僅か一つの弱音器記号からでも、当の館の人々にさえ顔相すら知られていない、故人クロード・ディグスビイの驚くべき心理を曝け出したのであった。それから、法水等は墓地を出て、風雪の中を本館の方に歩んで行ったが、斯うして、捜査は夜になるも続行されて、愈々、黒死館に於ける神秘の核心をなすと云われる、三人の異国楽人と対決する事になった。

三、莫迦、ミュンスターベルヒ！

一同が再び旧の室に戻ると、法水は早速真斎を呼ぶように命じた。間もなく、足萎の老人は四輪車を駆ってやって来たが、以前の生気は何処へやらで、先刻うけた苛責のため顔は泥色に浮腫んでいて、まるで別人としか思われぬような憔悴れ方だった。この老史学家は指を神経的に慄わせ、何処となく憂色を湛えていて、明かに再度の喚問を忌怖するの情を示していた。法水は自分から残酷な生理拷問を課したに拘らず、空々しく容体を見舞った後で、切り出した。

「実は田郷さん、僕には、この事件が起らない以前から知りたい事があったのですよ。と云うのは、殺されたダンネベルグ夫人をはじめ四人の異国人に関する事なんですが、一体どうして算哲博士は、あの人達を幼少の頃から養わねばならなかったのでしょうか？」

「それが判れば」と真斎はホッと安堵の色を泛べたが、先刻とは異なり率直な陳述を始めた。「この館が、世間から化物屋敷のようには云われませんじゃろう。御承知かも知れませんが、あの四人の方々は、まだ乳離れもせぬ揺籃の頃、夫々本国にいる算哲様の友人の方々から送られて参ったそうです。然し、日本に着いてからの四十年余りの間と云うものは、確かに美衣美食と高い教程でもって育まれて行ったのですから、外見だけでは、十分宮廷生活と申せましょう。ですが、儂にはそう申すよりも、寧ろそう云う高貴な壁で繞らされた、牢獄と云った方が適わしいような感じがしますのじゃ。恰度それが、『ハイムスクリングラ（オーディン神より創まっている古代諸威王歴代記）』にある、僧正テオリディアルの執事そっくりじゃ。あの当時の日払租税のために、一生金勘定をし続けたと云うザエクス爺と同様、あの四人の方々も、この構内から一歩の外出すら許されていなかったのです。それでも、永年の慣習と云うものは恐ろしいもので、却って御当人達には、人に接するのを嫌う――謂わば厭人とでも云うような傾向が強くなって参りました。年に一度の演奏会でさえも、招かれた批評家達には、演奏台の上から目礼するのみのことで、演奏が終れば、サッサと自室に引っ込んでしまうと云った風なのでした。ですから、あの方々が、何故揺籃のうちにこの館に連れて来られ、そうして鉄の籠の中で、老いの始まるまで過さねばならなかったかと云う事は、もう今日では、過ぎ去った古話に過ぎません。ただそう云った記録だけを残したままで、算哲様は、そっくりの秘密を墓場の中へ運ばれてしまうのです」

「ああ、ロエブみたいな事を……」と法水は、道化たような嘆息をしたが、「いま貴方は、あの人達の厭人癖を植物向転性みたいにお考えでしたね。しかし、多分それは、単位の悲劇なんでしょう」

「単位？　無論四重奏団（カルテット）としては、一団をなして居られたでしょうが」と真斎は単位と云った法水の言葉に、深遠な意義が潜んでいるのを知らなかった。「所で、あの方々とお会いになられましたかな。どなたも冷厳なストイシャンです。よしんば傲慢や冷酷はあっても、あれほど整美された人格が、真性の孤独以外に求められようとは思われませんな。ですから、日常生活では、大してお互いが親密だと云う程でもなく、若い頃にも密接した生活に拘らず、一向恋愛沙汰など起らなかったのでしたよ。尤も、お互いに接近しようとする意識のない所以（せい）もあるでしょうが、感情の衝突などと云う事は、あの一団にも、また異人種の吾々に対しても、曾（かつ）て見た事がないと云う程ですのじゃ。とにかく、やはり算哲様でしょうかな――あの四人の方々が、一番親愛の情を感じていた人物と云えば」

「そうですか、博士に……」と一旦法水は意外らしい面持をしたが、烟（けむり）をリボンのように吐いて、ボードレールを引用した。

「では、さしずめその関係と云うのが、吾が懐かしき魔王よ（オー・モン・シェル・ベルゼブユート）――なんでしょうか」

「そうです。まさに吾なんじを称えん（ジュ・タドール）――じゃ」真斎は微かに動揺したが、劣らず対句で合槌を打った。

「然し、ある場合は」と法水は一寸思案気な顔になり、「洒落者や阿諂者はひしめき合って（エ・ボー・エンド・ウイットリング・ペリシュト・イン・ゼ・スロング）――」と云いかけたが、急にポープの「髪盗み（レープ・オヴ・ゼ・ロック）」を止めて、「ゴンザーゴ殺し」（ハムレット中の劇中劇）の独白（せりふ）を引き出した。

「どのみち、汝真夜中の暗きに摘みし草の臭き液よ（ザウ・ミグスチュア・ランク・オヴ・ミッドナイト・ウィーズ・コレクテッド）――でしょうからね」

「いや、どうして」と真斎は頸（くび）を振って、「三たび魔神の呪咀に萎れ、毒気に染みぬる（ウィズ・ヒケイツ・バン・スライス・イラステッド・スライス・インフェクテッド）――とは、決して」と次句で答えたが、異様な抑揚で、殆んど韻律を失っていた。のみならず、何故か周章（あわてふため）いて復誦したが、却ってそれが、真斎を蒼白なものにしてしまった。

法水は続けて、

「所で田郷さん、事に依ると、僕は幻覚を見ているのかも知れませんが、この事件に――然るに上天の門は閉され（バット・ジ・イシリアル・ゲート・クローズド）――と思われる節があるのですが」と法水は、門（ゲート）という一字をミルトンの『失楽園』の中で、ルシファの追放を描いている一句に挟んだ。

「所が、この通り」真斎は平然としながらも、妙に硬苦しい態度で答えた。「隠扉（かくしど）もなければ、揚蓋（あげぶた）も秘密階段もありません。ですから、確実に、再び開く事なし（ナット・ロング・ディヴィジブル）――なのです」

「ワッハハハハ、いや却って、異常に空想が働き、男自ら妊れるものと信ずるならん（メン・ブルーヴ・ウィズ・チャイルド・アズ・パワーフル・ファンシイ・ウォークス）――かも知れませんよ」と法水が爆笑を揚げたので、それまで、陰性のものがあるように思われて、妙に緊迫していた空気が、偶然そこで解（ほぐ）れてしまった。真斎もホッとした顔になって、

「それより法水さん、この方を儂（わし）は、処女は壺になったと思い三たび声を上げて栓を探す（エンド・メイド・ターンド・ボットルス・コール・アラウド・フォア・コークス・スライス）――だと思うのですが」

この奇様な詩文の応答に、側（そば）の二人は唖然となっていたが、熊城は苦々しく法水に流（なが）

眄をくれて、事務的な質問を挟んだ。

「所で、お訊ねしたいのは、遺産相続の実状なんです」

「それが、不幸にして明かではないのですよ」真斎は沈鬱な顔になって答えた。「勿論その点が、この館に暗影を投げていると云えましょう。算哲様はお歿りになる二週間程前に、遺言状を作成して、それを館の大金庫の中に保管させました。そして、鍵も文字合わせの符表も共に、津多子様の御夫君押鐘童吉博士にお預けになったのですが、何か条件があると見えて、未だ以って開封されては居りません。儂は相続管理人に指定されているとは云い条、本質的には全然無力な人間に過ぎんのですよ」

「では、遺産の配分に預かる人達は？」

「それが奇怪な事には、旗太郎様以外に、四人の帰化入籍をされた方々が加わって居ります。然し、人員はその五人だけですが、その内容となると、知ってか知らずか、誰しも一言半句さえ洩らそうとはせんのです」

「全く驚いた」と検事は、要点を書き留めていた鉛筆を抛り出して、

「旗太郎以外にたった一人の血縁を除外しているなんて。だが、そこには何か不和とでも云うような原因が……」

「それがないのですから。算哲様は津多子様を一番愛して居られました。また、その意外な権利が、四人の方々には恐らく寝耳に水だったでしょう。殊にレヴェズ様の如きは、夢ではないかと申された程でした」

「それでは田郷さん、早速押鐘博士に御足労願う事にしましょう」と法水は静かに云った。「そうしたら、幾分算哲博士の精神鑑定が出来るでしょうからな。では、どうぞこれでお引き取り下さい。それから、今度は旗太郎さんに来て頂きますかな」

真斎が去ると、法水は検事の方へ向き直って、

「これで、二つ君の仕事が出来た訳だよ。押鐘博士に召喚状を出す事と、もう一つは、予審判事に家宅捜索令状を発行して貰う事なんだ。だって、僕等の偏見を溶かしてしまうものは、この場合、遺言状の開封以外にはないじゃないか。どのみち、押鐘博士もおいそれとは承諾しまいからね」

「時に、君と真斎がやった、いまの詩文の問答だが」と熊城は率直に突っ込んだ。「あれは、何か物奇主義(ディレッタンティズム)の産物かね」

「いやどうして、そんな循環論的な代物なもんか。僕が飛んだ思い違いをしているか、それとも、ユングやミュンスターベルヒが大莫迦(ばか)野郎になってしまうかなんだ」

法水は曖昧な言葉で濁してしまったが、その時、廊下の方から口笛の音が聞えて来た。それが止むと、扉が開いて旗太郎が現われた。彼はまだ十七に過ぎないのだが、態度が非道く大人びていて、誰しも成年期を前に幾分残っていなければならぬ、童心などは微塵も見られない。殊に、媚麗(うつく)しい容色の階調を破壊しているのが、落着きのない眼と狭い額だった。法水は丁寧に椅子を進めて、

「僕はその『ペトルーシュカ』が、ストラヴィンスキーの作品の中では、一番好ましい

と思っているのです。恐ろしい原罪哲学じゃありませんか。人形にさえ、口を空いている墳墓が待っているのですからね」

　冒頭に旗太郎は、全然予期してもいなかった言葉を聴いたので、その蒼白くすんなり伸びた身体が、急に硬ばったように思われ、神経的に唾を嚥み始めた。法水は続けて、

「と云って、貴方が口笛で『乳母の踊り』の個所を吹くと、それにつれて、テレーズの自動弾条人形が動き出すと云うのではないのです。それに、また昨夜十一時頃に、貴方が紙谷伸子と二人でダンネベルグ夫人を訪れ、それからすぐ寝室に入られたと云う事も判っているのですからね」

「それでは、何をお訊ねになりたいのです？」と旗太郎は十分声音変化の来ている声で、反抗気味に問い返した。

「つまり、貴方がたに課せられている、算哲博士の意志をですがね」

「ああ、それでしたら」と旗太郎は、微かに自嘲めいた亢奮を泛べて、「確かに、音楽教育をしてくれた事だけは、感謝してますがね。でなかった日には、既に気狂いになっていますよ。そうでしょう、倦怠、不安、懐疑、廃頽——と明け暮れそればかりです。誰だって、こんな圧し殺されそうな憂鬱の中で、古びた能衣裳みたいな人達と一緒に暮して行けるもんですか。実際父は、僕に人間惨苦の記録を残させる——それだけのために、細々と生を保って行く術を教えてくれたのです」

「そうすると、それ以外の凡てを、四人の帰化入籍が奪ってしまったと云う訳ですか？」

「多分そうともなりましょうね」と旗太郎は妙に臆したような云い方をして、「いや、事実未だに、その理由が判然（はっきり）として居りません。何しろ、グレーテさん始め四人の人達の意志が、それには少しも加わっていないのですからね。所で、斯う云う女王（クイーン）アン時代の警句を御存知ですか。陪審人が僧正（ビショップ）の夕餐に与る（あずかる）ためには、罪人が一人絞り（くびり）殺される――って。大体父と云う人物が、そう云った僧正（ビショップ）みたいな男なんです。魂の底までも、秘密と画策に包まれているんですから、溜りませんよ」

「所が旗太郎さん、そこに、この館の病弊があるのですよ。何れ（いず）除かれる事でしょうが、だが貴方にした所で、何も博士の精神解剖図を、持っていると云う訳じゃありますまい」と相手の妄信を嗜める（たしなめる）ように云ってから、法水は再び事務的な質問を放った。

「所で、入籍の事を、博士から聴かれたのは何日（いつ）頃です？」

「それが、自殺する二週間程前でした。その時遺言状が作成されて、僕は、自分自身に関する部分だけを父から読み聴かされたのです」と云い掛けたが、旗太郎は急に落着かない態度になって、「ですけれど法水さん、僕には、その部分をお聴かせする自由がないのですよ。口に出したら最後、それは持分の喪失を意味するのですからね。それに、他の四人も同様で、やはり自分自身に関する事実より外に知らないのです」

「いや決して」と法水は、諭す（さとす）ような和やか（なごやか）な声音で、「大体日本の民法では、そう云う点が頗る（すこぶる）寛大なんですから」

「所が駄目です」と旗太郎は蒼ざめた顔で、キッパリ云い切った。「何より、僕は父の眼が怖ろしくてならないのです。あのメフィストのような人物が、どうして跡々にも、何かの形で陰険な制裁方法を残しとかずには置くものですか。屹度グレーテさんが殺されたのだって、そう云う点で、何か誤ちを冒したからに違いありません」

「では、酬いだと云われるのですか」と熊城は鋭く切り込んだ。

「そうです。ですから、僕が云えないと云う理由は、十分お解りになったでしょう。それればかりでなく、第一、財産がなければ、僕には生活と云うものがないのですからね」と平然と云い放って、旗太郎は立ち上った。そして、提琴奏者特有の細く光った指を、十本卓子の端に並べて、最後に彼は非道く激越な調子で云った。

「もうこれで、お訊ねになる事はないと思いますが、僕の方でも、これ以上お答えする事は不可能なのです。然し、この事だけは、はっきり御記憶になって下さい。よく館の者は、テレーズ人形の事を悪霊だと申すようですが、僕には、父がそうではないかと思われるのです。いいえ、確かに父は、この館の中に未だ生きている筈です」

旗太郎は、遺言書の内容には極めて浅く触れたのみで、再度鎮子に続いて、黒死館人特有の病的心理を強調するのだった。そうして陳述を終ると、淋しそうに会釈してから、戸口の方へ歩んで行った。所が、彼の行手に当って、異様なものが待ち構えていたのである。と云うのは、扉の際まで来ると、何故かその場で釘付けされたように立ち竦んでしまい、そこから先へは一歩も進めなくなってしまった。それは、単純な恐怖とも異なって、ひどく複雑な感情が動作の上に現われていた。左手を把手にかけたままで、片腕をダラリと垂らし、両眼を不気味に据えて前方を凝視しているのだった。明かに彼は、何事か扉の彼方に、忌怖すべきものを意識しているらしい。がやがて、旗太郎は、顔面をビリリと怒張させて、醜い憎悪の相を現わした。そして、痙れたような声を前方に投げた。

「ク、クリヴォフ夫人……貴女は」

そう云った途端に、扉が外側から引かれた。そして、二人の召使が閾の両側に立つと見る間に、その間から、オリガ・クリヴォフ夫人の半身が、傲岸な威厳に充ちた態度で現われた。彼女は、貂で高い襟のついた、剣術着のような黄色い短衣の上に、天鵞絨の袖無外套を羽織っていて、右手に盲目のオリオンとオリヴァレス伯（一五八七―一六四五。西班牙フィリップ四世朝の宰相）の定紋が冠彫りにされている、豪奢な講典杖をついていた。その黒と黄との対照が、彼女の赤毛に強烈な色感を与えて、全身が、焔のような激情的なものに包まれているかの感じがするのだった。頭髪を無雑作に掻き上げて、耳朶が頭部と四十五度以上も離れていて、その上端が、まるで峻烈な性格そのもののように尖っている。やや生え際の抜け上った額は眉弓が高く、灰色の眼が異様な底光りを湛えていて、眼底の神経が露出したかと思われるような鋭い凝視だった。そして、顴骨から下が断崖状をなしている所を見ると、その部分の表出が険しい圭角的なもののように思われ、また真直に垂下した鼻梁にも、それが鼻翼よりも長く垂れている所に、何となく画策的な秘密っぽい感じがするのだった。旗太郎は摺れ違いざまに、肩口

から見返して、

「オリガさん、御安心下さい。何もかも、お聴きの通りですから」

「ようく判りました」とクリヴォフ夫人は鷹揚に半眼で頷き、気取った身振をして答えた。「ですけど旗太郎さん、仮りにもし私の方が先に呼ばれたのでしたら、その場合の事もお考え遊ばせな。屹度(きっと)貴方だって、私共と同様な行動に出られるに極ってますわ」

　クリヴォフ夫人が私共と複数を使ったのに、一寸異様な感じがしたけれども、その理由は瞬後に判明するに至った。扉際(とぎわ)に立っていたのは彼女一人だけではなく、続いてガリバルダ・セレナ夫人、オットカール・レヴェズ氏が現われたからだった。セレナ夫人は、毛並の優れた聖(セント)バーナード犬(ドッグ)の鎖を握っていて、凡(すべ)てが身長と云い容貌と云い、クリヴォフ夫人とは全く対蹠的な観をなしていた。暗緑色のスカートに縁紐(バンド)で縁取りされた胸衣(ボディック)をつけ、それに肱(ひじ)まで拡がっている白いリンネルの襟布(カラー)、頭(かしら)にアウグスチン尼僧が被るような純白の頭布(カーチーフ)を頂いている。誰しもその優雅な姿を見たら、この婦人が、ロムブローゾに激情性犯罪の市(まち)と指摘されたところの、南伊太利(イタリー)ブリンデッシ市の生れとは気付かぬであろう。レヴェズ氏はフロックに灰色のトラウザー、それに翼形(ウィング)カラーをつけ、一番最後に巨体を揺って現われたが、先刻(さっき)礼拝堂で遠望した時とは異り、こう近接して眺めたところの感じは、寧(むし)ろ懊悩的で、一見心の何処かに抑止されているものでもあるかのような、ひどく陰鬱気な相貌をした中老紳士だった。そして、この三人は、まるで聖餐祭の行列みたいに、ノタリノタリと歩み入って来るのだった。恐らくこの光景は、もしこの時、綴織の下った長管喇叭の音が起って、筒長太鼓が打ち鳴らされ、静蹕を報ずる儀仗官の声が聴かれたなら、恰度それが、十八世紀ヴュルテンベルグかカリンティア辺りの、小ぢんまりした宮廷生活を髣髴たらしめるものであろうし、また反面には、従えた召使の数に、彼等の病的な恐怖が窺えるのだった。更に、いま旗太郎との間に交された醜悪な黙闘を考えると、そこに何やら、犯罪動機でも思わせるような、黝んだ水が揺ぎ流れると云った気がしないでもなかった。けれども、何よりこの三人には、最初から採証的にも疑義を差し挟む余地はなかったのである。やがて、クリヴォフ夫人は法水の前に立つと、杖の先で卓子を叩き、命ずるような強い声音で云った。

「私共は、して頂きたい事があって参ったのですが」

「と云うと何でしょうか。とにかくお掛け下さい」法水が一寸躊躇ぎを見せたのは、彼女の命令的な語調ではなかった。遠見でホルバインの、「マーガレット・ワイヤット(ヘンリー八世の伝記者、タマスワイヤット卿の妹)の像」に似ていると思われたクリヴォフ夫人の顔が、近附いてみると、まるで種痘痕のような醜い雀斑だったからである。

「実は、テレーズの人形を焚き捨てて頂きたいのです」とクリヴォフ夫人がキッパリ云い切ると、熊城は吃驚して叫んだ。

「何ですと。たかが人形一つを。それは、また何故にです?」

「そりゃ、人形だけなら死物でしょうがね。とにかく、私共は防衛手段を講ぜねばなりません。つまり、犯人の偶像を破棄して欲しいのです。時に貴方は、レヴェンスチイムの『迷信と刑事法典』(註)——をお読みになったことが御座いまして？」

「では、ユゼッペ・アルツォの事を仰言るのですね」それまで法水は、頻りと何やら沈思げな表情をしていたが、始めて言葉を挟んだ。

（註）チペルンの王ピグマリオンに始めて偶像信仰を記したる犯罪に関する中にあり。羅馬人マクネージオと並称さるるユゼッペ・アルツォは、史上著名なる半陰陽にして、男女二基の彫像を有し、男となる時には女の像を、女としての際には男の像に礼拝するを常とせり。而して詐欺窃盗、争闘等を事とせしも、一度男の像を破棄さるるに及び、その不思議な二重人格は身体的にも消失せりと伝えらる。

「正にそうなのです」とクリヴォフ夫人は得たり顔に頷いて、他の二人に椅子を薦めてから、「私は何とかして、心理的にだけでも犯人の決行力を鈍らしたいと思うのですわ。次々と起る惨劇を防ぐには、もう貴方がたの力を待っては居られません」

それに次いでセレナ夫人が口を開いたけれども、彼女は両手を怯々と胸に組み、寧ろ哀願的な態度で云った。

「いいえ、心理的に崇拝物どころの話ですか。あの人形は犯人にとると、それこそグンテル王の英雄（ニーベルンゲン譚中、グンテル王の代りに、ブルンヒルト女王と闘ったジーグフリードの事）なんで御座いますからね。今後も重要な犯罪が行われる場合は、屹度犯人は陰険な策謀の中に隠れていて、あのプロヴィンシア人だけが姿を現わすに極ってますわ。だって、易介や伸子さんとは違って、私達は無防禦では御座いませんものね。ですから、たとえば遣り損じたにしても、捕えられるのが人形でしたら、また次の機会がないとも限りませんわ」

「左様、どのみち三人の血を見ないまでは、この惨劇は終らんでしょうからな」レヴェズ氏は腫(は)れぼったい瞼を戦かせて、悲し気に云った。「所が、儂(わし)どもには課せられている律法(おきて)がありますのでな。それで、この館から災を避ける事は不可能なのです」

「その戒律ですが、多分お聴かせ願えるでしょうな？」と検事は此処(ここ)ぞと突っ込んだが、それをクリヴォフ夫人は矢庭(やにわ)に遮って、

「いいえ、私達には、それをお話しする自由は御座いません。いっそ、そんな無意味な詮索をなさるよりも……」と俄(にわ)かに激越な調子になり声を慄わせて、「ああ、こうして私達は、暗澹たる奈落(ブランキング・イン・ジス・ダーク・アビス)の中で、火焔の海中(サファリング・イン・ザ・シー・オブ・ファイア)にあるのです。それを、貴方がたは何故そう好奇(ものずき)の眼を瞠(みは)って、新しい悲劇を待って居られるのでしょう？」と悲痛な声でヤングの詩句を叫ぶのだった。

法水は三人を交互(かわるがわる)に眺めていたが、やがて乗り出すように足を組換え、薄気味悪い微笑が浮び上ると、

「左様、まさに、永続、無終(エヴァラスチング・エンド・エヴァ)なんです」と突然、狂ったのではないかと思われるような、言葉を吐いた。「そう云う残酷な永遠刑罰を課したと云うのも、みんな故人の算

哲博士なんですよ。多分旗太郎さんが云われた事をお聴きでしたでしょうが、博士こそ、爾を父と呼びつつあるのを得たり気な歓喜を以って瞰視している（ヒイ・イズ・ルッキング・ダウン・フローム・パーフェクト・ブリックス・コーリング・ジイ・ファザー）のです」

「マア、お父様が」セレナ夫人は姿勢（かたち）を改めて、法水を見直した。

「そうです、罪と災の深さを貫き、吾が十字架の測鉛は垂る（スルー・オール・デプス・オヴ・シン・エンド・ロッス・ドロップス・ゼ・プラメット・オヴ・マイ・クロッス）――ですからな」

と法水が自讃めいた調子でホイッチアを引用すると、クリヴォフ夫人は冷笑を湛えて、

「いいえ、されど未来の深淵は、その十字架が測り得ざる程に深し（イエット・フユチヤア・アビス・ウオズ・フアウンド・デイパー・ザン・クロッス・グッド・サウンド）――ですわ」と云い返したが、その冷酷な表情が発作的に痙攣を始めて、「ですが、ああ屹度（きっと）、程なくして、その男死にたり――でしょうよ。貴方（あなた）がたは、易介と伸子さんの二つの事件で、既（とう）に無力を暴露しているのですからね」

「成程」と簡単に頷いたが、法水は愈々（いよいよ）挑戦的にそして辛辣になった。「然し、誰にしろ、最後の時間がもう幾許（いくばく）か測る事は不可能でしょうからね。いや、却って昨夜などは、かしこ涼し気なる隠れ家に、不思議なるもの覗けるが如くに見ゆ（シャイント・ドルト・イン・キューレンシャウエルン・アイン・ゼルトザメス・ッ・ラウエルン）――と思うのですが」

「では、その人物は何を見たのでしょうな。儂（わし）はとんとその詩句を知らんのですよ」レヴェズ氏が暗い怯々（おどおど）した調子で問い掛けると、法水は狡（ずる）そうに微笑んで、

「所がレヴェズさん、心も黒く夜も黒し、薬も利きて手も冴（さ）えたり――なんです。そして、その場所が、折もよし人も無ければ――でした」

と云い出したのは、一見見え透（す）いた鬼面のようでもあり、また、故意に裏面に潜んでいる棘（いばら）のような計謀を、露（あら）わに曝（さら）け出したような気がしたけれども、然し彼の巧妙な朗（エロ）

誦法（キューション）は、妙に筋肉が硬ばり、血が凍り付くような不気味な空気を作ってしまった。クリヴォフ夫人は、それまで胸飾りのテュードル薔薇（ローズ）（六弁の薔薇）を弄（いじ）っていた手を卓上に合せて、法水に挑み掛るような凝視を送り始めた。が、その間の何となく一抹の危機を孕（はら）んでいるような沈黙は、戸外で荒れ狂う吹雪（ふぶき）の唸りを明瞭（はっきり）と聴かせて、一層凄愴なものにしてしまった。法水は漸く口を開いた。

「然し、原文には、また真昼を野の火花が散らされるばかりに、日の燃ゆるとき（ウント・ミタハス・ウエン・ディ・ソンネ・グリュート・ダス・ファスト・ディ・ハイデ・フンケン・スプリュート）——とあるのですが、そこは不思議な事に、真昼や明りの中では見えず、夜も、闇でなくては見る事の出来ぬ世界なのです」

「闇に見える!?」レヴェズ氏は警戒を忘れたように反問した。

法水はそれには答えず、クリヴォフ夫人の方を向いて、「時に、その詩文が誰の作品だか御存知ですか？」

「いいえ存じません」クリヴォフ夫人はやや生硬な態度で答えたが、セレナ夫人は、法水の不気味な暗示に無関心のような静けさで、

「たしか、グスタフ・ファルケの『樺の森（ダス・ビルケンヴエルドヘン）』では」

法水は満足そうに頷き、矢鱈（やたら）に煙の輪を吐いていたが、そのうち、妙に意地悪る気な片笑が泛び上って来た。

「そうです。まさに『樺の森（ダス・ビルケンヴエルドヘン）』です。昨夜この室の前の廊下で、確かに犯人は、その樺（かば）の森を見た筈です。然し、かれ夢みぬ、されど、そを云う能わざりき（イーム・トラウムテエル・コンテス・ニヒト・ザーゲン）——なんで

すよ」

「では、その男は死人の室を、親しきものが行き通うが如くに、戻って行ったと仰言るのですね」とクリヴォフ夫人は、急に燥ぎ出したような陽気な調子になって、レナウの『秋の心』を口にした。

「いえ、滑り行く――なんてどうして、彼奴は蹌踉き行ったのですよ。ハハハハハ」と法水は爆笑を上げながら、レヴェズ氏を顧みて、

「所でレヴェズさん、勿論それまでには、その悲しめる旅人は伴侶を見出せり――なんでしたからな」

「そ、それを御承知の癖に」とクリヴォフ夫人は堪らなくなったように立ち上り、杖を荒々しく振って叫んだ。「だからこそ私達は、その伴侶を焼き捨てて欲しいと御願いするのです」

所が、法水はさも不同意を仄かすように、莨の紅い尖端を瞶めていて答えなかった。が、側にいる検事と熊城には、何時上昇が止むか涯しのない法水の思念が、此処で漸く頂点に達したかの感を与えた。けれども、法水の努力は、何時かな止もうとはせず、この精神劇に於いて、飽くまでも悲劇的開展を求めようとした。彼は沈黙を破って、挑むような鋭い語気で云った。

「ですがクリヴォフ夫人、僕はこの気狂い芝居が、到底人形の焼却だけで終ろうとは思えんのですよ。実を云うと、もっと陰険朦朧とした手段で、別に踊らされている人形が

あるのです。大体プラーグの万国操人形聯盟にだって、最近『ファウスト』が演ぜられたと云う記録はないでしょうからな」

「ファウスト!? ああ、あのグレーテさんが断末魔に書かれたと云う紙片の文字の事ですか」レヴェズ氏は力を籠めて、乗り出した。

「そうです。最初の幕に水精、二幕目が風精でした。いまもあの可憐な空気の精が、驚くべき奇蹟を演じて遁れ去ってしまった所なんですよ。それにレヴェズさん、犯人はSylphusと男性に変えているのですが、貴方は、その気仙が誰であるか御存知ありませんか」

「なに、儂が知らんかって!? いや、お互いに洒落は止めにしましょう」レヴェズ氏は反撃を喰ったように狼狽えたが、その時、不遜を極めていたクリヴォフ夫人の態度に、突如竦んだような影が差した。そして、多分衝動的に起ったらしい、何処か彼女のものでないような声が発せられた。

「法水さん、私は見ましたわ。その男と云うのを確かに見ましたわ。昨夜私の室に入って来たのが、多分その風精ではないかと思うんです」

「なに、風精を」熊城の仏頂面が不意に硬くなった。「然し、その時扉には、鍵が下りていたのでしょうな」

「勿論そうでした。それが不思議にも開かれたのですわ。そして、背の高い瘠せぎすな男が、薄暗い扉の前に立っているのを見たのです」クリヴォフ夫人は異様に舌のもつれたような声だったが語り続けた。「私は十一時頃でしたが、寝室へ入る際に確かに鍵を下しました。それから、暫く仮睡(まどろ)んでから眼が覚めて、さて枕元の時計を見ようとすると、どうした事か、胸の所が寝衣の両端をとめられているようで、また、頭髪(かみのけ)が引っ痙(つ)れたような感じがして、どうしても頭が動かないのです。平生髪を解いて寝る習慣がございますので、これは縛り付けられたのではないかと思うと、脊筋から頭の芯までズウンと痺れてしまって、声も出ず身動(みじろ)ぎさえ出来なくなりました。すると、背後(うしろ)にそよそよ冷たい風が起って、滑るような微かな跫音(あしおと)が裾の方へ遠ざかって行きます。そして、その跫音の主は、扉(ドア)の前で私の視野の中に入って参りました。その男は振り返ったのです」

「それは誰でした？」そう云って、検事は思わず息を窒(つ)めたが、

「いいえ、判りませんでした」とクリヴォフ夫人は切なそうな溜息を吐いて、「卓上灯(スタンド)の光りが、あの辺までは届かないのですから。でも、輪廓だけは判りましたわ。身長が五呎(フィート)四、五吋(インチ)ぐらいで、スンナリした、瘠ぎすのように思われました。そして、眼だけが……」と述べられる肢体は、様子こそ異にすれ、何とはなしに旗太郎を髣髴とさせるのだった。

「眼に!?」熊城は殆んど慣性で一言挟んだ。すると、クリヴォフ夫人は俄然傲岸な態度に返って、

「たしかパセドー病患者の眼を暗がりで見て、小さな眼鏡に間違えたとか云う話がござ

いましたわね」と皮肉に打ち返したが、暫く記憶を摸索するような態度を続けてから云った。「とにかく、そう云う言葉は、感覚外の神経で聴いて頂きたいのです。強いて(しいて)申せば、その眼が真珠のような光だったと云う外にございません。それから、その姿が扉(ドア)の向うに消えると、把手(ノッブ)がスウッと動いて、跫音が微かに左手の方へ遠ざかって行きました。それで、漸く人心地が附きましたけれども、何時の間にか髪が解かれたと見えて、私は始めて首を自由にする事が出来たのです。時刻は恰度十二時半でございましたが、それからもう一度鍵を掛け直して、把手(ノッブ)を衣裳戸棚に結び付けました。けれども、そうなると、もう一睡どころではございませんでした。所が、朝になって調べても、室内にはこれぞと云う異状らしい所がないのです。して見ると、てっきりあの人形使いに違いございませんわ。あの狡猾な臆病者は、眼を醒ました私には、指一本さえ触れる事が出来なかったのです」

　結論として大きな疑問を一つ残したけれども、クリヴォフ夫人の口誦(くちずさ)むような静かな声は、側(かたわら)の二人に悪夢のようなものを攫ませてしまった。セレナ夫人もレヴェズ氏も両手を神経的に絡ませて、言葉を発する気力さえ失せたらしい。法水は眠りから醒めたような形で、慌てて莨(たばこ)の灰を落したが、その顔はセレナ夫人の方へ向けられていた。

「所でセレナ夫人、その風来坊は何れ(いず)詮議するとして、時にこう云うゴッドフリートを御存知ですか。吾れ直ちに悪魔と一つになるを誰が妨ぎ得べきや(ウアス・ヒエルテ・ミッヒ・ダス・イヒス・ニヒト・ホイテ・トイフエル)——」

「ですけど、その、短剣(ゼッヒ)……」と次句を云いかけると、セレナ夫人は忽ち(たちま)混乱したようになってしまって、冒頭の音節から詩特有の旋律を失ってしまった、「その、短剣の刻印に吾が身は慄え戦きぬ（ゼッヒ・シュタムペル・シュレッケン・ゲエトド・ドウルヒ・マイン・ゲバイン）——が、どうして。ああ、また何故に、貴方はそんな事をお訊きになるのです？」と次第に亢奮して行って、ワナワナ身を慄わせながら叫ぶのだった。「ねえ、貴方がたは捜していらっしゃるのでしょう。ですけど、あの男がどうして判るもんですか。いいえ、決して決して、判りっこございませんわ」

法水は紙巻を口の中で弄び（もてあそび）ながら、寧ろ（むし）残忍に見える微笑を湛えて相手を眺めていたが、

「何も僕は、貴女の潜在批判を求めていやしませんよ。あんな風精（ジルフエ）の黙劇（ダム・ショウ）なんざあ、どうでもいいのです。それよりこれを、いずこに住めりゃ、なんじ暗き音響（ひびきね）——なんですがね」とデーメールの『沼の上』（ユーベル・デン・ジュムフエン）を引き出したが、相変らずセレナ夫人から視線を放そうとはしなかった。

「ああ、それではあの」とクリヴォフ夫人は、妙に臆したような云い方をして、「でも、よくマア、伸子さんが間違えて、朝の讃詠（アンセム）を二度繰り返したのを御存知ですわね。実は、今朝あの方は一度、ダビデの詩篇九十一番のあの讃詠（アンセム）を弾いたのですが、昼の鎮魂楽（レキエム）の後には、火よ霰（あられ）よ雪よ霧よ——を弾く筈だったのです」

「いや、僕は礼拝堂の内部の事を云っているのですよ」と法水は冷酷に突き放した。「実は、この事を知りたいのです。あの時、確かそこにあるは薔薇なり、その附近には鳥の声は絶えて響かず（ドッホ・ローゼン・ジンデス・ウォバイ・カイン・リード・メール・フレテット）——でしたからね」

「それでは、薔薇乳香（ローゼン・ヴァイヒローホ）を焚（た）いた事ですか」レヴェズ氏も妙にギゴチない調子で、探るように相手を見やりながら、「あれはオリガさんが、後半余程過ぎてから一時演奏を中止して焚いたのですが、然し、これでもう、滑稽な腹芸は止めて頂きましょう。儂（わし）共は貴方から、人形の処置に就いて伺えばよいのですから」

「とにかく明日まで考えさせて下さい」法水はキッパリ云い切った。「然し、詰るところ僕等は、人身擁護の機械なんですからね。護衛と云う点では、あの魔法博士に指一本差させやしませんよ」

法水がそう云い終ると同時に、クリヴォフ夫人は憤懣の遣り場を露骨に動作へ現わして、性急（せわ）しく二人を促し立ち上った。そして、法水を憎々し気に見下して悲痛な語気を吐き捨てるのだった。

「止むを得ません。どうせ貴方がたは、この虐殺史を統計的な数字としかお考えにならないのですからね。いいえ、結局私達の運命は、アルビ教徒註(一)か、ウェトリヤンカ郡民註(二)のそれに異らないかも知れません。ですけど、もし対策が出来るものなら……ああ、それが出来るのでしたら、今後は、私達だけでする事に致しますわ」

註（一）アルビ教徒――南フランス、アルビに起りし新宗教、摩尼教の影響をうけて、新約聖書の凡てを否定したるに依って、法王インノセント三世の主唱に依る新十字軍のために、一二〇九年より一二二九年まで約四十七万人の死者を生ずるにいたれり。

（二）ウェトリヤンカ郡民――一八七八年露領アストラカンの黒死病猖獗期に於て、ウェトリヤンカ郡を砲兵を有する包囲線にて封鎖し、空砲発射並びに銃殺にて威嚇せしめ、郡民は逃れ得ず、殆んど黒死病のために斃れたり。

「いやどうして」と法水はすかさず皮肉に応酬した。「ですがクリヴォフ夫人、たしか聖(セント)アムブロジオだったでしょうか、死は悪人にもまた有利なり――と云いましたからな」

鎖を忘れられた聖(セント)バーナード犬が、物悲し気に啼(な)きながら、セレナ夫人の跡を追うて行ったのが最後で、三人が去ってしまうと、入れ違いに一人の私服が、先刻命じて置いた裏庭の調査を完了して来た。そして、調査書を法水に渡してから、

「鎧通しは、やはりあの一本だけでした。それから、本庁の乙骨(おとぼね)医師には、御申付け通りに渡して置きましたが」と復命すると、それに法水は、尖塔にある十二宮の円華窓を撮影するように命じてから、その私服を去らしめた。熊城は当惑気な顔で、微かに嘆息した。

「ああまた扉(ドア)と鍵か、犯人は呪い屋か錠前屋か、一体どっちなんだい。真逆にジョン・デイ博士の隠顕扉(いんけんとびら)が、そうザラにあると云う訳じゃあるまい」

「驚いたね」法水は皮肉な微笑を投げた。「あんなもの何処に、創作的な技巧があって堪るもんか。そりゃ、この館から一歩でも外へ出れば、無論驚くべき疑問に違いないさ。けれども、先刻(さつき)君は書庫の中で、犯罪現象学の素晴らしい書目(ビブリオグラフィー)を見た筈だっけね。

つまり、その扉（ドア）を鎖（とざ）させなかった技巧と云うのが、この館の精神生活の一部をなすものなんだ。庁へ帰ってからグロース（註）でも見れば、それで何もかも判ってしまうのだよ」

（註）　法水がグロースと云ったのは、『予審判事要覧』中の犯人職業的習性の章で、アッペルトの『犯罪の秘密』から引いた一例だと思う。以前召使だった靴型工の一犯人が、或る銀行家の一室に忍び入り、その室と寝室との間の扉を鎖さしめないために、予め門穴の中に巧妙に細工した三稜柱形の木片を挿入して置く。それがために銀行家は、就寝前に鍵を下そうとしても閂が動かないので、既に閉じたものと錯覚を起し、犯人の計画はまんまと成功せしと云う。

法水が敢て再言しようとはせず、その儘（まま）不可避的なものとして放棄してしまった事は、平生（へいぜい）検討的な彼を知る二人によると、異常な驚愕に違いないのだった。が畢竟（ひっきょう）するところ、この事件の深さと神秘を、彼が書庫に於いて測り得た結果であると云えよう。検事は再び法水の粋人的（すいじんてき）な訊問態度をなじりかかった。

「僕はレヴェズじゃないがね。君にやって貰いたいのは、もう動作劇（ハンドルングスドラマ）だけなんだ。ああ云う恋愛詩人（ツルバール）趣味の唱合戦は宜（い）い加減にして、そろそろクリヴォフ夫人がそれとなしに仄（ほの）めかした、旗太郎の幽霊を吟味しようじゃないか」

「冗談じゃない」法水は道化たような何気ない身振りをしたが、その顔には何時もの幻滅的な憂鬱が一掃されていた。「どうして、僕の心理表出摸索劇は終ったけれども、あれは歴史的な葛藤さ。所が、僕が引っ組んだのは、あの三人じゃないのだ。ミュンスターベルヒなんだ。やはり、彼奴（あいつ）は大莫迦野郎だったよ」

そこへ、警視庁鑑識医師の乙骨耕安（こうあん）が入って来た。

第四篇　詩と甲冑と幻影造型

一、古代時計室へ

伸子の診察を終って入って来た乙骨医師は、五十を余程越えた老人で、ヒョロリと瘠せこけて蟷螂(かまきり)のような顔をしているが、ギロギロ光る眼と、一種気骨めいた禿げ方とが印象的である。が、庁内切っての老練家だったし、殊(こと)に毒物鑑識にかけては、その方面の著述を五、六種持っていると云う程で、無論法水とも充分熟知の間柄だった。彼は座につくと無遠慮に莨(たばこ)を要求して、一口甘(うま)そうに吸い込むと云った。

「さて法水君、僕の心像鏡的証明法(しんぞうきようてき)は、遺憾ながら知覚喪失(オーンマヒト)だ。大体廻転椅子がどうだろうが斯うだろうが、結局あの蒼白く透き通った歯齦(はぐき)を見ただけで、僕は辞表を賭けてもいいと思う。正しく単純失神(トランス)と断言して差支ないのだ。所で、ここで特に、熊城君に一言したいのだが、あの女が兇器の鎧通しを握っていたと聴いて、僕は数当て骨牌(チツクタツキング・カード)の裏を見たような気がしたのだよ。あの失神は、実に陰険朦朧たるものなんだ。余りに揃い過ぎているじゃないか」

「成程」法水は失望したように頷いたが、「とにかく細目を承(うけたま)わろうじゃないか。或はその中から、君の耄碌(もうろく)さ加減が飛出して来んとも限らんからね。所で、君の検出法は？」

乙骨医師は所々術語を交えながら、極めて事務的に彼の知見を述べた。

「無論吸収の早い毒物はあるにゃあるがね。それに、特異性のある人間だと、中毒量遥か以下のストリキニーネでも、屈筋震顫症(アテトージス)や間歇強直症(テクニィ)に類似した症状を起す場合がある。然し、中毒としては末梢的所見はないのだし、胃中の内容物は殆んど胃液ばかりなんだ。——これは一寸不審に思われるだろう。けれども、あの女が消化のよい食物を摂(と)ってから二時間ぐらいで斃(たお)れたのだとしたら、胃の空虚には毫(ごう)も怪しむところはない。それから、尿にも反応的変化はないし、定量的に証明するものもない。ただ徒(いたず)らに、燐(りん)酸塩(さんえん)が充(み)ち溢れているばかりなんだ。あの増量を、僕は心身疲労の結果と判断するが、どうだい」

「明察だ。あの猛烈な疲労さえなければ、僕は伸子の観察を放棄してしまっただろう」

法水は何事かを仄めかして、相手の説を肯定したが、「所で、君が投じた試薬(リアクティヴ)は、たったそれだけかね」

「冗談じゃない。結局徒労には帰したけれども、僕は伸子の疲労状態を条件にして、或る婦人科的観察を試みたんだ。法水君、今夜の法医学的意義は、Pennyroyal(ペニイロイヤル)（一種の有毒除虫菊）一つに尽きるんだよ。あの×・××ぐらいを健康未妊娠子宮に作用させると、丁度服用後一時間程で、激烈な子宮痲痺が起る。そして、殆んど瞬間的に失神類似の症状が現われるんだ。所が、その成分であるOleam Hedeamae Apiolさえ検出されない。勿論あの女には、既往に於いて婦人科的手術をうけた形跡がないばかりでなく、中毒に対する臓器特異性を思わせる節もないのだ。そこで法水君、僕の毒物類例集は結局これだけなんだけども、然し結論として一言云わせて貰えるなら、あの失神の刑法的意義は、寧ろ道徳的感情にあると云うに尽きるだろう。つまり、故意か内発か——なんだ」と乙骨医師は卓子（テーブル）をゴツンと叩いて、彼の知見を強調するのだった。

「いや、純粋の心理病理学（プシヒョパトロギイ）さ」法水は暗い顔をして云い返した。「所で、頸椎（けいつい）は調べたろうね。僕はクインケじゃないが、恐怖と失神は頸椎の痛覚なり——と云うのは至言だと思うよ」

乙骨医師は莨（たばこ）の端をグイと嚙み締めたが、寧（むし）ろ驚いたような表情を泛べて、

「うん僕だって、ヤンレッグの『病的衝動行為に就いて（ユーベル・クランクハフテ・トリープハントルンゲン）』や、ジャネーの『験触野（シアムエステジオメトリック）』ぐらいは読んでいるからね。如何にも、第四頸椎に圧迫がある場合に衝動的吸気（インスピラチョン）を喰うと、横隔膜に痙攣的な収縮が起る。だが然しだ。その肝腎な佝僂と云うのは、あの女じゃない。それ以前に、一人亀背（ポット）病患者が殺されていると云う話じゃないか」

「所がねえ」と法水は喘ぎ気味に云った。「無論確実な結論ではない。恐らく廻転椅子の位置や不思議な倍音演奏を考えたら、一顧する価値もあるまいよ。けれども一説として、僕はヒステリー性反覆睡眠に思い当ったのだ。あれを失神の道程に当ててみたいの

だよ」

「尤も法水君、元来僕は非幻想的な動物なんだがね」と乙骨医師は眩惑を払い退けるような表情をして、皮肉に云い返した。「大体ヒステリーの発作中には、モルヒネに対する抗毒性が亢進するものだよ。然し、どうあっても皮膚の湿潤だけは免れん事なんだがね」

　此処で乙骨医師が、モルヒネを例に亢進神経の鎮静云々を持ち出したのは、勿論法水に対する諷刺ではあるけれども、それは、折ふし人間の思惟限界を越えようとする、彼の空想に向けられていたのだ。と云うのは、そのヒステリー性反覆睡眠と云う病的精神現象が、実に稀病中の稀病であって、日本でも、明治二十九年八月福来博士の発表が最初の文献である。現に、好んで寺院や病的心理を扱う小城魚太郎（最近出現した探偵小説家）の短篇中にも――殺人を犯そうとする一人の病監医員が、もともと一労働者に過ぎないその患者に、医学的な術語を聴かせ、それを後刻の発作中に喋らせて、自分自身の不在証明に利用する――と云う作品もある通りで、自己催眠的な発作が起ると、自分が行い且つ聴いたうちの最も新しい部分を、それと寸分違わぬまでに再演し且つ喋るのであるから、別名としてのヒステリー性無暗示後催眠現象と呼ぶ方が、却って、この現象の実体に相応するように思われるのである。それであるからして乙骨医師が、内心法水の鋭敏な感覚に亢奮を感じながらも、表面痛烈な皮肉を以て異議を唱えたのも無理ではなかった。それを聴くと、法水は一旦自嘲めいた嘆息をしたが、続いて、彼には稀らしい噪狂的な亢奮が現われた。

「勿論稀有に属する現象さ。然し、あれを持ち出さなくては、どうして伸子が失神し鎧通しを握っていたか——と云う点に説明が附くもんか。ねえ乙骨君、アンリ・ピエロンは、疲労に基くヒステリー性知覚脱失の数十例を挙げている。また、あの伸子と云う女は、今朝弾いてその時弾く筈でなかった讃詠(アンセム)を、失神直前に再演したのだったよ。だから、その時何かの機(はず)みで腹を押したとすれば、その操作で無意識状態に陥ると云う、シャルコーの実験を信じたくなるじゃないか」

「すると、君が頸椎を気にした理由も、そこにあるのかね」と乙骨医師は何時の間にか引き入れられてしまった。

「そうなんだ。事に依ると、自分がナポレオンになるような幻視(アウロラ)を見ているかも知れないが、先刻(さつき)から僕は、一つの心像的標本を持っているのだ。君はこの事件に、ジーグフリードと頸椎——の関係があるとは思わないかね」

「ジーグフリード!?」これには、流石(さすが)の乙骨医師も唖然となってしまった。「尤も、帰納的に頭の狂っている男は、その標本を一人僕も知っているがね」

「いや、結局は比(レイション)の問題さ。然し僕は、知性にも魔法的効果があると信じているよ」と法水は充血した眼に、夢想の影を漂わせて云った。「所で、強烈な搔痒(かゆみ)感覚に、電気刺激と同じ効果があるのを知っているかね。また、痲痺した部分の中央に、知覚のある場所が残ると、そこに劇烈な搔痒(かゆみ)が発生するのも、多分アルルッツの著述などで承知の事と思うよ。所が君は、伸子の頸椎に打撲したような形跡はないと云う。けれども乙骨君、ここに僅った一つ、失神した人間に反応運動を起させる手段がある。生理上決して固く握れる道理のない手指の運動を、不思議な刺戟で喚起する方法があるのだ。そうしてそれが、ジーグフリード＋木の葉――の公式で表わされるのだがね」

「成程」と熊城は皮肉に頷いて、「多分その木の葉と云うのが、ドン・キホーテなんだろうよ」

法水は一旦かすかに嘆息したが、尚も気魄を凝らして、神業のような伸子の失神に絶望的な抵抗を試みた。

「マア聴き給え。恐ろしく悪魔的なユーモアなんだから。エーテルを噴霧状にして皮膚に吹きつけると、その部分の感覚が滲透的に脱失してしまう。それを失神した人間の全身に渉って行うのだが、手の運動を司どる第七第八頸椎に当る部分だけを、恰度ジーグフリードの木の葉のように残して置くのだ。何故なら、失神中は皮膚の触覚を欠いていても、内部の筋覚や関節感覚、それに、擽痒の感覚には一番刺戟され易いのだからね。すると、当然その場所に、劇烈な擽痒が起る。そうしてそれが電気刺戟のように、頸髄神経の目的とする部分を刺戟して、指に無意識運動を起させるに違いないのだ。つまりこの一つで、伸子が如何にして鎧通しを握ったか――と云う点に、根本の公式を摑んだような気がしたのだ。乙骨君、君は故意か内発かと云ったけれども、僕は、故意かエーテルに代る何物かと云いたいんだ。どうして、その本体を突き詰めるまでには、まだまだ繊細微妙な分析的神経が必要なんだよ」と彼の表情に、見る見る惨苦(ざんく)の影が現われて行き、打って変って沈んだ声音で呟いた。

「ああ、如何にも僕は喋ったよ。然し、結局廻転椅子の位置は……あの倍音演奏はどうなってしまうんだ？」

そうしてから、暫く法水は煙の行方を眺めていて、発揚状態を鎮(しず)めているかに見えたが、やがて乙骨医師に向って、話題を転じた。

「所で、君に依頼して置いた筈だが、伸子の自署をとってくれただろうか」

「だが然しだ。これには充分質問例題とする価値があるぜ。何故(どうして)君は、伸子が覚醒した瞬間に、自分の名前を書かせたのだったね」と云って、乙骨医師が取り出した紙片に、俄然三人の視聴(しちょう)が集められてしまった。それには、紙谷ではなく、降矢木伸子と書かれてあったからだ。法水は一寸瞬いたのみで、彼が投じた波紋を解説した。

「如何にも乙骨君、僕は伸子の自署が欲しかったのだ。と云って、何も僕はロムブローゾじゃないのだからね。水精(ウンディネ)や風精(ジルフェ)を知ろうとして、クレビエの『筆蹟学(グラフォロジイ)』までも剽窃する必要はないのだよ。実を云うと、往々失神に依って、記憶の喪失を来(きた)す場合がある。それなので、もし伸子が犯人でない場合に、このまま忘却のうちに葬られてしまうものがありやしないかと、実は内々でそれを懼(おそ)れていたからなんだよ。所で、僕の試みは、『マリア・ブルネルの記憶』に由来してるんだ」

（註）ハンス・グロスの『予審判事要覧』の中に、潜在意識に関する一例が挙げられている。即ち一八九三年三月、低バイエルン、ディートキルヘンの教師ブルネルの宅に於いて、二児が殺害され、夫人と下女は重傷を負い、主人ブルネルが嫌疑者として引致されたと云う事件である。所が、夫人は覚醒して、訊問調書に署名を求められると、マリア・ブルネルとは記さずに、マリア・グッテンベルガーと書いたのであった。然し、グッテンベルガーと云うのは、夫人の実家の姓でもなく、しかもそれなりで、夫人は記憶の喚起を求められても、その名に付いては知る所がなかった。つまりその時以来、意識の水準下に没し去ったのである。所が、調査が進むと、下女の情夫にその名が発見されて、直ちに犯人として捕縛さるるに至った。即ち、マリア・グッテンベルガーと書いた時は、兇行の際識別した犯人の顔が、頭部の負傷と失神に依って喪失されたが、偶然覚醒後の朦朧状態に於いて、それが潜在意識となって現われたのである。

「マリア・ブルネル……」だけで喚起したものがあったと見え、三人の表情には一致したものが現われた。法水は、新しい莨(たばこ)に口を付けて続けた。
「だから乙骨君、僕が伸子の、開目(かいもく)の際を条件としたのも、つまるところは、マリア・ブルネル夫人と同じ朦朧状態を狙い、泡(あわ)よくば、まさに飛び去ろうとする潜在意識を記録させようとしたからなんだよ。所が、やはりあの女も、法心理学者の類例集(カズイスティク)から洩れる事は出来なかったのだ。ねえ、伸子の先例は、オフィリアに求められるだろうね。然しオフィリアの方は、単に狂人になってから、幼い頃乳母から聴いた――（あすはヴァレンタインさまの日）の猥歌を憶い出したに過ぎない。所が、伸子の方は、降矢木と云う頗る劇的な姓を冠せて、物凄い皮肉を演じてしまったのだよ」

　その署名には、恐ろしい力で惹きつけるようなものがあった。暫く釘付けになっているうちに、まず直情的な熊城が気勢を上げた。

「つまり、グッテンベルガー＝降矢木旗太郎なんだ。これで、クリヴォフ夫人の陳述が、綺麗さっぱり割り切れてしまうぜ。サア法水君、君は旗太郎の不在証明を打ち破るんだ」

「いや、この評価は困難だよ。依然降矢木Xさ」と検事は容易に首肯した色を見せなかった。そして、暗に算哲の不思議な役割を仄めかすと、法水もそれに頷いて、劇しい皮肉を酬いられたかのように、錯乱した表情を泛べるのだった。事実、それが幽霊のような潜在意識だとすれば、恐らく法水の勝利であろう。けれども、もし単に、一場の心的錯誤だとしたら、それこそ推理測定を超越した化物に違いないのである。乙骨医師は時計を見て立ち上ったが、この毒舌家は、一言皮肉を吐き捨てるのを忘れるような親爺ではなかった。

「さて、今夜はもう仏様も出まいて。然し法水君、問題は、空想より論理判断力の如何にあるよ。その二つの歩調が揃うようなら、君もナポレオンになれるだろうがな」

「いや、トムセン（丁抹の史学者。バイカル湖畔南オルコン河の上流にある突厥人の古碑文を読破せり）で結構さ」と法水は劣らず云い返したが、その言葉の下から、俄然唯ならぬ風雲を捲き起してしまった。「勿論僕に、大した史学の造詣はないがね。然し、この事件では、オルコン以上の碑文を読む事が出来たのだ。君は暫く広間にいて、今世紀最大の発掘を待っていてくれ給え」

「発掘!?」熊城は仰天せんばかりに驚いてしまった。然し、法水が心中何事を企図しているのか知る由はないと云っても、その眉宇の間に泛んでいる毅然たる決意を見ただけで、まさに彼が、乾坤一擲の大賭博を打たんとしている事は明かだった。間もなく、この胸苦しいまでに緊迫した空気の中を、乙骨医師と入れ違いに、喚ばれた田郷真斎が入って来ると、早速法水は単刀直入に切り出した。

「僕は率直にお訊ねしますが、貴方は、昨夜八時から八時二十分までの間に邸内を巡廻して、その時古代時計室に鍵を下したそうでしたね。然し、その頃から姿を消した一人があった筈です。いいえ田郷さん、昨夜神意審問会の当時この館にいた家族の数は、たしか五人ではなく、六人でしたね」

途端に、真斎の全身が感電したように戦いた。そして、何か縋りたいものでも探すような恰好で、きょろきょろ四辺を見廻していたが、いきなり反噬的な態度に出て、

「ホホウ、この吹雪の最中に算哲様の遺骸を発掘するとなら、あんた方は令状をお持ちと見えますな」

「いや、必要とあらば、多分法律ぐらいは破り兼ねるでしょう」と法水は冷然と酬い返した。が、この上真斎との応酬を無用と見て、率直に自説を述べ始めた。

「大体、貴方がおいそれと最初から口を開こうなどとは、夢にも期待していなかったのですよ。ですから、まず僕の方で、その消え失せた一人を、外包的に証明して行きましょう。所で貴方は、盲人の聴触覚標型と云う言葉を御存知ですか。盲人は視覚以外の凡(あら)ゆる感覚を駆使して、その個々に伝わって来る分裂したものを綜合するのです。そうして、自分に近接している物体の造型を試みようとするのですよ。ねえ田郷さん、勿論僕の眼に、その人物の姿が映ろう道理はありません。しかも、物音も聴かなければ、その一人に関する些細な寸語(すんご)さえ耳にしていないのです。然し、この事件の開始と同時に、或る一つの遠心力が働いて、そうしてその力が、関係者の圏外遥かへ抛擲(ほうてき)してしまった一人があったのですよ。僕は、最初この館に一歩踏み入れたとき、既にある一つの前兆とでも云いたいものを感じました。それを、召使(バトラー)の行為から観取する事が出来たのでしたよ」

「すると、僕が訊ねた……」検事は異様に亢奮して叫んだ。そして、自分の疑念が氷解して行く機に、達したのを悟ったのであった。法水は、検事に微笑で答えてから続けた。

「つまり、この神経黙劇にとると、最初召使(バトラー)に導かれて大階段を上って行った時が、抑々(そもそも)の開緒(アインライツング)なのでした。その折、喧(けた)ましい警察自動車の機関(エンジン)の響がしていたのですが、その召使(バトラー)は、僕の靴が偶然軋(きし)って微かな音を立てると、何故か先に歩んでいるにも拘らず、竦(すく)んだような形で、身体を横に避けるのです。僕はそれを悟ると、思わず、神経に衝き上げて来るものがありました。ですから、階段を上り切るまでの間、試みに再三同じ動作を演じてみたのですが、その都度、召使(バトラー)も同様のものを繰り返して行くのです。明かに、この無言の現実は、何事かを語ろうとしています。そこで、僕は推断を下しました。機関(エンジン)の騒音があるにも拘らず、当然圧せられて消されねばならない、いや、通常の状態では絶対に聴く事の出来ぬ音を聴いたからだ——と。然し、それは当然奇蹟でもなければ、勿論僕の肝臓に変調を来した結果でもありません。医学上の術語でウイリス徴候と云って、劇甚(げきじん)な響と同時に来る微細な音も、聴き取る事が出来ると云う——聴覚の病的過敏現象に過ぎんのですよ」

法水は徐(おもむ)ろに莨(たばこ)に火を点けて、一息吸うと続けた。

「云う迄もなくその徴候は、ある種の精神障碍(しょうがい)には前駆となって来るものです。けれども、チーヘンの『忌怖の心理』などを見ると、極度の忌怖感に駆られた際の生理現象として、それに関する数多(あまた)の実験的研究が挙げられています。殊に、最も興味を惹かれるのは、ドルムドルフの『死仮死及び早期の埋葬(トット・シャイントット・ウント・フリューヘ・ベールディグング)』中の一例でしょうかな。確か一八二六年に、ボルドーの監督僧正(エピスコーポ)ドンネが急死して、医師が彼の死を証明したので、棺に蔵め埋葬式を行う事になりました。所が、その最中ドンネは棺中で蘇生したのです。然し、声音の自由を失っているので救いを求める事も出来ず、渾身の力を揮(ふる)って棺の蓋を僅かに隙(すか)しまでしたのでしたが、そのまま彼は力尽きて、再び棺中で動けなくなってしまいました。ところが、その生きながら葬られようとする言語に絶した恐怖の中で、折から荘厳な経文歌の合唱が轟いているにも拘らず、彼の友人二人が、秘(ひそ)かに私語する声を聴いたと云うのですよ」それから法水は、その現象をこの事件の実体の中に移した。

「そうなると、勿論この場合、一つの疑題です。大体召使などと云うものは、傍観的な亢奮こそあれ、まだ現場に達しもせぬ捜査官が、何か訊ねようとして近接する気配を現わしたにしても、それに何等の畏怖を覚えるべき道理はありません。ですから、その時僕は、ある出来事の前提とでも云うような、薄気味悪い予感に打たれました。云わば、過敏神経の劇的な遊戯なんでしょうが、一寸口には云えない、一種異様に触れて来る空気を感じたのです。それが明瞭としたものでないだけに、尚更踠いてでも近附かねばならぬような力に唆られました。そうして間もなく、貴方の箝口令が生んだ、産物であるのを知ると同時に、強いて覆い隠そうとした運命的な一人を、その身長までも測る事が出来たのです」

「身長を？」真斎は流石に驚いて眼を瞠ったが、此処で三人は、曾て覚えた事のない亢奮にせり上げられてしまった。

「そうです。あの兜の前立星が、此の人を見よ――と云っているのです」と法水は椅子を深く引いて、静かに云った。「多分貴方もお聴きになったでしょうが、拱廊の古式具足のうちで、円廊側の扉際にある緋縅錣の上に、猛悪な黒毛三枚鹿角立の兜が載っていました。また、その前列で吊具足になっている洗革胴の一つが、これは美々しい獅子噛座のついた、星前立細鍬形の兜を頂いていて、その二つの取り合せから判断すると、歴然たる置き換えの跡が残っているのです。そればかりでなく、その置き換えの行われたのが、昨夜の七時以後である事も、召使(バトラー)の証言に依って確める事が出来ました。然し、その置き換えには、頗(すこぶ)る繊細(デリケート)な心像が映っているのですよ。そして、それが円廊の対岸にある二つの壁画と俟(ま)って、始めてこの本体を明かにするのでした。御承知の通り、右手のものは『処女受胎の図』で、聖母(マリア)が左端に立ち、左手の『カルバリ山の朝』は、右端に耶蘇(イエス)を釘付けにした十字架が立っているのです。つまりその二つの兜を置き換えないでは、聖母(マリア)が十字架に釘付けされると云う、世にも不可思議な現象が現われるからでした。然し、その原因は容易(たやす)く突き究める事が出来たのです。ねえ田郷さん、円廊の扉際には、外面艶消しの硝子(ガラス)で平面の弁と凸面(とつめん)の弁を交互にして作った、六弁形の壁灯がありましたっけね。実は、緋縅錣の方に向いている平面の弁に、一つの気泡があるのを発見したのです。所で、眼科に使うコクチウス検眼鏡の装置を御存知でしょうか。平面反射鏡の中央に微孔を穿(うが)って、その反対の軸に凹面鏡を置き、其処に集った光線を、平面鏡の細孔から眼底に送ろうとするのですが、この場合は、天井のシャンデリヤの光が凹面の弁に集って、それが前方の平面弁にある気泡を通ってから、向う側にある前立星に照射されたからでした。つまりそれが判ると、前立甲(かぶと)の激しい反射光をうけねばならない位置を基礎にして、眼の高さが測定されるのでしょう」

「然し、その反射光が何を？」

「外(ほか)でもない、複視(ふくし)が起されるのですよ。催眠中でさえも眼球を横から押すと、視軸が混乱して複視を生ずるのですが、横から来る強烈な光線でも、同様の効果を生みます。

つまりその結果、前方にある聖母(マリア)が十字架と重なるので、恰度聖母(マリア)が磔刑(はりつけ)になったような仮像が起る訳でしょう。云う迄もなく、その置き換えた人物と云うのは、婦人なのです。何故なら、そうして幻のように現われる聖母磔刑(マリアはりつけ)の仮像は、第一、女性として最も悲惨な帰結を意味しています。また一面には、天来の瞰視(かんし)をうけているような意識に駆られて、審判とか刑罰とか云うような、妙に原人ぽい恐怖が齎(もたら)されて来るのですよ。大体そう云った宗教的感情などと云う代物は、一種の本能的潜在物なんですからね。どんな偉大な知力をもってしても、容易に克服できるものではありません。直観的ではあるが、決して思弁的ではないのです。もともと刑罰神一神説(ヤーヴィズム)は……公教精神(カトリシズム)は、聖(セント)アウグスチヌスが永劫刑罰説を唱えたとき、既に超個人的な、抜くべからざる力に達していたのですからね。ですから、不慮であると否(いな)とに拘らず、その大魔力は忽(たちま)ちに精神の平衡を粉砕してしまいます。殊に、脆(もろ)い、変化をうけ易い、何か異常な企図を決行しようとする際のような心理状態では、その衝撃には恐らく一溜(たま)りもない事でしょう。……つまり田郷さん、そう云った動揺を防ぐために、その婦人は二つの兜を置き換えたのですよ。然し、前立の星と並行する位置で、大凡(おおよそ)の身長が測定されるのですが、五呎(フィート)四吋(インチ)——その高さを有する婦人は、一体誰でしょうか。云う迄もなく、傭人共なら大切な装飾品の形を変えるような事はしないでしょうし、四人の外人は論なしとしても、伸子も久我鎮子も、各々(それぞれ)に一、二吋(インチ)程低いのです。所が田郷さん、その婦人は、未(いま)だこの館の中に潜んでいるのですよ。ああ一体、それは誰なんでしょうかね」と再三真斎の自供を促しても、相手は依然として無言である。法水の声に挑むような熱情がこもって来た。

「それから僕の脳裡で、その一つの心像が、次第に大きな逆説(パラドックス)となって育って行ったのですが、然し、先刻(さつき)貴方の口から、漸くその真相が吐かれました。そして、僕の算定が終ったのです」

「何と云われる。儂(わし)の口からとは？」真斎は驚き呆(あき)れるよりも、瞬間変転した相手の口吻に、嘲弄されたような憤りを現わした。「それが、貴方にある僅(た)った一つの障害なのじゃ。歪んだ空想のために、常軌を逸しとるのです。儂は虚妄(うそ)の烽火(のろし)には驚かんて」

「ハハハハ、虚妄の烽火ですか」法水は途端に爆笑を上げたが、静かな洗煉された調子で云った。

「いや、打たれし牝鹿は泣きて行け、無情の牡鹿は戯るる(ホワイ・レット・ザ・ストライクン・ディーブ・ゴー・ウイーブ・ザ・ハート・アンギャルト・プレイ)――の方でしょうよ。然し、先刻(さつき)貴方は、僕が『ゴンザーゴ殺し』の中の汝真夜中の暗きに摘みし草の息液よ(ザウ・ミックスチュア・ランク・オヴ・ミッドナイト・ウイーツ・コレクテッド)――と云うと、その次句の三たび魔女の呪咀に萎れ毒気に染みぬる(ウイズ・ヒケイツ・バン・スライス・ブラスデッド・スライス・インフエクテッド)――で答えましたっけね。その時どうして、三(スライス)たび以後の韻律を失ってしまったのでしょう。また、どうした理由かそれを云い直した時に、With Hecates(ウイズヒケイツ)を一節にして、Ban(バン)とthrice(スライス)とを合せ、しかもまた訝(いぶ)かしい事には、そのBanthrice(バンスライス)を口にした時に、貴方はいきなり顔色を失ってしまったのです。勿論僕の目的は、文献学上の高等批判をしようとしたのではありません。この事件の発端とそっくりで、実に物々しく白痴嚇(こけおど)し的な、三たび魔女の(ウイズ・ヒケイツ・バン)……以下を貴方の口から吐かせようとしたからです。つまり、詩語には、特に強烈な聯合作用が現われる――という、ブルードンの仮説（セオリイ）を剽窃して、それを、殺人事件の心理試験に異（ちが）った形態（かたち）で応用しようとしたのです。云わば、武装を陰した詩の形式でしょうかな。それで、貴方の神経運動を吟味しようと試みたのですが、遂々（とうとう）その中から、一つの幽霊的な強音（アクセント）を摘み出しましたよ。所でバーベージ（エドマンド・キーン以前の沙翁劇名優）は、沙翁（シェークスピア）の作中に律語的な部分、即ち希臘（ギリシャ）式量的韻律法が多いのを指摘していますね。つまり、一つの長い音節（シラブル）が、量に於いて二つの短い音節（シラブル）に等しいと云うのが原則で、それに、頭韻（アリテーション）・尾韻（エンドライム）・強音（アクセント）などを按配した抑揚格（アイアムバス）を作って、詩形に音楽的旋律を生んで行くのです。ですから、一語でもその朗誦法を誤ると、韻律が全部の節に渉（わた）って混乱してしまいます。然し貴方が三たび（スライス）で逼（つか）えて、それ以後の韻律を失ってしまったのは、決して偶然の事故ではないのですよ。その一語には、少（すく）くとも匕首（あいくち）位の心理的効果があるからなんです。ですから貴方は、それが僕を刺戟するのに気が附いたので、すぐに周章（あわ）てふためいて云い直したのでしょう。けれども、その復誦には、今も云った韻律法を無視しなければなりませんでした。それが僕の思う壺だったので、却って収拾のつかない混乱を招いてしまったのです。と云うのは、thrice（スライス）を避けて、前節の Ban（バン）と続けた Banthrice（バンスライス）が、Banshee（バンシイ）（ヘカテ伝説にある告死婆）が変死の門辺（かどべ）に立つとき化けると云う老人――即ち Banshrice（バンシュライス）のように響くからなんですよ。ねえ田郷さん、僕が持ち出した汝真夜中（ザウ・ミクスチア・ランク）の……の一句には、斯う云う具合に、二重にも三重にもの陥穽が設けられてあったのです。勿論僕は、貴方がこの事件で、告死老人（バンシュライス）の役割をつとめていたとは思いませんが、然しその、魔女（ヘカテ）が呪い毒に染んだと云う三たび（スライス）は、一体何事を意味しているでしょうか。ダンネベルグ夫人……易介……そうして三度目は？」

そう云って法水は、暫く相手を正視していたが、真斎の顔は、次第に朦朧とした絶望の色に包まれて行った。法水は続けて、

「それから僕は、その『ゴンザーゴ殺し』の三たび（スライス）を再び俎上に載せて、今度は反対に、下降して行く曲線として観察したのです。そして、愈々（いよいよ）その一語に、供述の心理を徹頭徹尾支配している、恐ろしい力があるのを確かめる事が出来ました。そのために、ポープの『髪盗み（レープ・オヴ・ザ・ロック）』の中で一番道化ている、異常に空想が働き、男自ら妊れるものと信ずるならん（メン・プルーヴ・ウイズ・チャイルド・アズ・パワーフル・ファンシイ・ウォークス）——を引き出して、毫も心中策謀のないのを、貴方に仄めかしたのです。所が、その次句の、処女は壺になったと思い、三たび声を上げて栓を探す（エンド・メイド・ターント・ボトルス・コール・アラウド・フォア・コークス・スライス）——で答えた貴方は、その中にthrice（スライス）と云う字があるのを殆んど意識しないかのように、平然としかも、極めて本格的な朗誦法で口にしているではありませんか。勿論それは、弛緩した心理状態に有り勝ちな盲点現象です。更に、前後の二つを対比してみると、同じthrice（スライス）でも、『ゴンザーゴ殺し』に現われているのと『髪盗み（レープ・オヴ・ザ・ロック）』のそれとでは、心理的影響に於いて、著しい差異があるのを測る事が出来たのでした。そこで僕は、結論をより一層確実にするために、今度はセレナ夫人から、昨夜この館にいた家族の数を引き出そうと試みました。所が、僕の云ったゴッドフリートの——吾今直ちに悪魔と一つになるを誰か妨げ得べき（ウァス・ヒェルテ・ミッヒ・ダス・イヒス・ニヒト・ホイテ・トイフェル）——に対して、セレナ夫人は、その次句の——短剣の刻印に吾身は（ゼッヒ・シュタンベル・シュレッケン・）

慄え戦きぬ（ゲエト・ドウルヒ・マイン・ゲバイン）――で答えたのです。然し、何故かsech（ゼッヒ）（短剣）と云うと狼狽の色が現われて、しかも、短剣の刻印（ゼッヒ・シュテムペル）と、頭韻（アリテイション）を響かせて一つの音節（シラブル）にして云う所を、sech（ゼッヒ）とStempel（シュテムペル）（刻印）の間に不必要な休止（ポーズ）を置いたのですから、それ以下の韻律を混乱に陥し入れてしまった事は云う迄もありません、何故セレナ夫人は、そう云う莫迦気た朗誦法を行ったのでしょうか。それは取りも直さず、Sechs tempel（ゼックス テムペル）（六つの宮）と響くのを懼（おそ）れたからです。その伝説詩の後半に現われて、『神の砦（デイフオデユルム）』（現在のメッツ附近）の領主の魔法でヴァルプギリスの森林中に出現すると云う――その六つ目の神殿に入ると、入った人間の姿は再び見られないと云うのですからね。ですから、セレナ夫人が問わず語らずのうちに暗示した、その六番目の人物と云うのは……。いや、昨夜この館から、突然消え去った六人目があったと云う事は、僕の神経に映った貴方がた二人の心像だけででも、最早否定する余地がなくなりました。斯うして、僕の盲人造型は完成されたのです」

真斎は、堪り兼ねたらしく、肱掛を握った両手が怪しくも慄え出した。

「すると、あんたの心中にあるその人物と云うのは、一体誰を指して云う事ですかな？」

「押鐘津多子です」法水はすかさず凜然と云い放った。「曾（かつ）てあの人は、日本のモード・アダムスと云われた大女優でした。五呎（フイート）四吋（インチ）と云う数字は、あの人の身長以外にはないのですよ。田郷さん、貴方はダンネベルグ夫人の変死を発見すると同時に、昨夜から姿の見えない津多子夫人に、当然疑惑の眼を向けました。然し、光栄ある一族の中から犯人を出すまいとすると、そこに何等かの措置で、覆わねばならぬ必要に迫られたのです。ですから、全員に箝口令を敷き、夫人の身廻り品を、何処か眼に付かない場所に隠したのでしょう。無論そう云う、支配的な処置に出る事の出来る人物と云えば、まず貴方以外にはありません。この館の実権者を扨て置いて、他にそれらしい人を求められよう道理がないじゃありませんか」

押鐘津多子――その名は事件の圏内に全然なかっただけに、この場合青天の霹靂に等しかったであろう。法水の神経運動が微妙な放出を続けて、上り詰めた絶頂がこれだったのか。然し、検事も熊城も痺れたような顔になっていて、容易に言葉も出なかった。と云うのは、これが果して法水の神技であるにしても、到底その儘を真実として鵜呑みに出来なかったほど、寧ろ怖れに近い仮説だったからである。真斎は手働四輪車を倒れんばかりに揺って、激しく哄笑を始めた。

「ハハハハハ法水さん、下らん妖言浮説は止めにして貰いましょう。貴方が云われる津多子夫人は、昨朝早々にこの館を去ったのですじゃ。大体、何処に隠れていると云われるのです。人間業で入れる個処なら、今迄に残らず捜し尽されて居りましょう。もし、何処かに潜んで居るのでしたら、儂から進んで犯人として引き出して見せますわい」

「どうして、犯人どころか……」法水は冷笑を湛えて云い返した。「その代り鉛筆と解剖刀が必要なんですよ。そりゃ僕も、一度は津多子夫人を、風精の自画像として眺めた事はありましたがね。所が田郷さん、これがまた、悲痛極まる傍説なんですよ。あの人は、死体となってからも、喝采をうける時機を失ってしまったのですからね。それが、昨夜の八時以前だったのです。その頃には既（とう）に津多子夫人は、遠く精霊界（フェアリー・ランド）に連れ去られていたのです。ですから、あの人こそ、ダンネベルグ夫人以前の……、つまり、此の事件では最初の犠牲者だったのですよ」

「なに、殺されて!?」真斎は恐らく電撃に等しい衝撃（ショック）をうけたらしい。そして、思わず反射的に問い返した。「す、すると、その死体は何処にあると云うのです?」

「ああ、それを聴いたら、貴方はさぞ殉教的な気持になられるでしょうが」と法水は、一旦芝居掛った嘆息をして、「実を云うと、貴方はその手で、死体の入っている重い鋼鉄扉を閉めたのでしたからね」とキッパリ云い放った。

途端に三つの顔から、感覚が悉（ことごと）く失せ去ったのも無理ではない。法水は、恰（あたか）もこの事件が彼自身の幻想的（ファンタスチック）な遊戯でもあるかのように、吐き続ける一説毎に、奇矯な上昇を重ねて行く。そして、恰度この超頂点（ウルトラクライマックス）が、はっきりと三人の感覚的限界を示していたからであった。そこで法水は、この北方（ゴート）式悲劇に次幕の緞帳（カーテン）を上げた。

「所で田郷さん、昨夜の七時前後と云えば、恰度傭人（やといにん）達の食事時間に当っていたそうですし、また拱廊で、兜が置き換えられた頃合にも符合するのですが、とにかくその前後に、大階段の両裾にあった二基の中世甲冑武者が階段を一足跳びに上ってしまい、『腑分図』の前方に立ち塞がっていたのです。然し、たったその一事だけで、津多子夫人の死体が古代時計室の中に証明されるのですがね。サア論より証拠、今度はあの鋼鉄扉を開いて頂きましょうか」

それから、古代時計室に行くまでの暗い廊下が、どんなに長い事だったか。恐らく、窓を激しく揺する風も雪も、彼等の耳には入らなかったであろう。熱病患者のような充血した眼をしていて、上体のみが徒らに前へ出て、体軀の凡ゆる節度を失い切っている三人にとると、沈着を極めた法水の歩行が、如何にももどかしかったに違いない。やがて最初の鉄柵扉が左右に押し開かれ、漆で澄み渡った黒鏡のように輝いている鋼鉄扉の前に立つと、真斎は身体を跼めて、取り出した鍵で、右扉の把手の下にある鉄製の函を明け、その中の文字盤を廻しはじめた。右に左に、そうしてまた右に捻ると、微かに閂止の外れる音がした。法水は文字盤の細刻を覗き込んで、

「成程、これはヴィクトリア朝に流行った羅針儀式（文字盤の周囲は英蘭土近衛龍騎兵聯隊の四王標である。ヘンリー五世、ヘンリー六世、ヘンリー八世、女王エリザベスの袖章で細彫りがされ把手には the Right Honble. JOHN Lord CHURCHIL の胸像が彫られてある）ですね」と云ったけれども、それが何処とはなしに、失望したような空洞な響を伝えるのだった。鍵の性能に対して殆んど信憑を置いていない法水にとると、恐らくこの二重に鎖された鉄壁が、彼の心中に蟠まっている、或る一つの観念を顚覆したに違いないのだった。

「サア、名称は存じませんが、合せ文字を閉めた方向と逆に辿って行くと、三回の操作で扉が開く仕掛になって居ります。つまり、閉める時の最終の文字が、開く時の最初の

文字に当る訳ですが、然し、この文字盤の操作法と鉄函の鍵とは、算哲様の歿後、儂以外には知る者がないのです」

次の瞬間、唾を嚥む隙さえ与えられなかった一同が、息詰るような緊張を覚えたと云うのは、法水が両側の把手を握って、重い鉄扉を観音開きに開き始めたからだった。内部は漆黒の闇で、穴蔵のような湿った空気が、冷やりと触れて来る。所が、どうした事か、中途で法水は不意動作を中止して、戦慄を覚えたように硬くなってしまった。が、その様子は、どうやら耳を凝らしているように思われた。刻々と刻む物懶げな振子の音と共に、地底から轟いて来るような、異様な音響が流れて来たのであった。

二、Salamander soll gluhen（火神よ燃え猛れ）

然し法水は、一旦止めた動作を再び開始して、両側の扉を一杯に開き切ると、なかには左右の壁際に、奇妙な形をした古代時計がズラリと配列されていた。外光が薄くなって、奥の闇と交わっている辺りには、幾つか文字面の硝子らしいものが、薄気味悪る気な鱗の光のように見え、その仄かな光に生動が刻まれて行く。と云うのは、所々に動いている長い短冊振子が、絶えず脈動のような明滅を繰り返しているからであった。この墓窖のような陰々たる空気の中で、時代の埃を浴びた物静けさが、そして、様々な秒刻の音が、未だに破られないのは、恐らく誰一人として、詰め切った呼吸を吐き出さないからであろう。が、その時、中央の大きな象嵌柱身の上に置かれた人形時計が、突然螺旋の弛む音を響かせたかと思うと、古風なミニュエットを奏で始めたのであった。廻転琴(反対の方向に動く二つの円筒を廻転せしめ、その上にある無数の棘を以って、梯状に並んでいる音鋼を弾く自動楽器)が弾き出した優雅な音色が、この沈鬱な鬼気を破ったと見えて、再び一同の耳に、あの引き摺るように重た気な音響が入って来た。

「灯を!!」熊城は吾に返ったかの如くに吼鳴った。真斎の手で壁の開閉器が捻られると、果して法水の神測が適中していた。と云うのは、奥の長櫃の上で、津多子夫人は生死を四人の賽の目に賭けて、両手を胸の上で組み、長々と横わっているのであった。その端正な美しさは、到底陶器で作った、ベアトリチェの死像と云う外にないであろう。然し、引き摺るような鈍い音響は、まさに、津多子夫人が横わっている附近から発せられて来る。薄気味悪い地動のような鼾声、それも病的な喘鳴でも交っているかのような……。ああ、法水が死体と推測した津多子夫人は、未だに生動を続けているではないか。皮膚は全く活色を失い、体温は死温に近い程に低下しているけれども、微かに呼吸を続け、微弱ながらも心音が打っている。そして、顔だけを除いて、全身を木乃伊のように毛布で巻き付けられているのだった。その時、廻転琴のミニュエットが鳴り終ると、二つの童子人形は、かわるがわる右手の槌を振り上げて、鐘を叩いた。そして、八時を報じたのであった。

「抱水クロラールだ」法水は呼気を嗅いだ顔を離すと、元気な声で云った。「瞳孔も縮少しているし、臭もそれに違いない。だが、生きていてくれて何よりだったよ。ねえ熊城君、津多子夫人の恢復で、この事件の何処かに明るみが差すかも知れないぜ」

「成程、薬物室の調査は無駄じゃなかったろうがね」と熊城は苦いものに触れたような顔になって、「だが、お蔭様で、飛んだ悲報を聴かされてしまったよ。物凄い幻滅だ。あの銅版刷みたいに鮮かな動機を持った女が、何と云う莫迦気た大砲を向けて来たんだい。一つ君に、霊媒でも呼んで貰おうかね」

事実熊城が云ったように、遺産配分から唯一人除かれていて、最も濃厚な動機を持っている筈の押鐘津多子夫人には、何処かに脆い、破れ目でも出来そうな所があるように思われていた。その矢先に、兇悪無惨な夢中の人物となって現われたばかりでなく、しかも、法水の推測を覆えして、今度は不可解な昏睡状態に、微妙な推断を要求しているのだった。その予想を許されない逆転紛糾には、独り熊城ならずとも、全く耐らない事件に違いないのである。検事も腹立たし気に吐息して云った。

「唯々驚くばかりさ。僅々二十時間余りの間に、二人の死者と二人の昏倒者が出来てしまったんだ。どのみち、問題になるのは、文字盤が廻される以前さ。それまでに、犯人は昏倒させた津多子を、此処へ運び入れたのだろう」と云って、法水を確信あり気な表情で見て、「然し法水君、大体の薬量が判れば、それを咽喉に入れた時刻の見当が付くだろう。そこに僕は、何かあるのじゃないかと思うよ。この昏睡には、屹度裏のまたその裏があるに違いないのだ」と意気地なくも検事も、やはり津多子夫人に纏わる、動機の確固たる重さに引き摺られるのだった。

「たしかに明察だ」法水は満足そうに頷いたが、「だが、薬量などはどうでもいい事なんだよ。何より問題なのは、犯人にこの人を殺す意志がなかったと云う事だ」

「なに、殺す意志がない!?」検事は思わず鸚鵡返しに叫んだが、すぐに異議を唱えた。

「然し、薬量の誤測と云う事は、当然ないとは云えまい」

「所が支倉君、この出来事には、薬量が根本から問題ではないのだ。ただ眠らせてこの室に抛り込んで置きさえすれば、それが論なしに致死量になってしまうのだよ。多量の抱水クロラールには、著しく体温を低下させる性能があるのだ。それにこの室は、石と金属とで囲まれていて、非常に温度が低い。だから、窓を開いて外気を入れさえすれば、この室の気温が、恰度凍死に恰好な条件になってしまうじゃないか。所が犯人は、そう云う最も安全な方法を択ばないばかりでなく、現在見る通り木乃伊（ミイラ）みたいに包（くる）んでいて、不可解な防温手段を施しているんだよ」と相変らず法水は、奇矯を極める謎の中から、更にまた異様な疑問を摘出するのだった。

　所が、果して彼の言の如く、窓の掛金には石筍（せきじゅん）のような錆がこびり付いていて、しかも、清掃されている室内には、些細の痕跡すら留められていない。法水は、運び出されて行く津多子夫人を凝然と見送りながら、何かしら慄然としたような顔になって云った。

「多分明日一日置けば、充分訊問に耐えられるだろうとは思うが、然しこの一事だけは、どうあっても記憶して置かなけりゃならん。何故に犯人が、津多子夫人の自由を奪って拘禁したか——と云う事なんだ。或は僕の思い過しかも知れないがね。そう云う手段を採るに至った陰険な企みと云うのが、もしかしたら、意識が恢復してから吐かれる、言葉の中にあるのではないかと思われるんだよ。どうして、破れ目がありそうだと、そこには極って陥穽がある んだから」

真斎は法水の驚くべき暴露に遇った所以か、この十分ばかりの間に、見違えるほど憔悴してしまった。力のない手附で、四輪車を操りながら、何か云い出そうとして哀願的な素振をすると、

「判ってますよ田郷さん」と法水は軽く抑えて、「貴方の採った処置に就いては、僕の方から、熊城君に宜しく頼んで置きましょう。ところで、押鐘津多子夫人の姿が見えなくなったのは、昨夜何時頃でしたか」

「それが、大分遅くなってからでしてな。何しろ、神意審問会に欠席されたので、その折始めて気が附いたのです」と真斎は漸く安堵の色を現わして云った。「恰度夕刻の六時頃に、御夫君の押鐘博士から電話が掛って参りました。そして、昨夜九時の急行で、九大の神経学会に行くとか云う旨を伝えられたそうですが、その時召使の一人が、津多子様が電話室からお出になったのを見たのみで、それなり、吾々の眼には触れなくなってしまわれたのです。尤もこの電話の事は、御自宅を確めた時に、先方の口から出た事実でしたが」

「成程、六時から八時——。とにかくその間の動静を、各個人に調べる事だ。或はそこ

から、火縄銃ぐらいは飛び出さんとも限らんからね」と熊城が殆んど直観的に云うと、それを法水は、驚いたように見返して、

「冗談じゃない。成程、君は体力的だよ。然し、あの狂人詩人のする事に、どうして不在証明（アリバイ）なんて、そんな陳腐な軌道があって堪るもんか」と、てんで頭から相手にしなかった。それから彼は、片眼鏡（モノクル）でも欲しそうな鑑賞的な態度になって、物奇（ものめずら）しそうな視線を立ち並ぶ古代時計に馳せ始めた。

それには、カルデアのロッサス日時計やビスマーク島ダクダク講社の棕櫚糸時計。水時計の類（たぐい）には、まず、トレミー朝歴代の埃及王（ファラオ）やオシリス・マアアト等の諸神、それにセバウ・ナアウの蛇鬼神までも両枠に彫り込んである――クテシビウス型を始めに、五世紀鄯善族（アヴァアシン）（印度西域の民族。六世紀の末突厥人のためにコーカサスに逐い込まる）の椀形刻計儀に至るまでの、十数種があった。それから、ホーヘンシュタウフェン家の祖フレデリック・フォン・ビュレンの紋章が刻まれている、稀（めず）らしいディアボロ形の砂漏などが注目されたけれども、油時計や火縄時計のように中世西班牙（イスパニア）で跡を絶ったものには、ピヤリ・パシャ（一五七一年ヴェネチヤ共和国とレパントーで海戦を演じたスルタンの婿）からの戦獲品や、仏蘭西（フランス）旧教徒の首領ギーズ公アンリー（聖バーセルミュウ祭の当日新教徒を虐殺した人物）から献上したもの等が眼に止まった。尚、重錘初期以来のものは二十に余るけれども、特に目立ったのは、巨大な海賊船（ヴァイキング・シップ）の横腹に、時計や七曜円を附けたもので、刻字文に依ると、マーチャント・アドヴェンチュアラーズ会社からウイリ

アム・シシル卿（エリザベス朝に入ってから、ハンザ商人に弾圧を加えた政治家）に贈ったものであった。恐らく此等は、古代時計の蒐集として、世界に類を求め得ない程に冠絶したものに違いなかった。然し、その中央で王座のように蟠（わだか）まって君臨しているのが、黄銅製の台座の柱身にはオスマン風の檣楼、羽目（パネル）には海人獣が象嵌されていて、その上に、コートレイ式の塔形をなした人形時計が載せられている――一つがそれだった。それには、近世のもののような目盛盤がなく、塔上の円柵の中には鐘（チャペル）が一つあって、それを挟んで、和蘭（オランダ）ハーレム辺りの風俗をした、男女の童子人形が向き合っている。そして、一刻が来る度に、それまで自動的に捲かれた螺旋（ゼンマイ）が弛み、同時に内部の廻転琴（オルゴール）が鳴り出して、その奏楽が終ると、今度は二人の童子人形が、交互に撞木（しゅもく）を振り上げては鐘（チャペル）を叩き、定められた点鐘を報ずる仕掛になっていた。法水が横腹にある観音開きの扉を開くと、上部には廻転琴（オルゴール）装置があって、その下が時計の機械室だった。然し、その時扉の裏側に、端なくも異様な細字の篆刻（てんこく）を発見したのである。即ち、その右側の扉には……

――天正十四年五月十九日（羅馬（ローマ）暦天主（デウス）誕生以来一五八六年）西班牙（イスパニア）王フィリップ二世より梯状琴（クラヴィチエムバロ）と共にこれをうく。

また、左手の扉にも、次の字文が刻まれているのだった。

――天正十五年十一月二十七日（羅馬（ローマ）暦天主（デウス）誕生以来一五八七年）。ゴアの耶蘇会聖（ジエスイットセント）パウロ会堂に於いて、聖（サン）フランシスコ・シャヴィエル上人の腸丸をうけ、それをこの遺物筐（シリケきょう）に収めて、童子の片腕となす。

それは正しく、耶蘇会殉教史が滴らせた、鮮血の詩の一つであったろう。然し、後段に至ると、そのシャヴィエル上人の腸丸が、重要な転回を勤める事になるのであるが、その時はただ、法水が悠久磅礴たるものに打たれたのみで、まるで巨大な掌にグイと握り竦められたかのような、一種名状の出来ぬ圧迫感を覚えたのであった。そして、暫くその篆刻文を瞶めていたが、やがて、

「ああ、そうでしたね。確か上川島（広東省の揚子江畔）で死んだシャヴィエル上人は、美しい屍蠟になっていたのでした。成程、その腸丸と遺物筐とが、童子人形の右腕になっているのですか」と低く夢見るような声で呟いたが、突然調子を変えて、真斎に訊ねた。

「所で田郷さん、見掛けたところ埃がありませんけど、この時計室は何日頃掃除したのです？」

「恰度昨日でした。一週に一回する事になって居りますので」

そうして、古代時計室を出ると、真斎は何より先に、彼を無惨な敗北に突き落したところの疑念を解かねばならなかった。法水は、真斎の問いに味のない微笑を泛べて、

「そうすると貴方は、ディやグラハムの黒鏡魔法を御存知でしょうか」と一先ず念を押してから、烟を吐いて語り始めた。

「先刻も云った通り、その解語と云うのが、階段の両裾にあった二基の中世甲冑武者なんです。勿論装飾用のもので、大した重量ではありませんが、あれは御承知のように、

恰度七時前後——折柄（おりから）傭人達の食事時間を狙って、一足飛びに階段廊まで飛び上ってしまったのです。それに、双方とも長い旌旗（せいき）を持っているのですが、僕は最初、それを旌旗の入れ違いから推断して、犯人の殺人宣言と解釈したのです。然し、一寸神経に触れたものがあったので、一とまず二旒（にりゅう）の旌旗と、その後方にあるガブリエル・マックスの『腑分図』とを見比べて見ました。勿論画中の二人の人物には、津多子夫人の在所（ありか）を指摘するものはなかったのですが、その時不図（ふと）、二旒の旌旗が画面の遙か上方を覆うているのに気が付いたのです。そこに、ダマスクスへの道を指し示している、里程標があったのですよ。つまり、その辺一帯の、一見絵刷毛（ブラッシュ）を叩き付けたような、様々な色が或は線をなし塊状をなしていて——色彩の雑群を作っている所が、即ちそれだったのです。所で、点描法（ポアンチリスム）の理論を御存知でしょうか。色と色を混ぜる代りに、原色の細かい線や点を交互に列べて、それを或る一定の距離を隔てて眺めさせると、始めて観者の視覚の中で、その色彩分解が綜合されるのを云うのですよ。勿論、それより些かでも前後すれば、忽ち統一が破れて、画面は名状すべからざる混乱に陥ってしまうのです。つまりそれが、ルーアン本寺の門を描いたモネエの手法なのですが、それを一層法式化したばかりでなく、更に理論的に一段階進めたものと云うのが、あの画中に隠されてあったのです」と法水は其処まで云うと、鋼鉄扉を閉じさせて、「では、一つ実験してみますかな——あの混乱した雑色の中に何が隠されているのか？　最初に熊城君、その壁にある三つの開閉器（スイッチ）を捻ってくれ給え」

早速熊城が法水の云う通りにすると、最初に「腑分図」の上方にある灯が消え、続いて、右手のド・トリー作「一七二〇年馬耳塞（マルセーユ）の黒死病（ペスト）」の上方から、右斜めに落ちている一つも消えたので、階段廊に残っている光と云えば、左手のジェラール・ダヴィッド作「シサムネス皮剝（かわはぎ）死刑之図」の横から発して、「腑分図」を水平に撫でている一つのみになってしまった。が、その一燈に当る開閉器（スイッチ）は、階段の下にあるのだった。すると、それ迄現われていた渋い定着が失われて、「腑分図」の全面には、眼の眩むような激しい眩耀（ハレーション）が現われた。更に、最後の一つが捻られて頭上の灯が消えると、法水はポンと手を叩いて、

「これでいいのだ。やはり、僕の推測通りだったよ」

所が、それから暫くの間、前方の画中を血眼（ちまなこ）になって探し求めていたけれども、三人の眼には、眩耀（ハレーション）以外の何ものも映らなかった。

「一体何処に何があるんだ」と床を蹴って、熊城は荒々しく怫然と叫んだ。が、その時何気なしに、真斎が後方の鋼鉄扉を振り向くと、そこには熊城の肩を、思わずも摑ませたものがあった。

「アッ、テレーズだ！」

それは、正しく魔法ではあるまいかと疑われたほど、不可思議奇態を極めた現象であった。前方の画面が眩ゆいばかりの眩耀（ハレーション）で覆われているにも拘らず、その上方の部分が映っている後方の鋼鉄扉には、果して何処から映ったものか、くっきりと確かな線で、

しかも典麗な若い女の顔が現われているのだった。更に一層薄気味悪い事には、擬(まご)う方(かた)なくそれが、黒死館で邪霊と云われるテレーズ・トレヴィーユだったのである。法水は側(はた)の驚駭には関(かま)わず、その妖しい幻の生因を闡明(せんめい)した。

「判ったでしょう田郷さん、混乱した色彩があの距離まで来ると、始めて統一を現わすのですよ。然し、その点描法(ポアンチリスム)の理論と云うのは、この場合単に、分裂した色彩を綜合する距離を示したのみの事です。無論その色彩だけでは、朦朧としたものがこの漆扉(うるしど)へ映るに過ぎないでしょう。実はその基礎理論の上に、更に数層の技巧が必要なのです。と云うのは、外(ほか)でもないのですが、今世紀の始めに黴毒菌(スピロヘーター)染色法として、シャウディンとホフマンが案出した『暗視野照輝法』なのですよ。元来黴毒菌(スピロヘーター)は無色透明の菌なので、その儘普通の透視法を用いたのでは、顕微鏡下で実体を見る事は出来ません。それで、一案として顕微鏡の下に黒い背景(バック)を置き、光源を変えて水平から光線を送るようにしたのですが、その結果始めて、透明の菌だけから反射されて来る光線を見る事が出来たのでした。つまりこの場合は、左横の『シサムネス皮剥死刑之図』の脇から発して、画面を水平に撫でている光線が、それに当るのですよ。すると勿論、色彩から光度(ヘリヒカット)の方に、本質が移ってしまいます。ですから、黄や黄緑のような比較的光度の高い色や、対比現象で固有のもの以上の光度を得ている色彩は、恐らく白光に近い度合で輝くでしょうし、またそれ以下のものは段階をなして、次第に暗さを増して行くに違いないのです。その光度の差が、この黒鏡(ブラックミラー)に映ると一層決定的になってしまうのですが、一方実際問題として、膠質の絵具では全体に渉って眩耀が起らねばなりません。然し、色調を奪って、その眩耀を吸収してしまうばかりでなく、それを黒と白の単色画に、判然と区分してしまうものが、実にこの漆扉——即ち黒鏡なのでした。ですから、稍近い色でも、最も光度の高いものに対比されると、幾分暗さを増すに違いないのですから、そこにテレーズの顔が、ああ云う確かな線で、くっきりと描き出された原因があるのですよ。ねえ田郷さん、貴方は史家ホルクロフトや、古書蒐集家ジョン・ピンカートンなどの著述をお読みになったでしょうが、曾て魔法博士ディやグラハムが、愚民を惑わした黒鏡魔法も、底を割れば、たったこれだけの本体に過ぎないのです。扨、三つの開閉器が捻られて、この一帯が暗黒になると、その時、何故に、テレーズの像が現われなければならなかったのでしょう」

そこで、法水は一寸一息入れて莨に火を点けたが、再びこつこつ歩き廻りながら云い始めた。

「それが、破邪顕正の眼なのです。多分、算哲博士は世界的の蒐集品を保護するために、文字盤を鉄函の中に入れただけでは不安だったのでしょう。それがために、斯う云う頗る芝居気たっぷりな装置を、秘そり設けて置いたのですよ。何故なら、考えてみて下さい。いま点滅した三つの灯は、何時も点け放しなんですからね。ですから、仮りにこの室に侵入しようとするものがあれば、自分の姿を認められないために、まず手近にある三つの開閉器を捻り、この辺り一帯を暗黒にしなければならないでしょう。その上で鉄柵扉を開いたとすると、それ迄頭上の灯で妨げられていたものが、突然漆扉の上に、不気味な姿となって輝き出すでしょう。然し、背後の『腑分図』は、その位置から見ただけだと、徒らに色彩が分裂しているのみであって、しかも眩ゆいばかりの、眩耀（ハレーション）で覆われているのですから、何処にその像の源があるのか判断が付かなくなって、結局仰天に価する妖怪現象となって残ってしまうのです。つまり、小胆で迷信深い犯人は、一度苦い経験を踏んで、たしか脅かされたに違いありません。ですから、昨夜は秘（こっ）そり甲冑武者を担（かつ）ぎ上げて、二旒の旌旗で問題の部分を隠したと云う訳なんですよ。ねえ田郷さん、確かこれだけは、風精（ジルフェ）が演じたうちで、一番下手な廷臣喜劇（コーディアル・プレイ）でしたね」

法水が語り終えると、検事は冷たくなった手の甲を擦りながら、歩み寄って云った。

「素敵だ法水君、君はトムセンどころか、アントアンヌ・ロシニョール（史上最大の暗号解読家、ルイ十三、十四世に仕え、殊に僧正リシュリューに寵愛せらる）だよ」

「ああ、それは風精（ジルフェ）の洒落じゃないか」法水は暗澹とした顔色になって歎息した。「あの男は詩人のボア・ロベールから、暗号でもない『ファウスト』の文章で揶揄（からか）われたのだからね」

× × ×

斯うして事件の第一日は、矛盾撞着を山の如くに積んだ儘で終ってしまった。が、果して翌朝になると、凡ゆる新聞はこの事件の報道で、でかでか一面を飾り立てて、日本空前の神秘的殺人事件と、頗（すこぶ）る煽情的な筆法で書き立てるのだった。殊に、事件の開始早々にも拘らず、もう、愚にも附かない実際家出の探偵小説家を摑まえて来て、それに管々しい推理談的な感想を述べさせている所などを見ると、降矢木一族の底知れない神秘と関聯させて、この事件をジャーナリスチックにも、煽り立てる心算のように思われた。然し、法水は終日書斎に閉じ籠っていて、その日は遂々黒死館を訪れなかったが、恐らくそれは、遺言状を開封させるために、福岡から召還した押鐘博士の帰京が、その翌日の午後になった事と、また一つには、津多子夫人の予後が未だ訊問に耐えられそうもないと云う——以上の二つが決定的な理由のように思われた。けれども、それを従来の例に徴してみると、法水が静かな凝想の中で、何か一つの結論に到達しようと試みているのではないかと、推測されるのだった。勿論その日の午前中に、法医学教室から剖見の発表があった。その中から要点を摘出してみると、ダンネベルグ夫人の死因は明白な青酸中毒で、薬量も、驚くべき事には〇・五と計測されたが、肝腎の屍光と創紋とは、何れも生因不明であって、単に蛋白尿が発見されたと云う一事に尽きていた。それから易介になると、絶命推定時刻は法水の推定通りだったけれども、異様な緩性窒息の原因や、絶命時刻と齟齬している脈動や呼吸などに就いては、正に甲論乙駁の形で、わけても、易介が佝僂病患者である所から、その点に関した偏見が多いようだった。なかにも、最早古典に等しいカスパー・リーマンの自企的紋死法などを持ち出して来て、死後切創が加えられる以前に、易介は自企的窒息を計ったのではないか——などと云う、頗る市井の臆測に堕したような異説も現われたくらいである。ところが、その翌朝即ち一月三十日、法水は突然各新聞通信社に宛てて、支倉検事と熊城捜査局長立会の下に、易介の死因を発表する旨を通告した。

法水の書斎は極めて簡素なもので、徒らに積み重ねた書籍の山に囲まれているだけであったが、それでも、その存在は相当世間に鳴り響いていた。と云うのは、その壁面を飾るものに、現在は稀覯中の稀覯とも云う銅版画で、一六六八年版の倫敦大火之図が掲げられているからだった。何時もならそれを脊にして、彼の最も偏奇な趣味である古今東西の大火史を、滔々と弁じ立てるのだが、その日は法水が草稿を手に扉を開くと、内部は三十人程の記者達で、身動きも出来ぬ程の雑沓だった。法水は、騒響の鎮まるのを待って、草稿を読み始めた。

——最初に降矢木家の給仕川那部易介の死を発見した、その前後の顚末を概述して置こうと思う。即ち、午後二時三十分拱廊の吊具足の中で、正式に甲冑を着した姿で窒息し、死後咽喉部に、二条の凵形をした切創をうけ、絶命しているのを発見された。明白に死体の諸徴候は、死後二時間以内である事を証明しているが、その窒息方法は緩慢に加わって行ったものらしく、経路も全然不明である。しかも同じ傭人の一人は、一時やや過ぎた頃に、被害者が高熱を発しているのを知り、同時に脈動のあった事も確めたと云うのみならず、更に、死体発見を去る僅々三十分以前の正二時には、被害者の呼吸を耳にしたと云う——実に奇怪極まる事実を陳述したのである。依って、上述の事実に基き、此処に私見を明かにしたいと思う。所で、最初に原因不明の窒息に就いては、それを器械的胸腺死（メカニシエル・ティムストット）――と云うよりも、胸腺に或る器械的な圧迫を外部から加えたものだと主張する、即ち川那部易介は、成年に達しても依然発育した胸腺を有する、一種の特異体質者に相違ないのである。而してその方法は、頸輪（くびわ）で頸静脈を強く緊縛したために脳貧血を起し、その儘軽度の朦朧状態に陥ったのと、鎧を横向きに着させたために、胸板の才鎚環（さいづちかん）で強く鎖骨上部が圧迫され、その圧力が、左無名静脈に加わったのが主因であろう。従って、それに注入する胸腺静脈に鬱血を来たし、更に、それが胸腺にも及んで鬱血肥大を起したので、当然気管を狭搾（きょうさく）し、やや長時間に渉る漸増的な窒息の結果、死に達（いた）らしめたものであると思う。然しながら、解剖所見の発表を見るに、それには胸腺に就いて何等記されている所はない。けれども、そうして不問に附せられているとは云い条（じょう）、それ等の事実は、不可思議なる被害者の呼吸と重大なる因果関係を有するものである。更に、その要点に言及すれば、何故に錚々（そうそう）たる法医学者達が、二つの切創が共に中以上の血管では動脈を避け、静脈のみを胸腔にかけて抉っているのに気付かぬのであろうか。そこに、人間生理の大原則を顚覆させた、犯人の詭計が潜んでいるのは勿論の事である。所で、凵形に抉らねばならなかった切創の目的と云うのは、外でもない。肥大した胸腺を切断して収縮せしめたばかりではなくて、死後動脈収縮（死後直ちに静脈を切断しても、出血はしないが、稍暫く後には、動脈の収縮に依って、喞筒状に血液を静脈に送り、流出せしむる）に依って流出した血液を胸腔内に充して、肺臓を圧迫し残気を吐き出さしめたと信ずるのである（死後残気の説に就いては、ワグナー、マクドウガル等の実験で、約二十立方吋と計量されている)。次に、死後脈動及び高熱に就いては、絞首——廻転——墜落と続く日本刑死記録に於いても、相当の文献があるのみならず、ハルトマンの名著「生体埋葬(バリード・アライヴ)」だけでも、有名なテラ・ベルゲルの奇蹟(心臓附近のマッサージに依って、心音を起し、高熱を発せりと云うファレルスレーベンの婦人)や匈牙利(ハンガリ)アスヴァニの絞刑死体(十五分間廻転するがままに放置したる後引き下してみると、その後二十分も脈動と高熱が続いたと云う一八一五年ビルバウァー教授の発表)が挙げられているように、窒息死後、廻転するかして死体に運動が続けられる場合は、高熱を発し脈動を起す例が必ずしも皆無ではないのである。正しく易介に於いても、絶命後具足の廻転が死体発見の一因として証明されているではないか。依って、上述した所を綜合すれば、易介の死は依然午後一時前後であって、彼が如何にして甲冑を着したかと云う点にも、北条流吊具足早着之法などの陣中心得は、無論この場合問題ではない。到底他人の力を藉(か)りなければ、非力病弱の易介にはなし得ないと推断されるのである。然し、今回の発表が、ただ単に死因の推定にのみ止まっていて、何等事件の開展に資する所のないのは、捜査関係者として心から遺憾の意を表したいと思う。

　法水の朗読が終ると、詰められていた息が一度に吐かれた。そして、昂奮を投げ交すような声で暫く騒然となっていたが、やがて熊城が、蹴散らすようにして記者達を追い出してしまうと、再び何時ものような三人だけの世界に戻った。法水は暫く凝然(じっ)と考えていたが、稀(めず)らしく紅潮を泛べた顔を上げて云った。

「ねえ支倉君、遂々(とうとう)僕は、或る一つの結論に到達したのだ。勿論外包的だよ。全部の公式は到底判っちゃいないがね。然し、個々の出来事からでも、共通した因数(ファクター)を知る事が出来たとしたら、どうだろう」と二人の顔をサッと掠(かす)めた、驚愕の色に流眄(ながしめ)をくれて、「所で君は、この事件の疑問一覧表を作ってくれた筈だったね。では、その一箇条一箇条の上に、僕の説を敷衍(ふえん)させて行く事にしようじゃないか」

　検事が片唾を嚥みながら、懐中の覚書を取り出した時だった。扉(ドア)が開いて、召使が一通の速達を法水に手渡しした。法水は、その角封を開いて内容を一瞥したが、格別の表情も泛べずに、すぐ無言のまま卓上の前方に投げ出した。所が、それに眼を触れた検事と熊城は、忽ちどうにもならない戦慄に捉えられてしまった。見よ、ファウスト博士から送られた三回目の矢文ではないか！　それには、何時ものゴソニック文字で、次の文章が認められてあった。

Salamander soll gluhen（火神(サラマンダー)よ、燃えたけれ）

第五篇　第三の惨劇

一、犯人の名は、リュツェルン役の戦歿者中に

Salamander soll gluhen（火精（サラマンダー）よ、燃えたけれ）

黒死館を真黒な翼で覆うている眼に見えない悪鬼が、三度（みたび）ファウスト博士を気取って五芒星呪文の一句を送って来た。それには、何より熊城が、まず云いようのない侮辱を覚えずにはいられなかった。事実、残された四人の家族は熊城の部下に依って、宛（さな）がらゴート式甲冑のように、身動きも出来ぬほど装甲されているのである。それにも拘らず、不敵極りない偏執狂（マニアック）的な実行を宣言して、ダンネベルグ夫人と易介に続く、三回目の惨劇を予告しているではないか。そうなると、熊城の作り上げた人間の塁壁が、第一どうなってしまうのであろう。殆んど犯罪の続行を不可能に思わせる程の完璧な砦でさえも、犯人にとっては、わずか冷笑の塵に過ぎないではないか。のみならず、そう云う触れれば破滅を意味している、決定的な危険を冒してまでも敢行しようと云う、恐らく狂った

のでなければ意志に表わせぬような決意を示しているのであるから、その不敵さに度胆を抜かれた形になってしまって、三人が暫くの間声を奪われていたのも無理ではなかった。その日は何日目かの快晴だった。和やかな陽差が、壁面を飾っている倫敦大火之図の下方——恰度ブリクストン附近に落ちていて、それが次第にテムズを越えて、一面に黒煙の漲る、キングスクロスの方へ這い上って行こうとしている。然しそれに引き換え室内の空気は、打てば金属のように響くかと思われる程に緊張し切っていたが、法水は何か成算のあるらしい面持で、ゆったりと眼を瞑じ黙想に耽りながらも、絶えず微笑を泛べ独算気な頷きを続けていた。やがて、熊城が無理に力味出したような声を出した。

「僕は真斎じゃないがね。虚妄の烽火には驚かんよ。あの無分別者の行動も、愈々これで終熄さ。だって考えて見給え。現在僕の部下は、あの四人の周囲を盾のように囲んでいる。けれども、その反面の意味が、同時に犯人の行動記録計の役も勤めている事になるんだぜ。ハハハハ法水君、何と云う皮肉だろう。もしかしたら、犯人にも護衛を附けてないとも限らんのだからね」

　検事は相変らず憂鬱な顔で、熊城の過信に反対の見解を述べた。

「どうして、あの四人をバラバラに離してみた所で、到底この惨劇は終りそうもないよ。人間の力では、どうしても止める事が不可能のような気がする。事実僕には、まだ誰か知られてない人物が、黒死館の何処かに潜んでいるような気がしてならないんだ」

「すると君は、ディグスビイが蘭貢で死んだのではないと云うのか」熊城は眼を瞠って、身体を乗り出した。

「とにかく、冗談は止めて貰おう。それほど算哲の遺骸が気になるのだったら、その発掘は、この事件の大詰が済んでからの事にしようじゃないか」

「うん、神経かも知れないが。決して小説的な空想じゃないよ。結局この神秘的な事件が、そこまで辿り着いて行きそうな気がするだけだけどもね」とそれなりで検事は、彼の譫妄めいたものを口には出さなかったけれども、それには背後から追い迫って来る、悪夢のような不思議な力が潜んでいた。割合夢想的な法水でさえも、その――ディグスビイの生死如何にかけた疑問と算哲の遺骸発掘――と言う二つの提題からは、瞬間ではあったが、疼き上げて来るようなものを感じた事は事実だった。検事は椅子をグイと後に倒して、尚も嘆息を続けた。

「ああ、今度は火精か!? すると、拳銃か石火矢かい。それとも、古臭いスナイドル銃か四十二磅砲でも向けようと云う寸法かね」

法水はその時不意に瞼を開いて、喫られたように半身を卓上に乗り出した。

「四十二磅の加農砲！ そうだ支倉君。然し、君がそれを意識して云ったのなら、大したものだよ。今度の火精には、決して今迄のような陰険朦朧たるものはないと思うのだ。屹度犯人の古典好みから、ロドマンの円弾が海盤車のような白煙を上げて炸裂するだろうよ」

「ああ、相変らず豪壮な喜歌劇かね。それなら、どうでもいいが」と熊城は一旦忌々しそうに舌打ちしたが、坐り直した。「然し、論拠のあるものなら、一応は聴かせて貰おう」

「勿論あるともさ」法水は無雑作に頷いたが、その顔には制し切れない昂奮の色が現われていた。

「と云うのは、今度の火神（サラマンダー）だけに、水精（ウンディヌス）・風精（ジルフス）——と前例のある、性別転換が行われてないと云う事なんだ。所で、あの五芒星呪文に現われている四つの精霊だが、各々に水精（ウンディネ）・風精（ジルフェ）・火精（サラマンダー）・地精（コボルト）——と、物質構造の四大要素を代表している。云う迄もなく、中世の錬金道士（パラツェリスト）が仮相していた、元素精霊（エレメンタリー・スピリット）には違いない。そして今迄は、水精（ウンディヌス）と扉（ドアー）を開いた水、風神（ジルフス）と倍音演奏——と云っただけの、云わば要素的な符合しか判ってはいなかったのだ。けれども、一旦それに性別転換の解釈を加えると、あの如何にも秘密教（エルメチスム）めいていたものが、立ち所に公式化されてしまうのだ。ねえ熊城君、水精（ウンディヌス）と男性に変えなければ、どうしてあの扉（ドアー）を開く事が出来なかったのだろうか。そこに、犯罪方程式の一部が精密な形で透し見えていたのを、僕等は、今まで何故に看過していたのだろうか」

「なに犯罪方程式⁉」法水の意外な言に、熊城は胸を灰だらけにして叫んだ。けれども、大体が真理などと云うものは、往々に、牽強附会この上なしの滑稽劇（バーレスク）に過ぎない場合がある。しかも、極って何時（いつ）も、それは平凡な形で足下に落ちているものではないか。続いて、法水が暴露したその一側面と云うのが、如何に二人を啞然たらしめた事か……。

「所で君は、スピルディング湖の水精（ウンディネ）を描いた、ベックリンの装飾画を見た事があるかね。鬱蒼とした樅林の底で、氷蝕湖の水が暗く光っているのだ。それが、群青を生の陶土に溶かし込んだような色で、粘稠と澱んでいる。その水面に、虬の背ではないかと思わせているのが、金色を帯びた美しい頭髪で、それが藻草のように靡いているのだよ。けれども熊城君。僕は何も職業的な観賞家じゃないのだからね、猟館や瘤々した自然橋などを持ち出してまで、君達に冥想を促そうとする魂胆はない。そう云う水精を男性に変えてしまう段になると、真先に変化の起らねばならぬものが、抑々何であるか――それを問いたいのだよ」

と法水の顔に微かな紅潮が泛び上って、五芒星の不備を指摘する、メフィストの科白(その円に一個所誤謬があったためにその間隙を狙い、メフィストが、ファウストの鎖呪を破って侵入したのである)を口にした。「――とくと見給え。あの印呪は完全に引いてないよ。外側に向いている角が、見る通りに少し開いている」

「ああ成程、毛髪と鍵の角度に水! これは、博学なる先生に御挨拶申上げます。頗る汗をかかされたものです哩」

と同じく洒落た口調で、検事もメフィストの科白で合槌を打ったけれども、それには、犯人と法水と、両様の意味で圧倒されてしまった。……あの夜ダンネベルグ夫人が死体となった室の扉には、鍵孔に注ぎ込んだ水の湿度に依って毛髪が伸縮し、自動的に開閉されるディ博士の隠顕扉装置が秘められてあった。所が、それに必要な水と毛髪とが、カルデア古呪文の中に隠されていたのは未だしもの事で、より以上の驚きと云うのは、外にあったのだ。それは、その装置を力学的に奏効させる所の落し金の角度が、物もあろうに機械図のような精密さで、五芒星の封鎖を破ったメフィストの科白の中に示されていた事である。そうなると、勿論その方程式は、事件中最大の疑問と云われる次の風精(ジルフス)に向って追及されねばならなかった。が、その解答を求めた検事の顔には、痛々しいまでの失意の色が現われた。

「すると、鐘鳴器室(カリルロン)の風精(ジルフス)が、あの倍音演奏とどんな関係があるのだね。そのλ(ラムダ)は、θ(テータ)は？」と検事が喘ぐように訊ねると、法水は俄かに態度を変えて、悲劇的に首を振った。

「冗談じゃない。どうしてあれが、そんな遊戯的衝動の産物なもんか。あれには、悪魔の一番厳粛な顔が現われているんだよ。ねえ、そうじゃないか支倉君、没頭と酷使とからは、極って恐ろしいユーモアが放出されるんだぜ。だから、あの風精(ジルフス)のユーモアは、今のような論理追求だけで潰(ひしゃ)げてしまうような代物じゃない。屹度(きっと)水精(ウンディヌス)などとは似ても似つかぬほど、狂暴的な幻想的(ファンタスチック)なものに違いないのだ。それに、元来あの風精(ジルフス)と云うのが、眼には見えぬ気体の精(インヴィジブル・フェアリー)なんだからね。従って、何処(どこ)ぞと云う特徴もないのだ」と寧(むし)ろ冷酷に突き放してから、熊城の方を向くと、彼は満面に殺気を泛べて云い放った。

「つまり、屹度犯人の冷笑癖(シニシズム)が、結局自分の墓穴を掘ってしまったのだよ。試しに水精(ウンディヌス)と、性別転換の行われてない火精(サラマンダー)とを比較して見給え。必ずその解答が、前例の二つとはてんで転倒した犯行形式に違いないのだ。犯人は隠微な手段を藉(か)らずに、堂々と姿を現わして、ブラッケンベルグ火術の精華を打ち放すだろう。勿論標尺と引金を糸で結び付けて、反対の方向へ自働発射を試みるような事はやらんだろうし、汗で縮むレットリンゲル紙を指に巻いて、引金に偽造指紋を残すような陋劣な手段にも出まい。云わば、一切の陰険策を排除した騎士道精神なんだよ。然し、僕等にもしこの用意がなかった日には、前例の二つに現われている、複雑微妙な技巧に慣れた眼で、必ずや錯覚を起すに違いないのだ。つまり、そこに犯人が目論んだ、反対暗示があると云う訳だが、……今度こそは嗤(わら)い返してやるぞ」

　勿論その一言は、今後の護衛方法に決定的な指針を与えるものに相違なかった。けれども、斯うして法水の知脳が、次回の犯罪に於いて全く犯人の機先を制したかのように見え、殊に火精(サラマンダー)の一句が、結局犯人の破滅を引き出すかの観を呈したのだったけれども、従来(これまで)彼対犯人の間に繰り返されて行った権謀術策の跡を顧ると、法水の推断を底とするのが、まだまだ早計のようにも思われるではないか。然し、五芒星呪文に対する彼の追及は、決してそれのみには尽きなかったのである。

「然し、まだまだ僕は、あの五芒星呪文に、もっと深い所に内在している、核心のものがあると信じていたのだ。つまり、この事件の生因と関聯している、サア、犯罪動機と云うよりも、まだもっと深奥のものかも知れない。いや、もう少し広い意味で云うと、黒死館の地底には、一面に拡がっている幾つかの秘密の根がある。それが盤根錯綜として重なり合っている個所(ところ)の形状を、何かの動機で知る事が出来はしまいかと考えたのだ。それで、試みに様々の角度を使って、一々あの呪文を映してみたのだよ」と其処まで云うと、法水は流石に疲労の色を泛べて、昨日一日を費やした悽愴な努力を語るのだった。

それに依ると、犯人を一種の展覧狂と信じている法水は、最初伝説学に考察の矢を向けたのだった。アナトール・ルブラの『ブリトン伝説学』やガウルドの「オールド・ニック」までも渉猟して、性別転換の深奥に潜んでいて犯罪動機に符合するものを、中欧死神口碑の中に見出そうとした。また、シェラッハウヘンの『シュアルツブルグ城』其他から、妖精の名称に関する語源学的な変転を知ろうとした。つまり、水精と水魔との間に一致があれば、女神フリジア（即ちニケーア或はニックスと一体で善悪二様の化身のあるヴォージン神の妻）の化身と云われる白夫人伝説の中に、異様な二重人格的意義を発見できはしまいかと考えたからである。更に、「Volks Buch」やゴッドフリート（フォン・シュトラスブルグ）の神秘詩や、ハーゲンやハイステルバッハ、それから、ゲーテの「ファウスト第一稿」と第二稿、第三稿との比較も試みたけれども、結局その第一稿には、第二稿以下には判然としていない地霊（即ち、ウンディネ・ジルフェ・サラマンダー・コボルトを眷族とする大自然の精霊）が、壮大な哲学的な姿を出現させているのみであった。然し、この五芒星呪文に関する法水の解説は、寧ろ講演に等しかった。それなので、ジリジリ緊迫の度を高めていた空気が次第に緩んで行って、背中に陽をうけている二人の間には、ぽかぽかした雲のような眠気が流れ始めた。検事は皮肉な歎息をして云った。

「とにかく、この一事だけは断って置こうよ——この席上が弾薬塔だと云う事をね。」

とにかくそう云う話は、何れ(いず)薔薇園(ローゼン・ガルテン)でやって貰う事にしようじゃないか」

所が、次の瞬間法水の顔にサッと光耀が閃めいて、突如鉄鞭のように、凄じい唸りが惰気(だき)を一掃したのである。彼は、甘(うま)そうに莨(たばこ)を二、三度吸うと云った。

「冗談じゃないぜ、斯んなに素晴らしい魔王(ケーニッヒ)の衣裳(コスチユウム)が、弾薬塔(プルヴェル・トゥルム)や砲壁(バルバカンヌ)の中にあって溜るもんか。支倉君、僕の魔法史的考察は遂に徒労ではなかったのだ。散々ぱら悩まされた五芒星呪文の正体が、ものもあろうに、ルイ十三世朝機密閣(ブラック・キャビネット)史の中から発見されたのだよ。いや言葉を換えて云おう。当時不即不離の態度だったけれども、新教徒の保護者グスタフス・アドルフス（瑞典王(スエデン)）と対峙していたのが、有名な僧正宰相リシュリューだったのだ。実にこの事件の本体が、あの陰険極りない暗躍の中に尽されているのだよ。所で支倉君、君は、リシュリュー機密閣(ブラック・キャビネット)の内容を知っているかね。暗号解読家のフランソア・ヴィエテやロッシニョールは？　錬金魔法師兼暗殺者のオッチリーユは？　つまり、問題はこの悪党僧正(ブラック・モンク)オッチリーユにあるのだが……ああ、何と云う薄気味悪い一致だろうか。被害者の名も、犯人の名も、あの龍騎兵王を斃したリュツェルン役の戦歿者中に現われているのだがね」

（註）一六三一年瑞典王グスタフス・アドルフスは、独逸新教徒擁護のために、旧教聯盟とプロシヤに於いて戦い、ライプチッヒ、レッヒを攻略し、ワルレンシュタインの軍とリュツェルンにて戦う。戦闘の結果は彼の勝利なりしも、戦後の陣中に於いてオッチリ

ーユが糸を引いた一軽騎兵のために狙撃せられ、その暗殺者は、ザックス・ローエンベルグ侯のためその場去らずに射殺せらる。時に、一六三二年十二月六日。

瞬間検事と熊城は、自分ではどうにもならない眩惑の渦中に捲き込まれてしまった。犯人の名――それは即ち、この事件の緞帳(カーテン)が下されるのを意味する。然し、古今東西の犯罪捜査史を凡(あまね)く渉猟した所で、到底史実に依って犯人が指摘され、事件の解決が下されたなどと云う神話めいた例しが、従来(これまで)に僅かそれらしい一つでもあったであろうか。それであるからして、二人は駭(おどろ)き呆れ惑い、殊に検事は、猛烈な非難の色を泛べて、実行不可能の世界に没頭して行く法水を、厳然と極め付けるのだった。

「ああまた、君の病的精神狂乱かね。とにかく、洒落は止めにして貰おう。壺兜(つぼかぶと)や手砲(ハンド・キャノン)で事件の解決が付くと云うのだったら、まず、そう云う史上空前の証明法を聴こうじゃないか」

「勿論刑法的価値としては、完全なものじゃないさ」と法水は烟(けむり)を靡(なび)かせて、静かに云った。「然し、最も疑われてよい顔が、僕等を惑わしていた多くの疑問の中に散在しているんだ。つまり、その一つ一つから共通した因子(ファクター)が発見され、しかも、それ等を或る一点に帰納し綜合し去る事が出来たとしたらどうだろう。またそうなったら君達は、強(あなが)ちそれを、偶然の所産だけとは考えないだろうね」と云って、卓子(テーブル)をガンと叩き、強調するものがあった。「所で僕は、この事件を猶太的犯罪(ジュウイッシュ・クライム)だと断定するが、どうだ！」

「猶太(ジュウ)――ああ君は何を云うんだ？」熊城は眼をショボつかせて、辛くも嗄(しやが)れ声を絞り出した。恐らく彼は、雷鳴のような不協和の絃の唸りを聴く心持(ここち)がした事であろう。

「そうなんだ熊城君、君は猶太人(ユダヤ)が、ヘブライ文字のא(アレフ)からי(ヨッド)までに数を附けて、時計の文字盤にしているのを見た事があるかね。それが、猶太人(ユダヤ)の信条なんだよ。儀式的の法典を厳格に実行する事と、失われた王国(ツィオン)の典儀を守る事だ。ああ、僕だってそうじゃないか。どうして今までに、土俗人種学がこの難解極まる事件を解決しようなどと考えられたろうか。とにかく、支倉君の書いた疑問一覧表を基礎にして、あの薄気味悪い赤い(シリウス)眼の視差(パララックス)を計算して行く事にしよう」と法水の眼の光が消えて、卓上のノートを開きそれを読み始めた。

一、四人の異国楽人に就いて

被害者ダンネベルグ夫人以下四人が、如何なる理由の下に幼少の折渡来したか、また、その不可解極まる帰化入籍に就いては、些かの窺視(きし)も許されない。依然鉄扉の如くに鎖されている。

二、黒死館既往の三事件

同じ室に於いて三度に渉り、何れも動機不明の自殺事件に対して、法水は全く観察を放棄しているようである。殊に、昨年の算哲事件に就いては、真斎を恫喝する具には供しているけれども、果して彼の見解の如く、本事件とは全然別個のものであろうか。

法水が黒死館の図書目録の中から、ウッズの「王家の遺伝」を抽き出したのは、その古譚めいた連続を、彼は遺伝学的に考察しようとするのではないか。

三、算哲と黒死館の建設技師クロード・ディグスビイとの関係

算哲は薬物室の中に、ディグスビイより与えらるべくして果されなかった、或る薬物らしいものを待ち設けていた。その意志を、一本の小瓶に残している。また法水は、棺龕十字架の解読よりして、ディグスビイに呪咀の意志を証明している。以上の二点を綜合すると、黒死館の建設前既に、両者の間には、或る異様な関係が生じていたのではないだろうか。

四、算哲とウイチグス呪法

ディグスビイの設計を、算哲は建設後五年目に改修している。その時、ディ博士の隠顕扉や黒鏡魔法の理論を応用した古代時計室の扉が生れたのではないかと思われる。然しながら、算哲の異様な性格から推しても、到底それ等中世異端的弄技物が、上記の二つに尽きるとは信ぜられぬ。そして、歿後直前に呪法書を焚いた事が、今日の紛糾混乱に因を及ぼしているのではないかと、推測するが如何？

五、事件発生前の雰囲気

四人の帰化入籍、遺言書の作成と続いて、算哲の自殺に逢着すると、突如腥い沙霧のような空気が漲り初めた。そして、年が改まると同時に、その空気に愈々険悪の度が加わって行ったと云われる。強ちその原因が、遺言書を繞ぐる精神的葛藤のみであ

るとは思われぬではないか。

六、神意審問会の前後

ダンネベルグ夫人は、死体蠟燭が点ぜられると同時に、算哲と叫んで卒倒した。また、その折易介は、隣室の張出縁に異様な人影を目撃したと云う。けれども、列席者中には、誰一人として室を出たものはなかったのである。そして、その直下に当る地上には、人体形成の理法を無視した二条の靴跡が印され、その合流点に、これも如何なる用途に供されたものか皆目見当の付かない、写真乾板の破片が散在していた。以上四つの謎は時間的には近接していても、それぞれ隔絶した性質を持っていて、到底集束し得べくもない。

七、ダンネベルグ事件

屍光と降矢木の紋章を刻んだ創紋——。まさに超絶的眺望である。しかも法水は、創紋の作られた時間が僅々一二分に過ぎぬと云う。更に彼の説として、その二つの現象を、〇・五の青酸加里（殆んど毒殺を不可能に思わせる程度の薬量）を含んだ洋橙（オレンジ）が、被害者の口中に入り込むまでの道程に当てている。即ち、不可能を可能とさせる意味の補強作用であり、その結果の発顕に外ならぬと推断している。然し、彼の観察誤りなしとしても、それを証明し犯人を指摘する事は、要するに神業ではないか。しかも、家族の動静には、一見の特記すべきものもなく、洋橙の出現した径路も全然不明である。

テレーズの弾条人形――。断末魔にダンネベルグ夫人は、この邪霊視されている算哲夫人の名を紙片にとどめた。そして、現場の敷物の下には、人形の足型が、扉を開いた水を踏んでまざまざと印されている。然し、その人形には特種の鳴音装置があって、附添いの一人久我鎮子は、その鈴のような音を耳にしなかったと陳述しているのだ。勿論法水は、人形の置かれてあった室の状況に一抹の疑念を残しているけれども、それは彼自身に於いても確実のものではなく、即ち、否定と肯定との境は、その美くしい顫音一筋に置かれてあると云っても過言ではない。

八、黙示図の考察

法水がそれを特異体質図と推定しているのは、明察である。何故なら、自体の上下両端を挟まれている易介の図が、彼の死体現象にも現われているではないか。然し、伸子の卒倒している形が、セレナ夫人のそれを髣髴とさせるのは、何故であろうか。また法水が、象形文字から推定して、黙示図に知られない半葉があるとするのは、仮令論理的であるにしても、頗る実在性に乏しく、結局彼の狂気的産物と考える外にない。

九、ファウストの五芒星呪文（略）

十、川那部易介事件

法水の死因闡明は、同時に甲冑を着せしめた所に、犯人の所在を指摘している。それを時間的に追及すると、伸子にのみ不在証明がない。しかも伸子は、その咽喉を扶った鎧通しを握って失神し、尚、奇蹟としか考えられない倍音が、経文歌の最後の一節に於いて発せられている。それ以外に疑問の焦点とでも云いたいのは、果して犯人が、易介を共犯者として殺害したか否かであって、勿論容易な推断を許さぬ事は云う迄もないのである。結局、その曲折紛糾奇異を超絶した状況から推しても、次第に、伸子の失神を犯人の曲芸的演技とする点に綜合されて行くけれども、然し、公平な論断を下すなれば、依然として紙谷伸子は、唯一人の、そして、最も疑われてよい人物である事は勿論である。

十一、押鐘津多子が古代時計室に幽閉されていた事

これこそ、正しく驚愕中の驚愕である。しかも、法水が死体として推測したものが、解し難い防温を施されて昏睡していた。勿論、彼女が何故に、自宅を離れて実家に起居していたか――と云う、その点を追及する必要は云う迄もないが、然し、犯人が津多子を殺害しなかった点に、法水は危惧の念を抱いて陥穽を予期している。けれども、易介が神意審問会の最中隣室の張出縁で目撃した人影と云うのは、絶対に津多子ではない。何故なら、当夜八時二十分に、真斎が古代時計室の文字盤を廻わして、鉄扉を鎖したからである。

十二、当夜零時半クリヴォフ夫人の室に闖入したと云われる人物は？

此処に易介の目撃談――宵に張出縁へ出現して、あの如何にも妖怪めいた不可視的人物が、夜半クリヴォフ夫人の室にも姿を現わしたのだった。夫人の言に依れば、それは正しく男性であって、しかも凡ゆる特徴が、身長こそ異にすれ旗太郎を指摘している。然りとすれば、伸子が覚醒の瞬間に認めた自署に、降矢木と云う姓を冠せている。それを、グッテンベルガー事件に先例のある潜在意識と解釈すれば、伸子を倒したとする風精（ジルフス）の正体には、最も旗太郎の姿が濃厚である。そして、その推定が、伸子の露出的な失神姿体と撞着する所に、この事件最大の難点が潜んでいるのではあるまいか。

十三、動機に関する考察

凡てが、遺産を繞る事情に尽きている。第一の要点は、四人の異国人の帰化入籍に依って、旗太郎の白紙的相続が不可能になった事である。次に、旗太郎以外唯一人の血縁が、即ち押鐘津多子を除外している点に注目すべきであろう。従って、旗太郎対三人の外人の間には、既に回復し難い程度の疎隔を生じているけれども、何よりこの一つの大きな矛盾だけは、どうする事も出来ない。即ち、動機を持つ者には、現象的に嫌疑とすべきものがなく、伸子の如き犯人を髣髴とさせる者には、その反対に動機の寸影すら見出されないのである。

読み終ると、法水はそれを卓上に拡げて、まずその第七条（屍光と創紋の件（くだり））の上に指頭を落した。その頃には、欄間の小窓から入って来る陽差が、倫敦（ロンドン）大火之図の――恰度テムズ河の真上附近（あたり）にまで上っていて、頭上の黒煙に物々しい生動を起し始めた。それでなくても検事と熊城は、唇が割れ唾液が涸いて、只ひたすらに、法水の持ち出した畸矯転倒の世界が、一つ大きな蜻蛉（とんぼ）がえりを打って、夢想の翼を落してしまう時機を夢見るのだった。そう云う異様に殺気立った空気の中で、法水は新しい莨に火を点じ、徐ろに口を開いた。

「所で、最初にあの不思議な屍光と創紋だが、問題は依然として、その循環論的な形式にあるのだ。あの洋橙がどう云う径路を経て、ダンネベルグ夫人の口の中に飛び込んで行ったのか——その道程が判然しない限りは、依然実証的な説明は不可能だと思うね。けれども、その屍光と創紋の発生に似た犯罪上の迷信が、有名な『猶太人犯罪の解剖的証拠論（ゴルトフェルト著）』の中に記録されているのだ」とその一冊を書架から引き出したが、それには猶太的犯罪風習が、簡略な例註として記されているのみだった。

一八一九年十月の或夜、ボヘミア領コニグラッツ在の富裕な農夫が、寝台の上で心臓を貫かれ、その後に室内から発火して、死体と共に焼き捨てられたと云う惨事が起った。そして、それには通行者の証言があって、恰度その夜の十一時半に、僅かに隙いた窓掛の間から、被害者が十字を切っていたのを目撃したと陳述する者が現われて来た。そうなると、兇行時刻が十一時半以後となって、最も深い動機を持っていると目されていた、猶太人の一製粉業者に、計らずも不在証明が出来てしまった。従って、事件はそれなり迷霧に鎖されてしまったのである。所がその半年後になって、漸くプラーグ市の補助憲兵デーニッケに依って犯人の奸計が暴露され、やはり最初の嫌疑者である、猶太人の製粉業者が捕縛されるに至った。しかも、発覚の原因をなしたものは、ハムラビ経典の解釈から発している、猶太（ユダヤ）固有の犯罪風習に過ぎなかった。即ち、死体若しくは被害の個所を、周囲に蠟燭を立てて照明すると、それで犯罪が、永久発覚しないと云う迷信が端緒だったのである。勿論その蠟燭が、火災の原因だった事は云う迄もないであろう。

ああ開幕当初の場面に、法水はなんと生彩に乏しい例証を持ち出した事であろうか。けれども、続いて彼が、それに私見を加えて解答を整えると、偶然その独創の中から、さしも循環論の一隅に破られんばかりの光が差し始めた。

「所で、あの一文だけでは、憲兵（ゲンダウム）デーニッケの推理径路が一向に不明だけれども、僕はそれに解析を試みたのだ。死体を囲んだと云われる蠟燭の数は、その実五本だったのだよ。しかも、死体に十字を切らせるためには、それで死体を囲まずに、削ぎ竹のように片側の蠟を削いだ丈の短い四本を周囲（まわり）に並べて、その中央に、全長の半ば程の蠟を取り除いて長い芯だけにした一本を置き、それを囲ませなければならなかった。何故なら、風鶏（かざみ）計の四本の手の向きを互い違いにした場合に、何（ど）う云う現象が起るか。つまりこの場合は、斜めに削いだ分の側を、互い違いの向きにして列べたので、火が点ぜられると、熱せられた蠟の蒸気が傾斜を伝わって斜めに吹き上げる。従って、各々に削いだ向きが異なっているので、その上方に⧖（ディアボロ）形の気流を起させるのだ。それが、中央の長い芯を廻転させて、その光の描く影で、死体の手に十字を切るような錯覚を現わしたのだよ。

そうなって、屍光と創紋の生因を追及して行くと、是が非にも、僕等は神意審問会まで遡って行かねばならぬような気がして来る。ボヘミアのコニグラッツで点された蠟燭の中に、或は、ダンネベルグ夫人のみに現われた、算哲の幻影が秘められているのじゃあるまいかね。ねえ支倉君、偶然の中からは、往々に数学的なものが飛び出して来るものだよ。何故なら、元来恒数(コンスタント)と云うものは、常に最初の出発形式は仮定であり、しかる後に、常住不変の因数(ファクター)を決定するのだからね」と法水の顔に、一旦は混乱したような暗影が現われたけれども、彼は更に語を次いで、屍光に関して、地理的にも奇妙な暗合のあるのを明かにした。然し、そう云う隔絶した対照は、結果に於いて紛乱を助長するものに過ぎなかったのである。

「次に僕は、カトリック聖僧に関する屍光現象に注目したのだ。所が、アヴリノの『聖僧奇蹟集』を読むと、新旧両教徒の葛藤が最も甚しかった一六二五年から三〇年までの五年程の間に、シェーンベルグ（モラヴィア領）のドイヴァテル、ツイタウ（プロシア）のグロゴウ、フライシュタット（高部オーストリア）のアルノルディン、プラウエン（サキソニー領）のムスコヴィテス——と都合四人が、死後に肉体から発光したと云う記録を残している。そこに熊城君、偶然にしては到底解(かい)し切れない符合があるのだよ。何故なら、その四つの地点を連らねたものが、略々(ほぼ)正確な矩形になって、それがコニグラッツ事件を起した、ボヘミア領を取り囲んでいるからなんだ。ああ、その実数(スカラー)はなんだろうか。僕は、喋れば喋るほど判らなくなって来るのだが、然し、死体を照らすと云う猶太人(ユダヤ)の風習だけは、それを、犯人の迷信的表象とする事が出来るだろうと思うのだがね」と法水は天井を振り仰いで、如何にも弱々しい歎息を発するのだった。然し、それを聴いて、検事の希望が全く絶たれてしまった。彼は口元が歪む程の冷笑を湛えて、背後の書架から、ウォルター・ハート（ウエストミンスター寺院の僧）の「グスタフス・アドルフス」を取り出した。そして、パラパラと頁(ページ)を繰っているうちに、何やら発見したと見えて、開いた個所(ところ)を法水に向け、その上辺に指頭を落した。実に、法水の狂的散策を諷刺した、検事の痛烈な皮肉だったのである。

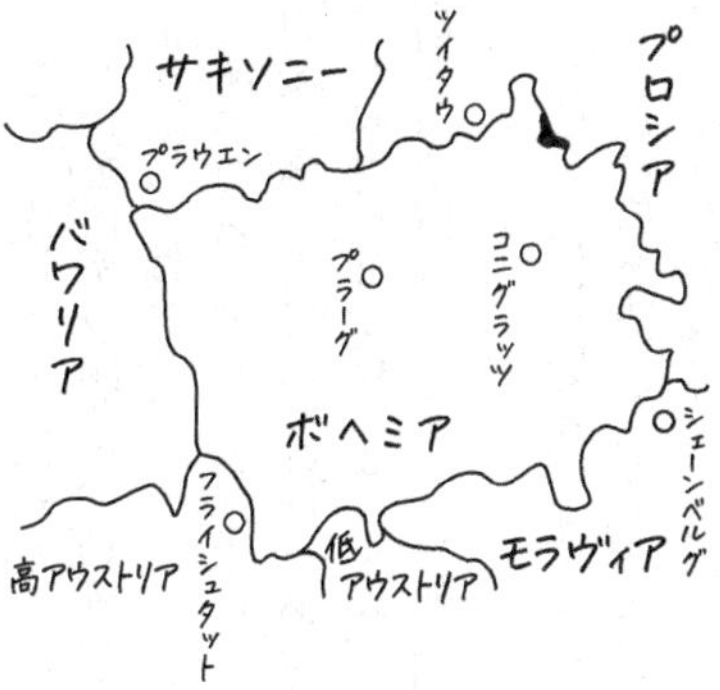

（ワイマール侯ウィルヘルムの劣悪な兵質は、アルンハイムとの競争に敗れて、王の支援を遅延せり。しかも、ノイエンホーエンの城内にて、その事をいたく非難されしも、ウィルヘルム侯は顔色さえも変えず）

しかも、それのみでは飽き足らずに、検事は執拗な態度で毒吐(どくづ)いた。

「ああ、悲しむべき書目(ビブリオグラフィー)よ――じゃないか、まさに、君特有の書斎的錯乱なんだろうがね。無論あの驚嘆すべき現象に対しては、児戯に過ぎんよ。どうして、深奥どこの話か、てんで遊戯的な散策とも云える価値はあるまい。所で君が、もし鐘鳴器室（カリルロン）の場面に、精確なト書が附けられないようだったら、もうこれ以上講演（レクチュア）は止めにして貰おう」

「所がねえ支倉君」と法水は、相手の冷笑を静かに微笑み返して云った。「どうして、犯人が猶太人（ユダヤ）でなければ、あの時伸子に蠟質撓拗症（フレキシビリタス・ツエレア）を起させる事が出来ただろうか。或る瞬間に伸子は、まるで彫像のように、硬直してしまったのだよ。従って、あの廻転椅子の位置は、そうなれば無論問題ではないのだ」(註)

（註）一種の硬直症。此の発作は、突然意識を奪い患者の全身を硬直させ、それ自身の意志に依る随意運動を全く不可能にする。然し、他からの運動には全然無抵抗で、まるで、柔軟な蠟か護謨の人形のように、手足はその動かされた所の位置に、何時までも停止している。それが、蠟質撓拗と云う興味ある病名を附された由縁である。

「蠟質撓拗症（フレキシビリタス・ツエレア）!?」それにはさしもの検事も、激しく卓子（テーブル）を揺って叫ばざるを得なくなった。「莫迦（ばか）な、君の詭弁も、度外れると滑稽になる。法水君、あれは稀病中の稀病なんだぜ」

「勿論、文献だけの稀病には違いないがね」と一旦は肯定したが、法水の声には、嘲弄するような響きが罩（こも）っていて、「けれども、そう云う稀らしい神経の排列を、仮りにもし、人為的に作れるとしたら、どうなるんだい。所で君は、筋識喪失（きんしきそうしつ）と云うジュシエンヌが創った術語を知っているだろうか。ヒステリー患者の発作中に瞼を閉じさせると、恰度蠟質撓拗性（フレキシビリタス・ツエレア）そっくりで、全身に硬直状態が起るんだぜ。つまり、猶太（ジュウ）人特有の或る風習を除いたら、その病理的曲芸（サーカス）を演じさせる事が不可能だと云うのだ」と驚くべき断定を下した。

熊城はそれまで黙々と莨を喫（くゆ）らしていたが、不意に顔を上げて、

「ああ、伸子とヒステリーか……。成程、君の透視眼も相当なものさ。但し問題を、癲狂院でなしに他の方へ転じて貰おう」と彼に似げない味のある言葉を吐いた。それに法水は、思いもつかなかった病理解剖を黒死館の建物に試みて、飽く迄その可能性を強調するのだった。

「オヤオヤ熊城君、僕の方こそ、この事件が黒死館で起った出来事だと云う事に、注意して貰いたいんだよ。大体犯罪と云うものは、動機からのみ発するものではない。殊に、智的殺人犯罪は、歪んだ内観から動かされる場合が多いのだ。無論そうなると、一種淫虐性（ザディスムス）の形式だが……往々感情以外にも、何かの感覚的錯覚から解放されず、しかも、絶えず抑圧を続けられる場合に発する例しがあるのだ。恰度黒死館の城砦めいた陰鬱な建物に、僕はそう云う、非道徳的な——寧ろ悪魔的な性能を、頗（すこぶ）る豊富に認める事が出来るのだよ。所で、その厳粛な顔をした悪戯者が、大体どう云う具合に人間神経の排列を変形させて行くものだろうか、此処に丁度恰好な例があるのだがね」と、その奇矯な

推論から、独断に見える衣を脱がせようとして、彼はまず例証を挙げた。「これは今世紀の始め、ゲッチンゲンに起った出来事なんだが、オットー・ブレーメルと云う、如何にもウエストファリア人らしい鋭感的(センシブル)な少年が、同地にあるドミニク僧団の附属学園に入学したのだ。所が、そのボネーベ式の拱貫(きょうかん)が低く垂れ、暗く圧し迫るような建物が、忽ち破瓜(はか)期の脆弱な神経を蝕んで行ったのだ。最初は、建物の内外に光度の差が甚しい事が、彼に時として、偶然にしては余りに不思議な残像を見せる場合があった。そして、揚句に幻聴を聴く程の症状になったと云うのは、彼の室の窓外が鉄道線路であって、其処を通過する列車の響が、絶えずResend Blehmel(レゼント ブレーメル)（気狂いブレーメルの意）と繰り返すように聴かれたからだったのだ。然し父親(てておや)が息子の病状に驚いて自宅へ引き取ったので、そこでブレーメルの精神状態が、辛くも崩壊を免れたのだ。それがまた、奇蹟に等しいのだよ。寄宿舎を出てしまうと同時に、彼には幻視も幻聴も現われなくなり、間もなく健やかな青春を取り戻す事が出来たのだからね。ねえ熊城君、君は刑法家じゃないのだから、或は知らないかも知れないが、刑務所の建築様式に依っては、拘禁性精神病が続出するのも、また、それが皆無なのもあるそうだよ」

法水は、そこで新しい莨を取り出して一息入れたが、依然知識の高塔を去らずに、続いて、よりも痛烈な引例に入った。

「時代は十六世紀の中葉フィリップ二世朝だが、この一つは、淫虐的(ザディスチック)な嗜血癖(しけつへき)の、寧(むし)ろ異例的標本とでも云うものなんだ。西班牙(スペイン)セヴィリアの宗教裁判所に、糺問官補のフォスコロと云う若い僧（キャノン）がいたのだ。所が、彼の糺問法が頗る鈍いばかりでなく、万聖節に行われる異端焚殺行列（オウト・デ・フェ）にも恐怖を覚えると云う始末なので、止むなく宗教裁判副長のスピノザは、彼を生地サントニアの荘園に送り還してしまったのだ。所が、それから一、二ケ月後に、スピノザは斯う云うフォスコロの書翰を受取ったのだが、同封の紙片に描かれたマッツオラタ（中世伊太利でカーニヴル季に於ける最も獣的な刑罰）の器械化を見て、思わず一驚を喫してしまった。

――セヴィリアの公刑所には、十字架と拷問の刑具と相併立せり。されど、神もし地獄の陰火を点し、永遠限りなくそれを輝かさんと欲せんには、まず公刑所の建物より、回教（サラセン）式の丈高き拱格（アーチ）を逐うにあらん。吾、サントニアに来りてより、昔ゴーティア人の残せし暗き古荘に棲む。実に、その荘は特種の性質を有せり。即ちそれ自身が既に、人間諸種の苦悩を熟慮したる思想を現わすものにして、吾そこに於いて種々の酷刑を結合し或は比較して、終（つい）にその術（すべ）に於いて完全なる技師となれり――と。

ねえ熊城君、こういう凄惨な独白は、抑々（そもそも）何が語らせたのだろうか。どうしてフォスコロの嗜血癖が、残忍な拷問刑具の整列裡では起らずに、美しいビスカヨ湾の自然のなかで生れたのだろうか。そのセヴィリア宗教裁判所とサントニア荘との建築様式の差を、この事件でも決して看過してはならんと、僕は断言したいのだよ」とそこで彼は激越な調子を収めた。そして、以上二つの例を黒死館の実際に符合させて、その様式の中に潜んでいる恐ろしい魔力を闡明（せんめい）しようと試みた。

「現に僕は、事実一度しか行かない、しかもあの暗澹たる天候の折でさえも、黒死館の建築様式に、様々常態ではない現象が現われるのに気が付いているのだ。勿論、そう云う感覚的錯覚には、到底捕捉し得ない不思議な力がある。つまり、それから絶えず解放されない事が、結局病理的個性を生むに至るのだよ。だから熊城君、いっそ僕は極言しよう。黒死館の人々は、恐らくその程度こそ違うだろうが、厳密な意味で心理的神経病者たらざるはない――と」

誰しも人間精神の何処かの隅々には、必ず軽重こそあれ、神経病的なものが潜んでいるに相違ない。それを剔抉（てっけつ）し犯罪現象の焦点面へ配列する所に、法水の捜査法は無比なものがあった。けれども、この場合、伸子のヒステリー性発作と猶太（ユダヤ）型の犯罪とは、到底一致し得べからざる程に隔絶したものではないか。

（然るにワルドシュタインの左翼は、王の右翼よりも遥かに散開しいたれば、王ウィルヘルム侯に命じて戦列を整わしむ。その時、侯は再び過失を演じて、加農砲の使用を遅らしめたり）

検事は、相変らず法水を鈍重ウィルヘルム侯に擬して、黙々たる皮肉を続けていたが、熊城は溜らなくなったように口を開いた。

「とにかく、ロスチャイルドでもローゼンフェルトでもいいから、その猶太（ユダヤ）人の顔と云うのを拝ませて貰おう。それに君は、伸子の発作を偶然の事故に帰してしまう積りじゃないだろうね」

「冗談じゃない。それなら伸子は、何故朝の讃詠（アンセム）をあの時繰り返して弾いたのだろう」と法水は語気を強めて反駁した。「いいかね熊城君、あの女は、非常に体力を要する鐘鳴器（カリルロン）で、経文歌（モテット）を三回繰り返して弾いたのだ。そうなると、モッソウの『疲労（ディ・エルミュッング）』を引き出さなくても、神経病発作や催眠誘示には、頗る付きの好条件になってしまう。そこに、あの女を朦朧状態に誘い込んだものがあったのだよ」

「では何と云う化物だい。大体鐘楼の点鬼簿には、人間の亡者の名が、一人も記されていないのだからね」

「化物どころか、勿論人間でもない。それが、鐘鳴器（カリルロン）の鍵盤（けんばん）なんだよ」法水はチカッと装飾音を聴かせて、そこでも二人の意表外に出た。「所で、これは一つの錯視現象なんだが、例えば一枚の紙に短冊形の縦孔を開けて、その背後で円く切った紙を動かして見給え。その円が激しく動くにつれ、次第と楕円に化して行く、恰度それと同じ現象が、上下二段の鍵盤（キイ）に現われたのだ。所でここに、頻繁に使う下段の鍵（けん）があったとしよう。そうすると、その絶えず上下する鍵を、上段の動かない鍵の間から瞶（みつ）めていると、その下段の鍵の両端が、上段の鍵の蔭に没して行く方の側に歪んで行って、それが、次第に細くなって行くように見えるのだ。つまり、そう云う遠感的な錯視が起ると、それまで疲労に依ってやや朦朧としかけていた精神が、一図に溶け込んで行く。勿論、それに依って固有の発作が起されるのだ。だから熊城君、僕に極言させて貰えるなら、あの時伸子に三回の繰り返しを命じた、その人物が明かになれば、取りも直さず犯人に指摘されるのだよ」

「だが、君の理論は決して深奥じゃない」熊城は此処ぞと厳しく突っ込んだ。「大体その時伸子の瞼を下させたのは？　全身を蠟質撓拗性（フレキシビリタス・ツエレア）みたいな、蠟人形のようにしてしまった道程が説明されていない」

法水は大風な微笑を泛べて、相手の独創力の欠乏を憫んでいるかの如く見えたが、すぐ卓上の紙片に、上図を描いて説明を始めた。

「これが、猫の前肢（キャッツ・ポウ・ノット）と云う、猶太人（ユダヤ）犯罪者特有の結び方なんだよ。

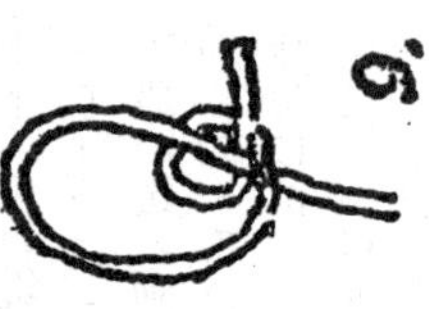

そこで熊城君、この結び方一つに、廻転椅子に矛盾を現わした筋識喪失――あの蠟質撓拗性（フレキシビリタス・ツエレア）に似た状態を作り出したものがあったのだ。見た通りに下方の紐を引っ張ると、結び目が次第に下って行く。けれども、結び目に挟まっている物体が外れると、紐はピインと解（ほど）けて一本になってしまうのだ。だから犯人は、予めその鍵の使用数と最初結び付ける高さを測定して置いてから、その鍵と鐘を打つ打棒とを繋いでいる紐の上方に、鎧通しの束（つか）を結び付けて置いたのだ。そうすると、演奏が進行するにつれて、鎧通しを廻転させながら、結び目が次第に下の方へ降って行く。そして、伸子が朦朧状態で演奏している――恰度讃詠（アンセム）の二回目辺りで、彼女の眼前を、まるで水芸の紙撚（こより）水みたいに、刃の光が閃き消えながら、横になり縦になりして、鎧通しが下降して行ったのだ。つまり、明滅する光で垂直に瞼を撫で下す。それを眩惑操作（モノイデジーレン）と云って、催眠中の婦人に閉目させる、リーゼオアの手法なんだよ。だから、瞼が閉じられると同時に、蠟質撓拗（フレキシビリタス・）

性（ツエレア）そっくりに筋識を喪った身体が、忽ち重心を失って、その場去らず塑像（そぞう）のように背後に倒れたのだ。そして、その機（はず）みに、鍵と紐を裏側から蹴ったので、鎧通しが結び目から飛び出して床の上に落ちたのだよ。勿論伸子は、発作が鎮まると同時に、深い昏睡に落ちて行ったのだがね」と検事の毒々しい軽蔑を見返したが、法水は突然（いきなり）悲痛な表情を泛べて、「だが然しだ。伸子はどうして、あの鎧通しを握ったのだろうか。また、あの奇矯変態の極致とも云う倍音演奏が、何故に起されたものだろうか。ああ云う想像の限外には、未（いま）だ指一本さえ触れる事が出来ないのだ」と一旦は弱々し気な嘆息を発したけれども、その困憊気な表情が三たび変って、終（つい）に彼は颯爽たる凱歌を上げた。「いや、僕は天狼星（シリウス）の視差（パララックス）を計算しているのだっけ。またδ（デルタ）もあればξ（クシイ）もある！　それ等を、一点に帰納し綜合し去る事が出来ればいいのだ」

そこで、空気が異様に熱して来た。最早解決に近い事は、永らく法水に接している二人にとると、それが感覚的にも触れて来るものらしい。熊城は不気味に眼を据え、顔を迫るように近付けて訊ねた。

「では、卒直に黒死館の化物を指摘して貰おう。君が云う猶太人（ジュウ）と云うのは、一体誰なんだね？」

「それが、軽騎兵ニコラス・ブラーエなんだ」と法水はまず意外な名を述べたが、「所で、その男がグスタフス・アドルフスに近付いた端緒と云うのは、王がランデシュタット市に入城した時で、その際に猶太窟門（ジュイッシュ・ゲート）の側（かたわら）で雷鳴に逢い、乗馬が狂奔したのを取り鎮めたからなんだ。そこで支倉君、何よりブラーエの勇猛果敢な戦績を見て貰いたいんだが」と検事が弄んでいたハルトの「グスタフス・アドルフス」を取り上げて、リュッェルン役の終末に近い頁（ページ）を指し示した。と同時に、二人の顔に颯（さつ）と驚愕の色が閃めいた。検事はウーンと呻き声を発して、思わず銜（くわ）えていた莨を取り落してしまった。

——戦闘は九時間に亙って継続し、瑞典（スウェーデン）軍の死傷は三千、聯盟軍（イムペリアリスツ）は七千を残して敗走せしも、夜の闇は追撃を阻み、その夜、傷兵共は徹宵地に横わりて眠る。払暁に降霜ありて、遁れ得ざる者は、悉く寒気のために殺されたり。それより先日没後に、ブラーエはオーヘム大佐に従いて、戦闘最も激烈なりし四風車地点を巡察の途中、彼の慓悍なる狙撃の的となりし者を指摘す。曰く、ベルトルト・ヴァルスタイン伯、フルダ公兼大修院長パッヘンハイム……

そこまで来ると、熊城は顔でも殴られたかのようにハッと身を引いた。そして、容易に声が出なかった。検事は暫く凝然と動かなかったが、やがて殆んど聴取れないほど低い声で、次句を読み始めた。

「デイトリヒシュタイン公ダンネベルグ、アマルティ公領司令官セレナ、ああ、フライベルヒの法官（チャンセラー）レヴェズ……」とグッと唾を嚥み込んで、濁った眼を法水に向けた。「とにかく法水君、君が持ち出した、この妖精園の光景を説明して呉れ給え。どうも、配役（キャスト）の意味が薩張り（さっぱ）嚥込めんのだよ——何故リュッツェルン役を筋書（プロット）にして、黒死館の虐殺史が起らねばならなかったのだろうか。それに、或は杞憂に過ぎんかも知れんがね。僕は此処に名を載せられていない旗太郎と、クリヴォフとその孰(どっ)ちかのうちに、犯人の署名(サイン)があるのではないかと思うのだよ」

「うん、それが頗る悪魔的な冗談なんだ。考えれば考えるほど、慄然(ぞっ)となって来る。第一、この大芝居を仕組んだ作者と云うのは、決して犯人自身ではないのだ。つまりその筋書(プロット)が、あの五芒星呪文の本体なんだよ。リュツェルンの役では、軽騎兵ブラーエとその母体である暗殺者の魔法錬金士オッチリーエとの関係だったものが、この事件に来ると、犯人＋X(プラスエックス)の公式に変ってしまうのだ」と法水は、この妖術めいた符合の解釈を、是非なく事件の解決後に移したけれども、続いて凄気(せいき)を双眼に泛べて、黒死館の悪魔を指摘した。

「所で、そのブラーエが、オッチリーエからの刺者である事が判ると、そこで、彼の本体を闡明する必要があると思う。それが、二重の裏切(ダブル・ダブルクロッス)なんだ。旧教徒(カトリック)と対抗して比較的猶太人(ジュウ)に穏かだったグスタフス王を暗殺したのは、新教徒(プロテスタント)から受けた恩恵と、彼の種族に対するとの両様の意味で、二重の裏切(ダブル・ダブルクロッス)じゃないか。つまり、ハートの史本にはないけれども、プロシア王フレデリック二世の伝記者ダヴァは、軽騎兵ブラーエを、プロック生れの波蘭猶太人(ポリッシウ・ジュウ)だと囁いている。そして、その本名が、ルリエ・クロフマク・クリヴォフなんだ！」

その瞬間、凡(あら)ゆるものが静止したように思われた。遂に、仮面が剝がれて、この狂気芝居は終ったのだ。常に審美性を忘れない法水の捜査法が、ここにもまた、火術初期の宗教戦争で飾り立てた、華麗極まりない終局（キャタストロフ）を作り上げたのだった。然し、検事は未だに半信半疑の面持で、莨を口から放したまま茫然（ぼんやり）と法水の顔を瞶めている。それに法水は、皮肉に微笑みながらも、ハートの史本を繰りその頁（ページ）を検事に突き付けた。

（グスタフス王の歿後、ワイマール侯ウィルヘルムの先鋒（フロント・マスケチーア）銃兵ホイエルスヴェルダに現われるに及び、初めて彼が、シレジアに野心ある事明かとなれり）

「ねえ支倉君、ワイマール侯ウィルヘルムは、その実皮肉な嘲笑（パッテリングラム）的な怪物だったのだよ。然し、さしもクリヴォフが築き上げた墻壁すらも、僕の破城槌にとれば、決して難攻不落のものではないのだ」と背後にある大火図の黒煙を、赫（か）っと焔のように染めている、陽の反映を頭上に浴びながら、法水は犯人クリヴォフを俎上に上せて、寸断的な解析を試みた。

「最初に僕は、クリヴォフを土俗人種学的に観察して見たのだ。勿論イスラエル・コーヘンやチェムバレンの著述を持ち出さなくても、あの赤毛や雀斑（そばかす）、それに鼻梁の形状などが、各々アモレアン猶太人（ジュウ）（最も欧羅巴人に近い猶太人の標型）の特徴を明白に指摘しているものだと云える。然しそれを、より以上確実にしているのが、猶太人（ジュウ）特有とも云う猶太王国恢復の信条（ツィオニツク・シムボリズム）なんだ。猶太人（ジュウ）がよく、その形をカフス釦（ボタン）や襟布止め（ネクタイ・ピン）に用いているけれども、そのダビデの楯（✡）の六稜形が、クリヴォフの胸飾では、テュードル薔薇（ローズ）に六弁の形となって現われているのだ」

「だが、君の論旨は頗る曖昧だな」と検事は不承気な顔で異議を唱えた。「成程、珍らしい昆虫の標本を見ているような気はするが、然し、クリヴォフ個人の実体的要素には少しも触れていない。僕は君の口から、あの女の心動を聴き呼吸の香りを嗅ぎたいのだよ」

「それが、樺の森(ダス・ビルケンヴェルドヘン)(グスタフ・ファルケの詩)さ」と法水は無雑作に云い放って、いつか三人の異国人の前で吐いた奇言を、此処でもまた軽業的(アクロバテック)に弄ぼうとする。「所で、最初にあの黙示図を憶い出して貰いたいのだ。知っての通りクリヴォフ夫人は、布片(きれ)で両眼を覆われている。そこで、あの図を僕の主張通りに、特異体質の図解だと解釈すれば、結局あれに描かれている屍様が、クリヴォフ夫人の最も陥り易いものであるに相違ないのだ。所が支倉君、眼を覆われて斃される――それが脊髄癆なんだよ。しかも、第一期の比較的目立たない徴候が、十数年に渉って継続する場合がある。けれども、そう云う中でも、一番顕著なものと云うのは、外でもないロムベルグ徴候じゃないか。両眼を覆われるか、不意に四辺(あたり)が闇になるかすると、全身に重点が失われて、蹌踉とよろめくのだ。それがあの夜、夜半の廊下に起ったのだよ。つまりクリヴォフ夫人は、ダンネベルグ夫人がいる室へ赴くために、区劃扉(くぎりドアー)を開いて、あの前の廊下の中に入ったのだ。知っての通り両側の壁には、長方形をした龕形(がんけい)に刳(く)り込まれた壁灯が点されている。そこで、自分の姿を認められないために、まず区劃扉(くぎりど)の側(かたわら)にある開閉器(スイッチ)を捻ねる。勿論、その闇になった瞬間に、それまで不慮にも注意を欠いていた、ロムベルグ徴候が起る事は云う迄もない。所が、そうして何度か蹌(よろ)めくにつれて、長方形をした壁灯の残像が幾つとなく網膜の上に重なって行くのだ。ねえ支倉君、此処まで云えば、これ以上を重ねる必要はあるまい。クリヴォフ夫人が漸く身体の位置を立て直したときに、彼女の眼前一帯に拡がっている闇の中で、何が見えたのだろうか。その無数に林立している壁灯の残像と云うのが、外でもない、ファルケの歌ったあの薄気味悪い樺の森なんだよ。しかも、クリヴォフ夫人は、それを自ら告白しているのだ」

「冗談じゃない。あの女の腹話術を、君が観破したとは思わなかったよ」と熊城は力なく莨を捨てて、心中の幻滅を露わに見せた。それに、法水は静かに微笑んで云った。

「所が熊城君、或はあの時、僕には何も聴えなかったかも知れない。ただ一心に、クリヴォフ夫人の両手を瞶めていただけだったからね」

「なに、あの女の手を」今度は検事が驚いてしまった。「だが、仏像に関する三十二相や密教の儀軌(ぎき)に就いての話なら、何日(いつ)か寂光庵（作者の前作「夢殿殺人事件」）で聴かせられたと思ったがね」

「いや、同じ彫刻の手でも、僕はロダンの『寺院(カテドラル)』の事を云っているのだよ」と相変らず法水は、さも芝居気たっぷりな態度で、奇矯に絶した言を曲毬(きょくまり)のように抛り上げる。

「あの時、僕が樺の森を云い出すと、クリヴォフ夫人は、両手を柔(やん)わり合掌したように合せて、それを卓上に置いたのだ。勿論密教で云う印呪の浄三葉印(じょうさんよういん)程でなくとも、少なくもロダンの寺院(カテドラル)には近いのだ。殊に、右掌(みぎて)の無名指を折り曲げていた、非常に不安定な形だったので、絶えずクリヴォフ夫人の心理から何等かの表出を見出そうとしていた僕は、それを見て思わず凱歌を挙げたものだ。何故なら、セレナ夫人が『樺の森』と云っても微動さえしなかったその手が、続いて僕がその次句で、されど彼夢みぬ――と云って、その男と云う意味を洩らすと、不思議な事には、その不安定な無名指に異様な顫動が起って、クリヴォフ夫人は俄然噪ぎ出したような態度に変ったからだ。恐らく、そこに現われている幾らかの矛盾撞着は、到底法則では律する事の出来ぬほど、転倒したものだったに相違ない。大体、緊張から解放された後でなくては、どうして、当時の昂奮が心の外へ現われなかったのだろうか」とそこで一寸言葉を切って窓の掛金を外し、一杯に罩った烟が、揺ぎ流れ出て行くと後を続けた。「所が、常人と異常神経の所有者とでは、末梢神経に現われる心理表出が、全然転倒している場合がある。例えば、ヒステリーの発作中その儘放任して置く場合には、患者の手足は、勝手気儘な方向に動いているけれども、一端その何処かに注意を向けさせると、その部分の運動がピッタリと停止してしまうのだ。つまり、クリヴォフ夫人に現われたものは、その反対の場合であって、多分あの女は、心の戦きを挙動に現わすまいと努めていた事だろう。所が、僕が彼夢みぬ――と云った一言から、偶然その緊張が解けたので、そこで抑圧されていたものが一時に放出され、注意を自分の掌に向けるだけの余裕が出来たのだ。そうなって始めて、右掌の無名指が不安定を訴え出した事は云う迄もない。そうして、あの解し切れない顫動が起されたと云う訳なんだよ。ねえ支倉君、闇でなくては見えぬ樺の森を、あの女は自分の指一本で、問わず語らずのうちに告白してしまったのだ。その、(樺の森―

—彼夢みぬ）とかけて下降して行く曲線の中に、なんと遺憾なく、クリヴォフ夫人の心像が描き尽されている事だろう。支倉君、いつぞや君は、詩文の問答をツルバール趣味の唱合戦と云った事があったっけね。所が、どうしてそれどころか、あれは心理学者ミュンスターベルヒに、いやハーバードの実験心理学教室に対する駁論なんだよ。ああ云う大袈裟な電気計器や記録計などを持ち出した所で、恐らく冷血性の犯罪者には、些細の効果もあるまい。まして、生理学者ウエバーのように自企的に心動を止め、フォンタナのように虹彩を自由自在に収縮できるような人物に打衝（ぶつか）った日には、あの器械的心理試験が、一体どうなってしまうんだろう。然し僕は、指一本動かさせただけで、また詩文の字句一つで発掘を行い、それから、詩句で虚妄（うそ）を作らせまでして、犯人の心像を曝き出したのだ」

「なに、詩文で虚妄（うそ）を⁉」と熊城がグイと唾を嚥んで聴き咎めると、法水は微かに肩を聳やかせて、莨の灰を落した。彼の闡明は、もうこの惨劇が終ったのではないかと思われた程に、十分なものだった。法水はまずその前提として、猶太人（ジュウ）特有のものに、自己防衛的な虚言癖のあるのを指摘した。最初に、ミッシネー・トラー経典（同十四巻の猶太教本教典）中にある、イスラエル王サウルの娘ミカル（註）の故事——から始めて、次第に現代に下り、猶太人街（ゲット）内に組織されている長老組織（カガール）（同種族犯罪者庇護のために、証拠湮滅、相互扶助的虚言を以ってする長老組織）にまで及んだ。そして、終りに法水は、それを民族的性癖であると断定したのであった。所が、続いてその虚言癖に、風精（ジルフス）との密接な交渉が暴露されたのである。

（註）　イスラエル王サウルの娘ミカルは、父が夫ダビデを殺そうとしているのを知り、計を用いて遁れせしめ、その事露顕するや、ミカルは偽り答えて云う。「ダビデが、もし吾を遁さざれば汝を殺さんと云いしに依って、吾、恐れて彼を遁したるなり」――と。サウル娘の罪を許せり。

「そう云う訳で、猶太人(ジュウ)は、それに一種宗教的な許容を認めている。つまり、自己を防衛するに必要な虚言だけは、許されねばならない――とね。然し、無論僕は、それだけでクリヴォフを律しようとするのじゃない。僕は飽くまで、統計上の数字と云うものを軽蔑する。だが然しだ。あの女は、一場の架空談を造り上げて、実際見もしなかった人物が、寝室に侵入したと云った。如何にも、それだけは事実なんだよ」

「ああ、あれが虚妄(うそ)だとは」検事は眉を跳ね上げて叫んだ。「すると君は、その事を何処の宗教会議で知ったのだね」

「どうして、そんな散文的なもんか」と法水は力を罩(こ)めて云い返した。「所で、法心理学者のシュテルンに、『供述の心理学(プシュロギイ・デル・アウサーゲ)』と云う著述がある。所が、その中であのブレスラウ大学の先生が、予審判事に斯う云う警語を発しているのだ――訊問中の用語に注意せよ。何故なら、優秀な智能的犯罪者と云える程の者は、即座に相手が述べる言葉のうちの、個々の単語を綜合して、一場の虚妄談を作り上げる術に巧みなればなり——と。だから、あの時僕は、その分子的な聯想と結合力とを、反対に利用しようとしたのだよ。そして、試みにレヴェズに向って、風精(ジルフス)に関する問を発したのだ。では何故かと云うに、僕がそれ以前に図書室を調査した時、ポープ、ファルケ、レナウなどの詩集が、最近に繙(ひもと)かれていたのを知ったからだよ。つまり、ポープの『髪盗み(レイプ・オヴ・ザ・ロック)』の中には、風精(ジルフス)に就いて、如何にも虚妄(うそ)を構成するに適わしい記述があるからなんだ。勿論、僕が求めているのは、犯人の天稟学(ベーガブングスレーレ)だったのさ。あの中にある風精(ジルフェ)の印象を一つに集めて、それに観照の姿を浮ばしめる——その狂言の世界だ。決して、あの狂詩人が、単に一個の想い出の画を描くだけで、満足するものではないと思ったからだ。そこで、僕は片唾を嚥んだ。そして、あの陰険酷烈を極めたクリヴォフの陳述の中から、遂々(とうとう)犯人の姿を摑まえる事が出来たのだよ」と法水の顔には、さも当時の昂奮を回想するような疲労の色が浮んだ。けれども、彼は言(ことば)を次いで、愈々クリヴォフ夫人を犯人に指摘しようとする、「髪盗み(レイプ・オヴ・ザ・ロック)」の一文に解析の刀(メス)を下した。

「所が、その解答は頗(すこぶ)る簡単なんだよ。『髪盗み(レイプ・オヴ・ザ・ロック)』の第二節には、風精(ジルフス)の部下である四人の小妖精(フェアリー)が現われる。その第一がCrispissa(クリスピッサ)で、髪を櫛けずる妖精(クリスプス)だ。それが、クリヴォフ夫人の洗髪を怪しい男が縛り付けた——と云う個所(ところ)に当る。その次はZephyretta(ゼフィレッタ)、即ちそよ吹く風で、其男が扉(ドアー)の方へ遠ざかって行く——ところの記述の中に出て来る。それから三番目は、Momentilla(モメンティラ)即ち刻々に動くもので、眼を覚まして夫人が見ようとしたと云う枕元の時計に相当するのだ。そして、最後がBrilliante、即ち輝くものだが、それをクリヴォフ夫人は、怪しい男の形容に用いて、眼が真珠のように輝いていた――と云っている。けれども、それにはもう一側面の見方もあって、その真珠と云う言葉が、古語で白内障を表わしている事が判ると、右眼の白内障が因で舞台を退いた押鐘津多子夫人が、それに髣髴となって来るのだ。然し、孰れにしても、そう云うクリヴォフ夫人の心像を、更に結論として確実にするものがあった。つまり、或る一点に向って、以上四つの既知数が綜合されて行ったのだが……それは、外でもない夫人固有の病理現象――即ち脊髄癆なんだよ。あの時クリヴォフ夫人は、眼を醒ました時に、胸の辺りで寝衣の両端が止められていたように感じた――と云った。けれども、あの病特有の輪状感覚（胸部に輪形のものが繞っているように覚えると云う一徴候）を考えると、そう云う装飾めいた陳述をした原因が、或は、日常経験している感覚から発しているのではないかと疑われて来るだろう。それを僕は、あの虚言を築き上げた根本の恒数だと信じているのだ」

　熊城は凝然と考えに沈みながら暫く莨を喫かしていたが、やがて法水に向けた眼には、濃い非難の色が浮んでいた。然し、彼は稀らしく静かに云った。

「成程、君の云う理論はよく判った。けれども、何より僕等が欲しいのは、唯った一つでも、完全な刑法的意義なんだよ。つまり、天狼星の最大視差よりも、それを構成している物質の内容なんだ。云い換えれば、各々の犯罪現象に、君の闡明を要求したいのだよ」

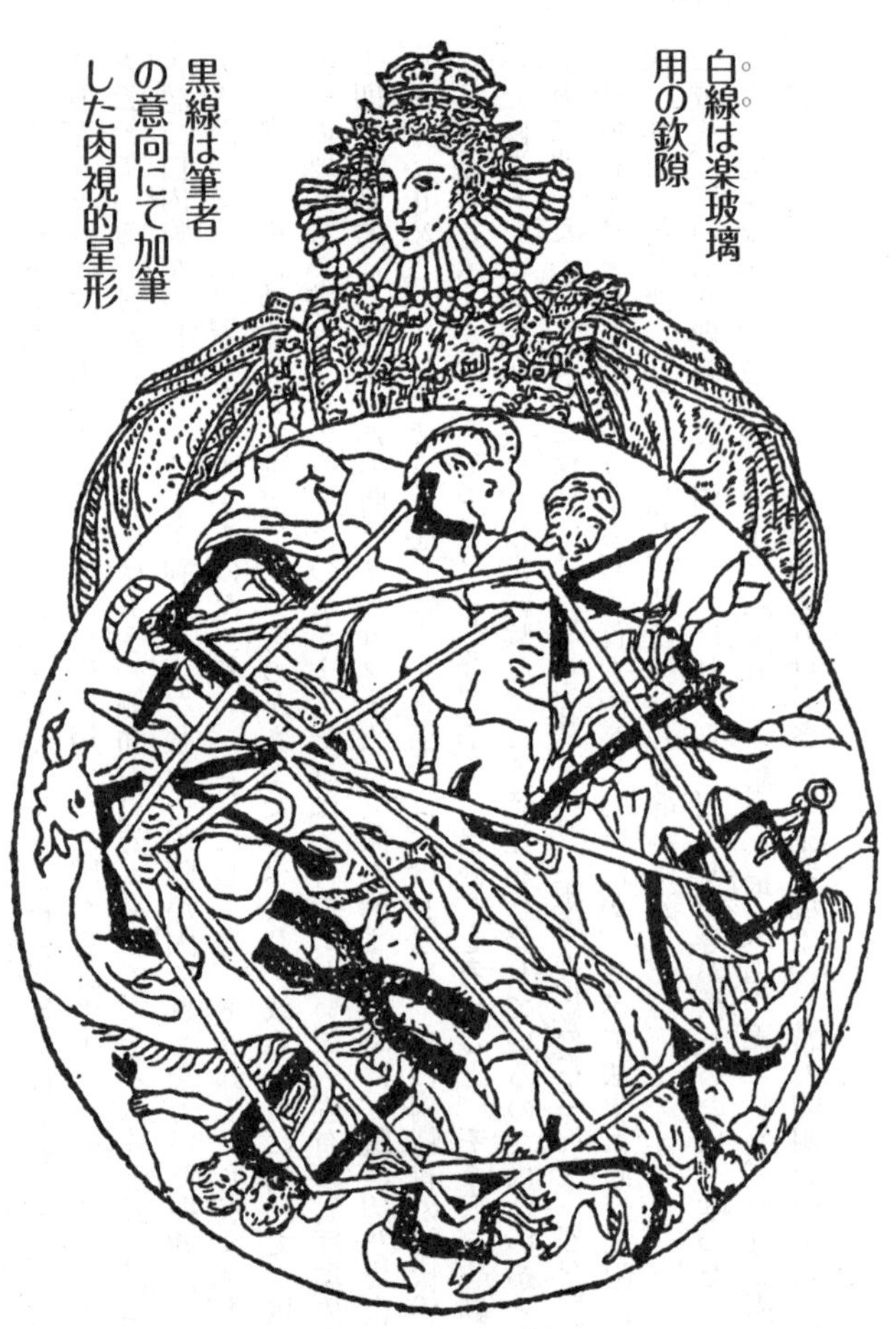
白線は楽玻璃
用の欽隙
黒線は筆者
の意向にて加筆
した肉視的星形

「それでは」法水は満足そうに頷いて、事務机の抽斗から一葉の写真を取り出した。

「愈々最後の切札を出す事にするかな。所でこの写真は、鐘鳴器室の頭上に開いている十二宮の円華窓なんだが、僕は一瞥すると同時に、気が付いた。これもまた、棺龕十字架と同様、設計者クロード・ディグスビイが残した秘密記法だ――と。何故なら、通例では、春分点のある白羊宮が円の中心になっているのだけれども、これには磨羯宮が代っている。また、縦横に馳せ違っているジグザグの空隙にも、鐘鳴器の残響を緩和すると云う性能以外に、何等かの意味がなくてはならぬと考えたからだ。所が熊城君、元来十二宮なんてものは、古来から有り触れている迷信上の産物に過ぎない。第一、文字暗号ではないのだから、肝腎の秘密ABCを発見するに必要な資料が、これにはてんで与えられていないのだ。然し、僕はランジイ（マクベス、ギイヴィルジュ等と並ぶ斯道の大家。一九一八年、“Cryptographie”を発表す）じゃないがね。仮定す――と云う慣用語は、正に解読家にとって金科玉条に等しいと思うのだよ。何故なら♍（処女宮）とか♌（獅子宮）とか云うように、十二宮固有の符号はあるけれども、僕は猶太釈義法をそれに当てて見たのだ。つまり、一八八一年の猶太人虐殺の際に、波蘭グロジック町の猶太人が十二宮に光を当てて、隣村に危急をしらせたと云う史実があるほどだし……、それに、ブクストルフ（ブクストルフ〔ヨハン、一五九九―一六六四〕瑞西バーゼルの人。その父と共に大ヘブライ学者）の『希伯来語略解』を見ると、それには、Athbash法・Albam法・Atbakh法（Athbash法―ヘブライABCの第一字アレフの代りに、その最後の字タウを当て、また第二位のベートの代りに、最終から二番目のシンを当て、以下それに準ずる記法。Albam 法――ヘブライＡＢＣを二つに区分し、アレフの代りに後半の第一字ラメドを当てる方法。Atbakh 法――各文字を、その数位の順に従って置き換える方法）を始め、天文算数に関する数理義法（カバラ）が記されている。そして、古代希伯来（ヘブライ）の天文家が、獅子宮（レオ）の大鎌形とか処女宮（ヴィルゴ）のＹ字形などに、希伯来（ヘブライ）文字の或るものを当てていたと云う記録が残っているからだ。もちろんその中には、現在のＡＢＣ（アルハベット）に語源をなすものがある。けれども、十二宮（ゾーディアック）全部となると、そう云う形体的な符号の記されてないものが四つあって、そこで僕は、思い掛けない障壁に打衝（ぶつか）ってしまったのだよ。しかし、猶太（ユダヤ）式秘記法を歴史的にたどって行くと、十六世紀になって、猶太（ユダヤ）労働組合とフリーメーソン結社（フリーメーソン結社――。衆知の名称なれども、この結社の本体は秘密会議にあり、それが明白なるが猶太的団体である事は、メーソン教会の床に「ダビデの楯」の図を塗り潰したものを描き、また、それが定規とコムパスのメーソン記象にも母体となり、更に、死亡広告欄を飾る八星形が、猶太教会の彩色硝子窓に用いられているのを見ても明らかなり）暗号法の中に、その欠けた部分を補うものが発見されたのだ。ねえ熊城君、驚くべき事には、この十二宮（ゾーディアック）の中に、猶太（ユダヤ）秘密記法史の全部が叩き込まれている。そうなると、あの不可解な人物クロード・ディグスビイをウェールス生れの猶太人（ジュー）だとするに異議はあるまい。言葉を換えて云うと、この事件には隠顕両様の世界に渉り、二人の猶太人（ジュー）が現われている事になるのだよ」とそれから法水は、一々星座の形に希伯来（ヘブライ）文字を当てながら、十二宮（ゾーディアック）の解読を始めた。

即ち、人馬宮（サギタリウス）の弓には、ש（シン）、天蝎宮（スコルピオス）には、ל（ラメド）、処女宮（ヴィルゴ）のY字形にはע（アス）、獅子宮（レオ）の大鎌形にはי（ヨッド）、双子宮（ゲミニ）の双児の肩組みにはה（ヘ）、勿論金牛宮（タウルス）は、主星アルデバランの希伯来（ヘブライ）称「神の眼（アレフ）」通りに、第一位のא（アレフ）となる。それから双魚宮（ピスセス）は、カルデア象形文字に魚形の語源があってנ（ヌン）。そして、最後の宝瓶宮（アクアリウス）の水瓶形がת（タウ）となって、それで、形体的解読の全部が終るのである。扨（さて）そうしてから、その八つの希伯来（ヘブライ）文字を、各々に語源をなしている現在のABC（エービーシー）に変えて行くと（以下既記の順序通り）、結局（S.L.Aa.I.H.A.N.T.）となるけれども、また十二宮（ゾーディアック）には、磨羯宮（カプリコルヌス）・天秤宮（リブラ）・巨蟹宮（カンセル）・白羊宮（アリース）と、以上の四座が残されている。それに法水は、左図通りのフリーメーソンABC（エービーシー）を当てたのだ。

A	F	B
G	D	H
I	E	C

K L M J

·N	·Q	·T
·S	·R	·U
·O	·V	·P

·X ·Y ·Z ·W

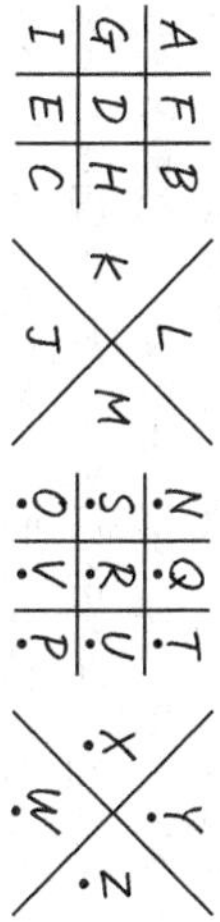

即ち Freemason と書くには

それに依ると、磨羯宮（カプリコルヌス）のL形がB（ビー）、天秤宮（リブラ）の口形がD（デー）、長蟹宮（カンセル）の⊡形がR（アール）、そして、白羊宮（アリース）の匚形がE（イー）となる。それを、更に法水は、フリーメーソン暗号のもう一つの法である交錯線式（ジグザグ）記法——。此の方法は、アテネの戦術家エーネアスが、自著

Polioeretes中の第三十三章に記載せしに始まる。方眼紙にABCを任意に排列し、それを先方に通じて置いて、通信は、それを連らねるジグザグの線のみを以てす）を用いて、磨羯宮(カプリコルヌス)のB(ビー)から始まっている線状の空隙を辿って行った。そうして、遂に混乱を整理して、秘密ABC(アルファベット)の排列を整える事が出来た。そこに、検事と熊城は、不意に迷路の彼方で闇黒界の中に差し込んで来た一条の光明を認めたのであった。その神々しい光は、この事件に犯罪現実として現われた、十指に余る非合理性を、必ずや転覆するものに相違ないのである。法水の驚嘆すべき解析に依って、黒死館殺人事件は、遂に絶望視されていた終幕に入ったのではあるまいか。何故なら、その解答がBehind stairs(ビハインド・ステイアス)即ち大階段の裏だったからだ。解読を終ると法水は静かに云った。

「そこで、大階段の裏――と云う意味を詮索してみたが、それには、殆んど疑惑を差し挟む余地はない。彼処(あそこ)には、テレーズ人形を入れてある室と、それに隣り合っている小部屋しかないからだ。それに、恐らくその解答も、大時代な秘密築城(ボーデルヴィッツ)風景に過ぎまいと思うね――隠扉(かくしど)、坑道。ハハハハハ、大体どう云う意志で、ディグスビイが十二宮(ゾーディアック)に秘密記法を残したろうと、そんな事は此の際問題ではない。サア、早速これから黒死館に行って、クリヴォフの肉附け(モデリング)をやろうじゃないか」と法水が喫いさしを灰皿の中で揉み潰すと、検事は少女のように顔を紅くして、法水に云った。

「ああ、今日の君はロバチェフスキイ（非ユークリッド幾何の創始者）だよ。如何にも、天狼星(シリウス)の最大視差(マキシマム・パララックス)が計算されたのだから！」

「いや、その功労なら、シュニッツラーに帰して貰おう」法水は頗る芝居がかった身振をして、「不在証明（アリバイ）、採証、検出――もうそんなものは、維納（ウィンナ）第四学派以後の捜査法では意味はない。心理分析（プシヒョアナリーゼ）だ。犯人の神経病的天性を探る事と、その狂言の世界を一つの心像鏡として観察する――その二点に尽きる。ねえ支倉君、心像（ゼーレ）は広い一つの国じゃないか。それは混沌（ダス・ヒヤオース）でもあり、またほんの作りもの（ヌール・キュインストリッヘエス）でもあるのだ」とシュニッツラーを即興的に焼直したのを口吟（くちずさ）んでから、彼は一つ大きな伸びをして立ち上った。

「サア熊城君、終幕の緞帳（カーテン）を上げて呉れ給え、恐らく今度の幕が、僕の戴冠式になるだろうからね」

所がその時、喝采が意外な場所から起った。突然電話の鈴（ベル）が鳴って、その一瞬を境に、事態が急転してしまった。クリヴォフ夫人に帰納されて行った法水の超人的な解析も、この底知れない恐怖悲劇にとっては、たかが一場の間狂言（ツイッシエンシュピール）に過ぎなかったのである。法水は、静かに受話器を置いた。そして、血の気の失せ切った顔を二人に向けて、何とも云えぬ悲痛な語気を吐いた。

「ああ、僕はシュライマッヘルじゃないがね。熱を傾けて苦を求めたよ、また、血みどろの身振り狂言なんだ。それも、人もあろうに、クリヴォフが狙撃されたんだよ」と陽差が翳って薄暗くなった大火之図の上に、法水は何時（いつ）までも空洞（うつろ）な視線を注いでいた。宛（あた）かもその様子は、彼が築き上げた壮大な知識の塔が、脆くも崩壊しつつある惨状を眺めているかのようであった。法水の歴史的退軍――これこそ、捜査史上空前とも云う大（スペ）

壮観ではないか。

二、宙に浮んで……殺さるべし

法水がクリヴォフ夫人に猶太人虐殺を試みて、頻りと十二宮秘密記法の解読をしている頃だった。一方私服の楯で囲まれている黒死館では、その隙をどう潜ったものか、世にも又とない幻術的な惨劇が起ったのである。それが二時四十分の出来事で、当の被害者クリヴォフ夫人は、恰度前庭に面した本館の中央——即ち尖塔の真直下に当る二階の武具室の中で、折からの午後の陽差を満身に浴びながら、窓際の石卓に倚り読書していた。すると、突然背後から何者かの手で、装飾品の一つであったフィンランダー式火術弩が発射されたのだが、運良くその箭は、彼女の頭部を僅かに掠めて毛髪を縫った。そして、その強猛な直進力は、瞬間彼女を宙に吊り、その儘直前の鎧扉に命中したので、その機みを喰って、クリヴォフ夫人は鞠のように窓外に投げ出されたのだった。然し、その刺叉形をした鬼鏃が、確かと桟の間に喰い入っていたので、また後尾の矢筈に絡み付いている彼女の頭髪も、これまた執拗に離れなかったので、夫人の身体はその一本の矢に釣られて宙吊りとなり、しかも、虚空の中でキリキリ独楽のように廻転を始めたのであった。正に、ダンネベルグ夫人——易介と続いた、血みどろの童話風景である。あの底知れぬ妖術のような魔力を駆使して、犯人は此の日にもまた、クリヴォフ夫人を操人形のように弄んだ。そして、相変らず五彩絢爛とした、超理法超官能の神話劇を打ったのであった。恐らくその光景は、クリヴォフ夫人の赤毛が陽に煽られて、それがクルクル廻転する所は、宛がら焔の独楽のようにも思えたであろうし、また、怒ったゴルゴン（メデュサの首）の頭髪を髣髴とさせる程に、凄惨酷烈を極めたものに違いなかった。そして、その時クリヴォフ夫人が、もし無我夢中の裡に窓框に片手を掛けなかったなら、或は、そのうちに矢筈が萎び鏃が抜けるかして、結局直下三丈の地上で粉砕されたかも知れなかったのである。然し、悲鳴を聴き付けられて、クリヴォフ夫人は直ちに引き上げられたけれども、頭髪は殆んど無残にも引き抜かれていて、おまけに毛根からの出血で、昏倒している彼女の顔は、一面に赭丹を流したように素地を見る事が出来なかったそうであった。

　その惨事が発生してから、僅か三十五分の後に、法水一行は黒死館に到着していた。館に入ると、彼はすぐにクリヴォフ夫人の病床を見舞った。すると、折良く医師の手で意識が恢復されていて、上述の事情を、杜絶れながらも聴く事が出来た。然し、それ以上の真相は、混沌の彼方で犯人が握っていた。その当時彼女は、窓を正面に椅子の背を扉の方へ向けていたので、自然背後にいた人物の姿は見る事が出来なかったと云う始末だし、また、その室に入る左右の廊下には、各々に一人宛の私服が曲角の所で頑張っていたのだったけれども、誰しも其処を出入した人物はなかったと云うのだった。言葉を換えて云うと、その室は殆んど密閉された函室に等しく、従って、私服の眼から外れて、荀（いやし）くも形体を具えた生物なら、出入は絶対不可能であるに相違なかったのである。法水は聴取を終ると、クリヴォフ夫人の病室を出て、早速問題の武器室を点検した。

その室は前面から見ると、正確に本館の真中央（まんまんなか）に当り、二条の張出間（アプス）に挟まれていて、二つある硝子（ガラス）窓はそれだけが他とは異なり、十八世紀末期の二段上下式になっている。また、室内も北方ゴート風の玄武岩で畳み上げた積石造で、周囲は一抱えもある角石で築き上げられ、それが、暗く粗暴な蒙昧（もうまい）な、如何にも重々し気なテオドリック朝辺りを髣髴とさせるものであった。そして、室内には陳列品の外に、巨大な石卓と、天蓋のない脊長椅子（バルダシン）が一つあるのみに過ぎなかった。しかも、その暗澹とした雰囲気を、更に一段物々しくしているのが、周囲の壁面を飾っている各時代の古代武具だったのである。それには、さして上古のものはなかったけれども、小型のモルガルテン戦争当時の放射（カタプルト）式投石機（バリスタ）、噸田兵常備（ヘールバン）の乗入梯子、支那元代投火機のようなやや形の大きい戦機に類するものから、手法用鞍形楯（ハヴィルゼ）外十二、三の楯類、テオドシウス鉄鞭（てつべん）、アラゴン時代の戦槌（かけや）、ゲルマン連枷（れんか）、ノルマン形大身鎗（おおみやり）から十六世紀鎗（アガサイ）に至る、十数種の長短直叉を混じた鎗（そう）戟（げき）類。また、歩兵用戦斧を始めに、洋剣（サーベル）の類も各年代に亙っていて、殊に、ブルガンディ鎌刀（かまがたな）やザバーゲン剣が珍奇なものだった。そして、その所々に、ヌーフシャテル甲冑やマキシミリアン型、それにファルネスやバイヤール型などの中世甲冑が陳列されていて、銃器と云えば、僅かに初期の手砲（ハンドキャノン）を二つ三つ見るに過ぎなかった。然し、それ等陳列品を巡視しているうちに、恐らく法水は、彼が珍蔵しているグロースの「古代軍器書」を、此の際持参しなかった事が悔まれたに違いない。何故なら、彼は時折嘆息し、或は細めた眼を、細刻や紋章に近附けたりなどして、たしかにこの戦具変遷の魅力は、彼の職務を忘れさせた程に、恍惚とさせたに相違なかったのである。

然し、室内を一巡して、漸く水牛の角と海豹（アザラシ）の附いた北方海賊（ヴァイキング）風の兜（かぶと）の前まで来ると、彼は側（かたわら）の壁面にある、不釣合な空間に注いだ眼を返して、すぐその前の床から、一張（ひとはり）の火術弩を拾い上げた。それは、全長三尺もあるフィンランダー式（上図参照）のもので、火薬を絡めた鬼箭（おにや）を発射して、敵塞に射込み、殺傷焼壊を兼ねると云う酷烈な武器だった。所で、その構造を概述すると、弓形に附けられた撚紐（ひねりひも）の弦（つる）を中央の把手（ハンドル）まで引き、発射する時は、その把手（ハンドル）を横倒しにすると云う装置で、火砲初期頃の巻上式に比べると、極めて幼稚な十三世紀辺りのものに相違なかった。即ち、この一つの火術弩から発射された鬼箭が、クリヴォフ夫人に生死の大曲芸（サーカス）を演ぜしめたのであった。が、それが掲げられていた壁面の位置は、恰度法水の乳下辺に当っていた。またそれと同時に、熊城が石卓の上にあった鬼箭を持って来たけれども、その矢柄は二糎（センチ）に余り、鏃（やじり）は青銅製の四叉になっていて、

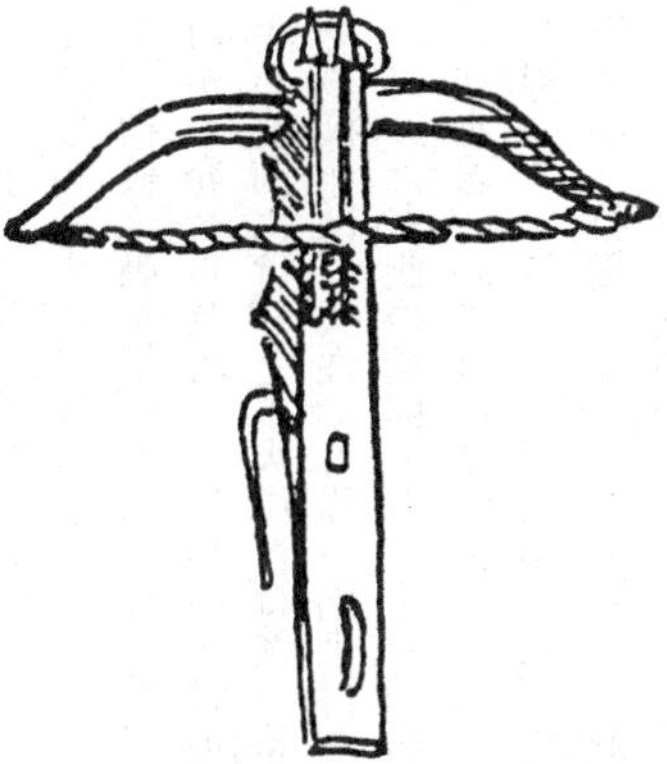

鴻の羽毛で作った矢筈と云い、見るからに強靭兇暴を極め、クリヴォフ夫人を懸垂しながら突進するだけの強力は、それに十分窺われるのだった。のみならず、弩にも箭にも、指紋は愚か指頭を触れた形跡さえなかったのであるが、その上、疑問はまず熊城の口から発せられて、自然発射説は最初から片影もなかったのである。何故なら、事件発生の直前には、その火術弩は箭を番えたまま、窓の方へ鏃を向けて掲っていたのだし、その操作は、女性でも強ち出来得ない事もないからであった。熊城はまず、当時半ば開いていた右側の鎧扉から、その壁面にかけて指で直線を引いた。

「法水君、高さは恰度頃合だがね。然し、鎧扉までの角度が、てんで二十五度以上も喰い違っている。もし、何かの原因で自然発射がされたとすれば、壁面と平行に、隅の騎馬装甲へ打衝らなきゃならんよ。屹度犯人は、踞んでこの弩を引いたに違いないんだ」

「だが、犯人は標的を射損じたのだ。それが僕には、何より不思議に思われるんだがね」と、爪を噛みながら法水は浮かぬ顔で呟いた。「第一、距離が近い。それに、この弩には標尺がある。その時クリヴォフは、背後を向けて椅子から首だけを出していたのだ。その後頭部を狙うのは、恐らくテルが、虫針で林檎を刺すよりも容易いだろうと思うが」

「では法水君、君は一体何を考えているんだね」とそれまで何ものか期待していた検事は、周囲の積石を調べ歩いて、塗喰にそれらしい破れ目でも見出そうとしていた。が、空しく戻って来ると、法水に鋭く訊ねた。すると、法水は突然窓際へ歩み寄って行き、其処から窓越しに、前方の噴泉を指差して云った。

「所で、問題と云うのが、あの驚駭噴泉（ウォーター・サープライズ）なんだよ。あれは、バロック時代に盛った悪趣味の産物なんだが、あれには水圧が利用されていて、誰か一定の距離に近付く者があると、その側に当る群像から、不意に水煙が上がると云う装置になっているのだ。所が、この窓硝子（ガラス）を見ると、まだ生々しげな飛沫の跡が残されている。してみると、極めて近い時間のうちに、あの噴泉に近付いて、水煙を上げさせたものがなけりゃならない。勿論それだけなら、さして怪しむべき事でもないだろう。所が、今日は微風もないのだ。そうなると、飛沫が此処まで何故に来たか――と云う疑問が起って来る。支倉君、それが、また実に面白い例題なんだよ」と続いて云い掛けた法水の顔に、見る見る暗影が差して行き、彼は過敏そうに眼を光らせた。「とにかく、ライプチッヒ派に云わせたら、今日の犯罪状況（クリミナル・ジチュアチヨン）は極めて単純（ゼール・シュリヒト）なり――と云う所だろう。何者かが妖怪的な潜入をして、あの赤毛の猶太（ユダヤ）婆の後頭部を狙った。そして、射損ずると同時に、その姿が掻き消えてしまった――と。勿論、その不可解極まる侵入には、あの Behind stairs（ビハインド・ステイアス）（大階段の裏）の一語が、一脈の希望を持たせるだろう。けれども、僕の予感が狂わない限りは、仮令（たとえ）現象的に解決してもだよ。今日の出来事を機縁として、この事件の目隠しが実に厚くなるだろうと思われるのだ。あの水煙――それを神秘的に云えば、水精（ウンディネ）が火精（サラマンダー）に代り、しかも射損じたのだ――と」

「また、妖精山（ヘルツ）風景かい。だが一体、そんな事を本気で云うのかね」検事は莨の端をグ

イと噛んで、非難の矢を放った。法水は指先を神経的に動かして、窓框を叩きながら、

「そうだとも。あの愛すべき天邪鬼（あまのじゃく）には、次第に黙示図の啓示を無視して行く傾向がある。つまり、黒死館殺人事件根元の教本（テキスト）さえ、玩弄してるんだぜ。ガリバルダは逆（さか）さになって殺さるべし――それは伸子の失神姿体に現われている。それから、眼を覆われて殺さるべき筈のクリヴォフが、危く宙に浮んで殺される所だったのだ。その時、宙高くに上った驚駭噴泉（ウォーター・サープライズ）の水煙が、眼に見えない手で導かれたのだよ。そして、此の室の窓に、おどろと漂い寄って来たものがあったのだ。いいかね支倉君、それが此の事件の悪魔学（デモノロジイ）なんだぜ。病的な、しかも此れほど公式的な符合が、事実偶然に揃うものだろうか」


その一事は、曾て検事が、疑問一覧表の中に加えた程で、磅礴（ほうはく）と本体を隔てている捕捉し難い霧のようなものだった。然し、斯う法水から明らさまに指摘されてしまうと、此の事件の犯罪現象よりも、その中に陰々とした姿で浮動している瘴気のようなものの方に、より以上慄然（ぞっ）と来るものを覚えるのだった。が、その時扉（ドアー）が開いて、私服に護衛されたセレナ夫人とレヴェズ氏が入って来た。所が、入りしなに三人の沈鬱な様子を一瞥したとみえて、あの見たところ温和そうなセレナ夫人が、碌々に挨拶も返さず、石卓の上に荒々しい片手突きをして云った。

「ああ、相も変らず高雅な団欒でございますことね。法水さん、貴方（あなた）はあの兇悪な人形使いを――津多子さんをお調べになりまして」

「なに、押鐘津多子を!?」それには、法水も流石に驚かされたらしかった。「すると、貴方がたを殺すとでも云いましたかな。いや、事実あの方には、到底打ち壊すことの出来ない障壁があるのです」

それに、レヴェズ氏が割って入った。そして、相変らず揉み手をしながら、阿(おもね)るような鈍い柔か味のある調子で云った。

「ですが法水さん、その障壁と云うのが、儂(わし)共には心理的に築かれて居りますのでな。お聴き及びでしょうが、あのかたは、御夫君もあり自邸もあるに拘らず、約一月程まえから、此の館に滞在して居るのです。大体理由もないのに、御自分の住居を離れて、何のために……いや、全く子供っぽい想像ですが」

それを法水は押冠せるように「いや、その子供なんですよ。大体人生の中で、子供ほど作虐的(ザディスティック)なものはないでしょうからな」と突き刺すような皮肉をレヴェズ氏に送ってから、「時にレヴェズさん、何日(いつ)ぞや——確かそこにあるは薔薇なり、その附近には鳥の声は絶えて響かず(ドッホ・ローゼン・ジンテス・ウォバイ・カイン・リード・メール・フレテット)——と、レナウの『秋の心(ヘルプスト・ゲフュール)』の事を訊ねましたっけね。ハハハハハ、御記憶ですか。然し、僕は一言注意して置きますが、この次こそ、貴方が殺される番になりますよ」と何となく予言めいた、またそこに、法水独特の反語逆説が潜んでいるようにも思われる、妙に薄気味悪い言葉を吐いた。すると、その瞬間レヴェズ氏に、衝動的な苦悶の色が泛び上ったが、ゴクリと唾を嚥み込むと、顔色を旧通りに恢復して云い返した。

「全く、それと同様なんです。得体の判らない接近と云うものは、明らさまな脅迫よりも、一層恐怖的なものですからな、然し、儂共に寝室の扉に閂を下させたり、またそれを、要塞のように固めさせるに至った原因と云うのは、決して昨今の話ではないのですよ。実は、あの晩の神意審問会と同様の出来事が、以前にも一度繰り返された事があったのです」とレヴェズ氏は顔を引き緊め、つい寸秒前に行われた、法水との黙劇を忘れたかのように、語り始めたものがあった。

「それは、先主が歿(みまか)られてから間もなくの事で、去年の五月の始めでしたが、その夜は、ハイドンのト短調四重奏曲(クワルテット)の練習を、礼拝堂でやる事になりました。所が、曲が進行しているうちに、突然グレーテさんが、何か小声で叫んだかと思うと、右手の弓(キュー)が床の上に落ち、左手も次第にダラリと垂れて行って、開いてある扉(ドアー)の方を凝然(じっ)と瞶(みつ)めているのでした。勿論、儂共三人は、それを知って演奏を中止致しました。すると、グレーテさんは、左手に持った提琴(ヴァイオリン)を逆さに扉(ドアー)の方へ突き付けて、津多子さん、其処にいたのは誰です？――と叫んだのです。案の定扉(ドアー)の外からは、津多子さんの姿が現われましたけども、あの方は一向解せぬような面持で、いいえ誰もいない――と云うのでした。所が、それを聴くと、グレーテさんは何と云った事でしょうか。声を荒らげて、儂共の血が一時に凍り付くような言葉を叫ばれたのです。確かそこには算哲様が――と」と云った時に、総身を恐怖のために竦(すく)めて、セレナ夫人はレヴェズの二の腕をギュッと摑んだ。その肩口を、レヴェズは労(いた)わるように抱きかかえて、宛(あたか)も秘密の深さを知らぬ者を嘲笑するような眼差を、法水に向けた。

「勿論儂は、その疑題（クエスチヨネーア）に対する解答が、神意審問会のあの出来事となって現われたと信じて居るのです。いや、元来神霊主義（スピリチユリズム）には縁遠い方でしてな。そう云った神秘玄怪な暗合と云うものにも、必ずや教程公式があるに相違ない——と。いいですかな法水さん、貴方が探し求めて居られる薔薇の騎士（ローゼン・カヴアリエル）は、その二回に渉る不思議とも、異様に符合して居るのですぞ。それは云う迄もない、津多子さんに外ならんのです」

その間法水は、黙然と床を瞶めていたが、まるで、或る出来事の可能性を予期してかのような、弱々しい嘆息を洩らした。そして、「とにかく、今後貴方の身辺には、特に厳重な護衛をお附けしましょう。それから、また貴方に、『秋の心（ヘルプスト・ゲフユール）』をお訊ねした事を、改めてお詫びして置きます」と再び、他では到底解し切れぬような奇言を吐いてから、彼は問題を事務的な方面に転じた。

「所で、今日の出来事当時は、何処にお出でになりましたか」

「ハイ、私は自分の室で、ジョコンダ（聖バーナード犬の名）の掃除を致して居りました」とセレナ夫人は躊（ひる）まずに答えてから、レヴェズの方を向いて「それに、確かオットカールさん（レヴェズの名）は、驚駭噴泉（ウオーター・サープライズ）の側にいらっしゃいましたわね」

その時レヴェズ氏の顔には、唯ならぬ狼狽の影が差したけれども、「いやガリバルダさん、鏃（やじり）と矢筈を反対にしたら、多分、弩の絃が切れてしまうでしょうからな」と如何にも上ずった、不自然な笑声で紛らせてしまったのである。そうして二人は、尚も煩々（くどくど）

しく、津多子の行動に就いて苛酷な批判を述べてから、室を出て行った。二人の姿が扉の向うに消えると、それと入れ違いに、旗太郎以下四人の不在証明が私服に依って齎された。それに依ると、旗太郎と久我鎮子は図書室に、既に恢復していた押鐘津多子は、当時階下の広間にいた事が証明されたけれど、不思議な事には、此の時もまた、伸子の動静だけが不明で、誰一人として、彼女の姿を目撃した者がないのだった。以上の調査を私服から聴き終ると、法水はひどく複雑な表情を泛べ、実にこの日三度目の奇説を吐いた。

「ねえ支倉君、僕にはレヴェズの壮烈な姿が、絶えず執拗っこく附き纏っているのだがね。あの男の心理は、実に錯雑を極めているのだ。或は誰かを庇おうとしての騎士的精神かも知れないし、また、ああ云う深刻な精神葛藤が、既にもう、あの男に狂人の境界を跨せているのかも判らない。だが、何より濃厚なのは、あの男が死体運搬車に乗っている姿なんだよ」と何等変哲もないレヴェズの言動に異様な解釈を述べ、それから噴泉の群像に眼が行くと、彼は慌てて出しかけた萁を引っ込めた。「では、これから驚駭噴泉を調べる事にしよう。恐らく犯人であると云う意味でなしに、今日の事件の主役は、屹度レヴェズに違いないのだ」

その驚駭噴泉の頂上は、黄銅製のパルナス群像になっていて、水盤の四方に踏石があり、それに足をかけると、像の頭上から各々の側に、四条の水が高く放出される仕掛になっていた。そして、その放水が、約十秒程の間継続する事も判明した。所が、その踏み石の上には、霜溶けの泥が明瞭な靴跡となって残っていて、それに依るとレヴェズ氏は、その一つ一つを複雑な径路で辿って行って、しかも各々に、只の一度しか踏んでいない事が明かになった。即ち、最初は本館の方から歩んで来て、一番正面の一つを踏み、それから、次にその向う側を、そして三度目には右側のを、最後には、左側の一つを踏んで終っている。然し、その複雑極まる行動の意味が、一体那辺にあるのか、流石に法水でさえ、皆目その時は見当が附かなかった。

それから、本館に戻ると、一昨日訊問室に当てた例の開けずの間、即ちダンネベルグ夫人が死体となっていた室で、まず最初の喚問者として伸子を喚(よ)ぶ事になった。そして、彼女が来る迄の間に、何処からとなく法水の神経に、後にはそれと頷かせた、異様な予感が触れて来たと云うのは、数十年以来(このかた)この室に君臨していて、幾度か鎖(と)ざされ開かれ、また、何度か流血の惨事を目撃して来た――あの寝台の方に惹かれて行ったのだった。彼は帷幕(カーテン)の外から顔を差し入れただけで、思わずハッとして立ち竦んでしまった。前回には些かも覚えなかった所の、不思議な衝動に襲われたからだ。死体が一つなくなっただけで、帷幕(カーテン)で区切られた一劃には、異様な生気が発動している。或は、死体がなくなって構図が変ったので、純粋の角と角、線と線との交錯を眺めるために起った、心理上の影響であるかも知れない。

けれども、それとは何処か異った感じで、同じ冷たさにしても、生きた魚の皮膚に触れると云ったような、何となく此の一劃の空気から、微かな動悸でも聴えて来そうであ

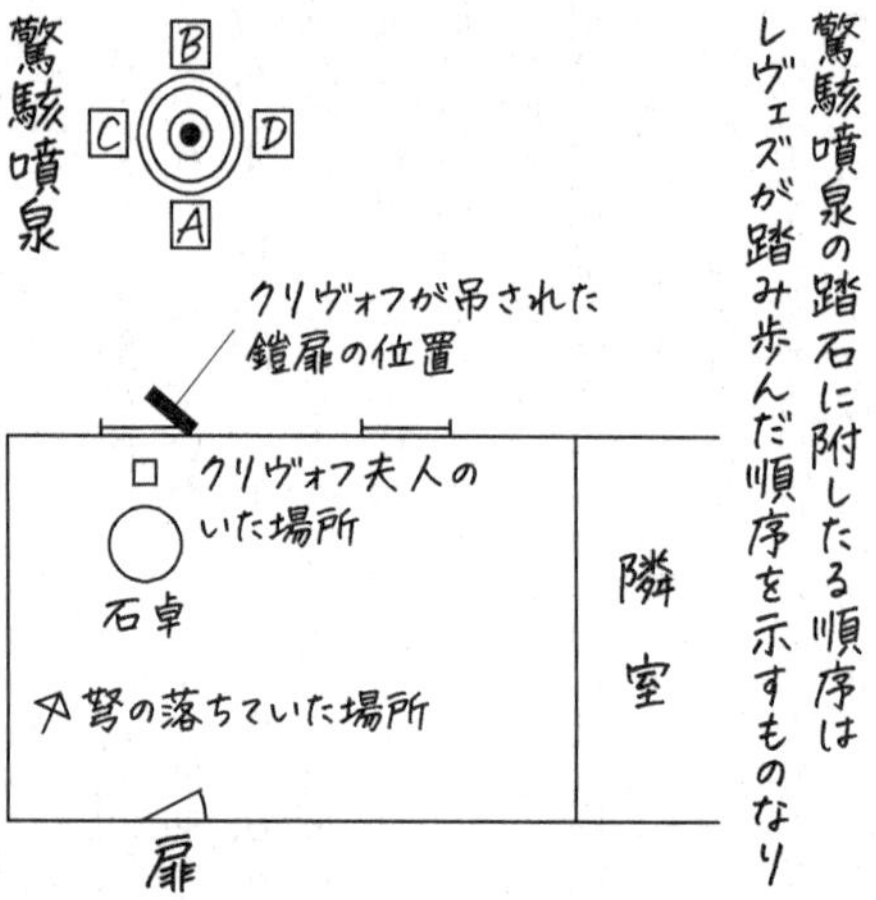

驚駭噴泉の踏石に附したる順序は
レヴェズが踏み歩んだ順序を示すものなり

驚駭噴泉
B
C
D
A

クリヴォフが吊された
鎧扉の位置

クリヴォフ夫人の
いた場所

石卓

弩の落ちていた場所

隣室

扉

って、まあ云わば、生体組織(オーガニズム)を操縦している、不思議の力があるのを浸々と感ずるのだった。然し、検事と熊城に入られてしまうと、法水の幻想は跡方もなく飛び散ってしまった。そして、やはり構図の所以(せい)かなと思うのだった。法水は此の時ほど、寝台を仔細に眺めた事はなかった。

天蓋を支えている四本の柱の上には、松毬形(まつかさがた)をした頂花(たてばな)が冠彫(かしらぼり)になっていて、その下から全部にかけては、物凄い程克明な刀の跡を見せた、十五世紀ヴェネチヤの三十櫓楼船(プセンタール)が浮彫になっていた。そして、その舳(みよし)の中央には、首のない「ブランデンブルグの荒鷲」が、極風に逆らって翼を拡げているのだった。そう云う、一見史文模様めいた奇妙な配合(とりあわせ)が、この桃花木(マホガニー)の寝台を飾ってる構図だったのである。そして、漸く法水が、その断頸鷲(だんけいわし)の浮彫から顔を離した時だった。静かに把手(ノッブ)の廻転する音がして、喚ばれた紙谷伸子が入って来た。

第六篇　算哲埋葬の夜

一、あの渡り鳥（ワンダー・フォーゲル）……二つに割れた虹

紙谷伸子の登場——それが、この事件の超頂点（ウルトラ・クライマックス）だった。と同時に、妖気祲気の世界と人間の限界とを区切っている、最後の一線でもあったのだ。何故なら事件中の人物は、クリヴォフ夫人を最終にして悉く（ことごと）篩い（ふる）尽されてしまい、遂に伸子だけが、残された一粒の希望になってしまったからだ。しかも、曾て（かつ）鐘鳴器室（カリルロン）で彼女が演じた所のものは、到底曖昧模糊とした人間の表情ではない。如何なる畸矯（ききょう）変則を以てしても律し得ようのない……換言すれば、殺人犯人の生具的表現を最も強烈に表象している、一個の演劇用仮面（マスク）に相違ないのである。それ故、此処（ここ）でもし法水が、伸子の秤量を機会に転回を計る事が出来なかった暁には、恐らくあの暗黒凶悪な緞帳（カーテン）が、事件の終幕には犯人の手に依って下されるであろう。否そうなる事は、この事件の犯罪現象を一貫している虬（みずち）のような怪物、——即ち事件の推移経過が明白にそれへ向って集束されて行こうとしても、法

水でさえどうにも防ぎようのない、あの大魔霊の超自然力を確認するに外ならないのである。それ故、伸子の蒼白な顔が扉の蔭から現われると同時に、室内の空気が異常に引き緊って来た。法水にさえ、抑えようとしても果せない、妙に神経的な衝動が込み上げて来る。そして、全身を冷たい爪で、掻き上げられるような焦慮を、その時はどうする事も出来ないのであった。

　伸子は年齢二十三、四であろうけれども、どちらかと云えば弾力的な肥り方で、顔と云い体軀の線と云い、その輪廓がフランドル派の女人を髣髴とさせる。けれども、その顔は日本人には稀らしいくらい細刻的な陰影に富んでいて、それが如実に彼女の内面的な深さを物語るように思われた。のみならず、最も印象的なのは、そのクリクリした葡萄の果みたいな双の瞳である。そこからは智的な熱情が、まるで羚羊のような敏しこさで迸出して来るのだけれども、それにはまた、彼女の精神世界の中にうずくまっているらしい、異様に病的な光りもあった。総体として彼女には、黒死館人特有の、妙に暗い粘液質的な所はなかったのである。然し、三日に渉って絶望と闘い凄惨な苦悩を続けたためか、伸子は見る影もなく憔悴している。既に歩む気力も尽き果てたように思われ、その喘ぐような激しい呼吸が——鎖骨や咽喉の軟骨が急し気に上下しているのさえ、三人の座所から明瞭と見える。然し、フラフラ歩んで来て座に着くと、彼女は昂奮を鎮めるかのように両眼を閉じ、双の腕で胸を固く締め付けていて、暫く凝然と動かなかった。それに、黒地の対へ大きく浮き出している茅萱模様の尖が、まるで磔刑槍みたいな形で彼女の頸を取り囲んでいる。それなので、偶然に作られてしまったその異様な構図からは、妙に中世めいた問罪的な雰囲気が醸し出されて来る。そして、檞と角石とで包まれた沈鬱な死の室の周囲へ、それが渦のように揺ぎ拡がって行くのだった。やがて、法水の唇が微かに動きかけて、沈黙を破ろうとしたとき、或は先手を打とうとしたのだろうか、突如伸子の両眼がパチリと見開かれた。そして、彼女の口からいきなり衝いて出たものがあった。

「私、告白致しますわ。如何にも鐘鳴器室で気を失いました際には、鎧通しを握って居りました。また、易介さんが殺された前後にも、それから、今日のクリヴォフ様の出来事当時にだって、奇妙な事に、私だけには不在証明と云うものが恵まれて居りませんでした。いいえ、私は最初から、此の事件の終点に置かれているんですわ。ですから、此処で幾ら莫迦問答を続けた所で、結局この局状には批評の余地はございませんでしょう」と伸子は何度も逼えながら、大きく呼吸を吸い込んでから、「それに、私には固有の精神障碍があって、時折ヒステリーの発作が起ります。ねえそうでございましょう。これは久我鎮子さんから伺った事ですけども、犯罪精神病理学者のクラフトエーヴィングは、ニイチェの言葉を引いて、天才の悖徳掠奪性を強調して居ります。中世紀全体を通じて最も高い人間性の特徴と見做されていたのは、幻覚を起す——云い換えれば、深い精神的擾乱の能力を持つにあり——ですと。ホホホホホ、これでございますものね。凡てが揃いも揃って、それも、明瞭過ぎるくらいに明瞭なんですわ。もう私には、自分が犯人でないと主張するのが厭になりました」

それは、何処か彼女のものでないような声音だった。――殆んど自棄的な態度である。然し、その中には妙に小児っぽい示威があるように思われて、そこに、絶望から踠き上ろうとする、凄惨な努力が、透し見えるのだった。云い終ると、伸子の全身を硬張らせていた靭帯が急に弛緩したように見え、その顔にグッタリとした疲労の色が現われた。そこへ、法水は和やかな声で訊ねた。

「いや、そう云う喪服なら、屹度すぐに必要でなくなりますよ。もし貴女が、鐘鳴器室で見た人物の名が云えるのでしたら」

「すると、それは……誰の事なんでしょうか」と伸子は素知らぬ気な顔で、鸚鵡返しに問い返した。然し、その後の様子は、不審怪訝なぞと云うよりも、何か潜在している――恐怖めいた意識に唆られているようだった。けれども、気早な熊城は最早凝としていられなくなったと見えて、さっそく彼女が朦朧状態中に認めた、自署の件（グッテンベルガー事件に先例のある潜在意識的署名）を持ち出した。そして、それを手短に語り終えると開き直って、厳しく伸子の開口を迫るのだった。

「いいですかな。僕等が訊きたいのは、僅ったそれだけです。どんなに貴女を、犯人に決定したくなくも、つまるところは、結論が逆転しない限り止むを得ません。つまり、要点はその二つだけで、それ以外の多くを訊ねる必要はないのです。これこそ、貴女にとれば一生浮沈の瀬戸際でしょう。重大な警告と云う意味を忘れんように……」と沈痛な顔で、まず熊城が急迫気味に駄目を押すと、その後を引き取って、検事が諭（さと）すような声で云った。

「勿論ああ云う場合には、どんなに先天的な虚妄者（うそつき）でも、除外する訳には往（い）きません。それでさえ、精神的には完全な健康になってしまうのが、つまりあの瞬間にあるのですからね。サア、そのX（エツキス）の実数を云って下さい。降矢木旗太郎……たしかに。いや、一体それは誰の事なんです？」

「降矢木……サア」と幽（かすか）に呟いただけで、伸子の顔が見る見る蒼白になって行った。それは、魂の底で相打っているものでもあるかのような、見るも無残な苦闘だった。然し、五、六度生唾（なまつば）を嚥み下しているうちに、サッと智的なものが閃いたかと思うと、伸子は高い顫えを帯びた声で云った。「ああ、あの方に御用がおありなのでしょうか。それでしたら、鍵盤のある刳り込みの天井には、冬眠している蝙蝠がぶら下って居りました。また、大きな白い蛾が、まだ一、二匹生き残っていたのも知って居りますわ。ですから、冬眠動物の応光性（トロピズム）さえ御承知でいらっしゃいますのなら……。そうして光さえお向けになれば、あの動物共はその方へ顔を向けて、何もかも喋って呉れるでしょうからね。それとも、この事件の公式通りに、それが算哲様だった——とでも申し上げましょうか」

伸子は、毅然たる決意を明かにした。彼女は自身の運命を犠牲にしてまでも、或る一事に緘黙（かんもく）を守ろうとするらしい。然し、云い終ると何故であろうか、まるで恐ろしい言葉でも待ち設けているように、堅くなってしまった。恐らく、彼女自身でさえも、嘲侮（ちょうぶ）

の限りを尽している自分の言葉には、思わず耳を覆いたいような衝動に駆られた事であろう。熊城は唇をグイと噛み締めて、憎々し気に相手を見据えていたが、その時法水の眼に怪しい光が現われて、腕を組んだままズシンと卓上に置いた。そして、如何にも彼らしい奇問を放った。

「ああ、算哲……。あの凶兆の鋤——スペードの王様をですか」

「いいえ、算哲様なら、ハートの王様でございますわ」と伸子は反射的にそう云った後で、一つ大きな溜息をした。

「成程、ハートなら、愛撫と信頼でしょうが」と瞬間法水の眼が過敏そうに瞬いたが、「所で、その告げ口をすると云う蝙蝠ですが、一体それは、何っちの端にいたのですか」

「それが、鍵盤の中央から見ますと、恰度その真上でございましたわ」と伸子は躊らわずに、自制のある調子で答えた。「然し、その側には、好物の蛾がいたのです。けれどもその蛾が、飽くまで沈黙を守っている限りは、よもや残忍な蝙蝠だって、むざに傷けようとは致すまいと思いますわ。所が、その寓喩は、実際とは反対なのでございました」

「いや、そう云う童話めいた夢ならば、改めて悠くりと見て貰う事にしよう——今度は監房の中でだ」と熊城が毒々し気に嘯くと、法水はそれを嗜めるように見てから、伸子に云った。

「お構いなく続けて下さい。元来僕は、シェレイの妻君（メリー・ゴドウィン——詩人シェレイの後妻「フランケンシュタイン」の作者）みたいな作品は大嫌いなのです。ああの白羽のボアが揺いだのは？　それが鐘鳴器室のどんな場面で、貴女に風を送りましたね」

「実際を申しますと、その蛾は遂々、蝙蝠の餌食になってしまったのでございます。何故なら、私にあの難行をお命じになったのが、クリヴォフ様なんでございますものね。——それも、独りで三十櫓楼船を漕げって」と瞬間、冷たい憤怒が伸子の面を掠めたけれども、それはすぐに、跡方もなく消え失せてしまった。そして続けた。

「だって、何時もならレヴェズ様がお弾きになるあの重い鐘鳴器を、女の私に、しかも三回宛繰り返せよと仰有ったのです。ですから、最初弾いた経文歌の中頃になると、もう手も足も萎え切ってしまって、視界が次第に朦朧となって参りました。その症状を、久我さんは微弱な狂妄——と仰有います。病理的な情熱の破船状態だと云います。その時は、必ず極端に倫理的なものが、まるで軍馬のように耳を聳てながら身を起して来る——と申されます。しかもそれが、最高浄福の瞬間だそうですけども、決して倫理学ではある代りに道徳的ではなく、そこにまた、殺人の衝動を否む事は出来ぬ——とあの方は仰有いました。ああ、これでも、貴方がお考えになるような、詩的な告白なのでございましょうか」と熊城に冷たい蔑視を送ってから、当時の記憶を引き出した。「で多分、こう云う現象の一部に当るのでしょうか、自分では何を弾いているのか無我夢中の癖に、寒風が私の顔を、斑に吹き過ぎて行く事だけは、妙に明瞭と知る事が出来ましたものね。

云わば、冷痛とでも云う感覚でしたでしょう。けれども、絶えずそれが、明滅を繰返しては刺激を休めなかったので、漸く経文歌の三回目を終える事が出来ました。それから、手を休めている間も同じ事でございます。階下の礼拝堂から湧き起ってくる鎮魂楽の音が、セロ・ヴィオラと低い絃の方から消え始めて行って、次第に耳元から遠ざかって行くのでしたが……、かと思うと、それがまた引き返して来て、今度は室内一杯に、磅礴と押し拡がってしまうのでした。然し、その律動的な、まるで正確なメトロノームでも聴くような繰り返しが、次第に疲労の苦痛を薄らげて参りました。そして、非常に緩漫ではございましたけれども、徐々と私を、快よい睡気の中へ陥し込んで行ったのです。ですから、曲が終って、私の手足が再び動き始めてからも、私の耳には、鐘の音は聴えず、絶えずあの音を持たない、快よい律動だけが響いて来るのでした。ところが、その時でございます。突然私の顔の右側に、打ち衝って来たものがありました。すると、その部分に焮衝が起って、かっと燃え上ったように熱っぽく感じました。けれども、その刹那、身体が右の方へ捻れて行って、それなり、何もかも判らなくなってしまったのです。その瞬間でございましたわ――私が、刳り込みの天井に蛾を見たのは。然し、今朝がた行って見ますと、その蛾は何時の間にか見えなくなっていて、恰度その場所には、蝙蝠が素知らぬ気な顔でぶら下っているだけでした」

　伸子の陳述が終ると同時に、三人の視線が期せずして、打衝った。しかもそれには、名状の出来ぬ困惑の色が現われていた。と云うのは、伸子に発作の原因を作らせたと目される、鐘鳴器（カリルロン）の演奏を命じた人物と云うのが、誰あろう、つい先頃皮肉な逆転を演じたところの、クリヴォフ夫人だったからだ。のみならず、伸子の云うが如くに、果して右の方へ倒れたとすれば、当然廻転椅子に現われた疑問が、更に深められるものと云わねばならない。熊城は、狡猾そうに眼を細めながら訊ねた。

「そうなって、貴女の右側から襲ったものがあると云う事になると、恰度そこには、階段を上って突き当りの扉（ドア）がありましたっけね。とにかく、下らん自己犠牲は止めにした方が……」

「いいえ私こそ、そんな危険な遊戯（ゲーム）に耽（ふけ）る事だけはお断り致しますわ」と伸子は、飽くまで意地強い態度で云い切った。「真平（まっぴら）ですわ——あんな恐ろしい化竜（ドラゴン）に近着くなんて。だって、お考え遊ばせな。たとえば私が、その人物の名を指摘したと致しましょう、けれども、そんな浅墓な前提だけでもって、どうして、あの神秘的な力に仮説を組み上げる事がお出来になりまして。却って私は、鎧通し——と云う重大な要点に、貴方がたの法律的審問を要求したいのです。いいえ、私自身でさえ、自身が類似的には犯人だと信じている位ですわ。それに、今日の事件だってそうですわ。あの赤毛の猿猴（えてこう）公が射られた狩猟風景にだっても、私だけには、不在証明（アリバイ）と云うものがございませんものね」

「それは、どう云う意味なんです？　いま貴女は、赤毛の猿猴（えてこう）公と云われましたね」と検事は注意深そうな眼をして聴き咎めたが、秘かに心中では、案外この娘は年齢の割合に手強いぞ——と思った。

「それが、また厳粛な問題なんですわ」伸子は口辺を歪めて、妙に思わせ振りな身振りをしたが、額には膏汗（あぶらあせ）を浮かせていて、そこから、内心の葛藤が透いて見えるように思われる。如何に、絶望から切れ抜けようと踠（もが）いているか——既に伸子は、渾身の精力を使い尽していて、その疲労の色は、重た気な瞼の動きに窺われるのだった。然し、彼女はズケズケと云い放った。「大体クリヴォフ様が殺されようたっても、悲しむような人間は一人もいないでしょうからね。ほんとうに、生きていられるよりも殺されてくれた方が……。その方がどんなに増しだと思っている人は、それは沢山あるだろうと思いますわ」

「では、誰だかその名を云って下さい」熊城はこの娘の飜弄するような態度に、充分な警戒を感じながらも、思わずこの標題には惹き付けられてしまった。「もし特に、クリヴォフ夫人の死を希（ねが）っているような人物があるのなら」

「たとえば私がそうですわ」伸子が臆する色もなく言下に答えた。「何故なら、私が偶然にその理由を作ってしまったからでございます。以前内輪にだけでしたけれども、算哲様の御遺稿を、秘書である私の手から発表した事がございました。所がその中に、クミエルニッキー大迫害に関する詳細な記録があったのでございます。それが……」と云いかけたままで、伸子は不意に衝動を覚えたような表情になり、キッと口を噤（つぐ）んだ。そしてやや暫く、云うまい云わせようとの苦悶と激しく闘っていたらしかったが、やがて、

「その内容は、どうあっても私の口からは申し上げられません。然し、その時から、私

がどんなに惨めになった事でしょうか。無論その記録は、その場でクリヴォフ様がお破り棄てになりましたけど、それ以後の私は、あの方の自前勝手な敵視をうけるようになったのでございます。今日だってそうですわ。たかが、窓を開けるだけに呼び付けて置いて、あの位置にするまでに、それは何度上げ下げした事だったでしょう」

　クミエルニツキーの大迫害――。その内容は三人の中で、唯一人法水だけが知っていた。即ち、十七世紀を通じて頻繁に行われたと伝えられる、コーカサス猶太人(ジュウ)迫害中での最たるもので、それを機縁に、コザックと猶太人(ジュウ)の間に雑婚が行われるようになったのである。然し、クリヴォフ夫人が猶太人(ユダヤ)である事は、既に彼が観破した所であるとは云え、その破られた記録の内容と云うのに、何となく心を惹くものがあったのは、当然であろう。その時一人の私服が入って来て、津多子の夫――押鐘医学博士が、来邸したと云う旨を告げた。押鐘博士には、予て(かね)福岡に旅行中のところを、遺言書を開封させるため、唐突な召喚を命じたと云う程だったので、此処で一先ず、伸子の訊問を中断しなければならなかった。そこで法水は、まずダンネベルグ事件を後廻しにして、早速今日の動静に就いて知ろうとした。

「所で、既往の問題は後程改めて伺うとして……。今日の出来事当時に、貴女は何故自分の不在証明(アリバイ)を立てる事が出来なかったのです」

「何故って、それが二回続きの不運なんですわ」と伸子は一寸愚痴を洩らして、悲しそうに云った。「だって私は、あの当時樹皮亭(ボルケン・ハウス)（本館の左端近くにあり）の中にいたんですもの。彼処（あそこ）は美男桂（びなんかつら）の袖垣（そでがき）に囲まれていて何処からも見えは致しませんわ。それに、クリヴォフ様が吊された武具室の窓だっても、恰度あの辺だけが、美男桂の籬（いけがき）に遮られているのです。ですから、ああ云う動物曲芸のあった事さえ、私はてんで知らなかったのです」

「でも、夫人の悲鳴だけは、お聴きになったでしょうな」

「勿論聴きましたとも」それが殆んど反射的だったらしく、伸子は言下に答えた。けれどもその口の下から、異様な混乱が表情の中に現われて来て、俄然声に慄えを帯びて来た。「ですけど、どうしても私は、あの樹皮亭（ボルケン・ハウス）から離れる事が出来なかったのです」

「それは、また何故にです？　大体そう云う事が、根もない嫌疑を深める事になるんですぞ」熊城は此処ぞと厳しく突っ込んだが、伸子は唇を痙攣させ、両手で胸を抱いて辛くも激情を圧えていた。然し、その口からは、氷のように冷やかな言葉が吐かれた。

「どうしても、申し上げる事は出来ません――この事は何度繰り返しても同じですわ。それより、恰度クリヴォフ様が、悲鳴をお揚げになる一瞬程前の事でしたが、私はあの窓の側（かたわら）に、実は不思議なものがいるのを見たのですわ。それは、色のない透明（すきとお）ったものが光っているようでいて、その癖どうも形体（かたち）の明瞭（はっきり）としていない、まるで気体のようなものでした。所が、その異様なものは、窓の上方の外気の中から現われて来て、それがふわふわ浮動しながら、斜にあの窓の中へ入り込んで行くのでした。その一瞬後に、クリヴォフ様が裂くような悲鳴をお揚げになりました」と伸子は、まざまざ恐怖の色を泛べて、法水の顔を窺うように見入るのだった。「最初私は、レヴェズ様があの際にいらっしゃったので、或は、驚駭噴泉（ウォーター・サープライズ）の飛沫かなとも思いました。でも考えて見ますと、大体微風さえもないのに、飛沫が流れると云う気遣（きづかい）はございませんわね」

「ふん、またお化（ばけ）か」と検事は顔を顰めて呟いたが、同時に唇の奥で、それとも仲子の虚言（うそ）か——と附け加えたのは当然であろう。然し、熊城は唯ならぬ決意を泛べて立ち上った。そして、厳然と仲子に云い渡したのだった。

「とにかく、この数日間の不眠苦悩はお察ししますが、然し今夜からは、充分よく眠られるように計らいましょう。大体、これが刑事被告人の天国なんですよ。捕縄で貴女の手頸を強く緊めるんです。そうすると、全身に気持のよい貧血が起って、次第にうとうととなって行くそうですからな」

その瞬間、仲子の視線がガクンと落ちて、両手で顔を覆い、卓上に俯伏してしまった。所が、続いて警察自動車を呼ぼうとし、熊城が受話器を取り上げた時だった。法水は何と思ったか、その紐線（コード）に続いている、壁の差込み（プラグ）をポンと引き抜いて、それを仲子の掌（てのひら）の上に置いた。そうしてから、唖然となった三人を尻眼にかけ、陶然と彼の着想を述べたのである。ああ、事態は再び逆転してしまったのだった。

「実は、その——貴女にとって不運なお化が、僕に詩想を作ってくれました。これがもし春ならば、あの辺は花粉と匂（におい）の海でしょう。然し、裏枯れた真冬でさえも、あの噴泉と樹皮亭（ボルケンハウス）の自然舞台——それが僕に貴女の不在証明（アリバイ）を認めさせたのです。貴女もクリヴォフ夫人も、あの渡り鳥(ワンダー・フォーゲル)……虹に依って救われたのですよ」

「ああ、虹とは……。貴方は何を仰有るのです」伸子は突然弾ね上げたように身体を起して、涙で霑(うる)んだ美しい眼を法水に向けた。然し、一方その虹は、検事と熊城を絶望の淵に叩き込んでしまった。恐らく二人にとれば、その刹那が、凡(あら)ゆる力の無力を直感した瞬間であったろう。けれども、その法水が持ち出した、華やかに彩色濃く響の高い絵には、どうしても魅了せずには置かない不思議な感覚があった。法水は静かに云った。

「虹……まさにそれは、革鞭(かわむち)のような虹でした。ですが、犯人を気取ってみたり、久我鎮子の衒学的(ペダンティック)な仮面を被(つ)けたりしている間は、それに遮られていて、あの虹を見る事が出来なかったのです。僕は心から苦難を極めていた貴女の立場に御同情しますよ」

「では、久我さんの言(ことば)を借りれば——動機変転(モチーフ・ワンデル)。ねえ、そうでございましょう。でも、そんな隈取りは、もう既(とう)に洗い落してしまいましたわ。偽悪、衒学(ペダントリー)……そう云う悪徳は、たしか、私には重過ぎる衣裳でしたわね」と第一日以来鬱積し切っていたものが、彼女の制御を跳ね越えて一時に放出された。伸子の身体がまるで小鹿のように弾み出して、両肱を水平に上げ、その拳を両耳の根につけて、それを左右に揺ぶりながら、喜悦(よろこばしさ)に恍惚(うっとり)となった瞳で、彼女は宙に何と云う文字を書いていた事であろう。意外にも思いも寄らなかった歓喜の訪れが、伸子を全く狂気のようにしてしまったのである。

「ああ眩(まぶ)しいこと……。私、この光りが、何時かは必ず来ずにはいないと……それだけは固く信じてはいましたけれど……でも、あの暗さが」と云いかけて、伸子は見まいとするもののように眼を瞑（つぶ）り、首を狂暴に振った。「ええ何でもして御覧に入れますとも。踊ろうと逆立ちしようと――」と立ち上って、波蘭輪舞（マツルカ）のような3/4拍子を踏みながら、クルクル独楽みたいに旋廻を始めたが、卓子（テーブル）の端にバッタリ両手を突くと、下った髪毛を蓮葉（はすつぱ）に後の方へ跳ね上げて云った。「でも、鐘鳴器（カリルロン）室の真相と、樹皮亭（ボルケンハウス）から出られなかった事だけは、どうかお訊きにならないで。だって、この館の壁には、不思議な耳があるんですもの。それを破った日には、いつまで貴方の御同情をうけていられるか、怪しくなって参りますわ。サア、次の訊問を始めて頂戴」

「いや、もうお引き取りになっても。まだ、ダンネベルグ事件に就いて、参考迄にお訊きしたい事はあるのですが」と法水はそう云って、何時までも狂喜の昂奮から、去る事の出来ない伸子を引き取らせた。長い沈黙と尖った黒い影――彼女が去った後の室内は、恰度颱風一過後の観であったが、其処には何とも云えぬ悲痛な空気が漲（みなぎ）っていた。何故なら、彼等は伸子の解放を転機として、最早人間の世界には希望を絶たれてしまったからだ。あの物凄じい黒死館の底流――些細な犯罪現象の個々一つ一つにさえ、影を絶たないあの大魔力に、事件の動向は遮二無二傾注されて行くのではないか。熊城は顔面を怒張させて、暫くキリキリ歯嚙みをしていたが、突然法水が引き抜いた差込み（プラグ）を床に叩き付けた。そして、立ち上って荒々しく室内を歩き廻っていたが、それに、法水は平然と声を投げた。

「ねえ熊城君、これで愈々、第二幕が終ったのだよ。もちろん、文字通りの迷宮混乱紛糾さ。だが然しだ、多分次の幕の冒頭(しょっぱな)にはレヴェズが登場して、それから、この事件は、急降的に破局(キャタストロフ)へ急ぐ事だろうよ」

「解決——莫迦を云い給え。僕はもう、辞表を出す気力さえなくなっているんだぜ。多分最初から、ト書に指定してあるんだろう。第二幕までは地上の場面で、三幕以後は神(しん)筮(ぜい)降霊の世界だ——とでも」と熊城は銷沈したように呟くのだった。「とにかく、後の仕事は、君が珍蔵する十六世紀前期本(インキュナブラ)でも漁る事だ。そして、僕等の墓碑文を作る事なんだよ」

「うん、その十六世紀前期本(インキュナブラ)なんだがねえ。実は、それに似た空論が一つあるのだよ」と検事は沈痛な態度を失わず、詰(なじ)るような険しさで法水を見て、「ねえ法水君、虹の下を枯草を積んだ馬車が通った。——そして、木靴を履いた娘が踊ったのだ、——すると、此の事件には一人の人間もいなくなってしまったのだよ。僕にはどうしても、この牧歌的風景の意味が判らないのだ。大体その虹——と云うのは、一体どう云う現象の強喩法(カタクレエズ)なんだね」

「冗談じゃない。決してそれは文典でも——詩でもない。勿論、類推でも照応でもないのだよ。実際に真正の虹が、犯人とクリヴォフ夫人との間に現われたのだがね」と法水が、未だに夢想の去り切らない、熱っぽい瞳を向けたとき、扉(ドア)が静かに開かれた。そして、突然何の予告もなしに、久我鎮子の瘠せた棘々しい顔が現われた。その瞬間、グイと息詰るようなものが迫って来た。恐らくこの学識に富み、中性的な強烈な個性を持った神秘論者は、人間には犯人を求めようのなくなった異様な事件を、更に一層暗澹たるものとするに相違ないのである。鎮子は軽く目礼を済ますと、何時ものように冷淡な調子で云った。が、その内容は頗る激越なものだった。

「法水さん、私、真逆とは思いますわ。ですけど、貴方はあの渡り鳥の云う事を、無論そのままお信じになっているのじゃございますまいね」

「渡り鳥!?」法水は奇異の眼を睜って、咄嗟に反問した。つい今し方、自分が虹の表象として吐いた言葉が、偶然かは知らぬが、鎮子に依って繰り返されたからである。

「左様、生き残った三人の渡り鳥の事ですわ」そう吐き捨てるように云って、鎮子は凝然と法水の顔を正視した。「つまり、ああ云う連中がどう云う防衛的な策動に出ようと、津多子様は絶対に犯人ではございません――私はそれを飽くまで主張したいのです。それにあの方は、今朝がたから起き上ってはいられますけれど、未だ訊問に耐えると云う程には恢復して居られないのです。貴方なら、御存知でいらっしゃいましょう――抱水クロラールの過量が一体どう云う症状を起すものか。到底今日一日中では、あの貧血と視神の疲労から恢復する事は困難なのでございます。いいえ私は、あの方にメアリー・スチュアート（十六世紀スコットランドに於ける聖女のような女王。後に女王エリザベスのため断頭に処せらる――一五八七年二月一日）の運命がありそうに思われて……。つまり、貴方の偏見が危惧まれてならないのですわ」

「メアリー・スチュアート!?」法水は突然興味に唆られたらしく、半身を卓上に乗り出した。「そうすると、あの善良過ぎる程のお人良しを云うのですか、それとも、女王エリザベスの権謀奸策を……あの三人に」

「それは、両様の意味でです」鎮子は冷然と答えた。「御承知とは存じますが、津多子様の御夫君押鐘博士は、御自身経営になる慈善病院のために、殆んど私財を蕩尽してしまいました。それなので、今後の維持のためには、どうあってもあの隻眼を押してまで、津多子様は再び脚光を浴びなければならなくなったのです。恐らくあの方のうける喝采が、医薬に希望の持てない何万と云う人達を霑おす事でしょう。全く、人を見る事柔和なるものは恵まれるでしょうが、そうかと云って、されど門に立てる者は人を妨ぐ――ですわ。法水さん、貴方はこのソロモンの意味がお判りになりまして。あの門――つまりこの事件に凄惨な光を注ぎ入れている、あの鍵孔のある門の事ですわ。其処に、黒死館永生の秘鑰があるのです」

「それを、もう少し具体的に仰有って頂けませんか」

「それでは、シュルツ（フリッツ・シュルツ――。十九世紀独逸の心理学者）の精神萠芽説（此の説は、狂信的な精神科学者特有のもので、一種の輪廻説である。即ち、死後肉体から離れた精神は、無意識の状態となって永存する。それは非常に低いもので意識を現わす事は不可能だが、一種の衝動作用を生む力はあると云う。そして、生死の境を流転して、時折潜在意識の中にも出現すると称えるけれども、此の種の学説中での最も合理的な一つである）を御存知でいらっしゃいましょうか。私だっても、確実な論拠なしには主張しは致しません」と果して大風な微笑を泛べて、鎮子は再び、この事件に凄風を招き寄せた。

「な、なに、精神萌芽(プシアーデ)説を!?」と法水は、突然凄じい形相になり、吃りながら叫んだ。

「では、その論拠は何処にあるのです……。貴女は何故、この事件に生命不滅論を主張されるのですか。すると、算哲博士が未だに不可解な生存を続けているとでも。それとも、クロード・ディグスビイが……」


　精神萌芽(プシアーデ)――その薄気味悪い一語は、最初鎮子の口から述べられ、続いて法水に依って、それに不死説と云う註釈が与えられた。勿論その二点を脈関しているものは、この事件の底で、暗(やみ)の中に生長しては音もなく拡がって行き、次第に境界を押し広めて行ったものに相違なかった。が、折が折だけに、検事と熊城には、今やその恐怖と空想が眼前に於いて現実化されるような気がして、思わず心臓を摑み上げられたかの感がするのだった。然し、一方の鎮子にも、法水の口からディグスビイの名が吐かれると、宛(あたか)も謎でも投げ付けられたように、懐疑的な表情が泛んで来て、それが、彼女の心を確(しっ)かと捉えてしまったもののように見えた。大体、憑着性の強い人物と云うものは、一つの疑題に捉えられてしまうと、殆んど無意識に近い放心状態になって、その間に異様な偶発的動作が現われるものだ。恰度それに当るものか、鎮子は左の中指に嵌めた指環を抜き出しては、それをクルクル指の周囲で廻し始め、また、抜いてみたり嵌めてみたりして、頻(しき)りと神経的な動作を繰り返しているのだった。すると、法水の眼に怪しい光が現われて、その一瞬声の杜絶えた隙に立ち上った。そして、両手を後に組んだまま、コツコツ室内を歩き始めたが、やがて鎮子の背後に来ると、突然爆笑を上げた。

「ハハハハ、莫迦らしいにも程がある。あのスペードの王様が、まだ生きているなんて」

「いいえ、算哲様なら、ハートの王様なので御座います」と鎮子は殆んど反射的に叫んだが、と同時にまた、ハッとしたらしく恐怖めいた衝動が現われて、いきなりその指環を、小指に嵌め込んでしまった。そして、大きく吐息を吐いて云った。「然し、私が精神萠芽と申しましたのは、要するに寓喩なので御座います。どうぞ、それを絵画的にはお考え遊ばされないで。却ってその意味は、エックハルト（ヨハン。一二六〇――一三二九年。エルフルトのドミニカン僧より始め、中世最大の神秘家と云われた汎神論神学者）の云う霊性の方に近いのかも知れませんわ。父から子に――人間の種子が必ず一度は流転せねばならぬ生死の境、つまり、暗黒に風雨が吹き荒ぶ、あの荒野の事をですわ。もう少し具体的に申し上げましょうか。吾等が悪魔を見出し得ざるは、その姿が、全然吾等が肖像の中に求め得ざればなり――と、勿論、この事件最奥の神秘は、そう云う超本質的な――形容にも内容にも言語を絶している、あの哲学径の中にあるのです。法水さん、それは地獄の円柱を震い動かす程の、酷烈な刑罰なので御座いますわ」

「ようく判りました。何故なら、その哲学径の突き当りには、既に僕が気附いている、一つの疑問があるからです」と法水は眉を上げ昂然と云い返した。「ねえ久我さん、聖ステファノ条約でさえも、猶太人の待遇には、その末節の一部を緩和したに過ぎなかったのです。それなのに何故、迫害の最も甚しいコーカサスで、半村区以上の土地領有が許されていたのでしょう。つまり、問題と云うのは、その得体の知れない負数にあるのですよ。然し、その区地主の娘であると云う此の事件の猶太人は、遂に犯人ではありませんでした」

　その時、鎮子の全身が崩れ始めたように戦き出した。そして暫く切れ切れに音高い呼吸を立てていたが、「ああ怖ろしい方……」と辛くも幽な叫び声を立てた。が、続いてこの不思議な老婦人は、溜り兼ねたように犯人の範囲を明示したのであった。「もう、この事件は終ったも同様です。つまり、その負数の円の事ですわ。動機をしっくりと包んでいるその五芒星円には、如何なメフィストと雖も潜り込む空隙は御座いません。ですから、いま申し上げた荒野の意味がお判りになれば、これ以上何も申し上げる事はないので御座います」と不意立ち上がろうとするのを、法水は慌てて押し止めて、

「所が久我さん、その荒野と云うのは、成程独逸神学の光りだったでしょう。ですが、その運命論は、嘗てタウラーやズイゾウが陥ち込んだ偽の光りなのです。僕は、貴女が云われた精神萌芽説の中に、一つの驚くべき臨床的な描写があるのを。まるで、聴いてさえ狂い出しそうな、異様なものを発見したのでした。貴女は何故、算哲博士の心臓の事を考えていられるのですか、あの大魔霊を……ハートの王様とは。ハハハハ久我さん、僕はラファテールじゃありませんがね。人間の内観を、外貌に依って知る術を心得ているのですよ」

　算哲の心臓——それには、鎮子ばかりでなく検事も熊城も、瞬間化石したように硬く

なってしまった。それは明かに、心の支柱を根柢から揺り動かし始めた、恐らく此の事件最大の戦慄であったろう。然し鎮子は、作り付けたような嘲りの色を泛べて云った。

「そうすると、貴方はあの瑞西（スイス）の牧師と同様に、人間と動物の顔を比較しようとなさるのですか――」

法水は徐（おもむ）ろに莨に点火してから、彼の微妙な神経を明かにした。すると、それまでは百花千弁の形で分散していた不合理の数々が、見る見る間にその一点へ吸い着けられてしまったのである。

「或はそれが、過敏神経の所産に過ぎないかもしれませんが、然しともあれ貴女は、算哲博士の事をハートの王様（キング）と云われましたね。無論それからは、異様に触れて来る空気を感じたのです。何故かと云うと、恰度それと寸分違わぬ言葉を、僕は伸子さんの口からも聴いたからでした。恐らく、その暗合には、此の事件最後の切札とする価値があるでしょう。これまで僕等が辿って行った、推理測定の正統を、根柢から覆えしてしまう程の怪物かも知れないのですよ。殊に、貴女の場合は、それに黙劇（パントマイム）染みた心理作用が伴ったので、それに力を得て、なお一層深く、貴女の心像を抉（えぐ）り抜く事が出来たのでした。所で、維納（ウィンナ）新心理派に云わせると、それを徴候発作（ジムプトンハンドルンゲン）と云うのですが、目的のない無意識運動を続けている間は、最も意識下のものが現われ易い――言（ことば）を換えて云えば、人に知らせたくない、自分の心の奥底に蔵（しま）って置きたいものが、何かの形で外面の表出の中に現われるか、それとも、そこに何か暗示的な衝動を与えられると、それに伴った聯想的な反応が、往々言語の中にも現われる事があると云うのです。その暗示的衝動と云うのは外でもない、算哲の事を、僕がスペードの王様(キング)と云った事なんですよ。然し、それ以前に、ディグスビイも――と云った僕の一言が、端なくディグスビイの本体を知らない貴女の心を捉えてしまったのです。そして、無意識の裡に、指環を抜いてみたり嵌めてみたり、またクルクル廻したりするような、徴候発作が貴女に現われて行きました。そこで僕は、妙に心を唆るような間(パウゼ)を置いたのです。その間(パウゼ)です――それは唯に演劇ばかりでなく、殊に訊問に於いて必要なのですよ。ねえ久我さん、犯人は台本作家ではある代りに、決して一行のト書だって指定しやしません。その意味で、捜査官と云うものは、何よりよき演出者であらねばならないのです。いや、冗弁は御勘弁下さい。何より御詫びして置きたいのは、僕は貴女の御許しを俟(ま)たずに、心像奥深くを探って闖入して行ったのですから……」

其処で、法水は新しい莨を取り出して、その誇るべき演出の描写を繰り拡げて行った。

「然し、その間(パウゼ)は混沌たるものです。けれども、その中には様々な心理現象が十字に群がっていて、まるで入道雲のように、ムクムク意識面を浮動しているのです。その状態は、そこに何か衝動さえ与えられれば、恐らく一溜りもないほど脆(もろ)いものだったに違いありません。そこで僕は、スペードの王様(キング)と云う言(ことば)を出したのです。何故なら、精神全体を一つの有機体だとすれば、当然そこから、物理的に生起して来るものがなければならぬからです。その非常に暗示的な一言に依って、僕は何かしらの反応を期待しました。すると、果して貴女は、僕の言葉をハートの王様（キング）と云い直しました。まさにそのハートの王様（キング）です。僕はその時、狂乱に等しい異常な啓示をうけたのでしたよ。然し、続いて貴女には、二度目の衝動が現われて、突然度を失い、思わず指環を小指に嵌め込んでしまったのです。どうして僕が、その時の、恐怖の色を見遁しましょうか」と鋭く中途で言葉を裁ち切りながら、法水の顔が慄然たるものに包まれて行った。

「いや、僕の方こそ、もっともっと重苦しい恐怖を覚えたのですよ。何故なら、骨牌札（カルタ）を見ると、その人物像はどれもこれも、上下の胴体が左削ぎの斜（ななめ）に合わされていて、各々に肝腎な心臓の部分が、相手の美々しい袖無外套（クローク）の蔭に隠れているからです。そして、その――画像から失われた心臓が、右側の上端に、絵印となって置かれているではありませんか。そうなると、或は僕の思い過ぎかも知れませんが、その中で輝いている凄惨な光りをどうして看過（みの）がす訳に往きましょうか、ああ、心臓は右に。ですから、もし、ハートの王様（キング）と云う一言を、貴女の心像が語る通りに解釈して、算哲博士を右側に心臓を持った特異体質者だとすればです。或はそれが、四離散滅を極めている不合理性の全部を、この機会に一掃してしまう曙光ともなり得ましょう」

この驚くべき推定は、嘗（かつ）ての押鐘津多子を発掘した事に続いて、実に事件中二回目の大芝居だった。その超人的論理に魅了されて、検事も熊城も、痺（しび）れたような顔になり、容易に言葉さえ出ないのだった。勿論そこには、一つの懸念があった。けれども、続いて法水は例証を挙げて、それに薄気味悪い生気を吹き込むのだった。

「所で、それがもし事実だとしたら、僕等は到底平静ではいられなくなって来るのです。何故なら、あの当時算哲博士は、左胸の左心室――それも殆んど端れに当る部分を刺し貫いていたのですが、余りに自殺の状況が顕著だったために、その屍体に剖見を要求するまでには至らなかったのでした。そうなると第一の疑問は、左肺の下葉部を貫いた所で、それが果して、即死に価するものかどうか――と云う事です。その証拠には、外科手術の比較的幼稚だった南亜戦争当時でさえも、後送距離の短い場合は、その殆んど全部が快癒しているのですからね。そうそう、その南亜戦争でしたが……」と法水は莨の端をグイと嚙み締めて、声音を沈め寧ろ(むし)怖れに近い色を泛べた。「所で、メーキンスが編纂した、『南亜戦争軍陣医学集録』と云う報告集があるのですが、その中に、殆んど算哲の場合を髣髴とする奇蹟が挙げられているのですよ。それは、格闘中右胸上部に洋剣(サーベル)を刺されたままになっていた龍騎兵伍長が、それから六十時間後に、棺中で蘇生したと云うのです。然し、編者である名外科医のメーキンスは、それに次のような見解を与えました。――死因は、多分上大静脈を洋剣(サーベル)の背で圧迫したために、脈管が一時狭窄(きょうさく)されて、それが心臓への注血を激減させたに相違ない。然し、その鬱血腫張している脈管は、屍体の位置が異なったりする度に、血胸(けつきょう)血液が流動するので、それがため、一種物理的な影響をうけたのであろう。つまり、その作用と云うのは、往々に屍体の心臓を蘇生させる事のある、或る種の摩擦(マッサージ)に類したものだったと思われる。何故なら、元来心臓と云うものは理学的臓器であり、また、ブラウンセカール教授の言の如く、恐らく絶命に細微な鼓動が続いていたにしている間でも、聴診や触診では到底聴き取る事の出来ぬ、細微な鼓動が続いていたに相違ないのだから（巴里大学教授ブラウンセカールと講師シオは、人体の心臓を開いてそれが尚鼓動を続けていたと云う数十例を報告している。即ち、心臓が尚充分な力を持っている事を証明するのであって、換言すれば、それは心動の完全な停止を証明しないのである。勿論その鼓動は、外部では聴えない）——とメーキンスはこう云う推断を下しているのです。そうなると久我さん、僕はこの疑心暗鬼を、一体どうすればいいのでしょうか」

と法水は、算哲の心臓の位置が異なっている事から、死者の再生などと云うよりも、もっともっと科学的論拠の確かな、一つの懸念を濃厚にするのだった。が、その時、心中で凄愴な黙闘を続けていた鎮子に、突如必死の気配が閃めいた。飽くまで真実に対して良心的な彼女は、恐怖も不安も何もかも押し切ってしまったのだった。

「ああ、何もかも申し上げましょう。如何にも算哲様は、右に心臓を持った特異体質者で御座いました。ですけれど、何より私には、算哲様が自殺なされるのに、右肺を突いたと云う意志が疑わしく思われるのです。それで、試しに私は、屍体の皮下にアムモニア注射を致したので御座いました。所が、それには明瞭りと、生体特有の赤色が泛んで来るではありませんか。それに、何と云う怖ろしい事でしたろう。あの糸が、埋葬した翌朝には切れていたので御座いましたわ。ですけど、私には到底、算哲様の墓窖を訪れる勇気は御座いませんでした」

「その糸と云うのは」検事が鋭く問い返した。

「それは、斯うなので御座います」鎮子は言下に云い続けた。「実を申しますと、算哲様は非度く早期の埋葬をお懼(おそ)れになった方で、此の館の建設当初にも、大規模の地下墓窖(クリプト)をお作りになった程で御座います。そして、それには秘かに、コルニッツェ・カルニッキー（露帝アレキサンダー三世侍従）式に似た、早期埋葬防止装置を設けて置いたのでした。ですから、埋葬式の夜、私はまんじりともせずに、あの電鈴の鳴るのをひたすら待ち佗びて居りました。所が、その夜は何事もないので、翌朝大雨の夜が明けるのを待って、念のために、裏庭の墓窖を見に参りました。何故かと申しますなら、あの周囲(ぐるり)にある七葉樹(とち)の茂みの中には、電鈴を鳴らす開閉器(スイッチ)が隠されているからで御座います。するとどうで御座いましたろう。その開閉器(スイッチ)の間には、山雀(やまがら)の雛(ひな)が挟まれていて、把手を引く糸が切れて居りました。ああ、あの糸はたしか、地下の棺中から引かれたに相違御座いません。それに棺のも、地上の棺龕(カタファルコ)の蓋も、内部(なか)から容易に開く事が出来るのですから」

「成程、そうしてみると」と法水は唾を嚥んで、一寸気色ばんだような訊き方をした。

「その事実を知っているのは、一体誰と誰ですか。つまり、算哲の心臓の位置と、その早期埋葬防止装置の所在を知っているのは？」

「それなら確実に、私と押鐘先生だけだと申し上げる事が出来ますわ。ですから、伸子さんが仰有った——ハートの王様(キング)云々の事は、屹度(きっと)偶然の暗合に過ぎまいと思われるのです」

そう云い終ると、俄かに鎮子は、まるで算哲の報復を懼れるような恐怖の色を泛べた。そして、来た時とはまた、打って変った態度で、熊城に身辺の警護を要求してから、室を出て行った。大雨の夜——それは、墓窖から彷徨い出た凡ゆる痕跡を消してしまうであろう。そして、もし算哲が生存しているならば、事件を迷朦とさせている、不可思議転倒の全部を、そのまま現実実証の世界に移す事が出来るのだ。熊城は昂奮したように、粗暴な叫び声を立てた。

「何でも、やれる事は全部やって見るんだ。サア法水君、令状があろうとなかろうと、今度は算哲の墓窖を発掘するんだ」

「いや、まだまだ、捜査の正統性を疑うには、早いと思うね」と法水はどうしたものか、浮かぬ顔をして云い淀んだ。「だって、考えて見給え。いま鎮子は、それを知っているのが、自分と押鐘博士だけだと云ったっけね。そうすると、知らない筈のレヴェズが、どうして算哲以外の人物に虹を向けて、しかも、あんな素晴らしい効果を挙げたのだろう」

「虹⁉」検事は忌々しそうに呟いた。「ねえ法水君、算哲の心臓異変を発見した君を、僕はアダムスともルヴェリエとも思っている位だよ。ねえ、そうじゃないか。この事件では、算哲が海王星なんだぜ。第一あの星は、天空に種々不合理なものを撒き散らして、そうした後に発見されたのだからね」

「冗談じゃない。どうしてあの虹が、そんな蓋然性に乏しいものなもんか。偶然か……

それとも、レヴェズの美(うる)わしい夢想(イマージエ)だ。言(ことば)を換えて云えば、あの男の気高い古典語学精神なんだよ」と相変らず法水は、奇矯に絶した言(ことば)を弄するのだった。「所で支倉君、驚駭噴泉(ウォーター・サープライズ)の踏石の上には、レヴェズの足跡が残っていたっけね。それをまず、韻文として解釈する必要があるのだよ。最初は四つの踏石の中で、本館に沿うた一つを踏んでいる。それから、次にその向う側の一つを、そして、最後が左右となって終っている。けれども、その循環にある最奥の意義と云うのは、僕等が看過していた五回目の一踏みにあったのだ。それが、最初踏んだ本館に沿うている第一の石で、つまりレヴェズは、一巡してから旧(もと)の基点に戻ったので、最初踏んだ石を二度踏んだ事になるのだよ」

「然し、結局それが、どう云う現象を起したのだね？」

「つまり、僕等には伸子の不在証明(アリバイ)を認めさせた、また、現象的に云うと、それが、上空へ上った飛沫に対流を起させたのだよ。何故なら、1から4までの順序を考えると、一番最後に上った飛沫の右側が最も高く、続いてそれ以下の順序通りに、略々(ほぼ)疑問符の形をなして低くなって行くだろう。そこへ、五回目の飛沫が上ったのだから、その気動に煽られて、それまで落ち掛っていた四つの飛沫が、再びその形の儘で上昇して行くだろう。すると、当然最後の飛沫との間に対流の関係が起らねばならない。それが、あの微動もしない空気の中で、五回目の飛沫をふわふわ動かして行ったのだ。つまり、その1から4までのものと云うのは、最後に上った濛気(もうき)を或る一点に送り込む——詳しく云えば、それに一つの方向を決定するため必要だったのだよ」

「成程、それが虹を発生させた濛気か」検事は爪を噛みながら頷いた。「如何にもその一事で、伸子の不在証明が裏書されるだろう。あの女は、異様な気体が窓の中へ入り込んで行くのを見た——と云ったからね」

「所が支倉君、その場所と云うのは、窓が開いている部分ではないのだよ。あの当時桟を水平にした儘で、鎧扉が半開きになっていたのを知っているだろう。つまり、噴泉の濛気は、その桟の隙間から入り込んで行ったのだ」と法水は几帳面に云い直したが、続いて彼は、その虹に禍いされた唯一の人物を指摘した。「それでないと、ああ云う強彩な色彩の虹が、決して現われっこないのだからね。何故なら、空気中の濛気を中心に生じたのではなく、桟の上に溜った露滴が因で発したからなんだ。つまり、問題は、七色の背景をなすものにあった訳だが……然し、より以上の条件と云うのが、その虹を見る角度にあったのだ。言葉を換えて云えば、火術弩が落ちていた——つまり、当時犯人がいた位置の事なんだよ。しかも、あの隻眼の大女優が……」

「なに、押鐘津多子!?」熊城は度を失って叫んだ。

「うん、虹の両脚の所には、黄金の壺があると云うがね。恐らく、あの虹だけは捉える事が出来るだろう。何故なら熊城君、大体虹には、視半径約四十二度の所で、まず赤色が現われる。勿論その位置と云うのが、恰度火術弩の落ちていた場所に相当するのだ。また、その赤色をクリヴォフ夫人の赤毛に対称するとなると、如何にも標準を狂わせるような、強烈な眩耀が想像されて来る。けれども、近距離で見る虹は二つに割れていて、しかも、その色は白ちゃけて弱々しい」と法水は一端口を閉じたが、見る見る得意気な薄笑が泛んで来て云った。「所が熊城君、押鐘津多子だけには、決してそうではないのだよ。何故かと云うのに、片眼で見る虹は一つしかないからだ。それに、明暗の度が強いために色彩が鮮烈で、側（かたわら）にある同色のものとの判別が、全然付かなくなってしまうのだよ。ああ、あの渡り鳥（ワンダー・フォーゲル）——それは、まずレヴェズの恋文となって、窓から飛び込んで来た。そして、それが偶然クリヴォフ夫人の赤毛の頸を包んで、扨（さて）それに依って標的を射損ずるような欠陥のあるものと云えば、津多子を扨置（さてお）いて、他にはないのだよ」

「成程。然し、君はいま、虹の事をレヴェズの恋文と云ったね？」検事が聴き咎めて、自分の耳を疑うような面持で訊ねたが、それに法水は慨嘆するような態度で、彼特有の心理分析を述べた。

「ああ支倉君、君はこの事件の暗い一面しか知らないのだ。何故なら君は、あの赤毛のクリヴォフが宙吊りになる直前に、伸子が窓際に現れたのを忘れてしまったからだよ。だから、レヴェズはそれを見て伸子が武具室にいると思い、それから噴泉の側（かたわら）で、あの男の理想の薔薇を詠ったのだよ。所で君は、『ソロモンの雅歌』の最終の章句を知っているかね。吾が愛するものよ、請（こ）う急ぎ走れ。香ばしき山々の上にかかりて、鹿の如く、小鹿の如くあれ——と。あの神に対する憧憬（しょうけい）を切々たる恋情中に含めている——まさに世界最大の恋愛文章だが、それには、愛する者の心を、虹になぞらえて詠っているのだ。あの七色——それはボードレールに依れば、熱帯的な狂熱的な美しさとなり、またチャイルドが詠うと、それから、旧教主義（カトリシズム）の荘重な魂の熱望が生れて来るのだ。また、その抛物線を近世の心理分析学者共は、滑斜橇（トボガン）で斜面を滑走して行く時の心理に擬している。そして、虹を恋愛心理の表象にしているのだよ。ねえ支倉君、あの七色は、精妙な色彩画家のパレットじゃないか。また、ピアノの鍵（キイ）の一つ一つにも相当するのだ。そして、虹の抛物線は、その色彩法（コロリー）でもあり、旋律法、対位法でもあるのだ。何故なら、動いて行く虹は、視半径二度宛（ずつ）の差で、その視野に入って来る色を変えて行くからだよ。つまり、レヴェズは、韻文の恋文を、虹に擬（なぞら）えて伸子に送ったのだ」

　それに依ると、最初のうち法水は、レヴェズが虹を作った事を、他の何者かを庇（かば）おうとする騎士的行為と見做（みな）していたらしかったが、更に深く剔抉（てっけつ）して行って、遂にそれが恋愛心理に帰納されてしまうと、必然犯人がクリヴォフ夫人を射損じた事を、偶然の出来事に帰してしまうより他にないのだった。然し、検事と熊城には、その何れ（いず）もが実証的なものでないだけに、半信半疑と云うよりも、何故法水が虹などと云う夢想的なものにこだわっていて、肝腎の算哲の墓窖発掘を行わないのだろう——と、それが何より焦（もどか）しく思われるのだった。殊に、レヴェズの恋愛心理が、後段に至って此の事件最後の悲劇を惹起（じゃっき）しようなどとは、てんで思いも及ばなかった事だろうし、また、法水が押鐘津多子を犯人に擬した事にも、それ以外に或る重大な暗示的観念が潜んでいようなどとは、勿論気付く由（よし）もなかったのである。斯うして、一旦絶望視された事件は、短時間の訊問中に再び新（あらた）な起伏を繰り返して行ったが、続いて、現象的に希望の全部が掛けられている、大階段の裏(ビハインド・ステイアス)――を調査する事になった――それが五時三十分。

二、大階段の裏(ビハインド・ステイアス)に……

法水が十二宮(ゾーディアック)から引き出した解答――大階段の裏(ビハインド・ステイアス)には、その場所と符合するものに、二つの小室があった。一つは、テレーズ人形の置いてある室で、もう一つは、それに隣り合っていて、内部(なか)は調度一つない空部屋になっていた。法水はまず後者を択んで把手(ノッブ)に手を掛けたが、それには鍵も下りていず、スウッと音もなく開かれた。構造上窓が一つもないので、内部(なか)は漆黒の闇である。そして、煤けた冷やかな空気が触れて来る。所が、先に立った熊城が、懐中電灯をかざしながら壁際を歩いているうちに、不図(ふと)何を聴いたものか、背後の検事が突然立ち止った。彼は、何かしら慄然としたように息を詰め、聴耳を立て始めたのであるが、やがて法水に、幽(かす)な顫えを帯びた声で囁いた。

「法水君、君はあれが聴えないかね。隣りの室から、鈴を振るような音が聴えて来るんだ。凝(じっ)然と耳を済ましてい給え。そら、どうだ。ああたしか、あれはテレーズの人形が歩いているんだ……」

成程、検事の云う通り、熊城が踏む重い靴音に交って、リリンリリンリリンと幽(かすか)に顫えるような音が伝わって来る。無生物である人形の歩み――まさに、魂の底までも凍て付けるような驚愕(おどろき)だった。然し、当然そうなると、人形の側にある何者かを想像しなくてはならない。そこで三人は、嘗(かつ)て覚えた事のない昂奮の絶頂にせり上げられてしまった。最早躊躇する時機ではない——熊城が狂暴な風を起して、把手(ノッブ)を引きちぎらんばかりに引いた時、その時何と思ってか、法水が突如けたたましい爆笑を上げた。

「ハハハハ支倉君、実は君の云う海王星が、この壁の中にあるのだよ。だって、あの星は最初から既知数ではなかったのだからね。憶い出し給え、古代時計室にあった人形時計の扉(ドア)に、一体何と云う細刻が記されていたか。四百年の昔に、千々石清左衛門(ちぢわせいざえもん)がフィリップ二世から拝領したと云う梯状琴(クラヴィ・チェンバロ)は、その後所在を誰一人知る者がなかったのだよ。多分あの音は、截(た)れた絃(いと)が、震動で顫え鳴ったのだろう——。最初は、重い人形が隣室の壁際を歩んだ。そして、次は今の熊城君だ。つまり、大階段(ビハインド・ステイアス)の裏——の解答と云うのは、この隣室との境にある壁の事なんだよ」

然し、その壁面には何処(どこ)を探っても、隠し扉(ドア)が設けてあるような手掛りはなかった。そこで止むなく、その一部を破壊する事になった。熊城は最初音響を確かめてから、それらしい部分に手斧を振って、羽目(パネル)に叩き付けると、果して其処からは、無数の絃が鳴り騒ぐような音が起った。そして、木片が砕(くだ)け飛び、その一枚を手斧と共に引くと、羽目(パネル)の蔭からは冷え冷えとした空気が流れ出て来る——其処は、二つの壁面に挟まれた空洞だった。その瞬間、悪鬼の秘密な通路が闇の中から摑み取られそうな気がして、三人の唾を嚥む音が合したように聴えた。打ち下す音と共に、梯状琴(クラヴィ・チェンバロ)の絃の音が、狂った鳥のような凄惨な響を交える。それは、周囲の羽目(パネル)を、熊城が破壊し始めたからだった。ところが、やがてその一劃から埃塗(ほこりまみ)れになって抜け出して来ると、彼は激しい呼吸の中途で大きな溜息を吐き、法水に一冊の書物を手渡した。そして、グッタリとした弱々しい声で云った。

「何もない――隠し扉(ドア)も秘密階段も揚蓋もないんだ。僅(た)った此の一冊だけが収穫だったのだよ。ああ、こんなものが、十二宮秘密記法の解答だなんて」

法水も、この衝撃からすぐに恢復する事は困難だった。明かにそれは、二重に重錘(おもし)の加わった、失望を意味するのだから。では、何故かと云うに、ディグスビイが設計者だったと云う事から、殆んど疑う余地のなかった秘密通路の発見に、まずまんまと失敗してしまった――それは、無論云う迄もない事である。けれども、それと同時に、事件の当初ダンネベルグ夫人が自筆で示したところの、人形の犯行と云う仮定を、僅かそれ一筋で繋ぎ止めていた顫音(せんおん)の所在が明白になった。それなので、愈々明瞭(はっき)りと此処で、あのプロヴィンシャ人の物々しい鬼影を認めなければならなくなってしまったのだ。然し、以前の室に戻ってその一冊を開くと、法水は慄然としたように身を竦めた。けれども、その眼には、まざまざと驚嘆の色が現われた。

「ああ、驚くべきじゃないか。これは、ホルバインの『死の舞踏(トーテン・タンツ)』なんだよ。しかも、もう稀覯に等しい一五三八年里昂(リオン)の初版なんだ」

それには、四十年後の今日に至って、黒死館に起った陰惨な死の舞踊を予言するかのように、明瞭(はっき)りとディグスビイの最終の意志が示されていた。その茶の犢皮(こうしかわ)で装幀された表紙を開くと、裏側には、ジャンヌ・ド・ツーゼール夫人に捧げたホルバインの捧呈文が記され、その次葉に、ホルバインの下図を木版に移したリュッツエンブルガーの、一五三〇年バーゼルに於ける制作を証明する一文が載せられていた。然し、頁を繰って行って、死神と屍骸で埋められている多くの版画を追うているうちに、法水の眼は、不図或る一点に釘付けされてしまった。その左側の頁には、大身槍を振った髑髏人が、一人の騎士の胴体を芋刺しにしている図が描かれ、また、その右側のは、大勢の骸骨が長管喇叭や角笛を吹き筒太鼓を鳴らしたりして、勝利の乱舞に酔いしれている光景だった。ところが、その上欄に、次のような英文が認められてあった。それはインキの色の具合と云い、初めて見るディグスビイの自筆に相違なかったのである。

“Quean locked in Kains. Jew yawning in knot. Knell karagoz! Jainists underlie below Inferno.”

——(訳文)。尻軽娘はカインの輩の中に鎖じ込められ、猶太人は難問の中にて嘲笑う。凶鐘にて人形(カラギョス——土耳古の操人形)を喚び覚ませ、耆那宗徒共(仏教の別派)は地獄の底に横わらん。(以上は、判読的意訳である)

そして、次の一文が続いていた。それは文意と云い、創世記に皮肉嘲説を浴びせているようなものだった。

――（訳文）。エホバ神は半陰陽なりき。初めに自らいとなみて、双生児を生み給えり。最初に胎より出でしは、女にしてエヴと名付け、次なるは男にしてアダムと名付けたり。然るに、アダムは陽に向う時、臍より上は陽に従いて背後に影をなせども、臍より下は陽に逆いて、前方に影を落せり。神、この不思議を見ていたく驚き、アダムを畏れて自らが子となし給いしも、エヴは常の人と異らざれば婢となし、さてエヴといとなみしに、エヴ妊りて女児を生みて死せり、神、その女児を下界に降して人の母となさしめ給いき。

法水は、それに一寸眼を通しただけだったが、検事と熊城は何時迄も捻くっていて、暫く数分のあいだ瞶めていた。然し、遂に詰らなそうな手付で卓上に投げ出したけれども、流石文中に籠っているディグスビイの呪咀の意志には、磅芒と迫って来るものがあったのは事実だった。

「成程、明白にディグスビイの告白だが、これほど怖ろしい毒念があるだろうか」検事は思いなし声を慄わせて、法水を見た。「たしかに文中にある尻軽女と云うのは、テレーズの事を指して云うのだろう。すると、テレーズ・算哲・ディグスビイ――とこの三角恋愛関係の帰結は、当然、カインの輩の中に鎖じ込められ――の一句で瞭然たるものになってしまう。そして、ディグスビイはまず、此の館に難問を提出し、そうしてから、その錯綜の結び目の中で、嘲笑っているのだ」と検事は神経的に指を絡み合わせて、天井をふり仰いだ。「ああ、その次は、凶鐘にて人形を喚び覚せ――じゃないか。ねえ法水君、ディグスビイと云う不可解な男は、此の館の東洋人共が、ゴロゴロ地獄の底へ転がり込んで行く光景さえ予知していたのだよ。つまり、此の事件の生因は、遠く四十年前にあったのだ。既にあの男は、その時事件の役割を端役までも定めていたんだぜ」

　ディグスビイの意志が怖ろしい呪咀である事は、彼がそれを記すに、ホルバインの「死の舞踏」を用いただけでも明かであるが、それにも況して怖ろしく思われたのは、彼が執拗にも、数段の秘密記法を用意している事だった。それを憶測すれば、恐らく何処かに一つの驚くべき計画が残されていて、それが醸し出して来る凶運を、難解極まる秘密記法にて覆い、人々がそれにあぐみ悩む有様を、秘かに横手で嗤おうと云う魂胆らしく思われるのだった。即ち、その秘密記法の深さは、此の事件の発展に正比例するのではないか――。然し、法水はその文中から、ディグスビイにもあるまじい、幼稚な文法をさえ無視している点や、また、冠詞のない事も指摘したのだったが、次の創世記めいた奇文に至ると、その二つの文章が、聯関している所は勿論、凡てが、宛然霧に包まれたような観を呈しているのだった。それから、押鐘博士に遺言書の開封を依頼すべく、法水等は階下の広間に赴いた。

　広間の中には、押鐘博士と旗太郎とが対座していたが、一行を見ると立ち上って迎えた。医学博士押鐘童吉は五十代に入った紳士で、薄い半白の髪を綺麗に梳り、それに調和しているような卵円形の輪廓で、また、顔の諸器官も相応して、各々に端正な整いを見せていた。総じて、人道主義者(ヒューマニスト)特有の夢想に乏しい、そして、豊かな抱擁力を思わせるものがあった。博士は、法水を見ると慇懃に会釈して、彼の妻を死の幽鎖から救ってくれた事に、何度も繰り返して感謝の辞を述べた。然し、一同が座に着くと、まず博士が興なげな調子で切り出した。

「一体どうしたと云うんです、法水さん。いまに誰もかも、元素(ファントム)に還されてしまうのじゃないでしょうか。一体、犯人は誰ですかな。家内は、その影像を見なかったと云ってますよ」

「左様、全く神秘的な事件です」と法水は伸ばした肢を縮めて、片肱を卓上に置いた。「ですから、指紋が取れようが糸が切れていようが、到底駄目なのです。要するに、あの底深い大観を闡明(せんめい)せずには、事件の解決が不可能なのですよ。つまり、臨検家(ヴィジター)が幻想家(ヴィジョナリー)となる時機にですな」

「いや、元来儂(わし)は、そういう哲学問答が不得手でしてな」と警戒気味に、博士は眼を瞬(しばたた)いて法水を見た。そして、「然し、貴方はいま、糸と云われましたね。ハハハハ、それが何か令状と関係がおありですかな。法水さん、儂はこの儘で凝(じ)っと、法律の威力を傍観していたいですよ」と早くも遺言書の開封に、不同意らしい意向を洩らすのだった。

「そりゃ云う迄もありません。家宅捜索令状などは、何処にも持っちゃいませんよ。だが、一人の辞職だけで済むものなら、多分僕等は法律も破り兼ねないでしょう」と熊城は憎々し気に博士を見据え異常な決意を示した。その俄かに殺気立った空気の中で、法水は静かに云った。

「左様、正に一本の糸なんです。つまり、その問題は、算哲博士を埋葬した当夜にあったのですよ。たしか貴方は、あの晩この館へお泊りになられたでしょう。けれども、その時もしあの糸が切れなかったら——そうだとすれば、今日の事件は当然起らなかった筈です。ああ、あの遺言書が……。そうなれば、算哲一代の精神的遺物となる事が出来たでしょうに」

押鐘博士の顔が蒼ざめて見る見る白けて行ったが、糸——の真相を知らない旗太郎は、不自然な笑を作って、呟くように云った。

「ああ、僕は弩の絃の事をお話しかと思いましたよ」

然し、博士は法水の顔をまじまじと瞶めて、突っかかるように訊ねた。

「どうも、仰有る言葉の意味が判然と嚥み込めませんが、然し、結局あの遺言書の内容が、何んだと云われるのです?」

「僕は、現在では白紙だと信じているのです」と突然眼を険くして、法水は実に意外な言を吐いた。「もう少し詳細に云いますと、その内容が、或る時期に至って、白紙に変えられたのだ——と」

「莫迦な、何を云われるのです」と博士の驚愕の色が、忽ち憎悪に変った。そして、恥もなく、見え透いた術策を弄しているかの相手を、繁々瞶めていたが、不図心中に何やら閃いたらしく、静かに莨を置いて云った。

「それでは、遺言書を作成した当時の状況をお聴かせして、貴方から、そう云う妄信を去らせて貰いましょう。……その日はたしか、昨年の三月十二日だったと思いますが、突然先主が儂を呼び付けたので何かと思うと、今日偶然思い立ったので、此処で遺言書を作成すると申されたのでした。そして、儂と二人で書斎に入って、儂は隔った椅子の向うから、先主が頻りに草案を認（したた）めているのを眺めて居りました。それは、オクターヴオ判型の書簡紙に二枚程のものでしたが、認め終ると、その上に金粉を撒いて、更に廻転封輪（シリンドリカル・シール）で捺（お）しました。多分貴方は、あの方が一切を旧制度的（アンシャンレジイム）に扱うのを――つまり、その復古趣味を御存知でしょうな。所で、それが済むと、その二葉を金庫の抽斗（ひきだし）の中に蔵めて、当夜は室の内外に厳重な張番を立て、その発表を翌日行う事になりました。所が、翌朝になると、ズラリと家族を並べた前で、先主は何と思ったか、いきなりその中の一葉を破ってしまったのです。そして、そのズタズタに寸断したものに更に火をつけて、またその灰を粉々にして、それを遂々（とうとう）、窓から雨の中に投げ捨ててしまいました。その周到を極めた、如何にも再現されるのを懼れるような行為を見ても、その内容が疑いもなく、異常に熾烈な秘密だったに相違ありません。そして、残った一葉を厳封して、それを金庫の中に蔵め、死後一年目に開くよう儂に申し渡されました。ですから、あの金庫は、未だ開く時機が到来していないのですよ。法水さん、儂にはどうしても、故人の意志を欺くことが出来んのです。然し詰まるところ法律と云うものは、痴呆の習風に過ぎんのでしょう。どんなに秘密っぽい輪奐（りんかん）の美があろうとも、あの無作法な風は、決して容赦せんでしょうからな。よろしい、儂は貴方がたが為される儘に、何時までも傍観しとりましょう」と博士は勝ち誇ったように云い放ったが、先刻（さっき）から絶えず泛んでは消えていた不安の色が、いきなり顔面一杯に拡がって来て、

「だが、貴方の云われた一言は、聴き捨てになりませんぞ。いいですかな、作成した当夜は厳重な監視で護られていた――そして、先主は焼き捨てた残りの一葉を金庫に蔵めた――その文字合せの符号も鍵も」と云い掛けて、衣袋（ポケット）から符帳と鍵を突き出した。そして、それを粗暴な手附でガチャリと卓上に置いた。「如何です法水さん、機智（ウイット）や飄逸（ユーモア）では、あの扉（ドア）は開けられんでしょうからな。それとも、熔鉄剤（テルミット）でしょうか。いやとにかく、貴方があゝ云う奇言をお吐きになるには、無論相当な論拠がおありの上でしょう」

法水は烟（けむり）の輪を天井に吐いて、嘯（うそぶ）くように云った。

「いや、実に奇妙な事です。実際今日の僕は、糸とか線とか云うものに非度く運命付けられていましてな。つまり、あの時もまた切れなかったと云う事が、遺言書の内容を失わせた原因だと信じているのですよ」

法水の意中に潜んでいるものは、漠として判らなかったけれども、それを聴いた博士は、総身を感電したように戦かせて、何か或る一事のため、法水に全く圧倒されてしまったように思われた。そして、血の気の失せた顔を硬張らせて、暫く黙念に耽っていたが、やがて立ち上ると、悲壮な決意を泛べて云った。

「よろしい。貴方の誤信を解くためには止むを得ん事です。儂は先主との約束を破って、今日此処で遺言書を開きましょう」

それから、二人が戻って来る迄の間は、誰一人声を発する者がなかった。それぞれの頭の中では、各人各種の思念が渦のように巻き揺いでいた。検事と熊城には、事件の開展が期待され、また、旗太郎はその開封に、何か自分の不利を一挙に覆えすようなものを、待設けているかの如くであった。間もなく、二人の姿が再び現われて、法水の手に一葉の大型封筒が握られていた。ところが、環視の中で封を切り、内容を一瞥すると同時に、法水の顔には痛々しい失望の色が現われた。ああ、此処にもまた、希望の一つが罅け落ちてしまったのだ。それには、一向に他奇もない、次の数項が認められてあるのみだった。

一、遺産は、旗太郎並びにグレーテ・ダンネベルグ以下の四人に対し、均等に配分するものとす。

二、尚、既に当館永守的な戒語である——館の地域以外への外出・恋愛・結婚、並びに、この一書の内容を口外したるものは、直ちにその権利を剝奪さるるものとす。但し、その失いたる部分は、それを按分に分割して、他に均霑さるるものなり。

以上は、口頭にても各々に伝え置きたり。

旗太郎にも、同様落胆したらしい素振りが現われたけれども、流石に年少の彼は、すぐに両手を大きく拡げて喜悦の色を燃やせた。

「これですよ法水さん、辛っとこれで、僕は自由になる事が出来ました。実を云いますと僕は、何処かの隅に穴を掘って、その中へ怒鳴ろうかとも思いましたよ。でも、考えてみると、もしそんな事をした日には、あの怖ろしいメフィストが、どうして容赦するものですか」

斯うして、遂に法水との賭に、押鐘博士が勝った。然し、内容を白紙と主張した法水の真意は、決してそうではなかったらしい。勿論その一言は、博士を抑えた得体の知れない、計謀には役立ったに相違ないが、恐らく内心では、黙示図の知れない半葉を喘ぎ求めていたのであろう。そして、空しくこの刮目された一幕を、終らねばならなかったに違いない。ところが、不思議な事には、勝ち誇った筈の博士からは、依然神経的なものが去らずに、妙に怯々した不自然な声で云うのだった。

「これで漸と儂の責任が終りましたよ。然し、蓋を明けても明けなくても、結論は既に明白です。要するに問題は、均分率の増加にあるのですからな」

そこで、法水等は広間を去る事にした。彼は博士に対して、色々迷惑を掛けた事を頻りに詫びてから室を出たが、それから階上を通りすがりに、何と思ってか、彼一人伸子の室に入って行った。

伸子の室は、幾分ボンパヅール風に偏した趣味で、桃色の羽目を金の葡萄蔦模様で縁取っていて、それは明るい感じのする書斎造だった。そして、左側が細長く造られた書室に入る通路、右側の桔梗(ききょう)色した帷幕(とばり)の蔭が、寝室になっていた。伸子は法水を見ると、宛(あたか)も予期していたかのように、落着いて椅子を薦めた。

「もうそろそろ、お出でになる頃合だと思ってましたわ。屹度(きっと)今度は、ダンネベルグ様の事をお訊きになりたいのでしょう」

「いや決して、問題と云うのは、あの屍光にも創紋にもないのですよ。勿論、青酸(シャン)には適確な中和剤がないのですから、貴女がダンネベルグ夫人と同じレモナーデを飲んだにしても、強(あなが)ちそれには、例題とする価値はないでしょう」と法水は、彼女を安堵させるためにまず前提を置いてから、「ところで、貴女はあの夜、神意審問会の直前にダンネベルグ夫人と口論なさったそうですが」

「ええ、しましたとも。ですけど、それに就いての疑問なら、却って私の方にある位ですわ。私には、あの方が何故お怒りになったのか、てんで見当が附かないんですの。実は、斯うなので御座います」と伸子は躊(ため)らわず言下に答えて、一向に相手を窺視(きし)するような態度もなかった。「恰度晩食後一時間頃の事で、図書室に戻さねばならないカイゼルスベルヒの『聖(セント)ウルスラ記』を、書棚の中から取り出そうとした際で御座いました。突然蹌踉(よろ)めいて、持ったその本を、隅にある乾隆硝子(ガラス)の大花瓶に打ち当てて、倒してしまったので御座います。所が、それからが妙なんですわ。そりゃ非度い物音がしましたけれども、別にお叱りをうけると云う程の問題でも御座いません。それなのに、ダンネベルグ様がすぐとお出でになって……で御座いますもの。私には未だ以て、凡てが判然と嚥み込めないような気が致して居ります」

「いや、夫人は多分貴女を叱ったのではないでしょうよ。怒り笑い嘆く——けれども、その対照が相手の人間ではなく、自分がうけた感覚に内問している。そう云うように、意識が異様に分裂したような状態——それは時偶、或る種の変質者には現われるものですからね」と法水は、伸子の肯定を期待するように、凝然と彼女の顔を見守るのだった。

「ところが、事実は決して……」と伸子は真剣な態度で、キッパリ否定してから、「まるであの時のダンネベルグ様は、偏見と狂乱の怪物でしか御座いませんでした。それに、あの尼僧のような性格を持った方が、声を慄わせ身悶えまでして、私の身を残酷にお洗い立てになるのでした。馬具屋の娘……賤民ですって。それから、竜見川学園の保姆……それはまだしもで、私は寄生木とまで罵られたのですわ。いいえ、私だっても、どんなに心苦しい事か……。たとえ算哲様生前の慈悲深い思召しがあったにしても、何時まで御用のない此の館に、御厄介になって居ります事が、どんなにか……」と娘らしい悲哀が憤怒に代って行ったが、漸く涙に濡れた頰の辺りが落着いて来て、「ですから、私が未だに解し兼ねていると云う意味が、これで、すっかりお判りで御座いましょう。あの方は私が粗相で立てた物音には、一向に触れようとはなさらなかったのですから」

「全く僕も、貴女の立場には同情しているんです」と法水は慰めるような声で云ったが、心中彼は何事かを期待しているらしく思われた。「ところで貴女は、ダンネベルグ夫人がこの扉(ドア)を開いた際を御覧になりましたか。一体その時、貴女は何処にいましたね？」

「マア、貴方らしくもない。まるで、心理前派の旧式探偵みたいですこと」と伸子は、法水の質問に魂消(たまげ)たような表情を見せたが、「ところが、生憎(あいにく)とそのとき室を空けて居りました。電鈴(ベル)が壊れていたので、召使(バトラー)の室へ花瓶の後始末を頼みに行っていたものですから。ところが、戻って参りますと、ダンネベルグ様が寝室の中にいらっしゃるでは御座いませんか」

「そうすると、以前から帷幕(とばり)の蔭にいたのを、知らなかったのでは」

「いいえ、多分私を探しに、寝室の中へお入りになったのだろうと思いますわ。その証拠には、あの方の姿が、帷幕の隙間からチラと見えた時には、其処から少し右肩をお出しになっていて、その儘の形で暫く立っていらっしゃったのですから。そのうち側の椅子を引き寄せになって、やはりその、二つの帷幕の中間(あいだ)の所へお掛けになりました。ねえいかが法水さん、私の陳述の中には、どの一つにだって、算哲様を始め黒死館の精霊主義(アニミズム)が現われては居りませんでしょう――だって、正直は最上の術策なりと申しますもの」

「有難う。もうこれ以上、貴女にお訊ねする事はありません。然し、一言御注意して置きますが、仮令(たとえ)この事件の動機が、館の遺産にあるにしてもですよ、御自分の防衛と云う事には、充分御注意なさった方がいいと思います。殊に、家族の人達とは、余り繁々と接近なさらないように――。何(いず)れ判るだろうと思いますが、それが、此の際何よりの良策なんですからね」と意味あり気な警告を残して、法水は伸子の室を去った。然し、その出際に、彼は異様に熱の罩もった眼で、扉並びの右手の羽目に視線を落した。そこには、彼が入りしな既に発見した事であったが、扉から三尺程離れている所に、木理の剝離片が突き出ていて、それに、黝ずんだ衣服の繊維らしいものが引っ掛っていたからだ。ところで読者諸君は、ダンネベルグの着衣の右肩に、一個所鉤裂きがあったのを記憶されるであろうが、それにはまた、容易に解き得ない疑義が潜んでいるのだった。何故なら、常態の様々に想像される姿勢で入ったものなら、当然三尺の距離を横に動いて、その剝離片に右肩を触れる道理がないからである。

それから法水は、暗い静かな廊下を一人で歩いて行った。その中途で、彼は立ち止って窓を明け、外気の中へ大きく呼吸を吐いた。それは、非常に深みのある静観だった。空の何処かに月があると見えて、薄すらした光が、展望塔や城壁や、それを繁り覆うているかのように見える、闊葉樹の樹々に降り注ぎ、まるで眼前一帯が海の底のように蒼く淀んでいる。また、その大観を夜風が掃いて、それを波のように、南の方へ拡げて行くのだった。そのうち、法水の脳裡に不図閃いたものがあって、その観念が次第に大きく成長して行った。そして、彼は依然その場を離れないで、しかも、触れる吐息さえ怖れるもののように、じいっと耳を凝らし始めたのだった。すると、それから十数分経って、何処からかコトリコトリと歩む跫音が響いて来て、それが次第に、耳元から遠ざかって行くように離れて行くと、法水の身体が漸く動き始め、彼は二度伸子の室に入って行った。そして、其処に二、三分いたかと思うと、再び廊下に現われて、今度は、その背面に当るレヴェズの室の前に立った。然し、法水が扉（ドア）の把手（ノップ）を引いた時に、果して彼の推測が適中していたのを知った。何故なら、その瞬間、あの憂鬱な厭世家めいたレヴェズの視線——それには異様な情熱が罩（こ）もり、まるで野獣のように、荒々しい吐息を吐いて迫って来るのに打衝（ぶつか）ったからである。

第七篇　法水は遂に逸せり!?

一、シャヴィエル上人の手が……

故意に、法水が音を押えて、扉を開いた時だった。その時レヴェズは、煖炉の袖にある睡椅子に腰を下していて、顔を両膝の間に落し、その顳顬を両の拳で犇と押えていた。そのグローマン風に分けた長い銀色をした頭髪の下には、狂暴な光りに燃えて紅い熾を凝然と瞶めている二つの眼があった。いつもなら、あの憂鬱な厭世家めいたレヴェズ——いまその全身を、嘗て見るを得なかった激情的なものが覆い包んでいる。彼は絶えず、小びんの毛を掻き毟っては荒い吐息をつき、また、それにつれて刻み畳まれた皺が、ひくひくと顔一面に引っ痙れくねって行くのだった。その妖怪めいた醜さ——到底そのような頭蓋骨の下には、平静とか調和とか云うものが、存し得よう道理はないのである。たしか、レヴェズの心中には、何か一つの狂的な憑着があるに相違ない。そして、それがこの中老紳士を、宛がら獣のように喘ぎ狂わせているらしく思われるのだった。

然し、法水を見ると、その眼から懊悩の影が消えて、レヴェズは朦朧と山のように立ち上った。その変化には、まるで、別個のレヴェズが現われたのではないか――と思われたほどに鮮かなものがあった。また、態度にも意外とか嫌悪とか云うものがなくて、相変らず白っぽい霞のかかったような、それでいて、その顔の見えない方の側には、悪狡い片眼でも動いていそうな……と云う、何時も見る茫漠とした薄気味悪さで、またそれには、法水の無作法を責めるような、峻厳な素振りもないのであった。まったく、レヴェズの異風な性格には、文字通りの怪物と云う以外に評し得ようもないであろう。

その室は、雷文様の浮彫にモスク風を加味した面取作りで、三つ並びの角張った稜が、壁から天井まで並行な襞をなし、その多くの襞が格子を組んでいる天井の中央からは、十三燭形の古風な装飾灯が下っていた。そして、妙に妖怪めいた黄色っぽい光りが、そこから床の調度類に降り注がれているのだった。法水は叩しなかった事を鄭重に詫びてから、レヴェズと向き合せの長椅子に腰を下した。すると、まずレヴェズの方で、老獪そうな空咳を一つしてから切り出した。

「時に、先刻遺言書を開封なさったそうですな。すると、この室にお出でになったのも、儂にその内容を講釈なさろうと云うお積りで。ハハハハ、だが法水さん、たしかあれは莫迦気た遊戯の筈で、いや今ですからお話しますがね。実を云いますと、開封即ち遺言の実行なのです。つまり、あれには期限の到来を示す意味しかなくて、しかも、その内容は即刻実行されねばならんのですよ」

「成程……。如何にもあの儘では、偏見は愚か、錯覚さえも起す余地はありますまい。だが、然しレヴェズさん、遂々あの遺言書以外に、僕は動機の深淵を探り当てましたよ」と法水は、微笑の中に妙に棘々しいものを隠して、相手に向けた。「所で、それに就いて、是非にも貴方の御助力が必要になりましてな。実を云うと、その底深い淵の中から、奇異な童謡が響いて来るのを聴いたのでしたよ。ああ、あの童謡――それは事実僕の幻聴ではなかったのです。勿論、それ自らは頗る非論理的なもので、決して単独では測定を許されません。然し、その射影を追うて観察して行くうちに、偶然その中から、一つの定数が発見されたのでした。つまりレヴェズさん、その値を、貴方に決定して頂きたいと思うのですが……」

「なに、奇異な童謡を⁉」と一旦は吃驚して、煖炉の煨から法水の顔に視線を跳ね上げたが、「ああ、判りましたとも法水さん、とにかく、見え透いた芝居だけは、止めにして貰いますかな。なんで、貴方のような兇猛無比――まるでケックスホルム擲弾兵みたいな方が、唱うに事欠いて惨めな牧歌とは……。ハハハハ、無双の人よ！　冀くは、威風堂々とあれ！」と相手の策謀を見透かして、レヴェズは痛烈な皮肉を放った。そして、早くも警戒の墻壁を築いてしまったのである。然し、法水は微動もせぬ白々しさで、愈々冷静の度を深めて行った。

「成程、僕の弾き出しが、幾分表情的に過ぎたかも知れません。然し、斯う云うと、或は僕の浅学をお嗤いになるでしょうが、事実僕は、未だ以て『Discorsi』（十六世紀の前半フィレンツェの外交家マキァヴェリ著「陰謀史」さえも読んでいないのですよ、ですから、御覧の通りの開けっ放しで、勿論陥穽（わな）も計謀（たくらみ）もありっこないのです。いっそこの際、事件の帰趨をお話して、御存知のない部分までお耳に入れましょう。そして、その上で、更に御同意を得るとしますかな」と肱を膝の上でずらし、相手を見据えたまま法水は上体を傾げた。「で、それと云うのは、この事件の動機に、三つの潮流があると云う事なのです」

「何ですと、動機に三つの潮流が……。いや、たしかそれは一つの筈です。法水さん、貴方は津多子を――遺産の配分に洩れた一人をお忘れかな」

「いや、それは兎も角として、まずお聴き願いましょう」と法水は相手を制して、最初ディグスビイを挙げた。そして十二宮秘密記法の解読に始めてホルバインの「死の舞踏（トーテン・タンツ）」を語り、それに記されている呪咀（じゅそ）の意志を述べてから、「つまり、その問題は四十余年の昔、嘗（かつ）て算哲が外遊した当時の秘事だったのです。それに依ると、算哲・ディグスビイ・テレーズと――この三人の間に、狂わしい三角恋愛関係のあった事が明かになります。そして、恐らくその結果、ディグスビイは猶太人（ユダヤ）であるがために敗北したのでしょう。然し、その後になって、ディグスビイに思いがけない機会が訪れたと云うのは、つまり黒死館の建設なのですよ。ねえレヴェズさん、一体ディグスビイは、敗北に酬ゆるに何を以てした事でしょうか。その毒念一図の、酷烈を極めた意志が形となったものは……。ですから、そうなって、さしずめ想い起されて来るのが、過去三変死事件の内容でしょう。その何れ(いず)もに動機の不明だった点が、実に異様な示唆を起して来るのです。また、建設後五年目には、算哲が内部を改修しています。恐らくそれと云うのも、ディグスビイの報復を、惧(おそ)れた上での処置ではなかったのでしょうか。然し、何より駭(おどろ)かされるのは、ディグスビイが四十余年後の今日を予言していて、あの奇文の中に、人形の出現が記されている事なのです。ああ、あのディグスビイの毒念が、未だ黒死館の何処かに残されているような気がしてならないじゃありませんか。しかも、確かそれは、人智を超絶した不思議な化体(けたい)に相違ないのです。いや、僕はもっと極言しましょう。蘭貢(ラングーン)で投身したと云うディグスビイの終焉にも、その真否を吟味せねばならぬ必要がある——と」

「ふむ、ディグスビイ……。あの方が事実もし生きて居られるなら、恰度今年で八十になった筈です。然し法水さん、貴方が童謡と云われたのは、つまりそれだけの事ですかな」とレヴェズは依然嘲侮的な態度を変えないのだった。然し、法水は関(かま)わずに、冷然と次の項目に移った。

「云う迄もなく、ディグスビイの無稽な妄想と僕の杞憂とが、偶然一致したのかも知れません。然し、次の算哲の件(くだ)りになると、まず誰しも思い過しとは思わないものが、実に異様な生気を帯びて来るのですよ。勿論、算哲が遺産の配分に付いて探った処置は、明白な動機の一つです。また、それには、旗太郎以下津多子に至る五人の一族が、各自各様の理由で以て包含されているのです。然し、それ以外もう一つの不審と云うのは、外でもない遺言書にある制裁の条項でして、それが、実行上殆んど不可能だと思われるからです。ねえレヴェズさん、仮令(たとえ)ば恋愛と云うような心的なものは、それをどうして立証するのでしょうね。ですから、そこに算哲の不可解な意志が窺えるように思われて、つまり僕にとれば、開封が齎(もたら)した新しい疑惑と云っても差支えないのですよ。しかも、それは単独に切り離されているものではなくて、どうやら一縷の脈絡が……。別に僕が、内在的動因と呼んでいるのがあって、その二点の間を通っているものがあると思われるのです。そこでレヴェズさん、僕は思い切って露骨(あけすけ)に云いますがね。何故、貴方がた四人の生地と身分とが、公録のものと異っているのでしょうか。で、その一例を挙げればクリヴォフ夫人ですが、表面あの方は、コーカサス区地主の五女であると云われている。然し、その実猶太(ユダヤ)人ではないでしょうか」

「ウーム、一体それを、どうして知られたのです」とレヴェズは、思わず眼を瞠(みは)ったが、その驚きはすぐに回復された。「いや、それは多分、オリガさんだけの異例でしょうが」

「然し、一端不幸な暗合が現われたからには、それを飽く迄追及せねばなりません。のみならず、一方その事実と対照するものは、一族の特異体質を暗示している屍様図があるのです。また、それを、四人の方が幼少の折、日本に連れて来られたと云う事実に関聯させるとなると、それからは明らさまに、算哲の異常な意図が透し見えて来るのですよ」と法水は、そこで一寸言葉を截(た)ち切ったが、一つ大きな呼吸をすると云った。「所がレヴェズさん、ここに僕自身ですらが、事に依ったら自分の頭の調子が狂っているのではないかと、思われるような事実があるのです。と云うのは、これまで妄覚に過ぎなかった算哲生存説に、略々（ほぼ）確実な推定が附いた事なんですよ」

「アッ、何と云われる！」と瞬間レヴェズの全身から、一斉に感覚が失せてしまった。その衝撃の強さは、瞼筋（けんきん）までも強直させた程で、レヴェズは、何やら訳の判らぬ事を、唖のように喚き始めた。そうした後に、彼は何度となく問い直して、漸く法水の説明で納得が行くと、全身が熱病患者のように慄え始めた。そして、嘗て（かつ）何人にも見られなかった程の、恐怖と苦悩の色に包まれてしまったのである。そのうちやがて、

「ああ、やはりそうだったのか。動き始めれば、決して止めようとはしまい（オグニ・モート・アテンデ・アル・スオ・マンテニメント）」と低い唸るような声で呟いたが、不図何に思い当ったものか、レヴェズの眼が爛々と輝き出して、

「不思議だ——何と云う驚いた暗合だろう。ああ算哲の生存——。たしか、この事件の初夜には、地下の墓窖（ぼこう）から立ち上って来たに相違ない——。それが法水さん、まだ現われていない地精よ、いそしめ（コボルト・ジッヒ・ミュヘン）——に、つまり、あの五芒星呪文の四番目に当るのではないでしょうかな。成程、儂等の眼には見えなかったでしょう。けれども、あの札は既（とう）に水精（ウンディネ）以前——つまり、この恐怖悲劇では、知らぬ間に序幕へ現われてしまったのですよ」と顔一面に絶望したような、笑いともつかぬものが転げ廻るのだった。その興味あるレヴェズの解釈には、法水も卒直に頷いたけれども、彼は次第に言葉の調子を高めて行った。

「所がレヴェズさん、僕は遺言書と不可分の関係にある、もう一つの動機を発見したの

でした。それは、算哲が残した禁制の一つ——恋愛の心理なのです」

「なに、恋愛……」レヴェズは微かに戦いたけれども、「いや、いつもの貴方なら、それを恋愛的欲求（フェルリープストザインヴォーレン）とでも云う所でしょうな」と相手を憎々し気に見据えて云い返すのだった。それに、法水は冷笑を泛べて、

「成程……。でも、貴方のように恋愛的欲求（フェルリープストザインヴォーレン）などと云うと、益々その一語に、刑法的意義が加わって来る訳ですな。然し、僕はその前提として、一言、算哲の生存と地精（コボルト）との関係——に触れなければならないのです。如何にも、その魔法的効果に至っては、絶大なものに違いありますまい。ですがレヴェズさん、結局、僕はそれが比例（プロポーション）の問題ではないかと思うのですよ。貴方は、多分その符合を無限記号のように解釈して、永劫悪霊の棲む涙の谷——と位に、この事件を信じておられるでしょう。けれども、僕はそれとは反対に、既に善良な護神（ゲニウス）——グレートヘンの手が、ファウスト博士に差し伸べられているのを知っているのです。では、何故かと云いますと、大体あの悪鬼の犠牲とならなかった人物が、もうあと何人残っていると思いますね。ですから、あれ程の知性と洞察力を具（そな）えている犯人なら、当然ここで、犯行の継続に危険を感じなければならぬ道理でしょう。いや、そればかりではないのですよ。もう犯人にとっては、この上屍体の数を重ねて行かねばならぬ理由はないのです。つまり、クリヴォフ夫人の狙撃を最後にして、あの屍体蒐集癖が、綺麗さっぱり消滅してしまったからなんですよ。さて、此処でレヴェズさん、僕の採集した心理標本を、一つお目にかける事にしましょう。つまり、

法心理学者のハンス・リーヒェルなどは、動機の考察は射影的(プロジェクチヴ)に――と云いますけれども、然し僕は、動機に就いても飽くまで測定的(メトリカル)です。そして、事件関係者全部の心像を、既に隈なく探り尽したのでした。で、それに依ると、犯人の根本とする目的は、ただ一途、ダンネベルグ夫人にあったと言う事が出来ます。ですから、クリヴォフ夫人や易介の事件は、動機を見当違いの遺産に向けさせようとしたり、或はまた、それを作虐的(ザディスチック)に思わせんがためなのでした。勿論、伸子の如きは、最も陰険兇悪を極めた、つまり、あの悪鬼特有の擾乱策と云うの外にないのですよ」と法水は始めて莨を取り出したが、声音に漲っている悪魔的な響だけは、どうしても隠す事は出来なかった。続いて、彼は驚くべき結論を述べた。「ですから、それが、今日伸子に虹を送った心理であり、またそれ以前には、貴方とダンネベルグ夫人との秘密な恋愛関係なのでした」

　ああ、レヴェズとダンネベルグ夫人との関係――それは、よし神なりとも知る由はなかったであろう。全くその瞬間、レヴェズは死人のように蒼ざめてしまった。咽喉が衝動的に痙攣したと見えて、声も容易に出ぬらしい。そして、頸筋の靱帯を鞭縄(むちなわ)のようにくねらせながら、まるで彫像のようになって、あらぬ方を瞶(みつ)めているのだった。それが、実に長い沈黙だった。窓越にハッラッと噴泉の迸(ほとばし)る音が聞え、その飛沫(しぶき)が、星を跨(また)で薄白く光っているのだ。事実、最初は法水のよくやる手――と思い、十分警戒していたにも拘らず、遂に意表に絶した彼の透視が、その墻(かき)を乗り越えてしまった。そうして、勝敗の機微を、この一挙に決定してしまったのだった。やがて、レヴェズは力なく顔を上げたが、それには、静かな諦めの色が泛んでいた。

「法水さん、儂は元来非幻想的な動物です。然し、大体貴方(あなた)と言う方には、どうも遊戯的な衝動が多い。如何にも、虹を送った事だけは肯定しましょう。然し、儂は絶対に犯人ではない。ダンネベルグ夫人との関係などは、実に驚くべき誹謗です」

「いや、御安心下さい。これが二時間前ならばともかく、現在では、あの禁制があっても既に無効です。もう何人と雖(いえど)も、貴方の持ち分相続を妨げる事は不可能なのですから。それより問題と云うのは、あの虹と窓にあるのですが……」

するとレヴェズは困憊の中にも悲愁な表情を見せて云った。

「如何にも、あの当時伸子が窓際に見えたので、やはり武具室にいると思い、儂は虹を送りました。然し、天空の虹は抛物線(パラボリック)、露滴の水は双曲線(ハイパーボリック)です。ですから、虹が楕円形(イリプティック)でない限り、伸子は儂の懐に飛び込んでは来ないのですよ」

「ですが、ここに奇妙な符合がありましてな。と云うのは、あの鬼箭(おにや)ですが、それがクリヴォフ夫人を吊し上げて突進し、扨(さて)それから突き刺った場所と云えば、やはり、あの同じ門でした。つまり、貴方の虹も其処から入り込んで行った――鎧扉の桟だったのです。ねえレヴェズさん、因果応報の理と言うものは、あながち、復讐神(ネメシス)が定めた人間の運命にばかりではないのですからね」と何とはなしに不気味な口吻(こうふん)を洩らして、ジリジリ迫って行くと、一旦レヴェズは、総身を竦(すく)めて弱々しい嘆息を吐いた。が、すぐ反噬(はんぜい)的な態度に出た。

「ハハハハ、下らぬ放言は止めにして下さい。法水さん、儂ならあの三叉箭(ボール)が、裏庭の蔬菜園(そさいえん)から放たれたのだと云いますがな。何故なら、今は蕪青(かぶら)の真盛りですよ。矢筈は蕪青、矢柄は葭(よし)——と言う鄙歌(ひなうた)を、多分貴方は御存知でしょうが」

「左様、この事件でもそうです。蕪青は犯罪現象、葭は動機なのです。レヴェズさん、その二つを兼ね具えたものと云えば、まず貴方以外にはないのですよ」と俄(にわか)に酷烈な調子となって、法水の全身が、メラメラ立ち上る焰(ほのお)のようなものに包まれてしまった。

「勿論ダンネベルグ夫人は他界の人ですし、伸子もそれを口に出す道理はありません。然し、事件の最初の夜、伸子が花瓶を壊した際に、たしか貴方はあの室にお出でになりましたね」

レヴェズは思わず愕然(がくぜん)として、肱掛を握った片手が怪しくも慄え出した。

「それでは、儂が伸子に愛を求めたのを発見されたために、持分を失うまいとして、グレーテさんを殺したのだ——と。莫迦な、それは貴方の自分勝手な好尚(このみ)だ。貴方は、歪んだ空想のために、常軌を逸しとるのです」

「所がレヴェズさん、その解式と云うのは、貴方が再三打衝(ぶつか)って御存知の筈ですがね。そこにあるは薔薇なりその辺りに鳥の声は絶えて響かず(ドッホ・ローゼン・ジンデス・ウォバイ・カイン・リード・メール・フレーテット)——つまり、レナウの『秋の心(ヘルプスト・ゲフユール)』の一節なんですから」と法水は、静かな洗煉された調子で、彼の実証法を述べるのだった。

「所で、今となれば御気付きでしょうが、僕は事件の関係者を映す心像鏡として、実は詩を用いました。そして、数多(おおく)の象徴を打ち撒けて置いたのです。つまり、それに合した符号なり照応なりを、徴候的に解釈して、それで心の奥底を知ろうとしました。扨(さて)、あのレナウの詩ですが、それを用いて、僕が一種の読心術に成功したのです。と云うのは、心理学上の術語で聯想分析と云って、それを、ライヘルト等の新派法心理者達は、予審判事の訊問中にも用いよ——と勧告しているのです。何故なら、此処(ここ)に次のような、ミュンスターベルヒの心理実験があるからで……。最初喧騒(タマルト)（Tumult）と書いた紙を被験者に示して、その直後、鉄路(レイルロード)（Railroad）と耳元で囁くと、その紙片の文字の事を、被験者は隧道(タンネル)と答えたと言うのですよ。つまり、吾々の聯想中に、他から有機的な力が働くと、そこに一種の錯覚が起らねばならないからです。けれども僕は、それに独自の解釈を加えて、その公式——つまり、Tumult ＋ Railroad ＝ tunnel(タマルトプラスレイルロードイコールタンネル)を逆に応用して、まず1を相手の心像とし、その未知数を2と3とで描破しようと企てたのでした。そこでまず、そこにあるは薔薇なり(ドッホ・ローゼン・ジンテス)——と云った後で、貴方の述べる一句一句を検討してみました。すると、貴方は僕の顔色を窺うような態度になって、では薔薇乳香(ローゼン・ヴァイヒローホ)を焚いたのでは——と言われましたね。僕はそこで、ズキンと神経に衝き上げて来るものを感じたのです。何故なら、公教(カトリック)でも猶太(ユダヤ)教でも、乳香にはボスウェリア種とテュリフェラの二種しかないからで、勿論混種の香料は宗儀上許されていないからです。つまり、薔薇乳香(ローゼン・ヴァイヒローホ)と言う一言は、貴方の心中、奥深くに潜んでいるものがあって、その有機的な影響に、違いないと結論するに至りました。明かにその一語は、何か一つの真実を物

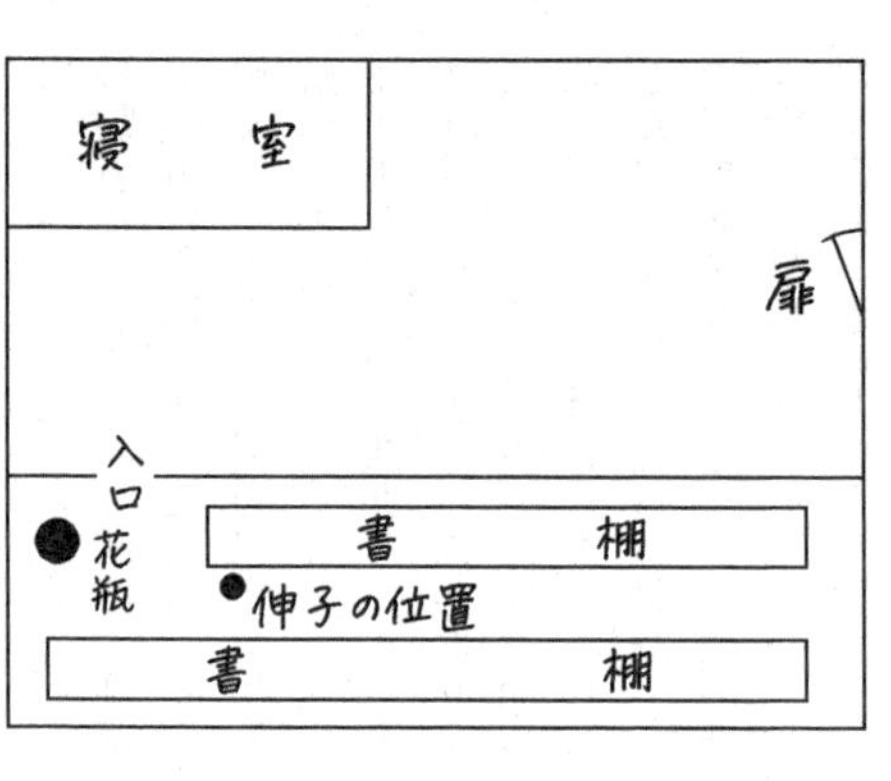

語ろうとしています。然し、それが何であるかは、つい今しがた伸子の留守中を狙って、あの室を再び調査する迄は知る術もありませんでした」と法水は徐ろに莨に火を点け、一息吸うと続けた。

「所でレヴェズさん、あの室の書室の中には、両側に書棚が並んでいましたね。そして、伸子が蹌踉いて花瓶に打衝けたと云う『聖ウルスラ記』は、入口の直ぐ脇にある、書棚の上段にあったのです。然し、その書物は、それがため重心を失うと云う程の重量ではありません。問題は却って、それと隣り合っている、ハンス・シェーンスペルガーの『予言の薫烟』にあったのですよ。それを発見して僕は、その偶然の的中に、思わず薄気味悪さを覚えた程でした。何故なら、その『予言の薫烟』(Weissagend rauch)には、恰度ミュンスターベルヒの実験と、同一の解式が含まれているからです。Tumult + Railroad = tunnel の公式が、かっきり、Weissagend rauch + Rosen = Rosen Weihrauch に適応されるからです。つまり、予言の薫烟と云って、当時貴方の脳裡に浮動していた一つの観念が、薔薇に誘導され、そこで、薔薇乳香と云う一語となって意表面に現われたのでした。斯うして、僕の聯想分析は完成され、それと同時に、貴方がその一冊の名を、絶えず脳裡から離せない理由を知る事が出来たのです。何故なら、更にあの室の状況を仔細に観察して行くと、伸子が花瓶を倒すまでの真相が明かになって、そこに、貴方の顔が現われ出たからですよ」と、まず彼が設え(しつら)た、狂言の世界を語り終ってから、問題を伸子の動作に移した。そして、法水独特の微妙な生理的解析を述べるのだった。

「ですから、その『予言の薫烟(ヴィサゲント・ローホ)』の存在が明瞭になると、自然伸子の嘘が成立しなくなるのです。あの女は、躓跟(つまず)いた拍子に『聖ウルスラ記』を花瓶に当てて倒したと云いました。然し、その花瓶と云うのが入口の向う端にあるのですから、当時伸子の体位と花瓶の位置を考えると、到底その局状(シチュエーション)は成立する道理がないのです。まず伸子が左利(ひだりきき)でない限りは、『聖ウルスラ記』を右手から投げて頭上を越え、それを花瓶に打衝(うちつ)けると云う事は、全然不可能だろうと思われるのです。そこで僕は、エルブ点反射を憶い出しました。それは、上膊を高く挙げると肩の鎖骨と脊柱との間に一団の筋肉が盛り上って来て、その頂点に上膊神経の一点が現われるのです。ですからもし、その一点に強い打撃を加えると、その側の上膊部以下に激烈な反射運動が起って、その瞬後には痲痺してしまうのですよ。いや、事実現場にも、エルブ反射を起すに恰好な条件が揃っていたのでして、恰度その二冊のあった場所と言うのが、両手を挙げなければ届かぬ程の高さだったからです。所がレヴェズさん、そうして伸子の嘘を訂正して行くうちに、不図(ふと)僕は、当時あの室に起った実相を描き出す事が出来ました。と云うのは、伸子が『聖ウルスラ記』を取り出そうとして、右手を書棚の上段に差し伸べた際でした。その時、前方の室の何処かで物音がしました。それで、伸子は本を摑んだまま後方を振り向いて、背後にある書棚の硝子扉(ガラスど)を見たのです。その時彼女の眼に、寝室から出て来た或る人物の姿が映ったのでした。ですから、その吃驚(びっくり)した機(はず)みに、隣り合った『予言の薫烟(ヴィサゲント・ローホ)』を動かしたのですから、あの千頁(ページ)に余る重い木表紙本が、伸子の右肩に落ちたのです。そして、その咄嗟に起った激しい反射運動が因(もと)で、右手に持った『聖ウルスラ記』を、頭上越しに左手の花瓶に投げ付けたと云う訳なのですよ。ねえレヴェズさん、そうなると、その『予言の薫烟(ヴィサゲント・ローホ)』に依って、一つの心的検証を行う事が出来るのです。即ち、その時寝室に潜んでいた人物に、一つの虚数を付ける事が出来るのです。虚数(イマジネリー・ヴァリュー)——然し、リーマンはそれに依って、空間の特質を、単なる三重に拡がった大きさ(ドライファハ・アウスゲデーンテングレーセン)から救っているじゃありませんか。いや、僕は卒直に言いましょう。その時寝室から出た貴方は、物音を聴いて伸子の側に行き、落ちていた『予言の薫烟(ヴィサゲント・ローホ)』を旧(もと)の位置に押し込んでやりました。そして、室から去って行く所をダンネベルグ夫人に認められたので、それが、算哲の死後秘密の関係にあった夫人を激怒させたのでした。然し、一方持分相続に関する禁制があるので、流石(さすが)に夫人も、それを明らさまには云い得なかったのですよ」

　その間レヴェズは、拳に組んだ両手を膝の上に置いたままで、凝然と聴き入っていた。が、相手の言葉が終ってからも、その静観的な表情は変らなかった。彼は冷たく言い放った。

「成程、動機はそれで十分。然し、この際何より貴方に必要なのは、僅(た)った一つでも、完全な刑法的意義です。つまり、今度は犯罪現象に、貴方の闡明(せんめい)を要求したいのですよ。法水さん、あの鎖の輪の何処に儂の顔を証明出来ますかな。如何にも儂には、あの『予言の薫烟(ヴィサゲント・ローホ)』が永世の記憶となるでしょう。また、虹を送って、儂の心を伸子に知って貰おうとしました。だが、到底それ丈(だ)けでは、儂とメフィストとの契約(パクト)が……。いや、恐らくいまに儂は、貴方の衒学(ペダントリー)さに嘔吐(へど)を吐きかけるに至るでしょう」

「勿論ですレヴェズさん、然し貴方の詩作が、混沌の中から僕に光りを与えてくれました。実は、この事件の終局(フィナーレ)と云うのが、あの虹に現われている、ファウスト博士の総懺悔(ゲネラル・バイヒテ)にあったのです。いや、卒直に云いましょう。勿論あの七色は、詩でも観想でもなく、実は、兇悪無残な焼刃(やきば)の輝きだったのです。ねえレヴェズさん、貴方は、クリヴォフ夫人を、あの虹の濛気(もうき)に依って狙撃したのでしたね」と法水は突如凄じい形相になって、狂ったような言葉を吐いた。その瞬間、レヴェズは化石したように硬くなってしまった。突然頭上に閃(ひらめ)き落ちて来たものは、恐らくレヴェズにとって、それまで想像もつかぬほど意外なものであったに相違ない。眩惑、驚愕——勿論その一刹那に、レヴェズが知性の凡(すべ)てを失ってしまった事は云う迄もないのである。所が、そうして相手が自失した有様に、寧ろ法水は、残忍な反応を感じたらしかった。彼は、手中の生餌(いきえ)を弄(もてあそ)ぶような態度で、悠(ゆ)ったり口を開いた。

「事実あの虹は、皮肉な嘲笑的な怪物でしたよ。所で貴方は、東ゴート（オスツロ）の王テオドリッヒを……。あのラヴェンナ城塞の悲劇を御存知でしょうか」

「フム、最初射損（うちそん）じても、テオドリッヒには二の矢に等しい短剣があったのです。だが然しだ、儂は、苦行者でも殉教者でもない。寧ろそう云う浄罪輪廻の思想は、儂にではなくファウスト博士に云って貰いたいものだ」とレヴェズが声を慄わせ、満面に憎悪の色を漲らしたと云うのは、そのラヴェンナ城の悲劇に、クリヴォフ事件を髣髴とさせる場面（シーン）があったからだ。

（註）紀元後四九三年三月、西羅馬の摂政オドワカルは、東ゴートの王テオドリッヒとの戦いに敗れて、ラヴェンナの城に籠城し、遂に和を乞うた。その和約の席上で、テオドリッヒは家臣に命じ、ハイデクルッグの弓でオドワカルを狙わせたのであったが、弦が緩んでいて、目的を果せず、止むなく剣を以って刺殺したのだった。

「然し、あの虹の告げ口だけは、どうする事も出来ません」と法水は更に急迫を休めず、凄気を双眼に泛べて云い放った。「然し、貴方がオドワカル殺しの故智を学ばれたのは、流石だったと思います。御承知でしょうが、テオドリッヒの用いた弓の弦と云うのは、橐萸木（ピクスカルパエ）の繊維で編んだ、ハイデクルッグ王（北独逸ゲルマン族の一族長）からの、虜獲品（りょかくひん）だったのですからね。所が、その橐萸木（ピクスカルパエ）と云う植物繊維には、温度に依って組織が伸縮すると云う特性があるのです。従って、寒冷の北独逸から温暖の中部伊太利に来たためにさしも北方蛮族の殺人具も、忽ちその怖るべき性能を失ってしまったのでした。ですから、あの火術弩の弦を見た時に、僕は、異様な予感に唆られました。そして、その棗莢木の伸縮を、或は人工的にも作り得るのではないかと思いました。ねえレヴェズさん、あの当時、火術弩は壁に掲っていて、箭を番えたまま、幾分弓形の方が上向きになっていました。そして、その高さも、恰度僕等の乳辺だったのです。所が、此処で注意を要するのは、それを支えている釘の位置なのです。それは、平頭のものが三本、そのうちの二つは弦の撚り目へ、残りの一つは発射把手の真下で胴木を支えていたのです。勿論、その位置で自働発射をさせるためには、約二十度ほど壁と開きを作らねばなりません。つまり、その陰険な技巧と云うのは、今も云った角度を作る事と、それから、人手を藉らずに弓を絞り、更にまた、この緊張を緩める事でした。で、それに必要だったのが、嘗ては津多子を斃した抱水クロラールだったのですよ」と法水は足を組み換え、新しい莨を取り出してから云い続けた。「所で貴方は、エーテルや抱水クロラール水溶液に、低温性があるのを――詳しく云うと、その触れている面の温度を奪ってしまうのを御存知でしょうか。つまり此の場合は、弦を撚ってある棗莢木の繊維紐三本のうちで、そのうちの一本に、抱水クロラールを塗沫して置くのです。ですから、そこへ噴泉から濛気が送られたので、あの溶解し易い痲酔剤が寒冷な露滴となり、それが、塗られた一本を次第に収縮させて行ったのでした。勿論、その力が射手のようになって、弓を絞り

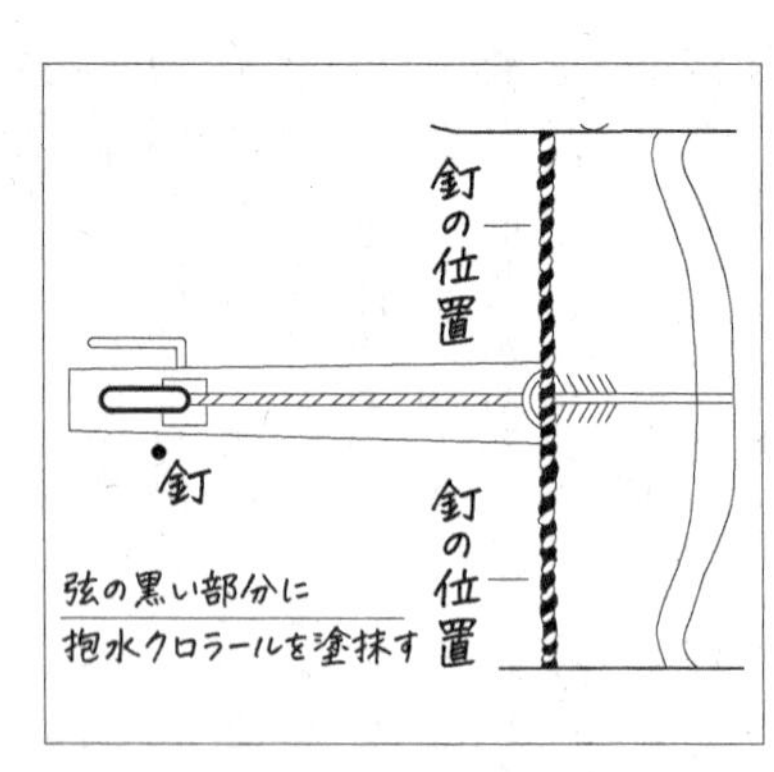

始めた事は云うまでもありません。すると、それにつれて、他の収縮しない二本との撚目(よりめ)がほぐれて行くので、それが拡がるだけ、弩の位置が下がって行く訳でしょう。ですから、そうして落下して行く毎に、余計反動の強い上方の撚り目が釘から外れるでしょうから、そこで、弩の上方が開き、またそれにつれて、胴木の発射把手(ハンドル)の部分も横倒しになるので、把手(ハンドル)が釘で押され、箭はそのまま開いた通りの角度で発射されたのでしたよ。そして、発射の反動で、弩は床の上に落ちたのですが、収縮した弦は、蒸発し切ると同時に旧(もと)通りになった事は言う迄もありますまい。然しレヴェズさん、元来その詭計(トリック)の目的と言うのは、必ずしも、クリヴォフ夫人の生命を奪うのにはなかったのです。唯(ただ)単に、貴方の不在証明(アリバイ)を一層強固にすればいいのでしたからね」

その間レヴェズは、タラタラと膏汗(あぶらあせ)を流し、野獣のような血走った眼をして、法水の長広舌に乗ずる隙もあらばと狙っていたが、遂にその整然たる理論に圧せられてしまった。然し、そうした絶望が彼を駆り立てて、レヴェズは立ち上ると胸を拳で叩き、凄惨な形相をして、哮(たけ)り始めた。

「法水さん。この事件の悪霊（ベーゼルガイスト）と云うのは、取りも直さず貴方（あんた）の事だ。然し、一言断って置くが、貴方は舌を動かす前に、まず『マリエンバートの哀歌』でも読まれる事だな。いいかな、ここに、久遠（くおん）の女性を求めようとする一人があったとしよう。然し、その精神の諦観的な美しさには、野心も反抗も憤怒も血気も、一切が、堰を切ったように押し流されてしまうのだ。所が貴方は、それに慚愧（ざんき）と所罰としか描こうとしない。いや、そればかりではないのです。貴方の率いている狩猟の一隊が、今日いま此処で、野卑な酷薄な本性を現わしたのだ。然し射手（いて）は確か、獲物は動けず……」

「成程、狩猟ですか……。だがレヴェズさん、貴方は斯う云うミニョンを御存知でしょうか。――かの山と雲の桟道（かけじ）、騾馬は霧の中に道を求め、窟（いわあな）には年経し竜の族棲（たぐいす）む…………」と法水が意地悪るげな片笑を泛べたとき、入口の扉（ドア）に、夜風かとも思われる微（ささや）かな衣摺（きぬず）れがさざめいた。そして、次第に廊下の彼方へ、薄れ消えて行く唱声（うた）があった。

　　狩猟（かり）の一隊（ひとむれ）が野営を始めるとき
　　　雲は下り、霧は谷を埋めて
　　　　夜と夕闇と一ときに至る

　それは、擬（まが）う方ないセレナ夫人の声であった。然し、耳に入ると、レヴェズは喪心したように、長椅子へ倒れかかったが、彼は辛うじて踏み止まった。そして、頭をグイと反らして、激しい呼吸をしながら、

「貴方は、何かの機会（チャンス）に、一人の犠牲を条件に、彼女を了解させたのですか。もう儂に

は、この上釈明する気力もないのです。いっそ、護衛を止めて貰おう。儂の血（マイ・ブラッド）でこの裁き（ジャッジ）をしたら、いつか、その舌の根から聴く（フォァベード・マイ・タング・トゥ・スピーク）事があるでしょうから」と異常な決意を泛べて、あろうことか、護衛を断るのだった。そして、一切の武装を解いた裸身（はだかみ）を、ファウスト博士の前に曝させる事を要求した。それに、法水はまた皮肉にも、応諾の旨を回答して、室を出た。いつも、彼等が其処で策を練り、また訊問室に当てているダンネベルグの室では、検事と熊城が既に夜食を終っていた。その卓上には、裏庭の靴跡を造型した二つの石膏型と、一足の套靴（オヴァ・シューズ）が、置かれてあった。そして、それがレヴェズの所有品で、漸く裏階段下の、押入れから発見された事が述べられた。がその頃には、押鐘博士は帰邸していて、食事が済むと、今度は代り合って、法水が口を開いた。そして、レヴェズとの対決顛末を、赤いバルベラ酒の盃を重ねながら、語り終えると、

「成程、然し……」と一端は頷いたが、熊城は強い非難の色を泛べて云った。「君の粋物主義（ディレッタンティズム）にも呆れたものさ。一体レヴェズの処置に躊（ため）らっているのは、どうしたと言う事なんだい。考えても見給え。従来（これまで）動機と犯罪現象とが、何人にも喰い違っていて、その二つを兼ねて証明された人物と言えば、嘗（か）つて一人もなかったのだ。とにかく。序曲が済んだのなら、早速幕を上げる事にして貰おう。成程、君が好んで使う唱合戦も、或る意味では陶酔かも知れないがね。然し、その前提に結論が必要な事だけは、忘れないでいてくれ給え」

「冗談じゃない。どうしてレヴェズが犯人なもんか」と法水は道化た身振りをして、爆

笑を上げた。ああ、世紀児法水——彼はあの告白悲劇に、滑稽な動機変転を用意していたのであろうか。検事も熊城も、途端に嘲弄された事は覚ったが、あれほど整然たる条理を思うと、彼の言をそのまま信ずる事は出来なかった。続いて法水は、その詭弁主義(マキアヴェリズム)の本性を暴露すると同時に、今後レヴェズに課した、不思議な役割を明かにした。

「如何にも、レヴェズとダンネベルグ夫人との関係は、真実に違いないのだ。然し、あの火術弩の弦が槖駝木(ビクスカルパエ)なら、僕は前史植物学で、今世紀最大の発見をした事になるのだよ。ねえ熊城君、一七五三年にベーリング島の附近で、海牛の最後の種類が屠殺されたんだ。だがあの寒帯植物は、既にそれ以前に死滅しているんだぜ。やはり、あの弩の弦は、一向変哲もない大麻で作られたものなんだ。ハハハハ、あの象のような鈍重な柱体(シリンダー)を、僕は錐体(コーン)にしてやったんだよ。つまり、レヴェズを新しい坐標にして、この難事件に最後の展開を試みようとするんだ」

「ああ、気が狂ったのか。君はレヴェズを生餌(いきえ)にして、ファウスト博士を引き出そうとするのか」とさしも沈着な検事も仰天して、飛び掛らんばかりの気配を見せると、法水は一寸残忍そうな微笑をして答えた。

「成程、道徳世界の守護神——支倉君！　だが実を云うと、僕がレヴェズに就いて最も懼(おそ)れているのは、決してファウスト博士の爪ではないのだ。実は、あの男の自殺の心理なんだよ。レヴェズは最後に、斯う云う文句を云ったのだよ。儂の血でこの裁きをした(マイ・ブラッド・ジャッジ)ら、いつかその舌の根から聴く事があるでしょうから(フォアベード・マイ・タング・ツウ・スピーク)——とね。それが、如何(いか)にもレヴエズが演ずる、悲壮な時代史劇（コスチューム・プレイ）のようで、またあの性格俳優の見せ場らしい、大芝居みたいにも思われるだろう。然し、それは悲愁（トラウリッヒ）ではあるけれども、決して悲壮（トラギッシュ）ではないのだ。つまりその一句と云うのが、『ルクレチア盗み（レイプ・オブ・ルクリース）』と言う沙翁（シェークスピア）の劇詩の中にあって、羅馬（ローマ）の佳人ルクレチアがタルキニウスのために辱（はずか）しめをうけ、自殺を決意する場面に現われているからなんだ」と法水は心持臆したような顔色になったが、その口の下から、眉を上げ毅然と云い放ったものがあった。

「けれども支倉君、あの対決の中には、犯人にとって到底避け難い危機が含まれているんだ。事実僕が引っ組んだのは、レヴェズじゃないのだ。やはりファウスト博士だったのだよ。実を言うと、僕はまだ事件に現われて来ない、五芒星呪文の最後の一つ——地精（コボルト）の札の所在を知っているのだがね」

「なに、地精（コボルト）の紙片!?」検事も熊城も、仰天せんばかりに驚いてしまった。然し、法水の眉宇間（びうかん）には、賭博とするには、余りに断定的なものが現われていた。彼の凄愴な神経作用（ナーヴァシズム）が、如何なる詭計（きけい）に依って、あの幽鬼の牙城に酷迫したのであろうか。その俄かに緊張した空気の中で、法水は冷たくなった紅茶を啜り終ると語り始めたが、それは、驚くべき心理分析だったのだ。

「所で、僕はゴールトンの仮説（セオリー）を剽窃（ひょうせつ）して、それでレヴェズの心像を分析して見たのだ。と云うのは、あの心理学者の名誉——『人間能力の考察（インクワイアリー・イントウ・ヒューマン・ファカルティ）』の中に現われている事だが、想像力の優れた人物になると、語（ことば）や数字に共感現象が起って、それに関聯した図式を、具体的な明瞭な形で頭の中へ泛べる場合があるのだ。例えば数字を云う場合に、時計の盤面が現われる事など一例だが……いまレヴェズの談話の中に、それにもました、強烈な表現が現われたのだ。支倉君、あの男は伸子に愛を求めた結果に就いて、斯う云う事を悲し気に云ったのだよ。――天空の虹は抛物線、露滴の虹は双曲線、然しそれが楕円形でない限り、伸子は自分の懐に飛び込んでは来ない――と。所が、その間レヴェズの眼に、微かな運動が起って、彼が幾何学的な用語を口にする度毎、何となく宙に図式を描いているような、動きが認められるのだった。そこで僕は、その黙劇めいた心理表出に、一つの息詰まるような徴候を発見したのだよ。何故なら抛物線）と双曲線〈を楕円形0に続けると、その合したものが、KOになるだろうからね。つまり、地精(Kobold)の頭二字――KとOとなんだよ。だから、僕は透さず、それに暗示的な衝動を与えようとして、KoboldのKOを除いた残りの四字――boldに似た発音を引き出そうとしたのだ。するとレヴェズは、三叉箭の事をBohrと云った。またそれに続いて、レヴェズが僕を揶揄するのに、あの箭が裏の蔬菜園から放たれたのだと云って、その中に蕪青(rube)と一語を、頻りと躍動させるのだったよ。そこで支倉君、偶然にも僕は、レヴェズの意識面を浮動している、異様な怪物を発見したのだ。ああ、僕はステーリングじゃないがね。心像は一つの群であり、またそれには自由可動性あり――と云ったのは至言だと思うよ。何故なら、そのレヴェズの一語には、あの男の心深くに秘められていた一つの観念が、実に鮮かな分裂をして現われたからなんだ。いいかね支倉君、最初KOと数型式（ナムバア・フオムス）を泛べてから、レヴェズは三叉箭の事をBohr（ボール）と云い、心中地精（コボルト）を意識しているのを明かにした。また、それから蕪青（ルーベ）と云う語（ことば）を使ったのだが、それには重大な意義が潜んでいた。と云うのは、地精（コボルト）に誘導されて、必ず聯想しなければならない、一つの秘密がレヴェズの脳裡にあったからだ。で、試しに一つ、三叉箭（ボール）と蕪青（ルーベ）とを合わせて見給え。すると、格子底机（ボールドルーベ）――。ああ、僕の頭は狂っているのだろうか。実は、その机と云うのが、伸子の室にあるのだがね」

地精（コボルト）の札――今や事件の終局が、その一点にかけられている。もし、法水の推断が真実であるならば、あの溌剌たる娘は、ファウスト博士に擬せられなければならない。それから、伸子の室に行くまでの廊下が、三人にとると、どんなに長い事だったろうか。然し、法水は古代時計室の前まで来ると、何を思ったか、不意に立ち止った。そして、伸子の室の調査を私服に任せて、押鐘夫人津多子を呼ぶように命じた。

「冗談じゃない。津多子を鎖（と）じ込めた文字盤に、暗号でもあるのなら別だがね。然し、あの女の訊問なら後でもいいだろう」と熊城は、不同意らしい辛々（いらいら）した口調で云うのだった。

「いや、あの廻転琴時計（オルゴール）を見るのさ。実は、妙な憑着が一つあってね。それが、僕を狂気みたいにしているのだよ」とキッパリ云い切って、他の二人を面喰わせてしまった。法水の電波楽器（マルティノ）のような微妙な神経は、触れるものさえあれば、立ち所に、類推の華弁となって開いてしまうのだ。それ故、一見無軌道のように見えても、さて蓋が明けられると、それが有力な連字符ともなり、或は、事件の前途に、全然未知の輝かしい光が投射される場合が多いのであった。

そこへ、壁に手を支えながら、津多子夫人が現われた。彼女は大正の中期——殊にメーテルリンクの象徴悲劇などで名を謳われただけあって、四十を一、二越えていても、その情操の豊かさは、青磁色の眼隈に、肌を包んでいる陶器のような光りに、嘗て舞台に於けるメリサンドの面影が髣髴となるのであった。しかも、夫押鐘博士との精神生活が、彼女に諦観的な深さを加えた事も勿論であろう。然し、法水はこの典雅な婦人に対して、劈頭から些かも仮借せず、峻烈な態度に出た。

「所で、最初から斯んな事を申し上げるのは、勿論無躾至極な話でしょう。然し、この館の人達の言を借りると、貴女の事を人形使いと呼ばなければならないのですよ。所が、その人形と糸ですが、事件の劈頭には、それがテレーズの人形にありました。そして、またその悪の源は、永生輪廻の形で繰り返されて行ったのです。ですから夫人、僕には、貴女に当時の状況をお訊ねして、相変らず鬼談的な運命論を伺う必要はないのですよ」

冒頭に津多子は、全然予期してもいなかった言葉を聴いたので、そのすんなりした青白い身体が、急に硬ばったように思われ、ゴクンと音あらく唾を嚥み込んだ。法水は続けて、その薄気味悪い追求を休めなかった。

「勿論、貴女があの夕六時頃に、御夫君の博士に電話を掛けられたと云う事も、また、その直後奇怪至極にも、貴女の姿がお室から消えてしまったと云う事も、僕には既から判っているのですからね」

「それでは、何をお訊ねになりたいのです。この古代時計室には、私が昏睡されて鎖じ込められていたのですわ。しかも、あの夜八時二十分頃には、田郷さんが、この扉の文字盤をお廻しになったと云うそうじゃ御座いませんか」と顔面を微かに怒張させて、津多子は稍々反抗気味に問い返した。すると、法水は鉄柵扉から背を放して、凝然と相手の顔を見入りながら、正に狂ったのではないかと思われるような事を云い放った。

「いや、僕の懸念と云うのは、決してこの扉の外ではなく、却って内部にあったのですよ。貴女は、中央にある廻転琴附きの人形時計を——。また、その童子人形の右手が、シャヴィエル上人の遺物筐になっていて、報時の際に、鐘を打つ事も御存知でいらっしゃいましょう。所が、あの夜九時になって、シャヴィエル上人の右手が振り下されると、同時にこの鉄扉が、人手もないのに開かれたのでしたね」

二、光と色と音——それが闇に没し去ったとき

ああ、シャヴィエル上人の手！　それがこの、二重の鍵に鎖された扉を開いたとは…………。事実、法水の透視神経が微妙な放出を続けて、築き上げた高塔がこれだったのか。然し、検事も熊城も、痺れたような顔になって容易に言葉も出なかった。と云うのは、

これが果して法水の神技であるにしても、到底その儘を鵜呑みに出来なかったほど——寧ろ狂気に近い仮説だったからである。津多子はそれを聴くと、眩暈を感じたように倒れかかって、辛くも鉄柵扉で支えられた。が、その顔は死人のように蒼白く、彼女は、絶え入らんばかりに呼吸せきつつ、眼を伏せてしまった。法水もさもしてやったりと云う風に、会心の笑を泛べて、

「ですから夫人、あの夜の貴女は、妙に糸とか線とか云うものに運命附けられていたのですよ。然し、その方法となると、相変らず一年一日の如くで……。いやとにかく、僕の考えている事を実験してみますかな」

それから、符表と文字盤を覆うている、鉄製の函を開く鍵を、真斎から借りて、まず鉄函を開き、それから文字盤を、右に左にまた右に合わせると、扉が開かれた。すると、扉の裏側には、背面が露出している羅針儀式の機械装置が現われたが、それに法水は、表面では文字盤の周囲に当る、飾り突起に糸を捲き付け、その一端を固定させた。

「所で、この羅針儀式の特性が、貴女の詭計に最も重大な要素をなしているのです。と云うのは、この合わせ文字を、閉じる時の方向と逆に辿って行くと、三回の操作で閂が開く。また、それを反対に行うと、掛金が閂孔の中に入ってしまうのですからね。つまり、開く時の基点は閉ざす時の終点であり、また、閉じる時の基点は開く時の終点に相当する訳なのです。ですから、実行は至極単純で、要するに、その左右廻転を恰好に記録するものがあって、またそれに、文字盤の方へ逆に及ぼす力さえあれば……。そうす

れば、理論上鎖された門が開くと云う事になりましょう。勿論内部からでは、あの鉄函の鍵は問題ではないのですよ。で、その記録筒と云うのが、何あろう、あの廻転琴(オルゴール)なのでした」

と法水は、糸を人形時計の方へ引いて行って、観音開きを開き、その音色を弾く廻転筒を、報時装置に続いている引っ掛けから外した。そして、その円筒に無数と植え付けられている棘の一つに、糸の一端を結び付けて、それをピインと張らせ、さてそうしてから検事に云った。

「支倉君、君は外から文字盤を廻して、この符表通りに扉(ドア)を閉めてくれ給え」

すると、検事の手に依って文字盤が廻転して行くにつれて、廻転琴(オルゴール)の筒が廻り始めた。そして、右転から左転に移る所には、その切り返しが他の棘に引っ掛って、三回の操作が、そうして見事に記録されたのである。それが終ると、法水はその筒に、旧通(もとどお)り報時装置の引っ掛けを連続させた。それが、恰度八時に二十秒ほど前であった。機械部に連(つらな)った廻転筒は、ジィッと弾条(ぜんまい)の響を立てて、今行(おこな)ったとは反対の方向に廻り始める。その時片唾(かたず)を嚥んで見守っていた一同の眼に、明かな駭(おどろ)きの色が現われた。何故なら、その廻転につれて、文字盤が、左転右転を鮮かに繰り返して行くではないか。そうしているうちに、ジジイッと、機械部の弾条が物懶(ものう)げな音を立てると同時に、塔上の童子人形が右手を振り上げた。そして、カアンと鐘(チャペル)に撞木(しゅもく)が当る、とその時まさしく扉(ドア)の方角で、秒刻の音に入り混ざって明瞭(はっきり)と聴き取れたものがあった。ああ、再び扉(ドア)が開かれたのだった。一同はフゥと溜めていた息を吐き出したが、熊城は舌なめずりをして、法水の側に歩み寄った。

「なんて、君と云う人物は、不思議な男だろう」

然し法水は、それには見向きもせずに、既に観念の色を泛べている津多子の方を向いて、「ねえ夫人、つまり、この詭計の発因と云うのが、博士にかけられた貴女の電話にあったのですよ。然し、それを僕に濃く匂わせたのは、現に抱水クロラールを嗾まされているにも拘らず、貴女が、実に不可解な防温手段を施されていたと云う事なんです。あの、まるで木乃伊のように、毛布をクルクル捲き付けられていなければ、恐らく貴女は、数時間のうちに凍死していたでしょう。痲酔剤を嗾ませた、然し、殺害の意志がない――。そう云う解し切れない矛盾が、僕の懸念を濃厚にしたのでした。所で夫人、あの夜貴女がこの扉を開かれて、さてそれから何処へ行かれたものか、当ててみましょうか。一体、薬物室の酸化鉛の瓶の中には、何があったのでしょう。あの褪せ易い薬物の色を、依然鮮かに保たせていたのは……」

「ですけど」津多子はすっかり落着いていて、静かな重味のある声音で云った。「あの薬物室の扉が、私が参りましたときには、既に開かれて居りました。それに、抱水クロラールにも、その以前に手を付けたらしい形跡が残っていたのですわ。もう申し上げる必要は御座いませんでしょうが、あの酸化鉛の罎の中には、容器に蔵めた二瓦のラジウムが隠されてあったのです。それを私は、予て伯父から聴いて居りましたので、押鐘の病院経営を救うために、或る重大な決意を致さねばなりませんでした。そして、一月ほど前から、この館を離れずに――。ああ、その間、私には凡ゆる意味での、視線が注がれました。然し、それさえもじっと耐えて、私は絶えず、実行の機会を狙っていたので御座います。ですから、私がこの室で試みました一切のものは、無論愚かな防衛策なので御座います。もしも、ラジウムの紛失が気付かれた際に、その場合仮空の犯人を、一人作る積りだったのでした。どうか法水さん、あのラジウムをお取り戻しなすって――先刻押鐘が持ち帰りましたのですから。けれども、この点だけは断言致しますわ。如何にも、私は盗んだに相違ないのですが、然し、私の犯行と同時に起った殺人事件には、絶対関係が御座いませんのですから」

　津多子夫人の告白を聴いて、法水は暫く黙考していたが、ただもう暫く、この館に止るよう命じたのみで、そのまま彼女を戻してしまった。それに、熊城が不服らしい素振りを見せると、法水は静かに云った。

「成程、あの津多子という女は、時間的に頗る不幸な暗合を持っている。けれども、ダンネベルグ事件以外には、あの女の顔が何処にも現われてはいないのだよ。然し熊城君、実を云うと、あの電話一つに、もっともっと深い疑義があるのではないかと思うよ。とにかく、久我鎮子の身分と押鐘博士を、至急洗い上げるように命じてくれ給え」

　そこへ、法水の予測が的中したと云う報知が、私服から齎されて、果せるかな地精の札が、伸子の室にある格子底机の抽斗から発見されたのだった。そこで法水等は、伸子を引き立てて来たと云う、旧の室に戻る事になった。扉を開くと、嗚咽の声が聞える。伸子は、両手で覆うた顔を卓上に伏せて、頻りと肩を顫わせていた。熊城は、毒々しい口調を、彼女の背後から吐きかけるのだった。

「君の名が点鬼簿から消されていたのも、僅か四時間だけの間さ。だが、今度は虹も出ないし、君も踊る訳には往かんだろう」

「いいえ」と伸子は、キッと顔を振り向けたが、満面には滴らんばかりの膏汗だった。「あの札は何時の間にか、抽斗の中に突っ込まれてあったのですわ。私は、それをレヴェズ様にだけお話し致しました。ですから屹度あの方が、それを貴方がたに密告したに相違御座いませんわ」

「いや、あのレヴェズと云う人物には、今どき珍らしい騎士的精神があるのですよ」と静かに云いながら、法水は怪訝そうに相手の顔を瞶めていたが、「然し、本当の事を云うんですよ。伸子さん、あの札は一体誰が書いたのですか」

「私、存——存じません」と伸子は、救いを求めるような視線を法水の顔に向けたが、その時、彼女の発汗が益々甚しくなって、舌が異様にもつれ、正確に発音する事さえ出来なくなってしまった。その——犯人伸子の窮境には、思わず熊城を微笑ましめたものがあった。所が、法水は宛がら冷静そのもののような態度で、やや暫し、伸子の額に視線を降り注ぎ、顳顬に脈打っている、縄のような血管を瞶めていた。が、不図額の汗を指で掬い取ると、彼の眉がピンと跳上って、

「こりゃいかん。解毒剤をすぐ！」と、この状況に予想もし得ない意外な言葉を吐いた。そして、咄嗟の逆転に何が何やら判らず、ひたすら狼狽し切っている熊城等を追い立てて、伸子の身体を愴惶(そうこう)と運び出させてしまった。

「あの発汗を見ると、多分ピロカルピンの中毒だろうよ」と暫時(しばらく)こまねいていた腕を解いて、法水は検事を見た。が、その顔には、まざまざと恐怖の色が泛んでいた。「とにかく、あの女が、地精(コボルト)の札を僕等が発見したのを、知る気遣いはないのだから、勿論自殺の目的で嚥んだのではない。いや、たしかに嚥まされたんだよ。それも、決して殺す積りではなく、あの迷濛状態を僕等の心理に向けて、伸子に三度目の不運を齎(もたら)そうとしたに違いないのだ。ねえ支倉君、それが三段論法の前提となるのも知らずに、或るものを非論理的だと断ずる事は出来まい。すると、伸子とピロカルピン——つまりその前提としてだ。まず、壁を抜き床を透かしてまで、僕等の帷幕(いばく)の内容を知り得る方法がなけりゃならん訳だ。ああ、実に恐ろしい事じゃないか。先刻(さっき)この室で交した会話が、ファウスト博士には既に筒(とう)抜けなんだぜ」

事実全く、この事件の犯人には、仮象を実在に強制する、不可思議な力があるのかも知れない。熊城は、最早我慢がならないように息を呑んだが、

「然し、今日の伸子には、感謝してもいいだろうと思うよ。実は、先刻(さっき)僕の部下が、伸子の室を捜(さぐ)っている間に、あの女は、クリヴォフの室でお茶を飲んでいたのだ。所が、その席上に居合せた人物と云うのが、動機の五芒星円(ペンタグラムマ)から、しっくりと離れられない連

中ばかりなんだ。どうだ法水君、曰く最初が旗太郎さ。それから、レヴェズ、セレナ……。あの頭中繃帯しているクリヴォフだっても、その時は寝台の上に起き上っていたと云うんだからね」と熊城が吐いた内容には、この場合、誰しも打たれずにはいなかったであろう。何故なら、それに依って、犯人の範囲が明確に限定されて、従来(これまで)の紛糾混乱が、一斉に統一された観がしたからだった。そこへ、検事が頗る(すこぶる)思い付きな提議をした。

「所で僕は、これが唯一の機会(チャンス)だと思うのだよ。つまり、犯人がピロカルピンを手に入れた――その経路を明瞭(はっきり)させる事なんだ。もし、それが津多子ならば、十分押鐘博士を通じて――と云う事も云えるだろう。けれども、それ以外の人物だとすると、まずその出所が、この館の薬物室以外には想像されないと思うのだがね。だから法水君、僕はホップスじゃないが、もう一度薬物室を調べてみたら、或は犯人の、戦闘状態(ステート・オブ・フオア)が判りやしないかと思うんだ」

この検事の提議に依って、再び薬物室の調査が開始された。然し、其処(そこ)にはピロカルピンの薬罎はあっても、それには何処(どこ)ぞと云って、手を付けたらしい形跡はなかった。従って、減量は云う迄もない事だが、何より最初から、一度も使った事がないと見えて、全体が厚い埃を冠っていた。そして、薬品棚の奥深くに埋もれているのだった。法水は一端失望の色を泛べたけれども、突然彼に、莨(たばこ)を捨てさせてまで叫ばせたものがあった。

「そうだ支倉君、余り君の署名(サイン)が鮮(あざ)かだったものだから、それに眼が眩(くら)んで、僕は些細な事までもうっかりしていたよ。強ち(あながち)ピロカルピンの所在は、この薬物室のみに限らんのだ。元来あの成分と云うのが、ヤポランジイの葉の中に含まれているんだからね。サア、これから温室へ行こう。もしかしたら、最近其処へ出入した人物の名が、判るかも知れないから……」

　法水が目指したところの温室と云うのは、裏庭の蔬菜園の後方にあって、その側には、動物小屋と鳥禽舎とが列んでいた。扉を開くと、噎とするような暖気が襲って来て、それは熱に熟れた、様々な花粉の香りが――妙に官能を唆るような、一種名状しようのない媚臭で、鼻孔を塞いで来るのだった。入口には、如何にも前史的なヤニ羊歯が二基あって、その大きな垂葉を潜って凝固土の上に下りると、前面には、熱帯植物特有の――たっぷり樹液でも含んでいそうな青黒い葉が、重たそうに繁り冠さり合い、その葉陰の所々に、臙脂や藤紫の斑が点綴されていた。然し、間もなく灯の中へ、一寸馬蓼に似た、見なれない形の葉が現われて、それを法水はヤポランジイだと云った。所が、調査の結果は、果して彼の云うが如く、その茎には六個所ほど、最近に葉をもぎ取ったらしい疵跡が残されていた。すると、法水は眉間を狭めて、見る見るその顔に危惧の色が波打って来た。

「ねえ支倉君、六引く一は五だろう。その五には毒殺的効果があるのだよ。然し、いまの伸子の場合には、六枚の葉全部が必要ではなかったのだ。つまり、十分〇・〇一位を含んでいる一枚だけで、あの程度の発汗と発音の不正確を起す事が出来るのだからね。すると、犯人が未だ握っている筈の五枚――。その残りに、僕は犯人の戦闘状態を見たような気がするのだよ」

「ああ、何と云う怖ろしい奴だろう」と神経的な瞬(また)きをして、熊城も心持顫えを帯びた声で云った。「僕は毒物と云うものの使途に、これまで陰険なものがあろうとは思わなかったよ。どうして、あの冷血無比なファウスト博士でなけりゃ、残忍にも、これほど酷烈な転課手段を編み出せるもんか」

検事は側(かたわら)を振り向いて、一行を案内した園芸師に訊ねた。「最近に誰か、この温室に出入りした者があったかね」

「い、いいえ、この一月ばかりは誰方(どなた)も……」とその老人は、眼を瞠(みは)って吃(ども)ったが、検事を満足させるような回答を与えなかった。それに法水は、押し付けるような無気味な声音で追求した。

「オイ、本当の事を云うんだ。広間(サロン)にある藤花蘭(デンドロビウム・ティルシフロルム)の色合せは、ありゃ、たしか君の芸じゃあるまいね」

この専門的な質問は、直ちに驚くべき効果を齎(もたら)した。まるで老園芸師は、宛(あた)かもそれ自身が弓の弦ででもあるかのように、法水の一打で思わず口にしてしまったものがあった。

「然し、傭人と云う私の立場も、十分お察し願いたいと思いまして」と訴えるような眼で、憐憫(あわれみ)を乞うような前提を置いてから、怯(お)ず怯ず二人の名を挙げた。「最初は、あの怖ろしい出来事が起りました当日の午後で御座いましたが、その時旗太郎様が珍らしくお見えになりました。それから、昨日はセレナ様が……あの方は、この乱咲蘭（カテリア・モシエ）を大層お好みで御座いまして。ですが、このヤポランジイの葉だけは、仰有（おつしや）られるまで一向に気が附きませんでした」

矮樹（わいじゅ）ヤポランジイの枝に、二つの花が咲いた。即ち、最も嫌疑の稀薄だった、旗太郎とセレナ夫人にも、一応はファウスト博士の、黒い道士服を想像しなければならず、従ってあの血みどろの行列は、新しい二人を加えることになってしまった。斯うして、事件の二日目は、正に奇矯変態の極至とも云うべき謎の続出で、恐らくその日が、事件中紛糾混乱の絶頂と思われた。のみならず、関係人物の全部が、嫌疑者と目されるに至ったので、その集束が何時（いつ）の日やら涯（はて）しもなく、ただただ犯人の、迷路的頭脳に翻弄されるのみだった。

その二日後——恰度その日は黒死館で、年一回の公開演奏会が開催される当日であったが、検事と熊城は、法水の二日に亘る検討の結果を期待して、再び会議を開いた。それが、古めかしい地方裁判所の旧館で、時刻は既に三時を廻っていた。然し、その日の法水には、見るからに凄愴な気力が漲（みなぎ）っていた。既に一つの、結論に達したのではないかと思われたほど、顔は微（かす）かに熱ばんで、その紅潮には動的（ダイナミック）なものが顫えている。法水は軽く口をしめしてから、切り出した。

「ところで僕は、一々事象を挙げて、それを分類的に説明して行く事にする。それで、最初はこの靴跡なんだが……」と卓上に載せてある二つの石膏型を取り上げた。「勿論これに、くどくどしい説明は要(い)るまいけれど、まず最初が、小さい方の純護謨製(ピュアラバー)の園芸靴――だ。これは、元来易介の常用品で、園芸倉庫から発して、乾板の破片との間を往復している。ところが、その歩行線を見ると、形状(かたち)の大きさに比べると、非常に歩幅が狭く、しかも全体が、電光形(ジグザグ)に運ばれているのだ。また、その上足型自身にも、僕等の想像を超絶しているような、疑問が含まれている。だって考えて見給え、易介みたいな侏儒(こびと)の足に合うような靴で、その横幅が、一々異なっているじゃないか。その上、爪先の印像を中央の部分に比較すると、均衡上幾分小さいように思われるのだ。おまけに、後踵部(こうしょうぶ)に重点があったと見えて、その部分には、特に力を加えたらしい跡が残されている……。それから、もう一つの套靴(オヴァ・シュース)の方は、本館の右端にある出入扉(ドア)から始まっていて、中央の張出間(アプス)を弓形に添い、やはりそれも、乾板の破片との間を往復しているのだ。然しその方は、稍々(やや)靴の形状に比較して小刻みだと云うのみで、歩線も至って整然としている。そして、疑問と云うのは、却って靴型の方にあったのだ。つまり、爪先と踵と両端がグッと窪んでいて、しかも、内側に偏曲した内翻(ないほん)の形を示している。また更に、それが中央へ行くに従い、浅くなっているのだ。勿論、乾板の破片を挟んでいるのだから、その二条の靴跡が何を目的としたか――それは既に、明かだと云って差支えないだろう。しかも、それが時間的にも、あの夜雨が降り止んだ、十一時半以後である事が証明されているし、また、一個所套靴(オヴァ・シュース)の方が園芸靴を踏んでいて、二人がその場所に辿り付いた前後も、明かにされているのだ。ところが、仮令(たとえ)これだけの疑題(クエスチョネーア)を提供されても、その結論に至って、僕等は些かもまごつくところはないのだよ。実際家の熊城君なんぞは既(とう)に気が付いているだろうが、その二つの足型を採証的に解釈してみると、大男のレヴェズは履く套靴(オヴァ・シューズ)の方には、更により以上魁偉(かいい)な巨人が想像され、また、侏儒の園芸靴を履いた主は、寧(むし)ろ易介以下の、リリプト人か豆左衛門でなければならないからだ。云う迄もなく、そう云う人体形成の理法を無視しているようなものが、真逆(まさか)この人間世界に、有り得ようとは思われないだろう。勿論、自分の足型を覆い隠そうとしての奸策で、それには、容易ならぬ詭計が潜んでいるに違いないのだ。そこで、まず順序として、あの夜その時刻頃、裏庭へ行ったと云う易介が、抑々(そもそも)二つの孰(いず)れであるか——それを第一に、決定する必要があると思うのだよ」

　と異常に熱して来た空気の中で、法水の解析神経がズキズキ脈打ち出した。そして、靴型の疑問に縦横の刀(メス)を加えるのだった。

「ところが、その真相と云うのが、判って見ると、頗(すこぶ)る悪魔的な冗談なんだよ。驚くじゃないか。巨漢レヴェズの套靴(オヴァ・シューズ)を履いたのが、却って、その半分もあるまいと思われる、矮小(わいしょう)な人物なんだ。それから、次にあのスウィッフト（「ガリバー旅行記」の作者）的な園芸靴だが、その方は、まずレヴェズ程ではないだろうが、とにかく、常人とさして変らぬ、体軀の者に相違ないのだ。そこで、僕の推定を言うと、まず套靴(オヴァ・シューズ)の方に、易介を当ててみたのだが、どうだろうね。ねえ熊城君、たしかあの男は、拱廊にあった具足の鞠沓(まりぐつ)を履いて、その上に、レヴェズの套靴(オヴァ・シューズ)を無理やり嵌(は)め込んだに違いないのだ」

「明察だ。如何にも、易介はダンネベルグ事件の共犯者なんだ。あの行為の目的は、云わずと知れた毒入り洋橙(オレンジ)の授受であったに相違ない。それを、あれほど明白な結合動作(コンビネーション)を――。今の今まで、君の迂余曲折的な神経が妨げていたんだぜ」と熊城は傲然と云い放って、自説と法水の推定が、遂に一致したのをほくそ笑むのだった。然し、法水は弾(はじ)き返すように嗤(わら)った。

「冗談じゃない。どうして、あのファウスト博士に、そんな小悪魔(ポルターガイスト)が必要なもんか。やはり、悪鬼の陰険な戦術なんだよ。で、仮令(たとえ)ば家族の中に、一人冷酷無残な人物があったとしよう。そして、その一人が黒死館中の忌怖(きふ)の的であったばかりでなく、事実に於ても、易介を殺したのだと仮定しよう。所が易介は、あの夜ダンネベルグ夫人に、附き添っていたのだからね。その一事が、到底避けられない、先入主になってしまうのだよ。だから、仮令(たとえば)その人物のために、巧みに導かれて、あの乾板の破片があった場所に行き、しかもその翌日殺されたにしてもだ。当然、易介は共犯者と目されるに違いないのだ。そして、主犯の見当がその一人にではなく、寧ろ易介と親しかった圏内に落ちるのが、当然だと云わなければならんだろう。それから、園芸靴の方には、一端は消えた筈だった、クリヴォフ夫人の顔が、また現われているのだがね。ああ、そのクリヴォフなんだよ。問題はあのコーカサス猶太(ジュウ)人の足にあったのだ。ところで熊城君、君は、ババンスキイ痛点と云う言葉を知っているかね。それは、クリヴォフ夫人のような、初期の脊髄痨患者によく見る徴候で、後踵部に現われる痛点を指して云うのだよ。しかも、それを重圧すると、恐らく歩行には耐えられまいと思われる程の疼痛を覚えるんだが……」

然し、その一言に武具室の惨劇を思い合わせれば、まず狂気の沙汰としか信じられないのだった。熊城は吃驚して眼を円くしたが、それを検事が抑えて、

「勿論偶発的なものには違いないだろうが、然し、僕等の肝臓に変調を来たしていない限りだ。たしか、あの園芸靴には、重点が後踵部にあった筈だったがね。とにかく法水君、問題を童話から、他の方に転じて貰おう」

「そうは云うがね、あのファウスト博士は、アベルスの『犯罪現象学』にもない新手法を発見したのだよ。もしあの園芸靴を、逆さに履いたのだとしたら、どうなんだろう」と法水は、皮肉な微笑を返して云った。「尤も、あれが純護謨製の長靴だからこそ可能な話なんだが、然し、その方法はと云っても、爪先を靴の踵に入れるばかりではない。つまり、踵の足型の中へ全部入れずに、幾分持ち上げ気味にして、爪先で靴の踵の部分を強く押しながら歩くのだよ、そうすると、踵の下になった靴の皮が自然二つに折れて、恰度支い物を当がったような恰好になる。従って、靴の踵に加えた力が直接爪先の上には落ちずに、幾分其処から下った辺りに加わるだろうからね。如何にも、足の矮小なものが、大きな靴を履いたような形跡が現われるのだ。のみならず、それが弛んだ弾条のように不規則な弾縮をするから、その都度に、加わって来る力が異なると云う訳だろう。従って、どの靴跡にも、一々僅かながらも差異が現われて来るのだ。する

と、右足に左靴、左足に右靴を履く事になるから、歩線の往路が復路となり復路が往路となって、凡(すべ)てが逆転してしまうのだよ。その証拠と云うのは、乾板のある場所で廻転した際と、枯芝を跨(また)ぎ越した時と——その二つの場合に、利足(ききあし)がどっちの足か吟味(ぎんみ)してみるんだ。そうしてみたら、この差数が明確に算出されて来るじゃないか。で、そうなると支倉君、どうしてもクリヴォフ夫人が、この詭計を使わねばならなかった——と云う意味が明瞭(はっき)りするだろう。それは単に、あの偽装足跡を残すばかりではなかったのだ。何より、最も弱点であるところの踵を保護して、自分の顔を足跡から消してしまうにあったのだよ。そして、その行動の秘密と云うのが、あの乾板の破片にあった——と僕は結論したいのだ」

熊城は莨を口から放して、驚いた様に法水の顔を瞶(みつ)めていた。が、やがて軽い吐息をついて、「成程……。然し、ファウスト博士の本体は、武具室のクリヴォフ以外にはない筈だぜ。もし、それを証明出来ないのだったら、いっそのこと、君の嬉戯(スポルト)的な散策は、止めにして呉れ給え」

それを聴くと、法水は押収して来た火術弩を取り上げて、その本弭(もとはじ)（弓の末端）の部分を強く卓上に叩き付けた。すると意外にも、その弦の中から、白い粉末がこぼれ出たのであった。法水は、唖然となった二人を尻眼に語り始めた。

「やはり、犯人は僕等を欺かなかったのだ。この燃えたラミイの粉末が、取りも直さず、あの、火神よ燃えたけれ(サマランダー・ソール・グルーヘン)——なんだよ。ラミイ——それをトリウムとセリウムの溶液に浸せば、灯火瓦斯（ガス）のマントル材料になるし、その繊維は強靭な代りに、些細な熱にも変化し易いのだ。実は、その繊維の撚（よ）ったものを、二本甘瓢（かんぴょう）形∪∩に組んで、犯人は弦の中に隠して置いたのだよ。ところで、よく無意識に子供などがやる力学的な問題だが、元来弓と云うものは、弦を縮めてそれを瞬間弛めたにしても、通例引き絞って、発射したと同様の効果があるのだ。つまり犯人は、予（あらかじ）め弦の長さよりも短いラミイ――それも長さの異なる二本を使って、その最も短い一本で、その長さまでに弦を縮めたのだ。無論外見上も、撚目（よりめ）を最極まで固くすれば、不審な点は万々にも、残らないだろうと思うのだがね。そして、そこへ犯人が、あの窓から招き寄せたものがあったのだ」

「然し、火精（サラマンダー）ではあの虹が……」と検事は、眩惑されたように叫んだ。

「うん、その、火精（サラマンダー）だが……嘗（かつ）て、水罎に日光を通すと云う技巧を、ルブランが用いた。けれども、その手法は、既（とう）に、リッテルハウスの、『偶発的犯罪に就いて（ユーベル・デイ・ナツエルリヒエン・フエルブレヒエン）』の中に、述べられてある。然し、この場合は、その水罎に当るものが、窓硝子（ガラス）の焼泡（しょうほう）にあったのだよ。つまり、それがあの上下窓の中で、内側のものの上方にあって、一旦其処へ集まった太陽の光線が、外側の窓枠にある刳（く）り飾り――知っているだろうが、錫張（すずば）りの盃形をしたものに集中したのだ。従って、そこから弦の間近に焦点が作られるので、当然壁の石面に熱が起らねばならない。そして、弦には異常はなくても、まず変化し易いラミイの方に、組織が破壊されるのだ。ところが、そこに、犯人の絶讃的な技巧があったのだよ。と言うのは、二本のラミイの長さを異にさせた事と、また、それを弦の中で甘瓢形に組み、その交叉している点を弦の最下端——つまり、弓の本弭の近くに置いたと云う事なんだ。すると、最初に焦点が、その交叉点より稍々下方に落ちて、まず弦より稍々短い一本が切断される。そうすると、幾分弦が弛むだろうから、その反動で撚目が釘から外れ、従って弩が壁から開いて、当然そこに角度が作られなければならない。それから、太陽の動きにつれて焦点が上方に移ると、今度は弦を、その長さまでに縮めた最後の一本が切断される。そこで、箭が発射されて、その反動で弩が床の上に落ちたのだよ。勿論床に衝突した際に、把手が発射された位置に変ったのだろうけれど、元来把手に依る発射ではなく、また、ラミイの変質した粉末も、遂に弦の中から流れる事がなかったのだ。ああクリヴォフ——あのコーカサス猶太人は、たしかグリーン家のアダの故智を学んだのだ。然し、最初は恐らく、脊中椅子に当てる位の所だったろう。所が、その結果偶然にも、あの空中曲芸を生んでしまったのだ」

　まさに法水の独擅場だった。然し、それには一点の疑義が残されていて、それを透かさず検事が衝いた。

「成程、君の理論には陶酔する。また、それが現実にも実証されている。然し、到底それだけでは、クリヴォフに対する刑法的意義が十分ではないのだ。要するに、問題と云うのは、その二重の反射に必要な窓の位置にあるのだよ。つまり、クリヴォフか伸子か——その何っちかの道徳的感情にある訳じゃないか」

「それでは、伸子の演奏中に、幽霊的な倍音を起させたのは……。事実支倉君、あの間に、鐘楼から尖塔へ行く、鉄梯子を上った者があったのだ。そして、中途にある、十二宮の円華窓に細工して、あの楽玻離めいた、裂罅を塞いでしまったのだよ」と法水は峻烈な表情をして、再び二人の意表に出た。ああ、黒死館事件最大の神秘と目されていた——あの倍音の謎は解けたのだろうか。法水は続けた。「然し、その方法となると、一つの射影的な観察があるに過ぎない。つまり、鐘楼の頭上には円孔が一つ空いていて、その上が巨きな円筒となり、その左右の両端が十二宮の円華窓になっている。その円筒の理論を、オルガンの管にさえ移せばいいのだよ。何故なら、両端が開いている管の一端が閉じられると、そこに一音階上の音が、発せられるからなんだ。然し、それ以前に犯人は、鐘楼の廻廊にも現われていた。そして、風精の紙片を貼り付けた——三つあるうちの中央の扉を、秘そりと閉めたのだったよ。何故なら支倉君、君はレイリー卿が、この世には生物の棲めない音響の世界がある——と云った言葉を知っているかね」

「なに、生物の棲めない音響の世界⁉」と検事は眼を円くして叫んだ。

「そうなんだ。それが、実に悽愴を極めた光景なんだよ。つまり僕は、鐘鳴器特有の唸りの世界を指して云うのだ」と法水は、押し迫るような不気味な声音で云った。「そうすると、自然問題が、中央の扉を何故閉めなければならなかったかと云う点に起って来る。然し、その扉のある一帯が楕円形の壁面をなしていて、それには、音響学上凹面鏡に似た性能を含んでいるからなんだ。つまり、所謂死点とは反対に、鐘鳴器特有の唸りを一点に集注する——。言葉を換えて云うと、その壁面と云うのが、鍵盤の前にいる伸子の耳を焦点とする位置にあったからなんだよ。しかも、伸子を倒し、また、廻転椅子にも疑問を止めた原因と云うのは、その激烈な唸りに加えて、もう一つ、伸子の内耳にもあったのだ。事実先刻の陳述は、それを語り尽して余す所がなかったのだよ」

「冗談じゃない。あの女は、右の方に倒れたのを記憶していると云っているぜ。然し、当時の伸子の姿勢は、左の方へ廻転した跡を残しているのだ」と熊城が聴き咎めると、法水は徐（おもむ）ろに莨に火を点じてから、相手に微笑を投げた。

「ところが熊城君、ヘガール（独逸の犯罪精神病学者、バーデンの国立病院医員）の類例集の中には、四つ角で衝突したヒステリー患者が、その側を反対に陳述したと云う報告が載っている。事実その通りで、発作中にうけた感覚は、その反対の側に現われるものなんだよ。然し、この場合問題と云うのは、決してその一つばかりではない。もう一つ、やはり発作中には、聴覚が一方の耳に偏してしまう――と云う徴候にもあったのだ。そして、伸子にはそれが右の耳にあったので、扉（ドア）を鎖された瞬間起ったあの猛烈な唸り――。殆んど音が意識出来ないほど、寧（むし）ろ器官の限度を超絶したものが襲い掛って来て、それが内耳に、燃え上るような焮衝（きんしょう）を起したのだよ。つまり、人工的に迷路震蕩症を企んだと云う訳で、勿論その結果、全身の均衡が失われた事は云う迄もないのだ。そこで、熱と右の耳は左へ――と云うヘルムホルツの定則通りに、忽ち全身が捻れて行ったのだよ。そして、廻転が極限まで詰まっている椅子の上で、その儘左に傾きながら倒れて行ったのだ。然し、それが判った所で、決して犯人が指摘されるものではなく、寧ろ伸子の無辜を明かにしたに過ぎない。いや、唯単に、伸子を倒した最後の止めを詳しくしたのみで、依然として犯人の顔は、鐘鳴器室の疑問の中に隠されている。そして、問題が室の内部を離れて、今度は、廊下と鉄梯子に移ってしまったのだよ。然し、斯うして伸子が犯人でないとすると、武具室の凡ゆる状況が、クリヴォフに傾注されて行く――それも、蓋し止むを得んだろうがね」

　斯うして、分析したものが一点に綜合されるや、それが検事と熊城を、瞬間眩惑の渦中に投げ入れてしまった。然し、その間熊城は、さも落ち着かんとするもののように、黙然と莨を喫らしていたが、ややあってから悲し気に云った。

「然し法水君、どの場面でもクリヴォフの不在証明は、到底打破し難いものなのだよ。どうしてもメースンの『矢の家』みたいに、坑道でも発見されない限り、この事件の解決は結局不可能のような気がするんだ」

「それでは熊城君」と法水は満足そうに頷いて、衣袋の中から、例のディグスビイの、奇文を記した紙片を取り出した。すると、そこに何事か異常なものが予期されて来て、二人の顔に、半ば怯々とした生色が這い上って行った。法水は静かに云った。

「実を云うと、ディグスビイの秘密記法も、既にあの大階段の裏――だけで尽きていて、この奇文の中にある、告白と呪咀の意志を、示すに止まっていると考えられていた。所が、故意に文法を無視したり冠詞のない点を考えると、そこから秘密記法の、おぞましい香気が触れて来るように思われた。ねえ熊城君、一つの暗号からまた新しいものが現われる――それを子持ち暗号と云って、恰度この二つの文章が、それに当るのだよ。所で、くどくどしい苦心談は、抜きにして、早速解読法を述べる事にしよう。元来、暗号とは一見似てもつかぬ、二つの奇文のように見えるが、そのうち、最初の短文の頭文字だけを、列ねたものが暗号語なんだ。また、その鍵は、もう一つの創世記めいた、文章の中に隠されてあったのだよ。然し、僕も最初は、誤った観察をしていた。あれはqlikjyikkkjubiと、全部で十四文字になる。すると、二文字を一字とすれば、七文字の単語が出来上って、ikと続いた部分が二個所もあるのだから、それがeとかsとかの利字を暗示するように思われる。けれども、単語一つでは、恐らく意味をなさぬだろうと思って、間もなくその考えを捨ててしまった。

そこで、次に僕は、その全句を二つ乃至三つの小節に分けようと試みたのだ。そして、それには訳もなく成功する事が出来たのだよ。何故なら、中央にKが三つ並んでいる部分があるだろう。その二番目と三番目との間を截ち割れば、当然二つの小節に、不自然でなく分ける事が出来るからなんだ。ねえ熊城君、同じ文字が三つ続くなんて、そんな道理が決してあろう気遣はないし、また、重複った文字から始まる単語と云うのは、ホンの数える程しかないからだよ。で、そうしてから……」

とディグスビイが書き残した不思議な文章の一句一句に、法水は次のような番号を付けて行った。

エホバ神は半陰陽なりき。始めに自らいとなみて双生児を生み給えり。最初に胎より出でしは女にして[1]エバと名付け、次なるは男にして[2]アダムと名付けたり。然るに、アダムは陽に向う時、臍より上[3]は陽に従いて背後に影をなせども、臍より下は陽に逆いて前方に影[4]を落せり。神此の不思議を見ていたく驚き、アダムを畏れて自らが子となし給いしも、エバは常人と異ならざれば婢となし、さて[5]エバといとなみしにエバ妊りて女児を生みて死せり。神その女児を下界に降して人[7]の母[6]となさしめ給いき。

「まず斯んな風にして、僕は此の文章を七節に分けてみたのだ。そして、各々の小節から、そこに潜んでいる解語の暗示を、探り出そうとしたのだった。ところで、文中の第一節だが、僕はこの句を人間創造と云う意味に解釈した。云わば凡ての物の創め——例えて言うと伊呂波のい、ＡＢＣのＡなのだ。それから第二節——これが一番重要な点なんだよ。ねえ熊城君、それが双生児を生み給えり——なんだろう。それで双生児と云えば、さしずめttとかffとかaeとか云うような、文字的な解釈を誰しも想像したくなるものだ。ところが、この場合は頗る表象的な意味があって、それが、母胎内に於ける双生児の形を指しているのだったよ。所で熊城君、大体双胎児と云うものが、母の子宮内でどんな恰好をしているか、恐らく知らぬ筈はないと思うがね。必ず一人が逆さになっていて、一人の頭ともう一人の足と云った具合で、つまり、恰度トランプの人物模様みたいに、頭尾相同じと云う恰好なんだよ。そこで、pとdとを抱き合せて見給え。アルファベットの中で、てっきり双生児の形が出来るじゃないか、そして、それに第一節の解釈を加えれば、当然pかdかその孰れかが、アルファベットのaの位置を占めるに違いないのだ。然し、まだそれだけでは、要するに別個の暗号を作るに過ぎないし、また、qとbでも同じようだけれど、それでは解答が、釘文字か波斯文字みたいになってしまうのだよ」

それから一息入れた体で、冷たくなった残りの紅茶を不味そうに流し入れてから、法水は一気に語り続けた。

「ところで、それが済んで第三節以降になると、初めてそこで、dとpとが区分されるのだ。つまり、最初に生れたのが女で次が男——なんだから、頭を下に向けているdがエバで、pがアダムに当る訳だろう。それから、第五節にある子と云う語と、七節の母と云う語を、各々に子音または母音と解釈するのだ。つまり、此処までの所では、dが母音pが子音の、各々冠頭を占める文字に当て嵌る事になるけれども、然し、第四節と第六節でもって、それを更に訂正しているのだ。

(作者より——。次の行から現われる暗号の説明が、幾分煩瑣に過ぎるかと思われますので、相互の識別を容易ならしむるために、暗号の部類に属する欧文活字を、ゴシック体で現わして置きました。どうかそのお積りで)

所で、第四節には臍と云う一字があるけれども、それを全体の中心と云う意味に解釈するのだ。つまり、Pを子音の首語であるbに当てて、bcdf……の下へpqrsと符合させて行くと、nに当るbが、pから最終のnまでの、何方（どっち）から数えても恰度中央に当る理窟になる――それが臍と云う一字に表象をなしているのだ。そうすると、第四節の前半には、臍から上の影は自然の形で背後に落ちる――とあるのだから、bからn――既ちpからbまでは、依然その儘で差し支えないのだ。けれども、続く後半になると、変化が起ってくる。

臍より下の影が、差してくる陽に逆（さから）って前方に投影すると云う文章の解釈は、影――既ちABC（アルファベット）の順序を、今度は逆にしろと云う暗示に相違ないのだ。そこで、前半の排列をその儘に進めて行けば、当然nの次のpに符合するのが、bの次のcになる順序だ。けれども、それを転倒させて、最終のzに当る筈のnを、pに当てるのだ。従って、pqrsに対してcdfg――とする所を、nmlk……と、尻から逆立ちにした形で符合させて行く。だから結局、子音の暗号が、次のような排列になってしまうのだよ。

bcdfghjklmnpqrstvwxyz
pqrstvwxyzbnmlkhgfdc

それから、続いて第六節では、エバ妊（みごも）りて女児を生む――と云う文章に意味がある。と云うのは、エバ即ちdの次の時代――つまりabcdと数えて、dの次のeを暗示しているのだ。そして、それに第七節の解釈を加えると、eが母音の首語aに当る事になるのだから、aeiouをeiouaと置き換えたものが、結局母音の暗号になってしまうのだ。そうすると、あの秘密記法(クリプトメニツェ)の全部が、crestless stone(クレストレッス・ストーン)――となる。それで、まず解読を終ったと云う訳さ」

「なに、クレストレッス・ストーン!?」と検事は思わず、頓狂な叫び声を立てた。

「そうなんだ、曰く紋章のない石――さ。君は、ダンネベルグ夫人が殺された室を見て、そこの壁爐が、紋章を刻み込んだ石で、築かれていたのに気が付かなかったかね」と法水はそう云って、出しかけた莨を再び函(ケース)の中に戻してしまった。その瞬間、凡ゆるものが静止したように思われた。

　遂に、黒死館事件の循環論の一隅が破られ、その鎖の輪の中で、法水の手がファウスト博士の心臓を握りしめてしまった――ああ閉幕(カーテン・フォール)。

　それが恰度六時の事で、戸外には何時(いつ)しか煙のような雨が降り始めていた。その夜黒死館には、年一回の公開演奏会が催されていて、毎年の例によれば、約二十人ほど音楽関係者が招待される事になっていた。会場はいつもの礼拝堂で、特にその夜に限り、臨時に設備された大装飾灯(シャンデリヤ)が天井に輝いているので、何時(いつ)か見た、微(かす)かにゆらぐ灯の中から、読経や風琴(オルガン)の音でも響いて来そうな――あの幽玄な雰囲気は、その夜何処へかけし飛んでしまったかのように思われた。

　けれども、その扇形をした穹窿(きゅうりゅう)の下には、依然中世的好尚が失われていなかった。楽人は悉(ことごと)く仮髪(かつら)を附け、それに眼が覚るような、朱色の衣裳を着ているのである。法水一行が着いた時は、曲目の第二が始まっていて、クリヴォフ夫人の作曲に係わる、変ロ調の竪琴（ハープ）と絃楽三重奏が、恰度第二楽章に入ったばかりの所だった。竪琴（ハープ）は伸子が弾いていて、その技量が、幾分他の三人——即ち、クリヴォフ、セレナ、旗太郎に劣る所は、云わば瑕瑾（かきん）と云えば瑕瑾だったろうけれども、しかし、それを吟味する余裕（ゆとり）もないのだった。と云うのは、色と音が妖しい幻のように、入りみだれている眼前の光景には、たった一目で、十分感覚を奪ってしまうものがあったからだ。下髪（さげお）の短いタレイラン式の仮髪に、シュッウィンゲン風を模した宮廷楽師（カペルマイスター）の衣裳。その色濃く響の高い絵には、その昔テムズ河上に於けるジョージ一世の音楽饗宴が——即ちバッハの、「水楽（ワッセル・ムジイク）」初演の夜が髣髴となって来るように、それはまさしく、燃え上らんばかりの幻であり、また眩惑の中にも、静かな追想を求めて止まない力があった。

法水一行は、最後の列に腰を下して、陶酔と安泰のうちにも、演奏会の終了を待ち構えていた。しかも、彼等のみならず、誰しもそうであったろうが、このように煌々と輝く大装飾灯の下では、まず如何（いか）なファウスト博士と雖（いえど）も、乗ずる隙は、万が一にもあるまいと信じられていた。所が、そのうち竪琴（ハープ）のグリッサンドが、夢の中の泡のように消えて行って、旗太郎の第一提琴が主題の旋律を弾き出すと、……その時、実に予想もされ得なかった出来事が起ったのである。突然聴衆の間から湧き起った、物凄じい激動と共に、舞台が薄気味悪い暗転を始めたのであった。

不意に装飾灯（シャンデリヤ）の灯が消えて、色と光と音が、一時に暗黒の中へ没し去った。と、恰度それと同時に、何者が発したものか、演奏台の上で異様な呻き声が起ったのである。続いて、ドカッと床に倒れるような響がしたかと思うと、投げ出されたらしい絃楽器が、弦と胴をけたたましく鳴らせながら、階段を転げ落ちて行った。そして、その音が暫く闇の中で顫えはためいていたが、杜絶えてしまうと、最早誰一人声を発する者もなく、堂内は云いしれぬ鬼気と沈黙とに包まれてしまった。

　呻吟と墜落の響――。たしか四人の演奏者の中で、そのうち一人が斃されたに相違ない。そう思いながら、法水が凝然と動悸を押えて耳を澄ましていると、何処かこの室の真近から、恰度瀬にせせらぐ水流のような、微かな音が聴えて来るのだった。と、その矢先、壇上の一角に闇が破られて、一本の燐寸の火が、階段を客席の方に降りて来た。それから、ほんの一瞬ではあったが、血が凍り息窒まるようなものが流れ始めた。然し、その光りが、妖怪めいたはためきをしながら、頻りと床上を摸索っている間でも、法水の眼だけはその上方に睜かれていて、鋭く壇上の空間に注がれていた。そして、闇の中に一つの人容を描いて、じいっと捉まえて放さない幻があったのだ。

　仮令犠牲者は誰であっても、その下手人は、オリガ・クリヴォフ以外にはない。しかも、あの皮肉な冷笑的な怪物は、法水を眼下に眺めているに拘らず、悠々と一場の惨鼻劇を演じ去ったのである。恐らく今度も、矛盾撞着が針袋のように覆うていて、あの畏懼と嘆賞の気持を、必ずや四度繰り返す事であろう。然し、擲弾の距離は次第に近附いて、既に法水は、相手の心動を聴き、樹皮のような中性的な体臭を嗅ぐまでに迫っているのだ。所が、その矢先——焔の尽きた熾(うずみび)が弓のように垂(しな)だれて、燐寸(マッチ)が指頭から放たれた。と、キアッと云う悲鳴が闇をつんざいて、それが伸子の声であるのも意識する余裕(ゆとり)がなく、法水の眼は、忽(たちま)ち床の一点に釘打けされてしまった。

見よ——そこには硫黄のように、薄(う)っすら輝き出した一幅の帯がある。そして、その下辺のあたりから、幾つとない火の玉が、チリチリ捲き縮んで行って、現われてはまた消えて行くのだった。然し、それに眼を止めた瞬間、法水の凡(あら)ゆる表情が静止してしまった。彼の眼前に現われた一つの驚くべきもの以外の世界は——座席の背長椅子(バルダシン)も、頭上に交錯している扇形の穹窿(きゅうりゅう)も、まるで嵐の森のように揺れ始めて、それ等がともども、彼の足元に開かれた無明の深淵の中へ墜ち込んで行くのだった。実に、その消え行く瞬間の光は、斜めに傾いで仮髪の隙から現われた、白い布の上に落ちたのである。それは擬(まぎ)れもなく、武具室の惨劇を未だに止めている額の繃帯ではないか。ああ、オリガ・クリヴォフ。再度法水の退軍だった。斃されたのは誰あろう、彼の推定犯人クリヴォフ夫人だったのだ。

第八篇　降矢木家の壊崩

一、ファウスト博士の拇指痕(ぼしこん)

斯うして、再びこの狂気双六(きちがいすごろく)は、法水の札を旧(もと)の振り出しに戻してしまった。然し、その悲痛な瞬間が去ると同時に、法水には再び落着きが戻って来た。けれども、その耳元に、代り合って這い寄って来たものがあったのだ。と云うのは、先刻(さっき)から或(あるい)は幻聴ではないかと思われていた、あの水流のような響だったのである。恐らく角柱のような空間を通ったり、或はまた、それに窓硝子(ガラス)の震動なども加わったりする所以(せい)もあるだろうが、今度は前(さき)にも倍増して、宛(さなが)ら地軸を震動させんばかりの轟きであった。そして、そのおどろと鳴り轟く響きが、陰惨な死の室の空気を揺すり始めたのである。それこそ、中世独逸(ゲルマン)の伝説——「魔女集会(ヴァルプリギス)」の再現ではないだろうか。幾つかの積石と窓を隔てて、たしか、この館の何処かに瀑布が落ちているのだ。それが、目前の犯行に、直接関係があるかどうかは兎も角として、或は、ファウスト博士特有の装飾癖が壮観嗜(ごの)みであるにもせよ、到底そのような荒唐無稽な事実が、現実に混同していようとは信じられぬのである。ああ、その瀑布の轟き――華美(はなやか)な邪魅(グロテスク)な夢は、まさに如何なる理法を以ってしても律し得ようのない、変畸(へんき)狂態の極みではないか。然し法水は、その狂わしい感覚を振り切って叫んだ――「開閉器(スイッチ)を、灯(あかり)を！」

　すると、その声に初めて我に返ったかの如く、聴衆はドッと一度に入口へ殺到した。その流れを、暗黒と同時に扉(ドア)を固めた熊城が制止したので、暫くその雑沓混乱のために、開閉器(スイッチ)の点火が不可能にされてしまった。予(あらかじ)め観客の注意を散在せしめないために、階下の一帯を消燈して置いたので、廊下の壁燈が仄(ほん)のりと一つ点いているだけ、広間(サロン)も周囲の室も真暗である。その喧囂(けんごう)たるどよめきの中で、法水は、暗中の彩塵(さいじん)を追いながら黙考に沈み始めた。そこへ、検事が歩み寄って来て、クリヴォフ夫人が背後から心臓を刺し貫かれ、既に絶命していると云う旨を告げた。

　然し、その間に法水の推考が成長して行って、遂に洋琴(ピアノ)線のように張り切ってしまった。そして、目前の惨事に、最初から現われて来た事象を整理して、その曲線に、一本の切線(カッティング・ライン)を引こうと試みた。――第一、演奏者中にレヴェズがいないと云う事だ（然し、聴衆の中にも彼の姿は見出されなかったのである）。それから、暗黒と同時に、この室が密閉されたと云う事――つまり、事件の発生前後の状況が、共に同一であると云う事だった。所が、最後の開閉器(スイッチ)を捻(ひね)ったのは誰か――云い換えれば、最も重要な帰結点であるところの消燈の件(くだり)になると、それに端(はし)なくも、法水は一道の光明を認め得たのであった。と云うのは、装飾燈(シャンデリヤ)が消える直前に、津多子が入口の扉(ドア)に現われて、扉(ドア)際にある開閉器(スイッチ)の脇を通ってから、その側の端に近い、最前列の椅子を占めたからである。

　事実それに、法水が発見した最初の坐標があったのだ。それは、アベルスの「犯罪現象学(フエルブレッツヒエリッシュ・モルフォロギイ)」の中に挙げられている詭計の一つで、蓋附き開閉器(スイッチ)に電障(でんしょう)を起させるために、氷の稜片(りょうへん)を利用すると云う方法である。つまり、把手(つまみ)に続いている絶縁物に稜片の先を挟んで置くので、把手を捻ると、接触板が微かに触れる程度で点燈される。が、その直後、把手に腕を衝突させるのが狡策(こうさく)であって、そうすると氷の先が折れて、稜片の胴が、熱のある接触板の一つに触れる。従って、そうして溶解した氷の蒸気が陶器台の上に水滴を作れば、当然そこに電障が起らねばならない。しかも、溶解した氷は、そのまま消失してしまうのである。即ち、この場合開閉器(スイッチ)の側を過ぎる際に、もしその狡策を津多子が行ったとしたら、当然消燈は、彼女が座席についた頃に実現されるであろう。そして、その時間の隔りに依って、悠(ゆう)に暗影の一隅を覆う事が出来るのである。

　押鐘津多子——あの大正中期の大女優は、それ以外のどんな鎖の輪にも、姿を現わさないにもせよ、既に事件最初の夜、古代時計室の鉄扉を内部(なか)から押し開いていて、ダンネベルグ事件に拭うべからざる影を印しているのである。しかも、事件中人物の中で最も濃厚な動機を持ち、現に彼女は、最前列の座席を占めていたではないか。斯うして、幾つかの因子(ファクター)を排列しているうちに、法水は噴(ふ)っと血腥(ちなまぐさ)いような矢叫(やさけ)びを、自分の呼吸の中に感じたのであった。然し、召使(バトラー)に燭台を用意させて、開閉器(スイッチ)の側(かたわら)に近附いてみると、そこに思いがけない発見があった。と云うのは、開閉器(スイッチ)の直下に当る床の上に、和装の津多子以外にはない、羽織紐の環が一つ落ちていたからだった。

「夫人(おくさん)、この羽織紐の環は、一先ずお返(かえ)しして置きましょう。然し、多分貴女なら、この開閉器(スイッチ)を捻ったのが誰だか——御存知の筈ですがね」とまず津多子を喚(よ)んで、法水は斯う速急に切り出した。けれども、相手は一向に動じた気色もなく、寧ろ冷笑を含んで、津多子は云い返した。

「お返し下さるなら、頂いて置きますわ。ですけど法水さん、やっとこれで、善行悪報(ムタビヌ)の神(チオ)の存在が私に判りましたわ。何故かと申しますなら、暗闇の中から呻吟(うめき)の声が洩れた瞬間に、私の頭へこのスイッチの事が閃めいたのでした。もし、人手を借らず把手(つまみ)が捻れるものでしたら、必ずこの蓋の内部に、何か陰険な仕掛が秘められていなければなりません。また、それがもし事実だとすれば、恐らく闇を幸いに、犯人がその仕掛を取り戻しに来るだろうと思いました。そう考えると、それまでは思いも依らなかった決意が浮んで参りまして。そこで私、逸早(いちはや)く座席を外して、この場所に参ったので御座います。そして、自分の背でこの開閉器(スイッチ)を覆うていて、いま貴方がお見えになるまで、ずうっとこの場所に立っていたので御座いました。ですから法水さん、私がもしデイシャス(沙翁の「ジュリアス・シーザー」の中でブルタスの一味)でしたら、さしずめこの場合は、羽織の環に斯う申す所でしょうよ。一角獣(ザット・ユニコーンス・メイ・ビイ・ビトレイド・ウイズ・トリースアンド・ビアス)は樹によって欺かれ、熊は鏡により、象は穴によって(ウイズ・グラセッスエレファンツ・ウイズ・ホールス)――と」

　そこで、取り敢えず開閉器(スイッチ)の内部(なか)を調べる事になった。所がその結果は予期に反して、それには電障の形跡がないばかりでなく、把手を捻って電流を通じても、大装飾燈(シャンデリヤ)は依然闇の中で黙したままである。実に、それが紛糾混乱の始まりとなって、遂に問題は礼拝堂を離れてしまった。法水も、本開閉器(メインスイッチ)の所在を津多子に訊す前に、何より彼の早断を詫びなければならなかった。津多子は気勢を収めて、率直に答えた。

「その室は、礼拝堂から廊下一重の向うに御座いまして、以前は殯室(モーチュアリー・ルーム)（中世貴族の城館で、塗油式を行う前に屍体を置く室）だったので御座います。然し、現在では改装されて居りまして、雑具を置く室になって居りますが」

　所が、広間(サロン)を横切って廊下を歩んで行くにつれて、水流の轟きは愈々近くに迫って来る。そして、目指す殯室(モーチュアリー・ルーム)の手前まで来ると、その――耶蘇大苦難(クルシフイクシヨン)に、聖(セント)パトリック十字架のついた扉(ドア)の彼方から、おどろと落ち込んでいる水音が湧き上って来た。と同時に、彼等の靴を微かに押しやりながら、冷やりと紐穴から這い込んで来たものがあった。

「あっ、水だ！」と熊城は、思わず頓狂な叫び声を立てたが、跳び退いた機(はず)みに蹌踉(よろめ)いて、片手を左側にある洗手台で支えねばならなかった。然し、それで万事が瞭然となった。即ち、扉(ドア)向うの壁に、三つ並んでいる洗手台の栓を開け放しにして、そこから溢れて来る水に、自然の傾斜を辿らせたのだった。そして、扉(ドア)の閾(しきい)に明いている、漆喰の欠目から導いて、その水流を殯室(モーチュアリー・ルーム)の中へ落ち込ませたに相違ない。そこで、扉(ドア)を開く事になったが、それには鍵が下りていて、押せど突けども、微動さえしないのである。熊城は恐ろしい勢で、扉(ドア)に身体を叩き付けたが、僅かに木の軋る音が響いたのみで、その全身が鞠のように弾き返された。すると、熊城は、身体を立て直して、宛(さな)がら狂ったような語気で叫んだ。

「斧だ！　この扉(ドア)がロッビアだろうが左甚五郎の手彫りだろうが、僕は是が非でも叩き破るんだ」

そうして斧が取り寄せられて、まず最初の一撃が、把手(ノッブ)の上のあたり——羽目(パネル)を目がけて加えられた。木片が砕け飛んで、旧式の槓杆錠装置(タンブラー)が、木捻(もくねじ)ごとダラリと下った。すると意外にも、その楔形をした破れ目の隙から、濛々たる温泉のような蒸気が迸(ほとばし)り出たのだった。

その瞬間、一同は阿呆のような顔になって、立ち竦(すく)んでしまった。その湯滝(ゆだき)の蔭に、たとい如何なる秘計が隠されていようと、それはこの場合問題ではない。また、幻想を現実に強いようとするのが、ファウスト博士の残虐な快感であるかも知れないが、ともあれ眼前の奇観には、魂の底までも陶酔せずには措かない、妖術的な魅力があった。扉(ドア)が開かれると、内部(なか)は一面の白い壁で、宛(さな)がら眼球を爛(ただ)らさんばかりの熱気である。然し、その時熊城が、扉(ドア)の側にある点滅器を捻り、またその下の電気煖炉(ストーブ)に眼を止めて、差込み(プラグ)を引き抜いたので、やがて濛気(もうき)と高温が退散するにつれ、室の全貌が漸く明らかになった。

つまりこの一劃は、殯室で云うところの所謂前室に当るもので、突き当りの扉の奥が、公教の戯言で霊舞室と呼ばれる中室になっていた。そして、隅に明いている排水孔から、落ち込んだ水が流れ出ているのである。また、中室との境界には、装飾のない厳しい石扉が一つあって、側の壁に、古式の旗飾りのついた大きな鍵がぶら下っていた。その扉には鍵が下りてなく、石扉特有の地鳴りのような響きを立てて開かれた。所が、不思議な事には、前室が爛れんばかりの高温にも拘らず、今や前方に開かれて行く闇の奥からは、まるで穴窟のような空気が、冷やりと触れて来るのだ。そして、扉が一杯に開き切られたとき、その薄明りの中から、法水は自分の眼に、眩み転ばんばかりの激動をうけたのだった。パッと眼を打って来た白毫色の耀きがあって、思わず彼は、前方の床を瞶めたまま棒立ちになってしまった。それは決して、この僧院造り特有の、暗い沈鬱な雰囲気が、彼に及ぼした力ではなかったのだ。

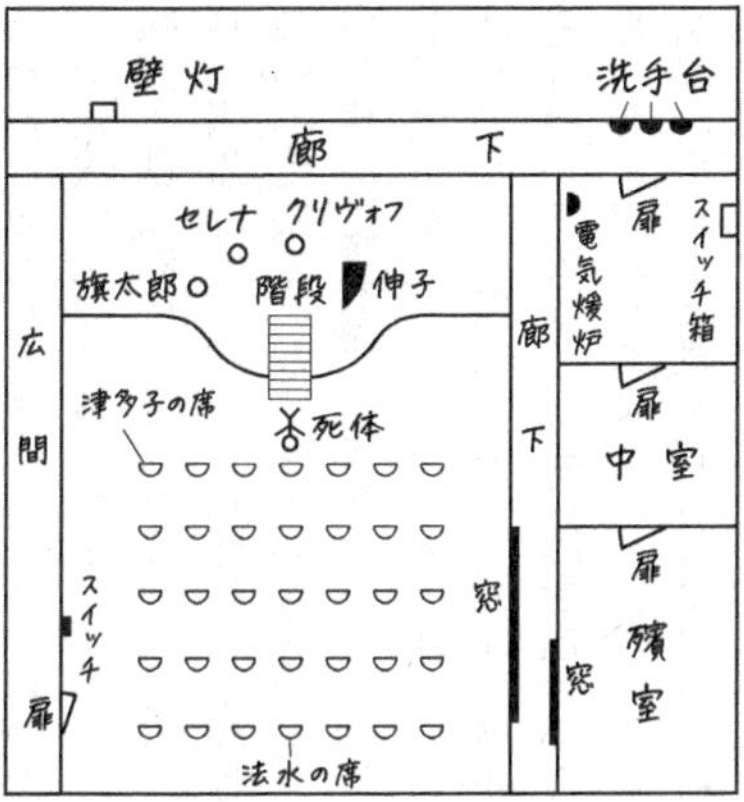

そこの床上一面には、数十万の白蚯蚓を放

ったかと思われるような、細い短い曲線が無数にのたうち交錯していて、それが積り重なった埃の上で、地の灰色を圧していて、清冽な——然し見ように依っては、妙に薄気味悪く粘液的にも思われる白光を放っているのだった。——それは、瞶めていると、視野に当る部分だけが、荘厳な紋章模様（ブレゾンリー）のような形になって、宙に浮び上り、パッと眼に飛ついて来るのだ。その光りは、宛がらゴテスシャルク（第一十字軍以前の先発隊を率いた独逸の修道僧）の見た、聖（セント）イエロニモの幻のように思われる。しかも、その無数の線条は、殆んど室全体の床に渉っていて、濛気で堆塵（たいじん）の上に作られた細溝には相違ないけれども、不思議な事に、天井や周囲の壁面には、それと思（おぼ）しい痕跡が残されていない。それればかりでなく、更に床を横合から透かしてみると、まるで月世界の山脈か沙漠の砂丘としか思われぬような起伏が、そこにもまた無数と続いているのだった。それ等は、如何なる名工と雖（いえど）も到底及び難い、自然力の微妙な細刻に相違ないのである。

　その室は石灰石の積石で囲まれていて、艱苦（かんく）と修道を思わせるような沈厳な空気が漲（みなぎ）っていた。突き当りの石扉の奥が屍室（ししつ）で、その扉面（ドア）には、有名な聖（セント）パトリックの讃詩（ヒム）——「異教徒の凶律に対し（アゲンスト・ブラックロウス・オヴ・ゼ・ヒイズン）、また女人鍛工及びドルイド呪僧の呪文に対して（エンド・アゲンスト・ゼ・スペルス・オヴ・ウイメン・スミス・エンド・ドルイズ）」——の全文が刻まれていた。然し、床上には足跡がなく、恐らく算哲の葬儀の際にも、古式の殯室（ひんしつ）儀（ぎ）は行われなかったものらしい。そうして、前室より先には誰一人入らなかった事が判ると、疑題（ぎだい）の凡（すべ）てはそこに尽きてしまった。つまり、水を洗手台から導いて、階段を落下させたと云う目的は、極めて推察に容易ではあるが、次の煖炉（ストーブ）の点火と云う点になると、その意図には皆目見当が附かないのだった。勿論、壁の開閉器函（スイッチ）は蓋が明け放されていて、接触刃（ナイフ）の柄がグタリと下を向いていた。検事は、その柄を握って電流を通じたが、足元に開いている排水孔を見やりながら、知見を述べた。

「つまり、洗手台の水を使って、階段から落下させたと云うのは、床の埃の上に附いた足跡を消すにあったのだよ。すると、どうしても根本の疑義と云うのは、この室の本開閉器（メイン・スイッチ）を切ったのと、それから、扉（ドア）に鍵を下（おろ）して室外に出てから、クリヴォフを刺した――その一人二役にあると云う訳になるがね。然し、どうあっても僕には、レヴェズがそんな、小悪魔（ポルターガイスト）の役を勤めたとは信じられんよ。必ずその解答は、君が発見した紋章のない石（クレストレッス・ストーン）――にあるに相違ないのだ」

「成程、明察には違いないが」と一端は率直に頷いたが法水は、続いて憂わし気に瞬いて、「然し、この際の懸念と云うのは、却（かえ）って、レヴェズの心理劇の方にあるのだよ。と云ってまた、この室の鍵の行衛（ゆくえ）が、案外見えなかったレヴェズに関係があるのかも判らんし……」とパッパッと烈しく莨（たばこ）を燻（くゆ）らしていたが、熊城の方を向いて、「とにかく、犯人が何時までも身につけている気遣いはないのだから、まず鍵の行衛を捜す事だ。それから、レヴェズを見付けて連れて来る事なんだ」

漸（ようや）く悪夢から解放されたような気持になって、旧（もと）の礼拝堂に戻ると、そこには再び、装飾燈（シャンデリヤ）の燦光（ひかり）が散っていた。その下で、聴衆は此処彼処（ここかしこ）に地図的な集団を作って固まっていたが、壇上の三人は、各々に旧（もと）いた位置から動かされなかったので、それでなくても不安と憂愁のために、追いつめられた獣のように顫(ふる)え戦(おのの)いていた。クリヴォフ夫人の死体は、階段の前方に殆んど丁字形をなして横(よこた)わっていた。それが俯向きに倒れ、両腕を前方に投げ出していて、背の左側には、槍尖(ランスヘッド)らしい桿状(かんじょう)の柄が、ニョキリと不気味に突っ立っていた。死体の顔には、殆んど恐怖の跡はなかった。しかも、奇妙に脂切っていて、死戦時の浮腫(ふしゅ)の所以(せい)でもあろうか、いつも見るように棘々(とげとげ)しい圭角的(けいかくてき)な相貌が、死顔では余程緩和されているように思われた。殆んど、表情を失っている。けれども、その――一見、安らかな死の影とも思われるものは、同時にまた、不意の驚愕が起した、虚心状態とも推察されるのだった。そして、死体の背窪(せくぼ)を一杯に覆うて凝結した血が、指差している手の形で、大きな溜りを作っていて、尚薄気味悪い事には、その指頭が壇上の右方に向けられていた。が、それ等の光景の中で、最も強く胸を打って来るのは、その殺人事件に適(ふさ)わしからぬ対照であった。槍尖(ランスヘッド)の根元には、滲み出ている脂肪が金色に輝いていて、それと宮廷楽師(カペルマイスター)の朱色の上衣とが、この惨状全体を極めて華やかに見せていたのである。

法水は仔細に兇器の柄を調査したが、それには指紋の跡はなかった。そして、柄の根元にはモントフェラット家の紋章が鋳刻(ちゅうこく)されていて、引き抜くと果してそれが、二叉に先が分れている火焔形の槍尖(ランスヘッド)だった。然し、兇行の際に現われた自然の悪戯は、最も肝腎な部分を覆うてしまった。と云うのは壇上からその位置までの間に、一向血滴が発見されない事だった。云う迄もなく、その原因と云うのは、刃がすぐ引き抜かれなかったと云う点にあって、勿論それがために、瞬間の迸血（ほうけつ）が乏しかったからである。然し、それに依って、何より犯行を再現するに欠いてはならない、連鎖が絶たれてしまった。つまり、クリヴォフ夫人が壇上のどの点で刺され、そうしてまた、どう云う経路を経て墜落したか——と云う二つの絡（つなが）りを、最早知り得べくもないのだった。法水は検屍が終えると、聴衆を室外に出してしまってから、階段を上って行った。すると、伸子がまず、夢に魘（うな）されたような声で叫び立てた。

「あのファウスト博士は、まだまだ私を苦しめ足りないのですわ。最初地精（コボルト）の札を、私の机の中に入れて置いたばかりでは御座いません。今日も、あの悪魔はまた私を択んで、人身御供の三人の中に加えるんですもの」と背後に廻した両手で、竪琴（ハープ）の枠を固く握りしめ、それを激しく揺ぶった。「ねえ法水さん、貴方（あなた）は、クリヴォフ様が演奏壇の何処で刺されたか、また、どっちの側から転げ落ちたか——お知りになりたいのでしょう。けれども、ほんとうに私、何も知らないのです。ただ竪琴（ハープ）の枠を掴んで、凝然（じっ）と息を詰めていたので御座いますから、ねえ旗太郎様、セレナ様、貴方がたは、多分それを御存知でいらっしゃいましょう」

「いいえ、私がもしグイディオン（ドルイド呪教に現われた、暗視隠形に通じていたと云われる大神秘僧）でしたら、或（あるい）は知っていたかも知れませんわ」とセレナ夫人は、戦きの中（うち）に微かな皮肉を泛べた。すると、それに言葉を添えて、旗太郎が法水に云った。

「事実そうなんです。生憎僕等には、昆虫や盲者が持ち合わせているほど、空間に対する感覚が正確でないのですよ。それに、何しろ衣裳が同じなものですからね。仲子さんが燐寸(マッチ)を擦って顔を照らすまでは、一体誰が斃(たお)されたのか、それさえも明瞭(はっき)りしていなかったと云うくらいで……。いやいっそ、何も聴こえず、気動にも触れなかったと申しましょうか」と事件の局状(シチユエーション)が、法水等に不利なのを察したと見え、早くも、彼の瞳の中を、圧するような尊大なものが動いて行った。「所で法水さん、一体本開閉器(メイン・スイッチ)を切ったのは、誰なんでしょうか。その鮮かな早代りで、一人二役を演(や)ってのけた悪魔と云うのは?」

「なに、悪魔ですって!? いや、黒死館と云う祭壇を屋根にしている——人生そのものが、既に悪魔的なんじゃありませんか」と眼前の早熟児を、薄気味悪いほど瞶(みつ)めながら、法水は最後の言葉を捉えた。「実は旗太郎さん、僕は旧派の捜査法を——つまり、人間の心細い感覚や記憶などに信憑を置くのを、聖骨と呼んで軽蔑しているのですよ。所が、今日の事件では、殯室(モーチユアリー・ルーム)の聖パトリックを守護神にして、僕はドルイド呪僧と闘わねばならなくなったのです。貴方は、あの愛蘭土(アイルランド)の傑僧がデシル法——(註)に似た行列を行うと、それがドルイド呪僧を駆逐して、アルマーの地が聖化されたと云う史実を御存知でしょうか」

(註) ウェールスの悪魔教ドルイドの宗儀で、祭壇の周囲を太陽の運行と同様に、即ち、左から右に廻る習俗。

「デシル法⁉　それを、どうしてまた貴方が……」と臆したように面を曇らせたが、セレナ夫人は、そうした口の下から問い返した。「ですけど、聡明な聖パトリックは、布教の方便として、あの左から右へ廻る行列法を借りたのでは御座いませんこと」

「左様、それが今日の事件では、もの云う表象──だったのです。然し、呪術の表象を他に移すと云う事は、呪僧それ自らを滅ぼす事なんですよ」と法水は、意地悪るげな片笑を泛べて、陰性な威嚇を罩めたような言葉を云い切った。ああ、もの云う表象。──とは何であろうか。その解れ切れない霧のようなものは、妙に筋肉が硬ばり、血が凍り付くような空気を作ってしまった。所が、そのうちセレナ夫人の眼が異様に瞬かれたかと思うと、最初法水を見、それから、伸子に憎々し気な一瞥を呉れたが、すぐにその視線は、壇下の一点に落ちて動かなくなってしまった。そこには、云いようのない不吉な署名があった。法水が、右から左へと云うもの云う表象──恰度それに当るものが、クリヴォフ夫人の背に現われていたのだ。その指差している手の形をした血の溜りが、あろう事か指頭の方向を、右方の壇上──即ち伸子の位置に向けていたからである。のみならず、或は気の所為かは知らないけれども、何となくその形が、竪琴にも似ているように思われるのだった。一同は云いしれぬ恐ろしい力を感じて、暫くその符号に釘附けされてしまった。やがて、伸子は竪琴に顔を隠して、肩を顫わせ激しい息使いを始めたが、法水は、それなり訊問を打ち切ってしまった。三人が出て行ってしまうと、熊城は

熱のあるような眼を法水に向けて、

「やれやれ、此奴もまた結構な仏様だ。どうだい、この膳立ての念入りさ加減は」とファウスト博士の魔法のような彫刀(のみ)の跡に、思わず惑乱気味な嘆息を洩らすのだった。検事は溜らなくなったような息付きをして、法水に云った。

「すると、結局君は、この暗合を、この人を見よ(エッセ・ホモ)——と解釈するのかね」

「いやどうして、それは自然の儘にして、しかも流動体なり(ヒック・エスト・ナツーレ・アクワ)——さ」と法水は飽(あ)っ気なく云い放って、その突然の変説が検事を驚かせてしまった。「無論そうなると、あの三人は、完全に僕の指人形(ギニョール)になってしまうのだよ。いまに見給え、あの三匹の深海魚は、屹度自分の胃腑(いぶくろ)を、僕の前へ吐き出しに来るに相違ないのだから」とそれから法水は、彼が演出しようとする心理劇が、如何に素晴らしいかを知らせるのだった。「そこで、僕がデシル法を譬喩(ひゆ)にした本当の意味を云うと、それが、旗太郎と提琴(ヴァイオリン)との関係にあったのだよ。君は気が附かなかったかね。あの男は左利にも拘らず、現在弓を右に、提琴を左に持っていたじゃないか。つまり、それがデシル法の、左から右へ——の本体なんだよ。然し支倉君、真逆にその恒数(コンスタント)が、偶然の事故じゃあるまいね」

その時、クリヴォフ夫人の屍体が運び出され、それと入れ代って、一人の私服が入って来た。勿論全館に亙る捜査が終ったのであったが、その齎(もたら)せられた報告には、思わず驚きの眼を瞠(みは)るものがあった。と云うのは、殯室(モーチュアリー・ルーム)の鍵は勿論のことで、それにあろう事かレヴェズの姿が、曲目の第一を終って休憩に入ると、同時に消えてしまったと云うのだった。尚それに伴って、恰度惨事が発生した時刻には、真斎は病臥中、鎮子は図書室の中で、著作の稿を続けていたと云う事も判った。然し、それを聴くと、法水の顔には唯ならぬ暗影が漂い始めた。彼は最早凝然(じっ)としていられなくなったように、焦(もど)かし気な足取りで室内を歩き始めたが、突然立ち止って、数秒間突っ立ったままで考え始めた。そのうち、彼の眼に異常な光芒が現われたかと思うと、ポンと床を蹴って、その高い反響(こだま)の中から、挙げた歓声があった。

「うんそうだ。レヴェズの失踪が、僕に栄光を与えてくれたよ。現在僕等の受難たるや、あの男の物凄い諧謔(ユーモア)を解せなかったにある。ねえ熊城君、あの鍵は殯室(モーチュアリー・ルーム)の中にあるのだよ。廊下の扉(ドア)は、内側から鎖されたんだ。そして、レヴェズは奥の屍室の中に姿を消したのだよ」

「な、何を云うんだ。君は気でも狂ったのか!?」と熊城は吃驚(びっくり)して、法水を瞶め出した。成程、殯室(モーチュアリー・ルーム)の中室の床には、足跡らしい摺(かす)れ一つなかったのだ。また、横廊下の屍室の窓には、内部から固く鍵金が下されていた。然し、遂に法水は、レヴェズに飛行絨毯(フライング・カーペット)を与えてしまったのである。

「すると、前室の湯滝(ゆたき)を作ったのは、何のためだい。そして、中室の床に美しい幻の世界を作って、その上の足跡を消してしまったのは?」と狂熱的な口調でやり返して、最後に、演奏台の端をグワンと叩いた。そして、彼の闡明(ブレゾンリー)は、あの幻怪極まる紋章模様をして、遂にレヴェズの檻たらしめたのだった。

「所で熊城君、君はよく、莨の烟をパッパと輪に吐くけれども、それを気体のリズム運動と云うのだよ。所が、それと同じ現象が、両端の温度と圧力に差異(へだたり)がある場合、中央に膨みのある洋燈(ランプ)のホヤや、また鍵孔などにも現われるのだ。それから、あの場合もう一つ注意を要するのは、中室の周壁をなしている石質なんだ。それが、バシリカ風の僧院建築などによく使われる石灰石なんだが、当然永い年月の間に気化されているだろうからね。従って、堆塵の中には、水に溶解する石灰分が混っていると見て差支えないのだ。そこで、レヴェズはまず、前室に湯滝を作って濛気を発生させたのだ。すると、時間が経つにつれて、次第に前後二つの室の、温度と圧力に隔たりが出来て来るのだから、そこに、恰度恰好な状態が作られる。そして、鍵孔から吐き出される輪形の濛気が、中室の天井を目がけて上昇して行ったのだよ」

「成程、輪形の蒸気と石灰分とでか」検事は判ったように頷いたが、その間も微かに身を顫わせていた。

「そうなんだ支倉君。そうして、その蒸気が天井の堆塵に触れると、何よりまず、その中の石灰分に滲透して行く。従って、内部(なか)に当然空洞が出来るだろうから、終い(しまい)には支え切れず墜落してしまうのだ。つまり、その物質が、床の足跡を覆うた事は云う迄もあるまい。しかも、その魔法の輪が、多量の石灰分を吸収した後に砕けたので、それが、あの絢爛たる神秘を生むに至ったのだよ。所が支倉君、恰度これによく似た現象を、史実の中にも発見出来るのだがね。例えば、エルボーゲンの魚文字(イクチス)(註)の奇蹟が……」

（註）　一三二七年未だカルルスバード温泉が発見されぬ頃、同地から十哩を隔てたエルボーゲンの町外れに、一つの奇蹟が現われた。それは、廃堂の床に、基督教の表象とされている魚と云う文字が、ものもあろうに希臘語で現われたのだった。然し、それは多分、鉱泉脈の間歇噴気に依るものならんと云われている。

「いや、それは何れまた聴くとして」と慌てて検事は、似非史家法水の長広舌を遮ったが、依然半信半疑の態で相手を瞶めている。「成程、現象的には、それで説明がつくだろう。また、奥の屍室の中に、或は紋章のない石の一端が、現われているかも知れん。然し、仮令それで、一人二役が解決するにしてもだ。どうしても僕には、隠さずにいい姿を隠した、レヴェズの心情が判らんのだよ。多分あの男は、自分の洒落に陶酔し過ぎて、真性を失ってしまったのだろう」

「オヤオヤ支倉君、君は津多子の故智を忘れたのかね。では試しに、屍室の扉を開かずに置こうか。そうしたら屹度あの男は、僕等の帰った頃を見計って、横廊下に当る聖・趾窓から抜け出すだろう。そして、大洋琴の中にでも潜り込んで、それから催眠剤を嚥むに違いないのだよ。サア行こう。今度こそ、あの小仏小平の戸板を叩き破ってやるんだ」

斯うして、法水は遂に凱歌を挙げ、やがて、中室の奥――聖パトリックの讃詩を刻んである屍室の扉(ドア)の前に立った。彼等三人には、既にレヴェズを檻の中に発見したような心持(こころ)がして、その残忍な反応を思う存分貪り喰いたいのだった。所が、恐らく内部から鎖されていて、武具室にある、破城槌(バッテリングラム)の力でも借りなければ——と信じられていたその扉(ドア)が、意外にも、熊城の掌(て)を載せたまま、すうっと後退(あとすざ)りしたのだった。内部(なか)は、湿っぽい密閉された室特有の闇で、そこからは、濁り切っていて妙に埃っぽい、咽喉を擽(くすぐ)るような空気が流れ出て来るのだ。そして、懐中電燈の円い光の中には、果せる哉(かな)、数条の新しい靴跡が現われ出たのだった。その瞬間、闇の彼方にレヴェズの炯々(けいけい)たる眼光が現われ、彼が喘ぎ凝らす、野獣のような息吹が聴えて来た——と思われたのは、彼等の彩塵が描き出した幻だったのだ。その足跡は、奥の垂幕の蔭に消え、最奥の棺室に続いているのである。ところが、その折彼等が、思わず片唾(かたず)を嚥んだと云うのは、垂幕の裾から床の隅々にまで、送った光の中には、僅か棺台の脚が四本現われたのみで、そこには人影がないのだった。紋章のない石(クレストレッス・ストーン)——既にレヴェズは、この室から姿を消してしまったのであろう。と、熊城が勢よく垂幕を剥いだ時に、突然彼は、何者かに額を蹴られて床に倒れた。それと同時に、垂幕の鉄棒が軋む響が頭上に起って、検事の胸を目掛けて飛んだ固い物体があった。彼は思わずそれを握りしめた——靴。然しその瞬間、法水の眼は頭上の一点に凍り付いてしまった。見よ、そこには一本の裸足と、靴の脱げかかったもう一本——それが、鈍い大振子のように揺れているのだった。

宛(さな)がら、脳漿の臭を嗅ぐ思いのする法水の推定が、遂に覆えされてしまった。レヴェズは発見されはしたものの、垂幕の鉄棒に革紐を吊って、縊死を遂げているのだった。閉幕――恐らく黒死館殺人事件は、この飽っ気ない一幕を最後に終ったのであろう。然し、この結論が、決して法水を満足させるものでないにもせよ、それは不思議なくらいに、彼を狼狽させた。熊城は、私服に下させた屍体の顔に、灯を向けて云った。

「やれやれ、これでファウスト様の事件は終ったらしいね。決して喝采をうけるほどの終局じゃないけれども、真逆（まさか）この洪牙利（ハンガリー）の騎士が、犯人とは思いも寄らなかったよ」それ以前既に、棺台（ひつぎだい）の上が調査されていた。そして、そこに残されている靴跡から判断すると、その端に立ったレヴェズが両手を革紐にかけ、足を離しながら、首を紐の上に落した事は疑うべくもなかった。その――てっきり海獣を思わせるような屍体は、同じく宮廷楽師（カペルマイスター）の衣裳を附けていて、胸の辺りが僅かに吐瀉物で汚されている。尚、推定時刻は一時間前後で、略々（ほぼ）クリヴォフの殺害と符合していたが、革紐は襟布（カラー）の上からそのなりに印されていて、それが頸筋に、無残なほど深く喰い入っていた。勿論凡（あら）ゆる点に亙って、縊死の形跡は歴然たるものだった。のみならず、それを一面にも立証しているのが、レヴェズの顔面表情だった。その黝（くろ）ずんだ紫色に変った顔には、眉の内端がへの字なりに吊り上り、下眼瞼（したまぶた）は重そうに垂れていて、口も両端が引き下っている。勿論それ等の特徴は、所謂落ちる（フォール）と呼ぶものであって、それには到底打ち消しようもない、絶望と苦悩の色が漂っているのであった。然しその間、検事は、頸筋の襟布（カラー）を指で摘み上げて、頻（しき）りと後頭部の生え際の辺りを瞶めていた。が、そうしているうちに、その眼が不気味に据えられて来た。

「僕は、レヴェズに対するゴシップが、余り酷評に過ぎやせんかと思うのだ。どうだろう法水君、この胡桃形をした無残な烙印には、たしか索溝の形状と、背馳するものがあるように思われるんだが」とてっきり、胡桃の殻としか思われない結節の痕が、一つ生え際に止められているのを指し示して、「成程、索状が上向きにつけられている。そうしたら、こんな結節の一つ二つなんぞは、恐らく瑣事にも過ぎんだろう。然し、古臭いフォン・ホフマンの『法医学教科書』の中にも、斯う云う例が一つあるじゃないか。それは——床に落ちた書類を拾おうとして、被害者が身体を跼めた所を、その一眼鏡の絹紐で、犯人が後様に絞め上げたと云うのだ。勿論そうすれば、索溝が斜上方につけられるので、後で犯人は、その上に紐を当がって屍体を吊したのだよ。所が、頸筋にたった一つ結節が残されていて、遂々終いには、それが、口を聴いてしまった——と云うのだがね」そう云ってから、レヴェズの自殺を心理的に観察して、検事はこの局面で、最も痛い点に触れた。

「それに法水君、仮令レヴェズが本開閉器を消し、それから僕等のしらない、秘密の通路を潜って、クリヴォフ夫人を刺したにしてもだ、大体、クニットリンゲンの魔法博士ファウストともあろうものが、何故最後の大見得を切らなかったのだろうか。あれ程芝居気たっぷりだった犯罪者の最後にしては、凡てが余りに飽っ気ないほど、サッパリし過ぎているじゃないか」と到底解し切れないレヴェズの自殺心理が、検事を全く昏迷の底に陥し入れてしまった。彼は狂わし気に法水を見て、「法水君、この自殺の奇異な点だけは、君が、十八番のストイック頌讃歌からショーペンハウエルまで持ち出して来ても、恐らく説明は附かんと思うね。何故なら、目下犯人の戦闘状態たるや、完全に僕等を圧しているんだ。そこへ持って来て、余りに唐突な終局なんだ。ああ、憐むべき萎縮じゃないか。どうして、この男の想像力が、あのサルヴィニ（表情演技の誇大な伊太利俳優の典型）張りの大芝居だけで、尽きてしまったとは信じられんよ。時の選択を誤らないためにか、それとも、誇らし気に死ぬためか……。いやいや、決してその孰っちでもない筈だ」

「或は、そうかも知れんがね」と法水は莨で函の蓋を叩きながら、妙に含む所のあるような、それでいて、検事の説を真底から肯定するようにも思われる——異様な頷き方をしたが、「そうすると、さしずめ君には、ピデリットの『擬容と相貌学』でも読んで貰う事だね。この悲痛な表情は落ちると云って、到底自殺者以外には求められないものなんだよ」そう云ってから垂幕を強く引くと、頭上に鉄棒の唸りが起った。「ねえ支倉君、ああして聴えて来る響が、この結節を曲者に見せたのだったよ。何故なら、レヴェズの重量が突然加わったので、鉄棒に弾みがついてしない始めたのだ。すると、その反動で、懸吊されている身体が、独楽みたいに廻り始めるだろう。勿論それに依って、革紐がクルクル撚れて行く。そして、それが極限に達すると、今度は逆戻りしながら解けて行くのだ。つまり、その廻転が十数回となく繰り返されるので、自然撚り目の最極の所に結節が出来、それがレヴェズの頸筋を、強く圧迫したからなんだよ」

そうして、事象としては完全な説明が附いたものの、何となく法水には、それが独り占いのように思えてならなかった。彼は依然暗い顔のままで、無暗と莨を烟にしながら考えに耽っていた。――博士ファウスト別名オットカール・レヴェズが、人生を煙りのように去った。然し、それは何故であるか。

それから、一応此処で検屍を行う事になったが、まず前室の扉の鍵が、衣袋の中から発見された。所が、その直後――ひしゃげ潰れたレヴェズの襟布を外した時に、思いがけなく、その下から三人の眼を激しく射返したものがあった。遂に、レヴェズの死が論理的に明らかとなった。恰度軟骨の下――気管の両側の辺りに、二つの拇指の痕が、まざまざと印されていたのである。しかも、その部分に当る頸椎に脱臼が起っていて、疑いもなくレヴェズの死因は、その扼殺に依るもので……、恐らくそうしてから、絶命に刻々と迫って行く身体を、犯人は吊し上げたのであろう――と断ぜねばならなくなってしまった。既に明白である――局面は再び鮮かな蜻蛉返りを打った。然し、それには右指の方に極立った特徴があって、その方にのみ、爪の痕が著しく印されている。そして、指頭の筋肉に当る部分が、薄っすらと落ち窪んでいて、それが何か腫物でも、切開した痕らしく思われるのだった。然し、勿論それで、レヴェズの自殺心理に関する疑念だけは、一掃されたけれども、一方鍵の発見に依って、疑問は更に深められるに至った。

既に此の局面には、否定も肯定も一斉に整理されていて、そこには幾つかの、到底越え難い障壁が証明されているのだった。恐らく犯人は、レヴェズを前室に引き込んで扼殺し、その屍体を奥の屍室の中に担（かつ）ぎ入れたのであろう。然し、前室の鍵が、被害者の衣袋（ポケット）の中に蔵（しま）われているにも拘らず、その扉（ドア）を、如何にして犯人は閉じたのであろうか。また、屍室に残されている足跡にも、レヴェズ以外のものがないばかりでなく、顔面表情も自殺者特有のもので、それに恐怖驚愕と云うような、情緒が欠けているのは何故であろうか。尤も、横廊下に開いている聖趾窓（ピイド・ウィンドウ）には、その上段だけが透明な硝子（ガラス）になっているけれども、一面に厚い埃の層で覆われていて、それには脱出の方法を、想起し得る術もないのだった。従って、紋章のない石（クレストレッス・ストーン）——に、解答の凡てがかけられてしまったのも、是非ない事である。検事は屍体の髪を掴んで、その顔を法水に向けた。そして、彼が嘗（かつ）てレヴェズに対して採ったところの、酷烈極まりない手段を非難するのだった。

「法水君、この局面の責任は、当然君の、道徳的感情の上に掛って来るんだ。成程、あの際の心理分析から、君は地精（コボルト）の札の所在（ありか）を知る事が出来た。また、危く闇から闇に葬られる所だった——この男と、ダンネベルグ夫人との恋愛関係も、君の透視眼が剔抉（てっけつ）したのだ。けれども、レヴェズは君の詭弁に追い詰められて、自分の無辜（むこ）を証明しようとした結果、護衛を断ったんだぜ」

　それには、法水も真向から反駁する事は出来なかった。敗北、落胆、失意——希望の凡てが彼から離れてしまったばかりでなく、宛（さな）がら永世の重荷となるように暗影が、一つ心の一隅に止まってしまった。多分その幽霊は、法水に絶えず斯う囁く事だろう、——

―お前がファウスト博士をして、レヴェズを殺させたのだ——と。然し、レヴェズの気管を強圧した二つの拇指痕は、この場合、熊城に雀躍(こおど)りさせた程の獲物だった。それで早速、家族全部の指痕を蒐集する事になったが、その時、一人の召使(バトラー)を伴った私服が入って来た。その召使(バトラー)というのは、以前易介事件の際にも、証言をした事のある古賀庄十郎と云う男で、今度も休憩中に、レヴェズの不可解な挙動を目撃したと云うのだった。

「君が最後にレヴェズを見たと云うのは、何時頃だね」と早速に法水が切り出すと、

「はい、たしか八時十分頃だったろうと思いますが」と最初は屍体を見まいとするもののように顔を背けていたが、云い始めると、その陳述はテキパキ要領を得ていた。「曲目の第一が終って休憩に入りましたので、レヴェズ様は礼拝堂からお出でになりました。その時私は広間(サロン)を抜けて、廊下をこの室の方に歩いて参りましたが、その私の後を跟(つ)けて、レヴェズ様も同様歩んでお出でになるのでした。然し、それなり私は、この室の前を過ぎて換衣室の方に曲ってしまいましたけども、その曲り角で不図(ふと)後(うしろ)を振り向きますと、レヴェズ様はこの室の前に突っ立ったままで、私の方を凝然(じっ)と見ているので御座います。それはまるで、私の姿が消えるのを待っているかのようで御座いました」

それに依ると、レヴェズが自分からこの室に入ったと云っても、それには寸分も、疑う余地がないのであった。法水は次の質問に入った。

「それから、その時他の三人はどうしていたね?」

「それは御各自(ごめいめい)に、一応はお室に引き上げられたようで御座いました。そして、曲目の

次が始まる恰度五分前頃に、三人の方はお連れ立ちになり、また伸子さんは、それから幾分遅れ気味にいらっしゃったよう、記憶して居りますが」

それに、熊城が言葉を挟んで、「そうすると君は、その後に、この廊下を通らなかったのかい」

「はい、間もなく二番目が始まりましたので。御承知の通り、この廊下には絨毯が敷いて御座いませんので、音が立ちますものですから、演奏中は表廊下を通る事になって居りますので」とレヴェズの不可解な行動を一つ残して、庄十郎の陳述はそれで終った。所が、終りに彼は、不図思い出したような云い方をして、「ああそうそう、本庁の外事課員と仰言る方が、広間（サロン）でお待ち兼ねのようで御座いますが」

それから、殯室（モーチュアリー・ルーム）を出て広間（サロン）に行くと、そこには、外事課員の一人が、熊城の部下と連れ立って待っていた。勿論その一つは、黒死館の建築技師——ディグスビイの生死如何に関する報告だった。然し、警視庁の依頼に依って、蘭貢（ラングーン）の警察当局が、多分古い文書までも漁ってくれたのであろう。その返電には、ディグスビイが投身した当時の顚末が、可成り詳細に亙って記されてあった。それを概述すると、——一八八八年六月十七日払暁五時、波斯女帝号（エムプレス・オヴ・ペルシャ）の甲板から投身した一人の船客があった。そして、多分首は、推進機に切断されたのであろうが、胴体のみはその三時間後に、同市を去る二哩（マイル）の海浜に漂着した。勿論、その屍体がディグスビイであると云う事は、着衣名刺その他の所持品によって、疑うべくもないのだった。

次に熊城の部下は、久我鎮子の身分に関する報告を齎した。それに依ると、彼女は医学博士八木沢節斎の長女で、有名な光蘇の研究者久我錠二郎に嫁ぎ、夫とは大正二年六月に死別している。勿論鎮子をその調査にまで導いて行ったものは、いつぞや法水が彼女の心像を発いて、算哲の心臓異変を知る事の出来た心理分析にあったのだ。また鎮子がそればかりでなく、早期埋葬防止装置の所在までも算哲から明かされているとすれば、当然両者の関係に、主従の墻を越えた異様なものがあるように思われたからである。然し、八木沢と云う旧姓に眼が触れると、突然法水は異様な呼吸を始め、惑乱したような表情になった。そして、その報告書を摑むや、物も云わずに広間を出て、その足でつかつか図書室の中に入って行った。

図書室の中には、アカンザス形をした台のある燭台が、ポツリと一つ点されているのみで、その暗鬱な雰囲気は、著作をする時の鎮子の習慣であるらしかった。然し彼女は、一向何の感覚もなさそうに、凝っと入って来た法水を瞶めている。その凝視は、法水に切り出す機会を失わせたばかりでなく、検事と熊城には、一種の恐怖さえも齎せて来た。やがて、彼女の方から、切れぎれな、しかも威圧するような調子で云い出した。

「ああ、判りましたわ。貴方がこの室にお出でになったと云う理由が……。ねえ、多分あれなんでしょう。いつかの晩、私はダンネベルグ様のお側に居りましたわね。またその後惨事が起るその都度にも、私は一度だって、この図書室から離れていた事は御座いませんでした。ねえ法水さん、いつかは貴方が、その逆説的効果に、お気附きなさらずにはいまいと考えて居りましたわ」

その間、法水の眼が一秒毎に光りを増して、相手の意識を刺し通すような気がした。彼は身体を捻じ向けて、一寸微笑みかけたが、それは中途で消えてしまった。

「いや決して、そんな甘い挿話(エピソード)ではないのです。僕は貴女の所へ、これを最後と思って来たのですよ。所で、八木沢さん……」と——八木沢と云う姓を法水が口にすると、それと同時に、鎮子の全身に名状すべからざる動揺が起った。法水は追及した。「たしか貴女のお父上八木沢医学博士は、明治二十一年に、頭蓋鱗様部(りんようぶ)及び顳顬窩(せつじゅか)畸形者の犯罪素質遺伝説を唱えましたね。すると、それに、故人の算哲博士が駁論を挙げたでしょう。所が、不審な事には、その論争が一年も続いて、正しく高潮に達したと思われた矢先に、まるでそれが、黙契でも成り立ったかのように消え失せてしまいましたね。そこで、試しに僕は、過去黒死館に起った出来事を、年代順に排列して見ました。そうすると、次の明治二十三年には、あの四人の嬰児が、遥々海を渡って来たではありませんか。ねえ八木沢さん、多分その間の推移に、貴方がこの館にお出でになった理由があると思うのですが」

「もう、何もかも申し上げましょう」と鎮子は沈鬱な眼を上げた。心の動揺がすっかり収まったと見えて、一端は見分けもつかぬ深みへ、落ち込んでしまった顔の凹凸が、再び恐ろしい鋭さでもって影を擡(もた)げて来た。「私の父と算哲様があの論争を中止致しましたのは、つまりその結論が、人間を栽培する実験遺伝学という極論に行き詰ってしまったからで御座います。そう申し上げればあの四人が、たかが実験用の小動物に過ぎないと云う事はお判りでしょう。そこで、四人の真実の身分を申しますと、各々に紐育（ニューヨーク）エルマイラ監獄で刑死を遂げた、猶太（ジュウ）人、伊太利（ディエゴ）人などの移住民（エミグラント）を父にしているので御座います。つまり、刑死体を解剖して、その頭蓋形体を具えた者が居りました際には、その都度その刑死人の子を、典獄ブロックウェーを通じて手に入れたのでした。そして、遂にその数が、国籍を異にするあの四人になって……ですから、ハートフォード福音伝道者（エヴァンジェリスト）誌の記事も、また、大使館公録のものも、みんな算哲様が、金に飽かした上での御処置だったので御座います」

「そうすると、この館にあの四人を入籍させて、動産の配分に紛糾を起させたと云うのも、つまりが、結論を見出さんがための筋書だったのですね」

「左様で御座います。あの方の御父上も同様の頭蓋形体だったそうですが、それも御座いましたのでしょう、算哲様は御自分の説に、殆んど狂的な偏執を持っていらっしゃいました。然し、あの方のような異常な性格な方には、我々の云う正規の思考などと云うものは問題では御座いません。没頭――それが生命の全部であり、遺産や情愛や肉身などと云う瑣事は、あの方の広大無辺な、知的意識の世界にとれば、僅かな塵にしか過ぎないので御座います。そこで、私の父と算哲様は後年を約して、その成否を私が見届ける事になりました。所が、その際算哲様は、頗る（すこぶる）陰険な策動をなさったので御座います。と申しますのは、クリヴォフ様に就いてで御座いますが、あの方が日本に到着すると間もなく、剖見（ぼうけん）の発表が取り違えられていたと云う通知が参りました。そこで、算哲様は一計を案じて、四人の名を『グスタフス・アドルフス』伝の中から採ったので御座います。つまり、その頭蓋に依る遺伝素質のないクリヴォフ様には、暗殺者の名を。他の三人には、暗殺者ブラーエの手に狙撃された、ワルレンシュタイン軍の戦歿者の名を附けたのでした。そして、この書庫の中から、グスタフス王の正伝を悉（ことごと）く省いてしまって、それに『リシュリュウ省機密閣史（ブラック・キャビネット）』を当てたのでしたけれども、恐らくその人名は、家族の者にも、また貴方がた捜査官にも、何等かの使嗾（しそう）を起さずにいまいと考えられて居りました。ですから法水さん、これで、何時ぞや貴方に申し上げた、霊性（ガイスチヒカイト）と云う言葉の意味が――つまり、父から子に、人間の種子（たね）が必ず一度は彷徨（さまよ）わねばならぬ、あの荒野（ステヴュ）の意味がお判りで御座いましょう。そうして、今日（こんにち）クリヴォフ様が斃（たお）されたのですから、そうなると、当然算哲様の影が、あの疑心暗鬼の中から消えてしまうでは御座いませんか。ああ、この事件は凡ゆる犯罪の中で、道徳の最も頽廃した型式なので御座います。そして、その黝（くろ）ずんだ溝臭（どぶくさ）い溜水（ためみず）の中で、あの五人の方々が喘（あえ）ぎ競（せめ）いていたので御座いますわ」

斯（こ）うして、四人の神秘楽人の正体が暴露されると同時に、過去に於ける黒死館の暗流には、ただ一つ、二つの変死事件のみが残されてしまった。それから、何時も訊問室に当てている、ダンネベルグ夫人の室に戻ると、そこには旗太郎とセレナ夫人とが、四、五人の楽壇関係者らしいのを従えて待っていた。所が、法水の顔を見ると、温雅な彼女にも似げない、命令的な語調で、セレナ夫人が云い出した。

「私共は明瞭(はっきり)した証言をしに参りました。実は、伸子を詰問して頂きたいのですが」

「なに紙谷伸子を⁉」と法水は、一寸驚いたような素振りを見せたけれども、その顔には、隠そうとしても隠し得ようのない、会心の笑(えみ)が浮んで来た。

「そうすると、あの方が、貴女がたを殺すとでも云いましたかな。いや、事実誰かれにも、到底打ち壊すことの出来ない障壁があるのですよ」

それに、旗太郎が割って入った。そして、相変らずこの異常な早熟児は、妙に老成した大人のような、柔か味のある調子で云った。

「法水さん、その障壁と云うのが、今まで僕等には、心理的に築かれて居りましてね。現に津多子さんが、最前列の端にいられたのを御存知でしょう。所が、その障壁を、いま此処にいられる方々が打ち壊してくれたのでした」

「私は、装飾燈(シャンデリヤ)が消えるとすぐに、竪琴(ハープ)の方から人の近附いて来る気配を感じました」

とそう云いながら、多分評論家の鹿常充(しかつねみつる)と思われる——その額の抜け上った四十男は、左右を振り向いて周囲の同意を求めた。そして続けた。「サア、それは気動とでも云うのでしょうかな。それより、絹が摺れ合うと唸りが起りますから、多分それではないかとも思うのです。然し孰(いず)れにしても、その音は次第に拡がりを増して参りました。そして、それがパッタリ杜絶(とだ)えたかと思うと、同時に壇上で、あの悲痛な呻き声が発せられたのです」

「成程貴方の筆鋒(ペン)には、充分毒殺的効果はあるでしょう」と法水は、寧(むし)ろ皮肉な微笑を洩らして頷いた。「ですが、斯う云うハックスレイを御存知ですか。――証拠以上に出た断定は、誤謬と云うだけでは済まされない、寧ろ犯罪(クライム)である――と。ハハハハハ、どうせ音楽の神(ミューズ)の絃の音までも聴けるのでしたら、そんな風に、鶏(とり)の声でイビクスの死を告げると云うのはどうですかな。却って僕は、アリオンを救った方が、音楽好きの海豚(いるか)の義務ではないかと思うのですよ」

「なに、音楽好きの海豚ですって⁉」居並んでいる一人が憤激して叫んだ。その男は左端に近い旗太郎の直下にいた。大田原末雄(おおたわらすえお)と云うホルン奏者であった。「よろしい、アリオンは既(とう)に救われているんですぞ。然し、僕の位置が位置だったので、鹿常(しかつね)君の云うその気配と云うのは聴えませんでした。けれども、却ってこのお二人に近かっただけに、完全な動静を握っていると云っても過言ではないのですよ。法水さん、僕もやはり異様な唸りを聴きました。それは、呻き声が起ると同時に杜絶えましたが……、然しその音は、旗太郎さんが左利きで、セレナ夫人が右利きである限り、弓(キュー)の絃(いと)が、斜めに擦れ合って起ったものに相違ないのですよ」

その時セレナ夫人は、皮肉な諦めの色を現わして法水を見た。

「とにかく、この対照の意味が非常に単純なだけに、却って皮肉な貴方には、評価が困難なので御座いましょう。けれども、御自分の慣性以外の神経で、もし判断して頂けるのでしたら、屹度(きっと)あの賤民(チゴイネル)に、クラカウ（伝説に於けるファウスト博士が、魔術修業の土地）の想い出が輝くに相違御座いませんわ」

そうして、一同が出て行ってしまうと、熊城は難色を現わして、法水に毒付いた。

「いやどうも呆れた事だ、寧ろ与えられたものを素直に取る方が、君に適わしい高尚な精神だと思うんだがね。それより法水君、今の証言で、君が先刻(さっき)云った武具室の方程式を憶い出して貰いたいんだ。あの時君は、2－1＝クリヴォフだと云ったね。然し、その解答のクリヴォフが殺されたとしたら……」

「冗談じゃない。あんな賤民の娘(チゴイネル・ユングフラウ)が、どうして、この宮廷陰謀の立役者なもんか」

と法水は力を罩(こ)めて云い返した。「成程、伸子と云う女は頗(すこぶ)る奇妙な存在で、ダンネベルグ事件と鐘鳴器室(カリルロン)を除いた以外は、完全に情況証拠の網の中にあるのだ。然し、あの標本的な人身御供があるがために、ファウスト博士は陽気な御機嫌を続けていられるんだぜ。第一伸子には、動機も衝動もない。例えばどんな作虐性犯罪者(ザディスト)でさえも、そう云った病的心理を、引き出すに至る動因が、必ずあるものなんだよ。現に、いまもあの好楽の海豚共(フィルハーモニック・ドルフィンズ)が……」

と法水が何事かに触れようとした時、先刻調査を命じて置いた拇指痕の報告が齎(もたら)された。然し、結果は徒労に終って、それに該当するものは、遂に現われ出て来なかった。法水は疲れたような眼をして、暫く考えていたが、不図(ふと)何と思ったか、広間(サロン)の煖炉棚(マントルピース)に並んでいる、忘れな壺(ポッツ・オヴ・メモリー)を持参するように命じた。それは総計二十余りもあって、既に故人となり、離れ去った人達のもあるけれど、この館に重要な関係を持った人達には、汎ねく作らせて、回想を永遠に止めんがためのものであった。表面には、西班牙風の美麗な釉薬が施されていて、素人の手作りの所以か、何処か形に古拙な所があった。法水はそれをずらりと卓上に並べて云った。

「或は、僕の神経が過敏過ぎるのかも知れないがね。然し、この館のような、精神病理的人物の多い所では、押捺した指痕などと云うものに信頼を置くと、それが抑々の間違いになるのだよ。何故なら、時偶外見に現われない発作があるからね。その時強直なり羸痩なりが起った場合に、僕等は飛んでもない錯誤を招かんけりゃならんのだ。然し、この壺の内側には、必ず平静な状態の時、捺された拇指痕があるに相違ない。熊城君、君は、此処にある壺を巧く割ってくれ給え」

そうして糸底の姓名と対照して割って行くうちに、遂々二つが残されてしまった。

「クロード・ディグスビイ」……割られたが、然し、あのウェールス猶太のものとは異なっていた。次に、降矢木算哲……熊城の持った木槌が軽く打ち下されて、胴体にジクザクの皺が入った。そうして、それが二つに開かれた次の瞬間、三人は全く悪夢のようなものを掴まされてしまった。恰度縁から幾分下方に当る所に、疑うべくもない拇指痕が、レヴェズの咽喉に印されたのと同一の形で現われた。流石に検事も熊城も、この衝撃には言葉を発する気力さえ失せてしまったらしい。そうしているうちに、熊城は眠りから醒めたような形で、慌てて莨の灰を落したが、

「法水君、問題は、これで綺麗さっぱり割り切れてしまったのだ。もう猶予する所はな

い。算哲の墓窖（ぼこう）を発掘するんだ」

「いや、僕は飽くまで正統性（オーソドキシイ）を護ろう」と法水は異様な情熱を罩（こ）めて叫んだ。「あの疑心暗鬼に惑わされて、算哲の生存を信ずると云うのなら、君は勝手に降霊会でも開き給え。僕は紋章のない石（クレストレッス・ストーン）――を見つけて、人間様の殺人鬼と闘うんだ」

　それから壁炉の積石に刻まれている紋章の一つ一つを辿って行くと、果して右側の積石の中に、それらしいものを発見した。そして、法水が試みにそれを押すと、奇妙な事には、その部分が指の行くが儘に落ち窪んで行く。すると、それと同時に、その一段の積石が音もなく後退りを始めて、やがて、その跡の床に、パックリと四角の闇が開いた。坑道――ディグスビイの酷烈な呪咀の意志を罩めたこの一道の闇は、壁間を縫（ぬ）い階層の間隙を歩いて、何処へ辿り附くのだろうか。鐘鳴器（カリルロン）室か礼拝堂か或は殯室（モーチュアリー・ルーム）の中にか、それとも四通八達の岐路に分れて……。

二、伸子よ、運命の星の汝の胸に

　足許には小さな階段が一つあって、そこから漆のような闇が覗いている。永年外気に触れた事のない陰湿な空気が、宛（さな）がら屍温のようなぬくもりと、一種名状の出来ぬ黴臭さとを伴って、ドロリと流れ出て来る――文字通りの鬼気だった。法水等三人は、早速懐中電燈を点して、肩を狭（せば）めながら階段を下りて行った。すると、そこは半畳敷程の板敷になっていて、其処まで来ると、今迄は光線の加減で見えなかったスリッパの跡が、床に幾つとなく発見された。然し、その中には極めて新しい一つがあって、それが一直線に階段の上まで続いているけれども、その小判形の痕には、多分静かに歩いた所以(せい)でもあろうか、前後の特徴さえも残っていないのである。従って、果してそれが階段から下りて来たものか、それとも、奥の坑道から辿り来ったものか、勿論その識別は不可能なのであった。その時、周囲を照らしていた熊城がアッと叫んだ。見ると、右手の上方に、凄愴な生え際を見せた悪鬼バリ（印度クルスナ古典の中に現われる悪魔の名）の木彫面が掛っていて、その左眼の瞳が、五分ばかり棒のような形で突き出ている。それを押すと、反対に右の方が持ち上って来て、上から差込む光線が狭められて行った――積石が旧(もと)の位置に戻ったからである。それから法水は、そのスリッパの跡と歩幅の間隔とを計ってから、前方に切り開かれている短冊形の闇の中へ入って行った。実にそれからが、往昔羅馬(おうせきローマ)皇帝トラヤヌスの時代に、総督プリニウスが二人の女執事(デアコノ)を使って、カリスタス地下聖廊を探らせた際の、光景を髣髴とするものであった。

坑道の天井からは、永年の埃の堆積が鍾乳石のような形で垂れ下っていて、呼吸をする毎に細塵が飛散して来て、咽喉が擽(くすぐ)られるように咽(むせ)っぽかった。それでなくても、空気が新鮮でないために、妙に息苦しく、もしこの際松火(たいまつ)を使ったとしたら、それは、輝かずに燻(くす)ぶり消えるだろうと思われた。それに、館中の響がこの空間には異様に轟いて来て、時折岐路(えだみち)ではないかと思ったり、また、人声のようにも聴えたりして、胸を躍らすのも屡々（しばしば）であった。然し、スリッパの跡は何処までも消えずに彼等を導いて行った。その足許には、雪を踏みしだくような感じで埃の堆積が崩れ、それを透して、樫（かし）の冷たい感触が、頭の頂辺（てっぺん）まで滲み透るのだった。斯うして、この隧道（トンネル）旅行は、彼是（かれこれ）二十分余りも続いた。坑道は右に左に、また、或る部分は坂をなし、殆んど記憶出来ぬほど曲折の限りを尽して、最後に左に曲ると、そこは袋戸棚のような行き詰りになっていた。そして、そこにも悪鬼バリの面が発見された。ああ、その石壁一重の彼方は、館の何処であろうか。法水は片唾を呑んで面の片眼を押した。すると、その右の扉（ドア）は、熊城の肩を微（かす）かに掠って開かれたが、前方にも依然として闇は続いている。然し、何処からとなく、寛（ゆるや）かな風が訪れて来て、そこが広い空間であるのを思わせるのだった。

法水は前方の空間を目がけて、斜めに高く光を投げた。けれども、その光は、闇の中を空しく走ったのみで、何も映らなかった。それで、今度は一歩踏み込んで、頭上に向けると、そこには、醜い苦渋な相貌をした三人の男の顔が現われた。法水はそれに依って、一切を知る事が出来たのである。聖パウロ、殉教者イグナチウス、コルドバの老証道人（コンフェッサー）ホシウス……と壁画の彫像柱（カリアティデ）を、三つまでは数えたが、その声に俄然顫えが加わって来て、

「墓窖（クリプト）だよ、遂々（とうとう）僕等は算哲の墓窖（クリプト）にやって来てしまったんだ」と狂わし気に叫んだ。

その声と同時に、熊城は二、三歩進んで行って、円（まる）い灯で前方を一の字に掃いだ。すると、その中に幾つか石棺の姿が明滅して、明らかにこの一劃が、算哲の墓窖（クリプト）に相違な

い事が分った。三人は切れ切れに音高い呼吸を始めた。いつぞやレヴェズが法水に云った、地精よ、いそしめ（コボルト・ジッヒ・ミューヘン）——の解釈が、今や幻から現実に移されようとしている。しかも、スリッパの跡は、中央にあって一際巨大な、算哲の棺台を目がけて、一文字に続いているのだ。その蓋には、軽鉄で作られた守護神聖ゲオルヒが横わっていて、それは軽く擡げられた。恐らく、その時三人の心中には……、算哲の棺台のみに脚がなくて、それが大理石の石積で作られている事から、たしか棺中にはファウスト博士の姿はなくて、そこからまた、地下に続く新しい坑道が設けられているように思われていた。

　ところが、蓋が擡げられて、円い光がサッと差し入れられた時——思わず三人は、慄然としたものを感じて、跳び退いた。見よその中には、異形な骸骨が横わっているではないか。静臥している筈の膝が高く折り曲げられていて、両手は宙に浮き、指は何物かを掻かんとするもののように、無残な曲げ方をしている。しかも、三人が跳び退いた機みに、それがカサコソと鳴って、おまけに尚薄気味悪い事には、肋骨の端が一、二本ポロリと欠け落ちて、それも灰のようにひしゃ潰れてしまうのだった。然し、左肋骨には創傷の跡が残っていて、明らかにそれは、算哲の遺骸に相違ないのだった。

「算哲はやはり死んでいたのだ。すると、一体あの指痕は、誰のものなんだろうか」と熊城を顧みて、検事は唸るような声で呟いた。がその時、法水の眼に妖しい光りが閃めいたかと思うと、顔を算哲の胸骨に押し付けて、動かなくなってしまった。実に意外千万にも、その胸骨には縦に刻まれている、異様な文字があったのである。

PATER! HOMO SUM!

「父よ、吾も人の子なり――」と法水は、その一行の羅甸文字を邦訳して口誦んだが、異様な発見は尚も続けられた。と云うのは、その彫字の縁に、所々金色をした微粒が輝いているのと、もう一つは、欠け落ちた歯の隙に、多分小鳥らしいと思われる、骸骨が突込まれている事だった。法水はその微粒を手に取って、暫く眺めすかしていたが、

「ああ、恐らくこれが、ファウスト博士の儀礼なんだろうがね。然し熊城君、この文字は乾板で彫ってあるのだよ。父よ、吾も人の子なり――って。それに、歯の間に突っ込まれている、小鳥の骸骨らしいのは、多分早期埋葬防止装置を妨げたと云う、山雀の死体に違いないのだ。ねえ怖ろしい事じゃないか。つまり、一旦算哲は棺中で蘇生したのだが、その時犯人は、山雀の雛を挟んで電鈴の鳴るのを妨げたのだよ」

法水の声のみが陰々と反響しても、それがてんで耳に入らなかったほど、検事と熊城は、目前の戦慄すべき情景に惹き付けられてしまった。その姿体は、明白に棺中の苦悶であり、その結論は生体の埋葬に相違なかった。然し、そうは云うものの、またファウスト博士にとれば、算哲が棺中で蘇生してから狂ったように合図の紐を引き、しかも救けは来ず、力も漸く尽きようとして、頭上の蓋を掻き挘っている有様と云うのが、恐らくまた、残虐な快感を齎せたものだったかも知れないのである。そうして、犯人の冷酷な意志は、山雀の屍骸と父よ、吾れも人の子なり――の一文にとどめられるのであるから、当然久我鎮子が、道徳の最も頽廃した形式と、叫んだのも無理ではないかも知れな

い。所謂黒死館殺人事件と呼ばれて、酷烈惨鼻を極めた流血の歴史よりかも、既にそれ以前行われていて、しかも眼の当り、遺骸の形状にもそれと頷かれる恐怖悲劇の方が、胸を塞いで来る強い何物かを持っていたのは事実だった。それから、スリッパの跡の調査を始めたが、それは聖窟の階段を上り切った頭上の扉口――即ち墓地の棺龕まで続いている。然し、此処まで来ると、漸くその前後が明らかになって、犯人がダンネベルグ夫人の室から坑道に入り、それから棺龕の蓋を開けて、裏庭の地上に出たのを知る事が出来た。またそれ以外にも、埃に埋もれかかった足跡らしいものが散在していて、既からあの明けずの間に、異様な潜入者のあった事は疑うべくもなかった。調査が終ると、三人は愴惶に石棺の蓋を閉じて、この圧し狂わさんばかりの、鬼気から遁れて行った。そして、道々法水は、幾つかの発見を綜合整理して、それを、鎖の輪のように繋げて行った。

一、**父よ、吾も人の子なりの考察**――。既にそれは、如何んとも否定し難い物云う表徴である。然し、算哲が自説の勝利に対する狂的な執着からして、四人の異国人を帰化入籍させたのみならず、常軌を逸した遺言書を作ったり、また屍様図を描き魔法典焚書を行ったりして、犯罪方法を暗示したり捜査の攪乱を予め企たと云う事が、果して、三人のうちのどの一人に衝動を与えたか――その決定は勿論疑問なのだった。と云うものの、その父――の一語は、明白に旗太郎もしくは、セレナ夫人を指していて、或は旗太郎が、遺産に関する暴挙に復仇したものか、それともセレナ夫人が、何等かの動機から、算哲の真意を知る事が出来て——それには、法水の狂的な幻影としか思われない、屍様図の半葉が暗示されて来るのであるが——もしそうだとすれば、夫人の衿持の中に動いている絶対の世界が、或は、世にもグロテスクな、この爆発を起させたかも知れないのである。そうして、その意志表示が、吾も人の子なり（ホモ・スム）——の一句に相違ないのだけれども、仮りにもしそれが偽作だとすれば、今度は押鐘津多子を、この狂文の作者に推定しなければならない。

二、**犯罪現象としての押鐘津多子に——**。既に明白なのは、神意審問会の際張出縁に動いていた人影と、最初乾板を拾いに来た園芸倉庫からの靴跡、それに薬物室の闖入者——と以上の三人が、算哲を斃し、あの夜ダンネベルグ夫人の室に侵入した人物と同一人だと云う事だった。そうすると、当然問題が、ダンネベルグ事件に一括されて、それには、否定すべからざる暗影を持つ押鐘津多子が、しかも、動機中の動機とも云うべきものを引っさげて、登場して来るのだった。勿論、確実な結論として律し得ない限りは、それ等の推測も、無の中の一突起に過ぎないではあろうが。

再び旧（もと）の室に戻って、椅子の上に落ち着くと、法水は憮然と顎を撫でながら驚くべき言葉を吐いた。

「実は、算哲の屍骸の中に、二つの狂暴な意志表示が含まれているのだよ。一度はディグスビイの呪咀のために殺され、そうして蘇生した所を、今度はファウスト博士が止めを刺したのだ。つまり、あれは二重の殺人なんだよ」

「なに、二重の殺人!?」と熊城が驚きの余りに問い返すと、法水は大階段の裏――を、実に三度転倒させて、愈々最終の帰結点を明らかにした。

「そうじゃないか熊城君、有名なランジイ（仏蘭西の暗号解読家）の言葉に、秘密記法の最終は同字整理にあり――と云うのがあるからね。そこで、その同字整理を紋章のない石に試みて、ｓとｓ、ｒｅとｌｅ、ｓｔとｓｔを除いてみた。すると、それがCone（松毬）と云う一字に、変ってしまったのだよ。所が、その松毬の形と云うのが、寝台の天蓋にある頂飾にあって、それがまた、薄気味悪い道化師なんだがね」とそれから帷幕の中に入って、蒲団の上に、卓子や椅子を一つ一つ積み重ねて行った。そうして、最後に立簞笥が載せられたとき、検事と熊城はハッとして息を嚥んだ。と云うのは、松毬の形をしたその頂飾が口を開いて、そこからサラサラと、白い粉末が溢れ出たからであった。すると、法水の舌が、黒死館の過去を暗澹とさせたところの、三つの変死事件に触れて行った。

「これが、暗黒の神秘――黒死館の悪霊さ。それを修辞学的に云えば、さしずめ中世異端の弄技物とでも云う所だろうがね。然し、その装置の内容たるや、過去の三変死事件が、各々同衾中に起ったのを考えれば判るだろう。つまり、二人以上の重量が法度で、それが加わると、松毬の頂飾が開いて、この粉末が溢れ出すのだよ。それも、以前マリア・アンナ朝時代では、媚薬などを入れたものだが、この寝台では桃花木（マホガニー）の貞操帯になっているのだ。と云うのは、この粉末が確かストラモニヒナス（註）——殆んど稀集に等しい植物毒だろうと思うからだよ。それが鼻粘膜に触れると、狂暴な幻覚を起すのだから、最初明治二十九年に伝次郎事件、それから三十五年に筆子事件——と二つの他殺事件を起して、遂に最後の算哲を、人形を抱いたあの日に斃してしまったのだ。つまり、このディグスビイの呪咀と云うのは、『死の舞踏（トーテン・タンツ）』に記されている、奢那宗徒（ジャイニスツ）は地獄の底に横わらん（アンダーライ・ビロウ・インフェルノ）——の本体なんだよ」

（註）　後日法水は、ストラモニヒナスが遂に伝説以上のものだったのに、驚いたと云っている。それは、ゲオルヒ・バルティシュ（十六世紀ケーニヒスブルックの薬学者）の著述の中に記されているのみで、近世になってからは、一八九五年にフィッシュと云って、印度大麻の栽培を奨励した、独領東亜弗利加会社の伝道医師のみ。そして、稀に印度大麻にストリヒナス属（矢毒クラーレの原植物）が寄生すると、その果実を土人が珍重して呪術に用いるけれども、恐らくそれではないか——と云う報告を一つ齎らせたのみである。多分黒死館の薬物室にあった空瓶と云うのも、ディグスビイから、与えられるのを算哲が待っていたからであろう。

この闡明（せんめい）を最後にして、黒死館を覆うていた、過去の暗影の全部が消えた。然し検事

は、昂奮の中に軽い失望を混えたような調子で、

「成程、君は喋った——然し、現在の事件に就いては、何も判らなかったのだ。それより、この矛盾を、君はどう解釈するかね。扉(ドア)から室の中途までは、敷物(カーペット)の下に、人形の足型が水で印されていた。所が一端坑道の中に入ってしまうと、今度はそれが人間のものに化けてしまったんだ」

「所が支倉君、それが＋－(プラスマイナス)なんだよ。最初から人形の存在を信じていない僕には、それを口にする必要がなかったのだ。然し、この一事だけは、到底偶然の暗合として、否定し去る事は出来まいと思うよ。何故なら、坑道にあるスリッパの跡を人形の足跡に比較すると、その歩幅と足型の全長とが等しく、またスリッパの跡が、人形の歩幅と符合するのだ。それが熊城君、実に面白い例題なんだよ」とそれから煖炉(ストーブ)の前で、法水は紅い燠(おき)に手をかざしながら続けた。

「所で、あの人形の足型と云うのは、元来僕が、敷物(カーペット)の下にある水滴の拡がりを測って出来たものなんだ。そして、上下両端の一番鮮かだった——つまり云い換えれば、水滴の量の最も多い部分を、基準としての話だったのだったからね。……そこで、僕が＋(プラス)－(マイナス)と呼ぶ詭計を再現出来るんだよ。で、それは外でもなく、スリッパの下にもう二つのスリッパを仰向けに附けて、またその二つのスリッパを、互い違いに組み合わせるのだ。そして、それに扉(ドア)を開いた水をタップリ含ませてから、最初に後の方の覆(カヴア)を、強く踵で踏む。すると、覆(カヴア)の中央に、稍(やや)小さい円形の力が落ちる事になるから、当然その圧

し出された水が、上向き括弧（︶）の形になるじゃないか。また、次に前のあの覆（カヴァ）を前踵部（つまさき）で踏むと、今度はそこの形が馬蹄形をしているので、中央より両端に近い方の水が強く飛び出して、それが下向き括弧（︵）の形になってしまうのだ。そして、その上下二様の括弧形をした水の跡を、左右交互（かわるがわる）に案配して行ったのだよ。つまり犯人は、予め常人の三倍もある、人形の足型を計って置いた。そうしてから、歩幅をそれに符合させて行ったので、当然その二つの括弧に挟まれた中間が、人形の足型を髣髴とする形に変ってしまったのだ。従って、そのスリッパの全長が、ヨチヨチ歩く人形の歩幅に等しくなって、そこで、陽画と陰画の凡てが逆転してしまったと云う訳なんだよ」

　斯うして、奇矯を絶した技巧が明らかにされて、人形の姿が消えてしまうと、当然屍光と創紋――と孰（いず）れか二つのうちに、犯人がこの室に闖入した目的があるのではないかと思われて来た。既に、十一時三十分――。然し、夜中に何とかして、解決まで押し切ろうとする法水には、一向に引き上げるような気配もなかった。そのうち検事が、嘆息とも付かぬような声を出して云った。

「ねえ法水君、この事件の、凡ては、ファウストの呪文を基準にした、同意語（シノニム）の連続じゃないか。火と火、水と水、風と風……。だが然しだ、あの乾板だけは、その取り合わせの意味がどうしても嚥み込めんのだがね」

「成程、同意語（シノニム）!?　そうすると君は、この悲劇を思惑に結び付けようとするのかね」と法水は稍々（やや）皮肉を交えて呟いたが、いきなり鋭くその言葉を中途で截ち切って、「アッ、そうだ支倉君、同意語（シノニム）——乾板。ああ何だか僕に、あの創紋の生因が判って来るような気がして来たよ」と不意に飛び上って叫んだが、そのまま風のように室を出て行ってしまった。然し、間もなく幾分上気したような顔で、戻って来た彼を見ると、その手に、前日開封された遺言書が握られていた。そして、上段の左右に二つ並んでいる、紋章の一つを、創紋の写真に合わせて電燈で透かし見ると、その途端に、思わず二人の口から呻きの声が洩れた。実に、その二つが、寸分の狂いもなく符合したからである。法水は、召使（バトラー）が持参した紅茶を、グイとあおってから云い出した。

「実際無比（ユニーク）だ。犯人の智的創造たるや、実に驚くべきものなんだ。この書簡箋は、既（とう）に一年もまえ、現在のものに変えられたと云うのだからね。勿論それ以前に——あの乾板は、事件の蔭に隠れている、狂人染みたものを映して取っていたのだよ。何故なら、それには、押鐘博士の陳述を憶い出して貰いたいのだ。それでなくても、現在これでも見る通りに、算哲は遺言書を認（したた）め終ると、その上に、古風な軍令状用（オードナンスレター）の銅粉を撒いたのだった。ねえ熊城君、銅には、暗所で乾板に印像すると云う、自光性があるじゃないか。ああ、あの序幕（アインライツング）——この恐怖悲劇の序文（アインライツング）。さてこれから、その朗読をやる事にするかな。あの夜算哲は、破り捨てた方の一枚を下にして、二枚の遺言書を金庫の抽斗に蔵めた——所が、それ以前に犯人は、予めその暗黒な底に乾板を敷いて置いたのだ。そうすると、翌朝になって算哲が金庫を開き、家族を列席させた面前で、その印像を取られた方の一枚を焼き捨ててから、更に残りの一枚を、再び金庫に蔵めるまでの間に、何人か、全文を映し取った乾板を、取り出した者がなけりゃならん訳だろう。実に、その僅かな間隙が、ファウスト博士に、悪魔との契約（パクト）を結ばせたのだった。それを、直観と予兆とだけで判断しても、当然焼き捨てられた一葉が、僕の夢想している屍様図の半葉に当るのだし、またそれが坐標となって、あの幻想的（ファンタスチック）な空間に、怖ろしい渦が捲き起されたのだったよ」

「成程、その乾板は無量の神秘だろう。然し、当然結論は、その席上から誰が先に出たか――と云う事になるがね」と云ったが、熊城は両手をダラリと下げて、濃い失望の色を泛べた。「無論今となっては、その記憶も恐らくさだかではあるまい。では、あの創紋と乾板との関係は？」

「それが、ロージャー・ベーコン（一二一四――一二九二、英蘭土の僧。魔法錬金士の名が高いけれども、元来非凡な科学者で、火薬その他を既に十三世紀に於いて発明したと伝えられる）の故智さ」と法水は静かに云った。「所で、アヴリノの『聖僧奇跡集』を見ると、ベーコンがギルフォードの会堂で、屍体の背に精密な十字架を表わしたと云う逸話が載っている。けれどももまた一方、発火鉛（酒石酸を熱して密閉したもの。空気に触れると、舌のような赤い閃光を発して燃える）を、硫黄と鉄粉とで包んだと云われる、ベーコンの投擲弾（とうてきだん）を考えると、そこに技巧呪術（アート・マジック）の本体が暴露されなければならない。と同時に、この事件にも、それが創紋の生因を明らかにして呉れたのだよ。熊城君、君は、心臓停止の直前になると、皮膚や爪に生体反応が現われなくなるのを知っているだろう。また、衝動的な死に方をした場合には、全身の汗腺が急激に収縮する。そして、その部分の皮膚に閃光的な焔を当てると、そこには、解剖刀で切ったような創痕が残されるのだ。勿論犯人は、それをダンネベルグ夫人の断末魔に、乾板へ応用したのだったよ。で、その方法を云うと、まず二つの紋章を乾板から切り取って、その輪廓なりに、橄欖冠を酸で刻んで行く。それから、その二つを筋なりに合わせて、その空洞の中で発火鉛を作ったのだ。だから、手早くそれを顳顬に当てさえすれば、発火鉛が閃光的に燃えて、溝なりにあの創紋が残ると云う道理じゃないか。どうだね熊城君、うんざりしたろう。勿論技巧呪術そのものは、幼稚な前期化学に過ぎないさ。けれども、その神秘的精神たるや、暫くのあいだ、化学記号を化して操人形たらしめていた程だからね」

　そうして、人形の存在が、夢の中の泡の如くに消えてしまうと、当然その名を記したダンネベルグ夫人自署の紙片を、犯人が、メモや鉛筆と共に投げ込んだ——と見なければならなくなった。然し、あの特異な署名を、どうして犯人が奪ったものだろうか。また、乾板を飽くまで追及して行くと、是が非にも神意審問会まで遡って行き、出所を其処に求めねばならなかったのである。法水は暫く黙考していたが、何と思ったか、夜中にも拘らず伸子を喚んだ。

「お喚びになったのは、多分これだと思いますわ」と伸子の方から、椅子につくと切り出した。その態度には、相変らず、明るい親愛の情が溢れていた。「昨日レヴェズ様が、私に公然結婚をお申し出でになりました。そして、その諾否を、この二つで回答して呉れと仰言って……」と彼女は語尾を萎(すぼ)めて、余りにも慌ただしい、人生の変転を悲しむ如くであった。が、やがて、懐中から取り出したものがあって、その時ならぬ豪奢な光輝が、思わず三人の眼を動かなくしてしまった。それは二本の王冠(クラウン)ピンだった。そして、その上に、一つには紅玉(ルビー)一つにはアレキサンドライトが、各々白金(プラチナ)の台の上で、百二、三十カラットもあろうと思われる、マーキーズ形の凸刻面を輝かしていた。伸子は弱々しい嘆息をしてから、舌を重たげに動かして往った。

「つまり、親愛な黄色――アレキサンドライトの方が吉で、紅玉(ルビー)の血は勿論凶なので御座います。そして、この二つを諾否(だくひ)の表示(しるし)にして、どっちかを、演奏中私の髪飾りにしていてくれ――と、あの方は仰言(おっしゃ)いました」

「では、云い当てて見ましょうか」と狡猾(ずる)そうに眼を細めて云ったが、然し、何故か法水は、胸を高く波打たせていて、「いつぞや、貴女(あなた)はレヴェズを避けて、樹皮亭(ボルケンハウス)に遁れていましたっけね」

「いいえ、レヴェズ様の死に、私は道徳上責任を負う引け目は御座いません」と伸子は、息を荒らげて叫んだ。「実は私、アレキサンドライトを付けました。それで、あの方と二人で、このヘルツの山（妖魔共が、所謂ヴァルプリギス饗宴を行うと云う山）を降る積りだったのですわ」

それから、法水の顔をしげしげ覗き込んで、哀願するように、「ねえ、真実(ほんとう)の事を仰有って下さいまし。もしや、あの方自殺なされたのでは、いいえ決して、私がアレキサンドライトを付けた以上……」

その時法水の顔に、サッと暗いものが掃いて、見る見る悩まし気な表情が泛び上って往った。その暗影と云うのは――、たしか彼の心中に一つの逆説(パラドックス)があって、それを今の伸子の言葉が、微塵と打ち砕いたに相違なかった。

「いや、正確に他殺です」と法水は沈痛な声で云ったが、「然し、此処へ貴女をお呼びしたのは、外でもないのですが、昨年算哲が遺言書を発表した席上から、一体誰が先に出たのでしょうね」

既に一年近くも経過しているので、勿論伸子は、一も二もなく頸を振るものと思われていた。所が、その如何にも意味あり気な一言が、伸子に何事かを覚らせたと見えた。いきなり、彼女の全身に異様な動揺が起った。

「それは……あの……あの方なので御座いますが」と伸子は苦し気に顔を歪めて、云うまい云わせようの葛藤と凄烈に闘っている様子であったが、やがて、決意を定めたかのように毅(きつ)然と法水を見て、「いま私の口からは、到底申し上げる事は出来ません。けれども、後程――紙片でお伝え致しますわ」

法水は満足そうに頷いて、伸子の訊問を打ち切った。熊城は、今日の事件に於いて、最も不利な証言に包まれている伸子に対して、些かも法水が、その点に触れようとしなかったのが不満らしかったが……然し、乾板に隠れている深奥の秘密を探る最後の手段として、愈々神意審問会の光景を再現する事になった。勿論それ以前に法水は、鎮子に私服を向けて、当時七人が占めていた位置に就いて知る事が出来た。所でその配置を云うと、ダンネベルグ夫人一人のみを向う側にして、その間に栄光(ハンド・オヴ・グローリー)の手（絞死体の手を酢漬けにして、それを更に乾燥したもの）を挟み、その前方には、左から数えて、伸子・鎮子・セレナ夫人・クリヴォフ夫人・旗太郎——と以上残りの五人が、相当離れて半円形を作っていたが、独りレヴェズのみは、半円形の頂点に当るセレナ夫人の前面で、稍々跼(かが)み加減に座を占めていたのである。そして、六人の位置は、入口の扉(ドア)を背面にしていたのだった。

以前行われた時と同じ室に入って、鉄筐(てっきょう)の中から、熊城が栄光(ハンド・オヴ・グローリー)の手を取り出したとき、その指の顫えに、無量の恐怖を感じさせるものがあった。それは、嘗(かつ)て人体の一部であったのを、嘲笑うかのように、それらしい線や塊(マッス)は何処にも見られなかった。ただただ、雑色と雑形の一種異様な混淆であって、或は、盆景的に矯絶(きょうぜつ)な形をした木の根細工のようでもあり、その——一面に細かい亀裂の入った羊皮紙色の皮膚を見ると、和本の剝がれた表紙を、見るような気もするのだった。既に、肉体的な類似を求めるのが、困難な代物だったのである。また、その指頭に立てる屍体蠟燭には、一々向きと印しがついていて、それは稍々光沢の鈍いような感じはするけれども、外見は一向に、通常の白蠟と変りはなかった。そして、端から火を移して行くと、ジイジイっと、まるで耳馴れた囁きを聴くような音色を立てて点り始め、赭(あか)ばんだ——恰度血を薄めたような光線が、室の隅々に拡がって行った。そうしているうちに、ダンネベルグ夫人の位置にいた法水の視野を、異様に朦朧としたものが覆い始めて来た。それは、一種特別な臭気を持った、霧のようなもので、次第に根元からかけて五本の蠟身を包み始め、やがて、焔が揺れ始めて瞬き出すと、室内は、スウッと一段下降したように薄暗くなった。その途端、法水の手が差し伸べられて、屍体蠟燭を一つ一つに調べ始めた。すると、五本ともその根元に――即ち、中央の三本は両側に一つずつ、両端の二本は、内側に一つ――不可解な微孔があるのが、発見されたのだった。それを見て、熊城が点滅器を捻ると、その異様な霧が、今度は法水の、病的な探究の雲に変って行った。やがて、彼はニタリとほくそ笑んで、二人を顧みた。

「この微孔の存在理由(レーゾン・デートル)は、或る意味では隠れ衣であり、また、一種の水晶凝視(クリスタル・ゲージング)を起すにもあったのだ。各々芯孔(しんこう)に通じているので、そこから導かれて来た蠟の蒸気が、蠟身を伝わって立ち上って行く。然し、そうなって、ダンネベルグ夫人の顔面に蒸気の壁が出来、更に、中央の三本に焔を瞬かせて、光を暗くするとだ。当然、円陣の中央にいる一人の顔は、異常のない両端の光から最も遠くなる。従って、その顔が、ダンネベルグ夫人からは全然見えなくなってしまうのだ。また、同時に両端の二本も、両側から上って来る蒸気に煽られて、焔が横倒しになる。そして、光の位置が更に偏るので、当然両端にいる二人の顔も、この位置から見ると、光に遮られて消えてしまうのだよ。つまり、旗太郎・伸子・セレナ夫人――と、斯う数えた三人と云うのは、仮令(たとえ)中途でこの室から出たにしても、その姿を、ダンネベルグ夫人は当然見る事が出来なかっただろう。

また、それ以外の人達も、この異常な雰囲気のために、恐らく周囲の識別を失っていただろうからね。気附かない方が寧ろ当然だと云いたい位なのだよ。そうすると、ダンネベルグ夫人が倒れるとすぐ、伸子が隣室から水を持って来た——と云う事が、或は伸子に疑惑を齎(もたら)すかも知れない。つまり、それ以前既に、彼女は室を出ていて、予(あらかじ)めこの事を予期していたために、水を用意していた——とも云えるだろう。けれども、勿論この推測は、或る行為の可能性を指摘したまでの話で、当然証拠以上のものでないのだよ」

「たしか、この微孔は犯人の細工には違いあるまいがね」と検事は深く顎を引いたが、問い返した。「けれども、あの時ダンネベルグ夫人は、算哲と叫んで卒倒したのだったぜ。多分それが、あの女の幻覚ばかりの所以じゃあるまいと思うよ」

「明察だ。決して、単純な幻覚ではない。ダンネベルグ夫人は、たしかリボーの所謂第二視力者(セカンド・サイター)——つまり、錯覚からして幻覚を作り得る能力者だったに違いない。それは、聖(セント)テレザにも乳香入神(にゅうこうにゅうしん)などと云われているんだが、薫烟(くんえん)や蒸気の幕を透して見ると、凹凸が一層鮮かになり、またその残像が、時折奇怪な像を作る事があるのだ。つまり、この場合は、両端の蠟燭から見て内側にいる二人——つまり、鎮子とクリヴォフ夫人との顔が、凝視のため複視的に重なり合ったのだろう。そして、恐らくその錯覚が因で、ダンネベルグ夫人は幻視を起したに相違ないのだよ。それを、リボーは人間精神最大の神秘力と云って、殊に中世紀では、最も高い人間性の特徴と見做(みな)されていたのだ。ああ、屹度(きっと)ダンネベルグ夫人には、嘗てのジャンヌ・ダルクや聖テレザと同じに、一種の比斯(ヒス)

呈利性(テリー)幻視力が具わっていたに違いないのだよ」

斯うして、法水の推理が反転躍動して行って、あの夜張出縁に蠢いていて乾板を取り落した人物にも、既往の津多子以外に、旗太郎以下の三人を加える事が出来た。まさにその時、法水の戦闘状態は、好条件の絶頂にあった。或は、事件が今夜中に終結するのではないかと思われた程に、彼の凄愴な神経運動(ナーヴァシズム)が——その脈打ちさえも聴き取れるような気がした。それから、暗い廊下を歩いて、旧(もと)の室に戻ると、そこには、先刻伸子が約束した回答が待っていた。神意審問会の索輪(つなわ)の中で、濃厚な疑惑に包まれ、しかもそれが、ピッタリと現存の四人。その一群に、最後の切札が投ぜられたのだ。法水は唇が涸き、封筒を持つ右手が怪しくも顫え出した。そして、心の中で叫んだ。伸子よ、運命(イン・ダイ)の星は汝の胸に横わる(ネル・ブルスト・ルーン・ダイネス・シックサルス・シュテルネ)！

三、父よ、吾も人の子なり(パテール・ホム・スム)

昨年問題の遺言書が発表された——その席上から逸早(いちはや)く出て、算哲が其処へ達しない以前に、金庫の中から、焼き捨てられた全文を映し取った乾板を、取り出した人物がなければならなかった。そうであるからして、その人物の名を印した伸子の封書を握りしめて、法水が、心の中でそう叫んだのも当然であると云えよう。然し、封を切って、内容(なかみ)を一瞥した瞬間に、どうした事か彼の瞳から耀きが失せ、全身の怒張が一斉に弛んでしまって、その紙片を力なげに卓上へ抛り出した。検事が吃驚して覗き込んでみると、それには人の名はなく、次の一句が記されているのみだった。

――昔ツーレに聴耳筒ありき。

註(一) ツーレ――。ゲーテの「ファウスト」の中で、グレートヘンが唱う民謡の最初の出。その時ファウストから指環を与えられたのが開緒となって、彼女の悲運が始まるのである。

(二) 聴耳筒――。西班牙宗教審問所に設けられたのが最初。ウファ映画「会議が踊る」の中で、メテルニッヒがウェリントンの会話などを盗み聴くあれがそうである。

成程、聴耳筒か――。その恐ろしさを知っているのは、独り伸子のみならずさ」と法水は、苦笑を交えながら独り頷きをして、「事実も事実、ファウスト博士の隠形聴耳筒たるや、時と場所とに論なく、僕等の会話を細大洩らさず聴き取ってしまうのだからね。だから、当然迂闊な事でもしようものなら、伸子がグレートヘンの運命に陥るのは判り切った話なんだよ。必ず何かの形で、あの悪鬼の耳が陰険な制裁方法を採らずに置くもんか」

「まず、それはいいとしてだ……。所で、くどいようだけど、君がいま再現した神意審問会の光景だがね」とその声に法水が見上げると、検事の顔に疑い深そうな皺が動いていた。「君は、ダンネベルグ夫人を第二視力者だと云って、しかも驚くべき事には、犯人がその幻覚を予期していたと結論している。けれども、そう云うような、精神の超形而上的な型式が——だ。仮りにもし、軽々と予測され得るものだと云うのなら、君の論旨は到底曖昧以外にはないな。決して深奥だとは云えない」

法水は一寸身振りをして皮肉な嘆息をしたが、検事をまじまじと見詰め始めて、「どうして、僕はヒルシュじゃあるまいし……。ダンネベルグ夫人をそれほど神秘的な英雄めいた——例えばスヴェーデンボルグやオルレアンの少女みたいな、慢性幻覚性偏執症だと云う訳じゃないのだよ。ただ、夫人の或る機能が過度に発達しているので、時偶そう云う特性が、有機的な刺戟に遇うと、感覚の上に技巧的な抽象が作られてしまう。つまり、漠然と分離散在しているものを、一つの現実として把握してしまうのだ。それに支倉君、フロイドは幻覚と云うものに、抑圧されたる願望の象徴的描写——と云う仮説を立てている。勿論夫人の場合では、それが算哲の禁断に対する恐怖——つまり云うと、レヴェズとの冒してはならぬ恋愛関係に起源を発していたのだ。それだから、犯人が夫人の幻覚を予期し得る条件としては、当然その間の経緯を熟知していなければならない。また、引いてはそれが一案を編み出させて、屍体蠟燭に水晶体凝視を起すような、微妙な詭計を施した。それで、夫人を軽い自己催眠に誘ったのだったよ。所が支倉君、その潜勢状態と云う観念が、僕に栄光を与えてくれた……」

そう鋭く言葉を截ち切って、それから黙々と考え始めたが、そのうち幾つかの莨を換える間に、法水は一つの観念を捉え得たらしかった。彼は、旗太郎・セレナ夫人・伸子の三人を至急喚ぶように命じてから、再び礼拝堂に降りて行った。人気のないガランとした礼拝堂の内部には、如何にも佗し気な陰鬱な灰色をしたものが、一杯に立ち罩(こ)めていて、上方に見透しもつかぬほど拡がっている闇が、天井を異様に低く見せた。その中に光と云えば、聖壇に揺れている微かな灯(あかり)のみで、それが、全体の空間を尚一層小さく思わせた。そこから暗く生暖(なまぬる)い、まるで何かの胎内ででもあるかのような——それでいて、妙に赭(あか)みを帯びた闇が始まっていた。おまけに、その絶えずはためいている金色の輪には、見詰めていると眼を痛めるような熾烈(しれつ)な感覚があって、宛(あた)かもそれが、法水の酷烈を極めた熱意と力——成敗をこの一挙に決し、ファウスト博士の頭上に、地獄の礎石円柱を震い動かさんばかりの刑罰——を下そうとする、それの如くに思われるのだった。やがて、六人は円卓(テーブル)を囲んで座に着いた。その夜の旗太郎は、平常(ふだん)なら身ごなしに浮き身をやつす彼には珍らしく、天鵞絨(びろうど)の短衣(チョッキ)のみを着ていて、絶えず伏眼になったまま、その薄気味悪いほど光のある、白い手を弄んでいた。その側(かた)わらに、伸子の小さい甲斐甲斐しい手が——その乾杏(ほしあんず)のように、健康そうな艶やかさが、いとも可愛らし気に照り映えているのである。然し、セレナ夫人を見ると、相変らず恋の楯にでも見るような、如何にも紋章的な貴婦人だった。けれども、その箍骨(たがぼね)張りの腰衣(スカート)に美斑(いれぼくろ)とでも云いたい古典的な美しさの蔭には、やはり、脈搏の遅い饒舌を忌み嫌うような、静寂主義者(キエティスト)らしい静けさがあった。が、一座の空気は、明らかに一沫の危機をはらんでいた。それは強（あなが）ち、津多子を除外した法水の真意が、奈辺にあるや疑うばかりでなく、各々に危懼と劃策を胸に包んでいると見えて、一寸の間だったけれども、妙に腹の探り合いでもしているかのような沈黙が続いた。そのうち、セレナ夫人がチラと伸子に流眄（ながしめ）をくれると、恐らく反射的に口を突いて出たものがあった。

「法水さん、証言に考慮を払うと云う事が、大体捜査官の権威に関しますの。確かに先刻（さっき）の方々は、伸子さんが動いた衣摺れの音を聴いたのでしたわ」

「いいえ、竪琴（ハープ）の前枠に手をかけていて、私は、そのまま凝（じ）っと息を凝らして居りました」と伸子は躊（ため）らわずに、自制のある調子で云い返した。「ですから、長絃だけが鳴ったと云うのなら、また聞えた話ですけど……。とにかく、貴女様の寓喩（アレゴリー）は、全然実際とは反対なので御座います」

その時旗太郎が、妙に老成したような態度で、冷たい作り笑いを片頬に泛べた。「さて、その妖冶（ようや）な性質を、法水さんに吟味して頂きたいですがね。――抑々（そもそも）、あの時竪琴（ハープ）の方から近附いて来た、気動と云うのが何を意味するか。所が、その楽音嚠喨（クリングクランゲ）たるやです。美しい近衛胸甲騎兵（ガルドキュラシィル）の行進ではなくて、あの無分別者揃いの、短上衣（ヤッケ）をはだけて胸毛を露（む）き出して、ぷんぷん鹿が落した血の跡を嗅ぎ廻ると云った、黒色猟兵（シュワルツ・イエガー）だったのです。いや屹度（きっと）、あいつは人肉（フライッシュ）が嗜（す）きなんでしょうよ」

そうして、追及される伸子の体位は、明かに不利だった。その残忍な宣告が、永遠に彼女を縛りつけてしまったかと思われたが、法水は一寸熱のあるような眼を向けて、

「いや、たしかそれは、人肉(フライッシュ)ではなくて魚(フイッシュ)だった筈ですがね。然し、その不思議な魚が近附いて来たために、却ってクリヴォフ夫人は、貴方がたの想像とは反対の方向に退軍を開始したのでしたよ」と相変らず芝居気たっぷりな態度だったけれども、一挙にそれが、伸子と二人の地位を転倒してしまった。

「所で、装飾灯(シャンデリヤ)が消えるほんの直前でしたが、その時たしか伸子さんは、全絃に渉ってグリッサンドを弾いて居られましたね。すると、その直後灯が消された瞬間に、思わず機(はず)みを喰って、全部のペダルを踏みしめてしまったのです。実は、その際に起った唸りが、恰度踏んで行ったペダルの順序通りに起ったものですから、それが、迫って来る気動のように聞えたのですよ。つまり、韻のまだ残っているうちにペダルを踏むと、竪琴(ハープ)には唸りが起る——。貴方がたは、あの悪ゴシップのお蔭で、そんな自明の理を、僕から講釈されなければならんのですよ」と飄逸な態度が消えてしまって、法水は俄然厳粛な調子に変った。

「所が、そうなると、クリヴォフ事件の局面が全然逆転してしまうのです。もし、夫人がその音を聴いたとすれば、当然貴方がた二人の方に後退りして行くでしょうからね。そこで旗太郎さん、その時、弓(キュー)に代って貴方の手に握られたものがあった筈です。いや、寧ろ直截に云いましょう。大体装飾灯(シャンデリヤ)が再び点いた時に、左利であるべき貴方が何故、弓(キュー)を右に提琴(ヴァイオリン)を左に持っていたのですか」

と法水の凄愴な気力から、迸(ほとばし)り落ちて来たものに圧せられて、旗太郎は全く化石したように硬くなってしまった。それは、恐らく彼にとって、それまでは想像もつかぬほど、意外なものであったに相違ない。法水は、相手を弄ぶような態度で、悠(ゆ)ったり口を開いた。

「所で、旗太郎さん、波蘭(ポーランド)の諺に、提琴奏者(ヴァイオリニスト)は引いて殺す——と云うのがあるのを御存知ですか。事実、ロムブローゾが称讃したと云うライブマイルの『能才及び天才の発達』を見ると、その中に、指が痲痺して来たシューマンやショパン、それから改訂版では、提琴家(ヴァイオリニスト)のイザイエの苦悩などが挙げられていて、尚且音楽家の全生命たる、骨間筋(こっかんきん)（指の筋肉）にも言及しているのです。それに依るとライブマイルは、急激な力働がその筋に痙攣を起させる——と説いています。然し、勿論それは、この場合結論として確実なものではありません。けれども、貴方が演奏家である限りは、到底その慣性を無視する事は出来まいと思われるのです。多分あの後には、左手の二つの指で、弓(キュー)を持つのが不可能だったのではありませんか」

「す、すると、もうそれだけですか——貴方の降霊術(ティシュリュッケン)と云うのは？　机の脚をがたつかせて、厭に耳障りな……」とあの不気味な早熟児は、満面に引っ痙れたような憎悪を燃やせて、漸(やや)っと嗄(か)すれ出たような声を出した。然し、法水は更に急追を休めず、「いやどうして、それこそ正確な中庸な体系(ジュスト・ミリユウ・システム)——なんですよ。それから、貴方は人形の名を、いつぞやダンネベルグ夫人に書かせましたっけね」と驚くべき言葉を放って、その大見得が、一座を昂奮の絶頂にせり上げてしまった。

「実は、先刻(さっき)神意審問会の情景を再現してみたのですが、その場で端なく、ダンネベルグ夫人が、驚くべき第二視力者(セカンド・サイター)であり、彼女に比斯呈利性(ヒステリー)幻視力が具わっていたのを知る事が出来ました。そうなると、当然発作が起った場合、あの方の痲痺した方の手には、自働手記（心理学者ジャネーの実験に端を発したもので、知らぬ間に筆を持たせた者の痺れた手を、気付かぬように握って、両三回文字を書かせると、その握った手を離した後でも、その通りの文字を自分の筆跡で認める——と云う、一種の変態心理現象。）が可能になるではありませんか。いや、仲子さんの室の扉際(ドア)にあった、鉤裂きの跡を見ても、夫人の右手が、あの当時痲痺していた事が判るんですよ。然し、あの場合は、それがもう一段蜻蛉(とんぼ)返りを打って、更に異様な矛盾を起してしまったのでした。と云うのは、利手の異なる方の手で、刺戟を与えた場合には、時折要求した文字ではなく、それに類似したものを書くと云う事なんです。勿論あの夜は、仲子さんが花瓶を倒し、それと入れ代りにダンネベルグ夫人が入って来て、しかも激奮に燃えた夫人は、寝室の帷幕(カーテン)の間から、右肩のみを現わしていました。ですから、時やよしと、貴方は自働手記を試みたのでしたね。然し、結果に於いて夫人が認(したた)めたものは、貴方が要求したそれとは異なっていたのです」と卓上の紙片に、法水は次の二字を認め、特にその中央の三字を円で囲んだ。

Th éré se　S ere na

途端に一同の口から、合(がっ)したような唸きの声が洩れた。殊にセレナ夫人は、憤ると云うよりも、寧ろ余りに意外な事実なので、茫然旗太郎を瞶めたまま自失してしまった。

旗太郎はタラタラと膏汗を流し、全身を鞭索(むちなわ)のようにくねらせて、激怒が声を波打たせて行った。

「法水さん、貴方(ヴォルゲボーレン)――いや閣下(ホオホヴォルゲボーレン)！　この事件の恐竜(ドラゴン)と云うのは、取りも直さず貴方の事だ。然し、オットカールさんの咽喉に印されていたと云う父の指痕は――あの恐竜(ドラゴン)の爪痕は、一体貴方の分身なのですか」

「恐竜(ドラゴン)!?」と法水は、嚙むように言葉を刻んで、「成程、恐竜(ドラゴン)と云えるものが、あの殯室(モーチュアリー・ルーム)にいた事は事実確かなんです。然し、その一人二役の片割れは蘭の一種――衒学的(ペダンティック)に云うと、竜舌蘭(リネゾルム・オルキデエ)なんですがね」と云って、懐中から取り出したレヴェズの襟布(カラー)を引き裂くと、その合せ布の間から、縮み切って褐色をした、網様の帯が現われた。更に、その前面には、それがまた、幾重にも重ね編まれていて、恰度拇指の形に見える楕円形をしたものが、二つ附いていた。その上にトンと指頭を落して、法水は云い続けた。「斯うなれば、一見して既に明白です。勿論水分さえ吸えば、竜舌蘭(リネゾルム・オルキデエ)の繊維は、全長の八倍も縮むと云われるのですからね。当然殯室(モーチュアリー・ルーム)の前室に、湯滝を必要とした理由は云う迄もないでしょう。所で、犯人は最初、その繊維を本開閉器(メイン・スイッチ)の柄にからげ、収縮を利用して電流を切ったのです。そして、柄が下向きになると、そこからスッポリと抜けて、水流の中に落ちたのですから、当然排水孔から流れ出してしまう訳でしょう。それから、次は云うまでもなく、拇指痕の形を、竜舌蘭(リネゾルム・オルキデエ)の繊維で作った襟布(カラー)に利用して、レヴェズの咽喉を絞めて行ったのでした。つまり、レヴェズの死は他殺ではなく、自殺なんですよ。それで、大体その径路を想像してみますと、最初レヴェズが奥の屍室に入った所を見届けて、犯人は湯滝を作ったのでした。ですから、徐々に湿度が高まって、竜舌蘭（リネソルム・オルキデエ）が収縮を始めたので、レヴェズは次第に息苦しくなって行きました。そこへ何か、あの男に自殺を必要とするような、異常な原因が起ったのです。従って、当然レヴェズの死には、二つの意志が働いていると云う訳で、算哲に似せた拇指痕の上に、あの男の悲痛な心理が重なって行ったのでしたよ」とそこで言葉を截ち切って、法水は鋭く旗太郎を見据えた。「然し、この襟布（カラー）には、勿論誰の顔も現われてはいません。けれども、何れこの事件の恐竜（ドラゴン）は、鎖の輪から爪を引き抜く事が、出来なくなってしまうでしょう」

　汗塗れになった旗太郎には、この僅かな間に、胆汁が全身に溢れ出たのではないかと思われた。既に、怒号する気力も尽き果てて、茫然（ぼんやり）あらぬ方を瞶めている。が、やがて、フラフラ揺れている身体が棒のように硬くなったかと思うと、喪心した旗太郎は、顔を水平に打衝（うちつ）けて卓上に倒れた。それを法水が室外に連れ去らせると、セレナ夫人も軽く目礼して、その後に続いた。そうして、伸子一人が残された室内には、暫く弛み切った、気懶（けだる）い沈黙が漂っていた――ああ、あの異常な早熟児が犯人だったとは。そのうち、歩き廻っていた法水が座に着くと、組んだままの腕をズシンと卓上に置き、意味あり気な言葉を伸子に投げた。

「所で、あの黄から紅に――ですか、僕は飽くまでその真実を知りたいのですよ」

すると、その途端彼女の顔が神経的に痙攣して、恐らく侮蔑と屈辱を覚えたとしか思われぬような、潔癖さが口をついて出た。

「それでは、私に聯想語をお求めになりますの。黄から紅（くれない）に——そうすると、それが黄橙色（オレンジ）になるでは御座いませんか。黄橙色（オレンジ）——ああ、あのブラット洋橙（オレンジ）の事を仰有るのでしょう。それで、それで、屹度（きっと）貴方は、私が嚥んだ檸檬水（レモナーデ）の麦藁（ストロー）から、石鹸玉（シャボン）が飛び出したとでも……。いいえ私は、麦藁（ストロー）を束にして吸うのが習慣なので御座いますわ。でもそうなったら、その束が一度に弦へは、番（つが）らないでは御座いませんか」と伸子の皮肉が、猛烈な勢いで倍加されて行った。「それから、あのダン——丁抹国旗（ダンネブローグ）が悲しい半旗となったと云う事が、あのダンネベルグが私に何の関係が御座いますの。そして、青酸加里が一体どんな……」

「いや、決してそんな……。寧ろその事は、僕が津多子夫人に対して云うべきでしょう」と法水は微かに紅を泛べたが、静かに云った。

「実は、その黄から紅に——と云うのが、アレキサンドライトと紅玉（ルビイ）との関係なんですよ。ねえ伸子さん、たしかあの時貴女は、拒絶の表象（シムボル）——紅玉（ルビイ）をつけたのではありませんか」

「いいえ、決して……」と伸子は法水を凝（じ）っと見詰め、声に力を罩めた。「その証拠には、演奏が始まる直前でしたけども、旗太郎様が私の髪飾りを御覧になって、一体レヴェズ様のアレキサンドライトをどうして——とお訊ねになったのを憶えて居りますわ」

その伸子の一言は、依然レヴェズの自殺の謎を解き得なかったばかりではなく、更に法水へ苛責と慚愧を加え、彼の心の一隅に巣喰っている、永世（とこよ）の重荷を益々重からしめた。然し法水は、遂にこの惨劇の神秘の帳を開き、あれほど不可能視されていた、帝王（カイゼル）切開術（シュニット）に成功した。既に、その時は夜の刻みが尽きていて、胸の釦（ぼたん）に角燈を吊した小男が、門衛小屋から出掛けて来た。一つ二つ鶫（つぐみ）が鳴き始め、やがて堡楼（ほうろう）の彼方から、美しい歌心の湧き出ずにはいられない、曙がせり上って来るのであった。法水は伸子と窓際に立って、パノラマのような眺望を、恍惚（うっとり）と味わっているうちに、彼女の肩に手を置き、無量の意味と愛着とを罩めて云った。

「伸子さん、既（とう）に嵐と急迫の時代は去りましたよ。この館も再び旧（もと）の通りに、絢爛（けんらん）たるラテン詩と恋歌（マドリガーレ）の世界に帰る事でしょう。所で、ああして響尾蛇（ガラガラ）の牙は、すっかり抜いてしまったのですから、貴女は懼（おそ）れず僕に、例の約束を実行して下さるでしょうね。もう、何も終って、新しい世界が始まるのですよ。この神秘的な事件の閉幕を、僕は斯う云うケルネルの詩で飾りたいのですがね。色は黄なる秋、夜の灯（ともしび）を過ぎれば紅（あか）き春の花とならん――」

所が、その翌日の午後になると、伸子の打札がヒュッと風を切って飛び来ると思いの外、意外にも検事と熊城が訪れて来て、当の本人伸子が、拳銃で狙撃され即死を遂げたと云う旨を告げた。それを聴くと、事件を全然放擲し兼ねまじい失意を、法水が現わしたばかりでなく、折角見出した確証を摑もうとした矢先、その希望が全然截ち切られてしまって、最早この事件の刑法的解決は、永遠に望むべくもないのだった。それから三十分後に、法水は暗澹とした顔色を黒死館に現わした。そして、今や眼の辺り伸子の遺骸を見ると、事件の当初から、ファウスト博士の波濤のような魔手に弄ばれ続けて、とどのつまり生命の断崖から、突き落されたこの今様グレートヘンが……、何となく死因に対する、法水の道徳的責任を求めているように思われ、はてはそれが、止め度ない慚愧と悔恨の情に変ってしまうのだった。所が、現場伸子の室に一歩踏み入れると、そこには、鮮かにも残された犯人の最後の意志――Kobold sich mühen（地精よいそしめ）が印されていた。

しかもそれは、いつものような紙片にではなく、今度は、伸子の身体に印されていた。と云うのは、その――投げ出した、左手から左足までが一文字に垂直の線をなしていて、右手と右足とが、くの字形にはだけ、何となく全体の形が、Kobold のKを髣髴とするもののように思われたからである。それが、扉口から三尺ほど前方の所を足にして、斜右に仰向けとなって横わり、しかもレヴェズやクリヴォフ夫人と同じよう、悲痛な表情をしていて、それには些かも恐怖の影はなかった。屍体には、右の顳顬にひどい弾丸の跡が口を開いていて、敷物の上に、流れ出た血がベットリこびり付いているが、外出着を着て手袋までもつけた所を見ると、或は法水の許を訪れようとして、突然狙撃されたのではないかと思われた。尚、兇行に使用された拳銃は、扉の外側――把手の下に捨てられていて、その扉には、外から起倒閂が掛っていた。けれども、この局面には一つの薄気味悪い証言が伴っていて、それから陰々と蠢くような、ファウスト博士の衣摺れを聴く思いがするのだった。

——恰度二時頃銃声が轟いたので、館中がすくむような恐怖に鎖されてしまって、誰一人現場に馳せつけようとするものはなかった。すると、それから十分ほど経つと、隣室で慄えていたセレナ夫人の耳に、扉を閉めて掛金を落した音が聞えたと云うのである。そうなって、ファウスト博士の暗躍が明かにされると同時に、その一向単純な局面にも拘らず、さしも法水でさえ、傍観する以外に術はなかった。勿論拳銃に指紋の残っていよう道理はなく、家族の動静も、当時の状況が状況だけに一切不明なのだった。そして、恐らく法水との約束を果そうとした事が、事件中一貫して、不運を続け来ったこの薄倖の処女に、最後の悲劇を齎らせたのではないかと推測されたのである。

斯うして、最後の切札伸子までも斃れてしまい、悪鬼の不敵な跳躍につれて、おどろとはね狂う潮の高まりには、遂に解決の希望が没し去ったとしか思われなくなった。所が、その夜から翌日の正午頃までにかけて、法水は彼特有の——脳漿が涸れ尽すと思われるばかりの思索を続けたが、端なくもその結果、伸子の死に一つの逆説的効果を見出した。その日、昼食が終って間もなく、法水を訪ねた検事と熊城が書室の扉を開いた時、突然その出会いがしらに、法水の凄じい眼光に打衝った。彼は、両手を荒々しく振って、室内を歩き廻りながら、物狂わし気に叫び続けている。

「ああ、このお伽噺的建築はどうだ——。犯人の異常な才智たるや、実に驚くべきものじゃないか」と立ち止って不気味に据えた眼で、或は半円を描き、またそれを大きくうねくらせながら、縦の波形に変えたかと思うと、「この終局(フィナーレ)の素晴らしさ——幕切れに大向を唸らせるファウスト博士の大見得——この意表を絶した総懺悔(ゲネラル・パイヒテ)の形容を見給え。ねえ支倉君、地精(コボルト)・水精(ウンディネ)・火精(サラマンダー)——とその頭文字をとって、それに、この事件の解決の表象(シムボル)を加えると、それがKüss(キュッス)（接吻）になってしまうんだ。ああ、たしか広間(サロン)の煖炉棚(マントルピース)の上に、ロダンの『接吻(キッス)』の模像が置いてあったじゃないか。サア、これから黒死館に行こう。僕は自分の手で、最後の幕の緞帳を下すんだ」

　三人が黒死館に着いた時は、恰度伸子の葬儀が始まっていた。その日は風が荒く、雪でも含んでいそうな薄墨色の雲が、低く樹林の梢間際(こずえまぎわ)にまで垂れ下っていて、それがいつまでも動かなかった。そう云った荒涼たる風物の中で、構内は人影も疎らなほどの裏淋しさ、象徴樹(トピアリー)の籬(まがき)が揺れ、枯枝が走りざわめいて、その中から、湧然と捲き起って来るのが、礼拝堂で行われている、御憐憫(ミゼルコルジディア)の合唱だった。法水は館に入ると、独りで広間(サロン)の中に入って行ったが、そこで彼の結論が裏書きされた事は、再びダンネベルグ夫人の室で、二人の前に現われた時の顔色で判った。そして、いまや礼拝堂に、家族の一同に押鐘博士までも加えた——関係者の全部が集っているのを知ると、法水は何と思ったか、葬儀の発足を暫く延期するように命じた。それから、

「勿論、犯人が礼拝堂の中にいるのは確かなんだよ。しかも、もう絶対に動く事の出来ぬ状態にある。けれども、僕は伸子に——殊にその遺骸が、地上にある間に、犯人の名

を告げなければならぬ義務があると思うのだ」と云って暫く口を噤んでいたが、やがて、錯雑した感情を顔に浮べて云い出した。

「所で支倉君、さしもの巨人の陣営が掻き消えてしまって、この館は再び白日の下に曝される事になった。そこで、まず順序通りに、最初のダンネベルグ事件から説明して行く事にしよう。然し、あの時夫人が何故ブラット洋橙のみを取ったかと云う点に、僕は今まであの最短線——サントニン（駆虫剤）の黄視症を疎かにしていたのだ。あの視野一面を黄色に化してしまう中毒症状が、軽い近視の所以も手伝って、果物皿の上から、梨もそれ以外の洋橙も、皿の地と同じ一色に塗り潰してしまったのだよ。従って、特異な赤味を帯びているブラット洋橙のみしか、ダンネベルグ夫人の眼には映らなかったのだ。それにまた、サントニン中毒特有の幻味幻覚などが伴ったので、あれほど致死量を遥かに越えた異臭のある毒物でも、ダンネベルグ夫人は疑わず嚥下してしまったのだよ。けれども、その思い付きと云うのは、決して偶然の所産ではない。根本の端緒を云えば、やはり、犯人に課した僕の心理分析にあったのだ。然し、もう一つ、側面から刺戟して来たものがあって、奇妙な事に、その一つのサントニンが犯人にも影響を与え、その両面を合わせてみると、まるで陰画と陽画のようにピッタリ符合してしまうのだよ。と云うのは、外でもない、あの園芸靴の靴跡なんだ。あれは既に、僕の解析から偽造足跡である事が、判明したけれども、その復路の中途で何の意味もなく、当然踏めばよいとしか思われない、枯芝を大きく跨ぎ越えている。所が、その危く見逃す所だった微細な点

——云わば毛程（ラナ・カプリウエ）のものとも云うものに、実を云うと、犯人の死命を制した一つの盲点があったのだよ。そこに僕は、因果応報（ネメシス）の神の魔力を、しっかと捉える事が出来た。この運命悲劇では、犯人がボルジアの助毒として用いた、サントニンに依って、終局には自らが斃されなければならなかったのだ。何故なら支倉君、犯人はダンネベルグ夫人と同じに、自分もサントニンを嚥まなければならなかったのだから、当然そう判ると、あの枯芝を何故跨（また）がねばならなかったか——と云う意味が、判然とするだろう。つまり、それは一種脳髄上の盲点で、自分には些程（さほど）の黄視症状も起っていないに拘らず、当然黄視症が発していると信じてしまったのだ。そして、あの——夜目に黄色く光って見える枯芝を、水溜りが、黄視症のために黄色く見えた——と錯誤を起したからなんだよ。然し、サントニンが腎臓に及ぼした影響が、一方あの屍光の生因を、体内から皮膚の表面へ担ぎ上げてしまったのだ」

それから、法水は帷幕（とばり）の中に入って、寝台の塗料（ニス）の下にグィと洋刀（ナイフ）の刃を入れた。すると、下にはまた瀝青（チャン）様の層があって、それに鉛筆の尻環を近附けると、微かながらさだかに見える蛍光が発せられた。

「今までは、寝台の附近に、屍体のような精密な注視を要求するものがなかったので、それで、自然気が附かれなかったに違いないがね。勿論この瀝青（チャン）様のものが、ウラニウムを含むピッチブレンドである事は云うまでもあるまい。そして、僕がいつぞや指摘した四つの聖僧屍光、それが悉（ことごと）くボヘミア領を取り囲んでいるのだ。勿論それは、新旧両教徒の葛藤が生んだ、示威的な奸策に過ぎないだろう。けれども、それが地理的に接近しているのは、恰度その中心に、主産地であるエルッ山塊があるために外ならないのだ。然し、要するに、あの千古の神秘は、一場の理化学的鎖戯(さぎ)に過ぎないのだよ。所で支倉君、君は砒食人(アーセニック・イーター)と云う言葉の意味を知っているだろうね。殊に、中世の修道僧が多く制慾剤として砒石を用いていた事は、ローレル媚薬（ローレル油に極微の青酸を加えたもの。痙攣を発して一種異様な幻覚を起す自瀆剤）などと共に著名な話なんだ。所が、ロダンの『接吻(キッス)』の中から、僕がいま発見した内容にも記されている通りで、ダンネベルグ夫人もやはり砒食人(アーセニック・イーター)——常日頃神経病の治療剤として、夫人は微量の砒石を常用していたのだ。そうすると、永い間には、組織の中にまでも、砒石の無機成分が浸透してしまう。従って、サントニンに依って浮腫や発汗が皮膚面に起ると、当然、そこに凝集している砒石の成分層が、ピッチブレンドのウラニウム放射能をうけなければならないだろう」

「勿論現象的には、それで十分説明が付くだろうがね。また、どんなに表現の朦朧たるものでも、たしか新しい魅力には違いない。だが然しだ。君の説明は、故意に具体的な叙述を避けているように思われる。一体犯人は誰なんだ?」と検事は、指を神経的に絡ませて、グビッと唾を嚥み込んだ。「たしか、あの時伸子は、ダンネベルグ夫人と同じ檸檬水(レモナーデ)を嚥んだ筈だったがね。然し、あの女は既に、ファウスト博士の手で、旧の元素に還されてしまってるんだ」

その間法水は、生気のない鈍重な、生命の脱殻のようになって突っ立っていて、寧ろその様子は、烈しい苦痛の極点に於いて、勝利を得た人の如くであった。既に整頓の楔点が近附いた所以か、その急激に訪れた疲労は、恐らく何物にもまして、魅惑的なものだったに違いないであろう。然し、そのうち烈しい意志の力が迸り出て来て、

「うん、その紙谷伸子だが」とガクリと顎骨が鳴り、瞬間新しい気力が生気を吹き込んで来た。「それが取りも直さず、クニットリンゲンの魔法使さ」

実に黒死館の幽鬼ファウスト博士こそ、紙谷伸子だったのだ。然し、それを聴いた刹那、検事と熊城には、一端は理法と真性の凡てが、蜻蛉返りを打ってケシ飛んでしまったように、思われたけれども、少し落ち着いて来ると、それには寧ろ、真面目な反論を出すのが莫迦らしくなったくらい、不思議なほど冷静な、反響一つ戻って行かないという静けさだった。第一、それを否定する厳然たる事実の一つと云うのは、伸子は既に五人目の人身御供に上っていて、その歴然たる他殺の証跡が、法水の署名を伴って検屍報告書に記されているのだ。それから家族以外の彼女には、動機と目すべきものが何一つなく、しかも法水の同情と庇護を一身に集めていた伸子が、どうして犯人だったと信ぜられようか。それ故熊城には、それが得てして頭を痛めているものの罹り易い、或る病的な傾向と見て取ったのも無理ではなかった。

「まるで、気が遠くなりそうな話じゃないか。それとも、真実君が正気でいるのなら、たった一つでも、僕はそれに刑法的価値を要求するよ。まず何より、伸子の死を自殺に

移す事だ」

「所が熊城君、今度は、毛程のもの(ラナ・カプリウエ)――と云うが扉(ドア)の羽目(パネル)にあって、それを君に、実際証拠として提供しよう」と法水は、相手の無反響を嘲り返すように、力を罩めて云った。

「所で、例しに、斯う云う場合を考えて見給え。予め、針に竜舌蘭(リネゾルム・オルキデエ)の繊維を結び付けて、一方の扉(ドア)に軽く突き立てて置き、その一端を鍵穴の中に差し入れて、そこへ水を注ぎ込む。すると、当然あの繊維が収縮を始めて、扉(ドア)の開きが次第に狭められて行くだろう。その時、顳顬を射った拳銃が、手許から投げ出されて、そうした機(はず)みに、二つの扉(ドア)の間へ落ちたのだ。そうして、何分か後に扉(ドア)が鎖されると、前以って立てて置いた掛金が、パッタリと落ちる。いや、それよりも扉(ドア)の動きが、拳銃を廊下へ押し出してしまうじゃないか。勿論竜舌蘭(リネゾルム・オルキデエ)の繊維は、針を引き抜いて、それごと鍵穴の中に没して行ったのだ」と言葉を切って、長く深く、慄え勝ちな息を吸い込んだ。そして、真黒な秘密の重荷と共に、再び吐き出された。

「所が熊城君、そうして他殺から自殺に移されると云う事になると、そこに、どんな光によっても見る事の出来ない、伸子の告白文が現われて来るのだ。それは気紛れな妖精めいた、豊麗な逸楽的な、しかも、或る驚くべき霊智を持った人間以外は、到底その不思議な感性に触れる事が出来ないのだ。伸子は、あの陳腐極まる手法に、一つの新しい生命を吹き込んだ……」

「なに、告白文!?」と検事は、脳天まで痺れ切ったような顔をして、莨を口から放し、茫然（ぼんやり）と法水の顔を見詰めている。

「うん、焔の弁舌だよ。しかも、その焔は決して見る事は出来ないのだ。しかも、ファウスト博士の最後の儀礼（パンチリオ）で、それは一種の秘密表示（サイファリング・エキスプレッション）なんだ。ねえ支倉君、例えば、髪・耳・唇・耳・鼻――と順々に押えて行くと、それがHair.Ear.Lips.Ear.Nose（ヘーア・イーア・リップス・イーア・ノーズ）で、結局Helen（ヘレン）となる――そう云う秘密表示（サイファリング・エキスプレッション）の一種を、伸子は、他殺から自殺に移って行く転機の中に、秘めて置いたのだ。所で、その最初は、屍体で描いたKの文字だが、それは伸子が自企的に起した、比斯呈利（ヒステリー）性痲痺の産物だったのだよ。その幾多の実例が、グーリュとブローの『人格の変換』の中にも記されている通りで、或る種の比斯呈利（ヒステリー）病者になると、鋼鉄を身体に当てて、その反対側に痲痺を起す事が出来るのだ。つまり、左手を高く挙げて、一方の扉（ドア）の角に寄り掛っていた所へ、右顋へ拳銃を当てたのだから、当然左半身に強直が起るだろう。そして、そのまま発射と共に、床の上に倒れたので、垂直をなしている左半身が、例の薄気味悪いKの字を描かせてしまったのだ。然し、勿論それは、地精よいそしめ（コボルト・ジッヒ・ミューヘン）――の表象（シムボル）ではない。その二つの扉（ドア）を結んで、竜舌蘭（リネゾルム・オルキデエ）の繊維が作った――その半円と云うのは、どう見てもU字型じゃないか。それから、扉（ドア）に押された拳銃が動いて行った線が、あろう事かSの字を描いているんだ。ああ、地精（コボルト）、水精（ウンディネ）、風精（ジルフェ）……。そして、最後に、あの局状（シチュエーション）の真相Suicide（シュイサイド）（自殺）を加えると、その全体がKüss（キュッス）となってしまう。そこに、奇矯を絶したファウスト博士の懺悔文が現われて来るのだ。勿論伸子は、それ以前に或る物体を、『接吻（キッス）』の像の胴体に隠匿して置いた……」

それには、二つの異常な霊智が、生死を賭してまで打ち合う壮観が描かれていた。検事は、腐れ溜った息で窒息しそうになったのを、危く吐き出して、

「すると、当然その竜舌蘭（リネゾルム・オルキデエ）の詭計が、鐘鳴器室（カリルロン）の扉（ドア）や十二宮（ソーディアック）の円華窓にも行われたのだろうがね。然し、あの時は旗太郎が犯人に指摘され、自分自身は、勝利と平安の絶頂に上り詰めた――その所で、伸子は不思議にも自殺を遂げているのだ。法水君、その到底解し切れない疑問と云うのは……」

「それが支倉君、あの夜最後に僕が伸子に云った――色は黄なる秋、夜の灯を過ぎれば紅き春の花とならん――と云うケルネルの詩にあるんだよ。まさにその瞬間、伸子は悲惨な転落を意識しなければならなかったのだ。何故なら、元来アレキサンドライトと云う宝石は、電燈の光で透かすと、それが真紅に見えるからだ。そこで僕は、伸子がレヴェズにあの室を指定して、自分はアレキサンドライトを髪飾りにつけ、それに電燈の光を透過（すか）させて、レヴェズを失意せしめた――と解釈するに至った。ねえ支倉君、この警句はどうだろうね。レヴェズ――あの洪牙利（ハンガリー）の恋愛詩人（ツールバール）は、秋を春と見てこの世を去った――と」と一息深く莨を吸い込んでから二人が惑乱気味に嘆息するのも関（かま）わず、法水は云い続けた。

「所が、あの黄から紅――には、なおそれ以外にも別の意義があって、勿論僕が、サントニンの黄視症を透視したと云うのも、偶然の所産ではなかったのだよ。何故なら、そ

れから、犯人の潜勢状態を剔抉（てっけつ）したからだ。それを他の言葉で云うと、兇行によってうけた犯人の精神的外傷——つまり、その際に与えられた表象（シムボル）や観念の、感覚的情緒的経験の再現にあったのだ。勿論僕は、神意審問会の情景を再現した際に、何となく伸子の匂が強く鼻を打って来たのだ。で、試みに、譏詞（きし）と諷刺のあらん限りを尽し、お座なりの捏造を旗太郎に向けて見た。云うまでもなく、それは伸子の緊張と警戒を取り去るためだったのだが、勿論ダンネベルグ夫人の自働手記は、伸子がテレーズの名を書かせたのだったし、レヴェズの死と拇指痕の真相以外は、何一つ真実でなかったのだよ。それで、不図黄から紅に——と云う一言を、アレキサンドライトと紅玉（ルビー）の関係に、寓喩（アレゴリー）として使ってみた。所が、意外にも、それが全然異なった形となって、伸子の心像の中に現われてしまったのだ。と云うのは、ラインハルトの『抒情詩の快不快の表出』と云う著述の中に、ハルピンの詩『愛蘭土星学（アイリッシュ・アストロノミー）』の事が記されてある。その中の一句——聖パトリック云いけらく獅子座彼処にあり、二つの大熊、牡牛、そうして巨蟹が（セント・パトリック・セッド・エ・ライオン・ライス・ゼア・ツウ・ベアス・エ・ブル・エンド・キャンサー）——とその巨蟹（キャンサー）（Cancer）と云う個所（ところ）に来ると、朗読者は突然、それを運河（キャナラー）（Canalar）と発音してしまったと云うのだ。つまり、その朗読者が、それまで星座の形を頭の中に描いていたからで、所謂（いわゆる）フロイドの云う——言い損いの表明にこびりついている感覚的痕跡——に相違ないのだ。また、一面には聯想と云うものが、その一字一字には現われず、全体の形体的印象——つまり、空間的な感覚となって現われたとも云えるだろう。然し、伸子の場合になると、それが、ダンネベルグ事件から礼拝堂の惨劇に至る——都合四つの事件を表出化してしまったのだ。何故なら伸子は、洋橙と云った後で、麦藁を束にして檸檬水を啣む――と云う言葉を吐いた。当然それには、鐘鳴器に並んでいる鍵盤の列が、その印象に背景をなしていると思われた。それから、続いてダンネベルグ夫人の名を、丁抹国旗（Dannebrog）と云い損ったのだが、それには明らさまに、武具室の全貌が現われているのだ。と云うのは、あの時伸子は、前庭の樹皮亭の中にいて、レヴェズの作った虹の濛気が、窓から入り込んで行くのを、眺めていた。所が、あの樹皮亭の内枠には、様々な詩文が刻み込まれていて、その中にフィッツナーのその時霧は輝きて入りぬ（Dann,Nebel-Loh-gucten）――の一文があったのだ。つまり、その際の混淆された印象が丁抹国旗と云う、相似した失語になって現われたのだよ。そうすると支倉君、あの四句に分れていた伸子の言葉の中で、鐘鳴室と武具室と――斯う二つの印象だけが、奇妙にも、真中に挟まれている。となると……」と言葉を切って、その驚くべき心理分析に、法水は最後の結論を与えた。

「すると当然、その首尾にある黄と紅――。その二つからうけた感覚が、最初のダンネベルグ事件と、終りの礼拝堂の場面でなければならないだろう。そうして、最後の紅が、絢爛たる宮廷楽師の朱色の衣裳だとすれば、何故最初のダンネベルグ事件から、伸子は、黄と云う感覚をうけたのだろうか」そのあいだ検事と熊城は、宛がら酔えるが如き感動に包まれていた。が、稍々あってから、熊城は徐ろに不明な点を訊ねた。

「然し、礼拝堂で暗中に聴えたと云う二つの唸りには、伸子か旗太郎か――その孰れかを、決定するものがあるように思われるんだが」

「それは、死点（デッドポイント）と焦点（フォーカス）の如何——つまり、音響学の単純な問題に過ぎないのさ。多分クリヴォフ夫人の位置が、伸子がペダルで出した唸りに対して、死点（デッドポイント）。旗太郎の弓（キュー）が擦れ合って起った響には、あの微かな囁きさえも、聴き取れると云う焦点（フォーカス）だったに相違ないのだ。そして、夫人が伸子の方に寄った所を、背後から刺し貫いたのだ。ねえ支倉君、これ以上論ずる問題はないと思うが、唯々憐憫を覚えるのは、伸子に操られて鞠沓（まりぐつ）を履かせられ、具足まで着せられた暗愚な易介なんだよ」そう云ってから法水は、最初から順序を追い、伸子の行動を語り始めた。勿論それに依って、ピロカルピンの服用も、一場の悪狡（わるがしこ）い絵狂言である事が判明した。それから、語り終えると法水は言葉を改めて、いよいよ、黒死館殺人事件の核心をなす疑義中の疑義——どんなに考えても到底窺知（きち）し得べくもなかった、伸子の殺人動機に触れた。それは無言の現実だった。ロダンの「接吻（キッス）」の胴体から取り出したものを、法水が衣袋（ポケット）から抜き出した時、思わず二人の眼がその一点に釘付けされてしまった——乾板。そして、幾つかの破片をつなぎ合せて見ると、それには次の全文が現われたのである。

一、ダ□べ□砒石の□。

一、川那部□、胸腺死の危□。

（特異体質の箇条は、その二つにのみ尽きていて、それ以前のものは不明だった）

一、余は、吾児□犠牲とするに忍□を以って、生れた女児を男児に換えて、生長後余が秘書として手許□紙谷伸子なり。それ故、旗太郎は□血系には全然触れざるものなり。

斯うして、紛糾混乱を重ねた黒死館殺人事件は、遂に最終の幕切れに於いて、紙谷伸子を算哲の遺子として露わすに至った。そうなると、勿論算哲の悶死は、伸子の親殺し（ファーテルテーツング）であり、父よ、吾も人の子なり（パテール・ボム・スム）——の一文は、当然その深刻を極めた、復仇の意志に外ならないのだった。然し、その乾板と云うのが、法水の夢想の華——屍様図の半葉であったとは云え、要するに、現存のものはその一部のみであって、他は落した際に微塵となったか、それとも、伸子が破棄してしまったものか、孰れ（いず）にしても二人以外の特異体質の闡明は、久遠の謎として葬られなければならなかった。やがて検事は、夢から醒めたような顔になって訊ねた。

「成程、当然自分が当主でありながら、今更どうにもならない——それが因で、伸子を残忍な欲求の母たらしめた。あの嗜血癖の起因は、僕にもようく判るんだ。然し、犯行の都度に、恐らく人間の世界を超絶しているとしか思われない、怪異美と大観とを作り出したのは——。法水君、それを心理学的に説明してくれ給え」

「それは、一口に云えば遊戯的感情——一種の生理的洗滌（カタルシス）さ。人間には、抑圧された感情や乾き切った情緒を充すものとして、何か一つの生理的洗滌が要求される。ねえ支倉君、ザベリクス（若きファウストと呼ばれ、十六世紀の前半、独乙国内を流浪した妖術師）やディーツのファウスチヌス僧正などが精霊主義（オクルチスムス）に堕ち込んだと云うのも……。凡て、人間が力尽き反噬（はんぜい）する方法を失ってしまった際には、その激情を緩解するものが、精霊主義（オクルチスムス）だと云うじゃないか。それにあの畸狂変態（ききょうへんたい）の世界を作り出した種々（いろいろ）な手法には、さしずめ、書庫にあるグイド・ボナットー（十三世紀伊太利のファウストと云われた魔術師）の『点火術要論（アルテ・デラ・ピロマンティ）』やヴァザリの『祭礼師と謝肉祭装置（フェスティヴオリー・エト・カルチヴァレ・アパラティ）』などの影響が窺われるね。もともと伸子は、あの乾板盗みを、不図した悪戯気（わるさげ）から演（や）ったのだろう。けれども、その内容を知った時に、恐らく伸子は、魔法のような物凄い月光を感じたに相違ない。その突如として起った、絶命――喪心――宿命感、そう云った感情が十字に群がって来て、それまで心の平衡を保たせていた、対立の一方が叩き潰されたのだ。そして、それがあの破壊的な、神聖な狂気を駆り立てて世にもグロテスクな爆発を惹き起させたのだよ。然し、僕は決して、伸子を悖徳狂（モーラル・インサニティ）とは呼ばないだろう。あれは、ブラウニングの云う運命の子（チャイルド・オヴ・デスチニティ）、この事件は、一つの生きた人間の詩――に違いないのだ」

そう云って法水は、澄み切った聡明そうな眼色で検事を顧みた。「ねえ支倉君、せめて、最後の送りだけでも、この神聖家族の最後の一人に適（ふさ）わしいよう、伸子を飾ってやろうじゃないか」

斯うして、メディチ家の血系、妖妃カペルロ・ビアンカの末裔、神聖家族降矢木の最後の一人紙谷伸子の柩は、フレンツェの市旗に覆われ、四人の麻布を纏（まと）った僧侶の肩に担がれた。そして、湧き起る合唱と香煙の渦の中を、裏庭の墓窖をさして運ばれて行ったのである――閉幕（カーテン・フォール）。

本書は創元推理文庫『日本探偵小説全集6　小栗虫太郎集』を底本とし、河出文庫『黒死館殺人事件』、春陽文庫『完全犯罪』などを参考に、ルビなどの表記を一部改めました。

本書の中には、夷蛮、ウズベク猶太(ユダヤ)の雑種、猶太人(ジュウ)、黒奴(ムール)、黒人(ニグロ)、賤民(チゴイネル)、土人、精神低格者、癩癩、癩(らい)、唖(おし)、暹羅(シャム)兄弟、畸形双生児、畸形児、畸形者、佝僂、侏儒(こびと)、傴僂、狂人(きちがい)、気違い、気狂い、不具、不具者、白痴嚇(こけおど)しといった今日の人権意識・医療知識に照らして使うべきでない語句や表現、特定地域や民族に対する誤解や偏見を含む差別的な描写があります。また、犯罪や精神神経疾患等が遺伝であるかのような偏った記述も見られます。

しかし、広く読まれた作品の中には、当時の文化や風俗、社会通念が、作品の設定そのものとわかちがたく結びついている部分があります。作者が一九四六年に亡くなっていることも考え合わせ、本作を当初の表現のまま出版することとしました。あらゆる差別がなくなるよう努力することは出版に関わる者の責務です。現在もなお、偏見に苦しむ方がおられることを忘れず、差別や偏見のない社会の実現を目指すきっかけになればと願います。

（編集部）

黒死館殺人事件・完全犯罪

小栗虫太郎

令和５年 １月25日 初版発行
令和５年 11月15日 ９版発行

発行者●山下直久

発行●株式会社KADOKAWA
〒102-8177 東京都千代田区富士見2-13-3
電話 0570-002-301（ナビダイヤル）

角川文庫 23503

印刷所●株式会社KADOKAWA
製本所●株式会社KADOKAWA

表紙画●和田三造

●お問い合わせ
https://www.kadokawa.co.jp/ （「お問い合わせ」へお進みください）
※内容によっては、お答えできない場合があります。
※サポートは日本国内のみとさせていただきます。
※Japanese text only

Printed in Japan
ISBN 978-4-04-113224-1 C0193

◆◇◇

角川文庫発刊に際して

角　川　源　義

第二次世界大戦の敗北は、軍事力の敗北であった以上に、私たちの若い文化力の敗退であった。私たちの文化が戦争に対して如何に無力であり、単なるあだ花に過ぎなかったかを、私たちは身を以て体験し痛感した。西洋近代文化の摂取にとって、明治以後八十年の歳月は決して短かすぎたとは言えない。にもかかわらず、近代文化の伝統を確立し、自由な批判と柔軟な良識に富む文化層として自らを形成することに私たちは失敗して来た。そしてこれは、各層への文化の普及滲透を任務とする出版人の責任でもあった。

一九四五年以来、私たちは再び振出しに戻り、第一歩から踏み出すことを余儀なくされた。これは大きな不幸ではあるが、反面、これまでの混沌・未熟・歪曲の中にあった我が国の文化に秩序と確たる基礎を齎らすためには絶好の機会でもある。角川書店は、このような祖国の文化的危機にあたり、微力をも顧みず再建の礎石たるべき抱負と決意とをもって出発したが、ここに創立以来の念願を果すべく角川文庫を発刊する。これまで刊行されたあらゆる全集叢書文庫類の長所と短所とを検討し、古今東西の不朽の典籍を、良心的編集のもとに、廉価に、そして書架にふさわしい美本として、多くのひとびとに提供しようとする。しかし私たちは徒らに百科全書的な知識のジレッタントを作ることを目的とせず、あくまで祖国の文化に秩序と再建への道を示し、この文庫を角川書店の栄ある事業として、今後永久に継続発展せしめ、学芸と教養との殿堂として大成せんことを期したい。多くの読書子の愛情ある忠言と支持とによって、この希望と抱負とを完遂せしめられんことを願う。

一九四九年五月三日

角川文庫ベストセラー

高野聖
泉　鏡花

飛騨から信州へと向かう僧が、危険な旧道を経てようやくたどり着いた山中の一軒家。家の婦人に一夜の宿を請うが、彼女には恐ろしい秘密が。耽美な魅力に溢れる表題作など5編を収録。文字が読みやすい改版。

武蔵野
国木田独歩

人間の生活と自然の調和の美を詩情溢れる文体で描き出し、日本の自然主義の先駆けと称された表題作をはじめ、初期の名作を収録した独歩の第一短編集。（解説：中島京子）

ドラコニアの夢
澁澤龍彦
編／東　雅夫

みずからの文学世界をドラコニアと称した澁澤。本書は「澁澤龍彦×文豪」をコンセプトに、新世代の読者に向けて編まれたアンソロジー。エッセイを中心に、小説、評論、紀行、対談などの全26篇を収録。

痴人の愛
谷崎潤一郎

日本人離れした家出娘ナオミに惚れ込んだ譲治。自分の手で一流の女にすべく同居させ、妻にするが、ナオミは男たちを誘惑し、堕落してゆく。ナオミの魔性から逃れられない譲治の、狂おしい愛の記録。

舞姫・うたかたの記
森　鷗外

若き秀才官僚の太田豊太郎は、洋行先で孤独に苦しむ中、美貌の舞姫エリスと恋に落ちた。19世紀のベルリンを舞台に繰り広げられる激しくも哀しい青春を描いた「舞姫」など5編を収録。文字が読みやすい改版。